A IMPROBABILIDADE DO AMOR

HANNAH ROTHSCHILD

A IMPROBABILIDADE DO AMOR

TÍTULO ORIGINAL
The Improbability of Love

TRADUÇÃO
Viviane Diniz

PREPARAÇÃO
Sabrina Coutinho e Giovana Bomentre

REVISÃO
Mellory Ferraz

CAPA, DIAGRAMAÇÃO E PROJETO GRÁFICO
Giovanna Cianelli

DADOS INTERNACIONAIS DE CATALOGAÇÃO NA PUBLICAÇÃO (CIP)

R847i
Rothschild, Hannah
A Improbabilidade do Amor/ Hannah Rothschild;
Tradução Viviane Diniz. – São Paulo: Editora Morro Branco, 2018.
p. 544; 14x21cm.

ISBN: 978-85-92795-29-0

1. Literatura inglesa - Romance. 2. Ficção inglesa. I. Diniz, Viviane.
II. Título

CDD 823

IMPRESSO NO BRASIL / 2018

Todos os direitos desta edição reservados à
EDITORA MORRO BRANCO
Alameda Campinas 463, cj. 23.
01404-000 – São Paulo, SP – Brasil
Telefone (11) 3373-8168
www.editoramorrobranco.com.br

Para Nell,
Clemency e Rose

PRÓLOGO

O Leilão (3 de julho)

Aquela seria a venda do século.

Desde o raiar do dia, uma aglomeração já se formava em frente à casa de leilões Monachorum & Sons (fundada em 1756). No fim da tarde, a multidão já estendia-se do monumental pórtico cinza, atravessando a larga calçada e chegando até a rua Houghton. Ao meio-dia, grades metálicas foram colocadas para criar um corredor central onde, às quatro da tarde, dois funcionários da Monachorum abriram um grosso tapete vermelho das colunas dóricas até a beira da calçada. O sol castigava a multidão, e a casa de leilões fez a gentileza de distribuir garrafas de água e picolés de graça. Enquanto o Big Ben tocava suas seis lúgubres badaladas, a polícia desviava o tráfego normal e mandava dois policiais a cavalo e oito a pé para patrulhar a rua. Os paparazzis, carregando escadas portáteis, laptops e diversas lentes, foram limitados a um pequeno cercado de um lado do corredor, de onde espiavam com cobiça as três equipes de televisão e os vários jornalistas credenciados que conseguiram passes para cobrir o evento de perto.

— O que está acontecendo? — perguntou um transeunte a alguém da multidão.

— Estão vendendo aquela pintura, sabe? A que apareceu no noticiário — explicou Felicia Speers, que estava lá desde o café da manhã. — *A Impossibilidade do Amor*.

— *A Improbabilidade do Amor* — corrigiu sua amiga Dawn Morelos. — Improbabilidade — repetiu, pronunciando as sílabas lentamente.

— Tanto faz. Todo mundo sabe do que estou falando — disse Felicia, rindo.

— Eles acham que vai ter confusão? — perguntou o transeunte, olhando dos cavalos da polícia para os corpulentos seguranças da casa de leilões.

— Confusão não... só um monte de gente famosa — disse Dawn, exibindo seu smartphone e um livro de autógrafos com as palavras "Rock e Realeza" gravadas em dourado na capa.

— Toda essa agitação por causa de uma pintura?

— Mas essa não é uma obra de arte velha qualquer — disse Felicia. — Você deve ter lido algo a respeito, não?

No alto dos amplos degraus da Monachorum, quatro jovens com vestidos pretos e sapatos de salto alto seguravam tablets para checar listas de nomes – era um evento exclusivo para convidados. De alguns pontos privilegiados da multidão era possível vislumbrar um pouco do magnífico interior da casa. Originalmente a residência em Londres dos Duques de Dartmouth, o prédio da Monachorum era um dos mais grandiosos palácios palladianos que ainda restavam na Europa. Sua entrada era tão grande que conseguiria acomodar dois ônibus de dois andares lado a lado. O teto de gesso, uma profusão de *putti* e formosas sereias, era pintado em tons de rosa e dourado. Uma enorme escadaria, grande o suficiente para oito cavaleiros cavalgarem um ao lado do outro, levava o visitante para a sala de leilão no andar de cima, um átrio com as paredes cobertas de mármore branco e verde e iluminado no alto por três rotundas. Era, por muitos motivos, um ambiente inadequado para a exibição de obras de arte; no entanto, criava o clima perfeito de admiração e desejo.

Em uma sala lateral, cerca de vinte homens e mulheres impecavelmente vestidos recebiam as últimas instruções. Felizmente o ar-condicionado mantinha a sala a um temperatura constante de dezoito graus, já que era uma das noites mais quentes do ano. Diante deles, em traje *black tie*, estava o leiloeiro principal e responsável pela venda: o conde Beachendon. Ele falava de maneira firme e tranquila, com um tom de voz aprimorado por oito gerações de boa vida aristocrática e presumida superioridade. Beachendon estudara em Eton e Oxford, mas, devido à inclinação de seu pai para os jogos de azar, o oitavo conde foi o primeiro membro de sua ilustre família a trabalhar em um emprego normal.

O conde Beachendon examinava sua equipe. Durante as quatro últimas semanas, haviam ensaiado, tentando prever quaisquer eventualidades, desde um salto quebrado até uma tentativa de assassinato. Com a presença da mídia internacional e de vários dos clientes mais importantes da casa de leilões, era essencial que tudo fosse dirigido com a precisão de um relógio suíço. Aquela noite era um divisor de águas na história do mercado de arte: todos esperavam que o recorde mundial do valor pago em uma única pintura fosse quebrado.

— A atenção da mídia de todo o mundo está sobre nós — disse Beachendon aos seus atentos espectadores. — Centenas de milhares de olhos estarão assistindo. Um pequeno erro poderá transformar o triunfo em desastre. Não se trata apenas da Monachorum, dos nossos bônus ou da venda de uma pintura. Este evento causará impacto em uma indústria de mais de 100 bilhões de dólares anuais. A forma como conduziremos esta noite vai reverberar através dos anos e dos continentes – não preciso lembrá-los de que se trata de uma esfera internacional. Chegou a hora de reconhecerem nossa contribuição para a riqueza e o bem-estar das nações.

— Sem pressão, senhor — brincou alguém.

O conde ignorou seu subordinado.

— De acordo com nossa extensa pesquisa, seus encarregados serão os maiores licitantes... Cabe a cada um de vocês persuadi-los e encorajá-los a ir um pouco mais longe. Convençam-os de que a grandeza reside na aquisição; estimulem sua curiosidade e seus impulsos competitivos. Usem todas as armas em seus arsenais. Banhe-os em um mar de adulação perfeitamente calculada. Lembrem a cada um deles como são únicos, indispensáveis, talentosos, ricos e, o mais importante: que só aqui, nesta casa, seu verdadeiro valor é apreciado e compreendido. Por uma noite, esqueçam a amizade e a moral: concentrem-se apenas em vencer.

Beachendon olhou para cada rosto da sua equipe, todos corados de empolgação.

— Cada um de vocês deve fazer seu respectivo convidado se sentir especial. Especial com "E" maiúsculo. Mesmo que não consigam comprar o que desejam, quero que estes figurões saiam daqui já ansiosos para voltar, desesperados para ganhar a próxima rodada. Ninguém deve se considerar perdedor; todos devem sentir que alguma coisinha conspirou contra eles, mas que irão triunfar na próxima vez.

Beachendon passou pela fila de funcionários encarando cada um. Para eles, a noite era uma experiência emocionante com a possibilidade de um bônus; para ele, reduzia-se a penúria e orgulho.

— Lembrem-se, principalmente as damas, espera-se que vocês sirvam e deleitem. Deixo a interpretação de "servir e deleitar" aberta a cada um de vocês, mas discrição é o nome do jogo. — Risadas nervosas percorreram as fileiras.

— Conforme eu ler os nomes dos convidados, gostaria que os respectivos encarregados dessem um passo à frente. Todos devem estar familiarizados com a aparência deles, o que gostam, o que não suportam e seus segredinhos. — Beachendon fez uma pausa antes de soltar sua piada politicamente incorreta de costume: — Nada de oferecer álcool aos muçulmanos ou sanduíches de presunto aos judeus.

Sua plateia riu, obedientemente.

— Quem está responsável por Vlad Antipovsky e Dmitri Voldakov?

Duas jovens, uma usando um vestido justo de tafetá preto, a outra, um vestido de seda verde de costas nuas, levantaram as mãos.

— Venetia e Flora, lembrem-se, esses dois vão cortar a garganta um do outro se tiverem uma chance. Conseguimos reduzir a segurança pessoal deles ao máximo e pedimos que deixassem suas armas de fogo em casa: é melhor prevenir do que remediar. Mantenham-os afastados, entendido?

Venetia e Flora assentiram.

Beachendon, então, consultou a lista e leu o próximo nome.

— Suas Altezas Reais, o emir e a sheika de Alwabbi.

Tabitha Rowley-Hutchinson, veterana na função de acompanhar convidados, vestia-se de cetim azul-royal; somente o longo pescoço e os pulsos esguios à mostra.

— Tabitha... que assuntos você vai evitar a todo custo?

— Não vou mencionar o suposto apoio de Alwabbi à al-Qaeda, as outras esposas do emir ou o histórico de direitos humanos do país.

— Li Han Ta. Você está bem informado sobre o sr. Lee Lan Fok?

Li Han Ta assentiu com ar sério.

— Lembre-se: os chineses podem não estar em alta hoje, mas eles são o futuro. — Correndo o olhar pela sala, viu que todos estavam de acordo.

— Quem está responsável por Sua Excelência o Presidente da França?

Marie de Nancy usava um paletó de seda azul com a calça combinando.

— Vou perguntar-lhe sobre queijos, a primeira-dama e pintura francesa, e não vou mencionar a vitória britânica no Tour de France, sua amante ou seus índices de popularidade — disse ela.

Beachendon assentiu.

— Quem está encarregado do Honorável Barnaby Damson, Ministro da Cultura?

Um rapaz com um terno de veludo rosa se aproximou. Usava um penteado que antigamente era conhecido como rabo de pato.

Beachendon resmungou.

— Seja mais sutil, por favor... O ministro pode até ter essa "inclinação", mas não gosta de ser lembrado disso em público.

— Pensei que poderíamos conversar sobre balé... ele adora balé.

— Limite-se a futebol e cinema — instruiu Beachendon. — Quem está cuidando do sr. M. Power Dub-Box?

Nos últimos meses, o rapper mais bem sucedido do momento surpreendera o mundo da arte comprando várias obras icônicas. Com cerca de dois metros de altura, pesando aproximadamente cento e dez quilos e escoltado por uma comitiva de seguranças bem vestidos e mulheres seminuas, era impossível não notar o irreverente sr. M. Power Dub-Box. Sua má fama e seu envolvimento com drogas frequentemente levava a prisões, mas, até o momento, nenhuma condenação.

Dois grandalhões de smoking deram um passo à frente. Vassily era um ex-campeão de boxe peso médio russo e Elmore era um ex-bolsista esportivo de Harvard.

Ao olhar para os dois homens imensos, Beachendon agradeceu mentalmente ao RH por contratar aqueles gigantes em um mundo povoado por estetas magrelos.

— Bem, continuando... Quem é responsável por Stevie Brent? — perguntou Beachendon.

Dotty Fairclough-Hawes estava vestida como uma líder de torcida americana com uma saia listrada minúscula e um top.

— Isso aqui não é a final do campeonato de basquete — disparou Beachendon.

— Quero tentar fazer com que ele se sinta em casa — disse Dotty.

— Ele é um gerente de fundos de cobertura tentando colocar suas recentes perdas significativas no mercado para baixo do tapete. A última coisa de que ele precisa é uma fã maluca do Boston Red Sox chamando a atenção para o fato de que ele não pode comprar essa pintura. Dotty, você é a única pessoa aqui cuja missão é *não* deixar Stevie Brent comprar. De acordo com nossas fontes, ele tem um passivo de 4 bilhões de dólares. Não me importo se ele quiser levantar o braço no início, mas, quando os lances passarem de 200 milhões de libras, você pode esconder a placa dele.

Dotty saiu para procurar seu vestido de tafetá azul.

— Ah... e Dotty — Beachendon a chamou. — Não lhe ofereça Coca-Cola... Ele vendeu suas ações cedo demais... logo antes de elas subirem dezoito por cento.

O conde Beachendon continuou a ler sua lista de VIPs, certificando-se de que cada um estava ligado a um encarregado apropriado.

— Sra. Appledore? Obrigado, Celine.

"O conde e a condessa de Ragstone? Obrigado, John.

Sr. e sra. Hercules Christantopolis? Obrigado, Sally.

Sr. e sra. Mahmud? Lucy, muito bem.

Sr. e sra. Elliot Slicer o Quarto? Excelente, Rod.

Sr. Lee Hong Quiuo-Xo? Obrigado, Bai.

Sr. e sra. Bastri? Obrigado, Tam."

Venetia Trumpington-Turner levantou a mão.

— E quem vai cuidar dos vendedores?

— Esse importante e delicado trabalho cabe ao nosso presidente — respondeu o conde Beachendon.

Todos assentiram sabiamente.

— O resto de vocês deve garantir que os meros mortais estejam em seus devidos lugares — continuou o conde. — Os diretores de museus estão na linha H. Os editores de jornais, na I. O resto da imprensa não pode sair da área restrita, fora alguns jornalistas específicos... Camilla sabe quem são. Os demais figurões estarão nas fileiras J, K, L e M. Os principais marchands, nas fileiras P e Q. Quero umas modelos ou atrizes espalhadas pela plateia, só para garantir um pouco de brilho, mas ninguém com mais de quarenta anos ou que vista 42 merece um *upgrade*. Qualquer um que não seja uma grande celebridade pode ficar de pé.

Beachendon ficou alto e olhou em volta.

— Meninas, retoquem o brilho labial; meninos, arrumem suas gravatas e fiquem em fila. Deem o seu melhor.

A limusine da sra. Appledore avançava lentamente. O caminho do Claridge's até a Houghton Street normalmente levava dez minutos, mas, com as obras e desvios na pista, o tráfego na altura da Berkeley Square se arrastava. Era uma noite excepcionalmente quente de julho. As calçadas estavam repletas de londrinos, que saíam dos pubs convencidos de que aquele era o primeiro e último dia de sol de suas vidas. Os homens tiravam seus casacos, revelando manchas úmidas sob os braços, enquanto as mulheres usavam vestidos leves, exibindo braços e pernas rosados como camarão. *Pelo menos pareciam estar animados, para variar um pouco,* pensou a sra. Appledore. Os britânicos são melancólicos e reservados demais durante o inverno. Enquanto seu carro rastejava pela Berkeley Street, ela se perguntava se aquela seria sua última grande venda. Já tinha quase oitenta anos e sua viagem anual aos leilões de Londres estava perdendo o encanto. Foi-se o dia em que conhecia todos das salas de leilão; ou, mais importante ainda, que todos a conheciam.

A sra. Appledore mantinha os olhos fixos no futuro, mas sentia falta dos costumes e do *modus operandi* do passado. Nasceu na Polônia, em 1935, com o nome de Inna Pawlokowski. Sua família inteira foi assassinada por tropas soviéticas no massacre da Floresta de Katyn. Após ficar sob o cuidado de freiras até o fim da guerra, a jovem Inna foi enviada para os Estados Unidos em 1948 com mais três mil órfãos. Conheceu seu futuro marido, Yannic, no barco de refugiados, o *Cargo of Hope*, e, embora tivessem apenas treze anos, ele lhe pediu em casamento enquanto passavam pela Estátua da Liberdade. Ela prometeu lhe dar seis filhos (ficou grávida nove vezes) e ele prometeu tornar os dois milionários (sua propriedade, quando faleceu em 1990, foi avaliada em 6 bilhões de dólares). No dia do casamento, em 1951, Inna e Yannic mudaram seus nomes para Melanie e Horace Appledore e nunca mais pronunciaram uma palavra em polonês. Seu primeiro negócio, iniciado no dia seguinte ao matrimônio, foi uma empresa que alugava ternos e sapatos para imigrantes pobres que precisavam parecer elegantes em suas entrevistas de emprego. Em pouco tempo, a Appledore Inc. expandiu seus bens, suas fábricas e, então, começaram a investir em participações de pequenas empresas. Como sabiam, por experiência própria, que imigrantes trabalhavam muito mais pesado do que os nativos, os Appledores forneciam investimento para empresas recém-abertas em troca de participação acionária, além de juros sobre o capital investido. Graças ao Ato dos Deslocados de Guerra, imigrantes e mais imigrantes chegaram à costa americana, pessoas vindas da Europa, México, Coreia, Índias Ocidentais e Vietnã, e os Appledores os ajudavam e exploravam. Já na virada do novo século, Melanie e Horace possuíam pequenas – mas significativas e altamente lucrativas – participações em negócios familiares em todos os cinquenta estados.

Mas Melanie entendia que não bastava ter dinheiro para conquistar seu espaço entre a nata da sociedade. Determinada a deixar sua marca no alto escalão da Park Avenue, precisava aprender sobre os padrões e expectativas para se comportar de acordo com o sofisticado círculo social. Com este objetivo, contratou ganhadores do Nobel, diretores de museus e socialites passando por tempos difíceis para lhe ensinar como se adequar em todos os âmbitos. Ela aprendeu a arrumar prataria na mesa; sobre variedades de uva; movimentos artísticos; a diferença entre *allegro* e *staccato*; quanto dar de gorjeta ao mordomo de um duque; a quem se dirigir durante um jantar; e que direção deve correr uma garrafa de vinho à mesa. *Esta nova geração*, pensou a saudosa sra. Appledore, *ostenta sua superficialidade e falta de educação como uma medalha de honra.*

Horace e Melanie fizeram contribuições para muitos institutos culturais; apoiaram a reconstrução do La Fenice em Veneza e a restauração de uma pequena igreja em Aix-en-Provence, na França. No entanto, a maior paixão dos dois era uma mansão construída pelo industrial Lawrence D. Smith em 1924 como sinal de amor à sua esposa francesa, Pipette. Localizada às margens do rio Hudson, setenta quilômetros a norte de Manhattan, tinha uma fachada de noventa metros e uma área ocupada de quase três acres. Infelizmente, Pipette falecera logo após a conclusão da casa e o bilionário, devastado, nunca se mudou. A mansão não recebeu o amor do casal, e nem foi habitada por ninguém, até Horace e Melanie a comprarem em 1978 pela incrível quantia de 100 dólares.

A casa Smith passou a se chamar Museu Appledore de Artes Decorativas Francesas. Horace e Melanie passaram as décadas seguintes – e gastaram a maior parte de sua grande fortuna – restaurando o edifício e criando uma das maiores coleções de móveis e obras de arte franceses fora da Europa. Para eles, ter essas coisas fazia com que sentissem que tinham importância. Agora, aos oitenta anos, com o coração fraco e um caso grave de osteoporose, a sra. Appledore decidiu gastar até o último centavo de sua fundação beneficente com *A Improbabilidade do Amor*. Ela não se importava de ficar sem nada depois disso: já estava quase morrendo mesmo e o futuro de seus filhos estava garantido.

O vestido Chanel da sra. Appledore, feito de seda verde-limão, de um tom quase idêntico ao da folhagem de *A Improbabilidade do Amor*, foi escolhido por ela e Karl Lagerfeld para complementar a pintura. O toque final do visual era o par de brincos e um colar com um único diamante — nada deveria distraí-la de sua última grande compra. Naquela manhã, ela havia ondulado o cabelo com cachos mais soltos e um toque de rosa. Ela queria estar perfeita em seu último ato. Àquela hora, no dia seguinte, todos os jornais exibiriam uma foto da pintura junto a seu novo dono. Em uma coletiva de imprensa, ela anunciaria a doação imediata de sua coleção pessoal, incluindo *A Improbabilidade do Amor*, para seu amado Museu Appledore. Se ao menos seu querido marido estivesse vivo para ver esse seu último golpe de mestre.

Sentado ao computador em sua casa nova em Chester Square, Vladimir Antipovsky digitou dezessete senhas diferentes, aproximou os olhos do leitor de íris, passou os dedos pelo scanner ultravioleta de digitais e transferiu 500 milhões de dólares para sua conta corrente. Estava preparado para arriscar mais do que dinheiro para adquirir aquela obra.

O emir de Alwabbi estava sentado em seu carro blindado em frente ao Hotel Dorchester, em Londres, esperando sua esposa, a sheika Midora. O emir considerava uma tortura participar de leilões. Um homem reservado, ele passou a vida inteira evitando os flashes, os olhares curiosos e sarcásticos dos jornalistas e qualquer outro tipo de exposição. A única exceção foi no dia da vitória de seu cavalo, Fighting Spirit, no Derby. Naquele dia glorioso, a realização do sonho de uma vida inteira, o emir não pôde resistir a aparecer diante de Sua Majestade a Rainha para aceitar o magnífico troféu representando seu pequeno principado.

O emir ressentia-se que tão poucos compreendessem que todos os puros-sangues descendiam de quatro cavalos árabes. Os ingleses, principalmente, gostavam de acreditar que, através de alguma magia de boa reprodução e seleção natural, esses magníficos animais haviam surgido a partir de seus pôneis atarracados, de pelos desgranhados e pernas tortas.

Ele queria construir um museu dedicado ao cavalo em seu país sem litoral. Durante muitos séculos, o sustento de sua família veio do camelo e do cavalo árabe; o petróleo só foi descoberto nos últimos trinta anos. Mas sua esposa achava que ninguém visitaria um lugar desses; que somente a arte tinha o poder de motivar as pessoas a viajarem. Ela destacou o sucesso de projetos parecidos nos vizinhos Catar e Dubai, e a transformação de cidades antes desconhecidas como Bilbao e Hobart. Quando esses argumentos não foram suficientes para convencer seu marido, a sheika afirmou irritada que com o valor de menos de uma semana de produção de petróleo bruto seria possível construir o maior museu do mundo. O emir cedeu; o museu dela foi construído. Todos concordavam que era a obra-prima do arquiteto mais proeminente do mundo, um templo para a civilização e um monumento à arte. No entanto, havia um problema básico que nem a sheika nem sua legião de conselheiros, designers e até mesmo seu renomado arquiteto haviam previsto: o museu não tinha nada dentro. Os visitantes vagavam pelos espaços brancos cavernosos admirando as linhas de sombra, o controle perfeito de temperatura, os pisos de mármore, a iluminação inteligente, mas não havia algo para quebrar a monotonia das intermináveis paredes brancas: faltavam obras de arte.

Quatro andares acima de seu marido, na suíte real, a sheika estava sentada à sua penteadeira. A sheika, agora com quarenta e dois anos, ficou noiva aos nove, casou aos treze e, aos vinte, já era mãe de quatro filhos. Por ser a mãe do príncipe herdeiro, o futuro dela estava garantido. Não havia muito o que o marido ou os cortesãos pudessem fazer para controlar seus gastos, então ficavam apenas a observando arrematar as melhores obras de salas de leilões de todo o mundo, elevando os preços a novos patamares. A sheika precisava de uma peça principal, mas, infelizmente, a maioria das grandes obras já estava em museus nacionais ou coleções particulares. No momento em que viu *A Improbabilidade do Amor*, ela soube que aquela era a joia da coroa de seu museu – uma obra capaz de atrair turistas do mundo inteiro. Ao contrário daqueles que queriam comprar a pintura a um preço razoável, a sheika queria que os lances saíssem completamente de controle. Queria que sua pintura (tinha certeza que seria sua) fosse a mais cara já comprada em leilão; quanto maior a publicidade, melhor. Enquanto seu marido ganhava corridas de cavalo, ela triunfaria na grande arena de gladiadores da sala de leilão – a imagem da sheika lutando pela pintura apareceria em todas as telas do mundo. Após uma longa e amarga batalha, os governantes de Alwabbi arrancariam a vitória das garras dos mais ricos e mesquinhos colecionadores do mundo. Seria a garantia final da realização de seu sonho e a melhor propaganda possível. Sentada em sua suíte de hotel, a sheika traçou uma última linha de *kohl* em torno de seus belos olhos escuros.

Então, estalou os dedos e sete damas de companhia apareceram, cada uma carregando um vestido de alta costura. Eram poucas as roupas – todas feitas especialmente para ela – que a sheika de fato usava, mas gostava de ter opções. Naquela noite, olhou para os vestidos – o Elie Saab, o McQueen, o Balenciaga, o Chanel e o de la Renta –, mas, após pensar um pouco, decidiu usar um novo Versace, feito de seda preta e fios de ouro de verdade ligando moedas, também de ouro, que tilintavam suavemente quando caminhava. O vestido ficaria escondido por uma longa *abaya* preta, mas pelo menos suas botas Manolo Blahnik ficariam visíveis: de pelica com detalhe em visom, cravejadas com diamantes de 24 quilates que reluziriam sob os flashes quando subisse o tablado para examinar sua maior aquisição.

Em outro canto de Londres, no leste de Clapham, em seu apartamento de um quarto, a crítica de arte Delores Ryan se desesperava. A única maneira de salvar sua reputação naquela noite era destruir a pintura ou se autodestruir, ou fazer as duas coisas. O mundo inteiro sabia que ela, uma das maiores especialistas em arte francesa do século XVIII, tivera aquela obra nas mãos e a descartara como uma grosseira reprodução. Com esse julgamento equivocado, essa única avaliação errada, dilacerou o trabalho de uma vida inteira, uma reputação construída com conhecimento e trabalho duro. Embora Delores tivesse mais de quatro triunfos em seu currículo, incluindo um Boucher no palácio Stourhead, um Fragonard na abadia de Fonthill, e, o mais impressionante de todos, um Watteau que ficava pendurado equivocadamente no refeitório de funcionários do Rijksmuseum – tudo isso estava esquecido no passado. Ela ficaria conhecida para sempre como a tola que se enganou com *A Improbabilidade do Amor*.

Ela deveria ter aceitado o pedido de casamento de Lorde Walreddon anos atrás. Hoje seria a senhora de uma casa nobre, vivendo numa grandiosidade esculpida, em meio ao barulho de crianças brincando e labradores pretos velhinhos. Mas o primeiro e único amor de Delores era a arte. Ela acreditava no poder transformador da beleza. A companhia de Johnny Walreddon a deixava terrivelmente entediada. Já diante de um Tiziano, derramava lágrimas de puro prazer. Como um monge atraído pelo sacerdócio, ela deixou de lado os prazeres mundanos (a maioria, pelo menos) em busca de um plano mais elevado.

O fracasso em reconhecer a importância da obra, junto à loucura que girava em torno de sua venda, abalou não apenas a reputação de Delores, mas também a sua fé. Ela não queria fazer parte de uma profissão em que a arte e o dinheiro haviam se tornado inseparáveis, enquanto a espiritualidade e a beleza viraram meras notas de rodapé. Agora até mesmo Delores olhava para as telas perguntando-se sobre o valor de cada uma. Suas adoradas pinturas haviam se tornado mercadorias negociáveis. Ainda pior, o tema da arte, com sua linguagem e seus códigos próprios, foi desmistificado: no dia anterior mesmo ouvira dois moleques em um café conversando sobre a relevância de Boucher e Fragonard. Delores já não era uma suma sacerdotisa da grande arte, era apenas mais uma solteira solitária morando de aluguel.

Delores lamentou aqueles anos de estudo desperdiçados, as horas lendo monografias e conferências, os feriados enfiada em bibliotecas subterrâneas. E chorou pelas pinturas que passaram por suas mãos e que poderiam – se ela tivesse sido mais esperta do ponto de vista financeiro –, ter garantido uma vida de esplendor, conforto e estabilidade. Soluçou pelos filhos que não concebeu e pela outra vida que poderia ter desfrutado. Sentia-se devastada por não ter previsto nenhuma dessas possíveis consequências quando era mais nova.

Às sete horas da noite, uma hora antes do início do leilão, um murmúrio de expectativa correu pela Houghton Street quando a primeira limusine se aproximou da casa. Lyudmila sabia como fazer uma entrada: estendeu lentamente uma das longas pernas, deixando-a aparecer centímetro por centímetro pela porta do carro. Os paparazzis começaram a disparar seus flashes e, se determinados eventos não tivessem acontecido, a imagem das pernas icônicas de Lyudmila em sua meia arrastão preta saindo de um Bentley preto teriam estampado as primeiras páginas dos tabloides de Croydon ao Curdistão. Seu noivo,

Dmitri Voldakov, que controlava 68% do mercado de potassa no mundo, dono de uma fortuna de dezenas de bilhões de libras, não atraiu nenhum flash. Ele não se importava: quanto menos pessoas soubessem sua aparência, menor a chance de ser assassinado ou sequestrado. Dmitri olhou para os telhados em volta e ficou aliviado em ver seus homens posicionados, armados e alertas. Seus guarda-costas, apenas os dois autorizados a entrar no prédio, já o escoltavam. Dmitri imaginava que o pretensioso Vlad tentaria dar lances maiores que os seus.

Ele que tente, pensou.

— Lyudmila, Lyudmila! — gritavam os fotógrafos. Lyudmila virava-se para a esquerda e para a direita, fazendo um biquinho perfeito.

Dois Range Rovers brancos tunados e reluzentes, pulsando no ritmo de um rap a todo volume, aproximaram-se da entrada.

Um sussurro se alastrou pela multidão em volta.

— É o sr. Power Dub-Box. É o Power Dub-Box.

Dois imensos guarda-costas usando ternos pretos com visíveis fones de ouvido saltaram do primeiro carro e correram até o segundo. Quando a porta se abriu, a rua vibrou com a batida da música número um do sr. M. Dub-Box: "I Is da King". O escultural autonomeado sumo-sacerdote do rap usava uma calça jeans com camisa, e atrás dele saíram do carro três mulheres praticamente nuas.

— Elas devem estar felizes que está fazendo calor — disse Felicia a Dawn, observando espantantada.

— Aquela última está vestindo alguma coisa? — perguntou Dawn.

— O top é da cor da pele dela — comentou Felicia.

— Não estou falando da parte de cima — disse Dawn tirando uma foto com o celular do traseiro despido da mulher que desaparecia para dentro da casa de leilão.

— Que grande prazer conhecê-lo, sr. M. Power Dub-Box — disse o conde Beachendon, aproximando-se para apertar a mão do músico, tentando sem sucesso não olhar para as mulheres seminuas. M. Power bateu em sua mão sem grande entusiasmo, virando-se para as equipes de filmagem à sua espera. As três acompanhantes se organizaram ao redor dele como pétalas emoldurando um grande estame.

— Olá — exclamou Marina Ferranti, a pequena apresentadora do BBC *Arts Live*, cumprimentando o M. Power Dub-Box como um amigo que não via há muito tempo. — Por que veio aqui hoje?

— Gosto de fazer compras — disse ele.

— É uma compra bem sofisticada!

— Sim.

— Você espera comprar a pintura?

— Sim.

— Quanto está disposto a gastar?

— O que for necessário.

— Daria uma boa capa de álbum?

— Não. — M. Power Dub-Box olhou, incrédulo, para a apresentadora. Certamente a BBC sabia que álbuns eram coisa do século passado. Atualmente tudo girava em torno da música viralizar em vários meios simultaneamente.

— Então por que quer comprá-la? — perguntou Marina.

— Gosto dela — disse, afastando-se.

Imperturbável, Marina e sua equipe cercaram o conde Beachendon.

— Lorde Beachendon, você está surpreso com a atenção que esta pintura tem recebido?

— *A Improbabilidade do Amor* é a obra de arte mais significativa que a Monachorum está tendo o prazer de vender — disse ele.

— Muitos especialistas dizem que este quadro é apenas um esboço e que o valor estimado é completamente desproporcional à sua importância — continuou Marina.

— Permita-me responder sua pergunta com outra: como se calcula o valor de uma obra de arte? Com certeza não tem nada a ver com o peso da tinta ou da tela, nem mesmo com a moldura em volta. Não, o valor de uma obra de arte é definido pelo desejo: quem quer possuí-la e a que ponto.

— Você acha que essa pequena pintura vale mesmo dezenas de milhões de libras?

— Não, vale centenas de milhões.

— Como você sabe?

— Eu não decido o valor. Meu trabalho é apresentar a obra sob a melhor luz. O leilão irá definir o preço. — O conde sorriu.

— É a primeira vez que a campanha de marketing de uma pintura inclui uma turnê mundial, uma biografia, um aplicativo, seu próprio site, um filme e um documentário? — perguntou Marina.

— Achamos importante divulgar sua história usando todos os recursos da tecnologia moderna. Trata-se da pintura que lançou um movimento que mudou a história da arte. Além disso, sua procedência também é inigualável: ela pertenceu a algumas das figuras mais proeminentes da história. Esta tela testemunhou grandeza e atrocidade, paixão e ódio... Ah, se ela pudesse falar...

— Mas não pode — interrompeu Marina.

— Sei disso — respondeu o conde com condescendência desdenhosa. — Mas todos com um mínimo de conhecimento sobre o passado podem imaginar os eventos ilustres e personagens célebres que estiveram associados a essa preciosidade. Seu novo proprietário terá sorte de fazer parte dessa história.

Marina resolveu pressionar um pouco mais.

— Só falei com uma pessoa esta noite, M. Power Dub-Box, que realmente gosta da pintura. Todos os outros parecem querer a obra por uma razão diferente — disse ela. — O ministro francês da cultura e seu embaixador dizem que tem significativa importância nacional. O diretor da Galeria Nacional me disse que a pintura francesa do século XVIII está sub-representada na Trafalgar Square. Os Takrisa querem para seu novo museu em Cingapura. Steve Brent quer a obra para seu novo cassino em Las Vegas. E a lista continua. Você acha que o amor à arte é irrelevante nos dias de hoje e que possuir pinturas tornou-se uma outra maneira de exibir riqueza?

— Convidados importantes estão chegando, preciso ir cumprimentá-los — disse Beachendon tranquilamente.

— Uma última pergunta? — gritou Marina. — Que valor você espera que a pintura alcance esta noite?

— Estou confiante de que um novo recorde mundial será estabelecido. Agora, se me der licença... — Percebendo que havia falado demais, o conde Beachendon voltou depressa para a entrada para cumprimentar o emir e a sheika de Alwabbi.

Meia hora depois, quando todos os convidados mais importantes já haviam chegado e sido deixados a cargo de seus responsáveis, o conde cruzou as duas grandes portas de mogno, entrando no santuário da sala de leilões da Monachorum. Apoiou-se em seu púlpito de madeira escura, examinando as fileiras de cadeiras vazias abaixo dele, e então olhou por cima das bancadas de telefones ao fundo da sala. Aquele era seu anfiteatro, sua arena, e, em exatamente vinte minutos, ele presidiria uma das batalhas mais disputadas da história da arte. Os licitantes viriam com arsenais de libras, dólares e outras moedas. As únicas armas dele eram um martelo e a voz da autoridade. Teria que marcar o ritmo daqueles na ofensiva, instigar suas melhores jogadas e impedir que os grupos destruíssem uns aos outros muito rapidamente. Beachendon sabia que quando as emoções estavam inflamadas como naquela noite, quando muito mais do que orgulho e dinheiro estavam em jogo, quando se reuniam egos gigantescos e antigas feridas, muita coisa poderia dar errado.

Ele olhou para seu secreto livro preto com anotações sobre todos os compradores: onde estavam sentados e quanto provavelmente dariam de lance. Nas margens, o conde tinha uma lista dos licitadores que dariam lances pelo telefone e daqueles que insistiam no anonimato. Naquela tarde, quatorze novos aspirantes haviam se cadastrado e a casa de leilões teve que correr atrás de referências bancárias e outras garantias. Uma pessoa já havia garantido 250 milhões de libras; um recorde antes mesmo do primeiro lance oficial ser feito. Se ninguém oferecesse mais, o leiloeiro fecharia a venda com um comprador anônimo pelo telefone. Beachendon fizera uma rodada de ensaio, anunciando lances imaginários feitos a partir das cadeiras vazias e linhas telefônicas desligadas.

— Setenta milhões, oitenta milhões e duzentos mil, noventa milhões e trezentos mil, cem milhões e quatrocentos mil. Por enquanto o lance mais alto foi o feito por telefone. Não, agora é o do senhor aqui. Duzentos e cinquenta milhões e quinhentos mil. — Mais tarde, cada lance seria simultaneamente covertido para dólar, euro, iene, renminbi, rúpia, e apareceria em grandes telas eletrônicas.

O conde parecia calmo e controlado por fora, mas por dentro era uma agitação só. Há pouco mais de um século, aquele quadro pertencera a um membro da família de sua mãe, ninguém menos que a própria rainha Victoria; seu descarte era mais um exemplo do declínio inexorável de sua linhagem nobre. Agora, o fabuloso preço da pintura e sua notoriedade zombavam de Beachendon, lembrando-o de tudo o que perdeu: 90 mil acres em Wiltshire, Escócia e Irlanda e partes do Caribe, junto com grandes pinturas de van Dyck, Tiziano, Rubens, Canaletto e Leonardo. *Se ao menos tivéssemos ficado com esta pintura,* pensou o conde olhando tristemente para a pequena tela revestida em uma caixa de vidro à prova de balas. Imaginou-se levando uma vida diferente, uma que não incluísse ter de pegar metrô, ou ter de se curvar diante de pessoas absurdamente ricas e do cardume de parasitas em volta delas: negociantes, assessores, agentes, críticos e especialistas que cercavam os figurões endinheirados como sanguessugas nas águas do mundo internacional da arte. Dentro de meia hora, o salão estaria fervilhando de gente desse tipo e caberia ao conde Beachendon arrancar deles os melhores lances. Pelo menos, era um consolo para o conde ter descoberto ele mesmo aquele quadro. Provava que, embora a família Beachendon tivesse perdido sua fortuna, nunca perdera seu olhar aguçado.

Assim como o restante do mundo, Beachendon se perguntava que valor a pequena pintura alcançaria. Mesmo as estimativas mais baixas seriam suficientes para comprar mansões em Mayfair, propriedades na Escócia e no Caribe, pagar as dívidas de aposta de seu filho e herdeiro, o visconde Draycott, e comprar bons apartamentos para cada uma de suas seis filhas, as ladies Desdemona, Cordelia, Juliet, Beatrice, Cressida e Portia Halfpenny.

Embora fosse ateu, Beachendon era pragmático e fez uma pequena oração.

O conde estava tão perdido em sua fantasia particular que não viu um jovem de aparência chinesa, vestido como porteiro, examinando o pedestal coberto de veludo. Muitas horas depois, quando a equipe de segurança e a polícia examinassem as imagens das câmeras do circuito de segurança, se perguntariam como um único indivíduo poderia ter executado uma manobra tão ousada diante do atencioso conde, das câmeras silenciosas e dos seguranças. A maioria achava que era o filho de alguém trabalhando para ganhar experiência, um integrante das legiões de jovens que não recebiam nada pela glória de trabalhar para uma grande casa de leilões e conseguir uma referência que desse destaque ao seu currículo. É claro que o diretor de RH e o chefe da segurança fizeram o que era esperado e se demitiram imediatamente, mas já era tarde demais. Tarde demais mesmo.

CAPÍTULO 1

Seis meses antes (11 de janeiro)

Embora sempre passasse em frente da Bernoff and Son, Annie nunca se sentiu tentada a explorar o brechó – não era muito convidativo ver aquelas pilhas de tranqueiras abandonadas por outras pessoas atrás daquela janela suja. A decisão de entrar lá naquela manhã de sábado foi tomada por impulso; esperava encontrar um presente para o homem com quem estava dormindo, mas que mal conhecia.

Conhecera Robert há cinco semanas, durante um encontro de solteiros promovido pela agência de encontros "Arte do Amor" no museu Wallace Collection, na Manchester Square. Não se aventurava nesse mundo dos encontos desde a adolescência, e foi com poucas expectativas de conhecer alguém – mas esperando aprender pelo menos algo sobre arte. O panfleto prometia "palestras para quebrar o gelo" e "especialistas de nível internacional" à disposição para discutir cada pintura. Robert chamara sua atenção durante uma palestra sobre "Paixão na Corte de Luís XIV". Ele a olhou meio sem jeito e com poucas esperanças, e Annie percebeu logo de cara que não era a única ali com o coração despedaçado. Robert era bonito, mas não parecia se preocupar com a aparência – o cabelo comprido demais, a camisa mal passada e sua postura deixavam um pouco a desejar. Em outras palavras, ele era atraente de um jeito não ameaçador. Algumas horas mais tarde, os dois se beijaram em uma travessa atrás da Marylebone High Street. Ele pediu seu telefone (*Só por educação*, pensou Annie). Mas, no dia seguinte, já mandou uma mensagem: "Querida Annie, minha avó costumava dizer que, depois de uma queda feia, é importante subir de novo na sela. Você gostaria de beber alguma coisa?". Depois disso, Annie e Robert se encontravam uma ou duas vezes por semana para um pouco de sexo vigoroso e conversa fiada. Quando Robert confessou que passaria seu aniversário sozinho, Annie se ofereceu para lhe fazer um jantar. Mesmo com um pé atrás, ela procurava manter a esperança. Sua urgência de amar e ser amada era tão forte que ignorava sua nítida incompatibilidade com Robert. *Pelo menos,* pensava ela, *o bom e confiável Robert, o advogado de Crouch End abandonado pela esposa, que fizera o imperdoável e fugira com o melhor amigo dele, jamais deixaria de ser agradável e cavalheiro.*

Annie empurrou a porta da loja, que se abriu com um estremecimento relutante. No canto, havia um homem, embora fosse difícil distinguir seu corpo da poltrona em que estava jogado. Os dois eram largos e estavam envoltos em veludo marrom. Ele assistia à TV com o som desligado, e Annie pôde ver o reflexo de cavalos correndo em seus óculos.

— A loja está aberta? — perguntou ela.

O homem fez sinal para ela entrar, sem tirar os olhos da tela.

— Entre logo, feche a porta.

Annie fechou a porta delicadamente.

Um telefone tocou e o homem atendeu.

— Antiquário Bernoff, Restauração e Venda — disse ele com um sotaque do sul de Londres. — Aqui é Ralph Bernoff.

Sua voz era surpreendentemente aguda e jovem. Parecia ter uns cinquenta anos, mas provavelmente estava na casa dos trinta.

— Gaz, meu velho amigo, você está assistindo ao Canal 4? Viu que o Ninnifer chegou em trinta para um? — perguntou Ralph. — Não estou acreditando.

Ele esperou para ouvir a resposta.

— É claro que não gosto daquele bosta. Ele correu para trás em Haydock, na semana passada. Me empresta algumas libras. Sei que Ninnifer vai arrasar. Por favor, amigo.

Pausa.

— Como assim estou lhe devendo? — indagou Ralph, queixoso.

Pausa.

— Então coloca mais essa na conta. Aqueles cretinos disseram que vão quebrar minhas pernas se eu não pagar até hoje à noite. Por favor, Gaz. Me ajude.

Pausa.

Annie caminhava nos fundos da loja, passando por fileiras de louças que não combinavam, livros com capas em relevo, xícaras lascadas, tigelas rachadas, pilhas de missangas, a reprodução de uma boneca vitoriana e um monte de canecas Toby de cerâmica. Ela olhava o tempo todo do homem para a porta, esperando a hora que os credores iam invadir o antiquário.

— Ninguém vai comprar nada — queixou-se ao telefone. — Ninguém nunca compra. Só passam por aqui os entediados que não têm nada para fazer no sábado de manhã — lamentou, olhando na direção de Annie.

Ela pegou uma forma de bronze vitoriana no formato de um cometa e se perguntou como poderia usá-la. Robert nasceu em 1972, e ela pretendia preparar um jantar inspirado nos anos setenta. Talvez uma gelatina elaborada fosse melhor do que o babá ao rum que tinha planejado. Ela virou a forma – custava três libras. Muita coisa para gastar em um jantar só e, além disso, não teria tempo suficiente para a gelatina endurecer. Então colocou a forma de volta ao lado de uma boneca de porcelana.

— Se não vai me emprestar quinhentas libras, que sejam vinte e cinco. Pago com juros quando eu ganhar — disse Ralph.

Pausa.

Gaz deu a resposta errada; Ralph bateu o telefone.

Annie foi até outra mesa e folheou uma edição em capa dura de *Stalingrado* – será que Robert iria gostar? Era um livro brilhante, mas muito deprimente. Depois examinou uma caixa incrustada de madrepérola. Bonita, mas muito feminina. Então, alguns passos à frente, viu uma pintura apoiada contra a parede atrás de uma ficus, sobre um arquivo.

— Posso? — murmurou para o homem.

— Fique à vontade. — Ele sequer ergueu os olhos, continuou jogado na poltrona assistindo à televisão. Annie pegou a pintura e levou-a até a janela, onde a examinou mais atentamente.

— O que você sabe sobre isso? — perguntou ela.

— É uma pintura.

Annie olhou para ele sem saber se era burro ou rude... ou as duas coisas.

— Sabe de quando é, ou quem a pintou?

— Não faço ideia, está aqui há anos.

— Estou procurando um presente para um amigo... — Annie hesitou. — Acho que ele gostaria bastante dessa pintura.

Ralph Bernoff não gostava de conversar – já havia se acostumado a ouvir as velhinhas solitárias tagarelando sobre todo tipo de coisa – mas Annie era alguns anos mais nova do que a maioria de suas clientes. Ainda assim, ele reconhecia os sinais: triste, solteira e chegando aos trinta. Ele a examinou de cima a baixo – *pernas bonitas, mas sem muito busto, quem sabe se fizesse umas luzes no cabelo e colocasse uma saia curta*, pensou.

— Nós compartilhamos um certo interesse por pintura. — Annie corou, percebendo os olhos dele em seu corpo. — Meu amigo — disse ela com firmeza — talvez goste dessa obra. Me lembra algo que vimos na Wallace Collection.

— Sei.

Ralph não parava de olhar o relógio e revirar os bolsos como se, por um milagre, pudesse brotar algum dinheiro ali.

— Sabe de onde veio?

— Não faço a menor ideia... Veio com a loja. Compramos a loja toda com a maioria deste lixo dentro. — Ralph balançou as mãos, indicando tudo ao redor — A pior decisão do meu pai.

— Quanto custa? — Annie puxou a manga do casaco e limpou delicadamente a poeira na superfície da tela.

— Não tenho ideia. Meu pai pode te informar melhor na segunda.

— Mas aí já vai ser tarde demais — disse Annie. — Que pena... gostei mesmo dela.

Ralph bufou grosseiramente.

— Tem um monte de tralha aqui. Escolhe qualquer outra coisa. Eu te dou um desconto, por ser sábado e tudo mais.

Ralph enfiou o dedo mínimo em uma das orelhas e girou-o com toda a concentração de um violinista que quer alcançar um dó agudo. Annie desviou o olhar e colocou cuidadosamente a pintura de volta no lugar. Ralph olhou para um antigo relógio de pêndulo; eram quase três horas.

— O quê? O Ninnifer já está em cinquenta para um, não acredito. — Ralph pulou da poltrona e bateu o dedo na tela, irritado.

— Não me interessei por mais nada — disse Annie, já cheia daquele homem grosso e sua espelunca claustrofóbica.

— Me fazendo perder tempo — resmungou Ralph em voz baixa.

Então, fechando bem o casaco e cobrindo as orelhas com um gorro de lã, Annie abriu a porta. Um vento frio invadiu a loja e levantou luminosos redemoinhos de poeira em volta de seu rosto. Annie deu uma última olhada na pintura. Era realmente muito bonita, mesmo ali escondida pela sujeira e a escuridão. Ela contaria a Robert sobre essa obra mais tarde, e então teriam algo sobre o que falar naquele mundo de tão pouca conversa dos dois. Já estava na calçada, prestes a soltar a corrente de sua bicicleta, quando Ralph saiu correndo da loja balançando a pintura.

— Espera. Quanto você pode pagar? — perguntou Ralph.

— Cinquenta libras. — Annie sorriu, como quem se desculpa.

— Quinhentas libras e é sua — disse Ralph, estendendo a pintura.

— Eu não chego nem perto de ter esse dinheiro — disse Annie.

— Quanto você tem?

— Saquei cem libras, mas tem que dar para o jantar também.

Ela corou um pouco, e começou a balançar as pernas, inquieta.

— Aceito duzentos e cinquenta em dinheiro.

— Já disse que não tenho isso. — Annie já estava irritada. Colocou a corrente no cesto da bicicleta e começou a empurrá-la pela rua.

— Você tem quatro minutos para decidir, querida, ou nada feito.

— Eu posso dar setenta e cinco... É minha última oferta — Annie se ouviu falar.

Ralph hesitou, mas logo estendeu a mão dizendo:

— Setenta e cinco, então. Passa o dinheiro logo pra cá.

CAPÍTULO 2

Eu sabia que seria resgatada, mas nunca pensei que levaria cinquenta anos. Deveriam ter convocado equipes de busca, batalhões e legiões. Por quê? Porque meu valor é inestimável, sou a obra-prima que lançou todo um gênero artístico. E, se isso não bastasse, sou considerada a maior, a mais tocante e a mais emocionante representação do amor.

Fui inspirada por sentimentos de profunda alegria e esperança, mas minha composição decorativa mascara uma alma transtornada, embriagada pelo misterioso veneno do desespero. Infelizmente, sem ter a intenção, exerço um caprichoso e excêntrico poder sobre homens e mulheres – às vezes de inspiração e confiança, às vezes o oposto. Sou tanto o fruto quanto a progenitora da tragédia.

De volta ao presente. Imagine viver guardado em uma loja de quinquilharias na companhia de um monte de móveis de vime, porcelana barata e reproduções de quadros. Não sou esnobe, mas tudo tem limite. Não vou conversar com penicos ou falsos colares de pérola. *Non!* Estou acostumada à magnificência, ao farfalhar do tafetá e às luvas de cetim e *le mouffle du damask*, ao tremeluzir da luz das velas, ao brilho do mogno, ao perfume delicado da água de rosas e da cera de abelha, ao ruído do cascalho e aos sussurros dos cortesãos. Não a uma sala minúscula iluminada por lâmpadas nuas e uma luz esverdeada que vem de fora através de um vidro sujo. A atmosfera da loja é extremamente prejudicial à minha tela delicada, cheia de fungos e bolor. Isso sem falar das camadas de fumaça de cigarro e odores humanos que pairam como pedaços de mil-folhas no ar estagnado.

Não é a primeira vez que fui negligenciada. Os seres humanos são caprichosos, escravos da fantasia e da moda. Estão fadados a serem amadores... Não vivem o suficiente para aspirar ser mais do que disso. O que se pode fazer em apenas setenta ou oitenta anos? Durante a primeira parte de suas vidas, tudo é pressa e fornicação. E, daí em diante, concentram a maior parte de seus esforços na sobrevivência.

Tenho trezentos anos de idade. Como as primeiras pinturas do homem foram feitas há cerca de 40 mil anos, sou apenas uma novata na coleção da história da arte, mas me considero uma veterana em termos de experiência. Valorizada e querida pela realeza e por grandes apreciadores de arte, era exposta em lugares de destaque nos mais grandiosos palácios e salões da Europa e até da América. Vez por outra, infelizmente, o capricho de uma nova madame ou o julgamento de algum crítico me levava a ser relegada, a receber cartão vermelho, e eu era levada para as dependências dos criados ou para algum depósito.

Dessa vez foi diferente. Eu estava verdadeiramente perdida.

Presa na Bernoff, sentia-me cada vez mais solitária. É arrogante supor que os humanos têm o monopólio da comunicação – nós, pinturas, conversamos com objetos de mentalidade parecida. Já tentou ter uma conversa com uma forma de bolo ou uma caneca Toby? A última foi produzida no East End de Londres, uma vida completamente vulgar... Só sabia falar de futebol, roubos e sexo. O pior é que essas coisas pegam, sabia? Às vezes me surpreendo ao dizer expressões terrivelmente grosseiras e obscenas. Minha primeira língua é o francês pré-revolucionário, mas morei na Espanha, Inglaterra, Rússia, Alemanha e Itália. Então, meu vocabulário um dia cortês tornou-se um medonho "franglês" influenciado por diversas épocas.

Ainda assim, uma obra-prima desenvolve um certo *sang-froid*, acreditando que a excelência sempre triunfará. Afinal, o que são algumas décadas, quando temos séculos adiante para inspirar, agradar e informar? Era uma questão de paciência: mais cedo ou mais tarde alguém atravessaria aquela porta e reconheceria meu verdadeiro valor. Então aconteceu; duas vezes no mesmo dia. A primeira foi sombria. Nunca pensei que o veria novamente. Aqueles olhos azul-claros... Aquele olhar furtivo e aquela imensa figura ligeiramente conturbada ou recurvada pelo tempo. Odiei-o na hora, e o odeio agora. Eu sabia que ele estava me procurando há muitos anos. Por algum motivo, ele não me comprou na hora, e só me escondeu atrás de um vaso de ficus. Esse erro seria sua ruína.

Apenas algumas horas mais tarde apareceu uma mulher – uma garota franzina, obviamente pobre, além de ignorante. Pressenti um problema. Desenvolvi um sexto sentido para isso. Se bem que não adianta nada ter uma boa intuição quando não se pode fugir nem gritar.

Era uma típica manhã de sábado na Bernoff. O velho tinha tirado o dia de folga e Ralph, seu lamentável filho, estava cuidando da loja. O ser hediondo (um termo elogioso, posso assegurar) analisava o formulário com as informações sobre as corridas. Fora a loira peituda com roupas íntimas baratas que aparecia de vez em quando e ele atirava às pressas contra o arquivo, gemendo e suando, as corridas de cavalos eram a única coisa que o excitava. Naquele dia, uma pequena TV em cores em cima da escrivaninha transmitia uma corrida em Cheltenham. O telefone tocava a todo instante. Era seu "colega" Gaz. Ele gostava desse cara? E o jóquei? Ele havia corrido mal em Haydock. O mesmo acontecia todos os sábados. Gaz o deixara todo empolgado com um cavalo que correria às 15h30, chamado Ninnifer. O único problema era que Ralph já havia torrado seu dinheiro da semana no bar. Então fez o mesmo de sempre, revirando todas as gavetas, os bolsos do casaco do pai e a caixa onde ficavam os trocados. O velho não era estúpido, nunca deixava nada. Ninnifer, aparentemente, era uma aposta certeira. Ralph xingava, furioso. Eram 14h30. Em seguida, começou a ligar para os amigos, perguntando se poderiam lhe emprestar dez libras. Mas todos já o conheciam bem.

Ouviu uma sineta e um rangido quando a porta se abriu.

— Maldição — resmungou Ralph ao telefone com Gaz —, mais alguém para me fazer perder tempo. — Pausa. — Deve ser alguma velha procurando uma almofada para o gato. — Pausa. — Os clientes de sábado nunca compram nada.

Vi a jovem caminhar entre as mesas, resmungando frente às quinquilharias que encontrava. Deu uma olhada em uma edição capa dura que parecia antiga antes de ir a outra mesa examinar uma caixa com uma incrustação bonita. Então me viu, aproximou-se e moveu o ficus ligeiramente para o lado.

— Posso? — disse ela a Ralph.

— Fique à vontade.

Ele sequer ergueu os olhos. Muito delicadamente, a jovem me tirou de cima do arquivo, afastando-me das plantas, e me levou até a janela. Não consigo enxergar muito bem atualmente: duas camadas de verniz e a fumaça constante de cigarro deixaram minha superfície bastante turva. Ela me olhou concentrada, muito atentamente. Já fazia um bom tempo que não me admiravam adequadamente assim. Devo admitir que gostei disso. Olhei, então, para os dedos dela. Nenhuma aliança. Eu deveria ter imaginado. Era uma desmazelada ou uma dessas moças desesperadas para casar, uma *jeune fille à marier*, mas nem me preocupei muito já que ela certamente não tinha dinheiro.

De qualquer forma, foi um alívio ser colocada de volta. A garota saiu da loja e, de repente, Ralph deu um pulo, me pegou e saiu atrás dela. Ela não me queria de verdade, desejei com todas as forças que não me comprasse. Após uma negociação rápida, ela começou a revirar a bolsa: tirou de lá um pó compacto velho, um caderno, dois molhos de chaves, um protetor labial, um celular, uma caneta sem tampa, uma barra de chocolate pela metade e algumas folhas de papel. Finalmente, pegou uma carteira surrada de couro, cheia de recibos e fotos. Contou o dinheiro, uma ninharia insignificante: a mais absoluta vergonha.

No que eu estava pensando?, você deve estar se perguntando. É claro que eu não estava pulando de alegria. Eu não caía de amores pelos Bernoff, estava farta da fumaça, de sua companhia, da televisão – mas já havia me acostumado e era um ambiente seguro. Não sabia nada sobre aquela garota desleixada. Ou sobre o aniversariante. Não fazia ideia de como eles eram, ou com o que poderiam estar metidos.

Eu tinha um sonho. Um dia a porta se abriria e a sineta iria soar com a entrada de um homem de aparência séria, usando um terno elegante de tweed e óculos dourados em formato de meia-lua. Seus olhos se fixariam em mim e ele perceberia logo de cara. Dentro de alguns dias, outros homens apareceriam com delicadas luvas brancas e me colocariam com cuidado em uma almofada de veludo vermelho. Eu seria levada por uma guarda armada para um lugar adequado, uma galeria, com paredes de mogno e tapetes macios, viraria o centro das atenções, recebendo especialistas que fariam exclamações e declarariam sua admiração. Então, limpariam-me com todo cuidado e eu seria colocada em uma moldura decente. E o melhor de tudo, seria reunida a algumas das outras obras de meu mestre.

Como sempre, não tive como opinar sobre o que aconteceu em seguida, fui novamente vítima do capricho humano.

Ralph me colocou em uma bolsa de polietileno, entregou-me à garota e correu para encontrar o agente de apostas. Pude ouvir os dentes da menina rangendo ao me colocar na cesta de sua bicicleta. Chovia um pouco e as gotas frias que caíam no plástico tornavam a visão ainda mais difícil. A garota soltou a corrente da bicicleta, subiu e partimos, pedalando contra o vento gélido. Era uma experiência nova andar entre aqueles monstros retangulares ruidosos e rosnantes de lateral chata. Eles passavam rugindo, como se nos aspirasse para um turbilhão úmido em direção a grandes rodas negras. A garota andava de bicicleta como Pedro, o Grande, gostava de andar a cavalo, sem pensar em mais ninguém, rápida, presunçosa e destemidamente. Eu já havia sobrevivido a muitas situações, mas nunca fora tão sacudida e sentira tantos solavancos desde aquela viagem pelos Pirineus, quando as maiores obras de Felipe e Isabel tiveram de ser colocadas no lombo de mulas e enviadas do Escorial para um lugar seguro.

Após ziguezaguear pelo trânsito por dez minutos, passando por buracos cheios de água e por uma cacofonia infinita de buzinas, homens gritando, cachorros latindo, enfim, todo tipo de barulho, chegamos ao mercado. Ficava em uma viela, com mesas de madeira repletas de mercadorias e toldos listrados, que brilhavam com o ar úmido. Algumas barracas ainda estavam com luzes e decorações de Natal. Um cheiro de falsa alegria pairava pelo ar como um perfume barato.

— Teve um bom Natal, querida? — perguntou alguém. — Foi ao Caribe?

— Fiquei aqui e cozinhei a ceia para um amigo — respondeu a garota, escolhendo com cuidado os tomates.

— Quer me aquecer esta noite? — gritou outro.

A garota não respondeu.

— Dizem que um vento ártico se aproxima... Você pode se arrepender.

— Estes tomates não estão com uma cara muito boa, deve ser o frio — disse ela, tentando desencorajar os comentários.

— É janeiro, meu anjo, caso não tenha notado. — O homem deu uma gargalhada.

Annie era conhecida no mercado, e pareciam gostar dela. Dois vendedores a chamaram para sair, um lhe deu um saco de laranjas de graça. A maioria a chamava apenas de Annie, sem nenhum sobrenome ou título – isso não era nada bom. Raramente fui propriedade de pessoas sem classe ou status social. Não sou esnobe; meu mestre não era de berço, mas um título sempre é reconfortante, sugere riqueza, boa criação e segurança. Ainda está para nascer uma rainha chamada Annie.

Ela levou uma eternidade escolhendo frutas e hortaliças, apalpava e cheirava todas, certificando-se de que estavam perfeitas. Passou mais tempo escolhendo uma batata do que levara para decidir pela compra de *moi*. Perguntava sobre a procedência de tudo, se o vendendor sabia de onde vinham ou quando tinham sido colhidas. Desconfio que eles só a toleravam porque ela tem um rosto bonito. No açougue, ela ficou bastante tempo pensando em comprar um filé, mas só podia pagar um corte chamado *bavette*, que agora sei que é saboroso e barato.

Pelo menos a garota não colocou a carne, as batatas ou qualquer produto fresco na minha sacola plástica; é sempre bom agradecer pelas pequenas bênçãos. Os vendedores tinham separado algumas coisas para ela. Eu confesso que até gostava da garota. Sua voz era agradável e um pouco ofegante, ela inspirava muito antes de falar – certamente nunca lhe ensinaram como respirar através do diafragma. A respiração curta dava a impressão de estar à beira de um ataque de pânico. Seu sotaque era definitivamente inglês, não entregava nenhuma classe social, e pelo menos formava frases completas, em vez de se expressar com aquela terrível taquigrafia que eu tinha de aturar na Bernoff. Ainda assim, tinha aquele péssimo hábito moderno de emendar palavras na pressa de terminar uma frase.

Por fim, fui levada de bicicleta até sua residência. Como conseguimos chegar vivas, eu não sei; o caminho era acidentado, ruidoso, e mais de uma vez um automóvel freou com tudo para evitar uma colisão. Repreendiam-na por conduzir de maneira inconsequente, mas ela parecia alheia a tudo. Fiquei completamente aflita durante todo o trajeto.

Paramos e ela abriu a porta da frente. Imagine minha decepção quando notei que não havia criados para recebê-la, nem mesmo um empregado já idoso – era um péssimo presságio. Subimos e subimos sem parar. Contei dois, três, quatro e então cinco andares. Permita-me logo desiludi-lo da ideia romântica de que os artistas gostam de sótãos. Besteira. Os artistas são como qualquer outra pessoa – gostam de lugares grandiosos. Apenas os criados vivem próximos ao beiral do telhado, onde os degraus podem ter dez centímetros de altura e os tetos são baixos e inclinados. Essa foi a primeira coisa que notei quando a garota me tirou do saco plástico. Era uma má notícia; realmente tinha sido comprada por uma pessoa de classe social muito baixa. Como não me cansarei de repetir, minha sobrevivência depende de boas condições; guerras, fome, pobreza, clima, moda e outras barbaridades me apavoram.

Apoiada sobre uma mesa de madeira instável, consegui dar uma boa olhada em meu novo lar. O cômodo ocupava todo o comprimento e a largura da residência e exibia um tom vulgar de amarelo. O teto era baixo; não daria para pendurar um quadro grande de Rubens ali, e uma tela de Veronese teria de ser dobrada em oito partes. Havia janelas em três paredes (o que me afligia, já que a luz solar para nós, pinturas, é outro risco terrível. Atrás de uma divisória (não dava para considerar que era outro cômodo), vi uma cama desfeita. Alguém tinha dormido de um dos lados; o outro estava arrumado. Ela obviamente morava sozinha. Notei que o colchão ficava apoiado sobre tábuas e tijolos. Sobre um caixote junto ao lado bagunçado da cama, havia pilhas de livros. Embora minha visão estivesse bastante distorcida, todos os volumes me pareciam ser sobre comida.

Não havia nenhuma outra obra de arte para me fazer companhia. Pelo menos também não havia sinal de criança;

não suporto crianças. Uma vez o delfim, aquele miserável filho e herdeiro de Luís XIV, uma criança idiota, um tolo teimoso, teve um ataque e atirou uma bola em *moi*! No que me diz respeito, as crianças não deviam ser vistas nem ouvidas.

No outro extremo do apartamento, havia uma alcova com equipamento de cozinha: uma caixa de metal branco com botões, uma pia de aço inoxidável sob uma janela voltada para os telhados. Dos dois lados havia prateleiras cheias de panelas, frigideiras e louças, todas dispostas de forma bagunçada. Em dois velhos potes de cerâmica havia uma série de utensílios de cozinha, facas e garfos. Pequenos armários dos dois lados da caixa branca guardavam uma variedade de pacotes e alimentos secos. Havia poucos ornamentos: um jarro de porcelana decorativo, lascado e bem medíocre, com flores murchas, um cartaz emoldurado de um filme, *Isabella and Ferdinand*, e um urso de pelúcia bem velho com apenas um olho e uma bandana vermelha em volta do pescoço. O chão era de madeira, pintado de branco, mas bem arranhado, e havia um tapete azul e branco diante de duas pequenas poltronas com cobertores em seus encostos. Em outro palete de madeira, havia uma espécie de samambaia em um vaso de terracota.

Enquanto minha nova proprietária guardava as compras, consegui observá-la melhor. Era bem franzina; tinha pouco mais do que um metro e sessenta de altura. Suas roupas eram horríveis: usava aquelas calças largas, cheias de bolsos, e um suéter, amadoramente remendado nos cotovelos com uma linha rosa bem chamativa. Nos pés, botas marrom-claras de salto largo. Sua pele era maravilhosamente clara e uma cascata de cachos escuros, castanho-avermelhados, emoldurava seu rosto de um jeito bastante atraente. Um pouco mais tarde, ela preparou uma bebida quente e sentou-se olhando atentamente para mim, o que me permitiu vê-la melhor. A garota não tinha uma beleza clássica, não era uma Mona Lisa nem uma Vênus de Milo, mas tinha algo, um certo *je ne sais quoi*. Olhos verdes, grandes e amendoados, sobrancelhas perfeitamente arqueadas, dentes brancos com uma pequena fenda no meio. Sua boca era ligeiramente grande, mas os lábios tinham um lindo tom de ameixa. A pele era tão pálida que reluzia como mármore. O rosto, um pouco alongado demais, conferia-lhe um encantador ar sério e reflexivo. Então ela sorriu. "Caramba", como os rapazes Toby costumavam dizer. "*Mon dieu*", para citar o velho Nicolas Poussin. Minha salvadora, eu tinha de admitir, era realmente encantadora, *une belle femme*.

— Fico pensando qual é a sua história — fazia tempo que não falavam comigo dessa maneira. Meu craquelado reluzia de prazer. — Queria poder vê-la melhor. Será que ficou assim por causa do tempo ou da sujeira? É tão bonito o jeito como o homem deitado na grama admira a mulher dançar. Mas parece que ela não está muito a fim dele. Ela percebe que estamos observando e não dá a mínima para o que ele pensa. É dessas mulheres capazes de inspirar um grande amor, não é? Onde será que eles estão? Parece uma clareira na floresta, mas o sol vem da esquerda, criando uma luz difusa. É um fantasma ali no canto? Ou é só uma nuvem?

O que eu poderia dizer? Ela tem o olhar. O coração. Pode ser pobre, mas ela *sabe*, não é? Ela pode sentir minha grandeza. Como qualquer um, preciso ser amada e admirada.

Ela olhou para o relógio na parede e deu um pulo. Havia muito trabalho a ser feito. Era claramente uma ocasião especial. Enfiou a mão no fundo de um armário e pegou um grande tecido branco – nada de linho ou damasco. Estendeu-o sobre a mesa, alisando cuidadosamente as bordas. Em seguida, pegou alguns talheres de um pote, e limpou-os com a parte de baixo da toalha de mesa. Nada educado, não é mesmo? Depois pegou quatro canecas esmaltadas pequenas da prateleira, em que arrumou pequenos buquês de narciso. Maria Antonieta adorava narcisos... E isso me levou de volta ao passado. Duas taças de vinho foram polidas e colocadas uma em cada ponta da mesa.

Depois a garota pegou alguns guardanapos rosa e, prendendo-os com fitas escarlates, colocou-os entre as facas e os garfos criando um padrão próprio. O que há de errado com esses jovens? Por que não conseguem seguir as disposições clássicas e fazer as coisas corretamente? Ainda assim, eu tinha de admitir, era um toque criativo que dava um ar festivo.

Tirou a carne da sacola, a temperou com alguns pós, colocou-a em uma tigela e cobriu-a com um pano. Em seguida, foi até o pequeno cômodo ao lado e logo ouvi o barulho de água. Quando saiu do banho, vi de relance sua pele nua – seus longos membros cor de mel remetiam a um Tiziano, devo dizer. A *Vênus no Espelho*, de Velázquez, ficaria com raiva diante de uma rival dessas.

Eu a observei enquanto se vestia. Ela escolheu uma camisa de seda branca e uma calça roxa de veludo, desgastada nos joelhos e remendada de um lado. Qual era a dificuldade de colocar um bonito vestido? Ela torceu os longos cabelos em um coque, que prendeu com um pauzinho. Por que não um bonito prendedor? Ainda assim, já estava muito melhor.

Eu já tive a oportunidade de viver o encanto das salas de banquetes, dos grandes salões e dos *boudoirs* (*oh là là*, as histórias que eu poderia contar... a vida sexual de reis e rainhas), mas nunca fui relegada a uma cozinha ou assisti a uma *domestique* trabalhar. Devo admitir que era muito interessante observá-la; ela cozinhava como se conduzisse uma orquestra, só que, em vez de uma batuta, usava facas brilhantes e colheres de madeira. Suas mãos voavam rápido como andorinhas sobre panelas e uma pesada tábua de corte. As hortaliças foram cortadas em tiras finas e os ovos, batidos em neve. Em nenhum momento tirava os olhos de seus molhos, que mexia e às vezes acrescentava uma pitada de sal ou algumas ervas bem picadas. Por fim, os ovos se transformaram em algo espumoso e brilhante, que ela colocou sobre as fatias de carne cor de rubi usando uma colher.

Minha antiga senhora, Maria Antonieta, tinha dezenas de chefs de confeitaria; havia uma garota só para ver o bolo crescer. Seu comentário para que comessem brioches foi difundido totalmente fora de contexto. Era, na verdade, um elogio. E daí se não havia pão? Brioches eram mais saborosos. Foi um pouco absurdo diante das circunstâncias, entendo, mas eram outros tempos.

Depois de colocar velas por todo o apartamento – no parapeito da janela, em uma mesa lateral e na lareira –, Annie as acendeu uma a uma e apagou as luzes. Do lado de fora, a noite caía e só se via o fraco brilho alaranjado das luzes da rua que passavam pela janela.

Quem quer que fosse o convidado, estava atrasado. Cada vez mais atrasado. Ela estava inquieta. Rearrumou as facas e os garfos. Abriu a garrafa de vinho e serviu-se uma taça. Depois outra. Abriu e fechou um livro. Perdi a conta de quantas vezes foi até a janela e estreitou os olhos em direção à rua lá embaixo.

Meu mestre também ficava assim esperando que "ela" aparecesse. Ela sempre chegava atrasada, quando de fato aparecia. Meu mestre tentava pintar, pegando um pincel e colocando-se diante de seu cavalete. Ele até tentava se concentrar, mas acabava andando de um lado para o outro entre sua paleta, as escadas e a janela.

A garota olhou para o relógio. Andou pelo apartamento. Toda hora pegava o telefone, começava a digitar os números e parava. Encheu uma terceira taça de vinho e depois uma quarta. À luz das velas, eu podia ver o rubor em suas bochechas, um brilho a mais em seus olhos. Ela revirou uma gaveta e pegou um maço de cigarros. Senti um peso no coração. Não imaginava que ela fosse uma fumante. Annie acendeu um cigarro e puxou a fumaça para o fundo dos pulmões. Então, tossindo violentamente, atirou a guimba na lareira vazia. As velas já haviam queimado bastante. Uma ou outra tinham até se apagado. Seu convidado não iria aparecer. Não era preciso ter trezentos anos de experiência para perceber isso.

Ela parou no meio da sala e começou a se balançar de um lado para o outro. Suas pernas começaram a se mexer, e ela estendeu os braços para o lado como se estivesse empurrando o ar para longe. Um terrível gemido de sofrimento escapou de sua boca, fraco no início, mas foi aumentando até parecer um uivo. À medida que o barulho aumentava, seus movimentos se aceleravam e logo parecia uma árvore balançada por um vento forte. Eu olhava para ela, hipnotizada. Enquanto dançava, a luz das velas projetava a sombra de seus movimentos nas paredes. Girava cada vez mais rápido, seu cabelo se agitando de um lado para o outro, e a cabeça parecendo que se desprenderia a qualquer instante. Suas pulseiras refletiam raios de luz em seus olhos. Sua respiração se acelerava cada vez mais. Então ela parou, tão repentinamente quanto havia começado, e caiu de joelhos, descansando a cabeça no chão. Então, ouviu um som misterioso e estranho, como o vento assoviando sob uma porta ou uma criança tocando oboé. Logo percebi que era ela, chorando. Era um som de partir o coração, que eu já tinha ouvido uma vez, quando a amada de meu mestre lhe dissera que nunca se casaria com ele.

A garota deitou-se no chão, balançando o corpo de um lado para o outro, agarrada aos joelhos ou com os braços atrás da cabeça. Ela chorou até a luz suave da aurora surgir sobre os telhados e um pássaro solitário começar a cantar.

CAPÍTULO 3

Annie acordou no fim da tarde e, abrindo os olhos, viu os raios alaranjados do pôr do sol colorindo sua cama, dando à colcha um tom entre o vermelho e o dourado. *Se eu não me mexer,* pensou ela, *talvez minha cabeça pare de doer tanto.* Ela passou a língua pelo céu da boca e sentiu um gosto áspero e metálico. Deu uma olhada no celular – já eram quase quatro da tarde e não havia ligações perdidas, nem e-mails, nem mensagens. *Pelo menos o domingo já estava quase acabando,* pensou, tropeçando em direção ao banheiro. Parou em frente ao espelho e deu risada do próprio reflexo. Não era de admirar que ele não tivesse aparecido, não era de admirar que todos a deixassem, concluiu ela, olhando para seus cabelos sem vida, os olhos vermelhos e a pele manchada. *Quem em sã consciência iria querer isso,* se perguntou. Abriu a torneira até a água sair bem fria e lavou o rosto. Em seguida, espremeu o resto da pasta de dente com o cotovelo e escovou-os vigorosamente.

Viu através do espelho a pintura apoiada na cômoda e se sentiu ridícula. Em que eu estava pensando? Setenta e cinco libras? Uma loucura. Precisava recuperar o autocontrole ou iria parar no hospício. A primeira coisa que faria no dia seguinte seria devolver a pintura, deixar Robert para trás e mandar Desmond para o recanto profundo mais profundo de sua memória. Enquanto escovava os dentes já animada com as resoluções, Annie fez – não pela primeira vez – várias promessas para si mesma. A primeira da lista era o voto de castidade; cancelaria sua inscrição na agência "Arte do Amor", retiraria seu anúncio de todas as colunas de corações solitários e aceitaria sua condição de mulher solteira e feliz. Número dois: deixaria de beber; estava parecida demais com a sua mãe nesse aspecto. Número três: de agora em diante só comeria alimentos saudáveis, nada de cafeína ou açúcar; sua mente e seu corpo precisavam de um tratamento de choque saudável, de um novo começo. Tinha que usar as experiências negativas para alavancar uma mudança positiva. Número quatro: deixar de ser tão autocrítica.

Seu corpo implorava por carboidratos para curar a ressaca. Viu, então, os restos do jantar da noite anterior na mesa e decidiu adiar as novas resoluções até segunda de manhã. *Talvez a comida ficasse melhor fria,* pensou, levando à boca um pouco de batata gratinada *dauphinoise* e *bavette. Ele teria me deixado se tivesse comido isso,* pensou ela, tirando um pedaço de carne dura dos dentes. Então comeu rapidamente, convencendo-se de que a rapidez compensaria a qualidade.

Robert deve ter recebido uma resposta da esposa: a tão desejada reconciliação. Tudo o que ele queria era voltar para ela e os filhos – isso estava claro desde o início. Ela deveria ficar feliz por ele; Robert foi essencial para ela se afastar de vez de Desmond.

Em seguida, Annie pegou a velha cafeteira de prata do armário, desatarraxou a tampa, encheu a parte inferior com água e, com cuidado, colocou algumas colheres de café recém-moído na parte de cima. A junção das duas partes estava tão desgastada que tinha de ser fechada com bastante firmeza para impedir que a água saísse pelos lados quando fervia. Desmond sempre lhe falava para comprar uma cafeteira nova ou, melhor ainda, para deixar de tomar café. Dizia que era ruim para ela. Que não queria ver "seu amor" prejudicando a própria saúde. Para evitar conflitos, Annie passou a maneirar no seu hábito de tomar café e a antiga cafeteira foi parar no fundo do armário. Foi um dos poucos objetos que levou de Tavistock para Londres quando se separaram – só escapou porque não estava manchada pela lembrança dele.

Desmond entrou em sua vida quando ela tinha apenas dezesseis anos, e depois viveram outros quatorze juntos. Toda a vida adulta ao lado de uma pessoa. Até a separação, doze meses antes, ele havia sido seu único amante, seu melhor amigo e seu sócio.

Desmond costumava lhe perguntar todas as manhãs se ela sabia a sorte que tinham de terem encontrado um ao outro. Se ela percebia que a maioria dos meros mortais não sabia o que era o amor verdadeiro; que os outros simplesmente acabavam se envolvendo com alguém e contentando-se com o que tinham? E lhe dizia todas as noites que era o homem mais sortudo do mundo.

A cafeteira começou a gorgolejar, o vapor e a água fervente passando pelo pó de café, tingindo a água de preto e perfumando o ar. Annie levantou a tampa para verificar o progresso. Uma gota de café fervendo espirrou em seu rosto. Ela deu um pulo para trás e limpou o rosto com as costas da mão. Onde estavam as lágrimas frias quando precisava delas?

O que será que Desmond estava fazendo naquele momento? Há apenas alguns meses, os dois estariam sentados à mesa da cozinha lendo jornais, enquanto ouviam Dylan ou Neil Young. Era possível acertar o relógio pelos hábitos dele. Os domingos sempre começavam com uma corrida ao longo do rio Tavey, passando pela ponte em Grenofen e até o topo de Lady's Hill; o primeiro que chegasse em casa era o primeiro a tomar banho. Normalmente Desmond ganhava; dos dois, Annie era a mais atlética, mas as longas pernas de Desmond lhe davam uma vantagem. Depois do banho e do café da manhã, voltavam para a cama e faziam amor preguiçosamente até a hora do almoço. Às vezes Annie se perguntava se conseguiria correr com um bebê no colo.

A cafeteira fez um último ruído. Desta vez, Annie teve cuidado. Enrolou um pano em volta do cabo antes de servir o líquido negro e fumegante em uma xícara. Enquanto soprava o café para esfriá-lo, caminhou até a janela e olhou para fora. Um gato amarelo-avermelhado caminhava sobre o beiral de um telhado, um pouco de cor em meio à cinzenta paisagem urbana. Os telhados de Hammersmith, as camadas lamacentas de cor, eram tão diferentes da vista sobre as copas das árvores em Dartmoor, com seus tons de verde pontilhados por maçãs vermelhas e amarelas, cedendo lugar aos castanhos e laranjas suaves do outono, agitados constantemente pela brisa. Ao observar o gato na chaminé da casa ao lado, Annie pensou na coruja que se aninhara na caixa de madeira que ela havia feito sete anos atrás e colocado em uma árvore perto da casa deles em Devon. Será que ele ainda morava lá? Será que os pôneis das charnecas quebraram de novo a cerca e destruíram as hortênsias, desesperados por algo para comer no meio do inverno? Ali em Hammersmith, a única vida selvagem que ela via eram pombos, uma raposa sarnenta e um ou outro rato.

Perguntou-se quem estaria morando na antiga casa deles agora. Na época, pediu ao agente imobiliário para não lhe dizer e apenas depositar cinquenta por cento do valor, descontadas as taxas, em sua conta. A única coisa que pediu foi que realizasse a transação o mais rápido possível. Ela se manteria afastada até que tudo fosse resolvido.

À distância, Annie podia ver as primeiras luzes na Westway começando a aparecer, o tungstênio tremeluzindo à medida que a noite caía. Na rua lá embaixo, um homem e uma mulher discutiam. A poucos quarteirões de distância, um alarme de carro soava insistentemente. O café já havia esfriado o suficiente para ela beber, mas estava tão forte e amargo que só conseguia tomar pequenos goles. Aquela xícara ia ajudar a curar sua ressaca e dissipar o denso nevoeiro de seu cérebro depois de tantas taças de vinho? Pelo menos a dor de cabeça disfarçava a dor da rejeição. Tinha sido uma estupidez pensar que daria certo com Robert.

Ela olhou para a pintura, que parecia zombar dela. O absurdo de suas decisões a fez rir. Uma risada lenta no início, que logo virou uma sonora gargalhada. Gastar uma nota com uma pintura velha e suja para dar a um cara que conheceu num encontro para solteiros em um museu londrino? O que viria em seguida? *Você é lunática, Annie McDee, uma doida varrida.* E se perguntou se pelo menos o cavalo em que o dono do brechó queria apostar havia ganhado a corrida. Como se chamava, Ninny? Ninnifer, ou algo assim.

A cafeína começava a fazer efeito, aquela clássica agitação, o ligeiro nervosismo, o coração acelerado. Talvez ela devesse correr para colocar aquilo para fora. Não haveria ninguém nas ruas. Ou quem sabe poderia ligar para algum amigo. Reconectar-se com o passado. Annie sabia que muitos amigos tinham ficado magoados com seu silêncio e se perguntavam por que ela nunca respondia nenhum e-mail. Já havia passado um ano inteiro desde que sua vida implodira. Para seus velhos amigos, a vida de Annie parecia bastante glamorosa: seis meses na Índia e agora um trabalho como chef para Carlo Spinetti, um respeitado diretor de cinema em Londres. Durante as raras conversas, sua melhor amiga, Megan, falava de como Annie tinha sorte de não estar presa a uma vida provinciana no interior, esperando as crianças voltarem da escola todos os dias; de como tinha rompido o ciclo de apenas lavar, passar e cozinhar. E Annie se pegava concordando, com uma voz alegre e fútil que nem reconhecia. "Sim", dizia ela, "é ótimo". E continuava falando como sentia que estava vivendo ao máximo cada segundo. E que havia nascido de novo, recebido uma segunda chance para se reinventar. "Sou plenamente eu", dizia.

Na verdade, queria que seus amigos vissem por trás daquela farsa e perguntassem o que ela estava fazendo tão longe de casa e das pessoas que lhe eram queridas. Quase abriu o jogo com Megan uma ou duas vezes. Mas Annie não sabia nem por onde começar.

Moro sozinha em um apartamento alugado no trecho menos valorizado da Uxbridge Road. Pego a Central Line todo dia de manhã para trabalhar. Fico até tarde no trabalho quase todos os dias porque não tem niguém me esperando em casa. Passo fins de semana inteiros sem falar com uma viva alma. Embora meu trabalho pareça glamoroso, a realidade não é bem assim. Se eu tiver sorte, consigo fazer um prato de massa ou uma salada. Na maior parte do tempo, faço incontáveis cafés com leite e limpo bancadas. Fico tão entediada que me ofereço para toda tarefa doméstica, ainda que não seja minha obrigação – sou o burro de carga. Meu salário é tão baixo que, depois que pago o aluguel e outras necessidades básicas, só me sobra o suficente para sair uma noite a cada três semanas... Sozinha, claro. Me inscrevi em agências de encontros e saí algumas vezes, mas nenhum deu em nada. Meu patrão é um diretor de cinema italiano muito talentoso e atraente, mas, desde que comecei a trabalhar para ele, encontra-se nessa fase que define como "em desenvolvimento", o que significa que participa de longos almoços fora do escritório e passa as tardes na cama de sua amante da vez.

Se eu morresse no meu apartamento em uma sexta-feira à noite, ninguém notaria até que meu patrão quisesse uma reserva em algum restaurante ou que alguém buscasse sua roupa lavada a seco. Em Devon, eu frequentava o pub local e conhecia quase todo mundo; ali eu não conhecia nem meus vizinhos do prédio.

Como confesso a verdade aos meus velhos amigos?

Para outra pessoa, poderia ser uma vida excelente: interessante, emocionante e relativamente livre de preocupações. O problema é que não é a vida que eu quero. Nada aconteceu do jeito que eu planejei. Parece que os roteiros se misturaram. Eu, Annie, devia morar em um pequeno povoado perto de Tavistock com o amor da minha vida, administrando uma empresa que montamos juntos. De alguma forma eu acabei sendo ejetada da minha história no meio do caminho e fui parar na vida de outra pessoa. Não quero ficar aqui nem mais um segundo. Estou velha demais e com medo de continuar vivendo assim. Esta vida é para uma pessoa mais jovem e corajosa.

Como digo aos meus amigos que a solidão acompanha todos os meus movimentos e uma sensação de desolamento pressiona meu coração? Meu sofrimento não é como uma névoa: ele tem um peso físico, uma presença real. Às vezes, assume a forma de um cobertor pesado, ou pequenos pesos puxando para baixo minhas mãos e minhas pálpebras. Ou pode parecer como uma rocha ou uma mala que eu preciso arrastar ou levantar.

Ao terminar o café, Annie se perguntou como preencheria as próximas horas. Ela costumava ir à lavanderia aos domingos. Gostava da companhia, do barulho, da tagarelice de Magda, a gerente polonesa que, vivendo há três anos em Londres, já era uma autêntica resmungona inglesa.

— Este país está uma porcaria. A libra não vale nem um zloti. A educação está uma droga. Greves o tempo todo. O Sem Serviço Nacional de Saúde, como eu chamo. Vou voltar para casa, a Polônia sim é um país decente, com bons valores. Quer que passe as roupas ou só que dobre?

Que pena que lavei a roupa na quarta, pensou Annie.

Às vezes, se o fim de semana parecia muito vazio, Annie pegava o ônibus 27, de Shepherd's Bush para Chalk Farm, passando pelas áreas culturais de Londres; a rica área de Holland Park, a Notting Hill dos banqueiros, a boêmia Bayswater, Irish Paddington, e seguindo até a Marylebone Road através de Camden. Esses passeios eram mais baratos do que ir ao cinema e geralmente era muito mais interessante inventar histórias para as pessoas que passavam e os outros passageiros. Uma vez, marcou uma pedicure no salão de beleza do seu bairro só para ter uma desculpa para conversar com alguém. Mas a garota que fez seus pés era vietnamita e não falava muito bem inglês, e a outra cliente que sentou ao seu lado passou o tempo todo falando ao celular.

Perto do seu apartamento havia um beco. Atrás das lixeiras, fora da vista do guarda de trânsito, morava um homem – provavelmente do Leste Europeu – em seu pequeno Ford Escort branco. Ele tinha feito as cortinas com jornais velhos e quebrado o banco do passageiro para usar como cama. Quando Annie passava por ali a caminho do trabalho, via o homem dormindo, enrolado em um tapete velho. Ela tentava não pensar como ele fazia para tomar banho. Às vezes, deixava um sanduíche ou uma maçã no capô. E se perguntava se fazia isso movida por uma compaixão verdadeira ou se ficava aliviada de ver que alguém estava pior do que ela.

Ainda em uma tentativa de ocupar seu tempo, Annie tinha comprado um livro sobre lugares para visitar em Londres e já havia explorado a cidade inteira, conhecendo regiões diferentes, pequenas lojas e pubs. A cidade tinha palestras e shows gratuitos ou cinemas com desconto quase todos os dias, mas quanto mais solitária se sentia, menos se aventurava.

Annie colocou seu sobretudo, enfiou as chaves do apartamento no bolso e saiu. No vão da escada, os filhos dos vizinhos brincavam com um caminhãozinho e uma Barbie antiga. As crianças olharam para ela com indiferença. Annie pensou em sorrir, mas achou que não valia a pena. Além disso, qualquer movimento podia rachar sua pele de tão seca que estava. Do lado de fora, o frio era intenso; ela mal conseguia inspirar o ar gelado e fechou bem o casaco, arrependendo-se de não ter trocado as sapatilhas por algo mais resistente. Então, viu quatro jovens vindo em sua direção com os capuzes puxados sobre o rosto. Será que ia ser assaltada, ou agredida? Queria avisá-los de que só trazia consigo desespero e cerca de setenta e cinco centavos. Mas, pouco antes de quase esbarrarem com ela, o grupo se separou, deixando o meio da calçada livre.

— Oi — disse um deles gentilmente. — Está frio, não é?

— Sim — disse Annie. — Muito.

Eles perceberam que nem vale a pena me assaltar, pensou Annie.

Caminhando por sua rua em direção à Uxbridge Road, observava os porões iluminados, casais e famílias, crianças sentadas com as lição de casa; mães na cozinha, um pai usando o computador. Tentou se imaginar casada, com alguns filhos, mas não conseguiu - aquela ideia de vida feliz parecia não ter sido feita para ela. Na Goldhawk Road, sacos de lixo se acumulavam à espera do caminhão. Uma televisão foi abandonada na calçada ao lado de um sapato alto vermelho. Um asiático fechava sua loja, protegido do frio por um cachecol, um chapéu e um casaco de pele de carneiro, lutando com os cadeados pesados e as persianas de ferro. Um vira-lata acompanhou Annie em sua caminhada, até farejar um menino segurando um salgado quentinho.

Mais adiante, viu por uma janela um casal assistindo a um filme antigo no sofá, as pernas entrelaçadas. Na casa ao lado, seis jovens ainda estavam almoçando, com três garrafas de vinho vazias e pratos sujos espalhados pela mesa. Riam de alguma história ou de um comentário engraçado. Como as pessoas faziam para se reunir assim, formar grupos, se apaixonar? Será que ela tinha perdido a capacidade de se conectar? A solidão seria sua eterna amiga e amante? Poderia viver assim? Ela passou pelo mercado, vazio àquela hora, com exceção de uma raposa que revirava os restos de comida nos caixotes descartados e espalhados no chão. Ainda que estivesse frio, o cheiro era fétido e nauseante – Annie acelerou o passo em direção ao rio em busca de ar fresco.

Ela viu as luzes piscando antes mesmo de entrar na rua estreita. Em meio ao escuro da noite, as lanternas azuis conferiam um ar sobrenatural às pequenas casas brancas geminadas, como em um filme de ficção científica. Annie caminhou em direção ao carro de bombeiros e às viaturas policiais, e reconheceu a área comercial onde ficava a loja em que tinha comprado a pintura. Vinte passos depois, percebeu que só havia ruínas carbonizadas onde antes ficava o brechó. O incêndio ocorrera várias horas antes, apenas alguns fios de fumaça subiam das brasas e os bombeiros tomavam xícaras de chá ao redor. Annie só conseguia pensar em onde e como poderia devolver a pintura. De repente, tudo o que queria era se livrar daquele estorvo bidimensional cuja aquisição parecia sintetizar todas as decisões impulsivas, voluntariosas e autodestrutivas que tomara na vida.

A área ao redor da loja estava isolada por uma fita. Uma policial guardava a entrada, observando algumas crianças que passavam de bicicleta conversando sobre o incêndio.

— Provavelmente queimou uma família inteira.

— Vamos ver o jornal mais tarde para saber o que aconteceu.

— Você acha que vai sair na BBC?

— Procura no Twitter... É muito mais rápido.

Annie aproximou-se da policial.

— O que aconteceu?

— Estamos investigando as causas do incêndio.

— O proprietário deixou um endereço de contato? Algum lugar em que possa ser encontrado? — perguntou Annie. Tinha de encontrar o sr. Bernoff e conseguir um reembolso.

— Você conhece o falecido? — A policial de repente pareceu interessada.

— O falecido? Ah, meu Deus, quer dizer que ele morreu? — Annie olhou para as brasas e estremeceu.

— Talvez você queira me acompanhar para dar um depoimento. — A policial levantou a fita plástica para deixar Annie passar.

— Não o conheço, mas comprei uma coisa aqui ontem. Uma pintura. Queria devolvê-la porque mudei de ideia.

Annie não podia acreditar nessa reviravolta. Setenta e cinco libras – da próxima vez era melhor queimar logo o dinheiro; pouparia seu tempo. Maldito Robert e sua ex-esposa. Maldita impulsividade.

Meia hora mais tarde, após desapontar a polícia com sua falta de informações, Annie voltou para casa com as palavras "incêndio criminoso", "homicídio", "assassinato" e "motivo" soando em seus ouvidos. Estava atordoada com a aparente aleatoriedade do crime e sua proximidade com o evento. Apenas seis horas depois de ter deixado a loja, alguém tinha entrado, amarrado o vendedor, espalhado gasolina e atirado um pano em chamas embebido também em gasolina lá dentro. O lugar todo ficara em chamas. Antiguidades, mesmo as quinquilharias, queimavam rápido. Era uma pena que as lojas vizinhas tivessem fechado cedo. Ninguém ouviu os gritos ou percebeu o fogo antes que fosse tarde demais. Annie fechou bem o sobretudo. Então, tendo abandonando a ideia de caminhar junto ao rio, seguiu para casa imersa em seus pensamentos de autopiedade.

O celular dela tocou – um número bloqueado. Devia ser algum vendedor... Uma decepção para os dois.

— Srta. McDee?

— Sim... — disse Annie, hesitante.

— Aqui é da delegacia de polícia de Paddington Green. Temos uma mulher aqui que diz ser sua mãe. Ela falou diversas coisas esta noite, uma mais incrível que a outra. — O homem parecia cansado.

Annie parou no meio da rua e olhou para o céu. Sua ressaca, esquecida com o drama do incêndio, veio com tudo de volta.

— Ela tem algum documento? — perguntou.

— Nenhum. Você quer uma descrição física?

— Sim — disse Annie, embora soubesse que era sua mãe. Não era a primeira vez que recebia uma ligação como aquela.

— Então, ela tem cerca de um metro e sessenta, cabelos loiros, é magra, está bem vestida, tem boa aparência. Tem uma pequena tatuagem de pássaro no braço e está com um olho roxo.

— Tenho que pagar fiança? — perguntou.

— Não, e estamos ansiosos para liberar a cela.

— Como ela está?

— Voltando a ficar sóbria, lentamente.

— Vou aí buscá-la.

Annie sabia que deveria deixar Evie lá — resgatatá-la nunca dava certo... Não por muito tempo.

Ela entrou em um pequeno café e pediu uma xícara de chá e uma rosquinha; precisava de forças para enfrentar as horas que estavam por vir. Já sabia o que a aguardava. Sua mãe passaria por ciclos de negação, raiva, recriminação e depressão. E Annie teria de ouvir, consolar, bajular e acolhê-la por algum tempo – até sua mãe desaparecer um dia sem avisar.

Desta vez, eu não vou, pensou Annie, tomando um gole do chá escaldante. Mas sabia que ia acabar indo; elas só tinham uma à outra.

Isso que dá ficar se lamentando por estar sozinha: uma piada de mal gosto do destino.

Da última vez que Annie teve notícias de Evie, a mãe havia se mudado para Oswestry e estava treinando para ser massagista de shiatsu. “Finalmente encontrei minha vocação”, dizia o cartão postal. Annie nem se animou, só examinou a foto rapidamente – uma ovelha agachada no fundo de um vale nevado não passava credibilidade o suficiente. Toda vez que se mudava, Evie acreditava que encontraria a resposta: um novo lugar, um novo começo. Por isso, Annie havia estudado em onze escolas entre os cinco e os dezesseis anos. Mas não importava quantas vezes cruzassem a Inglaterra, o demônio da bebida sempre as encontrava.

Annie finalmente saiu do café, caminhou até Shepherd's Bush e pegou o metrô. O trem balançava na direção leste, passando pelo acampamento cigano, uma fábrica de leite e uma escola de equitação, depois por baixo de uma rodovia e entre uma via ferroviária e um canal. Uma lata vazia de cerveja rolava para frente e para trás no chão, o metal fino sobre o piso ondulado produzia um som lamentável. Ela encostou o rosto na janela suja e fria e, ao olhar para cima, viu um bando de gansos voando. Abaixo do trem, a região era tomada por lixo e sujeira. A paisagem toda era cinzenta: o céu, os prédios, o estofamento e o concreto que sustentava a estrada. Até a luz era sem graça; não havia nem sombras para despertar alguma curiosidade.

Ela desceu do trem em Royal Oak e caminhou pela Harrow Road em direção a Paddington. Ao chegar a uma grande rotatória, percebeu que não fazia ideia para que lado ficava a delegacia. Um homem empurrava um carrinho de bebê vinte metros à frente. Annie correu até ele, que parecia bêbado de cansaço; a criança dormia profundamente. O homem apontou para o norte. Após passar por dois prédios altos e um cruzamento movimentado, viu uma igreja – uma perfeita joia georgiana – em um pequeno jardim de lápides e estátuas. Logo depois dela, estava a fachada sem graça da delegacia.

Lá dentro, Annie preencheu vários formulários, entregou sua carteira de motorista, até finalmente passar por uma catraca e entrar na área restrita. O lugar fedia a desinfetante e vômito. Ao fundo, alguém batia na porta da cela. Outra pessoa, um homem (pensou ela), gemia.

— Você veio buscar a sra. Eve McDee? — perguntou um policial cansado.

Annie assentiu.

— Então tem que preencher mais alguns formulários. — Ele entregou-lhe uma prancheta com a papelada. Annie já estava familiarizada com as perguntas.

— Sou descendente direta do Coronel Sir Cospatrick Ninian Dunbar Drummond de Durn — soou a voz da mãe de Annie por trás de uma porta trancada.

— Uma figura e tanto, não é? — disse o policial.

Annie não sabia bem o que colocar no campo "endereço". Onde Evie estaria morando?

— Ele conquistou Wadi Akarit, a barreira final que o nosso exército teve de atravessar para alcançar o extremo sul da planície tunisina. Cospatrick liderou seu pelotão até uma região vital.

— O oficial que a encontrou disse que ela estava bêbada demais para lembrar do próprio nome, mas já está há horas contando essa história.

Annie, após pensar um pouco, colocou seu próprio endereço.

— Ela tem uma memória extraordinária.

— Minha família é descendente dos condes de Moray.

— Ah, cala a boca — gritou uma voz irritada.

— Tenha cuidado, durante o século XVII fomos encarregados pela erradicação do banditismo, purgamos a fronteira com a Escócia dos malfeitores, ladrões e salteadores.

— Alguém enfia uma meia na boca dessa mulher — gritou outra voz.

— Algo do que ela está falando é verdade? — perguntou o policial a Annie.

— Não... Ela é meio irlandesa, e a outra metade teve origem em West Country. Cresceu em Wiltshire, os avós eram criadores de porcos — respondeu Annie friamente. — Daqui a pouco, ela vai começar a cantar.

E, como se tivesse ouvido, pouco a pouco as notas de "Carrickfergus" começaram a soar na recepção vindas da cela.

— *I wish I had you down in Carrickfergus, only four nights in Ballygrand, I would swim over the deepest oceans, to long ago.*

— Ela é sempre assim? — perguntou ele.

— Isso é ela em um dia bom. — Annie sorriu.

Quando criança, não deixava ninguém falar mal de sua mãe. Defendia Evie com todas as forças, esperando convencer a si mesma e a todos de que a última bebedeira era uma exceção. Durante a maior parte do tempo, Evie era uma mãe maravilhosa: divertida, liberal e amorosa. Mais jovem do que todos os outros pais, às vezes achavam que Evie era uma aluna do terceiro ano do ensino médio ou uma professora substituta; Annie ficava orgulhosa quando os pais se viravam para olhar para ela ou as garotas mais velhas copiavam seu estilo. Sem um pai ou namorado de longa duração, mãe e filha eram uma equipe: dançavam à luz da lua, pegavam ônibus sem ter um destino certo, cantavam álbuns inteiros do Elvis Presley, faziam bolos extravagantes e os comiam na cama, assistindo a filmes clássicos. Mas Annie aprendeu cedo a detectar os sinais de perigo – mais cigarros do que o normal, música no volume máximo, um andar inquieto pela casa, a paciência de sua mãe diminuindo até explodir de repente. Era uma vida construída na borda de uma placa tectônica ou perto de um vulcão, não havia como saber quando a próxima fissura ia aparecer, quando seria a próxima erupção. Nessas ocasiões, a mãe mandava Annie sair de casa e encontrar o caminho da escola seguindo as crianças com uniformes iguais ao dela. Ligações de hospitais e delegacias não eram raras. Na verdade, eram um alívio, significavam que Evie ainda estava viva. Ela tinha medo do dia que a campainha tocasse inesperadamente: "Temos más notícias." Annie já havia imaginado essa cena várias e várias vezes.

Annie sentou-se em uma das cadeiras duras da recepção para esperar por Evie. As paredes eram cobertas por simpáticos cartazes incentivando a vigilância da vizinhança. De um dos escritórios, podia ouvir a Rádio 1 em volume baixo. *Talvez seja diferente desta vez,* pensou Annie. Talvez Evie tivesse finalmente chegado ao fundo do poço. Então deu uma chacoalhada e mandou para longe qualquer esperança. Era ridículo pensar isso depois de todos aqueles anos.

— Ah, é você — disse Evie a Annie, fingindo surpresa quando os policiais a trouxeram.

— Oi, mãe, vamos embora — disse Annie.

A aparência de Evie era terrível. Seu terninho amarelo claro estava manchado de sangue e vômito e o olho esquerdo parecia uma ameixa azul inchada.

— Foi horrível, querida. — Evie começou a chorar. — Eu não queria, mas foi o aniversário da morte do papai e... — Annie foi até a mãe e passou os braços em volta dela.

— Está tudo bem, mãe, não se preocupe. Vamos para casa para você tomar um banho. Onde está sua bolsa?

— Aquele maldito a roubou. E ainda prestou queixa. É uma conspiração. — Evie lançou um olhar furioso para o sargento.

— O dono do bar disse que ela chegou sem nada, começou a ofendê-lo porque ele não quis lhe servir e então quebrou um espelho.

— Se os condes de Moray pudessem ouvi-lo! Você não é melhor do que aqueles cafajestes nas celas. Annie, eles me trancaram — disse Evie, indignada.

— Hora de ir — disse Annie puxando a mãe firmemente em direção à porta.

— Onde está o carro? — Evie olhou para cima e para baixo da Edgware Road.

— Vamos de metrô.

— Ele não deixa um carro à sua disposição? Pensei que era esse o objetivo de se trabalhar com cinema: aviões particulares, limusines.

— Em Hollywood, talvez. Vamos, caminhar vai te fazer bem.

— Não posso, meu salto está quebrado.

— Não temos escolha. Só tenho dinheiro para irmos de metrô.

— Sem carro. Sem dinheiro. Exploração total — resmungou Evie.

Annie caminhava ao lado da mãe, já se arrependendo de ter ido buscá-la. Era sempre a mesma coisa. Lágrimas de raiva e frustração ardiam em seus olhos. Começou a andar mais rápido, determinada a deixar Evie para trás.

— Annie? Espera.

Annie ouviu a mãe acelerar os passos aos tropeços devido ao sapato quebrado.

— Não me deixe.

Annie não respondeu e manteve o ritmo.

Evie mudou de tática.

— Eu nunca quis ser assim — disse ela, começando a chorar. — Mal bebi uma gota. Conheci um homem. Ele me deixou e eu fiquei triste.

Annie virou-se e viu a mãe parada no meio do calçada, uma mulher de meia-idade, cansada, o rosto magro. Seu coração se encheu de pena. Evie se aproximou, mancando, o salto caído de lado. Annie tirou as sapatilhas.

— Calce esses, mãe.

— E você?

— Estou usando meias grossas.

— Você faria isso por mim? Mesmo? — perguntou Evie, enfiando os pés nos sapatos de Annie. — São lindas e quentes. Amo você, Annie.

— Venha, vamos para casa. — Annie estendeu a mão e Evie a pegou.

No apartamento, Annie preparou um banho para sua mãe e deixou algumas roupas limpas na cama. Evie sentou-se na mesa da cozinha, olhando em volta.

— Você estava esperando alguém para almoçar? — A mesa ainda estava arrumada para dois.

— Para o jantar da noite passada. Ele não apareceu. — Annie colocou água fervente em duas xícaras, mergulhou um saquinho de chá em cada uma e estendeu uma delas para a mãe.

— Desculpe. — Evie sorriu compassivamente.

Annie deu de ombros.

— Alguém especial?

— Não.

— Não vou dizer o óbvio. — Evie passou os dedos em torno da xícara.

— Então não diga.

— Você precisa de um homem decente.

— Agora não, mãe.

— Se ao menos você tivesse sido mais... — Evie parou de repente.

— Seu banho está pronto. — Annie estava cansada demais para brigar.

— De qualquer forma, amo você do jeito que é — disse Evie, tentando melhorar as coisas.

— Vai esfriar. — A paciência de Annie estava acabando. Pegou sua xícara de chá e foi até a janela.

— Você não teria um pouco de bebida para eu curar a ressaca em um desses armários, não é? — perguntou Evie, esperançosa.

— Não.

Annie começou a tirar os pratos. A mesa posta era um desagradável lembrete. Pegou as facas e os garfos com uma das mãos e enfiou-os, com as pontas para baixo, em um jarro.

— Querida, você parece um pouco abatida... está tudo bem?

— Está tudo ótimo... Por favor, vá tomar seu banho.

Annie encheu a chaleira com água fresca e ligou-a na parede.

— O seu problema, Annie, é que você está determinada a *Chiku*.

— *Chiku*?

— Um provérbio chinês... significa "escolher o amargo". Tornar a vida difícil para si própria. Um dia você vai agradecer por Desmond tê-la deixado, isso a libertou daquela vida monótona. Você estava sufocando lentamente.

Annie virou e encarou Evie, os olhos cheios de raiva.

— Ou você vai tomar banho ou vou eu. — Annie sentia a necessidade de colocar uma porta entre as duas rapidamente.

Evie levantou-se com dificuldade e caminhou em direção ao banheiro. Parou, então, em frente à pintura.

— O que é isso? — perguntou ela, apontando para o quadro.

— O que parece? — disse Annie sarcasticamente.

— Quem é o pintor?

Evie pegou a pintura e examinou-a por um bom tempo. Em seguida, foi até a escrivaninha e apontou a luminária para o centro da pintura.

— Onde você conseguiu isso?

— Num brechó da Goldhawk Road.

— É lindo — disse Evie. — Me faz lembrar daqueles quadros lindos da Wallace Collection. Seu pai costumava me levar lá, era super aconchegante. Nos sentávamos nos bancos das galerias e inventávamos histórias para as pinturas.

— The Wallace Collection — disse Annie. — Que estranho. Foi por causa dessa galeria que eu acabei comprando essa pintura. — Lembrou, então, de Robert e corou de vergonha. Em que estava pensando quando achou que ele ficaria com ela?

— Seu pai tinha um quadro favorito. Não consigo lembrar o nome do pintor. Flagon, Fraggin, não, Fragonard, era isso... uma menina no balanço. Era muito parecido com este: elementos leves, músicos e festas. Seu pai amava aquela pintura. Tão engraçado, não é? Era de se imaginar que um piloto de motos de corrida fosse se interessar por algo mais duro, como *O Cavalheiro Sorridente*, que também faz parte da coleção.

— Também gostei mais dessa pintura do Fragonard — disse Annie com um ligeiro arrepio.

Não sabia quase nada sobre o pai, muito menos sobre seus interesses. Ele havia morrido quando Annie tinha apenas dois anos. Ela não tinha nem uma foto com ele.

Evie mudou o ângulo da luz e observou de novo a pintura. Com o brilho, a dançarina pareceu ganhar vida. Os amarelos e dourados de seu vestido pareciam vibrar e tremer, a folhagem atrás dela cintilava. No chão, o jovem olhava para cima, admirado.

Annie ficou surpresa.

— Parece ganhar vida.

Evie segurou a pintura com uma mão, lambeu o dedo e esfregou suavemente sobre a figura da dançarina. Mais uma vez, as cores brilharam e se acenderam.

— Acho que esse quadro é especial — disse Evie, de repente sóbria. — Você deveria ir ao Wallace, poderíamos ir juntas.

Annie sorriu. Uma das maiores qualidades de sua mãe era a capacidade de ver esperança em qualquer situação. Se não fosse assim, como ela teria conseguido sobreviver por tanto tempo, dar a volta por cima tantas vezes, arrumar novos empregos, novos lugares para morar, embarcar em mais casos de amor?

— A água já deve estar super gelada — disse Annie, pegando a pintura e apontando para a porta.

— Tenho um pressentimento com relação a esse quadro — protestou Evie atravessando o cômodo. — Não duvide da minha intuição.

CAPÍTULO 4

Rebecca Winkleman, esposa de Carlo Spinetti, trabalhava com o pai, Memling, na Winkleman Fine Art Ltd. e escondia suas emoções por trás de uma expressão impertubável. Somente o núcleo mais próximo da família sabia que aquilo era uma fachada: Rebecca era absurdamente tímida e estava convencida de que um desastre a aguardava a cada esquina. Sempre que embarcava em um avião, tinha certeza de que ele cairia, acreditava que seus negócios estavam fadados ao fracasso e que, a qualquer momento, seria desmascarada como uma farsa, uma incompetente.

Apavorada de ser vista como alguém que só chegou onde chegou pelo nepotismo, Rebecca trabalhava muitas horas a mais e tirava menos férias do que qualquer outra pessoa na empresa, incluindo seu pai. Ensaiava comentários e opiniões antes de cada reunião e passava madrugadas acordada se culpando por alguma observação que tenha deixado passar ou por algum possível erro que tivesse cometido. Seu médico lhe receitara Valium, mas ela se recusava a tomar porque não queria nada afetando sua inteligência. Outro sugerira psicoterapia, mas a ideia de se abrir com um estranho estava fora de questão. Ela sofria com terríveis pesadelos – gritava tão alto que seu quarto tinha isolamento sonoro e Carlo tinha começado a dormir no quarto ao lado. Pelo menos uma vez por semana, ela acordava tremendo e encharcada de suor.

Rebecca se vestia para chamar o mínimo de atenção possível; suas roupas eram lisas, com um bonito corte e nada reveladoras. Durante o dia, usava terninhos azul-marinho ou pretos com uma impecável camisa de seda branca. À noite, optava por vestidos pretos bem simples e sapatos altos confortáveis. O corte de seu cabelo louro era acima do ombro, e mantinha as unhas curtas e pintadas. Usava poucas joias: pequenos brincos de diamante e um colar de pérolas. Embora nunca saísse de casa "de cara lavada", sua maquiagem se restringia a um pouco de corretivo, rímel e um batom claro. Tinha herdado os olhos azuis claros do pai, mas os escondia atrás de grossos óculos aro de tartaruga. Se alguém lhe pedisse para descrever a própria aparência com um único adjetivo, Rebecca diria, após hesitar um pouco: "comum", enquanto qualquer outra pessoa diria que sua beleza estava acima da média.

Annie tinha visto a esposa de seu chefe apenas uma vez, mas sabia da fofoca: Rebecca era vista como uma mulher presa entre um marido infiel e um pai controlador. Annie, como todos os outros, acreditava que era o medo de ficar sozinha e não ser amada que mantinha Rebecca ao lado do marido extravagante e mulherengo, e que Carlo, com medo de viver na pobreza, se contentava em ser sustentado pela esposa. Poucos imaginavam o verdadeiro motivo: os Spinettis se amavam – claro que de um jeito peculiar e nada convencional – e tinham encontrado uma forma de lidar com as pequenas excentricidades um do outro. Rebecca adorava o jeito italiano do marido usar a hipérbole, sua espontaneidade, sua sensualidade e a necessidade infantil de ser elogiado, paparicado. Adorava como Carlo não conseguia disfarçar suas emoções, como um cata-vento em meio a uma ventania: cada rajada, cada nuance de humor ficava exposta para todos verem. Embora os filmes dele recebessem duras críticas, Rebecca encontrava beleza e originalidade em cada uma das cenas. Para ela, as raras ocasiões em que o marido entrava em seu quarto compensavam as semanas de desejo não correspondido. Se orgulhava do perfil adunco, dos cabelos encaracolados, da boca em forma de coração e dos dentes perfeitos dele. E, acima de tudo, era pragmática e reconhecia que seu estilo *workaholic* era tão intragável quanto as propensões sexuais dele. Quanto a Carlo, ele admirava a inteligência da esposa, sua beleza e sua constante insegurança. Sentia-se importante e protetor por ser a única pessoa capaz de lidar com os ataques de pânico dela e restaurar sua confiança. Embora fosse viciado em se apaixonar, Carlo só se entregava a suas fantasias quando sabia que Rebecca estava em casa, inabalavelmente dedicada e comprometida a ele. Para Carlo, aquela base sólida junto com o frisson da culpa, era o que tornava cada flerte tão prazeroso.

Quando o chef dos Winklemans teve um derrame, Carlo pediu a Annie para substituí-lo até que ele voltasse ao trabalho. Embora Monsieur George fosse um chef com estrelas Michelin, formado pela Cordon Bleu, Carlo tinha garantido a Annie que o trabalho era fácil. Já seus colegas achavam que ela não deveria aceitar: Rebecca era quase tão dura com seus funcionários quanto consigo mesma.

— Vá à entrevista, pelo menos — pediu Carlo. Nem precisava acrescentar que a esposa o estava deixando louco com aquela história; todos no escritório sabiam disso.

A produtora cinematográfica de Carlo Spinetti tinha sua sede em um grande armazém em Bermondsey. Como muitos escritórios contemporâneos, o prédio tinha um acabamento semi-industrial proposital, com as "entranhas" funcionais das instalações – os canos, a alvenaria e os dutos de ar-condicionado – deixadas à mostra de propósito. Os jovens produtores associados e seus assistentes usavam calça jeans e camiseta. O salão não tinha divisórias e um ruído constante de conversa, música e telefones ecoava no ambiente.

Ao chegar à porta da Winkleman Fine Art, na Curzon Street, Annie ficou espantada diante do contraste gritante entre as empresas do marido e da esposa. A imponente mansão do século XVIII ficava recuada da rua, cercada por grades de ferro. Quatro degraus de pedra, tão largos quanto a cabeça de um elefante, levavam a duas grandes portas de mogno polidas. Annie levou um tempo até encontrar uma discreta sineta de bronze. Uma voz pediu-lhe educadamente para olhar para uma câmera de segurança acima do lintel da porta. Ela disse seu nome e esperou. De repente, a porta se abriu sem fazer barulho e ela foi recebida por um porteiro uniformizado. Dois seguranças a postos no saguão de mármore a examinaram de cima a baixo, deixando claro que ela não era o tipo de visitante que geralmente passava por ali. O porteiro a guiou, então, até uma sala de estar toda acarpetada, com grandes portas de vidro que se abriam para um jardim no estilo italiano. As paredes eram forradas de seda adamascada e decoradas com as melhores obras de arte que a galeria Winkleman tinha a oferecer. Annie já sabia que nem Rebecca nem seu pai, Memling, o diretor da empresa, iriam recebê-la – essa honra era reservada apenas para convidados importantes. Os clientes geralmente eram atendidos por um dos oito vendedores da equipe permanente da galeria, entre os quais havia três ex-diretores de museus. Qualquer outro assunto era tratado pela entrada de serviço. Se de fato lhe oferecessem aquela substituição temporária e Annie aceitasse, ela entraria pelos fundos, assim como os outros funcionários. Ao contrário da atmosfera agitada do estúdio de Carlo Spinetti, a galeria Winkleman era tão silenciosa e escura quanto um mausoléu. Nada podia chamar mais atenção do que as obras de arte expostas.

Os Winklemans eram donos de todos os edifícios em torno daquele quarteirão da Curzon Street. Quatro faziam parte da

Winkleman Fine Art; os outros três eram residências particulares da família. Memling morava em uma delas, Rebecca e sua família em outra e a terceira era para entreter os clientes. Contavam com uma quadra de tênis subterrânea e uma piscina para uso exclusivo da família. Uma comitiva de oito criados filipinos uniformizados cuidava da limpeza. Eles tinham dois motoristas, uma massagista e um passeador de cachorros que trabalhavam em tempo integral, além de um personal trainer, que também era professor de tênis, trabalhando meio-período.

Uma mulher de meia-idade usando um elegante terninho preto, com o cabelo grisalho preso em um firme coque e sem maquiagem, aproximou-se para cumprimentar Annie.

— Sou Liora van Cuttersman, assistente executiva da sra. Winkleman-Spinetti. Por favor, me acompanhe.

Annie foi levada por um corredor acarpetado até uma pequena sala de espera com duas cadeiras de couro separadas por uma mesinha de centro coberta de revistas de arte. Na parede oposta havia uma pintura pequena, mas muito bonita, da Madona e o Menino. Annie notou que não havia vidro protetor ou corda vermelha separando o espectador da obra. Então, não resistiu e colocou a mochila no chão para olhar mais de perto. O rosto da Madona era plano e bidimensional, a expressão pesarosa e sem vida, o Menino Jesus parecia mais um velho enrugado do que um bebê.

— É de Duccio... final do século XIII — disse uma voz seca.

Annie virou e se deparou com Rebecca Winkleman-Spinetti. *Que mulher fabulosa*, pensou. Os olhos de Rebecca pareciam radiantes lagos turquesa, realçados por sua pele branca e seus cabelos loiros bem claros. Só havia mais um toque de cor em seu rosto: o rosa claro do batom em sua boca surpreendentemente carnuda.

— É lindo — disse Annie, pensando mais no semblante de Rebecca do que no quadro.

— Uma das maiores obras que já tivemos o prazer de negociar — disse Rebecca. Então, checando o relógio, chamou Annie para seu escritório. — Só tenho alguns minutos.

Annie a seguiu através de um par de portas de mogno, entrando em uma sala comprida, cheia de livros e admirando a elegante figura de Rebecca, que usava um terno de caxemira preto com um corte perfeito e sem nenhum amassado. Ao lado dela, Annie, que usava calças largas e um casaco grosso, parecia um mendigo.

— Você trouxe seu currículo? — perguntou Rebecca.

Annie entregou uma folha A4. Rebecca deu uma olhada e depois virou o papel, esperando ver mais.

— É curto — disse ela.

— É que eu trabalhei quatorze anos em um negócio próprio.

— Foi uma das vítimas da recessão?

— Na verdade o negócio sempre foi bem, a sociedade é que não deu certo. — Annie corou e olhou pela janela, esperando não ter que falar mais sobre sua vida pessoal.

Rebecca examinou a jovem e se perguntou por que ela não havia investido mais em sua aparência... por que não tinha comprado algo melhor para vestir, nem tinha se maquiado. *Pelo menos*, pensou, *meu marido não vai querer dormir com ela; Carlo só gosta de mulheres bem arrumadas.*

— Então, fora um curso técnico, sua experiência com comida se limita à gerencia de uma loja especializada em queijos em uma cidadezinha de West Country? — indagou Rebecca com a voz seca e aguda.

Annie notou que as mãos de Rebecca tremiam um pouco, fazendo o papel vibrar, e que ela tinha um pequeno espasmo na bochecha esquerda. O que fazia aquela mulher irradiar tanto nervosismo? Certamente não era ela.

— Sou muito autodidata — admitiu Annie. — Também tínhamos um café ao lado da loja de queijos e eu preparava comida todos os dias. Saladas, sanduíches e bolos.

— Tudo que for assossiado ao nosso negócio precisa ser da mais alta qualidade — disse Rebecca.

— Todos os ingredientes eram caseiros e frescos. Tínhamos as melhores notas no TripAdvisor — disse Annie, na defensiva.

Deveria contar a Rebecca que os clientes mais fiéis atravessavam Devon para comer seu cheesecake e suas tortas? E que às sextas-feiras uma fila se formava meia hora antes do horário de abertura, quando ela fazia pão?

Rebecca deu de ombros e voltou sua atenção para o currículo de Annie.

— Você diz aqui que cozinhar é seu único hobby?

— É mais um vício do que um hobby.

— Você não tem outros interesses?

— Você tem? — perguntou Annie. Não queria ser grossa, realmente queria saber.

Rebecca esboçou um discreto sorriso.

— Não — hesitou. — Creio que tudo em minha vida gira em torno da arte.

— Então acho que não somos tão diferentes uma da outra — disse Annie.

Rebecca olhou para a jovem com os cabelos castanho-avermelhados indomáveis, o casaco grosso e os sapatos surrados e duvidou que tivessem muito em comum.

— Meu marido elogia muito o seu trabalho. O que você faz para ele? — disse Rebecca.

— Sinceramente, não muito — admitiu Annie. — Adoro trabalhar e cozinhar, mas, como agora o sr. Spinetti não está em produção, não tenho muito o que fazer. Preparo cafés e um ou outro prato de massa.

Rebecca conferiu o relógio. Em breve receberia um potencial cliente. Entrevistar a garota havia sido uma péssima ideia do marido: ela contrataria uma agência para encontrar um chef substituto.

Virando-se para Annie, disse:

— Não vejo por que deveríamos nos arriscar com você; não há nada em seu currículo que sugira competência.

Annie estremeceu.

— Cometi o erro de misturar a vida amorosa com a profissional. Isso complicou bastante as coisas.

Rebecca olhou para Annie pensativa. Por algum motivo, sentiu compaixão ouvindo o dilema vivido pela garota. Qualquer um poderia cometer esse erro; muitos cometiam. Rebecca sabia que ela própria estava ligada demais à família. Se acontecesse qualquer desentendimento com eles, a quem iria recorrer?

Nessa hora, o telefone tocou na mesa e Rebecca atendeu. Agora em um tom gentil e educado, fez várias perguntas a quem estava do outro lado:

— Sra. Ankelehoff... Suzanne... Como estão as Bahamas? E o pequeno Tommy... O Duccio está reservado para outro cliente... Sim, naturalmente que você é uma das colecionadoras mais importantes com quem trabalhamos... Ele ofereceu dezoito... Deixe-me falar com meu pai... Mande lembranças para o Richard. — Colocou o telefone no gancho rapidamente e em seguida ligou para sua assistente.

— Liora, encontre meu pai.

Annie pegou a mochila e caminhou para a porta.

— Não se preocupe, eu encontro a saída.

— Espere — disse Rebecca —, vou arriscar e lhe dar uma chance. Não faço ideia do porquê. — Deixou até escapar uma discreta risada, perplexa com aquela impulsividade incomum. — Não me decepcione. Liora lhe mostrará a cozinha. Jantamos às sete. Estude os menus com atenção. — Rebecca acenou a mão em direção à porta.

Annie estava chocada demais para responder.

— O salário é de quatrocentos e cinquenta libras por semana. Sem horas extras. Seis dias por semana, se necessário. E os horários são incertos. Você pode começar agora?

Annie assentiu – era o dobro de seu salário atual, o suficiente para ficar mais tranquila no âmbito financeiro.

A entrevista havia durado menos de quatro minutos.

O novo hábitat de Annie era uma cozinha comprida e estreita ao lado da sala de jantar usada nas festas. Ela encontrou todos os tipos de equipamentos de cozinha dentro dos armários, a maioria ainda na embalagem. Annie pensou em suas facas de cozinha japonesas – suas posses mais valiosas, jamais conseguiria bancar jogos como os que encontrou na cozinha dos Winklemans.

Depois de assinar um termo de confidencialidade, cadastrou sua íris no sistema de segurança da casa e recebeu uma lista de menus. Para sua tristeza, Annie percebeu que eles nunca variavam. O almoço e o jantar alternavam entre peixes e legumes cozidos ou feitos no vapor. As únicas ervas aceitas eram o endro e a salsa – alho, coentro e pimenta vermelha não deveriam ser usados em nenhuma circunstância; sal e pimenta do reino apenas com moderação. As omeletes deveriam ser feitas sem gemas, e todas as refeições seriam seguidas de compota de maçã. Os ingredientes precisavam ser orgânicos e, na medida do possível, de origem local. Para Annie, preparar comidas brancas e sem graça era uma espécie de tortura. Para ela, a cor, o cheiro e a apresentação da comida importavam tanto quanto o gosto: comer era um ato que devia começar pelos olhos e pelo nariz, para ativar a imaginação. Mastigar e sentir o gosto eram o clímax de uma experiência sensorial.

Nas noites em que Memling ou Rebecca comiam em suas respectivas casas, Annie devia deixar a comida com os criados filipinos, que cuidariam de mantê-la aquecida. Ela não podia se dirigir a Memling Winkleman sob nenhuma circunstância, e tinha de desviar o olhar se o encontrasse no corredor, e só devia falar com Rebecca quando esta começasse a conversa. As refeições mais interessantes que prepararia seriam para o husky branco de Memling, Tiziano, que alternava entre coelho fresco, carne e frango misturados com ovos crus e hortaliças bem cortadas.

No terceiro dia, Annie começou a redigir sua carta de demissão, ainda que isso significasse ficar no vermelho. Não ligava que o peixe fosse de altíssima qualidade, servido em porcelana de Sèvres e acompanhado dos melhores vinhos franceses: seu sonho era cozinhar, e não passar a vida curvada sobre uma panela a vapor. Qual era a graça de criar uma refeição deliciosa se não podia observar a expressão nos rostos das pessoas? Naquele trabalho, ela só deixava a comida em um armário aquecido. Com certeza o derrame de Monsieur George foi causado pela monotonia daquele lugar. No final da noite de quarta, Rebecca pediu para vê-la e Annie levou a carta de demissão no bolso de seu avental branco engomado. Antes que pudesse entregá-lo, Rebecca lhe informou o motivo da conversa: na semana seguinte, Annie teria que preparar um jantar para vinte pessoas em homenagem a uma importante cliente americana, Melanie Appledore. O objetivo da noite era apresentar à colecionadora uma versão recém-descoberta da pintura de Caravaggio chamada *Judite e Holofernes*. A obra também poderia ser um estudo para a conhecida pintura pendurada no Palazzo Barberini, em Roma. Annie estava livre para fazer algo diferente do peixe de todos os dias, desde que evitasse alho e pimenta vermelha. O jantar seria composto de três pratos, e o primeiro deveria ser servido pontualmente às oito horas da noite. A assistente de Rebecca lhe enviaria uma lista com as preferências e restrições de cada convidado. Ao deixar o escritório, Annie percebeu que, mais uma vez, a reunião havia levado exatamente quatro minutos.

Incapaz de acessar qualquer um dos registros de Monsieur George, Annie não tinha ideia do que esperavam para o "jantar Caravaggio". O mordomo-chefe dos Winklemans, Jesu, e sua esposa, Primrose, lhe disseram que essas noites começavam com uma sopa e o prato principal era, invariavelmente, peixe. O último grande jantar que Annie havia preparado tinha sido em Devon, uma festa surpresa de aniversário para Desmond e cinquenta amigos. Ele sempre preferia mojitos, hambúrgueres e marshmallows torrados – "nada daquelas bobagens chiques" –, mas Annie esperava que seu banquete o fizesse mudar de opinião. O verão estava chegando ao fim e ele faria quarenta anos, então ela pensou em combinar o tema do festival da colheita com os anos dourados dele. Pendurou espigas de milho, dálias e crisântemos, criando um jardim suspenso no telhado do celeiro de um amigo. As mesas de cavalete rangiam sob o peso de abóboras, maçãs e bonecos feitos de espiga de milho, enquanto os convidados, que usavam roupas vermelhas ou douradas conforme combinado, sentavam-se em fardos de palha. Ela preparou tonéis de sopa de abóbora picante e passou o dia todo assando um porco sob uma macieira. Para a sobremesa, havia torta crocante de maçã e amora, servida com um espesso creme Devonshire. Annie fez até uma coroa de cevada para Desmond usar, mas ele atirou o enfeite no fogo e quase arruinou a noite com seu mau humor.

Com pouco dinheiro para presentes, Annie sempre se oferecia para preparar a comida das festas de seus amigos ou dos filhos deles. Alguns brincavam dizendo que tinham mais filhos ou se casavam só para aproveitar seus banquetes. Suas festas eram lendárias: torres gigantes de gelatina em cores vibrantes; bolos em forma de cachorros e ovelhas em tamanho real, cobertos de pelos e caudas realistas feitos de glacê e marzipã. Para um amigo que era professor de antropologia e havia morado por meio ano em uma aldeia no Camboja, Annie recriou um banquete tribal. Para outro amigo, Pernilla, que tinha nascido em uma pequena cidade ao norte de Estocolmo, Annie preparou um tradicional jantar sueco, com sopa negra, feita à base de sangue de ganso, pato seco ao vento e frutas vermelhas como sobremesa. Nesse dia, não sobrou nenhuma comida, mas Desmond disse que nunca tinha comido nada tão nojento e intragável; que agora entendia por que Pernilla tinha fugido de seu país natal.

Annie foi dar uma olhada na pintura, que já estava pendurada no átrio da galeria. Não era uma cena bonita de se ver: a garganta cortada de um homem, seu sangue jorrando sobre um tecido branco, sua vida se esvaindo a cada batida do seu coração; a perpetradora, uma bela mulher de cabelos negros, olhava para o espectador com ar triunfante, segurando a lâmina ensanguentada na mão e sendo observada por uma velha enrugada. Annie passou os dedos pela carta de resignação e concluiu que não tinha nada a perder preparando um banquete fantástico: pelo menos seria demitida por algo de que se orgulhava.

Fez algumas pesquisas na internet durante a hora do almoço e descobriu que, entre o nascimento dele em 1571 e sua morte prematura em 1610, Caravaggio era quase tão conhecido por seu mau comportamento quanto por sua pintura, e sua técnica era tão espontânea e provocadora quanto o seu temperamento. Sabia-se que Caravaggio havia matado um homem durante uma briga; *por isso o sangue que jorrava do pescoço de Holofernes parecia tão convincente,* pensou Annie. Incapaz de controlar seus impulsos e seu gênio forte, o pintor passou a maior parte da vida fugindo das autoridades. Foi condenado por ser "vulgar, pecador, cruel e repugnante", mas seu talento e seu "espírito sombrio" despertavam o interesse dos colecionadores. Annie se perguntou como introduzir esse elemento de perigo e vigor em seu menu. O pintor viveu na Itália pós-renascentista, entre Roma, Nápoles, Malta e Sicília – quatro regiões com comidas típicas bem diferentes entre si.

A comida cotidiana de Caravaggio – pão, pedaços de porco e porções de queijo, tudo isso regado a um vinho da região – não seria apropriada para os convidados de Rebecca. Annie pesquisou, então, como eram as refeições dos patronos do pintor: cardeais, papas e nobres. Ela descobriu que o açúcar – um produto recém-descoberto na época – indicava riqueza e era amplamente usado para efeitos visuais e simbólicos, batido e retorcido, usado como cobertura mais mole, tipo creme, ou mais dura, como o glacé. Annie leu que, em um jantar que organizou para um grupo de nobres, Don Ercole, filho do duque de Ferrara, encomendou como peça central da mesa uma estátua de açúcar em tamanho real de Hércules e o leão, colorida e banhada a ouro, e acompanhada por miniaturas da deusa Vênus e do Cupido. Alguns jantares, que chegavam a ter dez pratos, incluíam castelos de massa folhada e tortas recheados de aves "vivas" – frangos, cisnes e pavões que eram assados e depois revestidos novamente com sua plumagem. Os convidados lavavam as mãos em fontes individuais de água de flor de laranjeira e havia um acompanhamento musical para cada prato.

Perdida em meio à pesquisa e sem querer lidar com Evie, Annie passou a terceira noite seguida em uma cama desmontável no trabalho, tomando banho e lavando suas calcinhas na pia da cozinha.

Na manhã seguinte, Evie apareceu na entrada da Winkleman Fine Art. Conseguiu passar pela porta da frente, mas os seguranças não queriam deixar aquela mulher de aparência desleixada entrar na casa. No meio de uma reunião de funcionários, Annie foi chamada à recepção.

— Algum problema? — perguntou Annie, olhando para a câmera do circuito interno de segurança e esperando que nenhum de seus colegas notasse o olho inchado de sua mãe, que tinha passado de um roxo profundo para um amarelo-alaranjado.

— Onde você esteve? — perguntou Evie, irritada.

— Trabalhando. — Annie pegou o braço da mãe e a conduziu firmemente para a saída.

— Não tem nada na geladeira. Você não tem nem uma televisão. — Evie hesitou e depois acrescentou: — Vim buscá-la para nós almoçarmos juntas. — Ela parecia vulnerável, como uma criança pequena.

— Tenho muito trabalho... não posso mesmo.

— Hoje é 22 de janeiro... meu aniversário — disse Evie em voz baixa. — Você esqueceu.

— Ah, é verdade — respondeu Annie com toda a simpatia que conseguiu reunir.

— Quero ir à Wallace Collection. — Então, olhando para todos os lados no saguão para ter certeza que ninguém estava olhando, Evie abriu uma grande sacola plástica em que trazia a pintura que Annie comprou no brechó.

— Espere por mim na entrada de serviço; é só dobrar a esquina. Preciso pegar meu casaco e minha bolsa.

Alguns minutos depois, Annie apareceu.

— Por que não vamos à National Gallery? — sugeriu Annie.

Sua vontade era nunca mais voltar à Wallace, ao cenário da noite de solteiros em que conheceu Robert.

— É o meu aniversário e quero ir à Wallace — disse Evie.

O prédio da Wallace Collection ficava a meia hora a pé dali. Annie calculou que, com sorte, conseguiria levar a mãe até lá, comprar um sanduíche para ela e voltar ao trabalho em pouco mais de uma hora. Felizmente, Rebecca e seu pai estavam em Paris e não deviam voltar antes do jantar.

— Você está usando o meu melhor vestido — disse Annie, olhando para a mãe.

— A única coisa decente que você tem no guarda-roupa... e é uma roupa da Zara, nada demais.

— Pode ser, mas ainda é a única boa que eu tenho, então, por favor, não use — disse Annie, irritada.

— Você deveria ter colocado um cachecol — disse Evie. — Está muito frio.

— Não sou criança — disse Annie, caminhando pela rua de paralelepípedos. *Nunca pude ser criança*, pensou.

— Por que você não tem um rádio ou algum aparelho de som no seu apartamento? — perguntou Evie. — Você costumava ouvir música o tempo todo.

Annie tinha parado de ouvir música porque algumas evocavam lembranças demais. Ela achava mais fácil viver sem o risco de disparar gatilhos emocionais a qualquer momento.

— Ainda não tive chance de comprar um — mentiu.

— Não é normal viver sem música — disse Evie.

Elas caminharam pela Curzon Street e atravessaram um minúsculo jardim atrás de uma igreja na Mount Street. Ao longo de um muro, camélias vermelhas e brancas começavam a florir – agarradas a ramos verdes e frágeis – e balançavam conforme a brisa. Annie olhou para as flores de cores vivas e percebeu que sua amada Dartmoor ainda devia estar estéril e encharcada. Adorava caminhar por sua paisagem lunar naquela época do ano, curvando-se para proteger-se das rajadas de vento que vinham de Cornwall e açoitavam os vales. Muitos moradores evitavam as charnecas no inverno; névoas tão densas quanto algodão molhado podiam aparecer sem nenhum aviso. Todos os anos, pessoas se perdiam fazendo caminhadas, algumas até morriam. Um cavaleiro, perdido na madrugada em meio ao nevoeiro, matou seu cavalo e abriu a barriga dele no desespero de encontrar abrigo em suas entranhas. Dois dias depois, foi encontrado congelado dentro da barriga do animal.

— Você não ouviu uma palavra do que eu disse, não é? — Evie puxou-a pela manga.

— Desculpa, viajei.

— Eu contei que Stanley e eu nos separamos? — perguntou Evie.

— E quem era o Stanley?

— Pensei que ele fosse diferente.

— Você sempre pensa.

Atravessaram a Oxford Street e entraram em uma rua secundária para evitar as pessoas que aproveitavam a hora do almoço para ir às compras. Evie tinha razão: Annie estava arrependida de não ter pego um cachecol.

— O que você tem feito? — perguntou Evie fingindo um tom animado e casual.

— Tenho vivido no mundo fantasioso, corrompido e ostentador dos banquetes pós-renascentistas.

— É melhor do que Shepherd's Bush.

— Rebecca quer dar um jantar para apresentar uma pintura a alguns clientes. Estou tentada a fazer um jantar temático... mas sei que não é o que ela tem em mente.

— Você consegue fazer qualquer coisa ficar deliciosa. Tem talento para isso.

Annie passou o braço pelo da mãe.

— Ao contrário do último chef deles, não tenho formação nem prática.

Evie parou na rua e virou para a filha.

— Te desafio!

Annie riu. Era um jogo que costumavam fazer quando ela era criança. Te desafio a comer seu jantar. Te desafio a se vestir. Te desafio a me amar.

— Se der errado, vou perder meu emprego garantido.

— Você acha que quando alguém tem uma grande oportunidade deve se preocupar com isso?

— Não tem nada a ver.

— Tem sim, Annie. Você tem que se arriscar.

Annie parou e virou-se para encarar a mãe.

— Você acha que eu tenho medo de arriscar, mas se eu perder meu emprego, quem vai tirá-la da prisão da próxima vez? O que você vai fazer?

Evie olhou para o chão.

— Você está evitando voltar para casa porque estou lá?

— Também...

Evie limpou uma lágrima do rosto.

— Queria poder ficar mais alguns dias para me ajeitar e ver o que faço. É pedir demais?

Annie achava que era, sim, pedir muito; só de pensar em passar mais uma noite sob o mesmo teto que sua mãe já ficava super nervosa.

— Mãe, é só que...

— É que eu estou assustada, me sentindo sozinha e só tenho você — disse Evie, começando a chorar.

Aqui vamos nós, pensou Annie. De volta ao interminável carrossel de chantagem emocional. Annie sabia que deveria se soltar do braço da mãe, se afastar. Mas, em vez disso, pegou a mão de Evie e a conduziu silenciosamente pela Manchester Square até a Wallace Collection.

— Você pode ficar alguns dias.

O rosto de Evie se iluminou como o de uma criança.

— Seu pai e eu costumávamos vir aqui — disse à Annie.

— Você me disse.

— Eu era feliz nessa época.

— Você também me disse isso. — Annie subiu a grandiosa escadaria, desejando que o museu tivesse uma política de silêncio obrigatório.

— Espere por mim. Já não sou mais tão jovem — disse Evie, ofegante.

Annie não esperou, seguiu andando pelas galerias. As pinturas passavam como borrões enquanto ela pensava em possíveis receitas. Será que gostariam de uma geleia feita com litros de vinho, canela, noz-moscada e gengibre? A primeira referência a essa sobremesa era de 1530, quarenta anos antes do nascimento de Caravaggio, mas combinaria perfeitamente com o sangue que jorrava do pescoço de Holofernes. Ela estava louca para fazer uma das 250 receitas do *De honesta voluptate et valetudine*, uma coleção de 1465 que prometia ser um marco da culinária italiana moderna. O autor, Platina, deixou instruções bem-

-humoradas: cozinhe pelo "tempo de duas orações ao Senhor", corte a banha de porco do tamanho de dados, a carne do tamanho de punhos e prepare um "caldo refinado".

— Sei quando está pensando em comida — disse Evie, puxando a camisa da filha. — Você fica com esse olhar distante. Venha ver este... era outro dos preferidos do seu pai.

Acordando de seu devaneio, Annie viu Evie apontar para a pintura de um homem com bigode retorcido e um sorriso arrogante. Logo depois, sua visão foi bloqueada por um grupo de turistas japoneses em elegantes casacos. Annie reparou que estavam acompanhados por um guia, que chamava atenção por ter um estilo completamente oposto ao do grupo. Vestia um terno de veludo tom de ameixa sem forma nenhuma e com recortes de um tecido diferente nos cotovelos. Parecia ser de um tamanho maior, talvez fosse do seu pai, ou tinha sido pego em um brechó beneficente. Para completar, ele usava uma horrível gravata de tricô com o nó totalmente torto, que talvez fosse um presente de alguma tia solteirona. Annie notou que o cabelo escuro do guia estava despenteado, um pouco comprido demais e muito bagunçado.

— Esta — explicava ele — é uma pintura de Frans Hals chamada *O Cavaleiro Sorridente*.

Ele falava em frases curtas, movimentando bastante os braços e com tanto entusiasmo que Annie e Evie pararam de brigar para prestar atenção.

— Como podem ver, o cavaleiro não está gargalhando, nem mesmo sorrindo e, na verdade, nem é um cavaleiro — continuou ele. — O nome foi dado ao quadro muito mais tarde, no século XIX, mais de duzentos anos depois de ter sido pintado em 1624. É provável que este retrato fosse um presente de desposório para uma jovem dama.

— Desposório? — indagou uma senhora japonesa.

— Noivado.

— Noivado? — Ela ainda estava confusa. O guia olhou em volta, pensando em como explicar, e acabou encontrando o olhar de Annie. Sem pensar, Annie apontou para seu dedo anular.

— Obrigado — articulou ele em silêncio.

— Casamento! O homem enviaria a pintura a uma adorável dama e, se ela gostasse do que visse, concordaria em se casar com ele.

Desta vez a tradução funcionou e a japonesa assentiu com a cabeça.

Jesse olhou de novo para a jovem de trança, com cabelo cor de cobre. Os olhos dela pareciam ser verdes, talvez azuis; capturavam a luz e transmitiam simpatia e compreensão. Notou algumas sardas em seu rosto e se pegou pensando se havia mais espalhadas por seus seios. Tentou adivinhar quantos anos a garota tinha... A julgar pelas minúsculas rugas ao redor dos olhos, calculou que beirava os trinta. O rosto dela era um pouco alongado demais e a boca ligeiramente grande para que sua beleza pudesse ser considerada clássica. Tinha um ar etéreo e sonhador, como se seus pés não estivessem firmemente presos ao chão e ela flutuasse sobre as questões terrenas. Suas roupas eram excêntricas – calças listradas e uma camisa parecendo um jaleco branco –, talvez fosse cozinheira ou simplesmente alguém que gostava daquele estilo. Seus sapatos, gastos nas pontas, e a bolsa com a alça remendada com uma corda laranja fina, sugeriam que não tinha um bom salário ou que gostava de economizar. A mulher olhou em seus olhos por um instante um pouco longo demais, corou e desviou o olhar.

Jesse foi tomado pela decepção: ela nitidamente não estava interessada. Virou, então, de volta para seu grupo.

— Este encantador casaco tem motivos bordados, símbolos ocultos que, na época, representavam as dores e os prazeres do amor, incluindo flechas, cornucópias flamejantes, nós de amor perfeito, e assim por diante — disse ele.

Annie fingia olhar para outra pintura, mas não pôde resistir a ouvir o que ele falava.

— Cornucópia? — perguntou um japonês.

— Significa abundância, muitas coisas, muitos símbolos, muita coisa acontecendo. — O guia agitou os braços. — Esta pintura tornou-se uma das imagens mais famosas e instantaneamente identificáveis da arte ocidental. É nossa versão masculina da Mona Lisa.

Seu público ainda parecia confuso.

— Mona Lisa? — perguntou uma senhora.

O guia bateu a mão na testa.

— Sinto muito. Que idiota. Vocês provavelmente ainda não foram a Paris. É uma pintura que está no Louvre. De Leonardo da Vinci.

O guia olhou para Annie ligeiramente desesperado. Ela sorriu de volta – havia algo de atraente no jeito dele. Ele sustentou o olhar de Annie por um instante e ela notou que tinha olhos azuis fundos e o rosto largo, com maçãs do rosto salientes. Seu cabelo era grosso, escuro e indomável; alguns fios caindo sobre o rosto, outros espetados. Annie percebeu que o colarinho da camisa dele estava gasto e que os punhos estavam presos por clipes de papel no lugar de botões. Pouco acostumada a ser observada por estranhos, virou-se para o outro lado... Onde estava Evie quando precisava de distração?

Não precisou procurar muito. Evie tinha tirado a pintura da sacola plástica e a comparava às outras nas paredes. Um funcionário a observou cautelosamente passar pelo aglomerado de turistas japoneses, pelo guia e segurá-la próxima ao *Cavaleiro Sorridente.* Ao lado da obra de Frans Hals, parecia completamente deslocada, as figuras muito diáfanas e pintadas com demasiada leveza em comparação ao sólido cavaleiro. Annie viu o guia olhar de Evie para a pintura. A princípio, não deu importância à tela, mas em seguida olhou com mais atenção e estava prestes a dizer alguma coisa quando Evie baixou a pintura e se dirigiu ao quadro de uma mulher com um vestido volumoso, um sapato delicado de seda aparecendo por baixo da bainha.

Annie aproximou-se da mãe. A placa dizia *Madame de Pompadour*, de Boucher. Annie e Evie olhavam de uma pintura para a outra. Definitivamente havia semelhanças na maneira da tinta ser suavemente aplicada, os adornos e a composição eram similares. Ambos tinham figuras em primeiro plano em um cenário elísio, vistas do alto por uma estátua, mas o uso da tinta – um, leve e vibrante, e o outro, sereno e teatral –, convenciam Annie de que tinham sido feitos por mãos diferentes.

Elas seguiram em frente, erguendo sua pintura ao lado de infinitas cenas de pastoras seminuas, *putti* despudorados e lascivos espectadores masculinos. Para Annie, aquelas mulheres não tinham sido despojadas apenas de suas roupas, mas também de sua dignidade: apareciam curvadas em patéticas poses suplicantes e provocadoras. As cores que o artista usava eram como o recheio de chocolates baratos: azul-claros e amarelos para os céus, rosa para a pele, uma infinidade de tons pastéis. As duas pararam junto ao *Os Prazeres do Baile*, de Jean-Baptiste Pater.

— Tenho certeza de que esta pintura serviu de inspiração ao Carlo para os cenários de *O Rei Sol* — Annie pensou alto.

— E alguma coisa por acaso é original nos filmes? — Evie, como muitas pessoas, considerava o cinema uma forma de arte muito pobre em relação às outras.

— Os artistas ruins copiam; os bons, roubam — disse Annie.

— Quem disse isso?

Annie deu de ombros.

— Um cineasta trabalha em muitas dimensões, mas obter a ambientação certa é crucial. Não é diferente de preparar a tela se você for um artista ou aprender gramática, se for um escritor. É preciso criar uma atmosfera, um mundo para o espectador entrar.

— Então é um pastiche?

— Tenho certeza de que Pater aprendeu copiando coisas que vieram antes dele e que o professor dele, por sua vez, copiava seu mestre. Somos todos copiadores — disse Annie, pensando no livro de receitas de Platina.

No outro lado da sala, o guia falava aos turistas sobre outro pintor, Antoine Watteau.

— Aqui está o pintor que iniciou todo esse gênero conhecido como *fête galante*, retratando figuras elegantes em trajes teatrais, históricos e contemporâneos, em cenários de parques — ouviu-o dizer. — Hoje é mais conhecido como rococó.

Evie atravessou a sala e passou no meio deles, carregando a pintura.

— Venha aqui, Annie! Olha isso! — chamou.

Annie, constrangida com o comportamento da mãe, afastou-se silenciosamente esperando que o guia não notasse que estavam juntas.

— Annie, Annie! — gritou Evie. — Venha ver o rosto desse cara. É igualzinho ao homem da sua pintura! — Evie se curvou sobre a corda vermelha e segurou a pintura de Annie ao lado do quadro de Watteau.

Um funcionário da galeria saltou da cadeira e correu até Evie. Annie rezou silenciosamente para Evie se acalmar e seguir em frente.

— Você não acha que a semelhança é impressionante? — perguntou Evie ao guia.

O guia examinou atentamente as duas pinturas.

— Certamente vejo semelhanças. Mas este é um artista muito copiado. Com razão — acrescentou com respeito.

— Vocês, acadêmicos, têm medo de suas próprias sombras — disse Evie de forma rude e virou a pintura para os turistas japoneses. — O que vocês acham? Olhem, usem seus olhos, não suas teorias, como este cabeçudo.

— Senhora, preciso lhe pedir que mantenha uma distância apropriada das obras ou teremos de convidá-la a se retirar — disse o funcionário.

— Você tem olhos, não consegue ver? — Evie estendeu a pintura em direção a ele.

— Estou aqui para proteger as obras de arte.

Evie passou por cima do cordão e se inclinou sobre o quadro.

— Os dois têm a mesma expressão sofrida. E é a mesma estátua ao fundo.

As observações de Evie foram abafadas pelo barulho de um alarme e o som de passos que se aproximavam correndo. Em poucos instantes, os guardas cercaram Evie e, afastando o cordão, pegaram-na firmemente pelos braços e a levaram para longe das pinturas.

— Vocês não podem fazer isso comigo — gritou ela. — Eu não estava fazendo nada errado. "Sou uma amante da arte. Ao contrário de vocês, seus bárbaros! Me deixem em paz. Vou escrever para o meu representante parlamentar.

Annie viu a mãe ser levada para fora.

Os japoneses conversavam agitadamente entre si. Annie captou o olhar de desculpas do guia. "Sinto muito", murmurou ele sem emitir nenhum som. Annie fez uma careta e deixou a galeria com o que lhe restava de dignidade.

Em frente ao museu, Evie estava com o quadro enfiado debaixo do braço, tentando convencer outros visitantes a evitarem o passeio.

— Não entrem lá... está cheio de bárbaros. Expulsam você só de olhar para uma pintura!

— Andou bebendo? — perguntou Annie quando a alcançou. — Tem sorte de não terem prendido você e dado queixa.

— Só porque eles têm algumas obras penduradas nas paredes, acham que podem dizer que todo o resto é porcaria? — Segurando a pintura diante de si, Evie declarou: — Eu acredito em você.

Annie sentou-se em um murinho. Já estava acostumada àquele padrão de comportamento de Evie. Com certeza tinha bebido alguma coisa pouco antes de chegar ao trabalho de Annie. A caminhada e o ar fresco haviam ajudado o álcool a correr pelo seu corpo, e o ponto alto da reação à bebida aconteceu em frente ao *Cavalheiro Sorridente*. Em breve a euforia ia diminuir. Ela ia chorar, tomar outra bebida, ficar feliz – e, então, ia se afastar e começar tudo de novo.

Annie, já pensando na relativa serenidade da cozinha dos Winklemans, começou a ir embora. Sua mãe daria um jeito de voltar para o apartamento.

— Com licença — chamou a voz de um homem.

Annie fechou mais o casaco e apertou o passo. A galeria não precisaria de um depoimento sobre uma louca solitária, ela queria se afastar daquele incidente sem mais constrangimentos.

— Senhorita. Por favor, espera. — O guia alcançouAnnie e começou a caminhar ao lado dela. — Sinto muito pelo que aconteceu lá dentro.

Annie não disse nada. Seu rosto ardia de vergonha.

— Comprei para você este cartão postal de algo que se parece muito com a sua pintura. É apenas um desenho, mas acho que você vai encontrar semelhanças — disse ele, estendendo-o para ela. Annie parou e pegou o presente, ainda sem olhar para o guia.

— Aquela senhora tinha razão. As duas imagens se parecem, as figuras são muito semelhantes... assim como o fundo. Se quiser investigar mais sobre isso...

Annie interrompeu-o antes que pudesse continuar:

— Para falar a verdade, não estou interessada. Essa coisa não trouxe nada além de má sorte para a minha vida.

— Se mudar de ideia — disse o guia.

Annie não olhou para trás.

CAPÍTULO 5

Barthomley Chesterfield Fitzroy St. George gostou do que viu no espelho de corpo inteiro. Tinha sessenta e nove anos, mas mantinha a pele esticada com cirurgias plásticas e o corpo ativo e flexível com exercícios diários – e um pouco de cocaína antes das refeições. Seus olhos azuis já estavam meio enevoados, mas seus dentes eram perfeitos como os de um astro de Hollywood. Seu cabelo, grosso e exuberante, era quase todo natural, e seu corpo era detalhadamente cuidado por uma equipe de manicures, esteticistas e massagistas. Barty – como era conhecido – não era mais um adolescente, mas estava, como ele gostava de dizer, "com tudo em cima".

— Aquele querido fez um ótimo trabalho, não acha? — indagou Barty, admirando a pele do queixo, recentemente esticada.

Lady Emeline Smythe, a secretária de vinte e dois anos que cuidava de seus eventos sociais, fez que sim.

— Você está realmente ótimo!

Barty sorriu graciosamente. Tinha de concordar.

— O sinal de uma cirurgia bem-sucedida — continuou Barty — não é quando dizem que você parece jovem; é ser parabenizado por estar com tudo em cima na idade que tem mesmo. E o preço foi perfeitamente razoável — acrescentou. — Mais barato do que um carro novo ou um fim de semana no Cap. Talvez eu faça um lifting frontal no próximo verão, o botox deixa a testa anestesiada demais.

— Mamãe está morrendo de inveja — disse Emeline. — Papai diz que ela tem que escolher entre um novo rosto *ou* um cavalo.

O pai de Em tinha uma propriedade de dez mil acres de excelentes terras em Lincolnshire.

— Ele não pode vender algumas terras e dar a ela os dois? — Barty não entendia as prioridades da aristocracia.

— Papai diz que todas as terras estão em um fundo para o meu irmão — lamentou Emeline. — E que é melhor eu casar o quanto antes, enquanto ainda tenho um rosto bonito, ou ficarei para titia.

Barty não falou nada, mas concordava com o pai dela. Emeline era linda agora — lábios carnudos, pele de pêssego, um pequeno nariz arrebitado e cabelos loiros que caíam em cascata —, mas esses traços não permaneciam muito além da juventude.

— Sua tia Joanna relaxou com a aparência — disse Barty. — Eu a vi na casa dos Devonshires outro dia. Quando se sentou, seu traseiro se espalhou pelo sofá como um queijo brie.

— Pobre tia Jo — disse Emeline com compaixão. — Ela nunca superou a perda de Topper.

— Pensei que o nome do marido dela fosse Charles.

— Sim... Topper era seu pequinês.

A conversa foi interrompida pela chegada de Frances, assistente pessoal de Barty, com uma caneta e um punhado de convites na mão. Frances era tão larga e robusta quanto um pônei e se vestia como uma inspetora de escola pública. Seus olhos giravam em várias direções, mas ela nunca deixava escapar nada. Todo mundo, incluindo Barty, tinha um pouco de medo dela.

— Você recebeu quatro convites para o fim de semana de 7 de junho... da sheika de Alwabbi, do duque e da duquesa de Midlothian, de Elliot Slicer e dos Brommages — disse Frances.

— Todos parecem um tédio — disse Barty, sentando-se em um sofá rosa claro. — Quem tem o jardim mais bonito? Estou desesperado para ver um pouco de cor. Este inverno foi tão rigoroso, que nem os heléboros nasceram ainda.

Frances foi na direção dele, agitando os convites, e Barty fechou os olhos.

— As rosas ficam lindas em junho. O que você acha, Em? — Barty abriu um olho e olhou para Emeline. Só havia contratado ela em parte porque seu pai era o mais bonito marquês da Inglaterra, mas também porque, supostamente, sabia tudo sobre as colunas sociais.

— Provavelmente não há muitas rosas na Arábia ou no Texas em junho. Os Brommages estão em seu barco, então sugiro os Midlothians... Papai diz que eles têm uma bela propriedade.

Barty resmungou alto:

— Querida! O castelo deles fica no norte da Escócia, tudo lá floresce com pelo menos um mês de atraso. Seus pais não lhe ensinaram nada?

Emeline ficou muito envergonhada:

— Desculpe-me, Barty. Detesto a Escócia e evito ir lá.

— Todos nós, querida, todos nós — concordou Barty.

Frances franziu os lábios.

— É melhor você aceitar o convite dos Alwabbis, então... Com todo aquele petróleo, eles estão cada dia mais ricos, seria bom para os nossos negócios.

— Não use a palavra "negócios", querida. É vulgar — reclamou Barty.

— É vulgar ter comida em nossos pratos e um teto sobre nossas cabeças? — disse Frances em seu tom mais severo.

— Como quiser, Frances — disse Barty, obedientemente.

— Aceitarei em seu nome o convite de suas Altezas Reais. — Frances sorriu secamente e deixou a sala.

A principal realização de Barty era um chalé neoclássico no Regent's Park. Construído para a amante de um duque no final do século XVIII, a Casa Branca era um perfeito palácio em miniatura construído pelo arquiteto James Stuart, "o Ateniense", em uma clareira no meio do parque. Quando os descendentes do duque de Plantagenet tentaram vender sua herança a agentes imobiliários, Barty empenhou-se em uma batalha feroz para salvar a casa e convenceu o juiz a deixá-lo comprá-la e restaurá-la para a nação, com a contrapartida de que deixaria os salões principais abertos ao público durante seis dias por semana. A Casa Branca consumia muito dinheiro – quando não era o telhado, era o encanamento, a caldeira, as janelas, as calhas ou a fiação. Barty era loucamente apaixonado por aquela casa, cada centavo de seus principais rendimentos ia parar naquele seu projeto de estimação.

Um barulho de plástico e polietileno anunciou a chegada do criado de Barty, Bennie. Barty adotava uma persona diferente para cada grande ocasião social. Quanto mais excêntrico o visual, mais chamaria a atenção dos paparazzis, e ele achava que sair na imprensa era bom para os negócios. Aparecer em jornais e revistas era bom para o humor de Barty; ficava animado mesmo com as piores fotos – fora as traiçoeiras. Ele reunia recortes de suas aparições em grandes álbuns e, nas noites escuras de inverno, passava horas revendo seus *looks* e relembrando as festas.

Toda segunda de manhã, ele e Bennie conversavam sobre os próximos eventos e as roupas que poderia usar. Todos os detalhes deveriam ser perfeitamente pensados.

— Que bom que temos o eBay — costumava comentar.

Naquele dia, para marcar o aniversário da primeira vez em que uma música de Elvis ficara em primeiro lugar nos rankings, eles optaram por um visual *Teddy Boy*; Bennie vasculhou lojas vintage até encontrar um terno original dos anos 1950, sapatos com sola de crepe e uma peruca com topete.

— O que você acha? — perguntou Bennie, segurando a jaqueta marrom e a ridícula peruca preta.

— Adorei, adorei, adorei. Essa lapela rosa é simplesmente divina — disse Barty, batendo palmas, vestindo o casaco e admirando-se no espelho de três faces.— Sou o próprio Elvis, meus queridos — aparentemente não estava brincando. — Estou preocupado de que seja convincente até demais. E se não perceberem que sou eu? — disse ele, girando na frente do espelho.

— Você acha que o público vai pensar que o Rei decidiu reencarnar na noite de estreia de *Der Rosenkavalier* em plena Royal Opera House? — argumentou Bennie.

— Mas o que importa é: estou bonito? — perguntou Barthomley com medo de que a lustrosa peruca preta não estivesse combinando com sua pele pálida de 69 anos.

— Eu não o deixaria escapar! — Bennie riu.

— Cuidado que acabo aceitando, heim! — Ambos sabiam que não era verdade; Barthomley achava que sexo era algo terrivelmente vulgar, que era melhor deixar isso para os jovens.

Mesmo após cinquenta anos fazendo aparições públicas, e de ter sido fotografado ao lado de diversas celebridades dentro e fora da cidade, ninguém de Keddlesmere, sua terra natal, tinha reconhecido Barthomley ou entrado em contato. Nasceu com o nome de Reg Dunn em 14 de março de 1945, e saiu de casa em 14 de março de 1960 para nunca mais voltar. Aos 15 anos, percebeu que não havia futuro para um "maricas" em Keddlesmere. Então, deixando para trás seu antigo eu, como se trocasse de pele, criou uma nova identidade juntando os nomes das aldeias que tinha atravessado enquanto viajava de carona para Londres. Reg Dunn estava morto: vida longa a Barthomley Chesterfield Fitzroy St. George.

Em sua primeira noite na capital, Barthomley se envolveu com um ministro conservador no metrô Piccadilly Circus, que recomendou o jovem a seus colegas. A partir daí, o jovem Barty foi promovido da "Câmara" para as grandiosas casas da Inglaterra. "Aprendi aos pés dos gigantes", ele gostava de dizer. "Eu ficava de joelhos; eles, de pé." Dentro de cinco anos, Barty ascendeu de garoto de programa a padrinho. E não era só porque naquela época a diferença entre as classes sociais estava cada vez menor e era chique ter amigos de diferentes origens; o principal motivo do sucesso de Barty se baseava em um simples fato: ele levava alegria a qualquer ambiente. Quer você estivesse em uma caça numa charneca escocesa, em um trem no Rajastão, ou em um chá da tarde de uma duquesa viúva, estar com Barty tornava tudo mais divertido. Sua sede insaciável de vida, sua habilidade de ver o ridículo em tudo – principalmente em si mesmo – e seu amor genuíno pelas pessoas era absolutamente cativante. Barthomley Chesterfield Fitzroy St. George tornou-se conhecido como o "querido Barty", e os eventos da sociedade britânica eram planejados de acordo com sua disponibilidade. Sua pronúncia foi se refinando e, dentro de uma década, ele já estava tão integrado à vida da elite que a maioria acreditava que ele fosse de origem nobre.

Mas, ao contrário de seu novo grupo, Barty não contava com nenhuma herança, não tinha um diploma e nem tias solteiras caridosas com que pudesse contar, e frequentar festas por toda a Inglaterra, sendo a vida e a alma de cada uma, era extenuante. Barty queria mais independência, ter um cantinho para onde escapar quando quisesse e um pé-de-meia para a aposentadoria. Foi então que sua carreira começou, por acaso, em 1979: com a queda do xá do Irã, Londres foi de repente inundada por ricos exilados persas com dinheiro de sobra, mas sem saber como gastá-lo. Barty cobrava uma taxa para encontrar apartamentos para os recém chegados, arrumar decoradores, assistentes pessoais e alfaiates. Mostrava quais bares e boates frequentar, ensinava-lhes as peculiaridades da vida britânica. Além de ajudar seus protegidos a dar festas monumentalmente extravagantes. Em pouco tempo descobriu que quanto maior a taxa, mais feliz seu cliente ficava. Quanto mais ele cobrava, mais seguros eles se sentiam.

Barty nunca teve um cartão de visita; nunca precisou descrever qual era seu cargo. Tudo funcionava pelo boca a boca, os ricos carentes logo o encontravam. "Pense em mim como parte Svengali, parte Henry Higgins, com uma pitada de Cedric Montdore", dizia às pessoas, embora poucas entendessem as referências.

— Vamos tocar "Hound Dog" e entrar no clima de verdade — disse Barty, calçando os sapatos de sola de crepe. — Vamos, Em, ligue o Spotify.

Emeline correu para o som e em segundos a voz de Elvis ressoou pela sala. Barty pegou a mão dela e eles começaram a dançar *rock and roll*. Enquanto dançavam, várias assistentes entravam para fazer perguntas.

— Barty, Mitch quer trocar de alfaiate e ir à Huntsman... Alguém lhe disse que são os mais experientes. — Milly era uma das sete garotas que ajudavam Barty a atender os clientes.

— As alfaiatarias da Savile Row são tão século passado. Se ele quer parecer um chow-pei, é problema dele.

— Chow-pei é um prato chinês?

— É um cachorro... Não lhe ensinam nada na St. Mary's Ascot?

Amelia, que cuidava dos sul-americanos, era a próxima da fila:

— O primo de Carlos Braganza foi preso em Northolt por transportar cocaína em seu avião particular e quer saber se você pode ajudar.

— Ligue para aquele homem gentil do Ministério das Relações Exteriores que conheci em Highgrove.

Diandra, que trabalhava com os russos, estava nervosa.

— Dmitri Voldakov quer saber se você pode encontrar para ele um chalé com capacidade para trinta pessoas em Gstaad?

— Diga-lhe que é claro que sim... Nem que eu tenha que construir um com minhas próprias mãos.

— Pilar despediu o decorador... Você pode recomendar outro? — perguntou Dambesi.

— Esse é o terceiro em um mês! Vou pensar e dou um retorno a ela mais tarde. Algum de vocês viu M. Box Power no Mojos ontem à noite? Meu Deus, ele é sexy.

— Pensei que você estivesse no Swindons' ontem à noite — disse Emeline.

— Estava um pouco chato, então fui ao Mojos. Você acha que o topete é grande demais?

— Não, é perfeito.

— Meu delineador está borrando. — Então Barty sentou-se novamente no sofá rosa, arfando um pouco.

Frances reapareceu e abaixou a música.

— O que o russo vai pensar disso? — perguntou ela. — Você não acha que deveria mudar o visual antes de se encontrar com esse novo cliente?

— Que russo?

— Vladimir Antipovsky. Vocês têm uma reunião em vinte e cinco minutos na casa nova dele, na Berkeley Square.

— Me esqueci completamente. Queria ir à inauguração do Tim antes da ópera.

Frances leu as anotações em seu caderninho.

— Vlad Antipovsky, quarenta e um anos, nascido em Smlinsk, uma pequena cidade na fronteira da Sibéria. Controla 43% das reservas mundiais de estanho e tem uma fortuna em crescimento estimada em 8 bilhões de dólares. Não se tem notícia de esposa ou dependentes. Nenhum interesse conhecido. Mais um que foi expulso de repente pelo regime russo.

Barty virou-se para encarar Frances, os olhos brilhando de excitação.

— Imagine como deve estar se sentindo mal, ainda mais sem esposa ou familiares. Adoro uma tela em branco. Pense no potencial de transformação. Deve ser assim que Michelangelo se sentia quando encontrava o pedaço perfeito de mármore carrara: onde todos viam só um pedaço de pedra, ele viu David. Quanto dinheiro você disse que ele tem?

— Oito bilhões — respondeu Frances.

— De libras ou dólares? — perguntou Emeline.

— Querida, você às vezes é tão vulgar. — Barty a repreendeu.

Os funcionários novatos imaginavam que o amor que Barty sentia pelos novos ricos era motivado pela comissão, mas estavam errados. Barty adorava seu trabalho. Cada vez que resgatava um novo cliente da obscuridade social e da indiferença cultural, Barty revivia sua própria fuga de Keddlesmere. Não era possível medir sua emoção em dinheiro, só queria ganhar o bastante para manter a Casa Branca aberta. Ele costumava dizer que seu cartão de visita, se tivesse um, diria "Alquimista": "Pego o dinheiro e a ignorância e misturo tudo formando um paraíso na Terra".

Bennie tentou fazer um ajuste final na peruca, mas Barty já estava em pé indo em direção à porta.

— Leve-me ao meu russo. Vamos, vamos. Depressa, depressa. Não temos tempo a perder.

Sozinho em sua recém-adquirida casa de dezessete quartos na Berkeley Square, Vlad Antipovsky estava mergulhado em uma profunda infelicidade. Fazia exatamente cinquenta e quatro dias que oito homens em ternos pretos haviam entrado em seu escritório em Moscou com uma passagem só de ida para Londres. Deram-lhe meia hora para limpar sua mesa ou perderia suas propriedades, seus negócios e sua liberdade. Um andar no hotel Connaught estava reservado em seu nome até que encontrasse uma casa e um escritório. Desde que Vlad fizesse um ou outro favor para uma pessoa anônima, não se metesse em problemas e não se envolvesse em nenhuma atividade política, poderia ficar com sessenta e cinco por cento de sua fortuna e viver sem medo de ser assassinado ou preso. Se ele se comportasse, poderia até praticar esportes de inverno em Courchevel e pegar sol no Caribe ou na Riviera Francesa para fugir do frio em agosto.

Vlad não duvidou da autoridade nem da motivação deles; não precisava. Ainda no dia anterior, haviam sido exibidas em rede nacional imagens de Anatoli Aknatova, antes um rico e poderoso oligarca, agora algemado e abatido, preso em uma minúscula jaula de metal pelo quinto ano consecutivo. Havia outros exemplos de homens que tinham se tornado ricos demais ou que foram pegos expressando opiniões contrárias ao regime. A maioria não era presa publicamente; simplesmente desaparecia. Um acidente de avião ou um ataque cardíaco serviam para lembrar a todos quem realmente detinha o poder e a rapidez e eficiência com que esse poder poderia ser usado.

Vlad foi direto para o aeroporto. Não tinha família para levar com ele, nem grandes amigos para se despedir, mas seu coração e sua alma estavam enraizados em solo russo. Sem sua amada pátria, suas vastas paisagens, sua pobreza e grandiosidade, a vida de Vlad perdia o significado. Ele já tinha visitado Londres algumas vezes e achava a cidade muito pequena para seus padrões. E, para ele, as mulheres europeias pareciam pôneis de carga – desleixadas, com pernas grossas e curtas demais.

Quando chegou ao Connaught no final de agosto, recebeu um envelope com os dados de sua nova conta bancária e dicas de ações para investir. Para sua surpresa, poderia fazer saques, desde que avisasse com antecedência e tivesse a aprovação de um cossignatário anônimo. No entanto, para ter acesso a esses ativos, Vlad teria que permanecer longe da Rússia e seus negócios precisavam crescer seis por cento ao ano. Ainda assim, poderiam tirar tudo dele a qualquer momento, os novos coacionistas (anônimos) tinham o direito de retirar capital sem aviso prévio. Vlad sabia exatamente quem era esse acionista; não havia autoridade maior.

Durante os primeiros vinte dias, Vlad mal saiu de sua suíte e andava de um lado para o outro ponderando suas opções, que eram extremamente limitadas. O jeito era se estabelecer na Inglaterra e esperar uma mudança de regime. Alimentava dentro de si o sonho de participar de um golpe de estado, certamente havia exilados russos suficientes para formar uma aliança formidável. Mas Vlad tinha muito medo de expressar seu sonho em voz alta, até mesmo em particular, e desconfiava que os outros também.

Tentou aliviar sua solidão com o consumo desenfreado, solicitando mulheres, carros e champanhe pelo serviço de quarto. Uma semana depois, alugou um escritório e comprou uma casa na Berkeley Square. Mais duas semanas se passaram e ele já tinha dormido com mais garotas naquele período do que em toda a sua vida. Agora tinha dezessete carros e trabalhavam para ele quatro secretárias, um mordomo, dois criados, um motorista, três guarda-costas e onze criados filipinos. Mas, apesar de toda essa atividade, Vlad se via desesperadamente entediado. Quando seus amigos Natalia e Stanislav, os únicos moscovitas que conhecia que gostavam de viver em Londres, sugeriram que conhecesse Barty St. George, Vlad concordou, embora não soubesse bem o que esperar.

Quando o pequeno e idoso *Teddy Boy* chegou à sua casa vazia, Vlad imaginou que fosse algum tipo de pegadinha.

— Não tinham falado que você era tão bonito! E grande. Tão grande. Hummm — exclamou Barty, apressando-se em direção a ele com os braços estendidos. — Meu querido, você é tão delicioso quanto uma torrada com pasta de anchova. — Barty estalou os lábios. — E tão musculoso. E alto. Quanto você mede? Dois metros? — Então deu uma volta em torno de Vlad admirando-o. — Sabia que a primeira vez em que estive nesta casa foi em 1964, quando ela pertencia ao conde Honey? Eu poderia lhe contar algumas histórias sobre essa noite, mas você é heterossexual demais, não teria muita graça. Bunny Honey, como o chamávamos, gastou toda a sua fortuna em sete anos. Devo admitir que eu ajudei um pouco nesse processo. Ah, as festas que costumávamos dar, eram tão divertidas!

Vlad se perguntava como devia retribuir a piada de Natalia e Stanislav. Talvez devesse mandar entregar um monte de macacos na casa de campo deles.

— Vamos nos sentar? — Barty deu uma olhada na sala vazia. — Vejo que ainda não possui móveis, nem cortinas. Podemos resolver isso. Você está dormindo aqui?

— No Connaught Hotel — disse Vlad, perguntando-se em quanto tempo poderia voltar para o anonimato de sua suíte de hotel.

— O Connaught é tão desagradável... Como você aguenta? Enfim, não importa, vamos dar uma volta na casa.

Barty andou pela mansão avaliando suas condições e pensando em seu potencial. Vlad o seguiu, observando, espantado, o *Teddy Boy* fazer anotações em uma caderneta de couro.

— Você está se perguntando por que estou aqui e que diabos posso fazer por você.

Barty olhou para Vlad com ternura, como um velho tio. Sabia que, apesar de toda sua força e altura, apesar dos milhões que tinha no banco, aquele homem se sentia sozinho e assustado. Não era o primeiro exilado russo que Barty ajudava.

— Por favor, *falar* devagar... Inglês não bom — disse Vlad.

Ele precisava admitir que sentia certa empatia por aquele homem estranho. Era como o médico dos trabalhadores das minas, que depois de tantos anos lidando com desastres, desenvolveu um jeito reconfortante de lidar com as pessoas.

— Entenda, rapaz, não adianta nada ter dinheiro se você não se diverte nem faz nada com ele, certo? Se for inteligente, o dinheiro pode lhe dar uma vida e *mais* dinheiro! — Barty bateu as mãos para enfatizar seu ponto de vista. — Então, a meu ver, você tem duas opções. Pode passar o resto da vida morando naquele hotel horrível, indo a Sketch e outras baladas, e ficando com garotas gostosas em jacuzzis. Passar férias em Courchevel e St. Barts. Comprar um avião maior, quem sabe um barco ou dois. Seu dinheiro vai lhe garantir um lugar no topo, com membros menos importantes da realeza. Ou você pode seguir minhas sugestões e, em breve, presidentes, primeiros-ministros, até mesmo um ou outro rei e rainha pedirão para se sentar com você.

— Rei, rainha? — Vlad estava confuso.

Barty pôde ver que aquele brutamontes russo não entendia suas referências, não parecia impressionado com nada do que havia dito. Talvez Barty tivesse encontrado alguém que não conseguiria transformar, talvez aquele homem nunca passasse de vintém a tostão, de crisálida a borboleta. Barty sentiu um profundo tédio. Talvez fosse melhor parar por ali. Já estava com quase setenta anos. Podia ser a hora de pensar na aposentadoria, colocar os pés para cima, cultivar rosas ou passar uma temporada no sul da França acompanhado de algum rapaz. A ideia era tentadora, mas não tão estimulante quanto o desafio diante dele.

— Você conhece meus queridos clientes Carbaritch e Vassonliswilli?

Vlad aguçou o ouvido. É claro que conhecia. O proprietário de mineradora ucraniano e o dono de fundição georgiano eram lendas no Cáucaso. Dois homens que fizeram fortuna com carvão e aço, e que, apesar de terem sido exilados de seus países, ressurgiram como protagonistas no mercado mundial de ações. Carbaritch era tão rico agora que pôde se dar ao luxo de comprar um estúdio de cinema e uma gravadora, um investimento sem muito sentido, um clássico dos ricos. E o mais importante, Carbaritch e Vassonliswilli pareciam felizes.

Barty viu que atingiu seu alvo. O russo estava começando a entender. Inclinando-se para frente, disse então em um sussurro conspiratório:

— Foi tudo trabalho meu. Eles eram dois zés-ninguém quando desceram do avião. Eu fiz deles o que são hoje.

— Como você fazer isso? — Vlad parecia cético.

— Querido, eu lhes mostrei como viver. Carbaritch (ou Black Cabbie, como eu o chamo... Ele é tão danadinho) veio para Londres com a pequena e deselegante esposa e vinte bilhões. Agora há uma ala no Tate que leva seu nome e ele figura entre os principais convidados do Fórum de Davos. Sua esposa foi remodelada pelo melhor cirurgião de Hollywood, a fizemos seguir a dieta Dukan e lhe demos dentes novos, joias novas... agora ela sai para almoçar com a Dasha Zhukova.

— E Vassonliswilli?

— Há dez anos, o único cavalo que ele já tinha visto era um pônei de mineração. No ano passado, o cavalo dele ganhou a The King George VI Chase. No ano que vem, tem grandes chances de ganhar a Breeders' Cup. Fiquei sabendo que Sua Majestade o convidará a se juntar a ela no camarote real em Ascot. Nada mal para um gângster assassino.

Vlad automaticamente deu uma olhada em volta. Vassonliswilli não precisava de muitos motivos para apertar um gatilho, principalmente contra aqueles que o criticavam.

— Roma não foi construída em um dia; levei um ano ou dois.

Vlad olhou para a paisagem de Londres pela janela. Caía uma chuva leve e tudo era cinza. O céu, os telhados, os pombos que se abrigavam sob uma tubulação – tudo cinzento. De repente, sentiu falta da paisagem impressionante da Sibéria com seu amplo horizonte vazio e ventos ensurdecedores. Como ele poderia construir seu lar, seu futuro, em um lugar tão pequeno, tão limitado?

— Foi alguma coisa que eu falei? — perguntou Barty ansiosamente. O gigante russo de repente parecia tão triste e vulnerável, encolhido em sua enorme jaqueta de couro.

— Não, estou pensando — disse Vlad.

— Em seu lar? — perguntou Barty.

— Sim — Vlad ficou surpreso.

— Ainda estou para conhecer um emigrante russo que não seja assombrado por sua pátria. Já abracei Rudolf Nureyev aos soluços, no auge da fama, chorando pela Mãe Rússia.

Vlad olhou para aquele excêntrico imitador de Elvis em sua sala. Estava vestido como um palhaço, mas nitidamente não era nada bobo.

Barty sentiu uma mudança na atmosfera.

— Esta casa é boa, mas não está no lugar certo. Berkeley Square é *démodé*. Seu lugar é na Chester Square. Se Deus existisse, teria feito o lugar três vezes maior. Que pena que é tão pequeno.

— Nome da rua que Natalia mora? — perguntou Vlad.

— Kensington Park Gardens, uma dessas casas majestosas perto do Holland Park. Aditi Singh dará uma festa lá na quinta. Nós iremos.

— Aditi?

— Singh, o industrial. É dono de metade da Índia. Ele pagou pela Garden Bridge sobre o rio Tâmisa e agora a Singh Bridge é um dos maiores marcos da Europa. Muito inteligente. Temos que pensar em algo assim para você. Imagine uma torre Vlad Antipovsky marcando para sempre a paisagem urbana de Londres.

— E um hobby?

— Suas três principais opções são: cavalos, carros ou arte. Os árabes adoram cavalos porque, como você sabe, todos os cavalos de corrida descendem de alguns poucos garanhões árabes. Então os sheiks veem isso como uma questão de ancestralidade. Apostar em cavalos, no entanto, é arriscado. Mesmo que tenha o melhor criador, o melhor treinador e o melhor jóquei, não é nada garantido. Os malditos animais são tão temperamentais. O terreno tem de ser adequado, eles pegam resfriados, quebram tudo. E, cá entre nós, a vida social que oferecem é um pouco limitada. De vez em quando é possível conseguir uma aclamação interessante ou conquistar alguma atenção da Rainha, mas no geral são apenas manhãs frias, galochas e roupas de tweed; muito tempo perdido para pouca ação.

Vlad nunca gostou muito de cavalos. A mina era cheia de animais de aparência triste, tão magros que suas peles pendiam como cortinas de seus ossos e que viviam uma existência de puro sofrimento.

— Carros? — Ele gostava do som dos carros. Eram másculos, excitantes e não exigiam nenhum esforço intelectual. Qualquer um poderia falar sobre uma junta ou um carburador.

— Bom, teria que ser a Fórmula 1, é claro — disse Barty. — Você precisaria comprar parte de uma equipe... McLaren, Fiat, enfim... Mas se você acha que o mundo das corridas de cavalos é enfadonho, ah, meu Deus, espere para ver as de carros. — Barty jogou as mãos para o ar. — O circuíto de Silverstone é tão chato quanto o jockey clube de Epsom, só que muito mais barulhento. Um pesadelo absoluto. Não, tem de ser arte. Arte é a resposta! — disse Barty, entusiasmado.

Vlad se desanimou com a ideia. Não sabia nada sobre arte. Já tinha dezoito anos quando foi para Moscou e viu uma obra original pela primeira vez. E, nesse dia, só entrou no museu municipal porque era um lugar aquecido e gratuito para escapar do frio de –24 ºC que fazia lá fora.

— Não entender arte.

— Ninguém entende! Muita gente finge entender... Inventam todo tipo de lixo pretensioso sobre escolas e movimentos e tudo mais, mas, sinceramente, é tudo asneira.

— Asneira?

— Dislate. Parvoíce. Necedade.

Vlad nunca tinha ouvido falar de nenhum desses artistas. Por que não poderia escolher o que já conhecia, como Rolls-Royce, Lamborghini ou Bentley? Qual era a necessidade de complicar as coisas?

Mas Barty já estava dançando pela sala.

— Paredes! — exclamou Barty, acenando os braços. — Paredes, paredes, paredes, várias lindas paredes vazias. Já imagino obras de jovens artistas britânicos intercaladas com alguns grandes impressionistas abstratos.

Vlad também olhou para as paredes, mas só via tijolos e argamassa. Paredes todas suas, a realização do sonho de uma vida inteira. As paredes da casa de sua infância eram feitas de gesso e madeira compensada. Aquelas estruturas frágeis, de seis por seis metros, que separavam visualmente as famílias, mas nunca isolavam o som; cada inspiração, espirro, briga, riso, todo sentimento, bom ou ruim, reverberava pelos apartamentos. Vlad nunca se acostumou à falta de privacidade de viver em espaços do minúsculo apartamento de dois cômodos. Jamais suportou o ruído invasivo, que poderia começar a qualquer momento e não tinha para onde fugir, muito menos prever, quando os Yaltas brigariam ou Leonard bateria o dedinho ou os gêmeos Smelty colocariam música alta para tocar.

— Mas o que devemos pendurar nelas? Pensei em arte contemporânea.

— Não — disse Vlad com firmeza.

— Não? Então que tal artistas que morreram há pouco tempo?

— Não.

— Mortos há um pouco mais de tempo?

— Arte antiga. Romântica.

— Ah, não, querido. Na verdade, não importa o que você compra, mas o que isso transmite. Estou tentando lhe dar uma nova vida. Arte moderna significa diversão, luz e cor. Arte clássica combina com vinho tinto e queijo, tornozelos grossos e sandálias baixas. O mundo da arte moderna gira em torno de martínis e sushi, vestidos Azzedine e sapatos Louboutin.

Vlad ainda não fazia ideia do que aquele Elvis velho estava falando, mas resolveu acenar a cabeça só para que ele parasse de falar.

Barty, então, pegou as enormes mãos de Vlad com seus dedos pequenos e bem cuidados e olhou para o russo.

— Vamos nos divertir tanto. Venho buscá-lo amanhã às seis.

Em seguida, soltou o russo, virou e saiu pela porta. Não chegaria a tempo do primeiro ato de *Der Rosenkavalier*. Lady Montague ficaria terrivelmente contrariada – Barty teria de enviar um monte de rosas brancas no dia seguinte –, mesmo assim ele não se importava: aquele russo seria uma de suas maiores transformações.

CAPÍTULO 6

Deixe-me adivinhar o que você está pensando. Uma garota encontra uma pintura. A pintura, no fim das contas, vale uma fortuna. Essa garota (finalmente) conhece um bom rapaz. A garota vende a pintura, ganha milhões, casa com o rapaz e todos vivem felizes para sempre.

Fala sério! Sim, você me ouviu direito, fala sério. É como a forma de bolo na Bernoff costumava dizer (ela era decorada com a obra *Os guarda-chuvas*, de Renoir, o que explica bastante coisa):

A vida não é simples assim.

Para começar, sou uma obra-prima? Você vai acreditar em mim se eu disser que sou? O que define uma obra-prima? Em última análise, é apenas uma pintura de que muita gente gosta. Mas, se ninguém pode me ver, como chegar a um consenso?

Posso estar armando uma pegadinha. Talvez eu seja apenas uma velha falsificação, falando uma bobagem sem pé nem cabeça, como a descalçadeira costumava dizer (era sua única piada).

Então, não importa se sou o que digo que sou. O que importa é que vocês me desejam. Talvez não saibam ainda que me desejam, mas, quando lhes contar minha história, quando compreenderem tudo, vão me querer.

Meu futuro depende de as pessoas acharem que tenho algum valor e que preciso de proteção. A arte só sobrevive quando toca o coração de alguém e oferece consolo, conforto. Uma grande pintura é a essência da emoção, estendendo uma mão amiga através do tempo e dos fatos. Uma composição extraordinária inspira compaixão e harmonia. Não é de admirar que os mortais briguem por nossa posse.

Neste momento, valho menos de cem libras, meu nadir absoluto. No total, tenho duas admiradoras. E uma delas, a velha bêbada, manchou minha superfície com manteiga e gordura animal.

Mesmo assim, notei que o jovem guia olhou para *moi* duas vezes. E se Annie não tivesse desviado seu foco, ele teria me admirado com mais atenção.

Não aprovo essa união. Dá uma olhada no terno amassado dele – deve ser de segunda mão. O guia não tem dinheiro e eu preciso de prosperidade; minha maior chance de chegar ao próximo século é pela riqueza. Quanto menos eu for vendida, quanto melhor a casa que me abrigar, mais tempo sobreviverei. Por isso, nada de encorajar essas roupas de veludo surrado. *Non*.

Vamos voltar ao dia da visita ao museu. A desonra de ser enfiada em uma bolsa com três sanduíches. Graças a Deus era o velho e insípido queijo *edam* e não os pungentes *cheddar* e *stilton*, que derretem fácil. De fato, é chocante. Imagine como me senti quando apareci dessa forma diante de todos aqueles velhos conhecidos, incluindo pinturas menores de Pater e Lancret, meros imitadores do meu mestre.

Houve um burburinho quando me reconheceram, um suspiro coletivo de horror quando fui tirada da sacola: se aquilo podia acontecer com *moi*, então certamente poderia acontecer com qualquer um deles.

Eu já estive pendurada junto a algumas daquelas pinturas em uma vida passada, incluindo os Canalettos comprados pelo primeiro marquês de Hertford. Canaletto, como todos sabemos, retratava aquelas paisagens venezianas com uma frequência alarmante. O pintor virou refém do próprio sucesso – aqueles canais, que não acabavam nunca, eram tão valorizados que o pobre e velho Giovanni não conseguia vender mais nada. Imagine como era chato pintar e repintar aqueles caminhos de água malcheirosa.

Estou divagando. É um hábito odioso que veio com a idade e a solidão. Às vezes o bule da Bernoff me chamava de Pedro Pontífice. Eu ignorava a gozação. Então, gostaria de lhe pedir que não desista da leitura, agora virão alguns detalhes cruciais da trama. Talvez você até aprenda alguma coisa no processo.

De volta à Wallace. A maioria das obras de arte e dos móveis naquela aclamada instituição foi comprada para demonstrar a riqueza e o gosto superior do proprietário. Os primeiros Hertfords não entendiam de arte. Nem precisavam: tinham esposas e conselheiros que lhes diziam o que comprar e quando. Por trás de cada grande colecionador há um exército de negociantes, consultores e críticos. Isso não diminuiu minha humilhação quando fui tirada como um coelho do *chapeau* e manuseada de forma nada delicada por uma bêbada que quase foi presa, enfiada em um *plastique* e arrastada para o frio. Do lado de fora, ela arranjou uma briga qualquer com a filha e foi embora. Ela nem precisava de uma desculpa – a vontade de beber sempre prevalecia. Annie a alertou de que, daquela vez, não a tiraria da prisão. Mas todos sabemos que tirará. A necessidade de Annie cuidar da mãe e protegê-la é tão forte quanto a compulsão que Evie tem de se autodestruir.

Evie me levou para passear por vários bares, e quase me esqueceu dentro da sacola plástica não uma, mas duas vezes. Muitas horas depois, chegamos à "casa" e fui deixada num canto. Quase senti saudade da Bernoff. Nunca pensei que diria isso.

Quando Annie chegou em casa, a mãe já tinha apagado. Então, retirou-me com cuidado da sacola plástica, limpou delicadamente a manteiga da minha folhagem e me examinou por um longo tempo. Não dava para ter certeza se pensava em um amor longínquo ou em *moi*.

Revirou sua bolsa, pegou o cartão postal da Wallace e segurou-o ao meu lado. O cartão mostrava um desenho, não uma pintura e, embora não fosse um estudo para *moi*, tratava-se de uma cena semelhante: a mesma delicadeza na folhagem, nas roupas, nos penteados e na atmosfera.

Meu mestre desenhava constantemente, simplesmente porque amava. Quando se trata de desenhos, nem os grandes mestres o superaram. Pergunte a um Rubens ou a um Rafael quem é o desenhista mais brilhante e original. Vá em frente, aproveite para checar com um Rembrandt ou um Tiziano. Antoine é quem chega mais perto. Na verdade, eu diria que ninguém conseguiu copiar o traço estimulante de meu mestre. Ele se destaca por uma incomparável liberdade no movimento das mãos e pela leveza de toque. Com alguns traços de giz vermelho, preto e branco, geralmente em papel cinza, capturava a sutileza do perfil de uma pessoa, destacando o rubor de suas bochechas e deixando seus olhos bem vívidos. Outro efeito brilhante era o uso do branco ao lado do preto, acrescentando luzes encantadoras. Ele gostava principalmente de desenhar as pessoas quando estavam de costas, para retratar os *coiffures* da época. Como não tinha dinheiro para pagar alguém para posar, os modelos tinham de ser pegos desprevenidos em salões, nos parques...

Os esboços das paisagens eram feitos em giz vermelho – ideias *à la sanguine*. (Não, não é o nome de um prato nacional.) Seus estudos de folhagens e cascas de árvore eram minusciosos e exatos. Seu toque era tão leve e delicado quanto o roçar das pétalas de uma flor ou o pouso de uma borboleta. Com um estilo quase impressionista destaca as folhas da grama em meio a uma margem repleta de flores.

A partir desses rascunhos extraordinários, meu mestre acrescentava pinceladas muito suaves, como se soprasse fragmentos de cor. Pintava em tons de dourado e mel, e cada pincelada estava em harmonia com a atmosfera do momento – *l'heure exquise*, um deleite. Suas paisagens resplandeciam com a luz do meio-dia, suas figuras humanas se somavam como faróis elegantes; as saias de seda das damas emitiam raios cintilantes, enquanto as mangas talhadas dos cavalheiros eram como lampiões. Suas beldades tinham um quê de *désinvolture* (arrume um dicionário). Meu mestre era o pintor-poeta dos devaneios; sua obra, tão doce e livre quanto sopros vindos do céu.

Gosto de acreditar que Annie ouviu ou intuiu tudo isso; e que a genialidade de meu mestre reluziu em meio à sujeira e ao verniz. Por no mínimo dez minutos, os olhos dela correram do cartão-postal para minha superfície, passando das figuras para as árvores e a fonte.

Então ela virou o cartão, viu um número anotado no verso junto a um nome – Jesse – e sorriu. Fiquei impressionada, Annie é incrivelmente bonita. É claro que ela nunca vai ligar para ele; isso não seria adequado.

CAPÍTULO 7

Em sua imaginação, e de acordo com a receita – não importa que tenha sido escrita há quatrocentos anos –, Annie podia ver e saborear a torta: um doce perfeito de pistache e peras flutuando em um creme aromatizado com romãs e gerânio. Embora tivesse seguido cada vírgula das instruções, a sobremesa se recusava a firmar. Eram três horas da manhã, ou seja, faltavam menos de dezessete horas para os primeiros convidados se sentarem à mesa dos Winklemans. Annie já estava aos prantos, suas lágrimas caíam sem parar nas tigelas. Não chorava por aquela receita que tinha dado errado, e sim porque estava nervosa, queria que tudo desse certo.

Nos últimos seis dias, quase não tinha dormido: o medo e a agitação a mantinham acordada. Aquele jantar era a oportunidade perfeita de criar um banquete delicioso e memorável e também o cenário perfeito para testar, secretamente, sua teoria. Annie acreditava que o gosto e os aromas tinham o poder de transportar as pessoas para outros lugares. Às vezes, era uma jornada para um estado de espírito diferente, mas também era uma forma de viajar no tempo. Para Annie, o cheiro de grama recém-cortada, ou a essência de agulhas de pinheiro, um soufflé de queijo quase ficando pronto, o aroma de uma rosa canina ou uma chuva sobre as folhas de outono a levavam de volta a verões passados. Para o jantar dos Winklemans, ela queria que os convidados viajassem para um mundo que Caravaggio teria reconhecido; que deixassem o século XXI para trás, nem que por apenas algumas horas, e mergulhassem no espírito do final do século XVI.

De pé na cozinha de sua casa, cercada por algumas tigelas de porcelana e panelas, Annie sentiu-se tomada pelo desespero. Estava, ao mesmo tempo, correndo o risco de perder seu emprego e seu sonho de realizar aquela ideia. Desligou, então, o fogão, foi para o quarto, deitou-se sem trocar de roupa na cama ao lado da mãe e dormiu na mesma hora. Pouco tempo depois, despertou com o barulho do caminhão de lixo na rua lá embaixo e ficou deitada por mais algum tempo, ouvindo as lixeiras serem esvaziadas. *Talvez eu devesse dizer a Rebecca para procurar outra pessoa ou arrumar um chef temporário mais experiente,* pensou ela. *Não devem faltar bons cozinheiros procurando emprego em Londres.* Depois de mais alguns segundos, pulou da cama; não desistiria assim tão fácil.

Saiu do quarto e foi até a mesa da cozinha, coberta de livros da biblioteca e papeis com receitas do tempo de Caravaggio. Já tinha decidido os dois primeiros pratos: codornas bebês desossadas e cozidas em vinho, acompanhadas de nhoque com molho de ricota e agrião e, em seguida, vitela assada, adornada com cebola, beterraba e uvas. A sobremesa, ponderou Annie, precisava ser leve, com um toque de fruta, algo para limpar o paladar. *Talvez estivesse complicando demais as coisas,* pensou, examinando as diferentes opções. De receitas romanas e sicilianas, passou para as napolitanas. Considerou tortinhas de marzipã, folhados de ameixas e cerejas azedas, salada de flores, rabanadas – mas descartou todas. Então, em um livro bem antigo e caindo aos pedaços, encontrou a sobremesa perfeita:

finas fatias de marmelo e pera fervidas em mel e água de rosas. Não eram frutas muito difíceis de encontrar. Annie decidiu acrescentar sementes de romã cor de rubi e pequenas folhas verdes perfumadas de gerânio como decoração. Olhou para o relógio e viu que já eram oito horas. Faltavam exatamente doze horas até o primeiro convidado chegar. Em seguida, pegou o computador e mandou por e-mail o menu final aos calígrafos que criariam cartões indicando o lugar de cada convidado.

Septimus Ward-Thomas tinha um problema que, até onde ele podia ver, era impossível de resolver. Pediam que sua instituição, a National Gallery, aceitasse outra redução significativa da verba que recebia do governo, ao mesmo tempo em que ampliava as atividades e os horários de abertura. Sua equipe já recebia menos do que deveria e estava sobrecarregada.

— Este país enfrenta uma crise econômica sem precedentes e temos de avaliar se vale mais a pena investir em restaurantes comunitários ou em museus — disse Curtis Wheeler, assessor especial do Ministro da Cultura. — O ministro compreende sua queixa, mas se não lhe apresentarem algo consistente e persuasivo na tabela de gastos da próxima semana, então...

— Então... — disse Ward-Thomas com a voz fraca.

— Suas concorrentes são a saúde e a educação — disse o assessor.

— Os subsídios destinados à arte representam uma proporção mínima do orçamento geral.

— É uma questão de perspectiva.

— Estamos batendo recordes no número de visitantes — protestou Ward-Thomas.

— Mas vocês não conseguem alcançar os grupos minoritários da população.

— Sete milhões de pessoas são uma grande porcentagem.

— Mas é a porcentagem correta? Ou o público se restringe a ricos estrangeiros e velhos sem nada para fazer?

O diretor imaginava que Wheeler tivesse cerca de 28 anos, era um perfeito exemplar dessa raça de ambiciosos jovens assessores políticos saídos diretamente da universidade para o parlamento, passando de escritório em escritório sem nunca pisar no mundo real.

— O problema é: como justificar algo que, por sua própria natureza, é inquantificável? — disse Ward-Thomas, desanimado. — Não existe uma máquina para medir o efeito transformador da beleza, ou a importância da contemplação, ou mesmo o nível de felicidade após uma visita à galeria.

Enquanto falava, Ward-Thomas viu sua imagem refletida no espelho por trás da cabeça do assessor. Parecia exausto: *estava* exausto. Celebrado como um dos prodígios de sua geração ao se tornar diretor da National Gallery há quinze anos, Ward-Thomas agora parecia ter 75, e não 55 anos. Seu andar, um dia elegante, tornara-se pesado, e seus olhos estavam com profundas olheiras devido à falta de sono. Quando era um jovem curador, costumava roubar corações com seus cabelos loiros cheios, a expressão provocante e o característico lenço vermelho em volta do pescoço. Agora, o lenço tinha sumido, junto com a maior parte de seu cabelo e as admiradoras – apenas algumas intelectuais continuavam flertando com ele.

— A questão é que todas as coisas que você tem aí no museu são *démodé* — disse Wheeler, passando os dedos por seu cabelo com um corte da moda.

— *Démodé*? — perguntou Ward-Thomas, incrédulo.

Como alguém poderia achar que obras de arte tinham data de validade? Pelo contrário, a idade era motivo de celebração e o fato de terem sobrevivido a todos esses anos provava que aquelas pinturas eram poderosas e importantes demais para serem simplesmente esquecidas.

— Para mim, os temas do sofrimento e da alegria são atemporais, continuam sendo abordados de uma geração para outra — disse ele, torcendo as mãos.

— Por *démodé* quero dizer antiquadas — disse Wheeler com firmeza.

— Antiquadas? — disse Ward-Thomas, tentando conter lágrimas de frustração.

Então, errando na interpretação dos olhos úmidos de Ward-Thomas, Wheeler quis reconfortá-lo pousando uma mão em seu braço.

— Você deve ter muita vontade de ser diretor do Tate Modern, não é? Eles têm artistas vivos que podem explicar o que estão fazendo e por quê.

Ward-Thomas olhou para a mão branca e pálida em seu braço e então, levantando a cabeça, disse com a voz baixa e séria:

— É preciso matar a arte moderna.

— Perdão? — indagou Wheeler, tirando a mão rapidamente.

— Foi algo que Picasso falou — explicou Ward-Thomas. — Ele dizia que, assim que algo começa a existir, já não é mais verdadeiramente moderno.

— Estudei Picasso na escola — disse Wheeler e riu nervosamente.

— Que maravilha seria se ainda vivêssemos no século XVIII — lamentou Ward-Thomas. — A maioria de nossas pinturas seria considerada espantosamente moderna. Afinal, a idade é apenas uma questão de perspectiva.

— A outra questão é que se pode contar com os artistas do Tate: são rebeldes, alavancam publicidade, criam polêmicas.

— Posso lhe garantir que ninguém se comportou pior do que Caravaggio — disse Ward-Thomas. — Ele não era desses que só enchia a cara, ele chegou a matar pessoas.

— Em que época ele viveu? — perguntou Wheeler, repentinamente interessado.

— De 1571 a 1610, se não me engano.

— Ah, então acho que ele não vai aparecer nos tabloides quebrando alguma boate — indagou Wheeler, gargalhando de sua própria piada.

— As pessoas falam sobre os grandes mestres da arte — protestou Ward-Thomas.

— Eu não tenho ouvido nada.

— Não necessariamente as pessoas que você conhece.

— Formadores de opinião, eu presumo? — disse Wheeler com uma ironia desnecessária.

Ward-Thomas recostou-se em sua cadeira e olhou pela janela para a Trafalgar Square e Nelson, bem alto em sua coluna, examinando Londres. O barulho dos artistas de rua e dos turistas quase abafava o do trânsito, um deles cantava uma música folk bem conhecida com a ajuda de um amplificador distorcido.

Ele queria contar a Wheeler sobre a senhora que ia à National Gallery há mais de sessenta anos para ver um Canaletto, porque isso a fazia lembrar de seu amor, morto na Segunda Guerra Mundial, mas jamais esquecido. Ou sobre os olhares de admiração das crianças quando veem *Whistlejacket*, a pintura em tamanho real de um cavalo feita por Stubbs. Wheeler acreditaria se ele contasse que alguns visitantes frequentavam a galeria simplesmente para aproveitar um espaço silencioso e contemplativo, longe do tédio e do estresse de suas vidas cotidianas? Ou que outros viam aquelas pinturas como luzes de esperança porque mostravam que a luta humana é infinita e universal?

Wheeler tinha pego uma caderneta vermelha e um lápis e olhava para o diretor, esperando uma reação.

— Quando eu era jovem, quando comecei a me envolver com este meio, só era preciso amar e conhecer a arte — disse Ward-Thomas melancolicamente.

— Você ainda pode amar e saber tudo sobre a arte — disse Wheeler. — Mas se está esperando mais investimento do governo, precisa preencher outros requisitos. O ministro está do seu lado, mas ele precisa de algo substancial para apresentar, algo que atraia a atenção do Tesouro.

Ward-Thomas lembrou-se da última reunião de equipe e de como Ayesha Sen, um de seus colegas mais novos, estava sempre propondo iniciativas "modernas" para promover a arte.

— Temos um programa interessante para mães solteiras — disse Ward-Thomas, um pouco envergonhado, já que tinha tentado, em muitas ocasiões, vetar essa ideia de Sen. — Nós fazemos uma visita guiada com elas, mostrando várias pinturas da Madona com o Menino; isso ajuda a diminuir o estigma.

— E como elas reagem?

— Elas gostam... desde que a gente ofereça chá e biscoitos de graça no final.

— Vou colocar isso em seu formulário — disse Wheeler, anotando no caderno.

— Há também o clube dos jovens infratores... Eles são trazidos de Feltham para cá e apresentados a algumas de nossas obras mais fortes, trabalhos de Caravaggio ou Rubens. Isso faz com que se sintam mais valorizados. — Ward-Thomas não acrescentou que esta era mais uma ideia proposta por Sen.

— Estou gostando disso — disse Wheeler, pensando que finalmente tinha uma história, algo que poderia contar ao ministro, que não entendia a relevância da arte ou dos museus: para ele, eram lugares para se esconder da chuva, como grandes abrigos de ônibus. — Já sei! — disse Wheeler pulando e caminhando pela sala. — Por que você não instala wi-fi gratuita? Assim, todos os estudantes de Londres vão correr para cá. O número de visitantes aumentaria absurdamente.

Ward-Thomas imaginou as salas de sua bela galeria cheias de estudantes mascando chiclete, checando suas mensagens e falando pelo Skype com os amigos. Sentiu um aperto no coração.

Mas, em vez disso, ele se ouviu dizer:

— Ficamos abertos até mais tarde nas noites de sexta para ser um ponto de encontro e encorajar os jovens a se conhecerem. — Ward-Thomas omitiu o fato de que foi terminantemente contra essa última iniciativa de Sen.

— Noites para as pessoas se conhecerem! Adorei. — Wheeler anotou isso também. — Talvez o ministro apareça em alguma... Você já deve ter lido no *Daily Mail*, ele está solteiro agora.

— Não leio o *Mail* — disse Ward-Thomas.

Pela primeira vez durante toda a conversa, Wheeler parecia realmente interessado.

— Você está falando sério? Todo mundo tem um prazer secreto em lê-lo.

— O meu são os biscoitos recheados — disse Ward-Thomas.

Curtis Wheeler tampou sua caneta e guardou-a no bolso interno.

— É melhor eu ir embora para escrever meu relatório. Quem sabe não nos encontramos numa dessas noites de sexta aqui.

Ward-Thomas abriu um sorriso discreto e levantou-se para apertar a mão do jovem.

Depois que Wheeler saiu, Ward-Thomas desabou na cadeira e apoiou a cabeça nas mãos. Ter sido nomeado diretor da mais perfeita coleção dos grandes mestres foi a realização de seus sonhos, mas ele não esperava que essa gloriosa e ilustre nomeação viria junto com tantas questões desagradáveis para lidar. Olhou para o relógio e viu que já era meio-dia. Em menos de uma hora, deveria guiar um grupo de colecionadores americanos, em seguida teria uma reunião com seu comitê de finanças e depois outra com a equipe sênior do museu. Mais tarde, naquela noite, teria um jantar organizado pelos mais importantes negociantes de pinturas dos antigos mestres de Londres, Rebecca e Memling Winkleman, em homenagem à colecionadora americana Melanie Appledore.

Sua sensação de profundo tédio foi interrompida por uma batida na porta.

— Entre — disse ele.

— Tem um tempinho? — Era Ayesha Sen, transbordando ambição. — Tive uma ideia.

Sem esperar para ouvir, Ward-Thomas olhou Sen de cima a baixo e disse:

— Ayesha, tenho um conselho para você: cuidado com o que você deseja. Muito cuidado.

A menos de um quilômetro dali, na Houghton Street, acontecia uma reunião de emergência na sala do conselho da casa de leilões Monachorum. O conde Beachendon tentava explicar aos diretores as recentes perdas significativas que haviam sofrido. A sala tinha pisos de mogno, paredes de mármore e um teto ornamentado se equilibrava em imponentes colunas dóricas de mogno canelado. Ali, o menor sussurro ecoava, e as vozes mais altas reverberavam como uma espingarda. Naquela manhã, a cacofonia furiosa que emanava do conselho parecia perfurar os ouvidos do conde. Ele pegou um lenço branco do bolso superior e passou-o pela careca reluzente, tentando abaixar o pouco cabelo que tinha. O conde tinha aquele desafortunado tom rosado de pele que ficava ainda mais corado com qualquer constrangimento ou esforço. Viu pela superfície altamente polida da mesa de mogno que seu rosto já estava vermelho-cereja.

— Por que você garantiu aqueles preços? — perguntou Abel Mount, presidente do conselho, balançando a cabeça, incrédulo.

Antigo diretor da Bolsa de Valores, Mount gostava de vinho do porto e seu nariz parecia um pedaço de queijo gorgonzola, que ele cutucava quando estava irritado.

— Todas as outras casa de leilões em Londres, Paris e Nova York estavam atrás da coleção dele. Fora Lloyd Webbers, Harry Danes tem a mais bela coleção particular de pinturas pré-rafaelitas. — Beachendon se moveu desconfortavelmente na cadeira.

— O que aconteceu com o segundo maior lance? Não é segredo que toda venda importante já tem uma oferta garantida.

— Os licitantes do Catar me deixaram na mão de última hora. — O conde Beachendon sentiu uma gota de suor escorrer por sua nuca em direção à coluna.

— Mas seguir em frente e prometer aos vendedores o preço estimado mais dez por cento?! — disse Mount, acariciando seu nariz com força.

— Na semana anterior, um Burne-Jones foi vendido pelo dobro da estimativa — protestou Beachendon.

— James, não vou lhe dizer como fazer seu trabalho — disse Rachel Westcott-Smith, inclinando-se sobre a mesa. Mas todos os doze membros do conselho sabiam que era exatamente isso o que ela ia fazer. Westcott-Smith, gerente americana de fundos de cobertura com 17 bilhões de dólares sob seu controle, recentemente comprara dez por cento da Monachorum. — Mas você conhece as regras: nunca assumimos riscos tolos. Foi uma atitude absurda — disse ela.

O fio de suor já tinha virado um rio e Beachendon sentia a camisa molhada e se perguntava se a transpiração já havia passado para o terno.

— É extremamente difícil assegurar essas coleções proeminentes sem algum tipo de garantia — disse Beachendon. — Denham's ofereceu a estimativa mais oito por cento para os herdeiros.

— E eles tinham mesmo esse valor ou estavam blefando? — disparou Rachel.

Beachendon teve de admitir que não havia verificado a oferta.

— O problema, James, é que passamos da casa de leilões mais rentável e tradicional de Londres a uma instituição de 150 anos à beira da falência. Gerenciamos milhares de propriedades, vendas, leilões, e, graças ao seu catastrófico erro de cálculo, temos agora uma dívida de trezentos milhões de libras.

— Isso não é tudo. E quanto às três ações judiciais pendentes devido a erros de atribuição? — perguntou Abel Mount.

— Na verdade, são quatro — corrigiu Roger Linterman, o advogado da empresa. — Tem o *Homem na Eclusa com Cavalo*, do Constable; os vasos de pórfiro, de Howard; o controverso Pieter de Hooch e o seguidor de Tiziano.

— Você pode nos explicar esses casos um a um, por favor, James? — perguntou Rachel com frieza e elegância.

Beachendon não sabia dizer quem detestava mais: Rachel Westcott-Smith, com seu jatinho particular G5 ronronando à espera dela no aeroporto de Northolt, Abel Mount, que só estava no conselho por recomendação de Beachendon, ou Roger Linterman, que buscava uma promoção a qualquer preço. Além disso, os concorrentes da Monachorum se aperfeiçoavam cada vez mais. Nos últimos meses, a Bratby & Sons, que no passado era uma pequena casa de leilões sem futuro, foi comprada por russos e completamente remodelada. E a principal rival deles, a Conrad and Flight, substituiu o diretor-executivo de longa data por um ex-vice-presidente da área de tecnologia, responsável por triplicar os lucros da casa em uma temporada, trazendo a empresa para a era digital – além de ser guitarrista.

Beachendon sabia que seus dias estavam contados. Só queria manter o emprego por mais um tempo, pelo menos até que as duas últimas filhas, as mais jovens Ladies Halfpennies, terminassem seus estudos no St. Mary's Ascot.

— Todos esses casos foram infortúnios — disse Beachendon da forma mais cortês para acalmar os rostos preocupados.

— Você chama um falso Constable de infortúnio? — perguntou Rachel.

Beachendon olhou para os sapatos.

— A pintura estava no Castelo Tamoka há pelo menos trezentos anos e a mesma família já possuíra três Constables.

— Foi um "segredo" bem conhecido que, quando venderam seus Constables verdadeiros na década de 1860, eles tinham cópias já prontas para preencher os espaços vazios

— disse Rachel. — Roger, por quanto estamos sendo processados nesse caso?

— Bem, o preço de venda de trinta milhões de libras mais os impostos e comissões. Além de outros vinte milhões por danos pessoais e desmoralização. E também vão processar a firma por incompetência.

— Como assim? — perguntou Herman van Pampe.

— Basicamente, afirmam que não temos competência para atuar nessa área.

— Fantástico — disparou Rachel.

— Vamos para o caso dos vasos de pórfiro, de Howard — disse Abel Mount com firmeza.

— Este foi mesmo lamentável — reconheceu Beachendon. — Acreditávamos ter a autorização do único e exclusivo proprietário para vender os vasos. — Ele hesitou. — Mas depois descobrimos que os objetos pertenciam ao primo do vendedor. Depois que a venda já tinha sido feita, o primo, que morava na Tasmânia, reapareceu de repente pedindo os vasos de volta.

— Onde estão agora? — perguntou Herman.

— Não temos certeza. O dinheiro está no banco, mas o comprador ou compradora levou os vasos para casa.

— Se você tem o dinheiro, certamente tem um endereço. Ele ou ela não entrou aqui e simplesmente entregou uma mala de dinheiro. Por quanto foram vendidos? Quatro milhões de libras ou algo assim? — Florian Gray fazia parte do conselho há dez anos; aquela era a primeira vez que falava alguma coisa.

— A transação foi feita por transferência direta de um banco nas Ilhas Cayman. O que é bastante comum.

— Então é um caso de lavagem de dinheiro? — disse Rachel.

— Parece que sim.

— A polícia está checando todas as transações que fizemos nos últimos cinco anos para ver se estamos envolvidos com alguma atividade ilegal — disse Linterman.

— Agora o Pieter de Hooch... Esse caso foi praticamente inevitável — disse Beachendon.

— Não identificar uma falsificação é inevitável? — perguntou Rachel ceticamente.

— O incrível van Meegeren atacou de novo — disse Beachendon. — Não fomos os primeiros nem seremos os últimos a sermos enganados pelo maior falsificador do mundo.

— Você fala como se fosse uma quantia insignificante — interviu Rachel.

— Sete milhões não é uma ninharia, é claro — disse Beachendon, sentindo o rubor subir pelas têmporas —, mas pelo menos um van Meegeren vale alguma coisa. Podemos recuperar algumas centenas de milhares de libras.

— A falsificação agora tem valor? — perguntou Herman, incrédulo.

— As obras de um grande falsificador são valorizadas — explicou Beachendon. — Tenho clientes que penduram seu trabalho com placas que dizem "Tal e Tal, por Fulano de Tal, executado por Meter van Meegeren".

— Isso seria interessante se estivéssemos falando de uma pequena perda — disse Rachel —, mas essa falsificação está nos custando sete milhões *além* de nossa desmoralização.

— Infelizmente é verdade — admitiu Beachendon. O suor definitivamente havia passado da camisa para o terno àquela altura.

— Pode nos deixar a sós por alguns minutos, James? — perguntou o presidente ao conde Beachendon.

— Sim, é claro.

Beachendon sentiu o coração apertar; com certeza seria demitido. Pensou na esposa, que sofria há tanto tempo, no filho e em suas adoráveis filhas – talvez fossem gostar da Pimlico Academy. Teriam de se desfazer da casa de veraneio. Podiam vender sua casa em Balham e se mudar para Lewisham. Naquela noite, havia o jantar dos Winklemans – talvez o famoso negociante lhe oferecesse um emprego; um salário em troca de ter alguém com um genuíno título inglês em seu quadro de funcionários.

Barty e sua amiga, Delores Ryan, a historiadora da arte, sentaram-se lado a lado na grande cama de casal dele. Eles costumavam se encontar para compartilhar fofocas, comida chinesa e falar sobre novelas. Barty usava uma máscara de rosto rosa, Delores, uma cor de aveia.

Ao contrário dos salões no primeiro andar da Casa Branca, os aposentos pessoais de Barty, na antiga ala dos criados, eram espartanos. Todas as superfícies tinham sido pintadas de off-white, as cortinas eram feitas de uma grossa caxemira creme e o tapete, da mais fina lã branca de Axminster. Barty não era uma pessoa caseira; raramente estava em casa, vivia frequentando os círculos de outras pessoas. Além disso, ter de adotar um único estilo de decoração ou se apegar a um objeto em particular era uma heresia para o alquimista quixotesco.

— Estou lhe dizendo que ele vai pegar essa aí — disse Delores batendo o hashi na televisão.

— Não seja tão vulgar, querida — protestou Barty.

— Conte-me sobre Sasha — disse Delores, referindo-se a uma amiga em comum.

— Ela apenas se casou com um homem rico; agora corre o sério risco de se afogar em um mar de vaidade.

— Deve estar se divertindo.

— Pior que não, ela agora é filantropa e pelo jeito ajuda a manter museus e casas de repouso funcionando.

— John escreveu outro livro sobre a história do gosto.

— Dá uma dor no coração só de pensar. Ele vai nos contar tudo o que precisamos saber sobre o assunto e mais um pouco.

— Em sua crítica, Trichcombe Abufel chamou-o cruelmente de "um fardo para as estantes da biblioteca de Londres".

— O que aconteceu com seu arqui-inimigo, sr. Abufel? Ainda é um pária do mundo da arte?

— Continua tramando a queda de Memling Winkleman. Mas isso nunca vai acontecer... Essa família tem tudo muito bem arranjado — disse Delores. — Mas me conte sobre o russo. Ele é mesmo tão rico?

— Absurdamente. Não pedimos panquecas de pato?

— Estão embaixo da sua coxa. Quantos bilhões?

— Oito, aparentemente.

— Gás ou petróleo?

— Estanho, eu acho.

— Atraente?

— Se eu conseguir me livrar da jaqueta de couro.

— Ah, não, mais um que segue o estilo do russo proprietário do Chelsea. E quais são os interesses dele?

— Ele ainda não sabe, é aí que eu entro. Estou pensando em arte americana contemporânea, Cap Ferrat, um ou outro cavalo de corrida estranho e um imenso iate.

— Preciso desesperadamente de um novo cliente — disse Delores. — Por favor, querido. Por favor. Os únicos marchands que ganham dinheiro hoje em dia são os Winklemans, estão metidos em tudo.

— Winkleman, Winkleman, só se fala deles. Não há nada mais interessante acontecendo nesta cidade?

— Alguns conseguem mordiscar em torno de seu território, mas os Winklemans sempre arranjam algo melhor. Sabe-se lá onde acham o material.

— Você não está na folha de pagamento deles?

— Apenas uma ridícula comissão, como todos no mundo da arte — gemeu Delores.

— O século XVIII francês é tão pouco atraente e há tão poucas obras em circulação. Preciso que ele gaste, gaste, gaste, e não que espere até um Boucher raro aparecer no mercado.

— Tenho que pagar o aluguel.

— Você consegue imaginar um russo de dois metros de altura e cento e dez quilos interessado em rococó? Toda aquela folhagem delicada, aquelas cenas de amor e pequenos cupidos gorduchos? Minha principal preocupação é mantê-lo longe dos carros.

— Você é mau.

— Ele vai querer mulheres sexy, festas badaladas e regadas a cocaína, e não palestras e jantares entediantes.

— Vou examiná-lo com atenção. — Delores comeu um rolinho primavera como uma jovem coquete.

Barty olhou para sua amada e rotunda amiga de 59 anos.

— Para o seu bem, preciso ser cruel: meu russo nunca vai querer você.

— Nossa! — disse Delores, abatida.

— É uma questão de escolha, querida... Pãezinhos recheados ou cenouras masculinas? Você escolhe.

— Sim, prefiro encher minha boca com isso a... — Ela parou na metade da frase e gritou: — São oito horas! Estou atrasada para o jantar dos Winklemans.

— Você acabou de comer o suficiente para alimentar um exército — exclamou Barty.

— Isso foi um aperitivo. Agora estou realmente com fome. — Delores desceu da cama, tirando os restos de *dim sum* e pato do vestido. — Além disso, os jantares dos Winklemans são sempre terríveis... Peixe, batatas e legumes, tudo em forma de papa de tão cozidos. Não é de admirar que Rebecca seja tão magra.

Delores vestiu o casaco.

— A máscara facial — avisou Barty, embora tivesse ficado tentado a deixá-la sair daquele jeito. — Não acredito que você vai me deixar sozinho.

— Uma noite em casa vai fazer bem para você.

— Meus demônios virão me assombrar. — Barty estava realmente em pânico com a ideia de ficar sozinho, perguntava-se para quem poderia ligar.

— Como estou? — Delores tirou o restante da máscara com um toalha umedecida.

— Como um manjar branco.

— Amo você também. — Delores saiu toda aprumada do quarto, desceu as escadas e deixou a casa para chamar um táxi.

Carlo Spinetti terminou seus exercícios noturnos. A rotina nunca variava: meia hora de flexões e saudações ao sol. Depois foi para o banho, onde esfregou o corpo intensamente com sal marinho sob a água quente, e logo depois tomou uma ducha gelada. Ele tinha 54 anos e foi ficando mais bonito com a idade: a pele, já cheia de linhas de expressão marcadas pelo sol, suavizava as maçãs do rosto e o nariz romano. "Nobre" tinha sido a palavra usada pela jovem atriz Chiara no dia anterior. Enquanto filmava *O Rei do Sol*, Carlo não tinha encostado um dedo na atriz principal, mas, assim que terminaram as gravações, ele não perdeu tempo em levá-la para a cama.

Enquanto se despia, ficou observando atentamente o rosto de Chiara, preocupado de que ela pudesse ficar chocada diante de um corpo que começava a parecer uma tela mal esticada em uma moldura. Os jovens não tinham ideia de como a carne se separa do osso e o músculo se afasta do tendão com o tempo. Ele esperava que o suposto orgasmo da atriz não tivesse sido mais uma de suas atuações.

Carlo borrifou uma nuvem de essência cítrica no banheiro e passou rapidamente por ela; apenas um toque de perfume era o suficiente. Sentiu a maciez do tapete cor de amora em seus pés enquanto caminhava até o quarto, pintado em laca preta e com painéis espelhados nas paredes. As janelas estavam cobertas por cortinas de veludo roxo e os móveis eram estofados com pele de lobo. As alças das portas eram cópias de cabeças de leão de um *palazzo* italiano e as persianas tinham sido impressas com imagens em preto e branco de seus filmes. A cama era o elemento central do quarto: imperial, com pés dourados em forma de grandes patas de tigre.

O quarto tinha sido um "presente" de Rebecca; ele teria preferido uma cama simples forrada de linho branco e paredes creme, mas deixava as questões de decoração para a esposa e o sogro. Carlo sabia que pelas suas costas, Memling se referia a ele como o "marido da minha filha". Também foram os dois que decidiram que Grace, filha do casal, seguiria os passos da família materna. Ela estava em Cambridge fazendo mestrado em História da Arte e, dentro de três anos, teria seu nome na galeria da Curzon Street.

Carlo olhou para a pintura da filha, feita por David Hockney, que ficava sobre sua cama – outro presente de Rebecca para lembrá-lo do que importava na vida. Por razões óbvias, teria preferido pendurar o quadro de Grace em qualquer outro lugar, mas ele não tinha nenhuma influência sobre o que era colocado nas paredes ou por quanto tempo as pinturas permaneciam. Tinha aprendido a não se apegar a nenhum quadro: raramente ficavam por muito tempo. Duas vezes por mês, Rebecca e seu pai organizavam jantares íntimos para potenciais clientes. Se precisassem equilibrar a quantidade de pessoas à mesa, Carlo deveria comparecer, ser encantador e ocasionalmente dizer algo bem ensaiado e totalmente elogioso a respeito de determinada obra de arte.

Como todos os outros que orbitavam os Winklemans, Carlo estava na folha de pagamento da família em troca de um ou outro favor. Memling usava os filmes de Carlo como uma forma de transportar pinturas ilegalmente por toda a Europa. Obras eram incluídas no inventário de cenografia, carregadas em caminhões e enviadas através do Canal da Mancha. Caminhões de transporte normalmente faziam rotas tortuosas e demoravam para alcançar seu destino. Se os Winklemans precisassem entregar pinturas na França, Alemanha e Itália, o caminhão poderia fazer três paradas a caminho de uma locação na Hungria. No improvável caso de ser parado, o motorista daria de ombros e diria que estava apenas seguindo ordens. Carlo recebia o comboio em cada parada, com o pretexto de verificar as locações – na verdade, ele substituía a pintura transportada por uma cópia. O original era levado ao seu novo proprietário. Todos ficavam felizes: Carlo tinha subsídios garantidos para os seus filmes; os Winklemans conseguiam fazer mais vendas; e o novo proprietário recebia sua obra sem o incômodo de intermináveis licenças de exportação ou impostos sobre a transação.

Às vezes, Carlo pensava em produzir de forma independente, mas sabia que, sem o dinheiro dos Winklemans, dificilmente conseguiria que um único filme seu fosse financiado. *Deixa o velho me odiar,* pensou Carlo, *eu comando a próxima geração.* Aquela noite era uma das que tinha de comparecer, fazia parte do acordo tácito. Chiara teria de esperar mais um pouco, mas ele resolveu ligar para ela, para já ir aquecendo.

Ao ouvir o marido falando ao telefone no quarto do lado, Rebecca Winkleman imaginou, corretamente, que ele estava combinando um encontro com uma de suas amantes. De vez em quando, para o bem de sua filha, tinha de silenciar uma fofoca ou outra com um generoso presente para um editor de jornal. O caso da pintura perdida fazia a mais recente infidelidade de Carlo parecer um problema menor. Por razões que seu pai jamais divulgaria, uma pintura perdida de Antoine Watteau ameaçava derrubar todo o império dos Winkleman.

Rebecca voltou a olhar as fotos embaçadas tiradas da tela do circuito de segurança, que mostravam a garota colocando a pintura no cesto da bicicleta e pedalando pela Goldhawk Road. Seus contatos na delegacia haviam traçado a rota da garota: dobrou da Cathnor Road para Melina Grove e, como não reapareceu na câmera seguinte na Batson Street, sugeriram que devia morar ou trabalhar em Greenside ou Goodwin Road. Infelizmente, cerca de oitocentas outras pessoas também moravam na região e eles só sabiam que a ciclista era uma mulher de cabelos encaracolados e pernas magras, que usava touca e um sapato pesado da Doc Martens, não dava para distinguir nenhuma outra característica específica. No entanto, Rebecca tinha a impressão de que a reconhecia de algum lugar. Parte de seu treinamento como especialista em arte era ter a capacidade de registrar cada composição e cada rosto de todas as pinturas que visse. Desde que tinham nove anos, Memling levava os filhos para visitar a National Gallery todos os sábados e domingos de manhã. Examinaram mais de mil telas da coleção do museu. Semana após semana, durante o café da manhã, almoço e chá, Memling metralhava seus filhos com perguntas: Rebecca e Marty tinham de se lembrar da composição, da técnica, da iconografia e dos pigmentos de determinadas obras de arte. Aos quinze anos, Rebecca era capaz de identificar corretamente os mais ínfimos detalhes: que flor estava ao pé da *Virgem dos Rochedos*, de Leonardo, ou em que Canaletto era representada uma pequena lavadeira. Marty nunca conseguiu igualar o nível de conhecimento ou a memória de Rebecca, mas as duas crianças sabiam que isso não importava; Marty, o filho e herdeiro, assumiria o negócio.

Rebecca pegou uma das fotografias da câmera de segurança e observou-a mais uma vez, torcendo para que tivesse sido uma compra aleatória e que a pintura estivesse agora inocentemente pendurada em uma parede do subúrbio onde seu verdadeiro valor e sua história passariam despercebidos. Mas, como Rebecca não era mulher de deixar nada nas mãos da sorte, estava empenhando todos os esforços para encontrar a garota e a pintura.

Ouviu Carlo desligar o telefone e entrar no quarto dela. Enfiou, então, as fotos em sua pasta, sentindo os olhos se encherem de lágrimas.

— Querida, o que houve? — Carlo aproximou-se dela.

— Não é nada. — Rebecca se afastou depressa e enxugou o rosto apressadamente.

— É seu pai? Ele não está bem? — perguntou Carlo, tentando não parecer animado com a ideia.

— É só um probleminha do trabalho.

Carlo olhou atentamente para a esposa e viu medo em vez de tristeza.

— O que posso fazer? — Carlo estava genuinamente preocupado.

Rebecca começou a retocar o pó do rosto.

— Aqui, leia as observações sobre os convidados desta noite.

Carlo sentou-se na cama da esposa, resmungando por dentro. O objetivo da noite era convencer Melanie Appledore a comprar – por um milhão de libras – um esboço a óleo que Caravaggio fizera da obra *Judite e Holofernes*. Carlo duvidava que a pintura fosse atrair a grande dama septuagenária da Park Avenue, que colecionava artes decorativas francesas. O quadro era macabro, até mesmo para Caravaggio, e mostrava o momento em que Judite enfiava a faca pela terceira vez no pescoço do general assírio.

— A sra. Appledore sabe que o modelo para Judite foi, muito provavelmente, a cortesã romana Fillide Melandron? — perguntou Carlo.

— Ela não precisa saber — disse Rebecca. — E espero que você não complique as coisas.

— Tem certeza de que jantar olhando para essa imagem perturbadora vai criar o ambiente ideal para a venda? O que vamos servir? Carne crua para combinar com as cores do quadro?

— Vá fazer piadas com a sua vagabunda — disparou Rebecca.

Carlo olhou para a esposa, espantado. Ela nunca falava daquele jeito... O que tinha acontecido? Pensou, então, que deveria enviar flores para ela na manhã seguinte.

Na cozinha, três andares abaixo, Annie supervisionava os últimos preparativos. Inspirada por outra pintura de Caravaggio, uma natureza morta, Annie pediu a ajuda de uma equipe de cenógrafos de Carlo para transformar a sala de jantar dos Winklemans. As paredes agora eram vermelho rubi; pesadas grinaldas de rosas, cravos e papoulas enfeitavam o tecido adamascado branco; os aparadores estavam cobertos de figos, ameixas, pêssegos e maçãs, além de diversas hortaliças, como repolhos, cabaças e até alho. Os convidados tomariam água em cálices e comeriam na mais fina porcelana disposta sobre pratos dourados.

Jesu, o mordomo-chefe dos Winklemans, media as distâncias entre os copos e os pratos com uma pequena régua, enquanto sua esposa, Primrose, passava glitter nas pétalas das flores para que brilhassem. Annie pontilhava as frutas com pequenos pontos de cola para simular gotas d'água, torcendo para que ninguém quisesse comê-las. Os guardanapos eram de linho, bordados com o monograma da família e arrumados na forma de um galeão espanhol. Rebecca entrou na sala e olhou ao redor, espantada.

— Não é assim que fazemos as coisas por aqui — disse a Annie.

— Eu queria dar destaque à pintura — disse Annie calmamente. Ela tinha esperanças de que a chefe ficaria satisfeita.

— Acho que está arriscando demais em uma refeição — disse Rebecca rispidamente.

Annie não contestou.

No andar de cima, Carlo fechava o último botão da camisa quando Jesu apareceu.

— Os convidados estão chegando, senhor. A madame pediu que descesse. — Jesu cruzou o quarto, pegou os abotoaduras da mão de Carlo e prendeu-as aos punhos da camisa do patrão.

— Quem já está aqui? — perguntou Carlos com ar cansado.

— Uma senhora muito velha com um amigo. — Jesu hesitou.

— O que foi?

— O sr. Memling e a sra. Rebecca estão conversando em outra sala. Não querem ser perturbados.

Carlo desceu as escadas, perguntando-se se aquele comportamento incomum tinha ligação com as lágrimas de Rebecca. Na sala de estar cinza, viu a convidada de honra, curvou-se e pegou a mão da sra. Appledore. Era difícil acreditar que a velha senhora tinha força para levantar o braço tão carregado de joias. *Os diamantes desses anéis e pulseiras devem valer vários milhões de libras,* pensou Carlo.

— Que grande prazer vê-la novamente — disse ele, os lábios pairando sobre a mão da sra. Appledore.

— Carlo — disse ela, sorrindo.

— O que a traz a Londres? — disse Carlo, notando que o rosto dela havia passado por vários liftings, e que sua pele era fina como um pergaminho e tão macia quanto a de uma criança.

— Compras. Normalmente venho a Londres em julho, mas a ópera do Metropolitan está com uma temporada muito entendiante este ano.

— Pensei que estivessem apresentando a *Tosca*? — Rebecca entrou na sala de repente, interrompendo a conversa. — Com Renée.

— A Renée não é ótima? — murmurou a sra. Appledore. — Mas ela adoeceu, não ficaram sabendo?

— Isso arruinou nossos planos. — Um homem pequeno e elegante, em um terno de veludo, aproximou-se de Carlo com a mão estendida. — William Carstairs III. Obrigado por nos receber.

William Carstairs, diretor do museu da sra. Appledore, também fazia as vezes de acompanhante em eventos, contador de calorias e carregador de bolsas.

— Como estão os filmes? — perguntou a sra. Appledore a Carlo. — Algum novo?

— *O Rei Sol*, com Chiara Costanzia.

O título do filme não pareceu familiar à sra. Appledore.

— Willy, adquira esse filme para assistirmos no avião.

Mais dois convidados chegaram e Rebecca fez as apresentações.

— Este é Septimus Ward-Thomas, diretor da National Gallery. Você deve conhecer Melanie Appledore?

— Sempre um prazer — disse Ward-Thomas.

— Melanie, tenho certeza de que você já conhece Delores Ryan, que acabou de publicar seu novo livro, *As mulheres de Watteau: a importância das modelos na obra do artista*.

— Sim, claro, eu o comprei ontem. Um trabalho importante que estou ansiosa para ler.

— É verdade que você tem um Boucher em seu avião? — perguntou Delores à sra. Appledore.

Septimus Ward-Thomas tossiu, tentando disfarçar sua reprovação; não queria nem pensar naquela pintura delicada submetida a pousos e decolagens.

— Eu tinha, mas pequenos flocos do vestido de Madame de Pompadour se desprenderam durante uma forte turbulência — confessou a sra. Appledore —, então pendurei alguns desenhos de Lancret no lugar.

— Uma ótima ideia— disse Ward-Thomas em voz baixa.

Fez-se um ligeiro silêncio quando Memling Winkleman entrou na sala, acompanhado de Tiziano, seu grande husky branco. Memling tinha mais de um metro e oitenta, mas andava sempre com uma postura tão elegante que muitos achavam que fosse ainda mais alto. Tinha uma cabeça enorme, nariz aquilino, cabelos cheios e grisalhos. Embora seu queixo e as maçãs do rosto estivessem obscurecidos por uma pele ligeiramente flácida e enrugada, suas feições ainda eram bem definidas. Conhecido em seu escritório como "Capo", raramente falava, a não ser para dar instruções em uma voz quase inaudível, balbuciando fluentemente em inglês, francês, russo ou alemão. Nunca se preocupava em dizer "olá" ou "adeus", e abandonava reuniões ou ligações quando lhe convinha. Tiziano raramente saía do seu lado. O cachorro, agora com cinco anos, era o filho clonado de Raphaello, criado sob encomenda para Memling em uma clínica na Coreia do Sul. Raphaello era o bisneto de Leonardo, o primeiro cachorro branco de Memling.

Ao chegar à Inglaterra aos 24 anos e sem uma educação formal, Memling graduou-se primeiro em Matemática e dois anos depois em Química por Cambridge, fazendo em seguida doutorado em História da Arte, ao mesmo tempo em que construía o seu negócio. Agora com 91 anos, Memling parecia mais em forma do que a maioria dos homens vinte anos mais novos. Jogava tênis regularmente na quadra coberta sob sua casa e caminhava com seu cachorro quase todos os dias. Tomava uma ou duas taças de vinho tinto à noite e só comia comida orgânica. Como sua filha e seu cachorro, Memling tinha olhos azuis muito claros. Geralmente, o descreviam como "patrício", e comentavam que o sr. Winkleman parecia mais um imperador do que o neto de um rabino de Frankfurt. A maioria acreditava que seu autocontrole, sua intolerância com pessoas estúpidas e a incapacidade de expressar qualquer emoção era um legado dos dois anos que passou em Auschwitz, onde haviam morrido todos os outros membros de sua família.

Rebecca nunca conheceu ninguém que não tivesse medo de seu pai, sempre exigente e dominador – até ela tinha. Como detestava idiotas e conversa fiada, Memling tinha prazer em humilhar tanto aqueles que eram negligentes ou aduladores demais. Reservava seu charme para os clientes ricos, com quem tornava-se quase divertido – embora nunca de forma galanteadora; e esse encanto, completamente artificial, não durava nem um segundo a mais do que o necessário. Nunca dominou a arte de jogar conversa fora e recusava-se a usar celular, ler e-mails ou assistir à televisão. Tinha um caderninho de couro, em que fazia – com sua caligrafia pequena – várias anotações sobre cada conversa e decisão.

— Boa noite, Memling — disse a sra. Appledore. — Minha nossa, você está tão bonito.

— E você muito elegante como sempre — respondeu Memling.

— Tem jogado tênis? — disse a sra. Appledore. — Seus braços são tão... tão viris.

— Desafio você a uma partida amistosa.

— Acho que os meus dias de serviço acabaram, infelizmente.

O conde Beachendon e sua esposa, Samantha, chegaram pouco depois, seguidos pelo velho astro do rock Johnny Duffy, conhecido como Johnny "Lips". Ele foi convidado para dar um ar mais leve à noite, para que não ficasse *tão* claro que o jantar era apenas uma grande ofensiva de venda. Johnny "Lips" tinha frequentado uma escola de artes e colecionava pinturas britânicas. Atualmente, já não era tão famoso e suas únicas aparições públicas se limitavam a comerciais promovendo um novo campo de golfe ou um shopping center. Estava acompanhado da esposa, Karen, uma ex-atleta olímpica de equitação que usava um vestido de lamê dourado de costas nuas.

Quando Rebecca levou os convidados para a sala de jantar, todos ficaram boquiabertos diante da transformação do lugar em um quadro pós-renascentista. Pendurado bem em frente ao lugar reservado à sra. Appledore estava o estudo de Caravaggio.

— O esboço de Doria Caravaggio! — Septimus Ward-Thomas bateu as mãos. — Há anos sonho em ver esta pintura. Imaginava que tivesse sido destruída.

— É um pouco sanguinária — disse a sra. Appledore, hesitante.

— Mas é um sangue fabuloso, magnífico — disse Carlo, incapaz de pensar em mais nada. — Ah, se eu pudesse espirrar sangue dessa forma.

Rebecca o fuzilou com o olhar. Estava estarrecida com a transformação de sua impecável sala de jantar branca em um salão de banquetes pequeno, ainda que perfeitamente arrumado. Seu pai entrou e olhou para a filha buscando uma explicação, mas ela deu de ombros.

— A grande arte nunca se esquiva de temas difíceis — disse Ward-Thomas com tato. — Pense em Cristo na Cruz ou na decapitação de João Batista.

A sra. Appledore assentiu educadamente. Ela sabia, como todos os outros, que o objetivo da noite era fazê-la comprar a pintura. Na sua idade, toda atenção era pouca, então decidiu entrar no jogo.

Exatamente cinco minutos após o primeiro convidado se sentar, Annie mandou servir as codornas bebês. Ela arrumara as folhas de alface e ervas para parecerem tufos de grama e os nhoques sarapintados lembravam ovos em ninhos de batatas. Pela porta aberta, Annie ouvia exclamações de prazer e deleite à medida que cada prato era colocado diante dos convidados. Em quase todas as áreas de sua vida, Annie tinha de se esforçar para controlar o nervosismo, mas na cozinha sentia-se plena e calma, trabalhando lenta e constantemente, um olho no relógio, outro nas panelas e frigideiras.

Enquanto cozinhava, Annie podia ouvir trechos de conversa vindo do salão.

— Vocês viram quanto Gerry pagou pelo Richter? — flutuou uma voz pela porta.

— Vinte e cinco milhões, mais impostos e comissões — respondeu outro.

— Agora estão cobrando uma entrada em dinheiro para fazer parte do conselho diretor do Met?

— Stanton Holsters ofereceu 50 milhões de dólares e ainda assim não foi aceito.

— Manet ou Monet? — perguntou alguém.

— Ambos estão corretos — veio a resposta.

— Viram a exposição do Velázquez? — perguntou a voz de uma mulher.

— Para quê? Todas as pinturas pertenciam a museus... Não dava para comprar nada.

— Felicia comprou um iate novo.

— O melhor conselho que eu já recebi — ergueu-se a voz de um homem sobre as demais. — Se flutua, fode ou faz voar, é para alugar!

Todos riram.

— Quem gostaria de mais vinho?

— Ficaram sabendo que os Fairleys redecoraram seu apartamento para uma nova obra de Jeff Koons?

— E como está?

— Vazio... Ele ainda não produziu a obra.

— Adivinhem quanto Norton está pedindo por David?

— Meu psiquiatra diz que sofro de MPI: Medo de Parecer Imbecil.

Para sua surpresa, Carlo gostou da sra. Appledore. Muitos imaginavam que ela só havia chegado à posição de decana da sociedade nova-iorquina – a qual ocupava há anos – devido ao tamanho de sua fortuna. Mas não viam o essencial: a sra. Appledore tinha estilo. Uma qualidade rara e indefinível, impossível de se ensinar, herdar ou comprar, e com que a maioria apenas sonha. Para comemorar a abertura de uma nova ala no Museu Appledore, tinha mandado decorar lanchas com penas brancas e douradas para que seus convidados pudessem subir o rio vindo de Manhattan em cisnes gigantes. Quando uma dama da sociedade adoeceu seriamente e ficou acamada, a sra. Appledore contratou a Filarmônica de Nova York para tocar em frente à janela dela. Ao saber que os sorvetes eram a nova febre da Park Avenue, a sra. Appledore teve a engenhosa ideia de fazer um sorvete de melancia, substituindo as sementes por gotas de chocolate, e servir o doce em uma falsa casca de melancia feita de maçã gelada com listras de folhas de ouro. Depois disso, as mesas de Nova York foram invadidas por doces cada vez mais elaborados. A sra. Appledore chegou a ganhar "a batalha das sobremesas geladas" ao servir um sorvete feito de Château Lafite 1929. Uma escolha bastante ousada. Exagerado? Sim. Insuperável? Não. Sua generosidade era lendária: ao hospedar-se com o duque de Denbighshire, presenteara Sua Graça com um desenho que Goya tinha feito de um ancestral dele, o primeiro duque. Quando uma velha amiga, a maharani de Batsakpur, perdeu um olho em um acidente de carro, a sra. Appledore lhe enviara sete tapa-olhos, um para cada dia da semana, decorados com fabulosas joias e pequenas pérolas.

Apesar de nunca ter faltado dinheiro a Melanie e Horace, foi a percepção dela sobre o poder do capital cultural que fez o casal subir aos degraus mais altos da sociedade. Ela financiava óperas, teatros, salas de concertos e museus. Com sua perspicácia e conhecimento, criou a mais proeminente coleção de pinturas e artes decorativas francesas do século XVIII fora da França. Enquanto a maioria dos colecionadores visava apenas os "grandes sucessos" de suas áreas, a sra. Appledore mergulhava fundo no tema que escolhia. Além de obras-primas, comprava desenhos, gravuras, livros e móveis, como cômodas e escrivaninhas, lustres, candelabros e até mesmo painéis de madeira originais.

Completamente autodidata, Melanie sabia mais do que a maioria dos curadores e historiadores da arte; leu diversas monografias e visitou as igrejas e museus mais obscuros, de Odessa a Monmouth. E, valendo-se de sua posição como grande dama da sociedade, fizera da arte um tema elegante, sério e recorrente. Foi a sra. Appledore que convenceu seus amigos no governo americano a conceder generosas isenções fiscais para incentivar doações. Preocupada em dar o exemplo, a sra. Appledore doou, ao longo de sua vida, o equivalente a mais de 500 milhões de dólares em arte e outros bens móveis para seu amado museu. Sua generosidade era tal que outros diretores de museu muitas vezes lamentavam a falta de uma sra. Appledore.

Ela também era, como Carlo descobriu durante o primeiro prato, uma brilhante imitadora e uma fofoqueira de qualidade, que conseguia contar histórias sobre os outros sem ser maldosa ou esnobe. Foi uma revelação para Carlo o fato de ter apreciado tanto conversar com alguém quase quatro vezes mais velha do que sua atual amante.

Na cozinha, Annie dava os últimos retoques ao seu prato principal – entrelaçando finas fatias de lombro de vitela com pequenas esferas brancas, verdes e vermelhas: cebolinhas, uvas descascadas e minibeterrabas. Então, tirou algumas fotos da travessa com seu celular, sabendo que dentro de quinze minutos ela retornaria à cozinha dizimada. A comida, concluiu ela, estava mais para um espetáculo do que para as belas artes: seu poder estava na efemeridade, no imediatismo.

Quando Jesu levou a travessa fumegante para a sala, todos irromperam em espontâneos aplausos.

— É quase bom demais para comer — disse Melanie, servindo-se de uma uva e um pedaço pequeno de carne.

— Muito bom mesmo — concordou Delores, enchendo o prato de vitela e hortaliças.

— Quem é o cozinheiro? — perguntou a sra. Appledore a Carlo enquanto dava uma segunda mordida em uma minibeterraba perfeitamente cozida.

— É uma cozinheira que descobri... e emprestei à minha esposa.

— Preciso pegar o nome e o contato dela.

Annie posicionou-se perto da janelinha entre a cozinha e a sala, escondida para espiar as expressões enquanto cada um provava hesitantemente a primeira garfada dos pratos. Notou que a conversa se interrompia momentaneamente quando os paladares eram impregnados pelo sabor e a textura. Septimus

Ward-Thomas baixou a faca e o garfo e ergueu os olhos para a pintura.

— Estou tendo um ataque sensorial — disse ele a ninguém em particular. — Só falta mesmo Beethoven para acabar de vez comigo.

Annie queria abraçar o diretor da galeria e agradecer por aquele incomum voto de confiança. Em vez disso, concentrou-se em escalfar o marmelo e as fatias de peras, a intenção era que as frutas equilibrassem a refeição depois dos pratos abundantes.

Carlo, diante de um olhar severo do sogro, virou-se relutantemente da sra. Appledore para Delores Ryan.

— Esta comida está simplesmente divina — disse Delores, espetando a carne e enfiando duas fatias inteiras de vitela na boca.

— Como está a vida? Escreveu algum livro recentemente? — perguntou Carlo, com fingida cortesia.

— Você não ouviu? Tenho um novo sobre as mulheres de Watteau. Promete que vai ao meu pequeno lançamento, só para os mais íntimos? — disse Delores, pressionando a perna firmemente contra a dele. A coxa dela era tão grossa que parecia que um carro estava dando ré em sua perna.

— Acabei de terminar *O Rei Sol*. E tenho grandes esperanças com relação a esse filme — disse Carlo, voltando-se para a sra. Appledore.

— Que divertido — disse Delores, parecendo terrivelmente entediada. — Você não fez um que se chamava *A Rainha Sol*? Não é um pouco repetitivo?

— Você alguma vez já se perguntou por que alguns pintores representam as mesmas cenas várias e várias vezes? — respondeu Carlo, impaciente.

— Mas com a pintura é diferente.

— Mas que pensamento esnobe. As duas artes tratam de capturar a luz e a beleza — disse Carlo, aumentando a voz.

— Um cineasta depende de uma equipe, de uma câmera e vários equipamentos. Um pintor só precisa de seus olhos, de um pincel e um pouco de tinta.

Carlos estava perdendo a paciência.

— Mas que bobagem — a voz dele se ergueu sobre a dos outros convidados. Rebecca olhou nervosamente para o marido, temendo uma discussão. — Veja só seu amado Watteau... Ele não é capaz de fazer nada diferente daquela clareira silvestre completamente artificial. São sempre as mesmas figuras entediantes em festas, só que usando roupas diferentes. Não suporto o trabalho dele — gritou Carlo.

— Querido, você faria a gentileza de ver se deixei minha bolsa lá em cima? — indagou Rebecca com firmeza.

Carlo levantou-se e saiu da sala, jurando a si mesmo nunca mais comparecer àqueles jantares. Olhou para o relógio e viu que eram 21h40 – logo poderia escapar para a cama de Chiara. O telefone tocou no corredor e, sem pensar, ele atendeu.

— Alô.

Ninguém falou nada. Era a terceira vez que alguém desligava o telefone em sua cara no mesmo dia.

— Ouvi falar que os Evanses estão vendendo tudo; perderam uma fortuna na Espanha com a queda do euro. Isso significa que aqueles lindos Picassos da Fase Azul estarão à venda em breve — disse Johnny "Lips".

— Estou tão cansada da Fase Azul — disse sua esposa. — Vamos comprar um da Fase Rosa.

Na outra ponta da mesa, Ward-Thomas conversava com Rebecca.

— Outro dia, mostrei a galeria a um ucraniano, e o cara ficava me oferecendo dinheiro pelas pinturas. É um museu nacional, eu disse a ele... Elas não pertencem a mim; pertencem ao povo da Grã-Bretanha e definitivamente não estão à venda. Então ele dobrou a oferta... Esses caras pensam que tudo está à venda — disse ele.

— Pensei que tudo tinha um preço — disse Carlo, entrando novamente na sala.

— Querido, você se importa de trocar de lugar com Septimus? Ele está ansioso para falar com Delores sobre a atribuição de uma obra.

Como uma criança repreendida, Carlo sentou-se ao lado da esposa.

Annie olhou para o relógio... Já eram dez horas da noite. A última uma hora e meia tinha passado voando. O barulho de conversa que vinha sala de jantar aumentava a cada garrafa. Através da porta aberta, viu que a pele branca de alabastro de Rebecca adquirira um leve tom rosado e ouviu Karen Duffy dizer à sra. Appledore que cavalgar faria muito bem ao seu assoalho pélvico.

Annie deu os últimos retoques em sua sobremesa, que estava linda. Pedaços quase translúcidos de marmelo e pera, salpicados de sementes de romã bonitas e vermelhas como pequenos rubis.

Quando Jesu e Primrose levaram a travessa de frutas, os convidados disseram que não aguentavam comer mais nada. Meia hora depois, todos os pratos e travessas voltaram à cozinha completamente vazios.

Delores pediu para repetir, mas foi ignorada pelos demais. A sra. Appledore insistiu para que a chef fosse até a sala de jantar para receber os aplausos. Carlo se levantou e aplaudiu com entusiasmo.

Ao olhar em torno da sala, Annie viu Memling Winkleman pela primeira vez: havia algo de hipnotizante e perturbador em seus olhos azuis e intensos. Annie fez uma anotação mental para continuar evitando-o a todo custo.

Quando os convidados deixaram a sala de jantar, Annie ouviu a sra. Appledore dizer a Memling:

— Talvez eu tenha de comprar essa pintura sanguinária só para me lembrar desse jantar extraordinário.

CAPÍTULO 8

O último convidado foi embora à meia-noite, mas já passava da uma da manhã quando Annie saiu pela entrada de serviço da casa dos Winklemans. A noite estava límpida e fria. Ainda completamente desperta, Annie resolveu caminhar um pouco antes de pegar o ônibus para casa. A noite foi um grande sucesso. Delores Ryan e a sra. Appledore haviam pedido seu número de telefone e o conde Beachendon prometeu que recomendaria seus serviços ao conselho da Monachorum. Até mesmo Rebecca, calada e contida, havia agradecido de forma concisa, mas sincera.

Annie seguiu pela Piccadilly e virou à esquerda na Old Bond Street, olhando distraidamente para as janelas de uma das galerias de arte. Algumas semanas atrás, teria passado direto sem prestar atenção, mas agora olhava para cada uma com renovado interesse. Em uma vitrine, observou uma pintura chamada *Moisés e o Bezerro de Ouro*, por Ludovico Carracci. Então fez um esforço para se lembrar da história. Deus provera uma vaca e maná para comer ou o bezerro representava a idolatria? Para ela, Moisés parecia tomado pelo desespero com as tábuas em pedaços aos seus pés, e seus seguidores estremeciam ao fundo. Annie se perguntou se sua incapacidade de decodificar a pintura importava ou se podia apenas gostar de algo sem de fato entender suas mensagens ocultas. Na galeria seguinte, havia uma instalação – quatro grandes colchões suspensos no teto em torno de uma chaleira quebrada, um vibrador e uma escova de cabelo — intitulada *Mamãe nunca me disse que haveria dias assim*. Annie ficou perplexa com a composição e começou a pensar que a arte era uma linguagem muito diferente, que ela não fazia questão de aprender. Ouvir um pouco das conversas durante o jantar, que falavam sobre fraudes e preços exorbitantes, sobre as regras e os costumes dos super-ricos, só havia reforçado o amor de Annie pela culinária. Por apenas algumas libras, ela podia transformar ingredientes simples em uma experiência extraordinária que não exigia conhecimento, *insight* ou investimento prévios. Comer era uma atividade necessária, sensual e coletiva que não exigia nada além de papilas gustativas e uma mente aberta.

— Me dá dinheiro para uma xícara de chá, querida? — A voz vinha da soleira de uma porta e Annie deu um pulo quando uma mão, seguida de um rosto, emergiu de uma caixa de papelão. Não tinha notado nada nem ninguém em meio à escuridão. — Só algumas libras.

Annie procurou algum trocado em seu bolso e depois no fundo da bolsa.

— Sinto muito... Só tenho meu cartão de transporte e um batom — disse ela, desculpando-se.

— Nenhum dos dois serve para mim — disse a voz.

— Boa noite — disse Annie, pensando em voltar ali outra noite com dinheiro.

Ao caminhar, notou outra figura embolada numa entrada; esta não tinha caixa, estava cercada de sacos plásticos que transbordavam com suas posses – Annie identificou a forma de uma chaleira, uma escova e uma xícara. Uma raposa grande com uma longa cauda peluda subia a rua, a cabeça baixa, andar decidido. Passou por Annie sem lhe dar atenção antes de desaparecer pelos degraus da entrada de serviço de um grandioso hotel.

Quando Annie dobrou em uma rua secundária e entrou na Berkeley Square, algumas pessoas saíam de uma boate. Três homens de smoking preto, duas jovens usando minivestidos e outro homem, com um visual punk rock meio fora de contexto, seguia atrás.

— Anda logo, Barty, estou congelando! — gritou uma garota quando a amiga acenou os braços para parar um táxi. Dois jovens protegiam um fósforo com as mãos, enquanto o terceiro, caindo de bêbado, tentava acender o cigarro.

— É proibido fumar nos táxis hoje em dia, Roddy! — disse a srta. Vestido Rosa com voz estridente.

O punk esbarrou em Annie.

— Sinto muito mesmo — disse ele. — Você está bem? — Sua voz soava ligeiramente lamuriante em razão da idade e da bebida.

— Tudo bem, obrigada — respondeu Annie, tentando passar pelo grupo.

A srta. Minúsculo Vestido Dourado aproximou-se cambaleante deles.

— Barty, para de ficar dando em cima de estranhas. — Então, com um sorriso amarelo para Annie, ela o puxou em direção ao táxi.

Annie entrou na Mount Street e viu uma fileira de táxis estacionados em frente ao Connaught Hotel. Quem dera tivesse dinheiro para voltar para casa em um daqueles junto com um bando de amigos animados. Tomou um susto quando dois jovens passaram correndo e acenderam um fogo de artifício que silvou e explodiu acima do telhado. O porteiro do hotel não ficou muito feliz.

* * *

Trinta metros acima da calçada, na suíte presidencial, o fogo de artifício fez Vlad acordar assustado. Desde que foi expulso da Rússia, cada estrondo, cada barulho, assustava-o. Procurava se tranquilizar lembrando que todas suas dívidas estavam pagas; deviam estar atrás de outra pessoa naquela noite.

Vlad olhou para os outros três corpos que compartilhavam a cama com ele – todos nus, femininos, loiros e jovens. Tinha acabado de conhecer as garotas, que lhe foram apresentadas pelo concierge, garantindo a Vlad que vinham de uma "casa" bem conceituada, onde não havia nenhuma ralé. Também disse que podiam conseguir alguma de "Oxbridge". Vlad nem sabia o que isso significava, então disse que não: só queria que fossem "jovens, magras, loiras e limpas".

Depois de algumas horas movimentadas, as garotas tinham adormecido. Vlad, que não tinha o hábito de dormir junto com ninguém, ficou ali deitado, inquieto, cansado demais para sair da cama, mas agitado demais para adormecer. Uma das garotas roncava como um motorista de caminhão; ele não conseguia entender como uma pessoa tão bonita e delicada podia fazer um barulho daquele. Pelo menos as amigas dela dormiam tranquilamente. O sexo tinha sido bom; até mais do que bom – as garotas sabiam exatamente o que fazer e desempenharam seus papéis com graciosidade e aparente entusiasmo. Ao contrário da maioria das prostitutas que Vlad já tinha contratado, seus orgasmos e gemidos de satisfação pareciam autênticos. No entanto, mesmo com toda essa companhia, Vlad sentia-se vazio e solitário. Talvez da próxima vez devesse pedir mais garotas, mas no fundo sabia que acabar com a solidão não era uma questão de números. Talvez precisasse de uma namorada, de um relacionamento, mas ficava nervoso só de pensar. Quem iria entender seu passado, como era sua vida? Não tinha jeito, o isolamento emocional era o preço que teria de pagar por sua liberdade física.

No passado, Vlad acreditava que o dinheiro seria a solução para todos seus problemas. Garantiria sua proteção física e seria um facilitador, um trampolim. Teria o conforto com que sempre sonhara e um caminho sem obstáculos. Lembrava-se de estar deitado em sua cama baixa de rodinhas, em Smlinsk, pensando na vida confortável que teria no futuro. Mesmo em seus sonhos mais loucos, nunca teria imaginado que seria rico daquele jeito. A ironia era que agora não sabia como gastar seus bilhões, e muito menos como ser feliz. Apesar de todos os carros, garotas, barcos, aviões, férias, ternos, cavalos, não conseguia se livrar daquela sensação de desconforto e insatisfação. Agora via suas grandes conquistas como uma enorme montanha, e ele estava sozinho lá no topo. A simplicidade de seus medos do passado, a fome e o frio, foi substituída por terrores mais abstratos – sentir-se inadequado e não ser amado por ninguém.

Não tinha motivos para sentir falta de sua vida em Smlinsk e, ainda assim, Vlad lembrava daquele tempo com nostalgia. Havia uma simplicidade reconfortante em tudo aquilo: ele se levantava, ia trabalhar, chegava em casa cansado e ia dormir, dia após dia. A interminável monotonia tinha um ritmo gratificante e ele sabia que todos em Smlinsk estavam naquela mesma situação. Todos passavam fome, estavam presos ali e sonhavam com uma vida em outro lugar ou com um futuro diferente. A maioria só ganhava o suficiente para comprar uma garrafa de vodca, que os ajudava a escapar temporariamente da incessante rotina diária durante sua única folga em um sábado à noite.

Vlad percebeu que uma das garotas começava a acordar. Ela abriu um dos grandes olhos azuis e olhou para ele, com certeza se perguntando se teria que realizar mais algum ato sexual. Então sorriu docemente para Vlad.

— Só vou ao toalete me ajeitar um pouco — disse ela saindo da cama.

Ele observou as costas nuas dela enquanto seguia cambaleante para o banheiro e sentiu-se invadido pelo desejo. E daí se aquilo era meramente uma transação, desprovida de amor e ternura? E daí que ela só precisava dele para que pudesse bancar o estilo de vida que queria? E daí se ela simulava prazer e ele lhe dava muito em troca? A vida não era sempre uma transação? Vlad afastou os sentimentos de vulnerabilidade e sentiu o coração endurecer de novo. Todas as relações humanas baseavam-se em algum tipo de contrato, alguma troca. O amor era apenas um dos bens envolvidos nesse processo, tão volátil e negociável quanto qualquer ação no mercado aberto.

A garota voltou.

— Quer se divertir? — perguntou ela.

— Não, conversar.

— Adoro conversar — disse ela, deslizando para baixo das cobertas ao lado dele. — Sobre o que você quer conversar?

— Qual seu nome?

— Trish.

— Vlad.

— Prazer em conhecê-lo, Vlad. — Trish estendeu uma das mãos. — Não tivemos a chance de nos apresentar mais cedo.

— Solitária, você? — perguntou Vlad.

— Se eu me sinto solitária? — perguntou Trish. — Na verdade, não. Moro com minha mãe, minhas duas irmãs e três cachorros: um corgi, um weimaraner e um poodle, então nem tenho tempo de me sentir sozinha.

— Onde?

— Epping. De onde você é?

— Smlinsk. Sibéria.

— Parece frio. — Trish se aconchegou com um tremor fingido na curva do braço de Vlad e descansou o rosto contra o peito dele. — Conta mais sobre a sua cidade.

— Pequena cidade, grande mina. Mina quase vazia agora. Sem emprego. — Vlad conhecia um homem que havia matado a própria avó para que houvesse mais comida na mesa para os filhos.

— Parece um pouco com Epping. Fecharam a fábrica da Iceland semana passada. Você tem uma namorada em seu país? — perguntou ela.

— Não, ninguém especial — mentiu Vlad. Ele só teve uma namorada, Svetlana. Ela devia ter quase trinta anos agora.

— Mas tem alguém, não tem? — disse Trish, cutucando-o de leve. — Sou psicótica, sabe? Sei o que as pessoas estão pensando. Vamos, me fala sobre ela.

— Quantos anos você tem? — perguntou Vlad.

— Vinte e dois. Quase. Minha mãe se casou com dezenove anos. O que você fazia quando tinha a minha idade?

Vlad se perguntou se deveria lhe dizer que, com a idade dela, já havia trabalhado por sete anos em uma mina e matado o primeiro homem.

— Você mataria? — perguntou ele.

Trish pensou por um minuto.

— Eu mataria por um *trench coat* da Burberry ou uma bolsa da Mulberry de pele de crocodilo rosa.

Vlad pensou em sua decisão impulsiva de matar o irmão, empurrando-o para o poço profundo da mina. Leonard tinha conseguido o melhor emprego e depois tomado Svetlana de Vlad, na mesma semana. Durante três anos, Vlad viu o irmão recebendo um salário melhor, gabando-se de sua posição superior e de sua linda namorada. Às vezes, se lembrava do rosto assustado e horrorizado de Leonard ao cair para trás, percebendo qual seria a consequência daquele empurrão forte do irmão. Vlad ouviu o corpo se chocando contra as laterais do poço e o baque final quando atingiu o fundo, vinte metros abaixo. Nunca se arrependeu de ter matado o irmão – Leonard fez por merecer.

— Também adoraria um par de sapatos Kurt Geiger — continuou Trish —, mas provavelmente não mataria por eles. — Ela olhou para Vlad. — Você nem está me ouvindo, está? — perguntou, cutucando-lhe delicadamente. — Pelo que você mataria?

— Eu mataria quando importante.

— Mataria mesmo? — indagou ela nervosamente.

Vlad não respondeu. Depois de matar Leonard e ver como era fácil e útil, fez novamente. Percebeu que, quanto mais rico se tornasse, mais longe poderia ficar da cena do crime e menos chance teria de ser descoberto.

Ao olhar para sua suíte com a mobília bege sem graça, escolhida para refletir os gostos de todos e de ninguém, os pensamentos de Vlad se voltaram para Barty. Aquele homem estranho lhe prometia "uma vida" cheia de cor, hobbies e diversão. Vlad decidiu, então, contratar seus serviços. Não tinha nada a perder, só dinheiro.

— Acho que, na verdade, você é um cara muito gentil — disse Trish, correndo os dedos pelo peito e pela barriga de Vlad. — Sei de uma coisa que vai deixar você feliz. — Então, ficando de joelhos, começou a passar a língua pelos mamilos dele.

A três quilômetros dali, Annie caminhava em torno do Hyde Park e, ao olhar pelas grades, viu brotos de crocos e fura-neves na grama junto às árvores, banhadas pelo brilho da iluminação da rua. *Em Devon,* pensou, *as flores só apareceriam dali a algumas semanas;* Londres estava adiantada em todos os aspectos.

Em Marble Arch, ela pegou o ônibus para casa. Por sorte, não precisou desviar de ninguém voltando bêbado de alguma festa, havia apenas outras pessoas cansadas como ela, cada uma perdida em seus próprios pensamentos. Annie olhou do andar de cima do ônibus para a escuridão vazia do Hyde Park e, para se distrair, foi contando quantos postes de luz havia no caminho. Ficou pensando se sempre se sentiria como uma estranha em Londres, uma estranha em todos os lugares. Talvez devesse voltar a Devon; era seu lar, o lugar onde havia passado toda sua vida adulta. Nada a impedia de acabar com aquele exílio que ela mesma tinha criado, mas Annie sabia que não conseguiria ver Desmond de novo nem uma vez, que dirá todos os dias. Quando o relacionamento dos dois acabou, Annie pegou um avião para a Índia porque sabia que ele nunca iria lá. Desmond via o país como a terra das doenças. Só viajava à Toscana ou ao Promontório de Kintyre. Houve uma época em que Annie admirava a convicção dele, sua relutância em ser seduzido por novas ideias ou lugares distantes, mas caminhando pelas pequenas ruas sinuosas de Nova Deli, percebeu que o mundo de Desmond era limitado pelo medo. Ele não conseguia sair da zona de conforto, do familiar. Na Europa, ele entendia as nuances da linguagem, as coordenadas da cultura; em outros lugares, ficava desnorteado. Isso também explicava, ela começava a entender, por que era tão importante para ele ter tudo organizado e seguir uma rotina.

O ônibus parou no começo da Queensway, um grupo de jovens asiáticos entrou e sentou-se nos fundos do ônibus falando em vozes baixas e urgentes. Annie perguntou-se de onde seriam. Lembrou-se, então, de um dia em que estava deitada em seu pequeno quarto branco na pousada em Nova Deli, quando percebeu que já eram mais de nove horas: hora de se levantar, tomar café da manhã, dar uma olhada nas manchetes dos jornais, sair para correr, ligar o computador e começar de fato o dia. Em vez disso, rompera com a tradição e continuara na cama, desfrutando de sua preguiça, escutando os sons da cidade. A conversa de meninos que jogavam críquete na rua entrara pela janela aberta; um vendedor de chá anunciava seus produtos; ruídos estranhos de pássaros eram ouvidos sobre as buzinas dos carros e as campainhas das bicicletas; alguém varria o chão ritmicamente em frente ao seu quarto. Annie continuara ali deitada, a mente vazia e as emoções estranhamente entorpecidas. Aquela falta de preocupação com o tempo parecera quase um pecado. Foi quando lhe ocorrera um pensamento novo e completamente estranho – talvez houvesse outras formas de viver.

Durante os quatro meses seguintes, viajara pela Índia, decidindo impulsivamente aonde ir, o que visitar, quando comer e onde ficar. O deslocamento constante a ajudava a controlar a dor e acalmar suas emoções. Longas viagens de ônibus ou trem eram especialmente entorpecentes e relaxantes – o rugido do motor, a paisagem pela janela, os fragmentos de conversas, a agitação dentro e fora dos veículos, tudo isso servia como uma forma de meditação; pensamentos que um dia haviam sido dolorosos passavam por ela e não se acumulavam em sua mente. Mais tarde, as pessoas perguntariam o que ela tinha achado e quais lugares havia visitado, mas os detalhes de sua viagem eram como borrões. Ela, obviamente, se lembrava do Taj Mahal, de Fatehpur Sikri, dos templos de Hampi, do Ganges em Varanasi, do Forte Vermelho em Deli, do litoral de Mahabalipuram, mas não conseguia descrever nenhum deles com precisão. Para ela, a viagem tinha sido uma fuga mental, uma jornada para longe de si mesma, e não a exploração de uma outra cultura.

O ônibus continuou através do Holland Park. Do andar de cima, Annie podia ver as janelas de alguns quartos – um casal lendo na cama, um homem trocando de roupa, uma jovem falando ao telefone. Mas a maioria das cortinas estava fechada. Annie se lembrou do momento em que recebeu o e-mail. Ela estava fazendo um tour por Assam quando parou em um cybercafé para checar suas mensagens. O primeiro e-mail lhe informava que a casa deles tinha sido vendida. Conforme instruído, os agentes haviam aceitado a primeira boa oferta; talvez não fosse o melhor preço, mas era um valor decente e sua metade do dinheiro já estava em na conta. Os agentes ficariam felizes em procurar outro lugar para ela morar – na verdade, havia uma "adorável" *maisonette* no vilarejo vizinho de Aston St. Peters ou um apartamento de dois quartos num subúrbio "charmoso" de Bristol. Ao entrar para ver os detalhes, Annie não conseguiu se imaginar em nenhum daqueles lugares. O problema era que ela não conseguia se imaginar em nenhum lugar fora Rose Cottage com Desmond.

Dera uma olhada à sua volta, o café era nada mais do que um quarto dos fundos com dois computadores antiquados. Ao lado dela, havia uma jovem, provavelmente em um ano sabático, gritando no Skype para convencer o pai a lhe adiantar mais dinheiro. Cartazes na parede anunciavam viagens a um rio próximo ou a um mosteiro. Annie perguntara-se quanto tempo duraria sua nova reserva de dinheiro e pensara em tentar arrumar trabalho por ali. Sabia, no entanto, que aquela não era uma ideia realista; não podia deixar a vida em espera para sempre.

Nesse meio tempo, chegara mais um e-mail. Era de Desmond. Annie prendera a respiração, empurrara a cadeira para trás e ficara alguns minutos pensando no que a mensagem poderia dizer. Que ele tinha cometido um erro terrível, sentia falta dela e a amava e precisava que voltasse para casa? Que Liz tinha sido atropelada por um ônibus e se ela poderia voltar para cuidar dele? Que sentia muito pela maneira como havia se comportado?

Oi, Annie,
Espero que esteja feliz com a venda da casa.
Tenho uma notícia maravilhosa. Há uma semana me tornei o pai orgulhoso de Magnus Rory Andrew. Ele pesa quatro quilos e seu cabelo é cheio e loiro como o meu. O bebê e a mãe passam bem. Foi um choque, mas estou lidando bem com tudo isso e muito orgulhoso mesmo. Espero que consiga ficar feliz por mim.

Desmond

Feliz por ele? Esforçando-se para conter as lágrimas, Annie desligara a conexão do computador e saíra cambaleante do café para tomar um pouco do ar úmido da montanha. Descera pela pequena rua comercial passando por lojas de presentes e pousadas e saíra da aldeia se embrenhando na floresta.

Mais cedo naquele dia, os enormes rododendros carregados de flores vermelhas, as magnólias brancas e os caminhos ladeados por troviscos haviam parecido românticos e convidativos. Mas naquele momento o vento soprava pelas folhas e ramos produzindo um som melancólico, os pássaros noturnos e as rãs pareciam zombar dela com seus guinchos. *Ficar feliz por mim.*

Então Annie começou a chorar, sem saber de onde vinham todas aquelas lágrimas. Será que ficavam guardadas em poças dentro de nós só esperando o coração se partir? Será que sempre estiveram lá, acumulando-se por trás de barragens de determinação, esperando para explodir? Convencida de que estava completamente sozinha, Annie caíra de joelhos e chorara mais ainda. *Espero que consiga ficar feliz por mim.* Ele realmente a conhecia? Algum dia tinha conhecido? Que tipo de pessoa ele era? Talvez a vida deles tivesse sido uma farsa, duas pessoas vivendo em universos paralelos desconectados, cada uma sem saber dos sonhos e medos da outra. Se lembrava, então, de uma conversa específica que tiveram. Ela tinha dito que queria ter filhos, filhos dele. E Desmond respondera que isso não estava em discussão, que seria a gota-d'água: que jamais colocaria uma criança neste mundo terrível; que terminaria com ela antes de ter um bebê. Nesse dia, Annie fora para a casa de Megan tentar esconder o quanto estava devastada. Uma vida sem filhos? Isso era realmente possível? Ele tinha direito de pedir isso a ela, a qualquer pessoa? Megan disse que não. Que ela deveria ir embora antes que fosse tarde demais para começar outro relacionamento. Annie tinha quase trinta anos. O tempo não esperava pelas mulheres, só pelos homens. Por várias vezes ao longo do ano seguinte, ela pensara em deixar Desmond. Uma vez chegou até a fazer as malas e escrever um bilhete explicando tudo, mas o amor a deteve. Ela silenciou seu relógio biológico com trabalho, exercício, qualquer coisa à mão, argumentando consigo mesma que Desmond era seu amigo, seu sócio, seu passado e futuro.

Annie se balançava para frente e para trás sentada no chão da floresta, quando reparou que a luz diminuíra abruptamente, o sol caía como uma pedra por trás da montanha. Envolta pela repentina escuridão, Annie percebera que estava perdida. Não conseguia distinguir uma árvore da outra, mas a aldeia não devia estar muito longe. Talvez sua pousada mandasse um grupo de busca atrás dela. Talvez ela fosse sentir o cheiro de alguma fogueira ou ouvir alguém conversando, e então teria como se guiar. Pensava se deveria ficar parada ou tentar encontrar o caminho de volta. Já tinha sido avisada de que as temperaturas caíam bastante durante a noite e que havia tigres e outros animais selvagens na floresta.

Atrás dela, ouviu um crepitar de galhos. Um animal? Uma cobra? Ao virar, deparou-se com uma velhinha encarquilhada usando uma longa túnica e segurando um cajado e uma tocha. Seu rosto era tão enrugado quanto uma noz, mas seus olhos eram tão brilhantes quanto moedas de cobre recém-cunhadas. Ela caminhara até Annie e, vendo seu rosto manchado de lágrimas, passou dois dedos suavemente nos cantos dos olhos da garota. Aquele gesto característico de empatia humana – que atravessava culturas, religiões e idades – foi marcante para Annie. Nesse momento, Annie tivera certeza absoluta de que queria recomeçar tudo do zero. A velha senhora estendera a mão e, com os dedos entrelaçados aos de Annie, voltaram juntas à aldeia.

No dia seguinte, Annie comprara sua passagem de volta para a Inglaterra. Era hora de retomar a vida. Finalmente tinha um destino específico e o começo de um plano. E tinha algo ainda mais importante: esperança. Durante as dezesseis horas de viagem de ônibus até Deli, Annie ficou pensando quais seriam seus próximos passos. Seu eu mais jovem sempre sonhou com um lugar só seu, que ninguém poderia tirar dela e que não precisaria dividir com ninguém – a única chave da porta seria a dela. Aquela jovem Annie desejava viver em Londres, uma cidade cheia de possibilidades, onde frequentaria diversos eventos e faria muitos amigos. Depois que recebera a hipoteca de sua casa de Devon, sua parte não era suficiente para dar entrada nem mesmo em uma pequena caixa de sapatos na capital – mas o dinheiro dava para um depósito de aluguel, e ela conseguiria comprar um pouco de tempo na cidade e ter seu novo começo. Ainda em Deli, se inscreveu pela internet em onze agências que ofereciam qualquer tipo de trabalho com bufê e examinou os classificados. Antes que seu avião partisse, já tinha arrumado emprego em Londres como assistente de *catering* de Carlo Spinetti. O salário era uma miséria, mas já era um começo.

O ônibus continuou seu trajeto pelas vastas e silenciosas mansões do Holland Park, seguindo para Shepherd's Bush. Havia poucos carros e os postes iluminavam a calçada com uma luz alaranjada e melancólica. Um jovem atravessava carregando uma garota no colo, ela sorria e se segurava com as pernas em torno de sua cintura. Um carro freou com tudo para não atingi-los, o motorista apertou com força a buzina e a menina respondeu mostrando o dedo do meio.

Annie desceu do ônibus na esquina de sua rua e caminhou até seu prédio. Subiu as escadas e, entrando no apartamento, encontrou Evie dormindo no sofá com uma garrafa de vinho vazia aos seus pés. Annie cobriu a mãe com um cobertor. O dia seguinte era sexta-feira – mais um fim de semana sem nada para fazer se aproximava como uma nuvem pesada no horizonte. E, para piorar, tinha que se preocupar com Evie.

Ao olhar para o relógio na parede da cozinha, Annie viu o cartão postal da Wallace apoiado na fruteira. Havia um número de telefone e um nome: Jesse. No alto, Evie tinha escrito com um lápis vermelho: "Ligue para ele. Te desafio!"

CAPÍTULO 9

Annie sentou-se com as pernas penduradas na passarela de concreto junto ao rio Tâmisa, e olhou para a água marrom e suja que batia na lama marcada da margem. A maré tinha diminuído e deixado alguns destroços para trás: um tênis velho, uma frigideira sem cabo e pedras cobertas de algas. Um peixe morto passou flutuando, inchado e sem cauda. Em questão de segundos, uma gaivota saltou sobre a lama e o pegou com seu bico amarelo, os olhos de conta atentos a outros predadores. Annie se lembrou, então, do rio límpido que passava pelo seu jardim em Devon, a trilha sonora de sua vida passada. Os martins-pescadores ainda estariam fazendo seus ninhos às margens do rio? As lontras teriam tido mais filhotes? Lembrou-se dos pôneis selvagens atravessando o rio no final de sua rua e da garça, uma assassina cinza como um fantasma, esperando pacientemente para pegar um salmão.

Naquela manhã, havia discutido com a mãe outra vez; o simples ato de fazer a cama se transformou em uma briga terrível, com alfinetadas que reabriram velhas feridas. Annie se perguntava se Evie cumpriria sua promessa e iria embora naquela noite.

Então riu de si mesma. Quantas vezes já tinha ouvido aquilo ao longo dos anos? Perdeu a conta. Ameaças de suicídio, promessas quebradas e declarações falsas marcavam como cicatrizes o relacionamento delas. Annie queria ter coragem de mudar as fechaduras e o número do celular, de afastar a mãe de sua vida.

Em um impulso, ligou para Jesse. Ela não tinha mais nada para fazer e pelo menos alguém tinha ficado feliz em ter notícias dela e por acaso estava livre em um sábado. Ela levou a pintura como álibi para ter algo sobre o que conversarem, e a deixou ao seu lado em uma sacola plástica. Um sol fraco de inverno despontava por entre as nuvens, fazendo brilhar a água lamacenta do rio. Ela notou pequenos caranguejos correndo por ali e algas cor de esmeralda envolvendo as rochas.

O homem que caminhava em direção a ela devia ter trinta e poucos anos, o rosto um pouco alongado, um sorriso largo e contagiante e olhos azuis profundos. Usava um terno de linho amassado e uma camisa vermelha desbotada do Van Morrison. Annie levou um instante para perceber que era Jesse.

— Olá — disse ele, estendendo a mão. Quando viu que estava coberta de tinta, limpou-a na calça, deixando uma mancha amarela e verde, e estendeu a mão novamente. Annie cumprimentou-o.

— Seu terno — disse ela, nervosa. Jesse olhou para baixo.

— Saco! Mas sai com um pouco de terebintina. — Ele sorriu. — Estou feliz que tenha trazido a pintura... Pensei que poderíamos ir a um lugar aqui perto.

Annie começou a descer do muro. Jesse estendeu a mão. Annie hesitou, mas depois aceitou a ajuda.

— Obrigada.

— Você é pintor?

— Pintor à noite, guia durante o dia. Tenho uma exposição ano que vem e precisam de quatorze telas; ainda faltam dez. Por motivos que nem eu mesmo entendo, pinto variações de um campo em Shropshire.

— Um campo? — perguntou Annie.

— Acho que no fundo eu estou tentando pintar minha infância. O campo é algum tipo de metáfora visual para a memória. Não é tão incomum... Delacroix ficou obcecado por uma paisagem em particular, assim como Constable, Bonnard e Cézanne. Não que eu esteja me comparando a eles — acrescentou rapidamente.

Annie já tinha ouvido falar de Constable e Cézanne, mas não dos outros.

— Um dos meus irmãos viu o campo que pintei... tenho seis irmãos, sou o mais novo... e ele disse que não tinha nada a ver com o lugar em que crescemos. São perspectivas diferentes. A memória é uma coisa engraçada, não é? Mas estou falando demais, já estamos quase chegando.

Annie estava gostando de sua voz suave e melodiosa.

— Já trabalhei aqui nas férias uma vez — disse Jesse, apontando para a Tower Bridge. — Fui zelador substituto em Butler's Wharf. Já estava vazio na época; fazia tempo que os estivadores tinham ido embora. Não havia mais entregas de cereais e farinha, ouro, especiarias, lã e madeira vindo dos mais distantes cantos do mundo e nem barcaças. No século XIX, havia tantos barcos no Tâmisa que era possível atravessar para o outro lado sem molhar os pés. Hoje em dia é apenas uma via de acesso para embarcações de lazer.

Enquanto falava, ele balançava a pintura para frente e para trás, ainda na sacola plástica. De vez em quando, olhava para Annie. Ela estava tão diferente naquele dia, os cabelos soltos sobre os ombros, com a luz do sol fazendo-o brilhar em tons de vermelho e dourado. Usava uma camisa enfiada para dentro da calça cargo de seda e botas de cowboy velhas, mas engraxadas. Em vez de um sobretudo, estava usando um xale colorido ao redor dos ombros. Jesse se perguntou se os colares de contas no pescoço dela tinham sido comprados em aventuras exóticas e quem a acompanhara.

Ouviram então o barulho do escape de um velho Citroën que passou pela rua. Por um breve segundo, Annie pensou que era o DS de Desmond, um carro que ele já tinha quando começaram a namorar e havia apelidado de Monty. De repente, foi invadida por pensamentos ligados a Desmond e lembrou-se do aniversário dela de 21 anos. Desmond pediu emprestado o apartamento de um amigo em Roma, dois grandes cômodos em um antigo *palazzo* com vista para as escadarias da Praça de Espanha. A mobília se resumia a uma cama e um piano de cauda. As paredes e os tetos eram cobertos de afrescos: donzelas carregando jarras d'água, homens com liras, faunos saltando. Eles alugaram uma *scooter* e foram pela Via Ápia até um restaurante com um letreiro de neon: "massas dignas dos deuses", afirmava Desmond, toda vez que traziam outro prato fumegante de espaguete. Era sua lembrança mais romântica. *Por favor,* rezou Annie silenciosamente, *leve Liz a qualquer lugar, menos a Roma.*

— Os cais recebiam seu nome de acordo com suas importações — disse Jesse, olhando em sua direção. — Você sabia que Tâmisa significa "rio escuro", da palavra pré-céltica *tamasa*? O mesmo homem que construiu a maioria destes prédios também projetou a Prisão de Dartmoor.

Ele sabia que estava tagarelando, mas, como um pescador incompetente e faminto, esperava pegar um pensamento passageiro com uma ampla rede de conversa.

— Quando trabalhei aqui, eu era obcecado por Turner: ele passou sua juventude desenhando navios e barcaças e morreu olhando para o rio em Cheyne Walk — disse Jesse. — Ah, quem me dera pintar como Turner.

Segurou, então, um pincel imaginário com a mão esquerda, fazendo gestos amplos como se o ar à sua frente fosse uma tela gigante.

Annie não prestava muita atenção às palavras de Jesse. Olhava fixamente para os próprios pés, as botas marrons caminhando pela calçada. Como horríveis imagens de um velho filme em preto e branco, ela imaginava Desmond beijando Liz, via seus lábios carnudos e macios roçando a parte interna do cotovelo dela, a ponta da língua explorando os seios. Annie tentava desligar as imagens, mas parecia que o botão do controle estava emperrado. *Talvez eu o tenha amado demais*, pensou.

Jesse e Annie pararam no meio da ponte. Abaixo deles um pequeno rebocador avançava lentamente contra uma corrente forte, jogando determinadamente em direção a Westminster. Na direção contrária, vinha uma barcaça vermelha enferrujada, seu longo convés coberto de bicicletas retorcidas, carrinhos de compras e, no alto da pilha, uma motocicleta esplendidamente vermelha. O comandante do barco estava debaixo de um pequeno toldo plástico, cruzando os braços para se aquecer.

— Estivadores... uma ótima palavra. Vem do saxão, *stevadax* — disse Jesse. — Meu trabalho em Butler's Wharf era incrivelmente chato. Ficava sentado em um enorme escritório branco, com janelas em três de seus lados, só observando a maré ir e vir. Ir e vir. Incessante e magistralmente. O ponto alto do dia era ver o que a maré deixava para trás quando baixava: um estepe, uma garrafa velha. Você sabia que as taxas de suicídio são mais baixas entre aqueles que moram perto da água? As mais altas estão entre as pessoas que moram perto de linhas ferroviárias.

"Ah, cala a boca", disse Jesse a si mesmo. Não acreditava na quantidade de besteira que saía de sua boca; não acreditava no efeito que aquela garota tinha sobre ele ou, na verdade, na falta de efeito que ele tinha sobre ela. Aquilo era amor? Ela não falara nada nos últimos quinze minutos e, quanto mais tempo permanecia em silêncio, mais idiota ele parecia. Ao olhar para o lado, Jesse percebeu que a mente dela estava muito distante. A combinação do desinteressee com a tristeza palpável dela o atingiu como um soco: ele queria ajudá-la, abraçá-la, fazer amor com ela.

Pegou, então, Annie pelo braço e conduziu-a até o outro lado da rua.

— Você está bem? — perguntou. — Parece tão pálida. Por que não paramos e comemos alguma coisa? Aqui, coloque meu cachecol. — Ele passou seu cachecol de lã gentilmente em torno do pescoço dela. Sem pensar, soltou o cabelo dela do cachecol, os dedos roçando sua nuca. Ela estremeceu um pouco, ele esperava que de um jeito bom.

No final da rua, havia um pequeno café chamado Clemmy, pintado de verde e vermelho. As janelas estavam embaçadas e, quando Jesse abriu a porta, escapou um cheiro forte de bacon e batata frita. Havia grupos de homens sentados a mesas de fórmica, tabloides e café da manhã sobre as toalhas plásticas com padrões espiralados. Annie se perguntou o que estavam fazendo em uma manhã de sábado tão longe de suas famílias.

— Você tomou café da manhã? — perguntou Jesse, puxando uma cadeira para Annie se sentar.

Em seguida, levou ao balcão algumas canecas e dois pratos sujos. Annie olhou em volta. Sentia-se confusa, distante. Os homens olhavam para ela com claro interesse, uma mulher ali entre eles. Annie os encarou fixamente de volta, e eles acabaram olhando de novo para seus jornais. Ela observou Jesse pedir o café da manhã. Ele estava tendo alguma dificuldade com as combinações – o número de salsichas para o de ovos, o de torradas para o de chá. Afastou-se para olhar novamente o quadro e esbarrou em um homem grande e com ar grosseiro mais atrás. Annie pressentiu problemas. O homem em que Jesse esbarrara parecia irritado e flexionou os ombros. Jesse bateu na própria cabeça com a palma da mão, revirando os olhos. O outro cara riu, mesmo sem querer.

Jesse voltou carregando duas xícaras de chá.

— A moça vai trazer a comida, disse que não confia em mim com os pratos.

Instantes depois, uma garçonete apareceu com dois cafés da manhã completos.

— Se quiserem mais batatas, é só me falar — disse ela e então piscou para Jesse.

— Eu poderia me sentir insultada pelo flerte descarado dela — disse Annie, tirando o papel dourado de uma porção de manteiga. — Ela não sabe se estamos juntos.

Eu quero isso, Jesse pensou. *Você quer? Eu tenho alguma chance? Por que você parece tão triste? O que aconteceu?* Ele a observou comer, segurando orgulhosamente a faca e o garfo, os ombros curvados, a expressão fixa enquanto atacava o prato. Espetando ovos e salsichas, servindo-se de batatas fritas, um toque de tomate escarlate, gema amarela e cogumelo bege seguidos um do outro no garfo, que os conduzia habilmente à boca. Ela terminou muito antes dele.

— Nossa, que fome — disse ela, a cor voltando a aparecer em suas bochechas. — Não jantei ontem à noite... é raro isso acontecer. Adoro comida. — Então se recostou na cadeira e sorriu pela primeira vez naquele dia.

— Quer repetir? — perguntou ele de brincadeira.

— Você vai comer essas batatas?

Ele balançou a cabeça e, inclinando-se para frente, ela espetou quatro batatas com o garfo.

— Moramos em Oxford por alguns anos — disse Annie. — Eu tinha cerca de dez anos. Mamãe tinha um namorado chamado Peter, um professor universitário. — Então, puxando o prato de Jesse para mais perto, ela espetou mais algumas batatas fritas com o garfo. — Ele era casado, então costumávamos ir a pequenos cafés em outras partes da cidade, lugares aonde a esposa dele não iria. Ela era do tipo que frequentava restaurantes refinados. Esse tipo de comida sempre me faz lembrar de Peter. A comida faz isso tanto quanto o cheiro, você não acha?

Jesse assentiu. Que bom que ela finalmente começou a falar, achava que estava muda de tédio. Havia um pedacinho de gema no canto da boca de Annie. Ele estava louco para limpá-lo com o indicador.

— Nós tínhamos essa rotina. Todos os domingos um café da manhã completo e um filme. Havia uma sala de exibição em Walton Street — disse Annie, passando a mão pelos lábios.

— O que a esposa dele fazia aos domingos? — perguntou Jesse.

— Ele nunca dizia. Uma das regras com relação a dormir com um homem casado é que não se faz esse tipo de pergunta.

— Por que sua mãe a levava nesses encontros clandestinos?

— Eu detestava ficar sozinha e nos mudávamos com tanta frequência que nunca fiz amigos.

— Vocês sentavam juntos?

— Ele comprava quatro ingressos. Quando as luzes se apagavam, mamãe pulava para o assento vazio ao lado dele na fila de trás. É engraçado. Agora, quando vejo esses filmes de novo, os Fellinis e os Bergmans, sinto falta dos gemidos, risos abafados e beijos sem fôlego de mamãe e Peter.

— Você acha que devia estar lá? — perguntou Jesse, tomado pelo sentimento de proteção com relação à jovem Annie.

— Vi ótimos filmes.

— E o que aconteceu com Peter? — Jesse não se importava, mas queria que ela continuasse falando. Adorava o som de sua voz baixa e ligeiramente rouca.

— Ele foi embora — disse Annie, com naturalidade. — Eles sempre iam.

Seria amargura ou resignação na voz dela?, Jesse se perguntava. Com certeza não havia um traço de autopiedade.

— Eu gostava dele, mais do que da maioria. Ele era inteligente e engraçado.

— Você é casada? — perguntou Jesse.

— Não. — Annie ficou surpresa com sua insolência. — Você é? — Na verdade, não se importava.

— Quem diabos iria querer se casar comigo? Não tenho dinheiro, e nem perspectivas de um dia ter. — Ele se levantou e pegou a sacola plástica. — Vamos tomar outro café logo ali depois da esquina.

— O que há de errado com este lugar? — perguntou Annie.

— Explico quando chegarmos lá — disse Jesse e estendeu a mão para ela. Annie não a pegou.

Ao deixarem o café, caminharam as poucas centenas de metros em silêncio. Jesse entrou em uma rua secundária e parou diante de um restaurante de frente prateada com as palavras *Le Breakfast* escritas em chamativas letras rosa. Ao teto metálico prendiam-se tubos de neon e as mesas e o chão eram de uma imaculada fórmica branca. O lugar, fedendo a carne podre, parecia o pior em que Annie já estivera. Aquele encontro, pensou ela, instalando-se em um assento plástico vermelho, era definitivamente um erro.

— Não estamos aqui pelo ambiente — disse Jesse, lendo sua mente. — O melhor lugar para se observar um quadro sujo é o assento da janela de um avião; a força do sol a uma altitude elevada atravessa anos de sujeira. Em um sábado nublado em Londres, este lugar é tão bom quanto qualquer outro. — Então, revirando o bolso, ele pegou uma pequena lanterna. — A ferramenta secreta de um guia, emite uma luz mais forte do que de cinco milhões de velas. Posso ver a pintura?

Annie tirou-a da sacola e colocou-a cuidadosamente na mesa entre os dois. A garçonete aproximou-se. Eles pediram café. Jesse inclinou-se sobre a pintura e correu o feixe de luz por sua superfície.

— Sim, sim — disse ele baixinho para si mesmo.

Annie soprou seu café fumegante e viu um grupo de jovens mochileiros americanos converterem os preços locais com uma calculadora de bolso.

— Vem cá — disse Jesse, dando um tapinha no assento ao seu lado. — Você tem que imaginá-la sem o verniz amarelo. — Jesse soprou o cabelo para longe dos olhos. — A lanterna ajuda, olha — disse ele, traçando seu feixe pelo contorno do quadro e, à medida que a luz passava, as cores brilhavam sob camadas de sujeira, dando vida às figuras.

Ao olhar com atenção, Annie notou uma certa tensão entre o homem e a mulher. Annie de repente sentiu o desejo do homem e o desdém da mulher.

— Aquilo ali no canto é uma sombra ou uma figura? — indagou ela, distinguindo apenas uma forma branca sob um bolo de verniz descolorido.

Jesse deu de ombros.

De repente, Annie queria saber mais sobre sua pintura. Quem era o casal? Por que estavam ali? O que estava acontecendo entre eles? Se ela pudesse provar que não era apenas uma reprodução malfeita, que tinha sido pintada por alguém com cuidado e precisão, confirmaria seu bom julgamento. De alguma forma, autenticar a pintura equivalia a validar-se.

— Acho que você pode ter encontrado algo maravilhoso — disse Jesse, os olhos brilhando de excitação. — Veja como o artista pintou em camadas para criar esse efeito em que a luz se projeta sutilmente da tela. Veja como ele conseguiu criar o rosto deste homem com apenas cinco toques de cor, mas sabemos exatamente o que ele está sentindo; nós somos ele, quase podemos sentir de verdade seu anseio e desespero.

— Por que acha que foi um homem que pintou esse quadro? — perguntou Annie.

— Porque historicamente a maioria dos pintores eram homens. As mulheres não tinham essa oportunidade. Uma ou outra conseguiram... Artemisia Gentileschi, no século XVII e Rosalba Carriera, no XVIII, mas foram exceções.

— Então o que fazemos agora? Não podemos simplesmente procurar a pintura em um livro?

Annie sentiu um bolo de excitação na garganta. *Calma,* disse a si mesma. *Coisas assim não acontecem com pessoas como você.*

— Primeiro temos de descobrir quem é o artista e quando foi pintada.

— Nessa parte não consigo ajudar. Não sei nada sobre arte — disse Annie.

— Mas você comprou o quadro.

— Comprei para outra pessoa.

Jesse olhou intensamente para ela, mas não disse nada. Quem era aquela pessoa que se assomava tão avassaladoramente entre eles?

— Atribuição de autoria é como um trabalho de detetive. Às vezes, a coisa é óbvia... Está na cara, não há como contestar. Para as obras menos óbvias, a autenticação requer passos lentos e dolorosos. A primeira coisa é localizá-lo no tempo, ainda que seja com uma data vaga.

— Como?

— As roupas, os penteados e a tinta dizem muita coisa — esclareceu Jesse, contando algumas moedas e deixando-as na mesa. — Vamos sair daqui? — Este neon está fazendo meus olhos arderem.

— Todos os meus sentidos estão reclamando — admitiu Annie.

Caminharam, então, pela Tooley Street em direção à estação do metrô.

— Meu estúdio fica um pouco mais à frente — disse Jesse.

Annie hesitou.

— Eu pareço um assassino? — perguntou Jesse.

Jesse levou-os por uma rua secundária, passando por uma ferrovia. Viram, então, um trem seguir por cima dos velhos arcos convertidos em oficinas e garagens de carros. Jesse foi cumprimentando os mecânicos como se fossem velhos amigos. No fim da rua, ele parou junto a duas velhas portas fechadas por um enorme cadeado. Em frente, havia uma árvore de ramos pretos coberta de flores carmim.

— Que linda — disse Annie.

— Já me falaram que vem do Japão. Como veio parar numa rua no sul de Londres é um mistério.

— Você sabe como se chama? — perguntou ela.

— Na verdade, sei... *Prunus mume*, ou Beni-chidori, que quer dizer "o voo das garças vermelhas". É muito bom encontrar alguém que também gosta de plantas e árvores.

— É uma das coisas de que mais sinto falta — disse Annie, parando por alguns segundos. — Em Londres, não sei dizer quando uma estação termina e outra começa. Onde eu morava, poderia saber que dia era só de ver as flores desabrochando. Este mês, eu estaria esperando pelas prímulas e pelos acônitos.

— E então pelos narcisos silvestres, gerânios, jacintos-dos-campos e orquídeas — acrescentou Jesse.

— E depois as campânulas — falaram juntos e riram.

Era a primeira vez que Jesse a via rir assim e ele adorou o jeito como a língua rosada dela aparecia por entre os dentes brancos e como pequenas rugas surgiam ao redor de seus olhos. Jesse tirou, então, uma grande chave do bolso, destrancou o cadeado e depois uma porta interna, que se abria para um grande cômodo com piso de madeira, cheio de telas e pilhas de livros. Em um dos cantos, havia uma cama desfeita e, ao longo de uma parede, uma pequena cozinha.

— Não repara na bagunça — disse Jesse, tentando esconder alguns pratos sujos e outros detritos.

Annie sentou-se em um velho sofá de couro com pelos de cavalo do forro escapando em várias partes, e observou Jesse movimentar-se rapidamente pelo lugar, reunindo objetos curiosos: uma lâmpada, duas lupas, uma garrafa de vidro, um pouco de algodão. Colocou-os cuidadosamente em uma grande mesa de cavalete no meio do estúdio. Então tirou a pintura delicadamente da sacola plástica e colocou-a, virada para baixo, sobre um pano à sua frente.

— Você tem uma moeda? — disse Jesse.

Annie estendeu-lhe uma de dez pence. Com toda atenção, Jesse começou a levantar os pequenos pregos que prendiam a moldura.

— É preciso ter muito cuidado. Às vezes, a tinta fica presa à madeira. Na Wallace, acabaram arrancando um pedaço de um Lancret assim. — Lentamente, ele tirou a moldura. A imagem de repente parecia vulnerável e muito menor, e Annie foi tomada por um sentimento de ternura em relação a ela. Jesse virou-a e examinou seu contorno.

— Venha ver — disse ele. — A imagem tem duas bordas. A pintura original foi colocada em cima de uma nova tela. É o que se chama de reentelar — explicou.

— O que isso significa? — perguntou Annie.

— Ao longo do tempo, a tela original se deteriora ou fica frouxa e a tinta pode literalmente cair. Um restaurador talentoso pode descolar, milímetro a milímetro, a tela antiga, deixando apenas as camadas de tinta e fixá-las em uma nova tela ou painel. Às vezes dá errado. Muitas pinturas foram arruinadas dessa maneira, mas não tem muito jeito: a tela se degrada após uns cem anos, até antes se o pintor não preparar adequadamente a base.

Annie passou o dedo suavemente pela borda.

— Sinto três rebarbas nesta pintura — disse ela. — Isso significa que foi reentelada duas vezes?

Jesse pegou a pequena lanterna e iluminou a borda da pintura de cima a baixo.

— Você tem razão. Isso provavelmente quer dizer que já tem algumas centenas de anos.

Annie soltou um assobio baixo.

— Acho melhor eu parar de enfiá-la na mochila — disse ela à pintura.

Jesse virou a pintura para baixo e iluminou a parte de trás da tela.

— Veja este carimbo; proprietários muitas vezes deixam uma marca mais duradoura e visível do que a assinatura do artista. É parte do orgulho da posse, marcar seu território. Há pinturas na National Gallery e na Wallace com o brasão do duque de Milão e de Carlos I.

— Algo do tipo "eu estive aqui"? — perguntou Annie.

Jesse assentiu e foi até a pia. Encheu uma tigela com água morna e levou-a cuidadosamente até a mesa. Umedeceu uma pequena esponja e passou-a pela superfície da pintura.

— Isso é mesmo uma boa ideia? — perguntou Annie, nervosa.

— Muitas vezes dá para limpar a sujeira superficial desse jeito: manchas de fumaça, a poeira diária. É como lavar as mãos. — A esponja amarela ficou marrom enquanto ele esfregava suavemente a superfície da pintura.

— Água com óleo — disse Annie baixinho.

— Às vezes, figuras e árvores inteiras aparecem fazendo apenas isso, mas esta está tão suja que não está dando para ver grande diferença. Agora temos de ser um pouco mais firmes. — Ele abriu a garrafa de vidro, liberando o aroma doce do solvente.

— Você já fez isso antes?

— Nas minhas pinturas, sim. Uso isso para remover tinta a óleo.

— Remover? Então pare agora! Pode acabar fazendo um buraco — disse Annie.

Jesse baixou o algodão.

— Tudo bem, então você vai só apoiá-la em sua lareira e ficar admirando?

Annie procurou por sinais de sarcasmo no rosto dele, mas, em vez disso, viu uma expressão gentil.

— Essa pintura me inspira um estranho sentimento de proteção — disse Annie. — Uma bobagem, já que é apenas um pedaço de tecido, tinta e madeira.

— A boa arte afeta as pessoas, essa é a graça. — Ele sorriu para ela. — Vamos avaliar as opções. Aqui temos uma pintura que mede cerca de 45 por 50 centímetros. A composição é adorável, uma clareira em um parque, uma dançarina, um homem aos pés dela. Há árvores projetando-se sobre eles, luz do sol vindo do canto superior esquerdo, mas está tão suja que é difícil distinguir os rostos ou as pinceladas do pintor. Então como descobrimos de quem é ou a época aproximada em que foi pintada?

— Já sabemos que tem algumas centenas de anos.

— Seria bom reduzir isso um pouco, não é mesmo? Certamente parece seguir o estilo francês... Você viu isso na Wallace, comparando-a com as outras obras.

— O que isso prova?

— Cada artista tem uma forma única de pintar que os distingue. Um cavalo de Rembrandt é completamente diferente de um cavalo de van Dyck; uma árvore de Constable é completamente única, assim como uma de van Eyck. As árvores e a composição de sua pintura lembram um estilo conhecido como *fête galante*. O problema, no entanto, é que toda grande obra e grandes artistas têm falsificadores e imitadores, então como descobrimos o que é um McCoy verdadeiro?

Annie não estava entendendo bem.

— Andei dando uma olhada no livro novo da Delores Ryan, *As mulheres de Watteau*.

— Que coincidência... Cozinhei para ela ontem à noite.

— Ela não é alguém de quem se esqueça, embora, como eu seja um mero guia, ela mal me note. Sua tese se baseia em identificar os modelos dos artistas. A maioria dos pintores dependia dos mesmos modelos, de modo que sua escola de atribuição se baseia em associações.

— Parece uma fofoca sofisticada.

— Muitas pessoas construíram suas carreiras revirando a vida particular dos artistas. A maioria pintava e repintava as mesmas pessoas. Delores escreveu livros e foi curadora de exposições que giram em torno da identidade dos modelos e organizou uma enorme base de dados sobre quem eram e quando posaram para artistas específicos. Mostre a Delores um retrato de grupo de David e ela lhe dirá o nome de cada pessoa nele. Ela faz correspondências entre obras e pintores, descobre quem estava dormindo com quem, quem recebia o quê. Como eu disse antes: é um trabalho de detetive.

— E se as pessoas na minha foto não corresponderem à sua lista de modelos?

— Ela desacreditaria sua pintura.

— Isso não parece suficiente — disse Annie.

— Não é apenas Delores — explicou Jesse. — Um Rembrandt só é um Rembrandt se Ernst van de Wetering e seu Rembrandt Research Project o endossarem. John Richardson, velho amigo e biógrafo de Picasso, pode distinguir uma falsificação a uma centena de metros.

— Delores é a única especialista nesse período?

— Tem também o Trichcombe Abufel. O trabalho dele baseia-se em estudos cuidadosos e na procedência da obra. Ele examina forensicamente todos os aspectos da superfície pintada e cada lugar em que a imagem pode ter sido pendurada.

— Ótimo, vamos chamá-lo.

— Ele é praticamente um eremita, não dá muito as caras.

— Como a identidade de uma pintura pode ser decidida por apenas duas pessoas?

— A arte é um grande negócio, mas, em última análise, a autenticidade é subjetiva e a única maneira de provar que uma pintura é "legítima" é através de provas circunstanciais. Quanto mais velha a pintura, mais difícil identificá-la. Na maioria das vezes, trata-se de conjectura se, quando se trata do século XVIII francês, Delores e Abufel são os mais confiáveis.

Annie deu uma olhada no estúdio, intrigada por aquele guia/artista. Havia pilhas de livros por todos os lados: monografias de artistas, cartas de artistas, biografias de artistas. Em uma das paredes, ele havia pendurado desenhos e algumas reproduções de pinturas dos grandes mestres. Em um cavalete, havia uma grande pintura monocromática de um prado delimitado por árvores de um lado e um rio do outro. Embora ainda fosse um esboço inacabado, ela ficou impressionada pela grandiosidade e ousadia. Em outra parede havia a fotografia de um homem e uma mulher, braços entrelaçados, rindo na praia. A foto era em preto e branco e Annie imaginou que fossem os pais dele. Procurou sinais de uma namorada, mas não encontrou nada. Diferente do seu próprio apartamento espartano, escassamente mobiliado, aquele espaço, embora quase do mesmo tamanho, parecia o lar de alguém. Não por causa das coisas, do trabalho ou das fotografias, mas da atmosfera.

Ela se levantou, deu a volta no sofá e olhou para a paleta encrustada de tinta junto ao cavalete.

— A ciência não avançou o suficiente para ajudar? Não é possível analisar a tinta ou até mesmo conseguir amostras de DNA? — perguntou ela.

Jesse apontou para a fotografia em preto e branco do homem e da mulher.

— Engraçado você dizer isso. Meu pai estava trabalhando em um engenhoso projeto de análise científica quando morreu. Ele achava que tinha descoberto uma maneira de identificar uma pintura da mesma forma que identificamos um criminoso a partir de suas impressões digitais.

— O que aconteceu?

— Ele ligou para minha mãe para dizer que tinha conseguido e estava a caminho de casa. Mas nunca chegou. Foi encontrado na manhã seguinte sob a Battersea Bridge. O estranho é que sua carteira, chaves e dinheiro ainda estavam na pasta, só faltavam seu computador e seus cadernos.

— Foi um acidente?

— A polícia disse que foi suicídio. — Jesse hesitou. — Assim puderam encerrar logo o caso. Mas meu pai nunca teria cometido suicídio. Ele adorava a vida, adorava minha mãe... Adorava os filhos e o trabalho. Meu palpite, embora eu nunca tenha conseguido provar nada, é que havia pessoas no mundo da arte apavoradas com sua descoberta. Há muito mais dinheiro envolvido em falsificações do que em provar autenticidade — disse Jesse.

Annie detectou um ligeiro tremor em sua voz. Afastando-se dela, ele pegou uma garrafa em que se lia "terebintina".

— Quando isso aconteceu? — perguntou ela.

— Cerca de quinze anos atrás, depois disso nos mudamos para Shropshire.

— Talvez seja por isso que você sempre pinta o mesmo campo, para tentar manter viva a lembrança de seu pai.

— Você é a primeira pessoa que diz isso em voz alta.

— Me desculpa... Foi presunçoso de minha parte.

— Observador, na verdade — disse Jesse, pegando um pedaço de algodão. — Eu queria que houvesse alguém que pudesse dar continuidade ao seu trabalho, mas ele nunca explicou seu processo a ninguém. Ele tinha uma assistente, Agatha, que entendia um pouco e está tentando continuar de onde ele parou.

— Você costuma vê-la?

— Não. Mas deveria. — Jesse pegou a garrafa de terebintina. — Pronta para vislumbrar o submundo?

Annie parecia apreensiva.

— Vale a pena tentar — disse ele gentilmente.

Ela assentiu.

— Aproxime-se — disse Jesse, virando a garrafa para molhar o algodão.

Annie prendeu a respiração quando ele começou a esfregar o algodão no canto superior esquerdo da imagem. O removedor criou uma lente resplandecente na superfície suja. Por um breve instante, viram delicados tons de esmeralda, amarelo e verde-limão através das camadas de verniz marrom. As pinceladas dançaram e as pregas do vestido da mulher flutuavam numa brisa primaveril. Seus seios fartos pareciam subir e descer sob o brilho acetinado. Jesse e Annie se entreolharam encantados.

— Tente fazer isso no rosto — sussurrou Annie.

Ele esfregou o algodão suavemente sobre o cabelo da mulher; os dois se curvaram cheios de expectativa. Novamente, como se por magia, a imagem se revelou e o rosto da dançarina surgiu sob as camadas de sujeira. Jesse pegou um lápis e começou a esboçá-lo em um pequeno pedaço de papel.

— Olha — disse ele, a emoção aumentando —, o rosto dela foi feito a partir de quatro pinceladas principais... Três delicados toques de rosa e um de amarelo-limão claro. No entanto, nessas marcas sutis e delicadas, já dava para ter uma ideia do personagem dela. Ela é enérgica, determinada. É possível ver isso, não é? Pela curva de sua boca, pelo maneira direta como nos olha.

— Quem você acha que ela era? — perguntou Annie. A terebintina começou a evaporar e mais uma vez o rosto ficou escurecido. Jesse deu de ombros.

— Vamos ver o rosto dele agora? — perguntou ela, apontando para a figura deitada na grama.

Jesse assentiu e colocou mais terebintina em um novo pedaço de algodão. O rosto do homem estava parcialmente escondido por um chapéu. Mais uma vez, Jesse fez um esboço, algo para ajudar a lembrar.

— Você tem algo mais forte? — perguntou Annie.

Jesse riu.

— Você é engraçada... Cautelosa e impulsiva ao mesmo tempo. Há dez minutos você estava com medo de eu passar uma esponja.

— Então, o que mais você tem naqueles frascos? — perguntou Annie, ignorando a última observação.

— Acetona seria o próximo passo.

— Removedor de esmalte?

Jesse assentiu.

— Mas pode tirar mais do que a sujeira, principalmente se nosso pintor misturou verniz e tinta para conseguir um efeito de brilho; alguns pintores eram um pouco negligentes. Watteau, por exemplo, nunca se preocupava em preparar suas telas ou limpar os pincéis. É possível achar todo tipo de sujeira e insetos em sua pintura. E dizem que Turner diluía sua tinta com cerveja.

— Ainda acho que deveríamos tentar — encorajou Annie.

— A pintura é sua — disse Jesse, nervoso. — Me passa o frasco azul.

Jesse, então, tirou a água da tigela, e adicionou algumas gotas de acetona a um tipo de solvente e, enrolando um pouco de algodão em um pequeno bastão laranja, mergulhou-o na mistura. Hesitante, endireitou os ombros e esfregou o algodão suavemente sobre a tela. Nada aconteceu, então ele acrescentou outra gota de acetona na tigela. Nada de novo. Annie notou que pequenas gotas de suor haviam brotado na testa dele. Ele adicionou outra gota, depois levantou e ligou uma luz forte.

— Não se pode apressar essas coisas — disse ele, limpando as mãos na roupa. Na gaveta da grande escrivaninha encontrou um conjunto de lentes de aumento e prendeu-as à cabeça. Sua mão tremia ligeiramente ao colocar outra gota de acetona na tigela. Então ele parou. — Isso é muito arriscado. Não quero cometer um erro. Podemos levar a pintura para a amiga do meu pai, Agatha, na National Gallery. Ela saberá o que fazer.

— Obrigada por me ajudar — disse Annie, sorrindo para ele.

— O que você acha de jantarmos?

— Sim, seria bom qualquer hora dessas — disse Annie sem se comprometer.

Queria que ele não tivesse perguntado. A ideia de envolver-se emocionalmente com alguém a deixava enjoada. De repente, ela queria se afastar logo daquele homem prestativo.

— Você poderia me dar o seu número?

— Eu tenho o seu! — disse Annie com firmeza.

— Tomara que ligue.

Annie sorriu. Ele não fazia seu tipo – não tinha por que fingir que fazia.

CAPÍTULO 10

— Delores Ryan ligou para você — disse Marsha, a recepcionista, a Annie. — Aqui está o número dela.

— Devia estar querendo falar com a Rebecca, não? — replicou Annie.

— Não, ela falou algo sobre cozinhar.

Alguns dias depois, quando Rebecca e o pai estavam no exterior, Annie se viu em frente ao apartamento de Delores Ryan, em Stockwell, às onze da manhã. Por fora era um prédio sem graça dos anos 1950, como tantos outros naquela parte de Londres, próximo a uma estrada principal. As áreas comuns estavam bem mal cuidadas, com brinquedos abandonados e uma bicicleta sem rodas. Annie verificou o endereço novamente e tocou acampainha hesitantemente. Em um impulso, tinha levado a pintura junto.

Para sua surpresa, uma empregada, formalmente vestida de preto com um avental branco com babados, abriu a porta e levou Annie por um corredor estreito. Lá dentro, parecia outro mundo; gravuras e desenhos cuidadosamente pendurados nas paredes forradas de damasco. Os escarpins da empregada faziam claque-claque no piso de madeira e os tênis de Annie guinchavam ruidosamente. No final do corredor, as portas duplas se abriam para uma grande sala de pé-direito baixo, com pesadas cortinas de brocado fechadas. A única luz vinha de um abajur que derramava sua luz sobre um tapete com estampa de leopardo.

— Madame Delores está no *brunch* — disse a empregada com um sotaque do sul de Londres. — Ela voltará em breve.

— Obrigada.

A empregada estendeu a mão e Annie aproximou-se para cumprimentá-la.

— Seu casaco — disse a criada.

— Vou ficar com ele, mas obrigada — disse Annie, corando. Tirou, então, a pintura da mochila e apoiou-a numa cadeira com encosto de tapeçaria.

— Tem de haver outra luz. Mal dá para vê-la — disse Annie à pintura.

Seus olhos correram pela sala, procurando um interruptor ou outra lâmpada. A mobília estava organizada em pequenos grupos de mesas e cadeiras elegantes. Tudo ali era delicado: espaldares finos sobre pernas primorosamente torneadas; mesas cobertas de livros, objetos e caixas em miniatura. Havia vários abajures com tampos cheios de franjas. Annie passou os dedos pelas lâmpadas e hastes, procurando uma forma de acendê-los. Seu cabelo acabou agarrando em uma samambaia, ela se assustou e deu um pulo para trás, derrubando um pug de porcelana do tamanho de um punho no chão. Ela prendeu a respiração. *Não quebre, por favor,* rezou, vendo-o saltar pelo tapete e parar junto a uma harpa dourada. Nervosa, Annie examinou-o. Não viu nenhum lascado, então colocou-o de volta e concluiu que seria mais seguro esperar parada. Tentou ficar sentada, mas logo se levantou e pegou um livro, um dos muitos escritos por Delores Ryan, que estavam ali perfeitamente empilhados.

Annie leu o texto sobre Watteau na sobrecapa do livro: "Pintor francês (10 de outubro de 1684-18 de julho de 1721), cuja breve carreira incentivou o renascimento do interesse pela cor e pelo movimento. Foi responsável pela revitalização do estilo barroco em declínio, que acabou ficando conhecido como rococó". Em seguida, Annie deu uma olhada nos outros livros de autoria de Delores na pilha e encontrou: *Watteau e a corte de Luís XIV*, *Watteau e a música*, e o mais recente, *As mulheres de Watteau: a importância das modelos na obra do artista*.

Pegou o último livro e deu uma folheada. A premissa de Delores, como Jesse havia explicado, era combinar esboços e desenhos de pessoas em cada uma das pinturas e mostrar como o pintor havia revisitado os mesmos temas repetidas vezes. Annie não estava particularmente interessada nisso; para ela parecia óbvio que um artista voltasse a pintar a mesma composição, ou pessoa. Mas ficou fascinada com os desenhos preparatórios e com o desenvolvimento das composições à medida que Watteau experimentava diferentes arranjos de figuras, mãos, olhares e roupas até encontrar a pose que funcionava. Às vezes, movia um dedo uns dois centímetros para a esquerda ou para a direita, mas esses pequenos ajustes faziam toda a diferença para o sucesso e a força de uma composição.

Conforme virava as páginas, Annie percebeu que a mesma mulher aparecia várias vezes no trabalho do artista. Voltando ao prefácio, Annie leu: "Durante sua curta vida, Antoine Watteau encontrou pouco conforto no amor. Doente, solitário e misantropo, nunca se descobriu registro de que tenha se casado. Sua paixão era reservada ao desenho e à pintura. No entanto, em seu trabalho inovador, Delores Ryan, especialista de renome mundial, mostra que Watteau criou ligações profundas com uma mulher, o grande amor de sua vida, identificada como Charlotte Desmares, cujo nome artístico era Colette". Annie leu que essa famosa atriz iniciou sua carreira aos oito anos, em 1690. "Conhecida por sua beleza, foi amante do duque d'Orléans, o sobrinho do rei Luís XIV e futuro regente da França. Em razão disso, Charlotte tornou-se uma das mulheres mais influentes na corte. Muito mais do que um rosto bonito, Charlotte era uma colecionadora perspicaz, tendo deixado um legado de 37 grandes obras de mestres italianos, franceses e holandeses."

Annie pegou, então, sua pintura da cadeira e colocou-a ao lado do livro de Delores. Folheando as páginas, tentou encontrar nas reproduções alguma mulher que correspondesse à de sua pintura. Havia alguns pontos em comum, mas nada impressionante. Annie começou a comparar outras partes do corpo. Em uma página havia o esboço de um par de mãos descansando em um colo; embora Annie tivesse dificuldade em ver através do grosso verniz, achou que havia semelhanças na forma como a modelo apoiava o polegar no dedo indicador, os longos dedos afilados, as unhas perfeitamente desenhadas.

Foi então que ouviu uma movimentação do outro lado da porta. Annie rapidamente colocou a pintura de volta na cadeira e fechou o livro, percebendo que já estava esperando há uma hora. Momentos depois, alguém girou a maçaneta e dois pugs gordos entraram na sala, latindo para Annie, antes de se sentarem cada um de um lado de uma poltrona bem acolchoada. Delores apareceu instantes depois, arfando quase tanto quanto seus animais, e com manchas de tomate e ovo, que claramente haviam se desviado durante a viagem do garfo até a boca, em sua gola de babados brancos. Delores tinha um grande queixo duplo, que ia de orelha a orelha, e, dentro daquela moldura gorducha, destacava-se um rosto bonito e delicado com brilhantes olhos azuis e lábios carnudos.

— Então, me diga — começou Delores, tirando seus mules de salto baixo forrados de seda rosa com filetes dourados—, como é trabalhar para Memling e Rebecca? — Sua voz tilintava; era delicada, musical, desproporcional ao seu tamanho.

— Assinei um acordo de confidencialidade — respondeu Annie.

— Que chato — disse Delores, parecendo desapontada. — Há vinte anos sou convidada a comer com os Winklemans, e seu jantar foi a primeira refeição decente que eles serviram. Você se saiu muito bem.

Annie corou.

— Você sabe alguma coisa sobre *fêtes galantes*? — Delores sorriu com condescendência para Annie.

— Na verdade, não — admitiu Annie.

— É um termo usado para retratar os passatempos dos ricos ociosos das cortes de Luís XIV e XV, acho que seria um tema bem divertido para um jantar de pessoas ligadas ao mundo da arte, não acha?

Sem saber se concordava ou não, Annie olhou para um dos pugs.

— Você tornou a noite do Caravaggio tão fascinante... Como faria a minha? — pressionou Delores.

Annie pensou em sua pintura.

— Que tal recriar uma bela clareira em um bosque, caramanchões de rosas e flores primaveris, talvez uma estátua? A comida teria de ser provocativa, coquete, leve e ornamentada. — Annie falava rapidamente; seus olhos brilhavam de entusiasmo ao pensar nas possibilidades, nos pratos que poderia pesquisar e tentar fazer.

— Está contratada! — disse Delores, batendo palmas.

Annie de repente se abateu.

— Eu adoraria, mas não posso. Não tenho tempo para fazer jus a este trabalho.

— Você não tem férias para tirar? — perguntou Delores. — É meu aniversário de sessenta anos... Quero que seja uma noite inesquecível para todos. Meus amigos andam tão entediados de tudo.

Annie tentava conter o entusiasmo, mas não conseguia deixar de fazer sugestões.

— Tem que haver um código de vestimenta... inspirado em um dos quadros da Wallace... Não consigo me lembrar o nome — sugeriu.

— Você parece saber muita coisa.
— Eu estava lendo seu livro.
— Quanto o jantar vai custar?
— Receio que muito caro.
— Seu orçamento é de cinco mil libras.
— Cinco mil libras! — Annie não podia acreditar no que estava ouvindo.
— Não é o suficiente? Não estou incluindo aí a contratação do espaço ou o vinho, mas teria de cobrir os gastos de pessoal, *sous chefs* e equipamentos de *catering*.
Annie balançou a cabeça, incrédula. Era mais dinheiro do que já tinha visto na vida. Mais uma vez Delores interpretou mal sua reação.
— Está bem, seis mil para a comida e eu pagarei à parte a decoração e o equipamento de *catering*. Nesse valor entram seus honorários, os ingredientes e o pagamento da equipe.
— Para quantas pessoas? — perguntou Annie.
— Cinquenta convidados. Você dá conta?
Annie assentiu, mas no fundo pensava que aquilo era loucura. É claro que não tinha como dar conta, o jantar para Memling e Rebecca tinha sido um golpe de sorte.
De repente, Annie percebeu que o único ruído na sala era a respiração pesada e ofegante dos pugs. Ergueu os olhos e viu Delores avaliando-a pensativamente.
— Quantos anos você tem? — perguntou ela.
— Tenho 31 — respondeu Annie.
— Sem marido nem filhos. Foi deixando tudo para depois, não é? Eu também. Agora, temos de fazer de nossas carreiras nossos amantes. O trabalho é a única coisa em que se pode confiar, não é mesmo? — Delores tirou um pequeno estojo de pó compacto dourado do bolso, abriu-o e examinou o nariz. — O jantar será no dia 1º de abril, mas não ouse me enganar.
Delores olhou para a porta, como se esperasse que Annie simplesmente evaporasse.

— Na verdade, trouxe uma coisa... Você se importaria de dar uma olhada? — Annie estendeu a mão para pegar a pintura e entregar a Delores. — Comprei-a num brechó.

Delores olhou para a pintura.

— Sabe quantas pessoas compram coisas em brechós pensando ter descoberto uma obra-prima?

— Não.

— Se eu levasse nem que fossem apenas alguns a sério, não teria tempo para escrever meus livros — continuou Delores. — É muito cansativo ser uma especialista mundial. Mas deixe-me dar uma olhada. — Delores estendeu a mão com desdém e Annie entregou-lhe a pintura.

— Devo acender uma luz?

— Não é necessário — disse Delores, tirando uma pequena lanterna do bolso e iluminando a superfície da imagem.

A luz forte refletiu-se espectralmente no rosto dela. Delores cuspiu na tela e esfregou a espuma sobre a superfície, então levantou-se e foi até a janela com seu andar gingado.

— Abra a cortina — ordenou Delores.

Annie levantou-se e puxou a cortina pesada. Lá embaixo, dois meninos vadiavam na entrada de um prédio, um deles cutucando o nariz sem nem disfarçar. Delores cuspiu novamente e, desta vez, esfregou com mais força antes de virar para Annie.

— É uma cópia do século XIX no estilo de Watteau. Foram produzidas em massa para os vitorianos. Eram poucos os que podiam pagar por uma obra autêntica, continua sendo assim — disse Delores, atravessando a sala e sentando-se novamente.

— Como você pode ter certeza olhando tão rapidamente? — perguntou Annie.

— É a minha vida. É o que eu faço. Dia após dia.

— Mas você só olhou por alguns segundos.

— Não preciso mesmo de mais tempo — disse Delores batendo de leve no nariz. — O grande Bernard Berenson disse uma vez: "A erudição é em grande parte uma questão de experiência acumulada sobre a qual seu espírito se ampara inconscientemente". Sinto isso no âmago do meu ser. — Ela entregou a pintura a Annie.

Annie não pôde deixar de se sentir decepcionada. Embora fosse ridículo pensar que havia encontrado uma obra valiosa em um brechó, ainda tinha a esperança de que pudesse tirar algo de positivo de seu caso com Robert.

— Não fique chateada! — disse Delores. — Eu lhe dou vinte libras pela pintura.

— Mas eu paguei mais do que isso.

— Então você jogou ainda mais dinheiro fora! Se pudéssemos comprar obras-primas em brechós, seríamos multibilionárias.

Annie assentiu com tristeza. Delores tinha razão.

— Você é uma cozinheira criativa, mas uma péssima avaliadora de arte... Eu sou terrível na cozinha e uma *connoisseur* brilhante. E é assim que deve ser. Vamos lá, anime-se e me deixe sossegada, menina... É hora do meu cochilo da tarde. — Delores apontou para a porta. — E me envie os menus dentro de quinze dias.

Annie guardou, com cuidado, a pintura na mochila e deixou a sala, seguindo pelo corredor. Quando chegou à escada, começou a correr, para fora do prédio, descendo os degraus de pedra e ao longo da rua.

A menos de três quilômetros dali, no Tate Modern, Vlad visitava sozinho uma retrospectiva de Damien Hirst. Chamou sua atenção que o artista fosse só alguns anos mais velho do que ele. Há uma semana, não tinha ouvido falar do Tate ou de Hirst, mas, nos últimos dias, Barty havia organizado tudo para que vários especialistas falassem sobre arte com o russo e naquele dia seu encontro era com Ruggiero De Falacci, um marchand famoso por conseguir valores cinco vezes maiores do que os de seus colegas. Naquele ano, o índice de vendas de obras de arte tinha caído para –3,28% pela primeira vez desde a última queda em 1990, mas os clientes de Ruggiero continuavam com o valor positivo de 16%.

Vlad chegou mais cedo e entrou na primeira sala, dedicada às obras feitas pelo artista quando tinha vinte anos, incluindo panelas de cores vivas, um secador de cabelo que soprava ar quente para cima e mantinha uma bola de pingue-pongue oscilando alegremente no ar, e uma pintura confusa com pontos coloridos. *Quando eu tinha essa idade*, pensou Vlad, *estava trabalhando numa mina de carvão a trinta metros de profundidade e pensando em meu primeiro assassinato*. Se perguntou como teria traduzido essa experiência em arte. O trabalho ingênuo e colorido de Hirst indicava que o artista tinha uma vida relativamente tranquila.

Nas salas seguintes havia peixes, um tubarão e um bezerro suspensos em tanques de vidro com formol. Vlad estremeceu, tentando imaginar como seu irmão ficaria em conserva daquele jeito. *Isso, sim, seria chocante*, pensou ironicamente, *um homem morto em vez de um peixe*. À medida que passava pelas salas, percebeu que o artista trabalhava as mesmas ideias de diferentes formas: vida, morte e pontos, várias e várias vezes. Vlad tentou se comover ou se interessar por esses temas, esforçava-se para entender o que Hirst estava tentando transmitir. Mas nada. Ao observar os outros visitantes em volta, olhando fixamente para a boca de um tubarão ou o traseiro de uma vaca, Vlad sentia-se frustrado e até um pouco humilhado: por que aqueles objetos não lhe diziam nada? As obras não deveriam causar reações transformadoras e transcendentais? Culpava o péssimo sistema educacional de Smlinsk e a vodca no leite de sua mãe.

Vlad decidiu se esforçar mais e olhou bem na boca do tubarão, esperando que o animal o transportasse dos amplos espaços vazios do Tate Modern para outro lugar – não sabia bem como aquilo funcionava. Por favor, sr. Hirst, suplicou silenciosamente, *leve-me para longe deste lugar cheio de admiradores, tire-me de Londres e da minha solidão, afaste-me dos meus problemas com o Escritório de Controle Central. Por favor, diga que entende minhas dificuldades e meus dilemas.* Vlad imaginou-se como um peixinho entrando pela imensa boca aberta em direção à barriga daquele estranho animal, onde seus sentimentos seriam compreendidos e digeridos. Mas, quando abriu os olhos, ainda estava no mesmo lugar, diante da besta entorpecida naquele templo da ilusão.

Vlad continuou vendo a exposição. Assim como muitos outros, aquele artista não passava de um pônei de um truque só, concluiu ele. Pontos, moscas e coisas mortas, esses três elementos reembalados e rearranjados de formas diferentes, com fundos e formações variados. *Ainda assim*, pensou Vlad, *a maioria nem sequer tem uma ideia nova e apenas copia as gerações anteriores, repetindo cegamente os mesmos padrões e erros.* O pai e o avô de Vlad tinham trabalhado em minas, como ele, e seus antepassados haviam se matado de trabalhar para os sistemas feudal ou comunista. Somente uma pequena atitude tinha feito o destino de Vlad ser diferente – ir embora de Smlinsk. Como Hirst, Vlad vinha repetindo a mesma ideia várias e várias vezes: tudo o que ele fazia, desde um negócio a um assassinato, era para ficar longe de sua cidade natal.

Alguns meses atrás, Vlad nunca teria passado horas em uma galeria. Ter tempo para lazer era um sonho distante que só agora começava a alcançar. Por isso a arte era um luxo tão incalculável, porque passava uma mensagem que dizia: "Posso me dar ao luxo de delegar todas as tarefas triviais e tediosas a outras pessoas; desperdiço horas contemplando um tecido coberto de manchas; sou um amante das artes; tenho tempo de sobra. Posso perambular por um mar de tubarões em conserva".

Depois de passar por algumas portas de plástico, Vlad encontrou-se em uma sala artificialmente aquecida onde borboletas vivas se banqueteavam antes de morrer. Observou o interminável ciclo da vida a sua volta e como, uma vez mortas, os cadáveres despedaçados eram presos a grandes telas na parede. Mais uma vez Vlad pensou no irmão. Em vez de borboletas, viu centenas de minúsculos Leonards suspensos. Então, sentindo o pânico subir em sua garganta, Vlad tirou a jaqueta de couro e se esforçou para respirar lentamente. Eram borboletas, não irmãos, disse a si mesmo, deixando o necrotério abafado em direção ao frescor da sala ao lado.

Passou por armários cheios de instrumentos médicos e cirúrgicos e entrou em outra sala em que a obra de arte era um enorme sol enegrecido feito de moscas mortas. É preciso muita merda e morte para criar um mundo, concluiu Vlad. De repente, ele entendeu Hirst: o homem era um comediante genial que fazia piada da vida, do mundo da arte e de todos aqueles que o levavam a sério. Vlad se apressou para a sala seguinte e, chegando lá, riu alto quando viu que todas as obras estavam cravejadas de diamantes e cobertas de folhas de ouro. Para Vlad, a mensagem do artista era simples: você pode pegar qualquer coisa, adicionar joias e metais preciosos, que continua sendo a mesma merda de sempre. Você pode pensar que deixou Smlinsk para trás, pode usar roupas elegantes e morar em uma casa luxuosa de vários milhões de libras, mas ainda é só um merda coberto de diamantes... Ainda é o bom e velho Vlad.

Vlad ficou tão imerso em seus devaneios que nem percebeu que Ruggiero De Falacci o estava seguindo como uma sombra pelas salas. Quando parou ao lado de uma vitrine banhada a ouro cheia de guimbas de cigarro, o homem se aproximou dele.

— Claramente você é uma pessoa de discernimento e capacidade intelectual excepcionais — disse Ruggiero com uma voz ligeiramente sussurrada, mas apreciativa.

— O quê? — disse Vlad.

— Estava observando-o admirar as obras e senti que compreendeu perfeitamente o que o artista está dizendo — disse o assessor com voz adocicada.

— Entendo — disse Vlad.

— Ruggiero De Falacci, ao seu serviço — o homem se curvou ligeiramente. — Barty me falou muito sobre você.

— Caro? — Vlad perguntou olhando ao redor.

— Extraordinariamente — a voz de Ruggiero vibrava suavemente.

— Consiga aquele para mim — Vlad apontou para o monte de moscas. — Mais diamantes. Mais ouro.

— Estas obras são únicas — disse Ruggiero. — O sr. Hirst não faz encomendas.

— Dizer ele que fala o preço.

— Farei o meu melhor. Talvez Damien faça uma exceção.

Ruggiero tentou conter o sorriso. Aquele Barty era uma raposa esperta, valia cada centavo de sua grande comissão.

Vlad saiu do Tate e sentou-se no banco traseiro de seu novo Maybach azul claro.

O carro, seguindo ao sul do rio, passou pelo Lambeth Palace e entrou na ponte em frente às Casas do Parlamento. Ao olhar pela janela, Vlad tinha de admitir que, embora Londres não fosse Moscou, era uma cidade bonita. Logo em seguida, o carro entrou em uma rua com trânsito intenso e aqueles pensamentos agradáveis se evaporaram. O dinheiro podia pagar um carro bonito e um motorista, mas não esvaziava as ruas. Em Moscou, qualquer pessoa importante tinha batedores da polícia para abrir caminho. *Londres é tão atrasada*, pensou. Passaram-se trinta minutos e ainda estavam em Pall Mall.

— É uma manifestação, senhor — disse o motorista a Vlad, que estava sentado atrás olhando pela janela. — Protestando contra Israel, provavelmente.

— Atrasado — disse Vlad, batendo impacientemente em seu Rolex.

— Estou fazendo tudo o que posso, senhor.

Vlad olhou pela janela para os jovens irritados acenando cartazes. "Chega de assentamentos", "Não é sua terra prometida, é nossa terra natal". Onde era sua terra agora? Era ali na Inglaterra? Em Smlinsk? Ou em algum lugar entre as duas? Ele poderia voltar para a cidade natal algum dia? Vlad sabia que não. Havia visto demais, feito demais. Tinha perdido a capacidade de conversar com as pessoas com quem cresceu, mas ainda precisava aprender a falar com as outras.

Nas últimas semanas, Barty se infiltrou em todos os aspectos da vida de Vlad; havia lhe arrumado um grupo elegante de amigos, uma casa maior e um alfaiate melhor. Vlad fez aulas intensivas de inglês e participou de eventos de "desenvolvimento pessoal". Barty era "irracional" e "excêntrico", mas também era divertido, irreverente e incrivelmente útil. Na noite anterior, eles tinham ido primeiro a um coquetel em Downing Street, onde, após fazer uma doação a um partido, Vlad conheceu o primeiro ministro e seu chanceler. Mais tarde, assistiram ao primeiro ato da *Tosca*, na Opera House, perdendo o resto para comparecer ao lançamento do novo shampoo de Paris Hilton, e em seguida foram jantar com M. Power Dub. Terminaram a noite indo a uma balada chamada Box e depois a outra chamada Lulu's. Para Vlad, foi como estar em um carrossel: girando e girando, e ficando cada vez mais tonto.

Meia hora depois, num dos cantos do restaurante Zianni, na Brook Street, Vlad se sentou em frente a outro emigrante, Dmitri Voldakov. Embora fosse apenas um ano mais velho do que Vlad, Dmitri havia se tornado seu mentor desde que chegou a Londres, e era um alívio poder falar em sua língua materna. Como Vlad, certo dia Dmitri foi convocado ao Escritório de Controle Central, onde lhe ofereceram duas opções de saída: a porta à esquerda para a prisão, a da direita para o aeroporto. Dmitri escolheu Londres porque gostava de futebol e o país tinha o sistema fiscal mais vantajoso.

Um garçom aproximou-se da mesa e sacudiu o guardanapo de Vlad como um toureiro que se aproxima de um touro de dez toneladas.

— Vamos querer trufas com ovos mexidos para começar, e massa de lagosta como prato principal. Para beber, Château Latour 1960 — disse Dmitri ao garçom. Então disse a Vlad em russo para tirar as baterias de seus celulares. — Essas coisas funcionam como microfones para as autoridades. — Também insistiu em cobrir as taças com guardanapos. Já existiam tecnologias que, com o auxílio de lasers projetados do espaço, permitiam ouvir qualquer conversa através de materiais convexos.

Depois de tomar algumas taças de vinho e conversar sobre os últimos jogos do Chelsea, Vlad reuniu coragem para pedir um conselho ao amigo.

— Estou com um problema — confessou.

— Não se preocupe, tenho um bom médico — disse Dmitri, batendo no braço de Vlad.

— Não desse tipo. Dinheiro — disse Vlad.

— Não pode ser! — Dmitri sabia que as minas de estanho de Vlad produziam milhões de dólares em metal por mês.

Vlad olhou em volta para se certificar de que não estavam sendo ouvidos.

— Como fazer os pagamentos semanais.

— Ah! Sim... — disse Dmitri, dando tapinhas no nariz.

Como Vlad, ele tinha de pagar pelo menos 30% de sua receita ao Líder para garantir sua segurança. Na semana anterior mesmo, um compatriota que atrasou o pagamento foi encontrado morto nas docas de St. Katharine.

Desde o 11 de setembro e com as iniciativas antiterroristas, transferir grandes somas de dinheiro da Grã-Bretanha estava cada vez mais difícil. Transferir dinheiro diretamente para a Rússia atraía muita atenção indesejada.

Dmitri, então, disse sussurando:

— Alterne ações com arte ou joias e faça a entrega no esconderijo.

Vlad ia pedir mais detalhes quando uma mulher incrivelmente bonita veio em direção à mesa deles. O restaurante inteiro ficou em silêncio para admirá-la. Ao lado das europeias na sala, ela parecia um cavalo puro sangue solto em um campo de pôneis Shetland.

— Lyudmila — Dmitri levantou-se para beijá-la no rosto. — Este aqui é Vlad, um recém-chegado.

Vlad só conseguiu assentir, e sentiu uma pontada de decepção ao ver um diamante enorme em seu anelar.

— Lyudmila é minha noiva — disse Dmitri com firmeza.

Lyudmila sorriu docemente para Vlad.

— A gente se vê — disse ela, voltando para a mesa das amigas.

Vlad viu que ela deixara o lenço cair no chão e, fingindo amarrar o cadarço, abaixou-se e guardou discretamente o tecido perfumado no bolso.

— Ela era minha consultora de arte — disse Dmitri.

— Arte? — disse Vlad. Se ele comprasse arte, também encontraria uma Lyudmila?

— Foi Barty quem nos apresentou. Ele disse que eu precisava de um hobby e um consultor. Eu não tinha certeza, até conhecê-la. Barty é um puta gênio.

Vlad assentiu, concordando.

— Ela também é um gênio — disse Dmitri. — Me fez comprar um Andy Warhol por 25 milhões de dólares no mês passado; me ofereceram cinquenta milhões hoje. Farei uma entrega semana que vem. O ouro é muito volátil e pesado demais.

— Também vou comprar arte — disse Vlad.

Dmitri segurou o pulso de Vlad com força, indicando que seu próximo conselho não seria amigável.

— Meu amigo, lembre-se de que tenho monopólio sobre Damien Hirst, Andy Warhol, as obras da última fase de Picasso...

Tenho 44 guardados, esperando para serem entregues ao Líder. Você pode ficar com o resto — disse Dmitri, soltando então o pulso de Vlad.

Vlad se moveu desconfortavelmente na cadeira, pensando na peça feita de moscas mortas e diamantes, que para ele era uma metáfora perfeita para o regime de seu país. O Líder não poderia reclamar: afinal, era arte. E Dmitri nunca precisava ficar sabendo, ponderou Vlad.

Nenhum dos dois percebeu que a bela mulher sentada na mesa ao lado tinha uma câmera escondida em seu brinco. Alguns dias depois, Dmitri recebeu um pacote contendo uma filmagem que mostrava Vlad guardando o lenço e a cópia de uma nota de encomenda para um certo trabalho de determinado artista. Dmitri interpretou aquilo como uma declaração de guerra: e não tinha dúvidas de quem venceria.

CAPÍTULO 11

Saudações.
Ainda estou aqui.
E não vamos esquecer que sou *eu* a heroína desta história.
Muito mais interessante do que comida.
E mais duradoura do que o amor.
Ainda estou aqui.
Moi.

CAPÍTULO 12

Jesse caminhava ao longo do Tâmisa do seu estúdio até o apartamento da amiga Larissa, em Battersea. Era uma noite fria, a temperatura pouco acima de zero, e a iluminação da rua projetava sombras onduladas na água. Normalmente, Jesse adorava aquela caminhada, mas, desde seu encontro com Annie, não se animava muito com nada. Em vez de correr do trabalho para o estúdio, passou a ficar sentado no canto dos pubs ou pegar sessões de cinema no início da noite. Incapaz de se concentrar direito, não conseguia afastar seus pensamentos de Annie: onde ela estaria, o que estaria fazendo. A ausência dela tirava a graça de tudo.

Até conhecê-la, Jesse lidava com o romance de um jeito *laissez-faire*. Namorava quando as mulheres o escolhiam, por motivos que Jesse nunca tinha entendido, como o companheiro ideal para elas. Dessa forma, teve uma sucessão de relacionamentos com algumas garotas simpáticas, ainda que um pouco dominadoras. Porém, mais cedo ou mais tarde, todas se frustravam com a sua insegurança e incapacidade de se comprometer de verdade.

— Em que planeta você tem andado? — lhe perguntou Larissa Newcombe quando, dois dias antes, Jesse entrou distraído na sala dos funcionários do Wallace Museum. — Sua mente ainda anda junto com seu corpo?

— O quê? Me desculpe? — Jesse teve que parar de pensar em Annie e voltar ao presente.

Larissa começou a rir.

— Viu? Você não está aqui de verdade. — Ela deu um tapinha no sofá ao seu lado e Jesse desabou pesadamente.

Ele gostava de Larissa, que sempre andava envolta em sedas de cores vivas, com penas nos cabelos e joias pesadas tilintando nos pulsos e no pescoço. Navegava pelo mundo da arte como um navio a todo vapor, seguido por uma pequena frota de admiradores que liam seus muitos ensaios ou livros; ou que se inscreveram em suas palestras e participaram de seus cursos. Seu tema – a representação da música e dos instrumentos musicais na arte dos séculos XVII e XVIII – era esotérico, mas o entusiasmo de Larissa era infinito e contagiante.

— Parece que pisaram no seu bandolim. O que houve?

— Nada, esse é o problema — disse Jesse com ar cansado.

— Uma mulher!

Larissa bateu as mãos de alegria. Tinha acabado de enviar um longo artigo sobre o uso de tambores em pinturas maneiristas e estava precisando de um pequeno descanso.

— Não poupe nenhum detalhe — ordenou ela.

— Esse é o problema — admitiu Jesse, sentindo-se infeliz. — Não há detalhes, não há nada para contar. — Ele sempre lhe contava todos os detalhes de seus encontros, mensagens de texto, xícaras de café e olhares significativos. — Ela entrou na sala Frans Hals, olhei para ela e fiquei perdido. Não sabia mais onde estava ou quem eu era... Como se eu e ela estivéssemos sozinhos em uma sala vazia e silenciosa. Me senti como Alice caindo no buraco do coelho, mas ainda estou caindo, esperando para sair do outro lado.

Para seu alívio, Larissa não deu risada. Ela conseguia ver pelas manchas escuras sob os olhos e o ligeiro tremor em sua voz que ele estava realmente perdido e enfeitiçado.

— Quantas mensagens você mandou para ela hoje?

— Quatro.

— Ontem?

— Cinco.

— Quando foi a última vez que ela respondeu?

— Há dois dias. Ela disse que iria ao British Museum, como eu sugeri.

— O British Museum?

— Ela encontrou uma pintura em um brechó. Me ofereci para ajudá-la a descobrir quem é o autor.

— Inteligente, usando a pintura como desculpa para vê-la novamente.

— É uma pintura muito bonita — disse Jesse, envergonhado.

— Já recorri a estratagemas bem piores em nome do amor — confessou Larissa. Então empurrou a cadeira para trás, levantou-se e bateu as mãos. — A pintura vai ter de bancar o Cupido! — declou satisfeita.

Embora fossem amigos há muitos anos, era a primeira vez que Jesse ia à casa de Larissa. Ela tinha insistido que marcassem aquele jantar para traçarem um plano de conquista bebendo um bom vinho. Ele levou um buquê de narcisos, pequenos, amarelo-claros e suavemente perfumados, que ela colocou em um pequeno jarro em cima da mesa.

Jesse olhou em volta. O pequeno espaço estava coberto por sua coleção de instrumentos musicais, uma cornucópia de flautas, liras e tambores de formato estranho. Enquanto pegava os ingredientes para preparar o jantar, Larissa explicou que um alaúde de Roma emitia um som completamente diferente de um de Flandres, e por que os violinos mais bonitos do mundo vinham de uma aldeia chamada Cremona. Jesse esqueceu de Annie por alguns instantes enquanto ouvia Larissa explicar como associava certos instrumentos a tipos específicos de música, um processo meticuloso de pesquisar inventários, diários e relatos contemporâneos.

Jesse sentou-se em um banquinho enquanto Larissa cozinhava. Ela juntava os ingredientes da mesma maneira como se vestia, pitadas extravagantes de cor e texturas misturadas.

— Annie é cozinheira — disse Jesse. — Você ia gostar de conhecê-la — concluiu, elevando a voz, com entusiasmo.

— Eu adoraria — disse Larissa. — Ela deve ser mesmo incrível para estar causando esse efeito sobre você. Em quatro anos, nunca vi você tão impressionado.

— Derrubado, eu diria — disse Jesse.

— Uma das coisas boas de se apaixonar — comentou Larissa — é que a gente fica mais aberto e vulnerável. Às vezes acabamos em lugares que nunca íamos imaginar.

— Como aqui? — Jesse riu.

Mais tarde, já sentados junto ao pequeno aquecedor elétrico, Larissa o encorajou a adotar uma abordagem mais leve, só que mais tática. A pintura era a desculpa perfeita, abria um espaço sem fim para o romance. Ele devia convencer Annie de que aquela era uma oportunidade para se unirem em torno do mesmo objetivo, uma empreitada contra todas as expectativas. Resolver o enigma da pintura os levaria a lugares diferentes e exigiria uma série de habilidades. Em seus esforços para descobrir a identidade do artista, Annie e Jesse criariam uma base de experiências vividas juntos; o amor precisa de conexões e momentos compartilhados para vingar. Não importava, argumentou Larissa, se a pintura era uma obra-prima ou uma reprodução barata, ela só precisava ser a chave da sedução. Mesmo que um especialista desacreditasse a obra, sempre poderiam buscar a opinião de outra pessoa e explorar outros caminhos. Era isso o que a arte tinha de glorioso: seu valor era completamente subjetivo.

Era quase meia-noite quando Jesse foi embora e, ainda que a temperatura agora estivesse abaixo de zero, ele se sentia aquecido pela esperança e pela boa comida. Em sua mão levava o papel em que ele e Larissa tinham traçado estratégias para encontrar Annie de novo, todas ligadas aos próximos passos para autenticar a pintura dela. Os pubs já tinham se livrado dos últimos clientes e os restaurantes haviam fechado, deixando as calçadas livres para Jesse e uma ou outra pessoa passeando com um cachorro. Ele se perguntou se Agatha ficaria muito surpresa em ter notícias dele após todos aqueles anos e se concordaria em receber Jesse, junto com uma desconhecida e um pequeno quadro. Até então, Jesse tinha evitado ao máximo qualquer coisa que o fizesse lembrar do pai e isso incluía visitar a National Gallery, embora sentisse falta de algumas das pinturas como se fossem amigos com quem havia perdido o contato. Dois de seus mundos estavam prestes a colidir.

Se Jesse tivesse erguido os olhos naquele momento em direção ao banco de trás do grande Mercedes preto que seguia rápido pelo Embankment, teria visto Rebecca Winkleman voltando para casa após um evento beneficente na Battersea Power Station. Patrocinado pela Credit Russe, o objetivo da reunião era apoiar a Campanha de Conscientização sobre o Câncer de Mama e, para Rebecca, tinha sido uma perda de tempo.

O jantar foi servido no átrio principal e, enquanto comiam, assistiram a um bombardeio aéreo de acrobatas suspensos por cordas de seda e uma exibição de fogos de artifício internos. Rebecca sentara-se ao lado de um gerente de fundos de cobertura e em frente ao marchand dele.

— Fiz tanto dinheiro com minha arte quanto com minhas ações — informou a Rebecca logo de cara, sem perguntar o que ela fazia ou se entendia de arte.

Saul Franklin, seu marchand, tentou ajudá-lo.

— Freddie, você deve conhecer Rebecca Winkleman, da Winkleman Fine Art, especialista de renome mundial em pinturas dos grandes mestres?

Freddie Fundos de Investimento nem ouviu.

— Quanto vale o meu Richter hoje em dia, Saul?

— 22 milhões, Freddie.

— Ouviu isso, senhora? Isso é o que eu chamo de retorno de investimento. Quanto eu paguei por essa obra, Saul?

— Oito milhões — disse Saul, cansado.

— E meu Warhol?

— Você pagou onze e agora vale dezoito.

— Poderia me arrumar mais algum assim?

— Semana passada lhe ofereci um *Acidente de Carro Verde*.

— Isso poderia perturbar as crianças. Você não consegue me arrumar um *Presidente Mao*?

Do outro lado de Rebecca, estava sentado um membro da aristocracia britânica que tinha um título, uma fortuna cada vez menor e um senso distorcido de sua própria importância.

— Esse homem — disse Lord Clifton, acenando a cabeça em direção a Freddie Webb — é do tipo que compra sua própria mobília.

Esperando que o nobre lorde pudesse querer se desfazer do último quadro valioso de sua família, um Goya, Rebecca esforçou-se para conversar com ele, mas sabia tão pouco sobre criação de gado Herefordshire quanto ele sobre Hooch ou Canaletto.

Foi uma noite longa e tediosa. O jantar só foi servido às dez da noite, seguido por intermináveis discursos, em que o diretor elogiou a generosidade da Credit Russe e de vários benfeitores, incluindo Freddie Webb. Rebecca não conseguia tirar da cabeça a pintura desaparecida de Memling. Foi impedida pelo pai de recrutar sua rede de espiões e informantes: a busca tinha de ser mantida em segredo. Ele acreditava que o mundo da arte era tão pequeno que, mais cedo ou mais tarde, o culpado iria aparecer. Rebecca pensou de novo na voz trêmula do pai, e em sua recusa em explicar a urgência de recuperar a pintura. Pela preocupação de Memling, estava nítido que, se o quadro não fosse recuperado, seria o fim de sua empresa.

Rebecca só conseguiu escapar depois da meia-noite. Não tinha bebido nem comido muito e, embora fosse tarde, ainda poderia trabalhar um pouco. Ao escapar do grande salão, desceu depressa as amplas escadas em direção à liberdade. À medida que seu carro avançava por Londres, Rebecca tentava imaginar o que seu pai estava escondendo. Talvez, quando jovem, ele tivesse se envolvido com alguma rede de negócios não muito lícitos, como aquela que tinha comprado uma *Madona e o Menino*, de Duccio di Buoninsegna, por alguns milhares e vendido para a National Gallery por 140 mil libras. Ou seria o trabalho de um falsificador, que acabaria com a reputação de Memling? Uma a uma, Rebecca avaliava e desconsiderava as teorias. Nada fazia sentido.

Quando o carro parou diante da entrada de trás do escritório, Rebecca viu uma figura sair pela porta dos fundos, tirar a tranca de uma bicicleta e colocar uma touca de lã.

— Quem é? — perguntou Rebecca a seu motorista.

— Parece sua chef, Annie, senhora — respondeu Ellis. — Ela costuma trabalhar até tarde.

Ao ver Annie indo embora através das janelas escuras do carro, Rebecca teve certeza de que era ela na filmagem da câmera de segurança, a pessoa que tinha comprado a pintura. Rebecca estremeceu – tinha de ser mais do que uma extraordinária coincidência. Não era de admirar que seu pai estivesse assustado: só um inimigo inteligente e determinado seria capaz de se infiltrar em seus negócios.

Ellis abriu a porta e estendeu a mão.

— Você está bem, madame? — perguntou. — Está tão pálida.

Rebecca pegou a mão dele. Suas pernas estavam fracas e seu coração batia acelerado. A mesma garota tinha trabalhado para seu marido, para ela, e até mesmo participado de um jantar particular. Que dispositivos de escuta ela teria escondido na casa deles? O que ela já sabia?

— Senhora? Quer que eu lhe traga alguma coisa? — perguntou Ellis, preocupado.

— Não, obrigada, Ellis. Está tudo sob controle — disse Rebecca, tentando manter a calma.

Então, caminhando depressa até a porta dos fundos, ela digitou o código de segurança e entrou no prédio. Depois fechou a porta e se encostou na parede para se estabilizar. Seus próximos passos eram cruciais e se perguntou se deveria arrumar os pertences da chef ou chamar a polícia. *Não*, pensou Rebecca, *era muito melhor manter o inimigo por perto*. Foi direto ao seu escritório, abriu a gaveta secreta e verificou se sua pistola estava carregada.

CAPÍTULO 13

Imagine meu horror diante desta última reviravolta: o jovem encontrou uma restauradora. A mera menção a essa palavra causa arrepios em minha superfície pintada. As atrocidades cometidas em nome da restauração; não é preciso ir muito mais longe do que um certo Velázquez em Londres ou um Leonardo em Paris. Sou tão delicada que partes inteiras da minha composição poderiam se desintegrar em mãos erradas. Embora minha pátina esteja manchada por camadas de fuligem, tisne de velas, efluentes humanos, fumaça de tabaco e verniz, a perspectiva de uma restauradora manuseando frascos de líquidos nocivos me enche do mais absoluto terror. É claro que anseio voltar à minha condição original, mas tenho medo de que, durante o processo, eu literalmente caia aos pedaços.

Minha concepção foi apressada, imperativa e magnífica: meu mestre estava desesperado para captar a sensação do primeiro amor, o arrebatamento da emoção. Fui pintada a toda velocidade, com pincéis sujos e uma mistura de óleos, pomadas, álcool e até mesmo tinta de parede. Se você olhar atentamente para o meu horizonte, verá uma pequena mosca incrustada no canto superior esquerdo. Estava zumbindo naquela tarde de 1702 e teve (na minha opinião) a sorte de ser imortalizada, embalsamada em minha albumina e empaste. Meu mestre criou aquela folhagem vibrante e reluzente misturando um pouco de vinho, canja de galinha e tinta a óleo. Às vezes ele usava os dedos, em outras, um pincel, uma espátula ou até mesmo a manga da camisa em sua missão urgente de capturar seu orgasmo de desejo.

Estou divagando. De volta àquela tarde. Fomos recebidos por uma mulher em uma das entradas laterais da National Gallery. Magra como um palito, costas bem aprumadas, cabelos grisalhos, usava óculos de aros grossos e roupas simples de um jeito desalinhado, zero estilo, sem brilho algum. Esperava que ela executasse seu trabalho com a mesma falta de ego. Inúmeros restauradores são *artistes manqués*, recalcados que acreditam ser capazes de melhorar o trabalho de um artista. A mulher – seu nome é Agatha – cumprimentou Jesse como um amigo que não via há séculos, abraçando-o firmemente ao peito magro. Ele foi educado e não resistiu. Minha proprietária desviou o olhar, claramente constrangida.

— Você se parece cada vez mais com seu pai — disse Agatha, limpando uma lágrima no canto do olho. — David, o pai dele, e eu trabalhamos juntos por quase vinte anos — disse ela à minha proprietária.

O que ela esperava que Annie respondesse? "Que bom"? "Que interessante"? Ela apenas sorriu nervosamente.

— Agora venham comigo — disse Agatha. — Vou fazer um chá. Podemos conversar e vocês podem me mostrar a surpresa.

Annie olhou para a porta fechada como se quisesse fugir.

Fiquei aliviada por não passar pelas salas da coleção principal, não queria ser encarada com sarcasmo por alguns velhos amigos. Longe das áreas acessíveis ao público, o lugar parecia uma verdadeira toca de coelho. Agatha nos guiou a uma velocidade vertiginosa por corredores sinuosos até um elevador cavernoso e barulhento e depois através de outra escada estreita. De repente, estávamos no beiral acima da Trafalgar Square, numa enorme sala iluminada pela claraboia voltada para o norte. Ao longo de uma parede havia prateleiras cheias de frascos de vidro com diferentes pigmentos. Em cima de uma mesa grande, havia pincéis distribuídos em potes metálicos. O chão, pintado de preto, estava coberto de cavaletes, paletas, lâmpadas, câmeras e outras parafernálias. Imagino que fosse uma espécie de estúdio. Veja bem, meu mestre não tinha um lugar apropriado ou assistentes para manter suas tintas ou pincéis em ordem. Francamente, ele nunca teve uma moradia fixa – não por muito tempo, de qualquer maneira. Seu espírito inquieto o impelia a estar sempre em movimento. A maioria das pinturas deixava seu estúdio assim que eram concluídas.

Ele tinha três protetores: seu marchand, Monsieur Julienne; seu principal colecionador, o incrivelmente rico Pierre Crozat; e seu biógrafo, o conde de Caylus. Todos os três lhe garantiram hospedagem em troca de desenhos. O velho e sujo Caylus (um viajante rico e experiente que teve a audácia e o mau gosto de escrever uma terrível biografia do meu mestre) gostava de retratos de mulheres nuas em poses maliciosas, então contratava muitas modelos para Antoine pintar. Mas meu mestre era libertino mais em espírito do que em atitude. Na realidade, era tão tímido que mal conseguia pedir uma taça de vinho sem ter palpitações.

Seu temperamento era, por vezes, mordaz e nervoso – o que não é uma combinação atraente, devemos admitir. Embora não tivesse recebido educação formal, era um intelectual, reflexivo e ricamente instruído por suas leituras. Além do desenho e da pintura, a leitura e a música eram suas grandes paixões. A única coisa de que verdadeiramente não gostava era de si mesmo. Aqueles que acreditam que o sucesso, ainda que módico, poderia ter acalmado sua alma crítica e aumentado sua autoestima estão enganados. Sentia-se ainda mais enojado e desgostoso de si mesmo. Noite após noite, deitava-se soluçando junto a pinturas de Rubens e Tiziano, lamentando sua incompetência, suas tentativas ineptas de colocar-se à altura de seus heróis.

E dirigia um grau ligeiramente menor de fúria àqueles que o importunavam durante o trabalho. Lembro-me de uma ocasião quando um miniaturista que havia adquirido uma pequena tela a óleo parou no estúdio para pedir a Antoine que corrigisse uma "pequena imperfeição" nas nuvens. Meu mestre olhou do miniaturista para a composição e pediu que ele esclarecesse.

— Onde exatamente está o problema? — perguntou ele.

O miniaturista apontou para o canto superior esquerdo. Sem hesitar, meu mestre pegou um solvente e apagou toda a tela, com exceção da nuvem que fora o motivo da reclamação.

— Talvez fique mais satisfeito agora — disse ele, atirando o ofensor e a obra arruinada na rua.

Mas onde eu estava? Me perdi um pouco. Você também se perderia se tivesse trezentos anos de idade.

Agatha, a restauradora, e Jesse conversavam sobre seu falecido pai e o quanto ela sentia falta dele. Oficialmente, eles eram apenas colegas, mas qualquer palerma podia ver que ela o amava; só não era possível saber se os sentimentos eram correspondidos. Estenderam-se toda vida em infinitas reminiscências, cada uma tão vívida quanto uma esponja úmida em um dia frio de inverno. Annie desistiu de parecer interessada e deu uma volta pelo espaço, olhando outras pinturas. Até que finalmente os três vieram até *moi*.

Agatha jogou uma luz forte em minha superfície antes de colocar uma estranha engenhoca, grandes óculos com lente de aumento, na cabeça. Então, pegando um pedaço de algodão, delicadamente (admito que ela foi delicada), esfregou-o sobre minha superfície.

— Onde você a encontrou? — perguntou ela, voltando-se para Annie.

— Em um brechó.

— Pobre tesouro — disse a restauradora, virando-me e examinando minha parte de trás.

Não é a primeira vez que um humano passa mais tempo olhando meu "outro lado". Como vimos, é possível descobrir todo tipo de pista interessante aí, incluindo a idade da minha tela, marcas dos meus proprietários, descrições de marchands, e assim por diante.

— Foi reentelada três ou quatro vezes — disse Agatha.

Jesse assentiu.

— Então alguém achou que valia o bastante para fazer isso?

Agatha assentiu.

— Isso implica valor. Ou um apego sentimental.

Com uma lanterna e uma lupa, examinou minha superfície.

— Há uma área aqui em que podemos ver a qualidade do trabalho por trás das camadas de sujeira — disse ela, olhando atentamente para o canto superior direito da pintura. Então pegou uma luz mais forte e passou o feixe para frente e para trás sobre a folhagem. — Estou muito intrigada com a delicadeza da pintura das folhas e na seda do vestido.

Colocando outros óculos de aumento, ela examinou meus arbustos ainda mais atentamente.

— Se não estou enganada, essa mancha branca no canto é uma figura.

— Pensei que fosse uma nuvem — disse Annie, olhando para o ponto por trás da folhagem.

— É um homem vestido todo de branco. Na verdade, se meu palpite estiver certo, poderia ser Pierrô.

— Pierre quem? — perguntou Annie.

Recostando-se na cadeira, Agatha disse:

— Um personagem que ficou famoso no final do século XVI graças à *commedia dell'arte* italiana. Pierrô era retratado às vezes como um sábio palhaço, outras como um bobo, mas sempre era inocente.

— Por que alguém colocaria um palhaço em uma cena de amor? — perguntou Annie.

— Pierrô também era o infeliz e dasafortunado rival de Arlequim, na disputa pelo amor da Colombina.

— Então, em vez de ser uma pintura sobre o amor em um dia de verão, pode ser exatamente o oposto? Uma representação de sua crueldade? — disse Annie.

— Ou simplesmente do caráter improvável do amor — acrescentou Jesse, olhando com ar sonhador para Annie.

— O primeiro e mais famoso Pierrô pintado é de autoria de Antoine Watteau, em cerca de 1718, e atualmente se encontra no Louvre. É um personagem tão cheio de *páthos* e melancolia, tão torturado pela tristeza, que a maioria o acha tocante, e não ridículo.

— Gosto muito mais da pintura agora que vejo seu lado mais sombrio — disse Annie.

— Todas as boas obras de arte têm a ver com complexidade e emoção — disse Jesse. — Esse é o poder delas. Transmitem algo que não conseguimos colocar em palavras.

— Falando assim você me lembra o seu pai — disse Agatha, tentando conter as lágrimas.

Jesse abraçou Agatha meio sem jeito antes de voltar a falar sobre *moi*.

— Por que tantas gerações pintaram essa figura? — perguntou ele, examinando-me.

— Pierrô se tornou um símbolo universal. De Cocteau a Picasso, Hockney...

— Juan Gris — observou Jesse.

— Sickert — replicou Agatha.

— Matisse — apontou Jesse.

— Modigliani.

— Max Beckmann.

— Chagall. — Jesse riu. — E sem falar de Paul Klee?

— Adoro o seu *Cabeça de um Jovem Pierrô* — concordou Agatha.

— Como isso nos ajuda? — disse Annie. Estava perdida e ligeiramente irritada em meio àquela disputa.

— Na época de sua pintura, só havia vinte artistas pintando Pierrot. Watteau foi provavelmente o primeiro e o melhor, e então temos seus seguidores, Lancret e Pater.

— Poderíamos ir a Paris ver a versão mais famosa. Está no Louvre — disse Jesse a Annie.

— Talvez — disse Annie com pouco entusiasmo.

Ela não precisava ir à França para ver nada. Eu fui a pioneira.

A restauradora me pegou e caminhou até uma porta lateral, fazendo um gesto para que Annie e Jesse a seguissem. A sala era pequena e sem janelas, completamente pintada de preto. Quando Agatha fechou a porta, ficamos todos presos naquela minúscula caixa sem ar.

— Algum de vocês é claustrofóbico? — perguntou ela.

— Ainda não — disse Annie, nervosa.

A restauradora pegou uma grande lâmpada preta.

— Annie, segure a pintura por favor — pediu. — Jesse, você pode desligar a luz principal?

Mergulhamos imediatamente na escuridão. Mas que diabos se passava na cabeça daquela mulher? Ela ligou um interruptor e sua engenhoca emitiu uma forte luz vermelha.

— A luz infravermelha nos ajuda a ver através das camadas de tinta — explicou Agatha — e, mais importante, das diferentes campanhas.

— Campanhas? — Annie piscou. Pude ver que ela se sentia desconfortável presa naquelas circunstâncias incomuns. Eu entendia.

— É o termo dado às diferentes vezes em que uma pintura foi trabalhada ou alterada. A luz infravermelha é adjacente à luz visível, mas tem um comprimento de onda maior. Isso me ajuda a ver gradações na superfície e na textura.

Ela passou o feixe sobre minha superfície, movendo a luz para frente e para trás.

— Você consegue ver essas pequenas pinceladas e manchas fluorescentes ao redor do rosto da mulher e também neste canto de trás? — perguntou ela.

— Que estranho, por que só no rosto dela e não no dele? — perguntou Annie, olhando para o meio de minha superfície.

O que eles ainda não sabiam era que meu mestre havia pintado outro rosto sobre o rosto *dela* em uma data posterior, como uma maneira de lidar com a rejeição. Não suportava separar-se dela; mas também não suportava vê-la. Como um espinho encravado em sua psiquê, a lembrança dela nunca foi expurgada, mas, pelo menos pôde escondê-la. O rosto por cima era o de uma prostituta; fora o mais próximo de uma piada a que meu mestre conseguira chegar.

— O que me intriga mais ainda é que quase não se distingue a superposição... Deve ter sido feita logo após a pintura original — disse Agatha. — Houve casos em que se alteraram rostos para tornar a pintura mais comercial. O marchand Duveen tornava as pinturas mais interessantes para Hollywood, pedindo ao seu restaurador que deixasse as mulheres retratadas por Hoppner mais como Joan Crawford, e os homens pintados por Romney como Douglas Fairbanks.

Ela passou a observar o canto superior esquerdo.

— Esta campanha está mais clara... dá para ver que alguém retocou esta parte... um restaurador com a mão bem pesada. Veja como a tinta se acumulou aqui... bem diferente da qualidade da pintura em outras áreas. Este caso é absolutamente fascinante.

Concordo plenamente.

— Jesse, pode acender as luzes de novo, por favor. — Agatha desligou sua lanterna e nos levou de volta ao estúdio principal.

— O que você acha? — perguntou Annie a ela.

Agatha recostou-se na cadeira.

— O principal problema é a sobreposição e o verniz antigo. A remoção é muito perigosa. Às vezes, quando se raspa a camada superior, o que há por baixo acaba saindo junto. Mas você encontrou algo muito interessante — disse Agatha gentilmente. — Não sei exatamente o quê, mas posso confirmar que é antigo, e acho que, por baixo dessas camadas de sujeira e verniz, há algo muito, muito bonito. Você me deixaria ficar com a pintura por um tempo? Posso trabalhar nela à noite.

Minha tela encolheu-se horrorizada. Trabalhar nela? Mas que diabos aquilo significava? Minha proprietária não podia me deixar ali em meio a todos aqueles frascos de acetona e outros produtos químicos nocivos.

— O que você vai fazer com ela? —perguntou Annie.

— Eu gostaria de fazer um teste em um pequeno pedaço da tela, provavelmente no canto superior esquerdo. Trabalharei muito lenta e delicadamente para tirar a sujeira e ver o que há por baixo.

— Não tenho dinheiro para lhe pagar — disse Annie.

— Eu recusaria o pagamento. Essa pintura trouxe Jesse de volta à minha vida... sou muito grata por isso. — Agatha inclinou-se e abraçou-o.

Aquela cena me comoveria se eu não estivesse tão apavorada... um deslize da restauradora e seria minha ruína.

Tentei acalmar meus sentimentos – as vibrações são ruins para minha tela. Pelo menos estaria em um museu. Talvez até conseguisse ter algum diálogo decente. Do outro lado da sala, há um grande Veronese – completamente despojado –, parecendo profundamente infeliz, se quer saber. Apoiado em um cavalete, há um extraordinário Grossart, mas o mais emocionante é que creio ter visto um Giorgione em uma mesa. Meu mestre adorava Giorgione, praticamente o venerava.

— Acho que vou sentir falta dela — disse Annie, me segurando.

— Você nem terá tempo para isso. Será um esforço conjunto. Preciso de informações sobre quem pintou este quadro e quando. Quanto mais eu souber sobre o artista, mais precisa posso ser. Diferentes séculos e países produzem diferentes tipos de tintas e materiais. Ajudaria imensamente ter uma ideia de quando e onde foi pintado.

— Delores Ryan disse que é uma cópia barata — comentou Annie.

— Você não me contou isso. — Jesse olhou para ela, surpreso.

— Eu esqueci.

— Nem sempre os especialistas estão certos — disse Agatha. — E é tão divertido provar que estão errados — acrescentou com firmeza. — Jesse fará um esboço para você. Meu palpite é que esta pintura tem entre 250 e 300 anos. Você já viu semelhanças com as pinturas da Wallace, então é provável que seja francesa ou flamenga. — Agatha deu a volta na mesa no centro da sala, falando alto. — Pode ser uma falsificação bem feita — disse ela, pensativa. — Mas ainda estou para ver um falsificador que se dê ao trabalho de reentelar uma pintura e cobri-la de maneira tão realista com camadas de fuligem e fumaça.

— Vamos levá-la juntos ao British Museum — disse Jesse.

— Por quê? — perguntou Annie.

— Você pode ir sozinha, é claro — disse Jesse, corando.

— Não é isso que quis dizer... Você já tinha falado sobre o British Museum antes, por que lá?

— É lá que está a coleção britânica de desenhos e gravuras... Você deve começar com o *catalogue raisonné* — disse Agatha. — São inventários do trabalho de um artista através de gravuras. O British Museum também possui uma coleção quase incomparável de desenhos e gravuras que datam do início do Renascimento.

Annie desabou pesadamente na cadeira.

— Ainda me parece como procurar uma agulha em um palheiro — disse ela.

— Não precisamos avançar nisso nem mais um pouco — disse Agatha gentilmente. — Tenho muitos outros trabalhos a fazer — disse ela, acenando a mão ao redor do estúdio. — Você que sabe, afinal, a pintura é sua. — Então, pegando um papel numa gaveta, começou a escrever alguns nomes. — Comece com Watteau, depois Lancret, Pater, Boucher e Fragonard. Se não der em nada, pensarei em outros.

Eu sabia o que Annie estava pensando – parte dela estava consternada com aquela busca inútil em um mundo impenetrável de práticas arcanas e linguagem pretensiosa. Ao mesmo tempo, porém, aquilo tudo havia despertado seu interesse; ela queria ver como funcionava. Acima de tudo, ela desejava que eu fosse genuína. Em algum momento, meu valor e sua autoestima haviam se interligado. Se descobrisse uma obra-prima perdida, ela seria promovida a uma pessoa de bom gosto e discernimento.

Mesmo contra o meu bom-senso, de repente eu queria que Agatha trabalhasse em mim. Queria voltar ao panteão das grandes obras, assumir meu lugar de direito ao lado de meus amigos, ficar pendurada em uma parede forrada de damasco, ouvir falarem sobre mim em um tom baixo e reverente, ser amada, admirada e estudada por quem eu realmente sou. Também queria que Annie desfrutasse de minha glória e que fosse feliz. Era curioso que, depois de trezentos anos, eu estivesse me apegando a uma proprietária. A idade estava me deixando molenga.

Então a vi olhar de mim para Jesse e depois para Agatha. Fez-se um breve, mas intenso silêncio, até que seu rosto se abriu em um enorme sorriso.

— Por que não? Não temos nada a perder!

Devo admitir que fiquei bem satisfeita.

CAPÍTULO 14

Pela terceira vez em uma semana, Rebecca cancelou o almoço e disse a Annie que não precisava voltar à cozinha até segunda ordem: ela deveria manter o telefone ligado e permanecer em um raio de no máximo uma hora de distância da Winkleman Fine Art. Nos últimos quinze dias, por razões que ninguém entendida, Rebecca estava cada vez mais desconfiada de toda a equipe. Câmeras de segurança extras foram colocadas nos escritórios, o acesso ao banco de dados da empresa foi restringido e guardas de segurança foram posicionados nos corredores e junto aos cofres. Rebecca era a primeira a chegar e a última a sair todos os dias; todas as suas reuniões de rotina foram canceladas e o aviso de "não perturbe" ficava pendurado direto em sua porta. Querendo mostrar apoio, Annie bateu à porta e se ofereceu para lhe preparar uma xícara de chá.

— Se tem tempo para fazer chá, você não está fazendo seu trabalho direito — disparou Rebecca.

Nunca ocorreu a Annie que todas aquelas medidas tivessem alguma ligação com ela, muito menos com sua pintura;

afinal, era apenas uma chef temporária, uma garota sem importância.

Annie levava dez minutos para ir do escritório à Biblioteca de Londres andando a um passo acelerado. A Winkleman Fine Art oferecia a seus funcionários um cartão de associado e, para Annie, essa era a melhor vantagem do emprego. Seguiu depressa pela Berkeley Street, atravessando a Piccadilly e cortando caminho por uma galeria. Annie desviou dos turistas e passou por uma rua lateral para chegar à St. James Square. Era a quarta vez que Annie ia à biblioteca nos últimos dez dias, era um oásis de tranquilidade e contemplação. Annie pendurou o casaco e subiu pela grandiosa escadaria, cruzou uma porta lateral e seguiu pelas escadas de metal e por uma longa fileira de livros até chegar à seção que indicava "Diversos/Comida".

Quando começou sua pesquisa para o jantar de Delores, Annie concentrou-se principalmente nos menus e em como prepará-los – mas a comida era apenas uma parte da história. A vida na corte francesa girava em torno de protocolos, intrigas, leis escritas e implícitas, e o banquete estatal era basicamente um segundo campo de batalha, cenário de estratégias mortais, minas e armadilhas, comandadas pelo rei. Diante de um único prato, carreiras inteiras eram feitas e desfeitas. Quanto mais Annie descobria, mais detalhes desejava apresentar. Não conseguiria reconstruir as nuances e nem as ameaças inerentes aos jantares em Versalhes e outros lugares do tipo, mas queria ao menos recriar o ambiente e a sensação daqueles encontros.

Em Versalhes, havia mais de dois mil funcionários nas cozinhas reais; Delores teria só uma, com pouca experiência. Nas cortes reais, os banquetes eram divididos em vários serviços de dois a oito pratos: aperitivos, sopas, pratos principais, sobremesas e frutas. Quantos ela deveria preparar? Quando Luís XIV se retirava às 23h30, havia comido cerca de vinte ou trinta pratos, e ainda beliscaria uma fruta cristalizada e um ovo cozido antes de dormir. Ela seria capaz de replicar essa aura de abundância e grandiosidade? Um bom aparelho de porcelana, dos que eram usados diariamente na corte, valia o mesmo que uma casa em Mayfair. Annie não podia se limitar a servir pratos parecidos com os da época; um clima excitante de pompa e cerimônia era o ingrediente essencial. Para os cortesãos reais, aquelas noites eram carregadas de tensão e ansiedade; podiam ser convidadas até quinhentas pessoas e o lugar reservado a você indicava sua posição na hierarquia de favoritos do rei. Ser designado a um lugar ruim era uma humilhação pública. Não valia a pena fazer contato com aqueles sentados depois do sal. Enquanto caminhava, Annie se perguntava como poderia criar uma noite que não fosse apenas um pastiche bem elaborado.

Durante o reinado de Luís XIV, todas as refeições seguiam regras rígidas, usadas para demonstrar poder e riqueza. Em outro livro, Annie viu que o rei se sentava no meio de uma longa mesa retangular. Os convidados – e até membros da população em geral – se reuniam nos cantos da sala, observando, sem necessariamente comer. Alguns seriam convidados a se sentar à mesa do rei, em um lugar que não atrapalhasse o campo de visão do monarca nem a circulação dos garçons. Annie sorriu, imaginando que Delores ia gostar daquele jogo de poder.

Mas a parte mais perigosa do banquete não era o risco de cometer *faux pas*, e sim a enorme quantidade de comida. A cunhada de Luís XIV, nascida como Princesa Palatina, registrou: "Ele era capaz de comer quatro pratos de sopa, um faisão inteiro, uma perdiz, um grande prato de salada, duas fatias de presunto, carneiro *au jus* com alho, um prato de folhados, tudo isso seguido de frutas e ovos cozidos". Os ingredientes vinham dos quatro cantos do reino: ostras de St. Malo e Cancale, lagostas da Normandia; hortaliças dos jardins reais de Versalhes; trufas da Itália; carne de colinas e florestas de toda a França. É surpreendente que Luís XIV tenha vivido até os 77 anos.

Annie começou a se preocupar com o orçamento da comida. No início, achava que seis mil libras era uma verba excessivamente generosa, mas isso foi antes de descobrir que as receitas incluíam *foie gras*, salmão selvagem, ostras, saladas salpicadas de folhas de ouro, lagostins frescos, creme de castanha com trufas, bisque de mariscos. Uma refeição digna de um rei não era apenas um luxo, era um investimento. E ela também precisaria comprar os ingredientes para testar as receitas. Ainda lhe restavam seis mil libras da venda da casa em Devon, mas seria arriscado demais usar seu fundo de emergência.

Ao olhar para o celular, Annie viu que já haviam se passado duas horas e ainda não tinha recebido nenhuma mensagem de Rebecca, nenhuma instrução sobre o jantar. Havia comida na geladeira suficiente para quatro pessoas e, se os Winklemans não estivessem esperando nenhum convidado, Annie só precisava de uma hora para cozinhar o peixe e os legumes a vapor. Como queria esticar as pernas, saiu da biblioteca e foi andando sem destino para longe da St. James Square. Dobrando a esquina, uma brisa forte fez Annie tremer e puxar a touca mais para baixo. Uma garota passou correndo, levava uma caixinha de som em uma das mãos e uma garrafa d'água na outra. Logo depois, cruzou com uma mulher de meia-idade e seu filho em patinetes, a mãe arfando, a saia apertada dificultando seus movimentos. O tempo virou, no começo só com algumas gotas esparsas, mas logo depois caiu uma tempestade. As pessoas corriam para se proteger junto às portas, sacudindo a água dos casacos, limpando rostos molhados, alegres apesar da mudança repentina de clima. Um jovem deu um peteleco numa gota que quase caiu em seu cigarro aceso. Duas senhoras, vindas do campo, tiraram capas plásticas de bolsas pretas reluzentes com fechos dourados. Um grupo de estudantes passou correndo e rindo em direção ao ponto de ônibus, usando livros escolares como guarda-chuvas. Era uma cena típica do século XXI, mas Annie ainda estava perdida na corte de Luís XIV e nos preparativos para o jantar de Delores. Caminhava rapidamente, o pensamento em meio às receitas e à arrumação da mesa. Seria muito pobre usar gansos na receita que pedia seis cisnes brancos? Quão alta conseguiria fazer a pirâmide de profiteroles?

Um ciclista que vinha em alta velocidade em sua direção na calçada puxou Annie de volta ao presente. Teve que saltar para o lado, tropeçando, e um brilho prateado chamou sua atenção. Era uma dracma grega, com certeza uma peça de colecionador. *Encontrar uma moeda assim devia ser sinal de boa sorte, como quando um passarinho faz cocô em alguém*, pensou Annie, se animando. Guardou a dracma e seguiu andando na chuva. O dilúvio esvaziou as calçadas, os pedestres e pombos se abrigavam e Annie tinha Londres só para si. A água passava pelo buraco em seu sapato, deixando sua meia ensopada. Se o jantar de Delores seria no dia 1º de abril, a menos de seis semanas, quais seriam os produtos ideais da época? Annie lamentava sua ignorância e falta de formação profissional. Deveria servir coisas fora de época, trazidas de outras regiões do mundo? Nos tempos de Luís XVI, sem refrigeração e com meios de transporte limitados, isso seria impensável. Mas por outro lado, se queria preparar uma refeição autêntica, deveria deixar a carne passar um pouco e atenuar o gosto com pimenta, noz-moscada e especiarias.

A chuva parou tão repentinamente quanto começou, deixando as ruas escuras e brilhantes como couro envernizado. As pessoas saíam com receio de baixo das entradas dos prédios e dos abrigos de pontos de ônibus, examinando o céu. Sem perceber, Annie tinha ido parar em uma parte da cidade que não conhecia e, de repente, estava com fome e frio. Revirou, então, o fundo do bolso e encontrou só três moedas de libra e a dracma. Não dava para comprar praticamente nada com aquilo. Por quanto tempo o dono de uma lanchonete a deixaria ficar sentada tomando uma única xícara de café? Ela viu seu reflexo na vitrine: os cabelos escuros grudados no rosto pálido, as olheiras profundas.

As lembranças do encontro da noite anterior voltaram à sua mente e ela foi tomada pela vergonha e o desgosto. Tinha jurado não ir a mais nenhuma noite de solteiros, mas, como Evie ainda não tinha ido embora, Annie não conseguia ficar em casa. Conheceu o homem perto da pintura *Os Embaixadores*, de Holbein, no encontro promovido pela National Gallery. Os dois estavam tentando encontrar o crânio escondido na base do quadro quando suas cabeças se chocaram por acidente. Ele pensou que tinham a mesma idade, vinte e cinco anos. Annie ficou pateticamente feliz com o engano.

Ele era alemão, mais ou menos bonito, até que divertido, com um forte senso de humor e uma barba de dois dias por fazer. Annie concordou em ir ao apartamento dele, convencendo-se de que seria apenas para uma taça de vinho. Mas, na verdade, se sentia desesperadamente sozinha. Esperava que fazer amor pudesse exorcizar algumas lembranças, mesmo sabendo que o conforto oferecido pelo sexo casual era passageiro. Acordou na cama do alemão às seis horas daquela manhã e foi direto para o trabalho. Rebecca já estava lá e, ao encontrá-la no corredor, olhou-a de cima a baixo. *Ela sabe*, pensou Annie, correndo para o banheiro, vermelha de vergonha.

Annie se viu, então, na Coptic Street. Um dos amantes de sua mãe, um especialista em igrejas coptas etíopes, tinha prometido que ia levá-las a Lalibela para ver mosteiros esculpidos em pedra; a primeira de muitas promessas nunca cumpridas. No final da rua, havia um pequeno café com janelas embaçadas e uma decoração mal feita para o Dia dos Namorados – alguns festões brilhantes e um coração feito de tiras de papel enrolado. Depois de dar uma espiada lá dentro e ver que todos os lugares estavam ocupados, ela seguiu em frente. Dobrou a esquina e deu de cara com uma imponente fachada em um pátio cercado por grades de ferro. Haviam se passado mais de vinte anos desde sua última visita, ainda como estudante, mas Annie reconheceu o pórtico do British Museum.

Quando Agatha e Jesse sugeriram que fizesse uma pesquisa na coleção de desenhos do British Museum, Annie achou completamente sem sentido. Como encontrariam algo, se não faziam ideia do que estavam procurando? Há três semanas, ela teria adorado ter qualquer tipo de distração; agora sua vida estava totalmente tomada por Rebecca e Carlo, a mãe e o jantar de Delores. Até mesmo a tristeza tinha sido confinada a um espaço pequeno. *Não tenho tempo para participar de caçadas loucas em museus*, pensou. Deu uma olhada no relógio: eram 14h15 de uma quinta-feira e ela tinha um monte de horas vazias pela frente. *Sou como a velha da parlenda*, pensou, *fiando de olho no rato que está sobre a aranha que está sobre a mosca que está sobre si. Talvez isso de não conseguir fazer uma coisa de cada vez também acabe me matando.*

Subiu, então, os grandes degraus de pedra, passando pelo balcão de informações e pelo saguão acinzentado em direção ao enorme pátio interno, percebendo que o museu estava bem diferente da imagem que tinha na memória. No centro, havia um prédio circular feito de pedra cor de mel com uma escadaria em volta; o piso era de mármore branco e o vasto teto abobadado era feito de milhares de painéis gradeados de vidro opaco, o que lembrava gigantescos olhos de mosca. No café barato em um dos cantos, Annie comprou uma tigela de sopa e um pedaço de pão e sentou-se no chão junto a uma grade da calefação, observando quem passava. Aquele era um bom lugar para ir em momentos de confusão e não se sentir deslocado, concluiu. Todos pareciam sobrecarregados, carregando guias e mapas impressos ou amontoados junto à bilheteria e às lojas de lembrancinhas.

Já mais aquecida pela sopa e pelo ar do aquecimento central, Annie subiu as escadas e passou por múmias em sarcófagos abertos no departamento egípcio. Crianças de uma excursão escolar pressionavam os rostos contra os vidros protetores. Assírios, fenícios, etruscos, que tinham vivido há dois ou três mil anos. Quantas gerações haviam se passado? Quantos bisavós? Quantos progenitores? Annie sentia-se estranhamente reconfortada pela sensação de ser tão absolutamente insignificante, tão diminuída pelo tempo.

Ela parou perto de uma pequena garrafa de vidro cor de jade, como uma alça tão delicada quanto a perna de um pardal, o vidro translúcido como a asa de uma libélula. A legenda dizia que datava de 3200 a.C. Annie ficou maravilhada. Como tinha resistido a todos aqueles anos? Teria sido conservada por um colecionador? Ou foi apenas sorte? Ela voltou à legenda. "Esta peça extraordinária foi encontrada em um esquife na Mesopotâmia, onde passou quatro mil anos." *Meu Deus*, pensou Annie, *que vida infeliz: todo esse tempo sem fazer nada*. Imagine viver presa dentro de uma caixa. Nada de encontros casuais, nem diretores lunáticos, mães bêbadas ou corações partidos, sem erros terríveis e pequenas vitórias – só uma enorme sucessão de segundos, horas, décadas, milênios. Seus pensamentos se voltaram para Desmond e, pela primeira vez em mais de um ano, seu estômago não revirou. Então ela percebeu que o grande peso que carregava há tempos em seu coração tinha diminuído. Talvez o fato de sua vida anterior ter se despedaçado fosse uma espécie de bênção: pelo menos agora ela poderia existir em seus próprios termos. Aquela nova fase solitária (que esperava que fosse muito breve) era um tipo de segundo ato, um movimento diferente, ainda que infeliz e desconfortável. Talvez até encontrasse seu caminho em meio a toda aquela confusão e teria seu final feliz. Ao olhar novamente para a garrafa de jade, Annie sentiu uma súbita e inexplicável esperança.

Ela atravessou as imensas salas em direção à ala leste do museu, onde uma pequena placa indicava a sala de desenhos. Annie mostrou sua identidade para um jovem em uma catraca e entrou em um longo espaço com o teto recurvado como a metade de um barril. Em uma das pontas havia uma janela alta. As paredes eram cobertas por dois andares de estantes de mogno com portas de vidro, acessíveis por uma galeria. Havia grandes mesas de um lado ao outro. No meio, um pequeno espaço de exposição apresentava itens da coleção. Annie olhou admirada para um desenho de Picasso, um sátiro fálico com uma jovem deslumbrante. Se fosse uma fotografia, ponderou Annie, teria sido censurada. Seu favorito era um de Jim Dine, que mostrava uma única trança. Era uma imagem literal e evocativa, que lembrou Annie do frio na barriga dos primeiros dias do ano letivo: ao lado de quem se sentaria? O professor gostaria dela? Iriam provocá-la por ter uma caneta vermelha? E se percebessem que seus sapatos tinham buracos nas solas?

Agatha tinha sugerido: "Comece pelas obras de Antoine Watteau". Annie sentiu uma pequena pontada de culpa, sabendo que Jesse gostaria de estar ali com ela. Lembrou-se do que Evie sempre dizia: "Só porque alguém ama você, isso não significa que precisa amar essa pessoa também". Ela se perguntou se o mundo inteiro estava preso em um carrossel de amores não correspondidos.

Em um canto havia enormes catálogos com encadernação de couro. Annie procurou no "W" e encontrou vinte entradas para Watteau, divididas em material impresso e desenhos originais. Então preencheu um formulário e levou-o à bibliotecária.

— Encontre um lugar para sentar, que nós já levamos o material até você — disse a jovem atrás da mesa.

Annie encontrou uma mesa vazia mais para o fundo da sala, perto de dois homens que examinavam desenhos tirados de uma caixa intitulada "Hogarth". Annie olhou por cima dos ombros e, apesar de as imagens terem centenas de anos, pôde ver exatamente como cada pessoa tinha sido. Hogarth era capaz de alcançar a essência de seus personagens com apenas alguns traços de lápis e algumas manchas feitas com um dedo: o homem arrogante com seu tórax amplo, pernas arqueadas e ar presunçoso; a mulher com o vestido de empregada, o olhar de lado carregado de determinação; os dois meninos curvados sobre o pássaro com uma asa quebrada, sem nenhuma intenção de ajudar a criatura ou acabar com seu sofrimento. Até pouco tempo Annie pensava que as pinturas tinham a ver com capturar uma imagem e que apenas os conhecedores podiam entender seus simbolismos e significados ocultos. Com ajuda de Jesse, compreendeu que uma reação emocional espontânea era igualmente válida.

Enquanto esperava os itens que havia solicitado, Annie tentava imaginar a vida das pessoas ao seu redor. Quem era a jovem bonita que examinava o retrato de um homem com uma lupa? E a solteirona vestida de forma sóbria fazendo anotações cercada pelas imagens mais pornográficas de Picasso? O que a estudante e o pai discutiam em sussurros tão urgentes? Seria mesmo sobre a paisagem pastoral que estavam vendo? Annie gostou da aura de seriedade e contemplação do espaço.

Depois de quinze minutos, a bibliotecária trouxe uma caixa e um par de luvas brancas. Annie colocou as luvas e abriu cuidadosamente o fólio. *Mal podia acreditar que a deixavam manipular desenhos de trezentos anos*, pensou enquanto observava a cabeça de uma mulher. Sem ninguém rondando do seu lado. Sem cobertura protetora. Sem câmeras de segurança. O primeiro desenho que pegou tinha sido feito com giz vermelho, preto e branco, como representado no livro de Delores. Enfiou, então, a mão na bolsa e tirou os esboços que Jesse tinha feito de sua pintura, colocando-os na mesa, para procurar uma semelhança entre sua imagem e um desenho chamado *Les agréments de l'été*, de uma garota em um balanço. Para o olhar inexperiente de Annie, todas as pessoas nos desenhos de Watteau eram semelhantes e artificiais: feições regulares, bem proporcionadas, seios fartos, com tornozelos delicadamente torneados.

Inevitavelmente, seus pensamentos correram de volta para o jantar de Delores e uma receita de lagostim ao molho de Sauternes. Concentre-se, repreendeu-se Annie e, voltando ao trabalho que tinha em mãos, tentou imaginar, como Jesse havia sugerido, que aquela era uma cena do crime e ela era uma detetive à procura de pistas. *Talvez*, pensou Annie, *as feições de um rosto não seja a coisa que a gente mais repara*. Fechou os olhos pensando em Jesse, tentando captar a disposição de seu nariz e sua boca em relação às orelhas, ao cabelo. Conseguia se lembrar de partes, mas não do todo. Começou de novo: cabelo castanho bagunçado, olhos azuis celestes com contornos escuros. Cerca de 1,80 m. Algumas sardas nas bochechas. Mãos longas e finas. Rosto estreito, maçãs do rosto proeminentes. Mas os atributos físicos não evocavam a essência de uma pessoa. Então procurou lembrar como ele estava no dia que saíram para um café, da maneira como tirava a franja dos olhos rapidamente ou descansava o queixo nas mãos entrelaçadas. Aquela voz suave e profunda. Lembrava-se sobretudo dos olhos dele: sempre em movimento, em busca, examinando atentamente o rosto dela. Talvez a chave para se detectar a autoria das obras de arte estivesse aí: não procure o todo, procure uma aura, uma ideia implícita, tente encontrar a personalidade do artista nos desenhos.

O olhar de um estranho fez Annie acordar de seu devaneio. Sentiu os olhos em cima dela antes mesmo de ver o homem observando-a atentamente a algumas mesas de distância. Era idoso e vestia-se de maneira afetada com um lenço de bolinhas e uma sobrecasaca de veludo, os cabelos lisos e grisalhos emoldurando um rosto pontudo como uma bigorna. Trazia uma magnífica corrente que ia do bolso da casaca até o botão do lado oposto e, pendurado bem no centro, um relógio de bolso aberto. Annie encarou-o com o máximo de hostilidade possível. O homem olhou de volta com severos olhos azuis e um sorriso de reconhecimento em seus finos lábios. Annie o ignorou e voltou à sua pesquisa.

A bibliotecária colocou um segundo fólio de desenhos na mesa de Annie. Era uma caixa pesada de couro verde, com detalhes dourados, que ela abriu cuidadosamente. O primeiro desenho era notadamente diferente: um retrato cheio de individualidade. A mulher olhava diretamente para Annie com um olhar tranquilo, mas divertido. Annie sorriu de volta para ela. Havia uma inscrição: *"Charlotte: la plus belle des fleurs ne dure qu'un matin"*. Sobre o que se tratava aquilo? A flor mais bonita *ne dure... un matin*, manhã. *Ne dure, ne dure*, repetiu para si mesma. Endurecer? Duração? Durar, devia ser isso. "As flores mais bonitas não duram mais do que uma manhã." Devia haver uma história ali. Ela colocou o esboço de Jesse ao lado do desenho e procurou a foto de sua pintura no celular. Definitivamente não era a mesma pessoa. Era uma pena, ela gostava do rosto de Charlotte, de sua vivacidade. Annie se perguntou se aquela era a mesma mulher sobre a qual Delores fala em seu livro, o amor da vida de Watteau. As outras mulheres em seus desenhos não tinham a intensidade de Charlotte. A próxima imagem era a cabeça de um homem, um autorretrato: Watteau. Annie o observou com atenção. Seus traços eram distintos, um homem de rosto longo com olhos ovais de pálpebras pesadas e lábios cheios. Segurava um pincel com a mão esquerda e, com a direita, um pergaminho. Suas roupas eram esplêndidas, o casaco tinha acabamento em pelos e o colete, botões de pérola. Seu cabelo era comprido e ondulado. A expressão em seu rosto mostrava uma profunda decepção e melancolia, como se o mundo sempre o desapontasse. O tipo de pessoa que deixaria escapar pequenos resmungos e suspiros involuntários à medida que desempenhava seu trabalho diário.

Ao folhear outros desenhos, encontrou retratos do artista de todos os ângulos possíveis. Seria ele um narcisista ou só era pobre demais para contratar um modelo? As representações que fazia das mulheres, no geral, eram meio sem vida, como se não lhe despertassem grande interesse, até que Annie encontrou outro desenho da bela Charlotte. Mais uma vez, a energia e o entusiasmo do artista pareciam saltar da obra. Annie se perguntou o que teria acontecido à garota – ela e o pintor teriam sido amantes? Annie estava quase certa de que ele não se apaixonara por nenhuma outra modelo, ou pelo menos nenhuma que ela tivesse visto até agora.

A assistente da biblioteca trouxe outro livro enorme, o volume dois do *catalogue raisonné* do trabalho de Watteau: páginas e páginas de cópias impressas das pinturas originais. Ao virar as páginas, Annie viu várias outras cenas bucólicas e altamente afetadas de amores e sutilezas da corte, e sua impressão era de que o artista parecia se importar cada vez menos com as coisas. Qual era o atrativo daqueles eventos intermináveis, com pessoas vestidas de maneira exageradamente pomposa e ouvindo serenatas? Aquilo tudo fazia Annie se lembrar da noite de estreia do último filme de Carlo, onde os privilegiados perseguiam aqueles que não estavam vestidos para a ocasião. Annie vira convidados empenhados em atitudes cordiais e tapinhas nas costas, enquanto secretamente tramavam a queda tanto de amigos quanto de inimigos. Alguns estavam lá pelo amor ao cinema, mas a maioria só pensava em tirar algum proveito. *Talvez*, pensou Annie, *aquelas interações humanas afetadas e artificiais fossem exatamente o que Watteau pintava*. O comportamento nas cortes de famosos cineastas e grandes monarcas devia ser muito semelhante, todos curvando-se diante de um soberano na esperança de obter favores. Talvez Watteau estivesse tentando passar a ironia e o ridículo daquelas cenas. Ela se perguntou se ele tinha nascido pobre ou rico, se era um libertino. Será que ele se sentiria tão incomodado quanto ela ouvindo as conversas durante o banquete dos Winklemans?

Ao virar a página, Annie viu a impressão de uma pintura chamada *Embarque para Citera*, que mostrava casais entrando em um barco. À primeira vista, era uma cena bucólica, com pequenos anjos gorduchos dando piruetas com aparente alegria em um céu de verão. Ao olhar mais atentamente, Annie viu sinais de alguns problemas: os casais não se entreolhavam, havia uma árvore morta em primeiro plano e nuvens escuras se reuniam sobre picos nevados distantes.

Annie não reparou o homem com cara de bigorna se levantar de onde estava e sentar-se ao lado dela.

— Com licença, mas aqueles que, como nós, apreciam Watteau são poucos e raros — disse ele com voz suave, espiando o esboço de Jesse. — O que você tem aí? Posso? — Sem esperar resposta, ele pegou o desenho e observou-o com atenção, seus olhos devorando cada traço de lápis.

— Você fez isso? — perguntou ele.

— Um amigo reproduziu uma pintura para mim.

— Onde está a pintura? — Annie detectou a excitação na voz do homem.

— Por que você quer saber?

— Porque eu amo o trabalho de Watteau — disse ele, pronunciando o nome do artista com um forte sotaque francês, o "W"do início com som de "V".

— Como sabe que é dele? — disse Annie.

— Tenho procurado por isso há muito tempo — disse o Cara de Bigorna, recostando-se e olhando pensativo para Annie. — Onde você a encontrou?

— Num brechó — disse Annie, achando-o extremamente pedante e bastante sinistro. Então tirou o esboço da mão dele e dobrou-o ao meio.

— Por que você achou que poderia ser uma obra de Watteau? — perguntou ele.

— Não achei e continuo não achando — replicou Annie. — Um amigo sugeriu que poderia ser e... — ela hesitou — pensei em investigar um pouco.

Não ia contar àquele desconhecido que era solitária e estava evitando a própria mãe.

O Cara de Bigorna limpou a garganta.

— Eu adoraria ver sua pintura — disse ele.

Annie fechou o livro e arrumou a mochila.

— Antes de ir, dê uma olhada nisso. — O homem pegou um livro grande na mesa em que estava sentado antes e levou para Annie. Em seguida, folheou cuidadosamente as páginas.

— *Voilà* — disse ele com um grande floreio, apontando para uma gravura. — O primeiro volume do catálogo de Julienne, *Le Recueil Julienne*, um grande amigo de Watteau e, por fim, seu marchand. Como você pode ver, há uma semelhança muito clara entre seu esboço e esta gravura. *Quod erat demonstrandum*: como se queria demonstrar.

Annie olhou novamente para a reprodução. Embora estivesse em preto e branco, havia mesmo uma clara semelhança. Aquela estranha nuvem branca à esquerda era, como Agatha havia suspeitado, um palhaço triste que parecia ter sido chutado da clareira pelos graciosos pés da mulher. Atrás dela havia uma fonte clássica e uma ninfa montada em uma coluna, rindo.

— Não é o mesmo quadro. A mulher do meu tem um rosto diferente — disse Annie.

— Há uma razão para isso — disse o Cara de Bigorna.

— Qual?

— Traga-me a pintura e lhe contarei uma história muito interessante.

Annie olhou de novo para a gravura e para o título da imagem.

— *L'improbabilité d'amour*, fielmente gravada por Benoît Audran, o Jovem, em 1731.

O Cara de Bigorna traduziu para ela:

— *A Improbabilidade do Amor*.

Annie quase riu.

— Há trezentos quadros atribuídos a Watteau no catálogo de Julienne — disse ele —, mas apenas cem sobreviveram ou são conhecidos. — Encontrei dez pinturas desaparecidas até agora. Se encontrasse essa, eu e várias outras pessoas ficaríamos muito felizes.

— Não é isso o que Delores Ryan faz? — perguntou Annie.

O homem bufou com desdém.

— A srta. Ryan só consegue farejar coisas cobertas de chocolate.

Annie sorriu sem querer.

— Então, quando você vai me mostrar sua pequena pintura? — perguntou ele.

De repente, Annie queria escapar daquele lugar e daquele homem estranho de barba pontuda e feições bem marcadas. Queria ser a anônima Annie McDee, livre e invisível nas ruas de Londres.

Colocou o casaco e pendurou a bolsa no ombro.

— Tenho que ir, estou com pressa — disse ela.

— Meu nome é Trichcombe Abufel. Você precisa de mim, minha querida, muito mais do que eu preciso de você.

Aquele nome lhe era familiar, mas Annie não sabia direito de onde.

— Você já ouviu falar de mim — disse Abufel, percebendo a reação dela.

Annie começou a caminhar em direção à porta.

— Escute, senhorita — disse Abufel enquanto a seguia. Vários leitores ergueram os olhos, irritados com a conversa. — Sua pintura provavelmente é apenas uma cópia barata, mas existe uma pequena chance de não ser.

Annie saiu da sala e seguiu pelo longo corredor. Para sua irritação, Abufel ainda estava ao seu lado.

— Só existe um especialista no mundo cuja opinião é relevante, que sou eu. Por isso eu sugiro que você pare de andar e me escute. — Abufel estava um pouco ofegante. Annie não parou. Já estava cansada das pessoas lhe dizendo o que devia fazer, como se ela fosse um brinquedo que podiam controlar.

— Está claro que você não faz ideia do que tem em mãos, então vou lhe dar uma ou duas pistas. Quando as resolver, sei que vai ficar ansiosa para entrar em contato e terminar de solucionar o enigma.

Annie parou e se virou. Queria gritar alguma grosseria para o homem, mas agora ele havia despertado seu interesse. Abufel sorriu triunfantemente, revelando dentes pequenos e amarelados e gengivas escuras.

— A primeira pista é o rei Luís XV, a segunda é Catarina, a Grande, e a terceira é a rainha Vitória. Veja se você consegue ligar os pontos.

Então ele se curvou ligeiramente.

— Trichcombe Abufel, Consultor de Belas Artes, 11D Lansdowne Crescent, W11. Espero voltar a vê-la em circunstâncias menos apressadas. — Sorrindo, virou-se de volta para a sala de desenhos.

Annie seguiu em frente.

— Maldição — disse ela em voz baixa. — Maldição.

Ao se afastar do museu, Annie sentiu mais uma vez o peso da solidão sobre seus ombros. Deu uma olhada no celular e viu que eram quatro horas. Sentia-se perdida e sem propósito agora que tinha sido exilada do trabalho e de casa.

Decidiu, então, que cozinharia para a mãe naquela noite. Seria a primeira vez em semanas que as duas passariam algum tempo juntas.

— Ficaria melhor acompanhado de um bom vinho tinto — disse Evie naquela noite, engolindo um pequeno pedaço de pato.

— Mas o que você acha do gosto? — Annie pairava nervosamente junto ao fogão. Aquele era o nono prato que testava e até então nenhum tinha saído como ela queria.

— Está delicioso — disse Evie, dando uma segunda mordida. — Quem teria pensado em preparar pato com laranja e chocolate? Não soa nada bom, mas o gosto é ótimo.

— Então é melhor do que a carne com enguias?

— Qualquer coisa é melhor do que aquilo.

— Você entendeu.

— Tem muito açúcar no seu menu.

— Era um sinal de grande riqueza na época — disse Annie.

— Ou talvez servisse apenas para disfarçar o gosto de comida estragada. Que eu saiba não tinham geladeiras em Versalhes.

Annie sentou-se ao lado dela.

— Por que você não está comendo? — perguntou Evie.

— Já estou provando há duas horas... não sinto mais o gosto de nada.

— Você está definhando.

— Não coma demais, ainda tem mais dois pratos para você experimentar.

— Posso tomar um pouco daquele conhaque? Só para ajudar a descer a gordura.

— Mãe, não me transforme na polícia desta relação — disse Annie.

— Só estava pedindo um golinho — disse Evie queixosamente.

— Quando você conseguiu tomar só um golinho?

— Você não pode me tirar a bebida. Isso me deixaria sem nada. Sem nada.

— E o que exatamente a bebida tem lhe oferecido? Amizade? Apoio? Uma forma de ganhar a vida?

Annie começou a preparar o próximo prato, um creme de castanha. No banquete, ela o serviria acompanhado de trufas, mas, por ora, bastariam alguns raminhos de salsa. Alguns pratos eram caros demais para testar.

— Eu também não a vejo pulando de alegria — disse Evie em voz baixa. — Canso de ouvi-la chorando na cama. E vejo você observar seu rosto contraído e desesperado no espelho. Tenho testemunhado essa tão maravilhosa vida de sobriedade e devo dizer que não me parece nada incrível.

Annie não disse nada por um tempo, sem parar de mexer o creme.

— Você está certa — disse finalmente. — Não estou feliz, não sei o que é felicidade há muito tempo. Na maior parte do tempo tenho que me esforçar para colocar um pé na frente do outro, me arrastar para fora da cama e entrar no chuveiro. Meu trabalho não é o que eu esperava. Este apartamento não é o lugar em que eu gostaria de viver. Meus amigos estão a quase quinhentos quilômetros de distância e, ainda que eu os visse esta noite, não sei se teríamos algo sobre o que conversar. Mas pelo menos todas as minhas decisões, por mais erradas, confusas ou sem sentido que possam parecer, são tomadas por mim, e não motivadas por alguma droga de líquido.

Evie não respondeu. Virando de novo para a panela, Annie derramou um pouco de creme sobre a castanha derretida.

Evie quebrou o silêncio.

— Você não me disse como foi com o guia simpático.

— Não aconteceu nada — disse Annie, irritada.

— Ele não ligou?

— Não. — Annie colocou o creme diante da mãe e esperou pacientemente o veredicto. Evie provou uma colher hesitantemente, e logo depois mais duas.

— Está delicioso, querida — disse Evie. — Nunca provei nada com um aroma tão bom, e um sabor assim tão inesperado, tão delicado.

Annie bateu as mãos.

— Você está falando sério?

— Muito sério... você é muito talentosa, Annie. É uma chef realmente incrível.

Annie deu, então, a volta na pequena mesa e beijou o rosto da mãe.

Assim, com essa trégua frágil, as duas sentaram-se, lado a lado, saboreando o creme.

— Conte-me sobre a pintura. O que você descobriu? — perguntou Evie.

Annie queria contar à mãe sobre todos os desdobramentos de sua pesquisa, mas ficou com o pé-atrás. Enquanto servia um pouco mais de creme, pensou que Evelyn transformaria o otimismo cauteloso de Agatha em um super drama. Annie podia imaginar a mãe entrando na National Gallery e exigindo uma declaração juramentada e todo tipo de documento numa tentativa equivocada de ajudar sua filha.

— Não tive tempo de pensar sobre a pintura. As coisas andam muito agitadas no trabalho.

— Sei que ela é verdadeira, posso sentir isso — disse Evie, raspando o resto do creme com a colher.

De repente, Evie deu um pulo e correu para a janela.

— Vem aqui, dá uma olhada nisso — disse ela. Seguindo o olhar da mãe, Annie viu a lua, tão cheia, grande e branca, que parecia um desenho de criança suspenso sobre Londres.

— Você se lembra? — perguntou Evie, os olhos brilhando.

— É claro — Annie riu, pensando nos tempos em que mãe e filha tiravam a roupa, colocavam Elvis para tocar e dançavam sob a lua cheia nos quintais de suas casas alugadas.

— Se ao menos tivéssemos um jardim — disse Annie.

— Mas nós temos, um enorme — disse Evie e, abrindo bem a janela, começou a sair.

— Você está louca? Estamos a cinco andares do chão. Você vai morrer — gritou Annie.

— Algo muito pior pode acontecer: podemos nos esquecer de viver — disse Evie.

Annie viu as pernas da mãe e depois os pés desapareceram pela janela e em seguida ouviu uma movimentação lá em cima. Então a calça da mãe entrou voando pela janela aberta.

Minutos depois, Annie se juntou a Evie no telhado. Para sua surpresa, era plano e se conectava aos outros prédios. Era possível caminhar até o final da rua e voltar sem pisar na calçada. A lua banhava a paisagem da cidade com um brilho suave e prateado, junto a centenas de pontos de luzes que vinham das janelas e da iluminação de rua. Dali de cima, Annie podia ver as coordenadas de seu novo mundo: da loja da esquina até a estação de metrô e, cruzando Londres, até a Winkleman Fine Art. Viu a rota que fazia de bicicleta ao longo do parque e, à distância, a London Eye, o Shard e o Gherkin, os pontos de referência que usava para se guiar. Ao ver a cidade adormecida lá embaixo, Annie sentiu-se menos intimidada por seu tamanho e, pela primeira vez, pôde imaginar uma vida na metrópole.

As notas iniciais de "Hound Dog", que soavam metálicas no alto-falante do celular da mãe, começaram a tocar, e Evie dançava, agora apenas de calcinha e sutiã.

— Você não está com frio? — perguntou Annie.

— Meus peitos estão congelando — disse Evie, batendo os dentes.

Annie olhou para a mãe com ternura. Se não fosse pela gravidez aos dezesseis anos, talvez Evie tivesse concluído os estudos e construído uma carreira. Em vez disso, seus talentos foram desperdiçados por um acidente: engravidar de um garoto que morreu dois anos depois. Annie sentiu-se tomada por um súbito senso de responsabilidade com relação à mulher que abriu mão de sua vida para cuidar dela, ainda que aos tropeços. Cabia a Annie mostrar que aquela decisão tinha valido a pena, recompensar as duas. Foi invadida por esse novo propósito e, em um impulso de ambição, decidiu: iria preparar um jantar sobre o qual as pessoas falariam por muitos anos e provaria que aquela pintura desconhecida tinha valor.

— Vamos, Annie, tire o vestido — disse Evie.

Annie tirou o vestido e, rindo, pegou a mão da mãe e dançaram juntas ao luar.

CAPÍTULO 15

Uma sensação de paz e serenidade se instalou sobre minha tela ali no beiral da National Gallery, banhada por uma suave luz que vinha do norte, embalada pelas vozes abafadas dos conservadores e estimulada por maravilhosas conversas com grandes obras de Diego Velázquez, Albrecht Dürer e Giovanni da Rimini. Ah, o genuíno prazer de estar de volta entre amigos, alguns dos quais eu não via há quase duzentos anos. Meu amigo de outrora, o Velázquez, ficou bastante nervoso quando removeram sua camada superior. Está certo que era um acréscimo posterior, mas Diego tinha medo de que acabassem removendo uma perna ou uma orelha junto. Enquanto isso, o pobre e velho Rimini, pintado em 1300 e isolado por mais de setecentos anos na sacristia de uma pequena igreja romana, foi finalmente vendido por monges carentes de dinheiro e agora estava em estado de choque com o quanto o mundo tinha mudado. Passava dias murmurando "*In nomine Patris et Filii et Spiritus Sancti*". Diego e eu logo ficamos cansados de dizer "Amém" em resposta. Imagine se trouxerem obras do Picasso, aquele grosseirão, ou do melancólico Van

Gogh para cá – a folha de ouro do Rimini provavelmente cairia de vez.

O diretor da galeria, Septimus Ward-Thomas, veio me ver ontem. Ele não permaneceu por muito tempo (só tem olhos para o Barroco Espanhol), mas concordou em deixar Agatha trabalhar em *moi* em seu tempo livre.

Nos momentos ociosos, penso em minha proprietária. Não tem jeito, a gente se apega. É curioso, na verdade. Diego disse que era um caso de síndrome de Estocolmo, mas, como não vou à Suécia há séculos, ele está claramente perdendo o juízo. Gostaria de saber se Annie aceitou a sugestão de Jesse e foi dar uma olhada na coleção de desenhos do British Museum.

Agatha, tenho de reconhecer, não está agindo de maneira apressada. Ontem, ela tirou um pedacinho minúsculo de tinta da lateral da minha tela e levou-a para o departamento científico no fim do corredor. Quatro cientistas estudaram os resultados e não iniciarão a limpeza até definirem exatamente a espécie de tinta que meu mestre usou. Antoine não era dado a preparações. As telas requerem um cuidadoso preparo e esse não era o forte do meu mestre. Na verdade, e me dói criticar, ele era inclinado ao descuido. Executava seu trabalho com rapidez, com pressa de expressar todas aquelas ideias e sentimentos. Em vez de esperar a tinta secar, ele esfregava a tela toda com o óleo *huile gras* e seguia pintando por cima. O dano era agravado por uma certa falta de higiene em seu ateliê, o que afetava a "constância" de suas cores e, como resultado, muitas desbotavam. Ele raramente limpava a paleta, muitas vezes passava vários dias sem cuidar dela, então suas pinturas ficavam cheias de pó e sujeira.

É hora de lhe falar mais sobre ele, Antoine e o amor de sua vida. Meu mestre nasceu em Valenciennes, em 1684, filho de um telhador alcoólatra e agressivo. As circunstâncias humildes de seu nascimento ressaltam sua genialidade. Seu pai queria que o filho seguisse a mesma profissão que ele e tivesse um salário estável; Antoine sabia que seu destino era pintar, então, fugiu para Paris no meio de uma madrugada. Isso partiu o coração da mãe dele e arruinou sua própria saúde. O tolo escolheu partir no inverno e, após quatro dias e quatro noites a pé, dormindo em valas e comendo apenas mato, chegou à capital com uma pneumonia debilitante, da qual seus pulmões nunca se recuperaram completamente.

A França atravessava um de seus períodos mais sombrios; sufocada pela guerra, pela fome e a decrepitude de um monarca velho, indigesto, amargurado, que deixava o controle de tudo nas mãos de sua companheira enlouquecida pelo poder, Madame de Maintenon. O tédio se instalara sobre a vida parisiense, um ar fétido e pesado de opressão solipsista. Até mesmo a corte cerimonial estava exausta de sua própria pompa. Não havia alegria ou vida nas artes, nem espontaneidade ou originalidade. O pseudo-heroísmo da pintura histórica cobria como um cobertor pretensioso e pesado até as almas mais alegres. No início do século XVIII, durante a grande praga de Marselha, a capital foi tomada pelo canibalismo e pela fome. Este era o pano de fundo da vida do meu mestre.

Avancemos até 1703. Antoine ainda era um jovem de dezenove anos e trabalhava para o pintor decorativo Claude Gillot, em Paris. O salário era uma miséria e mal dava para uma garrafa de vinho e um pedaço de pão, mas, desde que tivesse um pincel na mão, já bastava para se sentir feliz. Para se sustentar, meu mestre sentava-se em tabernas e desenhava em troca de esmolas. Sua vida foi marcada pela desnutrição e pela pobreza. Trabalhar para Gillot foi útil, pois lhe garantiu treinamento, mas a maior contribuição do velho para a educação do meu mestre foram as saídas para assistir às apresentações da *commedia dell'arte* por um grupo teatral banido. Esses eventos aconteciam em tabernas de ruas afastadas e o caráter picante das performances era acentuado pela perspectiva de uma incursão policial. Para a maioria, valia a pena correr o risco de ser preso: aqueles maravilhosos atores eram anárquicos e rebeldes. O líder deles, Hippolyte, era corpulento, bonito e corajoso. Seu palhaço, Gilles, era a fonte de todas as piadas. Poucos na trupe levavam algo a sério – debochavam do regime antigo e de suas regras, riam do amor e da vida. Ao assistir às performances, Antoine vivenciou uma nova leveza de espírito e uma sensação de otimismo. Naquele meio exuberante e ebuliente, ele se liberava, ainda que brevemente, da pesada herança de Valenciennes, dos anos de guerra e pobreza.

Ele passou a assisti-los todas as noites. Na quarta visita, meu mestre a viu, Charlotte Desmares, conhecida como a garota mais bela de Paris, que participava das apresentações ocasionalmente. Seu nome artístico era Colette. Antoine deixou de lado o pincel e, pegando alguns gizes dos bolsos, começou a desenhar freneticamente aquela donzela enquanto ela fazia seus *pliés*, rodopiava e dançava pelo palco. Charlotte o viu, mas era uma daquelas mulheres que estavam tão acostumadas a serem observadas que ver outro rapaz admirado não lhe chamava atenção.

Watteau desenhou até seus dedos sangrarem. Então, fingindo sentir-se mal do estômago, correu de volta para seu minúsculo ateliê onde, pegando a única tela que possuía, começou a pintar. Aquele tecido, esticado entre quatro pedaços de madeira, aquele infausto pedaço de nada, tornou-se *moi*.

Sou o receptáculo, o vaso no qual toda a agonia e o êxtase do primeiro amor foram derramados. Urgência e magia, emoção, paixão e terror fluíam de seu coração para o pincel. O ardor de Watteau era tanto que não havia tempo para preparar a tinta adequadamente na paleta. Em vez disso, lançava e misturava as cores uma ao lado da outra na tela, em um frenesi de pinceladas e retoques – veja as árvores, a luz do sol, o pontilhismo, as bordas borradas, a informalidade e você verá o nascimento do Impressionismo, embora o resto do mundo tenha levado cerca de 150 anos para notar.

Sou a representação de seu desejo fervoroso, perturbado e ardente. Sou o resultado de um amor delirante, *de l'amour fou*, a exemplificação literal da mais absoluta loucura mortal. *La gloire d'amour.*

Escondido sob camadas de verniz e pintura sobreposta, você verá que o chapéu de Charlotte não é de um vermelho uniforme – é dourado, amarelo, carmim e magenta, e com tons de prata que vão até o rosa claro. Seu vestido é açafrão... um amarelo com uma gradação do canário pálido ao ranúnculo dourado, cada cor delicada em harmonia com as demais. O amarelo também se insinua pela abertura de seu decote e os tons de lilás e marrons suaves ressaltam a saia. Sua pele é de um branco leitoso, como uma opala, captando os reflexos da luz. E nunca haverá uma pintura mais bela da pele, nem mesmo entre os venezianos.

Houve outros grandes pintores com musas inspiradoras. Agora me ocorrem Rembrandt e Hendrickje, Modigliani e Jeanne Hébuterne, Dalí e Gala, Bacon e George Dyer, mas creio que foi o amor insano de meu mestre por Charlotte que impregnou minha tela com um fervor inigualável.

Meu mestre voltaria a essa composição durante toda a sua vida: o cenário do amor. O fundo transitório e artificial, uma paisagem mítica e mística adornada por figuras reclinadas, observadas por uma estátua da deusa do amor. No meio, ele colocou Charlotte, orgulhosa e graciosa como um cisne. Com os braços delicados erguidos, ela olha direta, impetuosa, provocativamente para o espectador. A seus pés, o jovem, um plebeu, só olha para ela fixamente. Com apenas uma suave pincelada, Antoine capta a admiração dele diante dessa visão da feminilidade. É possível sentir sua esperança e desespero, o amor e o desejo implícitos em seu olhar.

Se eu lhe disser que o rosto do homem é composto de apenas sete pinceladas, você vai rir e contestar que não é possível; mas é por isso que meu mestre é um gênio e por que sua estrela ainda está no firmamento dos grandes artistas quase trezentos anos após sua morte. Ele compreende a alquimia do vermelho, do rosa e do branco perolado. Mais importante ainda, ele compreende a humanidade, e ele tem a capacidade, como todo grande artista, de traduzir nossas alegrias e medos mais íntimos em algo tangível.

Alguns dizem que sou apenas um esboço. É verdade que fui executada com urgência e por impulso, em um *élan*. Mas foi essa intensidade que libertou Antoine do passado, dos ensinamentos de tediosos acadêmicos e dos rabiscos infantis. Em sua pressa de capturar o amor, ele encontrou seu *métier* e uma nova forma de pintar. Eu fui a tela que lançou sua carreira. Fui a pintura que iniciou o Rococó.

Quatro dias depois, quando a tinta mal secara, Antoine me levou de volta ao teatro como um presente para Charlotte. Imagine esse jovem desajeitado de dezenove anos abrindo seu coração. A trupe se aglomerou em volta, empurrando, rindo e tagarelando como pequenos tentilhões em um comedouro de pássaros. Essa foi a primeira vez em que estive perto da morte. A rival de Charlotte, Hortense, ficou com tanto ciúme que passou as longas unhas pela minha tela. Um pouco mais forte e ela teria me danificado para sempre. Foi chocante. Charlotte ficou encantada. As atenções daquele jovem pintor a glorificaram e seu cachê aumentou com aquela demonstração de amor.

— Me dê isso — exigiu ela, estendendo a linda mão. Watteau já ia entregar a pintura, mas hesitou.

— Não — disse ele. — Será meu presente para você quando aceitar se casar comigo. Até então, ficará sob meus cuidados.

A companhia toda caiu na risada. Como poderia um jovem e pobre pintor competir com o amante dela, o duque d'Orléans, sobrinho de Luís XIV? A gargalhada deles foi tão intensa, tão sincera, que Gillot correu para ver o que estava acontecendo. Olhou da atriz para o pintor e seus olhos finalmente pousaram em *moi*. O sangue se esvaiu de seu rosto; bastou apenas um olhar para perceber que o jovem era, de longe, o melhor pintor que já havia conhecido. É preciso dar o devido crédito a Gillot, que não poderia ter sido mais gentil com meu mestre.

— Não posso lhe ensinar mais nada, mas posso indicá-lo a direção certa.

Então, recomendou meu mestre a Claude Audran, o decorador de interiores encarregado do Palácio de Luxemburgo, lar de maravilhosas obras de Rubens, Veronese, Tiziano e Tintoretto.

Os outros atores da companhia de teatro imploraram a Antoine para pintá-los, muitos posaram por horas e horas em seu ateliê enquanto ele os imortalizava em giz e pena e, ocasionalmente, até em óleo. Mas, se examinar com atenção as grandes obras dele, sempre encontrará vislumbres dela – às vezes o rosto, outras, o pescoço, o braço, as costas, o pé. A essência do amor por Charlotte assombra a maioria de suas pinturas. Seu rosto doce e infantil aparece por toda parte, o espírito daquele romance desenfreado se insinua em todas as suas obras.

Se eu fosse formular alguma crítica com relação ao meu mestre, seria no campo do cortejo: o amor é uma arte, tanto quanto a pintura ou a vida; requer prática, finesse, determinação, humildade, energia e delicadeza. Como tantos outros antes e depois dele, meu mestre se enamorou pelo doce êxtase da paixão não correspondida. Considerava que seu "problema" era o fato de não ser amado, quando, na verdade, era sua incapacidade de dar amor. Era tão inexperiente e ingênuo, que acreditava que o amor chegava totalmente formado e completo. Nunca lhe ocorreu, após aquela primeira rejeição, conquistar o respeito ou o coração de Charlotte. Sua reação foi isolar-se em seu estúdio e, lamento dizer que, para alguns, a agonia da rejeição era muito mais doce do que o êxtase da consumação.

Para apagar a lembrança daquela mulher leviana, ele pintou o rosto de outra dama sobre o de Charlotte. E então acrescentou o Pierrô, uma figura fantasmagórica no crepúsculo: a personificação do *páthos* e do desdém. Era um autorretrato, ao qual voltaria repetidamente durante sua curta vida.

Então ele mudou meu título. Um dia fui chamada de *A Glória do Amor*; após sua rejeição, tornei-me *A Improbabilidade do Amor*.

E o que aconteceu depois? Eu lhe contarei no momento adequado.

CAPÍTULO 16

— Sua mãe ligou sete vezes na última hora — disse Marsha, a recepcionista, a Annie. — Alguma coisa sobre um arrombamento... não consegui entender direito. — Ela nem precisava dizer que Evie estava bêbada e falando enrolado.

Annie olhou para o relógio – eram três da tarde. Naquela manhã, Rebecca havia lhe pedido para preparar um jantar para oito pessoas e Annie tinha atravessado a cidade depressa até o seu peixeiro preferido para escolher um bacalhau pescado com anzol. Depois de pendurar o casaco e guardar a bolsa em uma gaveta, ligou para casa. Evie não falava nada com nada: Annie tentava ligar os fatos. Sua mãe tinha saído rapidamente para fazer umas compras (*e provavelmente passado boa parte desse tempo no bar*, pensou Annie), mas, ao voltar para o apartamento, levou alguns minutos para perceber que a porta tinha sido forçada (provavelmente uns vinte minutos para conseguir subir as escadas e outros quinze para achar as chaves, calculou Annie). Evie achou que estava ficando louca (achou?, Annie quase riu), porque, apesar do apartamento estar arrumado, as coisas estavam um pouco diferentes (será que não era você que estava vendo dobrado, mãe?). A torradeira estava em um lugar diferente; a lixeira estava a cerca de um metro de distância (como você saberia com tanta precisão?). Evie disse que estava assustada (não tão preocupada quanto eu por você ainda não ter ido embora) e queria que Annie voltasse para casa cedo (tá bom, vai sonhando).

Annie prometeu ligar para a polícia, comprar comida para levar para casa e voltar a tempo de assistir ao noticiário da noite.

Para o desgosto de Rebecca, a busca no apartamento de Annie não dera em nada. Nada da pintura, nem registros ou pistas de uma gangue maior. Ou a compra do quadro tinha sido uma enorme e altamente improvável coincidência, ou – e isso era bem mais provável e assustador – Annie fazia parte de uma organização muito sofisticada. Rebecca conhecia o mundo das artes mais do que ninguém e tentava pensar quem dentro dele teria os recursos e as habilidades para armar algo assim. O que poderiam querer? Ela também sabia que a antipatia em relação à Winkleman Fine Art e sua família se estendia para além desse círculo. Muitos tinham inveja da ascensão meteórica dos Winkleman: Memling havia chegado na cidade como um refugiado sem dinheiro e agora valia vários bilhões. Como judeus, eles eram e sempre seriam forasteiros.

Havia outra coisa que levava as pessoas à loucura: o mundo dos Winklemans vivia escondido por trás de um véu de sigilo. Como uma empresa privada, nunca publicavam informes de lucros ou perdas e todos os funcionários tinham que assinar acordos de confidencialidade. A família nunca dava entrevistas nem comentava acontecimentos. Eles eram cuidadosos, inteligentes, bem informados, trabalhadores, reservados e absolutamente inacessíveis. O mundo das artes era repleto de pessoas formadas nas melhores escolas e universidades do país. Nesse meio, não se preocupar com dinheiro era sinal de elegância, e os almoços demorados e residências de verão eram a norma. Não foi difícil para os Winklemans, com sua ordem e disciplina, superar essa concorrência. E, para completar, Memling tinha a extraordinária habilidade de encontrar grandes obras de arte perdidas, renomadas ou recém-descobertas.

E assim, movendo-se como grandes tubarões brancos pelas águas agitadas do mundo internacional da arte, Memling, Rebecca e seus funcionários nunca paravam de trabalhar. Seus contatos lhes asseguravam informações globais 24 horas por dia, 7 dias por semana: se uma pintura potencialmente interessante fosse a leilão em uma sala desconhecida de uma cidadezinha no fim do mundo, os Winklemans ficariam sabendo; quando uma família pensava em vender uma obra-prima, eles eram os primeiros a descobrir. Seus bolsos eram fundos e seus nervos, de aço; quase sempre conseguiam o que queriam. Ao longo dos anos, Memling foi alimentando um banco de dados completo de colecionadores e seus bens, incluindo idade, estado de saúde e seus prováveis herdeiros. Além disso, o patrimônio líquido dessas pessoas era constantemente reavaliado. Se você fosse um nobre em decadência dono de um bom Joshua Reynolds ou um inocente investidor de fundos de cobertura com alguns bilhões no banco, certamente teria notícias de Winkleman em um aniversário ou outra ocasião importante. Uma história, já recontada diversas vezes, ilustrava a maneira como Memling fazia negócios: enquanto jantava em seu iate, a vários quilômetros da civilização, o quinto homem mais rico do mundo, Victor Klenkov, ficou surpreso ao ver um pequeno barco se aproximando. Era um emissário de Memling Winkleman, com uma garrafa de champanhe Bollinger Vintage e um pequeno esboço de Degas. O cartão dizia "Muitas felicidades por seu 52º aniversário. Espero ter o prazer de conhecê-lo algum dia. Memling Winkleman." Na época, Klenkov nunca tinha comprado uma pintura; na semana seguinte, gastou quinze milhões de libras em uma das primeiras obras de Degas, da Winkleman Fine Art.

Como contratava os maiores especialistas do mundo, a empresa não tinha que ir longe para conseguir autenticações. Se uma pintura entrava em sua galeria, havia sempre um especialista disponível para legitimá-la: quadros importantes recebiam críticas elogiosas, as obras mais significativas ganhavam suas próprias monografias. A Winkleman também tinha o direito autodesignado, mas amplamente aceito, de autenticar o trabalho de certos artistas.

Negociavam pinturas, esculturas, tapeçarias e antiguidades – só evitavam se aventurar pelo mundo da arte contemporânea, o que, para Memling, era como "atirar em cobras venenosas com uma pistola d'água". O limite da empresa era 1973, o ano da morte de Picasso.

Em sua galeria na Curzon Street, os Winklemans organizavam aclamadas exposições acompanhadas por belos catálogos, tudo com um padrão de qualidade com que nem os grandes museus sonhavam. Se o valor de um de seus artistas favoritos caía, Memling levava um trabalho de menor importância anonimamente a leilão público e dava lances contra ele mesmo para elevar o preço a novos patamares. Isso assegurava um novo valor de referência e, logo depois, uma ou duas obras do mesmo pintor, de propriedade da Winkleman Fine Art, eram vendidas. Nas mãos de Winkleman, os artistas se tornavam super-astros e suas obras batiam recordes.

Pela primeira vez na vida de Rebecca, o "sistema" Winkleman não estava funcionando e, mesmo assim, Memling se recusava a pedir ajuda externa. Recostada em sua cadeira Corbusier de couro, Rebecca apertou o botão de "não perturbe" em seu telefone e, em seguida, trancou a porta por dentro. Começou a andar de um lado para o outro da biblioteca de treze metros de comprimento, acompanhando a parede repleta de monografias de artistas, cerca de mil livros que ela havia lido e estudado. Na ponta da sala, havia uma enorme lareira de madeira esculpida por Grinling Gibbons. Acima da lareira, havia um pequeno quadro a óleo de

Raphael, que tinha ganhado de presente do pai em seu aniversário de dezoito anos e agora era avaliado em mais de 25 milhões de libras. Não estava à venda e servia como um lembrete aos clientes de que os Winklemans não estavam naquele negócio somente pelo dinheiro.

Rebecca se virou e foi para o outro lado da sala, passando pela parede de vidro que dava para a galeria principal. Ela podia ver lá fora, mas ninguém conseguia ver ali dentro. Era útil ter aquela visão secreta do espaço público da empresa, uma boa maneira de observar os funcionários e potenciais clientes. Rebecca reconhecia a maioria dos compradores importantes e, se entrassem ali, poderia estar no salão em instantes para recebê-los. Se houvesse qualquer problema, tinham procedimentos bem ensaiados.

Rebecca mantinha os olhos fixos nos pés enquanto caminhava para cima e para baixo do tapete Aubusson tentando entender todo aquele interesse do pai pelo quadro perdido. Era normal que ele não quisesse lhe contar mais detalhes: Memling amava guardar segredos. Quando pressionado, dizia que quanto menos ela soubesse, melhor; que a ignorância era sua melhor proteção. Isso também era um reflexo de como ele tratava a filha. Rebecca era a diretora-executiva da Winkleman Fine Art apenas no nome: Memling tomava todas as decisões. Ela estava ali por tabela, nomeada após a morte súbita de seu irmão, Marty, há sete anos. Na época, sua filha Grace ainda estava na escola e Rebecca trabalhava para a empresa como diretora de curadoria. Tinha feito doutorado em pinturas renascentistas no Courtauld Institute e publicado quatro livros sobre pintura florentina, mas ninguém esperava que Rebecca assumisse o negócio: ela era apenas a filha.

Rebecca surpreendeu a si mesma e a seus colegas: era mais bem preparada para administrar um negócio do que seu irmão cabeça-quente. Marty havia sido um brilhante marchand – qualidade que Rebecca jamais teria –, mas ela era metódica, organizada e muito inteligente. Embora não fosse particularmente querida, era internacionalmente respeitada no mundo da arte como uma pessoa perspicaz e de elevado conhecimento.

Enquanto andava de um lado para o outro, Rebecca tentou esvaziar a mente e concentrar-se somente na pintura. Se Memling não lhe diria por que era tão importante, ela teria de descobrir sozinha. Pelo menos desta vez, Rebecca não pretendia se curvar às orientações do pai e questionava seu julgamento. Ela também percebia pela primeira vez desde que se lembrava que seu pai, indômito e controlador, sentia-se vulnerável e assustado.

Após conferir se a porta estava trancada, Rebecca foi até a lareira e, girando o escudo de um grifo, afastou-se para esperar seu cofre secreto abrir. Aquela pequena sala de quatro metros quadrados, da qual só Marty, ela e Memling tinham conhecimento, guardava pinturas particulares e registros da empresa, incluindo os detalhes de cada venda feita e cada obra de arte que já havia passado por ali, incluindo muitas que haviam sido vendidas de maneira privada. Os registros de Memling remontavam à sua chegada à Inglaterra em 1948, pouco depois de ser libertado de Auschwitz. Memling, que tinha quinze anos quando a guerra começou, chegou à Inglaterra sem educação formal, mas, como contara a Rebecca muitas vezes, a mãe dele era professora de arte e se encantava com o entusiasmo do filho. O sofrimento nos campos de concentração acabara incapacitando Memling para um trabalho regular. Conhecer, amar e negociar pinturas fora sua única opção.

Após fechar o cofre, Rebecca foi até as prateleiras em que ficavam os livros contábeis. Com 1,2 metro por 90 centímetros, cada livro com encadernação de couro foi especialmente produzido para a Winkleman por uma empresa de Berlim Oriental. Entrada após entrada, com uma caligrafia cuidadosa e legível, estavam anotados os detalhes de todas as pinturas vendidas, de onde tinham vindo, o preço pelo qual haviam sido compradas e por quanto as tinham vendido. Havia uma série de anotações ou referências cruzadas detalhando a procedência e vários outros fatos relevantes. Mais de 1.150 pinturas haviam passado pelas mãos dos Winklemans, a maioria adquirida nos últimos trinta anos através de leilão ou vendas privadas. *Estudar aqueles livros contábeis daria a qualquer historiador um vislumbre fascinante do mercado da arte e da história do gosto*, pensou Rebecca. Ela pegou o primeiro livro, que datava de 1948, e, abrindo a pesada capa de couro, começou a examiná-lo. Ela não tinha uma fotografia da pintura desaparecida, apenas uma descrição e uma cópia da entrada do catálogo de Jean de Julienne. Uma tela pintada a óleo de 45 por 70 centímetros, mostrando uma mulher provocando seu amante em uma clareira, observados por um palhaço. A obra, de Jean-Antoine Watteau, datava de 1703. Virando cuidadosamente as páginas amareladas, ela passava o dedo por cada registro, procurando por entradas correspondentes ao século XVIII francês.

Mais cedo, ela tinha verificado a base digital de dados da empresa e encontrado três pinturas de Watteau que passaram pela Winkleman. Uma havia sido comprada há cerca de dez anos em um leilão, outra nos anos 1970 e a terceira tinha a classificação especial VZW (*Vor dem Zweiten Weltkrieg*), que designava pinturas adquiridas na tensão da Segunda Guerra Mundial. Como sempre, Rebecca ficou impressionada com a sorte dos Winklemans e a tragédia dos vendedores das classificações VZW (pré-guerra) e NZW (pós-guerra). Conforme Memling costumava contar aos filhos, a ascensão do Partido Nazista na década de 1930 fez com que muitos judeus quisessem deixar Berlim, mas nem todos tinham os meios para fugir. Como sabiam que Esther Winkleman era uma grande apreciadora de arte e seu marido, Ezra, ganhava um bom dinheiro como advogado, alguns desses judeus venderam suas pinturas para a família. Após a guerra, poucos foram os sobreviventes que quiseram recuperá-las. “Nós salvamos muitas vidas", dizia Memling. O termo NZW fazia referência ao período imediatamente posterior à guerra, quando o mercado de arte estava passando por uma grande baixa. Mais uma vez os Winklemans acudiram judeus pobres que queriam trocar pinturas por comida e outras necessidades. "Nosso negócio", dizia Memling, "foi construído sobre uma legítima e inevitável tristeza".

Rebecca trabalhou rapidamente, pegando livro após livro em busca de detalhes da pintura desaparecida. Seu pai tinha lhe dito que a pintura não era mais sua há mais de vinte anos, mas recusava-se a dizer-lhe quando a havia comprado ou de quem. Rebecca vasculhou os livros até o final da década de 1990, mas não encontrou nenhuma referência a uma pintura de Watteau que correspondesse à descrição. Rebecca estava confusa. Seu pai era muito meticuloso com seus registros e nenhum detalhe era pequeno demais para deixar de lado. Mais uma vez ela se perguntou por que Memling estaria interessado em uma pintura que, aparentemente, não era dele.

Sempre que possível, toda pintura era fotografada e descrita em detalhes; sua condição, procedência e todas as publicações conhecidas eram listadas e acompanhadas de uma nota original de venda. Não era de admirar que Marty quisesse registrar essas transações: seu sonho era contar a história do extermínio dos judeus alemães através dos seus bens. Memling era fervorosamente contra a ideia; a guerra e suas consequências ainda eram muito recentes para ele. Era uma das áreas de conflito entre pai e filho. Rebecca sentiu uma pontada de saudade de Marty, não se passava um dia sem que sentisse falta do irmão. Enquanto ela era metódica, discreta e comedida, Marty era exuberante, impetuoso e cheio de vida. Rebecca entendia de arte porque havia estudado muito sobre sua história; Marty simplesmente sentia: nunca leu uma monografia ou estudou um esboço, apenas sabia instintivamente o que era notável e como o pintor tinha alcançado aquele resultado.

Então, pensando que Memling poderia ter cometido um raro equívoco, Rebecca procurou pelas outras pinturas daquele período: obras de Pater, Lancret, Boucher e Fragonard. Sempre se impressionava com a qualidade e a raridade das obras que seu pai já havia comprado. Se Memling tivesse ficado com apenas metade de suas aquisições, poderiam ter fundado um museu de nível internacional.

Ao conferir o relógio, Rebecca percebeu que haviam se passado duas horas. Em trinta minutos, teria uma reunião com um cliente da Suíça que queria comprar um Cézanne. Então pegou um livro contábil de 1974 e se esforçou para colocá-lo de volta no lugar. Ao torcer o corpo desajeitamente para encaixá-lo, vislumbrou algo preso na parte inferior da prateleira. Deixou, então, o livro no chão, passou a mão por baixo da prateleira e sentiu uma fita adesiva prendendo um pequeno caderno. Rebecca ligou a lanterna do celular e, hesitantemente, descolou as pontas da fita até conseguir soltar o caderno sem causar danos. Seu coração deu um salto quando reconheceu a caligrafia de Marty, as grandes curvas desordenadas que deixavam seus professores loucos. Memling costumava brincar que, se seus filhos fossem pintores, Rebecca seria Ingres, cuidadosa e precisa, enquanto Marty estaria mais para Tiziano em uma fase mais experiente, com pinceladas ousadas e românticas.

Ao folhear o caderno, Rebecca ficou confusa com as referências a cerca de 125 pinturas, incluindo datas e informações sobre a procedência. Por que Marty teria criado um sistema à parte se o de Memling era tão eficaz? Ao lado de cada entrada, Marty havia colocado símbolos, letras e estranhas anotações, que não significavam nada para ela. Na frente do caderno, em letra bastão, havia um endereço em Berlim.

Rebecca fotografou com seu smartphone todas as páginas do caderno antes de colocá-lo de volta sob a prateleira. Instintivamente, ela sabia que o caderno e a pintura perdida estavam conectados. Através da enorme parede de vidro, Rebecca viu que seu cliente havia chegado e estava admirando um Turner dos últimos anos. Então pegou o telefone e ligou para sua assistente.

— Liora, cancele minhas reuniões de hoje e amanhã. Peça ao John para atender o meu cliente que chegou.

— Posso ajudá-a com alguma coisa? — perguntou Liora.

— Não, obrigada — disse Rebecca educadamente.

Nem Liora nem ninguém do escritório deveriam suspeitar de que havia um problema. O negócio deles fora construído sobre uma base sólida de medo, respeito e confiança.

Antes de sair, Rebecca verificou se a câmera de segurança instalada na cozinha de Annie estava funcionando. (Ela tinha mandado instalar outras câmeras pela empresa para parecer que todos estavam sendo monitorados.) Uma empresa de detetives particulares investigava todos os movimentos de Annie, assim como seus telefonemas e e-mails. Rebecca pegou, então, uma mala com algumas mudas de roupa que deixava sempre pronta e seu passaporte, saiu pela porta de trás e chamou um táxi. Desta vez, não usaria o jato da companhia.

— Aeroporto de Heathrow — instruiu ela.

Barty e Vlad caminhavam pela casa da Chester Square, totalmente remodelada seguindo os mais altos padrões e banhada por infinitas variações de creme e bege.

— É horrível demais para descrever com palavras, mas podemos fazer algo a respeito — trinou Barty.

— Parece bom, nova — disse Vlad, pisando cautelosamente sobre o tapete Wilton de lã branca.

— Não, querido. Não está nada bom. É muito comum — disse Barty severamente.

— Comum? — perguntou Vlad.

Barty usava aquela palavra sem critério. Nas últimas horas, tinha dito que várias coisas eram comuns: amar sua mãe, vitaminas, água com gás, pashminas, passar as noites em casa, calcinhas de nylon, Mayfair, cartões de visita, sushi, velas perfumadas,

BMWs, o sul da França, Courchevel, crianças com nomes de joias, férias de verão e até o amado casaco de couro de Vlad.

— O comum deve ser evitado. É para pessoas comuns — disse Barty, estalando a língua em reprovação enquanto olhava em volta da grandiosa sala de estar pintada em *off-white*. — Eu abomino o bege. É como morar em uma calcinha suja! Eu vejo vermelho, vejo cortinas drapeadas, vejo sofás de veludo, vejo pufes, vejo um grande candelabro de bronze, vejo o cenário de *Performance*, Mick Jagger e Marianne Faithfull, narguilés, xales de caxemira e tapetes indianos — disse Barty, praticamente dançando, o entusiasmo aumentando a cada passo.

Vlad não fazia ideia do que o homem estava falando, mas estava aprendendo que o melhor era sempre concordar. Perguntava-se se havia paredes suficientes para atrair uma assessora de arte como Lyudmila para sua vida.

— Precisamos estabelecer um cenário, criar um clima.

Vlad olhou em volta.

— Branco bom.

— Não, querido, branco é comum... escute — disse Barty, olhando para o amplo torso de Vlad.

— Quanto custar casa? — perguntou Vlad, olhando em volta.

Não gostava particularmente dali, mas já tinham visto seis propriedades. Convencido de que sua suíte no Connaught tinha uma escuta e cada vez mais paranoico com os rumores vindos de Moscou, Vlad estava ansioso para ter um lugar só seu. A empresa de segurança havia lhe garantido que aquela mansão, com antigas cavalariças ao fundo, não seria difícil de proteger.

— 24 milhões por um contrato de arrendamento de longa duração e mais cinco para a decoração — disse Barty com sua voz mais tranquilizadora.

— Ok. Vamos comprar.

* * *

Incapaz de encontrar um parquímetro, Beachendon parou em um estacionamento a oitocentos metros de seu destino. *Pelo menos*, pensou melancolicamente, *ali ninguém queimaria seu carro ou riscaria a pintura*. Em uma cabine, um jovem com um boné de beisebol lia uma revista em quadrinhos e nem ergueu os olhos para entregar o bilhete de estacionamento ao conde.

— Para que lado fica a Whitechapel Road? — perguntou Beachendon.

— Segue por essa rua, daí vira duas vezes à esquerda, uma à direita e depois segue em frente — respondeu o garoto, estendendo a mão para a esquerda.

Quando começou a andar pela rua, o conde fechou bem o casaco de caxemira azul-marinho com gola de veludo, guardou as chaves em um dos bolsos da calça e seu celular no outro, e ficou pensando se deveria ter deixado a carteira no carro. Os edifícios em volta eram uma mistureba de estilos e épocas; uma antiga fábrica vitoriana ao lado de um prédio de escritórios dos anos 1970, um conjunto habitacional dos anos 1980 junto a uma escola pública novinha em folha feita de madeira e aço inoxidável. Uma adolescente caminhava em sua direção com um cachorro – *uma arma de destruição na coleira*, ele pensou. A dona tinha cabelo rosa e roxo, um piercing no nariz e uma atitude visível a cinquenta metros de distância. A cabeça do cão ofegante, branca, quase triangular, movia-se de um lado para o outro enquanto caminhava, procurando, presumia o conde, uma canela para morder ou um pescoço para rasgar. Querendo afastar-se de seus potenciais agressores, Beachendon se perguntou se deveria atravessar a rua, mas, por fim, decidiu encarar o confronto. A garota e o animal passaram sem nenhum incidente.

Beachendon seguiu em frente, pensando, abatido, no ultimato que havia recebido do conselho: ele tinha seis meses para realizar uma venda – ou uma série de vendas – para reverter a situação da Monachorum e corrigir o déficit: basicamente, sua execução foi adiada. Poucos, incluindo ele mesmo, acreditavam que seria capaz de organizar um leilão importante, de 300 milhões de libras, em tão pouco tempo. Revirando seus cadernos e bancos de dados, Beachendon tinha chegado a uma lista de vinte colecionadores ou artistas que deveria visitar para tentar convencê-los, ainda que com poucas chances, a consignar suas coleções para uma venda.

Encontrar a casa de Sir Patrick O'Mally levou mais vinte minutos, nesse meio-tempo o conde passou por mais cinco assassinos letais de quatro patas e seus donos. *Meu condado por um motorista*, pensou ele. Até parece: os chefões da Monachorum só permitiam que ele pegasse um ou outro táxi para trajetos menores no centro de Londres. *Que se danem os cortes*, pensou o conde, *que se dane a mesquinharia deles, e que se danem Roger Linterman e companhia.* Toda semana ele vendia pinturas por dezenas de milhões de libras para colecionadores cujos rendimentos anuais eram maiores que o PIB de muitos países. Beachendon recebia lances para algumas obras maravilhosas – mas a maioria medíocres – em valores que cobririam seu cheque especial mais de mil vezes. Era seu trabalho estimular batalhas frenéticas de desejo, criar a emoção de uma caçada por uma obra específica, como uma caça à raposa – o indefensável em busca do incomível. E ainda assim, seus superiores insistiam que ele usasse o transporte público ou seu próprio carro, que estava caindo aos pedaços e provavelmente não passaria na inspeção veicular daquele ano, acrescentando mais uma desonra ao seu dono falido.

Beachendon, então, procurou voltar ao presente, pegou um papel do bolso e examinou os detalhes da vida do colecionador Sir Patrick O'Mally. Nascido em uma família da classe operária de imigrantes irlandeses, O'Mally estudou arte no Ruskin College, em Oxford, e mais tarde no Courtauld Institute, em Londres, onde desenvolveu uma paixão por obras do Renascimento alemão. Tinha o hábito de vasculhar as pequenas salas de venda e coleções privadas e, durante os cinquenta anos entre

1934 e 1984, foi um entusiasta solitário, reunindo e publicando suas impressões sobre esses artistas para um grupo limitado de entendedores. Muitos anos mais tarde, o mercado o alcançou.

Por quase trinta anos, marchands, proprietários de galerias de arte, leiloeiros, colecionadores e diretores de museus haviam cortejado Sir Patrick, na esperança de conseguir ao menos uma tela de sua coleção de 74 obras dos grandes mestres, agora estimada em mais de cem milhões de libras. As principais estavam emprestadas aos mais importantes museus do mundo; apenas as obras menores ficavam na casa de Whitechapel. Quanto mais velho Sir Patrick ficava, mais insistentes se tornavam seus admiradores. O mais dedicado era Memling Winkleman, que todo ano organizava uma festa de aniversário em homenagem a ele, uma mais grandiosa que a outra. Sir Patrick nem precisava vender nada para viver confortavelmente, graças à generosidade dos cobiçosos admiradores de sua coleção. Se precisasse de qualquer coisa – um telhado novo, um celular, um peru de estimação –, tudo o que precisava fazer era pegar o telefone e haveria mais de vinte pessoas ansiosas para satisfazer qualquer necessidade sua.

A casa de Sir Patrick era uma bela *villa* por trás de um muro da Whitechapel High Street. Há algumas centenas de anos, não havia nada naquela região; agora, ônibus e caminhões faziam vibrar seus alicerces enquanto entravam e saíam lentamente dos subúrbios. A última vez em que o conde tinha estado naquela parte da cidade foi no funeral de um proeminente filantropo judeu que havia escapado do Holocausto e teve sucesso na Bolsa de Valores. Com uma fortuna avaliada em vinte milhões de libras, Manny Parkins se recusava a deixar o apartamento de um quarto oferecido pela assistência social quando chegou a Londres em 1946. “Para que não nos esqueçamos”, dizia à família e aos amigos. Foi enterrado em um dos cemitérios judeus escondidos atrás da rua principal em Whitechapel, seu corpo envolto em um pano branco, dentro de um caixão rústico e levado em um carrinho pelo cemitério. Ao sair do funeral, o conde se curvou para a sra. Parkins e seus quatro filhos, oferecendo suas sinceras condolências.

— Não chore por nós, meu querido — disse ela alegremente. — Agora podemos nos mudar para nossa casa dos sonhos em Epsom.

O conde tocou a campainha e, minutos depois, uma mulher com um austero vestido azul abriu a porta. Imaginando que fosse uma enfermeira ou governanta, Beachendon sorriu graciosamente e entregou-lhe o sobretudo.

— Sir Patrick está à sua espera — disse ela agradavelmente. — Chá, café?

— Por acaso, você teria um xerez? — O conde sentia que precisava de um trago.

— Vou ver na cozinha — disse a mulher gentilmente. Seguiu-lhe, descendo uma escada, e percebeu que ela não usava sapatos confortáveis, como seria esperado, mas sapatos de salto com pele em volta do bico.

— De onde você é? — perguntou ele educadamente.

— Lechlade — respondeu ela sem dar brecha para mais perguntas.

Beachendon sentiu uma vontade repentina de pousar a cabeça no ombro dela e desabafar, falar sobre suas dívidas, sobre suas pequenas ladies Halfpennies e seu filho, visconde Draycott. Queria confessar que, se Sir Patrick não concordasse em vender pelo menos três de suas pinturas pela Monachorum, era quase certo que perderia seu emprego, e que seus lindos filhos e sua nobre esposa provavelmente acabariam em um abrigo.

— Enquanto procuro o xerez, é melhor o senhor subir, já que Patrick está lhe esperando — disse ela. — No final do corredor, à direita.

Beachendon queria ficar um pouco mais na cozinha, mas algo no comportamento da mulher indicava que seria melhor seguir suas instruções.

Sir Patrick, que tinha acabado de completar 98 anos, estava confinado a uma cadeira de rodas. Embora seu cérebro e seus olhos ainda funcionassem, seus tendões e músculos haviam se deteriorado, deixando a cabeça inerte, caída sobre o ombro esquerdo.

— Olá, Patrick — disse Beachendon com entusiasmo.

Sir Patrick não respondeu, mas estreitou os olhos úmidos, de contornos rosados.

— Deve fazer uns vinte anos — disse Beachendon, pensando se deveria se sentar e inclinar a cabeça de lado para que os dois ficassem frente a frente, mas por fim achou melhor manter a sua no ângulo natural mesmo. — Excelente enfermeira... ou seria governanta?... a sua. Adoraria ter uma assim.

Sir Patrick piscou.

— Então, o que você tem feito? — perguntou Beachendon, sem saber se Sir Patrick estava conseguindo falar.

Ouviu, então, um ruído atrás dele e viu que a mulher tinha voltado com um pequeno copo com um líquido marrom.

— Não temos xerez, mas encontrei um pouco de conhaque. Pode ser? — perguntou ela.

Beachendon sorriu, agradecido, e, pegando o copo, virou-o de um só gole.

— Eu estava relendo sua monografia sobre Jan Gossaert outro dia — disse Beachendon. — E continua sendo o trabalho mais equilibrado, esclarecedor e inspirador escrito sobre um artista.

Sir Patrick piscou um pouco mais.

— O mais surpreendente é lembrar que, quando você escreveu, poucos sabiam qualquer coisa sobre Gossaert, um grande mestre esquecido. Incrível pensar que você defendia com todo ardor o Renascimento alemão enquanto o resto do mundo rejeitava o movimento o considerando feio e grosseiro. — Beachendon sabia que estava falando demais, mas não sabia bem como levar uma conversa inteiramente unilateral. — Hoje em dia tudo está na moda em um lugar ou outro — disse ele melancolicamente.

— Nós gostamos mais do livro sobre Holbein — comentou a mulher.

O uso do "nós" confundiu Beachendon. Será que o velho expressava seus pensamentos através de sua cuidadora?

— Mas é claro, essa monografia é esplêndida — disse Beachendon —, só que a reputação de Holbein não precisava do mesmo tipo de impulso que a de Gossaert. Graças à sua estadia na Inglaterra e aos retratos que fez de Henrique VIII, todos nós o conhecíamos. — O conde tentava não ser arrogante com a enfermeira que, ele presumia, sabia mais sobre cateteres e urinóis do que sobre Altendorfer e Cranach.

— Não prestamos muita atenção às modas — disse a mulher, sorrindo docemente.

— Devo lembrá-la — replicou o conde gentilmente — que Sir Patrick escreveu um livro inteiro sobre o gosto ao longo dos tempos e a importância de acompanhar a procedência das obras.

— Que agora está em sua 18ª edição. Patrick é realmente muito inteligente — disse a mulher, olhando carinhosamente para Sir Patrick.

Beachendon sentiu o rubor subir de seu coração em direção ao pescoço. Não era possível que aquela linda jovem, pouco mais velha do que seu primogênito, estivesse de alguma forma "envolvida" com o quase cadáver de cabeça torta na cadeira de rodas.

— Não fomos formalmente apresentados — disse Beachendon, estendendo a mão.

— Josephine O'Mally, esposa de Patrick — disse ela. — Você pode me chamar de Jo.

— Esposa? — indagou Beachendon.

— Nós nos casamos ano passado, então não é tarde para nos dar os parabéns.

Beachendon olhou de Sir Patrick para a mulher.

— Sei o que está pensando. O que me atraiu no famoso colecionador de arte multimilionário? — disse Jo.

Beachendon abriu um ligeiro sorriso.

— Foi sua mente — continuou ela. — Sir Patrick me transportava do meu mundo pequeno e sem graça para um estado imaginário de felicidade e fantasia.

— Felicidade e fantasia?

— Sim, felicidade e fantasia — disse Jo, firmemente. — Estamos muito felizes.

Beachendon olhou para Sir Patrick e viu uma pequena bolha de cuspe se formando em seu lábio superior enquanto tentava articular uma palavra.

— *Squapppy* — disse Sir Patrick.

Jo foi até o marido e beijou-o gentilmente na bochecha.

— Sei o que mais você está pensando — disse Jo.

— Mesmo? — perguntou Beachendon, sentindo-se bastante chocado.

— *Spladdgeuery* — acrescentou Sir Patrick.

— Posso tomar um pouco mais de conhaque? — perguntou Beachendon.

— Você vai dirigir? Se for, eu não recomendo — disse Jo. — Mas agora nos conte, a que devemos o prazer de sua visita?

— Me deu vontade de fazer uma visita casual, só isso.

— Só isso?

— *Schalteralterrigis* — comentou Sir Patrick.

— Patrick acha que veio aqui para tentar persuadi-lo a vender sua coleção — traduziu Jo.

— *Sclortifiscathy*.

— Tem certeza de que quer que eu diga isso, querido? — Jo se ajoelhou ao lado do marido e limpou carinhosamente um pouco de baba de seu lábio.

— *Justhshioipoishldkhy*.

— Ele disse que vocês não passam de abutres cretinos que sobrevoam seu corpo em círculos há anos, mas que ele não vai a lugar algum.

— Eu realmente só vim fazer uma visita, sem segundas intenções — protestou Beachendon.

— *Crrasphoihslkenfijhnklend.*

— Ah sim, e a mãe dele é a rainha de Timbuktu.

— *Vlskjidhsot.*

— Desculpe, Vladivostok.

Beachendon olhou para as telas que cobriam as paredes do chão ao teto. Havia um pequeno retrato de Erasmo, de Holbein, um estudo para a grande obra que se encontra na National Gallery, dois Brueghels da fase mais tardia; a pintura quase perfeita de uma garota feita por Lucas Cranach, e um Mathias Grünewald, que retratava uma idosa. Segundo os boatos, no andar de cima havia maços de desenhos belos e inestimáveis em pesados baús de mogno, além de mais quatro andares de maravilhosas pinturas, todas compradas por menos de duzentas libras pelo jovem Sir Patrick. O sonho de Beachendon era reunir toda a coleção em uma grande venda que se estenderia por três dias. Agora, quando todos pensavam que o velho não sobreviveria ao próximo inverno, ele se casara com uma jovem que viveria por mais cinquenta anos. Se o velho deixasse sua coleção para a esposa, então as décadas de dedicado cortejo de todos aqueles interessados em suas obras teriam sido totalmente em vão. A única coisa que amenizava a decepção de Beachendon era pensar nessas pessoas, que ficariam muito mais perturbadas ao descobrirem sobre a nova Lady O'Mally.

— Nem tinha percebido que já estava tão tarde — disse Beachendon, levantando-se e curvando-se ligeiramente para Lady Jo. — Estava a caminho de uma palestra em Cambridge quando pensei em dar uma passada aqui — disse ele.

— Vou buscar seu casaco — disse Lady Jo. — Fique aqui com Patrick, por favor.

Beachendon inclinou-se em direção a Patrick e, olho no olho, disse baixinho:

— Vitória absoluta, meu velho.

— *Fluckingsthelrrfff* — disse Sir Patrick e Beachendon detectou um discreto sorriso nos lábios do velho.

Lady Jo voltou com o casaco de Beachendon.

— É tão bom receber alguém que quer apenas nos visitar. Outro dia apareceu aqui o curador de um museu americano, ele entrou, pegou o cartão de crédito e disse: "Diga seu preço", como se fôssemos criadores de ovelhas de Glamorgan.

Beachendon colocou o casaco e assentiu como quem compreendia.

— E outro tentou me seduzir! Veio logo dizendo que queria me dar o que meu marido já não era capaz de oferecer. Fiquei indignada. Absolutamente indignada.

— Eu imagino.

— Quase liguei para a polícia.

Então, o conde Beachendon virou-se para Patrick, acenando, mas os olhos do velho estavam firmemente fechados.

— Está na hora do cochilo dele. — Lady Jo acenou a cabeça em direção à porta da frente.

— Meu cartão... caso precise dos meus serviços — disse Beachendon, entregando seu cartão de visita.

— Tenho tudo o que preciso por enquanto — disse Lady Jo, sorrindo.

Beachendon voltou para seu carro. Desta vez, mal notou as armas caninas de destruição em massa. E, ao pisar em uma grande pilha de fezes, nem parou para raspar a merda de seu sapato. De que adiantava? Quando chegou ao estacionamento, Beachendon viu que o portão estava fechado e trancado, e havia um bilhete: "Problema de família. Tive que ir. Foi mal. Volto daqui a pouco."

Beachendon, então, voltou em direção a Whitechapel, onde esperava encontrar uma estação de metrô. As barraquinhas de uma feira estavam sendo desmontadas, os caixotes de repolhos e maçãs não vendidos continuavam empilhados, os restos de alimentos sujavam as calçadas e o chão estava coberto de folhas feias e rejeitadas.

— Cinco libras o último caixote de peras — gritava um feirante com pouco entusiasmo.

A cada passo, Beachendon sentia o cheiro de merda de cachorro e repolho podre.

Como isso foi acontecer?, Beachendon se perguntou. Há quarenta anos, era um rapaz de 18 anos saindo da Eton e prestes a ocupar uma vaga em Oxford. Bonito, bem conectado, deveria herdar um grande título e uma propriedade, mas o abismo entre a expectativa e a realidade foi se ampliando ano após ano, à medida que percebia o tamanho do rombo causado pela má administração de seu pai. Cinco semanas após o fim de sua lua de mel, a mesma Monachorum em que Beachendon trabalhava hoje havia se encarregado de dividir sua suposta herança em lotes. Até seus ursinhos de pelúcia foram catalogados como "lembranças de infância aristocrática". Sua mãe e ele se sentaram na primeira fila do leilão, levantando as mãos em momentos estratégicos para aumentar os lances. Mas nada amenizava a intensa dor de ver cada peça de mobília, desde a escrivaninha de Riesener até as tinas de banho dos criados, arrematadas por caçadores de herança. Só restou ao jovem conde um relógio de bolso, um título e conhecimentos básicos sobre móveis. Como as empresas ainda gostavam de ter alguém da nobreza em seu quadro de funcionários, Beachendon conseguiu ocupar alguns cargos como diretor não-executivo e uma posição júnior na casa de leilões. Com seu trabalho árduo e sua força de vontade, conseguiu ser promovido até chegar a leiloeiro-chefe. Embora o negócio da arte tivesse prosperado, o conde não teve a mesma sorte. Seus clientes se tornavam cada vez mais ricos, enquanto seu salário mal acompanhava a inflação.

A boa notícia era que Beachendon havia se lembrado de colocar seu cartão de metrô na carteira naquela manhã e tinha crédito suficiente para cruzar Londres de volta ao escritório.

CAPÍTULO 17

Parada à sombra da fachada cinzenta de um prédio de apartamentos de Friedrichstadt, em Berlim, Rebecca sentia-se um pouco idiota. Estava no endereço que havia encontrado no caderno do irmão, mas não sabia por que e nem o que estava procurando. Em sua vida profissional, Rebecca se orgulhava de ser uma comandante respaldada por fatos e datas, uma séria historiadora cuja reputação se baseava na avaliação minuciosa e calculada. Em sua vida pessoal, ignorava os pequenos deslizes do marido e concentrava-se em cumprir os deveres esperados de uma boa esposa e mãe. Seu comportamento decente e estável lhe garantia uma sensação de reconforto. Pegar um avião num impulso, cancelar reuniões importantes e mentir sobre onde estava não era nada típico dela.

Calculava que o número 14 da Schwedenstrasse tivesse sido construído em cerca de 1900 e era provavelmente um dos poucos prédios ainda de pé naquela área após os bombardeios aliados da Segunda Guerra Mundial. Na época, o vasto edifício de concreto pontuado por centenas de janelas devia ser moderno e impressionante. Agora parecia pequeno junto aos monumentais arranha-céus que se erguiam dos dois lados com determinação.

Rebecca hesitou antes de entrar no prédio: seu instinto dizia que, depois de cruzar aquela soleira, nada mais seria o mesmo. Seu telefone tocou; era Memling. Rebecca sentiu-se inundada por uma onda de alívio – seu pai, com seu inigualável senso de timing e intuição, estava ligando para lhe oferecer a explicação plausível que esperava.

— Meu celular indica que você está no exterior. Para onde foi? — perguntou Memling. Ele nunca perdia tempo cumprimentando, sempre ia direto ao assunto.

Rebecca hesitou, perguntando-se se deveria contar a verdade ao pai.

— Estou em Paris olhando para o que deveria ser um Corot, mas na verdade é uma cópia bem-feita. — Rebecca ficou surpresa com a facilidade que teve de bolar a mentira.

— Alguma novidade sobre a pintura? — perguntou Memling.

— Um beco sem saída. Para todos os lados. — Então, reunindo coragem, Rebecca perguntou: — O que há de tão importante em relação a esse quadro? Se quer minha ajuda, você precisa me contar.

Memling desligou.

Embora esperasse que seus empregados e familiares respondessem sobre tudo que desejasse saber, Memling só respondia as perguntas que queria. E raramente explicava ou falava mais do que o necessário. Suas instruções eram bem definidas e precisas, e a maioria das pessoas ficava grata por essa clareza e objetividade. Sua empresa era administrada como um império hierárquico com uma grande distância entre o líder e a primeira pessoa abaixo dele no comando. Em teoria, Rebecca compartilhava a posição de destaque e a mesma responsabilidade; na prática, era apenas mais uma funcionária. Memling mantinha o controle combinando sua autoridade natural com intimidação, além de seu punho de ferro nas questões financeiras. Todas as contas, quer fosse uma pintura de vários milhões de dólares ou um clipe de papel, tinham de ser sancionadas por ele.

Ao sair da universidade, a jovem Rebecca insurgiu-se contra o regime totalitário de seu pai. Recusava qualquer apoio financeiro e vivia de um ínfimo salário acadêmico em uma casa abandonada em Brixton. Oito anos depois, aos 32, voltou ao lar dos Winklemans com um marido e uma filha a reboque. Seu marido, Carlo, então aspirante a diretor de cinema, não conseguia sustentar sua família. Durante três anos Rebecca tentou fazer seu salário cobrir mais do que aluguel e comida, mas, com uma criança para sustentar, não tinha como. Pressionada por Carlo e seu pai, Rebecca acabou renunciando ao seu cargo no Courtauld Institute e aceitando um salário da Winkleman. Como diretora de curadoria, trabalhava lado a lado com o irmão, que era diretor de vendas e vice-presidente. Seu pai não precisava de um cargo oficial.

Com uma sensação de alívio e fracasso, Rebecca voltou para baixo das asas de Memling e do teto da família. Ganhou uma casa na Curzon Street, ao lado de seu irmão Marty, para morar com o marido e a filha. Tinham uma academia compartilhada, funcionários, carros e motoristas. Havia escritórios em Paris, Nova York, Genebra e Pequim, e casas de férias na África, em St. Barts e no sul da França. Viver sob os preceitos de Memling era ao mesmo tempo luxuoso e infantilizador, e às vezes até desmoralizante, mas preferia aquela falta de poder de decisão à vida inóspita que levava em Brixton. Para Memling, o sistema centralizado era uma forma de proteger aqueles que amava, não via isso como algo controlador ou autoritário.

Rebecca defendia que sua decisão de voltar atrás havia sido estritamente profissional. Winkleman era um marchand notável e muitas das maiores obras-primas do mundo passavam pelas mãos da companhia. Por que Rebecca recusaria a oportunidade que todo acadêmico, marchand e curador sonhava em ter? No fundo, estava exausta em razão da dureza dos últimos anos e aliviada em voltar à vida privilegiada, com lugares bonitos, empregados domésticos, roupas maravilhosas e viagens de primeira classe. Mas havia, ainda, outro fator importante: Rebecca amava e admirava seu pai. A seu ver, ele era o homem mais inteligente e bem informado, tinha o instinto de perceber quem iria vender ou comprar, era audacioso na hora de tomar decisões e culpava apenas a si mesmo por quaisquer contratempos ou erros de julgamento. E, acima de tudo, sempre colocava a família em primeiro lugar.

Rebecca guardou o telefone no bolso, deu um passo à frente e tocou a campainha do apartamento 409. Para sua surpresa, atenderam rapidamente.

— *Jah*?

Rebecca falava alemão fluentemente, embora o pai raramente falasse com eles em sua língua materna.

— Lamento incomodar. Meu nome é Rebecca Winkleman — disse ela, sentindo-se tola, pois ainda não fazia ideia da razão de estar lá ou de quem procurava.

— Winkleman?

— Sim.

— Suba até o quarto andar — respondeu a voz e Rebecca ouviu uma campainha destrancando a porta.

O hall de entrada para o bloco de apartamentos era decadente. Uma luz vacilante batia no corredor de painéis escuros e os saltos de Rebecca faziam barulho no piso de azulejos cor de tijolo. Havia um pequeno elevador, provavelmente instalado na década de 1950, mas ela preferiu subir pelas escadas.

Embora estivesse em forma, Rebecca chegou ofegante ao quarto andar. Havia dois longos corredores idênticos que levavam para a esquerda e a direita. No final de um deles, ouviu a voz de uma mulher.

— Aqui — chamou.

Rebecca caminhou em direção à voz e, chegando à porta, passou por um pequeno hall e entrou em uma sala de estar onde havia uma mulher sentada de pernas cruzadas no chão, trocando a fralda de um bebê.

— Desculpe, não consigo me levantar! Meu nome é Olga, e esta é a pequena Britta — disse ela, terminando de fechar a fralda da bebê.

— Você sempre deixa completos desconhecidos entrarem em seu apartamento? — perguntou Rebecca, sorrindo.

— É que você disse a palavra mágica: Winkleman. A senhora do fim do corredor disse que uma família com esse sobrenome já morou aqui.

Rebecca tentou disfarçar seu espanto – seu pai tinha crescido *ali*? Memling sempre dizia que as bombas aliadas haviam destruído a casa da família Winkleman.

— Estou tentando descobrir mais sobre a família do meu pai — disse Rebecca, dando uma olhada nos cômodos apertados e tentando imaginar Memling e seus pais ali. — Você sabe alguma coisa sobre eles?

— Muito pouco. Essa senhora disse que todos da família morreram. É fantástico que alguém tenha sobrevivido — disse Olga com verdadeiro entusiasmo. — Você deve ficar para conhecer meu marido Daniel... ele vai ficar muito satisfeito. Os avós dele estiveram em Treblinka. Somente a avó sobreviveu.

Rebecca sorriu. Nunca tinha imaginado que poderia existir uma espécie de ligação entre os herdeiros de uma grande tragédia. Memling raramente falava de suas experiências durante a guerra e, ainda assim, o Holocausto pairava sobre a vida da família em todos os aspectos, como uma mancha tênue e escura. A maioria da família da mãe dela também havia morrido, depois da guerra, quando o navio em que viajavam para Israel afundou. Somente sua mãe e outras duas pessoas se salvaram, usando os destroços como balsa até serem resgatadas. Rebecca sentiu-se menos solitária ao saber que outras pessoas de sua idade conviviam com os mesmos fantasmas. Então outro pensamento lhe ocorreu: talvez alguns parentes seus tivessem sobrevivido e, com aquela viagem, acabaria descobrindo uma família que nem sabia que tinha. Grace poderia fazer amizade com primos de sua idade. Rebecca e Marty nunca tinham conhecido nenhum parente, por parte de pai ou de mãe.

— Dê uma olhada por aí... vai ser rápido! — disse Olga, bem-humorada, levantando-se e apoiando Britta no quadril.

— Ela é linda — disse Rebecca automaticamente; o único bebê que tinha gostado na vida era sua filha.

Rebecca caminhou pelo apartamento. Tinha dois quartos, cada um grande o suficiente apenas para uma pequena cama de casal, e uma sala com uma grande janela com vista para a rua. Atrás havia uma pequena cozinha com uma janela voltada para o poço central triangular do bloco.

— Tem o tamanho perfeito para três pessoas — comentou Rebecca.

— Para nós é ótimo, mas devia ficar apertado para uma família de seis como os Winkleman — disse Olga. — Vi uma foto de todos eles nesta sala no álbum de Danica.

— Seis? — disse Rebecca, tentando disfarçar sua confusão. Memling sempre dizia que era filho único.

Olga replicou com ar compreensivo:

— Seu pai deve ter tentado protegê-la da dor... ou talvez proteger a si mesmo. A avó de Daniel fez o mesmo... disse a ele que apenas alguns de seus parentes sofreram quando na verdade toda a família foi aniquilada. Era mais fácil reescrever a história do que aceitar a verdade.

— Talvez a tal senhora tenha se enganado? — sugeriu Rebecca.

— Temos um sótão não muito pequeno. Talvez seu pai e o irmão dele dormissem lá em cima. Nós usamos para guarda-roupas e livros velhos.

Olga apontou para a porta do sótão.

— Posso ver?

Rebecca imaginou que devia ser ali que os Winklemans guardavam as obras de arte de seus amigos. Pensou nas pinturas. Seu pai contou, uma vez, que os Winklemans haviam comprado ou escondido mais de trinta pinturas para outros judeus. Algumas das mais importantes obras da empresa, incluindo dois Veroneses, quatro Degas, três Corots, um Fragonard, um esboço de Tiepolo e dois Rembrandts tinham chegado até eles dessa forma.

— Se pegar aquela haste — Olga apontou para o canto, — pode puxar a porta e a escada desce junto. Está um pouco emperrada.

Rebecca subiu cuidadosamente ao sótão. A cada passo seu coração parecia pesar mais. As escadas só davam espaço suficiente para seu corpo esguio, não conseguia imaginar como seria subir com uma obra-prima renascentista por aqueles degraus frágeis. Ao chegar lá em cima, encontrou um pequeno cômodo, medindo cerca de 2,5 por 1,5 metro, cheia dos pertences dos novos moradores. Havia caixas e sacolas bem organizadas. Teria sido impossível manobrar as grandes pinturas pela escada retrátil para aquele pequeno quarto. Mesmo que tivessem tirado os bastidores e as molduras, as obras maiores não teriam passado pela quina estreita.

Rebecca desceu a escada lentamente.

— Não há muito o que ver — disse Olga como quem se desculpa —, é nosso primeiro apartamento.

— Há quanto tempo vocês moram aqui? — perguntou Rebecca, esperando que Olga tivesse conhecido Marty.

— Há apenas seis meses. Os últimos moradores foram embora há alguns anos... o apartamento ficou vazio por um tempo.

— É uma graça — disse Rebecca, tentando se livrar do mau pressentimento.

— Vá falar com a senhora do 411... ela é bem velhinha e solitária. E tem fotos daquela época... inclusive da sua família.

Meia hora depois, Rebecca estava sentada em um apartamento ainda menor com Frau Danica Goldberg, de 96 anos de idade.

— É claro que me lembro da sua família — disse ela. — Nós brincávamos juntos, mas — ela se inclinou para perto e olhou seriamente para Rebecca — todos morreram nos campos, fora a filha, Johanna. Johanna morreu depois quando os Aliados, tentando ser gentis, deram comida demais aos sobreviventes: o estômago dela se rompeu.

Rebecca estremeceu. Danica colocou a mão no braço da mulher mais jovem.

— Foi insensível da minha parte falar assim. Me desculpe — disse ela.

Rebecca olhou pela janela. Se ao menos estivesse tremendo só por esse motivo.

As duas mulheres ficaram em silêncio por um momento.

— Um homem esteve aqui me fazendo essas mesmas perguntas. Tenho o cartão dele em algum lugar.

Danica, então, levantou-se com dificuldade, foi até a mesa lateral marrom e tateou lá dentro. Instantes depois encontrou um cartão de visita e estendeu-o para Rebecca.

— Aqui está.

O cartão tinha o nome de Marty e, em sua inimitável caligrafia extravagante, seu número de celular. Rebecca sentiu lágrimas arderem em seus olhos.

— Meu irmão — disse Rebecca.

— Eu sabia que vocês deviam ter algum parentesco. Fiquei tão feliz em conhecê-lo — disse Danica com um sorriso largo. — Pensava que toda a família Winkleman tivesse morrido, mas não. Eu lhe pedi que dissesse ao meu velho amigo Memling para vir me visitar. Mas ele ainda não veio.

A cabeça de Rebecca parecia dar voltas. Por que Marty não havia lhe contado sobre aquela visita? Aquilo teria algo a ver com sua morte repentina? Pequenas contas de suor começaram a se formar no pescoço e nas têmporas dela. Seu coração batia acelerado. *Não*, disse a si mesma, *foi um acidente*. O legista registrou "morte acidental". Mas de repente ela não tinha tanta certeza.

Rebecca olhou para o chão – o padrão do tapete flutuava em seus olhos cheios de lágrimas. Danica deu tapinhas carinhosos em seu braço.

— O homem que veio era moreno. Você é tão clarinha — disse Danica. A idade praticamente não tinha afetado a força de sua voz e, pelo jeito, nem de sua memória.

— Marty saiu parecido com minha mãe. Ela era italiana... uma judia de Verona — disse ela, lembrando que as pessoas geralmente não achavam que ela e o irmão fossem parentes.

— E você se parece com seu pai? — perguntou Danica.

— Demais, ou assim me dizem — replicou ela. — Quando Marty esteve aqui? — Fazia sete anos e dois meses que o irmão havia falecido.

— Há oito... ou sete anos? Ele pediu para ver minhas fotos. Você também quer vê-las?

Rebecca assentiu: não conseguia parar de pensar em Marty. Marty sentado ali onde ela estava, Marty vendo os álbuns, Marty caindo da grade da barcade Newhaven para Dieppe no dia de Ano Novo. Ele teria feito aquilo de propósito? Rebecca ficou perplexa quando ele foi embora de Londres sem bagagem ou sequer uma ligação para se despedir. Não havia deixado nenhum bilhete, dado nenhuma explicação. Pela primeira vez desde que soube de sua morte, Rebecca se perguntava qual teria sido a causa.

Danica levantou-se outra vez muito lentamente e, indo até um aparador, pegou um antigo álbum de fotografias.

— Meu pai tinha um estúdio de fotografia em Mitte e tirava belos retratos formais. Os nazistas incendiaram sua loja e todos os registros. Uma geração inteira consumida pelas chamas. Apagada. Não queriam exterminar apenas as vidas, mas também as lembranças. Ele também tinha uma pequena câmera Brownie, que usava para tirar fotos das famílias aqui em Friedrichstadt. O Museu Judaico quer meu álbum... podem até ficar com ele quando eu morrer, mas, até lá, esse é o único amigo que me restou.

— Você tem filhos e netos? — perguntou Rebecca.

— Eu nunca colocaria crianças neste mundo, não podia suportar a ideiá de obrigar alguém a viver aquele horror.

Rebecca foi se sentar ao lado de Danica no pequeno sofá. A senhora cheirava a urina velha, repolho passado e talco. Rebecca queria sair correndo, mas obrigou-se a ficar.

Ver o álbum todo levou muito tempo. Danica precisava contar a história de cada pessoa há muito falecida. Após cada descrição, ela acrescentava:

— Que descansem em paz.

Enquanto falava, Rebecca tentou imaginar Marty sentado ali. Com mais de 1,80 de altura, dificilmente teria cabido no sofá. Sendo um homem que não conseguia ficar parado por mais de alguns segundos, Marty certamente tinha tirado o álbum das mãos dela e folheado as páginas impacientemente. Rebecca sentiu uma profunda tristeza ao pensar no irmão – com sua animação, generosidade e entusiasmo infantil havia conquistado muitos admiradores ao longo da vida, mas ninguém o amou mais que ela, acreditava Rebecca.

— Aqui estão todas as crianças do quarto andar — disse a velha, inclinando o álbum para que Rebecca pudesse ver melhor.

Ela logo identificou o jovem Memling – ele devia ter uns 8 anos e era a cara de sua filha, Grace. Era a primeira vez que via uma foto de seu pai quando criança. Mesmo sendo uma foto em preto e branco, Rebecca reconheceu o rosto franco e largo, os olhos azul-claros e os fartos cabelos loiros.

— É ele — disse ela à senhora.

— Foi o que o seu irmão disse também — comentou Danica, pensativa. — Esse aí não é um Winkleman; é Heinrich, o membro mais jovem da família Fuchs, do 407. Eram os zeladores, os únicos não-judeus do prédio. Fritz Fuchs e sua esposa, esqueci o nome dela, passavam por tempos difíceis e não tiveram escolha a não ser morar aqui... Ele odiava. E também nos odiava. Tinha perdido o pé na Primeira Guerra Mundial e não conseguia arrumar trabalho. Era aquele tipo que não parava de reclamar, e que sempre precisava de um bode expiatório. Às vezes eram os judeus, mas na maioria das vezes era o pequeno Heinrich. Aquela pobre criança. Se não fosse bem na escola ou se comportasse mal, apanhava e era deixado sem roupa na rua.

Rebecca observou mais atentamente o pequeno garoto loiro – será que tinha se enganado?

— Quais são os Winklemans? — perguntou ela.

— São tão fáceis de distinguir. — Danica riu, apontando para duas garotas pequenas e dois meninos ainda menores, todos de cabelos encaracolados e olhos escuros brilhantes. — Costumávamos brincar que era bom que eles fossem tão pequenos... ou de que outra forma caberiam naquele apartamento?

Rebecca já não estava mais suportando o cheiro da senhora; as paredes da sala pareciam se fechar à sua volta.

— Preciso de um pouco de ar — disse ela.

— Há uma varanda ali fora — disse Danica, acenando a cabeça para a janela. — Tem até uma vista. Vou preparar um chá.

Ao chegar à varanda, Rebecca inspirou rajadas de ar e tentou acalmar suas emoções. Será que Marty também tinha saído para a varanda depois de ver a fotografia? O coração dele tinha ficado descontrolado como o dela? Lágrimas quentes corriam sem parar pelo seu rosto – como Marty pôde manter segredo sobre tudo aquilo? Se ao menos ele estivesse ali agora. Marty, que tinha resposta para tudo; Marty, que sempre tornava as coisas suportáveis. Rebecca, então, limpou desanimadamente as lágrimas e tentou conter o pânico e o mau pressentimento.

Mais cedo, quando entrou naquele prédio, Rebecca carregava suas sólidas crenças sobre a importância da família. Eram ideias que seu pai sempre reforçava em ocasiões importantes. Ele dizia que a lealdade à família era a coisa mais importante do mundo; que a família era tudo o que tinham, tudo o que valia a pena proteger.

O Holocausto havia pairado sobre a família por duas gerações: até mesmo Grace falava sobre a terrível "ferida" do avô. Na varanda, olhando para um pequeno parque lamacento lá embaixo, Rebecca procurou lembrar o que sabia sobre a história de Memling. O menino e sua família forçados a embarcar em um trem, uma longa e sufocante viagem e a chegada a Auschwitz. Sua avó, quase cega, havia tropeçado na plataforma da estação e fora espancada até a morte em frente à família. Sua mãe tinha cedido suas escassas rações para que os filhos pudessem comer mais, morrendo de fome diante dos olhos deles. Seus amigos desaparecendo, um a um, o pai sendo levado sem explicação. Rebecca e Marty foram juntando aqueles fragmentos ao longo dos anos. No braço do pai, a reveladora tatuagem, uma série de números aleatórios, o símbolo definitivo do sofrimento. Eles a tinham visto apenas algumas vezes e sentido o peso e a responsabilidade da sobrevivência, sabendo que deveriam viver por aqueles que não conseguiram e aproveitar ao máximo todas as oportunidades em nome daqueles que pereceram.

Memling tinha ensinado aos filhos a serem discretos, reservados, distantes – a nunca confiar em ninguém e sempre imaginar que outro ataque poderia acontecer a qualquer momento. Toda a vida deles se baseava no fato de seu pai ser judeu e ter escapado por pouco da morte em um campo de concentração. *O que eu faço agora?*, pensou Rebecca. E se meu pai não for Memling Winkleman, um sobrevivente do Holocausto, mas um alemão chamado Heinrich Fuchs? E se, na verdade – Rebecca sentia o pânico crescer dentro dela –, ele tivesse sido um membro do Partido Nazista?

Embora ela e Marty não tivessem sido criados na tradição ortodoxa, serem judeus era uma parte fundamental de sua identidade, um fato do qual não podiam escapar. Ser judeu era como ter uma sombra sempre presente que projetava diferentes formas de acordo com determinadas situações. Era algo que ela não celebrava nem rejeitava, mas estava lá, alimentando seu senso de identidade e pertencimento. Ela era uma filha da Europa, vinda de uma longa linhagem de professores judeus alemães, que haviam emigrado séculos antes das Terras Sagradas para se estabelecerem no continente. O extermínio de todos os membros da família de seu pai no Holocausto, embora nunca discutido, era sentido na maioria das áreas de sua vida. A ausência de familiares, tradições, funerais ou recordações criava um grande buraco negro em sua história. Agora, de repente, deveria abrir mão de tudo aquilo, repensar o passado e, pior ainda, aliar-se ao próprio opressor. Como poderia odiar o inimigo de seu pai, quando era fruto desse inimigo? Sua mãe sempre soube disso? Por que, e como, alguém poderia criar e viver uma mentira tão terrível?

O corpo de Rebecca tremia tanto que teve de se segurar à grade em busca de apoio. Respirou fundo, então, tentando se recompor concentrando-se na vista à frente, a paisagem do centro de Berlim em uma noite fria de fevereiro; pessoas voltando do trabalho, crianças brincando no minúsculo parque. A vida deles seguia em frente enquanto a sua estava sendo despedaçada por uma fotografia.

— Deve estar frio aí fora. Preparei um chá — chamou Danica pela janela aberta.

Relutantemente, Rebecca voltou para dentro, limpando as últimas lágrimas.

— Você está muito pálida. Quer um gole de conhaque? Guardo um pouco para emergências — disse Danica.

Rebecca balançou a cabeça.

— Pode me contar um pouco mais sobre a família Winkleman?

— Eram generosos, gentis... a porta deles estava sempre aberta e, embora não tivessem dinheiro, dividiam o pouco que tinham.

— Pensei que o pai fosse um advogado bem-sucedido.

— Ele representava os pobres e os oprimidos... nunca ganhou dinheiro. Era um homem bom, que colocava o bem-estar dos outros à frente do dele e de sua família. E ela era professora de artes.

— Meu pai me contou que ajudaram os judeus a escapar na década de 1930, comprando quadros deles — disse Rebecca, embora já calculasse que aquela história não devia ser verdade.

Danica balançou a cabeça:

— Eles tinham um sótão, então as pessoas escondiam coisas lá... uma ou outra pintura, joias, mas principalmente recordações familiares. Nunca se sabia quando os nazistas iriam aparecer.

— Os Winklemans tinham alguma obra de arte? — perguntou Rebecca.

— Seu irmão fez as mesmas perguntas — disse Danica, pensativa. — Eles tinham uma pintura, da qual ela se orgulhava muito. Ficava pendurada acima da lareira na sala e às vezes ela nos contava a história por trás do quadro. Ainda me lembro até hoje: tinha uma bela jovem e o amante, observados por um palhaço. Não era rígida como muitas obras contemporâneas. Era possível se perder naquela pintura.

— A pintura por acaso aparece em alguma das fotografias? — perguntou Rebecca.

A senhora folheou as páginas do álbum.

— Aqui está.

Ela apontou para uma pequena fotografia em preto e branco da família Winkleman de pé diante da lareira. Atrás deles, na parede, havia uma pintura de cerca de 45 por 70 centímetros. Embora fosse uma imagem muito pequena e difícil distinguir qualquer detalhe, Rebecca viu que correspondia à descrição da pintura que Memling estava tão ansioso para recuperar.

— Havia mais de cem famílias vivendo neste quarteirão — disse Danica. — Muitas tinham pinturas bonitas. As famílias mais ricas moravam nos andares de baixo, que tinham pé-direito alto e obras de arte maiores. Lembro-me de uma família, os Steinbergs, que tinham obras de Veronese, Rembrandt e não sei mais quem. A sra. Winkleman nos levava às vezes para ver as pinturas e tentava nos ensinar um pouco sobre arte.

Então, continuando a folhear o álbum, Danica ficou em silêncio.

— Os nazistas não levavam apenas as pinturas, levavam tudo: lençóis, toalhas, móveis, panelas e frigideiras, tudo mesmo. Roubavam a riqueza dos ricos e a pobreza dos pobres.

— O que eles fizeram com tudo isso?

— As melhores coisas eram oferecidas a Hitler. Depois, Göring. Havia uma ordem hierárquica.

Rebecca assentiu.

— Os líderes regionais vinham depois, seguidos pelos oficiais, e, só então, o que não quisessem era vendido em leilões semanais. Às vezes, antes de sermos levados, íamos às vendas para ver quem ia comprar nossas coisas. Uma vez minha mãe tentou comprar um bule que tinha pertencido à sua avó. Estava lascado e velho... não valia mais do que alguns marcos. O leiloeiro viu a estrela amarela em seu casaco e se recusou a vender para ela. Ele pegou o bule, que era feito de porcelana, e o jogou no chão para ela assisti-lo se quebrando em mil pedaços. Eu não teria me importado de perder uma pintura valiosa se pudesse ter guardado um livro ou dois. Sabe que não tenho nenhum registro da caligrafia da minha mãe ou do meu pai? Tudo o que eu queria era ver novamente um livro antigo e ler: "Para Danica, feliz aniversário, com amor de mamãe e papai". Seria pedir muito? Tenho 96 anos, mas não perdi a esperança.

Rebecca balançou a cabeça, tentando conter a vergonha e a tristeza – seria Memling um cúmplice, um ladrão de lembranças? Sua família e ela tinham vivido dos lucros obtidos à custa do sofrimento dessas pessoas?

— Heinrich trabalhava para a equipe particular de arte do Führer — disse Danica, como se estivesse lendo a mente de Rebecca. — Um dia, ele e alguns colegas, muito elegantes em suas camisas pretas e botas engraxadas, vieram aqui e levaram algumas pinturas. Dava para ver que ele estava desconfortável com aquilo... mas isso não o impediu. Não podíamos fazer nada além de observá-los. Esther Winkleman chorou de vergonha; ela havia ensinado ao pequeno Heinrich o que era bom. Nunca havia lhe falado uma palavra sobre o que era terrível.

— Ele levou a pintura dela?

— Não enquanto ela era viva — disse Danica. — Mas me perguntei muitas vezes o que aconteceu com aquela pintura depois que eles foram levados.

Rebecca abriu e fechou a boca e, incapaz de formular qualquer palavra, apenas encolheu os ombros e baixou a cabeça.

Danica deu um tapinha reconfortante em sua mão.

— Isso é passado.

Sua compaixão feria-lhe como uma farpa.

— Como pode ser tão compreensiva? — sussurrou Rebecca.

— Nunca vou perdoá-los, mas não poderia permitir que a crueldade deles dominasse toda a minha vida; seria admitir que eles venceram. Tive de encontrar uma maneira de viver com essas lembranças, mas também não quero que ninguém se esqueça do que aconteceu. — Ela olhou intensamente para Rebecca. — Ao ouvir minha história, você está me ajudando e a muitas outras pessoas. As pessoas precisam saber o que houve para que a história não se repita.

Em seguida, Danica virou mais uma página do álbum. Desta vez, era o mesmo apartamento com os mesmos pertences e o Watteau ainda pendia sobre a lareira, mas faltava algo.

— Onde estão as pessoas? — perguntou Rebecca. — Onde está a família?

— Em 1942, muitas famílias pediram ao meu pai para tirar fotos de seus apartamentos vazios. Era como se soubessem que aquela vida estava chegando ao fim. Não éramos mais pessoas aos olhos do Estado. Nossos negócios haviam sido confiscados; nossa liberdade, severamente restringida; nossos templos, queimados e saqueados. Já suspeitávamos que, em pouco tempo, apenas nossos fantasmas assombrariam esses apartamentos, esses prédios.

Por um longo tempo, as duas ficaram em silêncio olhando para os cômodos vazios capturados em imagens em preto e branco com as bordas amareladas pelos anos.

— Você se importa se eu tirar algumas fotos com meu iPad?

Danica sorriu.

— É claro que não.

— Tem certeza de que nenhum outro Winkleman sobreviveu? — perguntou ela.

— Ouvi dizer que Johanna teve bebê no acampamento. Uma filha. Como seu pai nunca tentou encontrá-la? — Danica balançou a cabeça, indignada. — As pessoas passaram a se comportar de maneira estranha depois da guerra... mas a maioria das famílias queria se reunir.

— Ele começou uma nova vida na Inglaterra — apontou Rebecca, voltando ao padrão familiar de proteger Memling. — Queria deixar o passado para trás.

Danica sorriu.

— Na minha idade, o passado é a única coisa que temos.

As duas mulheres ficaram sentadas lado a lado por alguns minutos. Rebecca olhava para as fotografias, enquanto Danica olhava para Rebecca.

— Você não é uma Winkleman, não é? — perguntou a velha senhora com uma voz gentil.

— Claro que sou... veja meu passaporte — disse Rebecca bruscamente.

Danica inclinou-se, fechou o álbum e, tomando as mãos de Rebecca em seus próprios dedos rugosos, perguntou:

— Você é uma Fuchs?

Rebecca olhou para o rosto da senhora. Queria mentir, levantar-se, sair depressa dali, gritar e protestar. Diferentes impulsos e sentimentos passaram como um turbilhão por sua cabeça. Então, forçando-se a manter a calma, ouviu sua própria voz hesitantemente dizer:

— Eu não sei.

Danica olhou para Rebecca por alguns instantes antes de dizer com sua voz suave:

— Não importa se você é judia ou gentia... o que importa é fazer o que é certo.

Enquanto se afastava de Friedrichstadt, Rebecca queria desesperadamente falar com Marty. Nunca imaginou que seria possível sentir mais ainda sua falta. Rebecca parou junto ao pátio de uma grande escola de ensino médio e ficou observando os alunos. Alguns participavam de um jogo, outros estavam sentados em volta, conversando – pareciam tão confiantes e à vontade. Rebecca tentou se lembrar daquela sensação e percebeu que nunca tivera um momento de tranquilidade como aquele. Será que algum dia se sentiria daquele jeito? Essa era fácil de responder.

Então, pegou seu iPad e viu as fotos do caderno de Marty. Percebia agora que Marty tinha rastreado algumas pinturas até a Schwedenstrasse, 14 – as mesmas que Memling afirmava terem sido compradas dos amigos judeus que fugiam. Elas incluíam um Veronese, dois Rembrandts e um Watteau que batia com a descrição da pintura perdida. Ao lado dessa última, Marty anotara alguns detalhes, incluindo o nome Antoine Watteau, a data 1703, a entrada de um catálogo e uma referência de venda de 1929. Ela sabia que precisava concluir a busca do irmão. Marty descobriu a verdadeira identidade do pai e estava tentando descobrir como ele havia conseguido suas primeiras pinturas. Teria sido fraude, oportunismo ou algo pior?

Rebecca passou por algumas lojas, mas não conseguia se concentrar em suas vitrines. Se descobrisse que Memling era culpado de algum crime terrível, o que faria? Expor o pai significaria pôr fim a todo o negócio dos Winklemans. Tinha de pensar em sua filha e Carlo, assim como em seus funcionários, e nos clientes e museus que haviam comprado as obras de boa fé. Mais uma vez, Rebecca se perguntou se a morte do irmão tinha mesmo sido um acidente; talvez ele não tivesse conseguido lidar com a responsabilidade de expor a mentira ou conviver com ela. A pintura desaparecida estava entrelaçada à história de sua família – como protagonista, testemunha e segredo. Enquanto voltava depressa para o hotel, Rebecca concluiu que tinha de encontrá-la antes de qualquer outra pessoa, incluindo Memling.

CAPÍTULO 18

Memling Winkleman acertou a bola de tênis com toda força que seu corpo de 91 anos podia reunir.

— Você está com tudo hoje, sr. Winkleman — gritou Dilys, sua treinadora, sobre a rede, esforçando-se para rebater.

A bola chegou suave demais na mão de Memling, que acertou-a de volta com tanto ímpeto que Dilys mal conseguiu desviar.

— Posso estar velho e decrépito, mas não jogue de maneira condescendente — bradou Memling.

Ele tratava sua treinadora como tratava todo mundo: de forma autoritária e exigente. A combinação de riqueza, idade e inteligência o convencia de que ele era melhor do que os outros e sua autoconfiança era tão absoluta que era contagiosa.

Dilys levantou as mãos para se desculpar. Já fazia quase dez anos que ela jogava tênis com Memling três noites por semana, às 18h, na quadra sob o complexo Winkleman na Curzon Street. Praticavam durante 45 minutos e, exatamente às 18h45, ele saía sem nem se despedir. Dilys não se importava

– além de pagar bem, era mais desafiador do que seu emprego como professora em uma escola particular.

Memling subiu de elevador do porão para o quarto andar, cruzou o quarto, o closet e, tirando a roupa, entrou no chuveiro. A água começou a sair automaticamente, pré-programada para alternar jatos de água quente e gelada. Exatamente cinco minutos depois, ele saiu do chuveiro e olhou ansiosamente para o celular, esperando encontrar alguma mensagem. Nada. Naquela altura deveria estar curtindo a velhice, o futuro da filha e da neta estavam assegurados, mas sentia-se atormentado pelo medo. Tudo o que havia construído, o trabalho de uma vida, o futuro de sua família, estava em perigo devido a um erro sentimental. A única solução era encontrar e destruir aquela evidência que ligava Memling a um passado muito bem enterrado. Seus pensamentos voltaram à fazenda na Baviera – tinha tentado reduzir o local a cinzas em sua última visita, mas desistiu no último instante, incapaz de aceitar que sua vida estava chegando ao fim. Mas estava decidido a fazer isso no máximo até o final do mês.

Secou-se e vestiu um terno de caxemira azul-marinho sobre uma camisa azul-clara antes de voltar ao elevador e descer até sua sala de jantar particular no primeiro andar. Annie havia preparado o jantar, uma posta de peixe cozido no vapor, espinafre e meia garrafa de Bordeaux tinto em uma mesa lateral. Quando não saía, Memling gostava de comer sossegado, acompanhado apenas por Tiziano. Naquela noite, estava sem apetite e ficou sentado olhando para o esboço de Tiepolo pendurado na parede oposta, enquanto recordava seu segundo grande erro: reencontrar a pintura no brechó e não comprá-la na hora. Ao notar a câmera de segurança na parede, Memling decidiu mandar Ellis, seu guarda-costas e chofer, um dos poucos em quem confiava, para comprar a obra. Quando descobriu que a pintura não estava mais lá, Ellis tentou dar um susto no vendedor. Infelizmente, sua "pequena lição" virou uma tragédia e agora o homem estava morto, e a pintura continuava desaparecida.

Servindo-se de uma segunda taça de vinho, Memling permitiu que seus pensamentos voltassem para Marianna – ela tinha prometido nunca vender ou se desfazer a pintura, que a obra permaneceria com ela como uma lembrança secreta do verdadeiro amor dos dois. Sua morte repentina e inesperada anulou suas boas intenções.

Pelo bem de seus filhos, Memling nunca deixou a esposa, Pearl, pelo amor de sua vida. Nunca foi um homem dado a paixões, ou até mesmo a sentimentos profundos, mas tinha amado Marianna desde o momento em que ela entrou na igreja para se casar com seu querido amigo. Ao virar-se, como o resto da congregação, para olhar a noiva, Memling sentiu um choque pulsar pelo seu corpo. Quando passou por ele, ela percebeu seu olhar e ele soube naquele instante que o sentimento era mútuo.

Marianna e Memling passaram cinco dolorosos anos negando seu amor, até que, em uma tarde, se encontraram por acaso perto do hotel Claridge. Aquela foi a primeira de muitas tardes felizes que passaram em uma suíte no quarto andar. Dezessete anos após sua morte, Memling ainda mantinha a suíte permanentemente reservada e muitas vezes voltava lá sozinho para lamentar sua perda.

Após a morte de Marianna, Memling escreveu aos filhos dela pedindo sua pintura de volta. Não acrescentou que havia presenteado o valioso objeto à mãe deles como lembrança de seu amor. Tinha sido seu único gesto sentimental em toda vida. Os filhos dela (nenhum era filho de Memling) se desculparam, mas admitiram terem vendido todo o conteúdo da casa da mãe como um único lote a uma empresa especializada em esvaziar imóveis. Memling vasculhou salas de leilão e catálogos de museus durante muitos anos; e criou o hábito de visitar galerias aleatórias e brechós nos finais de semana. Foi por acaso que encontrou a pintura na Bernoff naquele sábado, após dezesseis anos e seis meses de procura. *Por que*, pensou Memling pela enésima vez, *havia dado aquela pintura a Marianna*? Ele tinha tantas outras, e muitas até mais valiosas. A resposta era sempre a mesma: aquela pintura dizia tudo em que ele acreditava – mas nunca poderia falar – sobre o amor. Durante os primeiros dezesseis anos de sua vida, a obra pertenceu à única pessoa que havia lhe mostrado o que era a bondade verdadeira e incondicional. E era disso, presumia Memling, que se tratava o amor. Quando conheceu Marianna, sua compreensão do amor mudou. Ele era, simultaneamente, o homem feliz e apaixonado aos pés de sua amada e também o palhaço melancólico observando ao fundo. A paixão o fazia variar, de uma hora para outra, entre ondas de êxtase e sofrimento. Como qualquer outra pessoa, ele acreditava que seu caso era único.

Somente os momentos que passava com Marianna garantiam a Memling uma trégua do desgosto e da vergonha. Durante aqueles breves instantes, esquecia-se do menino nu e com frio em frente ao apartamento em Berlim, uma desgraça para os pais. Ou da vergonha de andar sorrateiramente pelo quarteirão, saqueando as casas de seus antigos amigos, privando os poucos sobreviventes de seus pertences. Ou da desonestidade de roubar a identidade de outro homem, uma falta de dignidade que carregaria para sempre. Havia momentos em que Memling justificava suas ações aos próprios olhos. Tinha salvado grandes obras quando cortou as pinturas das molduras nos depósitos, enrolou as telas e as escondeu em sua mala – mas, bem no fundo, ele sabia que era apenas um ladrão sortudo.

O amor de Marianna enobrecia Memling, fazia dele uma pessoa melhor e o limpava de seus crimes, enquanto seu amor por ela confirmava que, longe de ser uma má pessoa, havia bondade naquele coração de pedra. Como Marianna era vinte anos mais nova do que Memling, acreditavam que viveria mais que ele, e ela tinha prometido queimar a pintura assim que soubesse de sua morte. Ele amaldiçoava o destino por levá-la cedo demais. E amaldiçoava sua estupidez por ter dado a pintura a ela, para começo de conversa.

Memling olhou para o relógio. Já eram sete horas da noite. Não queria ir à inauguração da Royal Academy, mas sabia que deveria ser visto nos eventos, que precisava agir como se nada estivesse acontecendo. Apertou, então, uma discreta campainha vermelha na parede, dando sinal para seu motorista parar o carro em frente à casa.

Durante toda a viagem da Chester Square para a Royal Academy, Barty, que usava uma calça apertada demais, estava no banco de trás do carro de Vlad, a parte de cima do corpo saindo pelo teto solar. Para capturar o espírito da exposição, "Música, Loucura e Caos na França do século XVIII", Barty estava vestido como um dos cortesãos de Luís XIV: uma calça amarelo-vivo colada à pele, meias de seda branca e sapatos pretos de couro envernizado com fivelas brilhantes. Usava ainda uma casaca de damasco rosa que chegava ao meio das coxas e uma camisa com centenas de minúsculos babados em cascata do pescoço até a cintura. Usado por uma criança em um drama histórico da BBC da década de 1970, o traje era vários números menor. Para caber nele Barty estava usando uma cinta modeladora, um espartilho e não tinha ingerido nenhuma comida sólida nos últimos três dias. No entanto, a *pièce de résistance* do visual era uma enorme peruca, de sessenta centímetros de altura, com um galeão dourado aninhado em nuvens de cabelos brancos cheios de brilhantina.

— Peguei a peruca emprestada com o Elton John, querido — contava Barty a quem perguntasse, e também a quem não queria saber.

Vlad puxou as lapelas de seu casaco de couro sobre suas bochechas e, afundando-se no macio assento de couro branco, esperava que nenhum conhecido os visse juntos. Sentia-se exausto só de pensar em uma noite com Barty.

Acabara de receber más notícias da fábrica em Eshbijan naquela tarde. Um cano explodira, pulverizando metal fundido sobre 213 trabalhadores. Foram duas mortes, e 74 trabalhadores no hospital com queimaduras de quarto grau. Podiam comprar o silêncio das famílias, fazer as indenizações adequadas, mas, se a notícia do acidente se espalhasse, o plano de Vlad lançar sua empresa na Bolsa de Valores de Londres seria ameaçado. Quase tão preocupante era que a notícia do acidente tivesse chegado ao Líder 2 horas e 45 minutos antes de Vlad ter sido informado. Claramente havia informantes profundamente entranhados em sua organização. Vlad sabia que não podia confiar em ninguém.

— Ah, anime-se — disse Barty, notando o rosto taciturno do russo. — Estamos indo a uma festa. Se não gostar, podemos ir para outra. Isto que é bom no mundo da arte: temos um leque de escolhas. Podemos ser sérios em Spitalfields, grunges em Golders Green ou chiques em Chelsea. Lembre-se, embora o local mude, as pessoas não. É engraçado como a vida cultural é uma bolha: tudo a mesma coisa.

A opinião de Vlad sobre o mundo da arte estava despencando. Nas últimas semanas, tinha frequentado várias exposições de obras altamente valorizadas, absurdamente caras e completamente desconcertantes. Um artista encheu estantes com centenas de potes minúsculos, que mal eram visíveis por trás do vidro fosco, enquanto outro, um alemão, pintou figuras invertidas deformadas em um mar de rabiscos. Já haviam oferecido a Vlad o grafite de um artista de rua morto, que custava mais do que sua casa nova, ou o trabalho de um jovem prodígio que laqueava papel de parede com padrão em relevo e o vendia por centenas de milhares de libras. O que tornava todo o processo ainda mais frustrante era que, para comprar uma dessas obras, Vlad teria de entrar em uma lista exclusiva de espera, sem tempo determinado. Não era de admirar que as pessoas preferissem o sistema de pague e leve dos leilões. Na semana anterior, ele tinha comprado um *Elvis* e um *Presidente Mao*, de Andy Warhol, em uma venda noturna na Monachorum, esperando que o Líder ficasse grato ao receber o Rei e o soberano.

Para sua surpresa, o Escritório de Controle Central gostou das obras de mosca e diamante de Hirst, mas rejeitou o *Presidente Mao* com um bilhete que dizia: "O Líder não quer nada que o faça lembrar de olhos puxados".

Isso era o mais próximo de uma piada que o regime era capaz de chegar e Vlad quase riu. Barty colocou o chinês na nova cozinha de Vlad na Chester Square, dizendo que era "chique" ter trinta milhões de libras penduradas por cima do fogão.

O carro de Vlad passou pelos imensos portões ornamentados do pátio da Royal Academy. A fachada estava iluminada e os degraus de pedra flanqueados por anões seminus usando togas douradas, com tochas nas mãos. Havia um elefante com ar desconsolado de um dos lados, montado por um jovem *mahout* quase azul de frio e com um turbante exagerado. O elefante oscilava ligeiramente da esquerda para a direita.

— Esse pobre animal está por toda parte esta semana — disse Barty com desdém. — Eu o vi na festa da Doris, depois do Credit Russe e novamente no Astors.

Vlad passou pelas portas giratórias, chegando aos pés de uma grande escadaria.

— Abram caminho, abram caminho — anunciou Barty a quem pudesse ouvir. — Eu lhes apresento Vlad.

Alguns viravam-se, curiosos, mas a maioria estava interessada apenas em ver e ser visto.

— Ele é espantosa e incrivelmente rico — dizia Barty, fingindo sussurrar. — Faz Creso parecer — hesitou, em busca da metáfora adequada — uma loja de 1,99... sim, ele faz Creso parecer... — Distraído pela multidão de fotógrafos, Barty perdeu o fio da meada.

Olhando ao redor, Vlad percebeu que sua camisa vermelha dava um raro toque de cor àquele mar de preto e branco, pontuado por uma ou outra bolsa amarela ou rosa e uma luva turquesa saindo do bolso de um paletó. Os homens usavam ternos lisos e camisas brancas. A maioria das mulheres usava vestidos com modelos angulares e exibia cabelos por vezes erraticamente cortados, e muitas usavam os mesmos óculos de aros grossos.

A roupa de Barty fez sucesso com os paparazzis e ele girava sob uma saraivada de flashes. Vlad subiu a grande escadaria acarpetada, ladeada por moças com bandejas de champanhe e se perguntou por que as garçonetes geralmente eram mais bonitas do que as convidadas.

Preocupado que o russo pudesse se cansar rapidamente da multidão e das pinturas com suas delicadas cenas da corte em clareiras ornamentais, Barty deixou os fotógrafos e, ciente das costuras apertadas, subiu as escadas cautelosamente. Ao dar uma olhada em volta da primeira sala, ficou encantado em ver muitos velhos amigos e potenciais conquistas. A atenção que Barty dedicava às pessoas era diretamente proporcional ao status delas: apenas os muito importantes recebiam mais do que alguns minutos; o restante, apenas um beijo no ar e uma breve troca de frases.

A primeira pessoa que viu foi Septimus Ward-Thomas, da National Gallery, que parecia atormentado.

— Oi, Barty — disse Septimus, sem muito ânimo.

— Você parece cansado, Septimus — observou Barty.

— Esgotado, na verdade. O departamento insiste em uma reestruturação... seja lá o que isso queira dizer.

— Malditos burocratas — disse Barty descontraidamente.

— Sabia que sou diretor de uma grande galeria, mas não tenho tempo para admirar a arte? Minha agenda está sempre cheia de funcionários públicos, líderes sindicais, plutocratas e potenciais doadores.

— Suspeito que sempre foi assim, querido Septimus... van Dyck e Tiziano tiveram de passar a maior parte de suas vidas reverenciando seus respectivos Carlos. O pobre Donatello mal podia segurar um cinzel sem que Cosimo di Medici irrompesse em seu estúdio. Coragem, homem!

Barty saiu em direção ao conde Beachendon, do outro lado da sala. Esquivou-se habilmente da filha gorda e maçante de um cliente e saudou calorosamente o leiloeiro.

— Barty, você está incrível. — Beachendon olhou para o velho amigo com ar divertido.

— A gente tenta, a gente tenta — disse Barty, sorrindo. — Então, está sabendo que estou assessorando este grandalhão russo que quer comprar arte?

— Não se fala em outra coisa em Londres — replicou Beachendon com sinceridade. — Estou ansioso para conhecê-lo.

— Podemos marcar com você na próxima quinta. Você consegue organizar um pequeno almoço? Garotas bonitas e muitas oportunidades de compra?

— Você vai ser meu salvador, o cavaleiro de armadura brilhante — disse Beachendon.

— Você tem bastante concorrência, querido — disse Barty. Os dois entendiam o código.

— Cinco por cento? — ofereceu Beachendon.

— Seis e nós voltamos na semana seguinte. — Barty sorriu, feliz.

— Isso me deixa com quase nada.

— Ok. Cinco e meio se ele gastar menos de três milhões, subindo para seis se gastar mais que isso.

— Quatro se for acima de dez milhões — rebateu Beachendon.

Barty colocou as mãos nos quadris.

— Você é difícil.

Beachendon sorriu.

— Vejo você na quinta.

Ao ver Delores em um canto distante, Barty foi até ela.

— Por que está aqui tão longe? Está perdendo as jogadas.

Delores apontou o polegar para trás.

— Os canapés saem por aquela porta. Isso significa que sou a primeira a ser servida.

— O que eu faço com você? Se ficar mais gorda, poderei levá-la quicando por aquelas portas, ao longo da Piccadilly e em torno do St. James's Park.

— Sua calça está apertada demais. Eu o desafio a comer algum petisco, nem que seja uma cenoura... duvido que essas costuras aguentem.

— As suas vão arrebentar antes das minhas — rebateu Barty. Ao ver a sra. Appledore do outro lado da sala, saiu depressa de perto de Delores.

— Querida, seu cabelo. Adoro esse tom de rosa.

— Meu cabeleireiro disse que era encantador — replicou a sra. Appledore, batendo de leve nos cachos.

— Posso copiá-la? — guinchou Barty animadamente.

— Sempre — disse a sra. Appledore, bastante satisfeita; a imitação era a melhor forma de elogio.

— Você não notou — disse Barty, virando o queixo para a esquerda e para a direita.

— Você foi ao Frederick! — A sra. Appledore bateu as mãos juntas. — Reconheço facilmente o trabalho dele. Adoro o jeito como ele sempre deixa uma pequena covinha como marca registrada.

Tanto a sra. Appledore quanto Barty tinham ido recentemente ao cirurgião plástico parisiense Frederick Lavalle. Também adoravam Patrick Brown para a barriga, mas discordavam com relação ao melhor profissional para fazer rejuvenecimento de joelho. A sra. Appledore preferia Wain Swanson, do Kentucky (famoso por trabalhar nos tendões de cavalos puros-sangues durante seu tempo livre), enquanto Barty tinha encontrado recentemente um "querido" em Bangcoc.

— Estou procurando uma pintura-troféu — disse ela. — Você sabe de alguma?

— É tão difícil encontrar uma obra-prima hoje em dia — disse Barty.

— Culpa dos russos, eles compram tudo — disse a sra. Appledore.

— Não se esqueça dos catarenses — lembrou Barty. — Eles batem o recorde.

— Quando eu era jovem, era um mercado de compradores... era possível escolher entre dez Tizianos. Agora tem sorte quem consegue uma obra menor de Canaletto. — A sra. Appledore tinha reescrito sua própria história tantas vezes que ela mesma se esquecia que havia passado a juventude em uma fazenda trinta milhas ao sul de Varsóvia e depois em um convento perto de Cracóvia.

— Sorte que temos os três Ds: Dívidas, Defuntos e Divórcios. Uma hora, boas peças irão aparecer — disse Barty.

— Os museus estragam tudo comprando as coisas. É tão difícil tirar obras de arte de instituições nacionais — lamentou a sra. Appledore.

— Não se preocupe, querida, eles andam tão sem dinheiro que é apenas uma questão de tempo até começarem a vender todas.

Então, olhando sobre o ombro da sra. A, Barty viu a sheika de Alwabbi subir as escadas rodeada por quatro damas de companhia e sete seguranças. Ela estava vestida com um magnífico vestido branco de caxemira e sapatos de couro com diamantes incrustados.

— Sabia que ela tem um quarto do tamanho de uma quadra de tênis só para suas joias? — disse Barty.

— Quem? Do que você está falando? — A sra. Appledore virou-se para seguir o olhar de Barty. — Ah, meu Deus. Dê uma olhada naquela pedra. É o Dar-a-Leila... pertencia ao xá Jahan. Não adora a maneira como ela o cravejou?

O diamante, do tamanho de um ovo de pomba, pendia de um colar de pérolas negras.

— Muito chique — concordou Barty. — Vou lá me apresentar.

Instantes depois, curvando-se da cintura até o chão, Barty fez uma grande reverência diante de Sua Alteza. Foi graciosa, mas ousada demais para as costuras de sua calça amarela. Aqueles que estavam atrás de Barty tiveram um vislumbre repentino de sua cueca de seda escarlate. Sua Alteza presumiu que o súbito grito daquele estranho homem era uma manifestação de lealdade, como as ululações de seus súditos quando passava um membro da família Alwabbi.

Ao entrar no pátio da Royal Academy e ver um enorme elefante indiano de verdade, Annie se perguntou se tinha enlouquecido. O animal estava diante da entrada com ar desamparado, montado por um menino de turbante, que parecia estar morrendo de frio.

Por que diabos vim aqui?, pensou Annie, pegando uma taça de vinho em cada mão e subindo a grande escadaria. Tinha recebido um e-mail do clube dos corações solitários naquela tarde. "Convocação de última hora para todos os corações solitários. Venha para a inauguração da exposição de *fête galante* na Royal Academy de Londres esta noite, das 18h30 às 20h." Annie, de qualquer forma, tinha que fazer hora depois que terminasse o jantar de Memling, porque ia se encontrar com Jesse na National Gallery mais tarde, então decidiu ir. Talvez uma exposição chamada "Música, Loucura e Caos na França do século XVIII" oferecesse alguma inspiração para o jantar de Delores.

Vlad, ansioso para escapar de Barty, começou a contemplar as pinturas superficialmente. A maioria mostrava cenas pastorais caprichosas: pessoas vestidas como Barty, divertindo-se em clareiras. Vlad gostava muito daquelas pinturas, por um único motivo: o tema e a atmosfera eram completamente opostos à sua vida anterior na Sibéria.

No fim da sala principal, havia uma única tela quase em tamanho real de um palhaço vestido de branco com a expressão mais triste que Vlad já tinha visto. O russo olhou nos olhos do homem e ficou chocado ao perceber que aquele inanimado Pierrô, pintado quase trezentos anos antes de seu nascimento, entendia exatamente o que ele sentia. O palhaço irradiava um sentimento de perda, de isolamento em um lugar estranho, de uma vida sem propósito ou significado. Acima de tudo, sabia como era se sentir rejeitado. Vlad sabia que aquele desconhecido representado na tela, assim como ele, tinha amado uma mulher inalcançável e sido exilado de sua terra natal. Vlad começou a chorar. Grandes lágrimas salgadas corriam por seu rosto, seguidas por soluços involuntários, que pressionavam o ar para fora de sua caixa torácica. Tateou, então, os bolsos, esperando que alguém, um de seus muitos criados talvez, tivesse pensado em colocar um lenço ali. Não havia nenhum, é claro, e ele levou a jaqueta em direção ao nariz.

— Aqui, toma.

Vlad baixou os olhos cheios de lágrimas e viu uma mão delicada estendendo um grande pedaço de tecido.

— Também me faz querer chorar. Sei exatamente como ele está se sentindo — disse Annie, entregando para ele um pano de prato que tinha esquecido de tirar das calças de trabalho.

Vlad limpou os olhos com o pano listrado e olhou para a mulher usando calça preta, casacão e Doc Martens ao seu lado. Seu cabelo castanho-avermelhado caía em cachos em volta do rosto, e tinha algumas sardas no nariz.

— Consultora de arte? — perguntou ele, pensando em Lyudmila.

— Sou cozinheira — disse Annie.

Embora não tivesse cabelos loiros e fosse bem pequena, Vlad pensou que havia algo de atraente e maravilhosamente meigo nela.

— As pinturas sempre o levam às lágrimas? — perguntou Annie.

Vlad balançou a cabeça, começando a se sentir constrangido.

— Vamos dar uma volta? — perguntou Annie. — Não conheço ninguém aqui.

Vlad concordou com a cabeça e a seguiu para a próxima sala. Poucos haviam se afastado da parte central da festa, então Vlad e Annie puderam admirar as imagens sem serem atrapalhados.

— Estou começando a realmente gostar das obras de Watteau — disse Annie. — Seus personagens são tão reais, as cores tão vibrantes e as composições parecem ganhar vida.

Vlad assentiu, mas estava olhando para Annie. Poderia ser ela quem o ajudaria a sair da solidão?

— Quase podemos ouvir suas conversas. Na verdade, me pergunto se, vistas juntas, essas imagens poderiam ser uma primeira versão das séries de comédia? Veja — disse ela, olhando de uma tela para outra —, as mesmas pessoas aparecem em diferentes pinturas. — Annie apontou para um homem de cara achatada e uma mulher de nariz arrebitado que apareciam em uma pintura e depois em outra. — Olha só... aqui está o palhaço de novo, parece ainda mais abatido.

Embora seu inglês tivesse melhorado, Vlad tinha dificuldade em acompanhar a conversa.

— Você, jantar hoje à noite? — perguntou a Annie, presumindo que Barty saberia lhe indicar o melhor lugar.

— Não, obrigada — disse ela com firmeza.

— Por favor — insitiu Vlad. De repente, queria muito que aquela mulher conversasse com ele, que pudessem passar o resto da noite juntos.

— Tenho um compromisso — disse Annie.

Algumas semanas atrás, poderia ter aceitado. Gostava do rosto triste do russo, do seu comportamento sofrido e até mesmo de sua horrível e enorme jaqueta de couro. Também achava curioso que, naquele mar de pessoas luxuosas e bem relacionadas, a única outra pessoa carente e solitária a tivesse convidado para sair.

Vinte minutos depois, Annie estava com Jesse e Agatha no ateliê de restauração da National Gallery, observando a pintura. Passava um pouco das 19h45, o céu lá fora estava completamente escuro e a sala era iluminada por uma única lâmpada forte de tungstênio. Jesse tentava parecer indiferente e não olhar muito para Annie. Ela estava ainda mais linda do que na última vez, reparou ele. O cabelo formava uma auréola castanho-avermelhada em torno do rosto e sua pele branca parecia brilhar no escuro. Tudo nela era frágil e forte ao mesmo tempo, enérgico e melancólico. Sob a desfavorável luz no alto da sala, ele se maravilhava com seus cílios pretos, o tom azulado de seus pálpebras, a curva rosada dos lóbulos das orelhas e um pequeno punhado de sardas, em forma de lua crescente, nas costas da mão esquerda.

— Embora ainda seja muito cedo para afirmar qualquer coisa — disse Agatha a Annie —, há fortes indícios de que sua pintura seja do início do século XVIII e não seja uma reprodução.

— Como pode ter tanta certeza? — perguntou Annie, tentando conter a empolgação.

— Existem vários truques técnicos que usamos. O primeiro é limpar uma pequena parte do quadro. — Ela apontou para um pedaço de céu e as copas das árvores no canto superior esquerdo. Em comparação aos amarelos opacos do resto da pintura, aquela pequena área, do tamanho de uma caixa de fósforos, tinha ganhado vida; a folhagem cintilava.

— Por que não limpou um pouco mais? — perguntou Annie.

— Mesmo essa pequena área de teste exigiu cerca de quinze horas de trabalho minucioso — explicou Jesse. — É preciso trabalhar em ritmo de lesma para evitar quaisquer danos acidentais.

— Me desculpe, não quis ser grossa. — Annie corou, sentindo-se precipitada e ingrata. Aquela mulher estava trabalhando de graça, em seu tempo livre.

Agatha sorriu.

— Como eu disse, essa pintura trouxe Jesse de volta à minha vida, então é uma troca justa.

Jesse sorriu, agradecido, para Agatha.

— O principal problema é que a tinta original foi coberta por sucessivas camadas de um verniz marrom grosso. Para avançar, temos que decidir se vamos removê-lo todo ou tentar tirar só um pouco. Embora o primeiro seja mais fácil, pode acabar removendo a pátina antiga. Felizmente, as últimas pessoas a passarem uma camada ou duas de verniz usaram uma base de resina de mástique, que é a mais fácil de remover.

Agatha pegou a lanterna, acenou para Annie aproximar-se da pintura e, com o dedo pairando sobre a superfície, apontou para a área limpa.

— Quem fez isso foi um pintor extraordinariamente habilidoso: olhe essa folhagem. Tem toda a profundidade e o movimento de uma clareira em um dia quente de verão, quase conseguimos ouvir o pássaro cantar e sentir o calor do sol nas folhas, e ele fez tudo isso com apenas algumas pinceladas de marrom e marrom avermelhado.

— Mas o efeito é verde e dourado — disse Annie, olhando com admiração.

— Ele preparou um fundo azul e branco e depois aplicou as cores — disse Agatha, iluminando a área com a lanterna. — Também é possível que tenha aplicado um esmalte verde ou marrom. Se tirarmos muito verniz, podemos apagar o trabalho dele.

Então deixou a lanterna de lado, foi até a bancada de trabalho e voltou com três grandes fotografias em preto e branco. Annie olhou para uma delas, mas não conseguiu entender o que era, estava granulada e manchada, mas havia uma figura meio desfocada e alguns pontos mais brancos, visíveis em um canto. Ao olhar com mais atenção, ela reconheceu o contorno de um palhaço. Na fotografia seguinte, detectou a mulher e seu admirador. A última fotografia era um enigma aos seus olhos inexperientes: uma série de quadrados e números.

— Você tem motivos para ficar confusa com essa — disse Agatha, sorrindo. — Os outros dois raios-x são óbvios, mas esse é o verso da tela. Essas formas estranhas podem ser selos escondidos por diferentes reentelamentos, eles podem nos revelar informações significativas.

— Um pouco como abrir um presente... a gente nunca sabe o que vai encontrar — disse Jesse, e ele e Agatha riram.

— Selos? — perguntou Annie, desconcertada com a conversa.

— Da mesma forma que um fazendeiro marca suas vacas, proprietários gostam de deixar uma marca para identificar seus quadros — explicou Agatha antes de pegar duas fotocópias de brasões parecidos tiradas de um livro e colocá-las ao lado da grande fotografia.

— Este brasão é, sem dúvida, a mesma insígnia usada por Frederico, o Grande, rei da Prússia. Mas, ainda mais interessante, é que este número, 312, remete a um sistema de catalogação que Luís XV usou para registrar as obras que entraram em sua coleção entre março e setembro de 1745.

— Como descobriu isso? — perguntou Annie, observando a sequência de números.

— Um de meus colegas tem dedicado a vida a fazer uma referência cruzada entre os inventários e catálogos de vendas desse período. Recorrendo à sua pesquisa, conseguimos apontar quando algumas obras entraram e saíram da coleção real.

— Talvez a galeria devesse começar a pendurar as pinturas com a parte de trás à mostra — brincou Jesse.

— Você vai rir, mas já falamos várias vezes sobre fazer isso — disse Agatha.

— O que mais você descobriu? — perguntou Annie.

— Há dois outros números... aqui, na base, 234, e no canto superior direito, é possível ver o contorno de um 80. O último lembra um pouco a classificação de Catarina, a Grande, mas isso seria excitante demais.

— Por quê?

— Isso significaria que a história e a procedência da sua pequena pintura são as mais interessantes que já vi na vida — disse Agatha.

Annie, Jesse e Agatha olharam para a pintura. Annie pensou no cara de bigorna que havia encontrado no British Museum: seria essa a resposta para o enigma? Ela tentou se lembrar dos nomes dos reis e rainhas. O que ele dissera? Luís, Catarina e Vitória? Annie tentou se lembrar.

— Imagine só... você estaria ligada a alguns dos maiores governantes da história — disse Jesse a Annie.

— De rei a rainha até chegar à srta. Annie McDee, dona de um pequeno apartamento em Shepherd's Bush, quatro calças, onze camisas, três pares de sapatos, um vestido preto e uma máquina de lavar quebrada — disse Annie, a voz repleta de ironia.

— E também de uma obra-prima — acrescentou Jesse.

— Isso explica, um pouco, por que as pessoas querem ter grandes obras de arte. É um jeito de se conectar a um legado glorioso e magníficos soberanos — disse Agatha.

Annie imitou uma reverência real para Jesse, que se curvou com ar deferente.

— Na verdade, as boas notícias não param por aí — disse Agatha, pegando o que Annie pensou ser um raio-x.

Entre os tons de cinza era possível distinguir as linhas brancas do esboço preparatório do artista.

— Submetemos a pintura a uma reflectografia infravermelha e, se olhar atentamente, poderá ver um desenho por baixo.

— O que isso significa? — perguntou Annie, confusa.

— Que é bastante improvável que se trate de uma cópia. Falsificadores não precisam pensar em onde ou como posicionar suas figuras... o artista original já fez isso por eles.

Agatha pegou várias cópias de reflectografias tiradas de outras pinturas de Watteau para comparar.

— Não quero lhe dar grandes esperanças, mas essas imagens são raios-x de outras pinturas de Watteau e é possível, sim, notar certas semelhanças.

Annie olhou mais atentamente, mas para ela aquelas marcas brancas poderiam ter sido feitas por qualquer um.

— É como identificar a caligrafia de uma pessoa — explicou Jesse. — Diferentes artistas usavam diferentes técnicas e pinceladas.

Annie pegou uma das cópias e pensou ter visto uma forma quase invisível por baixo da cena pastoral... um escudo? Uma lança?

— O que isso significa? — perguntou ela.

— Watteau às vezes não tinha dinheiro nem para comprar uma tela, então pintava no que quer que tivesse à mão. Neste caso, era a parte de trás da porta de uma carruagem, coberta por símbolos heráldicos. Sabemos de outra pintura, *La Déclaration*, que ele pintou sobre uma gravura em cobre.

— Watteau não tinha dinheiro para comprar uma tela? — perguntou Annie.

— É o que presumimos. Encontramos outra pista sobre a situação financeira dele. Venham comigo — disse Agatha, conduzindo-os para fora da sala, ao longo de um estreito corredor e passando por duas grandes portas. Atrás delas, havia uma série de divisões organizadas como um laboratório científico.

A sala era pequena e escura. Havia vários computadores na mesa e as paredes eram cobertas de prateleiras cheias de tubos de ensaio e parafernália científica. Annie olhou para Jesse com espanto. Ela passava pela National Gallery duas vezes por dia e sempre achou que o lugar era apenas um repositório de pinturas.

Sentado diante de uma tela havia um homem de jaleco branco, com cabelos grisalhos rebeldes e uma expressão inconfundivelmente alegre.

— Este é o dr. Frears — disse Agatha.

— A garota de sorte! — disse o dr. Frears, levantando-se do computador e estendendo a mão. — A maioria de nós só sonha em sair de um brechó com uma possível obra-prima.

— Talvez só aconteça com pessoas que não sabem nada de nada — disse Annie ironicamente.

— Gostaria de ver o que eu tenho estudado?

Annie assentiu. Apesar de seu ceticismo e do jantar de Delores se aproximando, aquelas pessoas interessantes e seus extraordinários conhecimentos aguçavam sua imaginação. Ela seguiu o dr. Frears até o computador e viu a imagem de um mil-folhas com camadas de creme e fruta de diferentes cores.

— Um doce? — perguntou ela.

— Este é o corte transversal de um pequeno fragmento de tinta tirado da lateral de sua tela, ampliado milhões de vezes — explicou o dr. Frears. — Embora não seja visível ao olho humano, esse pequeno ponto pode nos contar muitas histórias.

Fascinada, e completamente sem graça, Annie olhou de novo para a imagem.

— Os pigmentos usados em sua pintura são idênticos aos de outras obras de Antoine Watteau. O que é fascinante é este pequeno fragmento de azul-da-prússia... sabemos que esse pigmento só chegou a Paris no início dos anos de 1700. Como nosso homem poderia tê-lo adquirido antes disso, é um mistério. Nesta seção inferior encontramos um óxido de ferro que ele costumava usar e que sabemos que vinha de uma loja bem perto de onde morava.

Annie e Jesse se inclinaram em direção ao computador para inspecionar as camadas de cor e grãos.

— Então, como este jovem suspeitava — o dr. Frears acenou a cabeça para Jesse —, não podemos descartar que a pintura tenha sido feita pela mão de Watteau.

— Mas já não é uma prova disso? — disse Annie.

— Infelizmente não podemos afirmar com certeza. Nosso trabalho consiste mais em descartar o que não é verdadeiro do que provar o que é — disse Agatha.

— Outra descoberta absolutamente fascinante é esta — disse o dr. Frears, apontando para uma pequena marca negra. — É parte da cerda de um pincel.

Annie mordeu o lábio segurando a risada, com o que mais alguém pintaria?

O dr. Frears seguiu em frente:

— Também há traços de vinho, sangue e algum tipo de gordura animal misturados à tinta.

— Talvez devêssemos mandar o DNA dele para nossos amigos no King's College — sugeriu Agatha.

— Para eles fazerem um clone do pintor? — perguntou Annie.

O dr. Frears sorriu.

— Nunca se sabe!

Uma hora depois, Annie e Jesse estavam sentados à mesa do canto de um pequeno pub na St. James's Square, tomando vinho branco.

— Pena que não posso oferecer um champanhe — disse Jesse, como quem se desculpa.

— Está ótimo, obrigada — disse Annie.

— À sua pintura.

Jesse ergueu a taça de vinho e Annie bateu a sua contra a dele. Tomar algo com ele era o mínimo que podia fazer. O relógio na parede atrás do bar marcava 20h30. Annie estava cansada e querendo ir para casa.

— Você deve estar entusiasmada com a pintura — disse Jesse.

— Entusiasmada? Não entendo esse mundo. Temos provas que mostram que a pintura é autêntica. A restauradora gosta do quadro e o cientista o admira. Os testes de datação confirmam, os estudos da pintura também. Existe até uma imagem da mesma obra em um catálogo, mas nada disso importa a menos que *determinados* especialistas confirmem.

— A arte é subjetiva — disse Jesse.

— Deus também.

— Não é reconfortante que a ciência não tenha a última palavra sobre a beleza? Que ela esteja nos olhos de quem vê? — perguntou Jesse.

— Isso é muito aleatório para mim.

— Cozinhar também não é assim? Nunca se sabe exatamente como as coisas vão terminar?

— Pelo menos, no caso da comida, há um tempo determinado... se você demora demais, ou estraga ou queima.

— Descobrimos tanta coisa em relativamente pouco tempo — disse Jesse. — Sabemos que a pintura é antiga, que foi pintada na época em que Watteau viveu. Que pertenceu a pessoas nobres e que não é uma cópia.

— E agora?

Adoraria beijar você, pensou Jesse. *Queria muito tê-la em meus braços e livrá-la de todo esse aborrecimento e dor que carrega nos ombros, beijar suas pálpebras até a angústia passar. Desejo estar ao seu lado a cada minuto de todos os dias para lhe mostrar como você é maravilhosa, o quanto você é especial e encantadora.*

Mas, procurando conter os sentimentos, ele disse:

— Vamos tentar comprovar quem foram os proprietários da obra do início do século XVIII até hoje e tornar o caso mais sólido.

Annie olhou para outro casal no pub, sentados de mãos dadas, dando uma olhada num folheto de férias. Algo na forma como a mulher se apoiava na curva do braço do homem fez com que Annie sentisse uma vontade louca de ser abraçada.

— Por quê? — perguntou Annie, forçando-se a voltar para o presente.

— Por que o quê? — indagou Jesse.

— Por que você está me ajudando?

— Não é óbvio? — disse Jesse. — Eu gosto de você. Muito. Esperava que você pudesse gostar de mim, pelo menos o suficiente para continuar saindo comigo.

Annie olhou para a taça de vinho, o pânico crescendo dentro dela. Ela conseguia lidar com encontros casuais, mas a perspectiva de um envolvimento emocional de verdade era assustadora.

— Não sinto o mesmo. Me desculpe.

Ela se levantou, vestiu o casaco e saiu correndo do pub para a rua. Enquanto se afastava o mais rápido possível, dizia a si mesma: "Não vou me apaixonar por mais ninguém, isso só me faz mal. Eu não vou!".

Jesse sentou-se por alguns momentos olhando para a taça de vinho pela metade, sem entender como ele interpretou tão mal a situação. De fato, Annie nunca tinha dado muitos sinais de que queria ficar com ele, mas também nunca tinha dito que *não* queria. Ele não estava irritado, apenas se sentia um lixo. De repente levantou-se de um salto e correu atrás dela.

Olhou para um lado e para o outro da King Street e viu sua figura recurvada seguindo em direção à St James's. Jesse correu e alcançou-a quando Annie dobrava a esquina.

— Espere, por favor — disse ele ofegante, sem fôlego. — Não tenho o hábito de me declarar a mulheres... na verdade, você é a primeira e, se quer saber, me sinto um verdadeiro idiota correndo atrás de você assim, mas estou completamente apaixonado por você. Isso provavelmente vai ser minha sentença de morte, a gota-d'água, mas, mesmo que você vá embora agora, ainda que eu tenha entendido tudo errado, pelo menos, se algum dia mudar de ideia, você sabe onde me encontrar.

Então, sem dar a Annie tempo para responder, ele virou e foi embora depressa.

CAPÍTULO 19

Como pode ter notado, o jovem curador está apaixonado por minha proprietária. Agradeço a Deus que ela já se cansou dessa história, colocou tudo em uma mala, colou uma etiqueta escrito "passado" e trancou no sótão. Sinto-me profundamente aliviada, já que o amor oblitera o bom senso: pense um pouco na história e avalie as tolices, os atos de depravação moral cometidos em nome do amor. É destrutivo e uma perda de tempo. Sei bem, pois já testemunhei isso diversas vezes.

Por períodos limitados de tempo, o amor pode aplacar o tédio e a fome, mas não nos deixemos levar. A única coisa com que os humanos podem contar com certeza é a morte.

De qualquer forma, vamos voltar ao que é importante. *Moi*. Annie precisa explorar minha história. Por que isso é tão importante? Os humanos precisam de métodos de classificação e legitimação: o preço é um indicador de valor, a erudição é outro. Se um grande cérebro escreve de forma convincente sobre um pintor ou sua obra, o cachê aumenta. Meu antigo proprietário, Monsieur Duveen, um marchand pobre (criador do mercado de arte que vemos hoje em dia), empregou um dos maiores estudiosos de todos os tempos, Bernard Berenson, e juntos atiçaram o desejo por muitas obras.

O valor também aumenta por associação. Relembrando Santo Agostinho: "Diga-me com quem andas e te direi quem és". Em termos pictóricos, diga-me ao lado de quem esteve pendurado que lhe direi o quanto vale. Quando uma jovem bonita e atraente se apaixona por um homem comum, ele de repente se torna atraente. Se determinado círculo se pronuncia sobre as sutilezas de um livro, subitamente todos querem lê-lo. No que diz respeito a você, caro(a) leitor(a), até agora pertenci ao dono de um brechó e a uma garota comum, portanto, imagino que não tenha uma opinião muito elevada ao meu respeito. Mas se eu lhe disser que já pertenci a reis, rainhas, um imperador romano, um papa, um grande filósofo e a algumas outras figuras importantes, certamente despertarei seu interesse.

À medida que as décadas avançavam, e eu passava de um ilustre proprietário para outro, meu valor aumentava. Quem não gostaria de possuir algo que foi precioso para um grande imperador ou um rei? Quem não gostaria de estar ligado a uma glória passada, a um poder monumental? A maioria quer que seu gosto seja confirmado e legitimado. A arte é inteiramente subjetiva, então como deve ser bom e reconfortante compartilhar das predileções de figuras majestosas da história. Grandes mentes pensam igual.

Minha história é repleta de sexo, amor e luxúria e até mesmo um ou outro cadáver. O que se segue não é uma lição de história ascética, mas uma brincadeira de primeira classe. Me chamo e personifico *A Improbabilidade do Amor*. Fui pintada para celebrar as cascatas revoltas do *amour*, a paixão ruidosa, agitada, avassaladora e transformadora que inevitavelmente dá lugar a uma infeliz, sufocante e opressora desilusão. A princípio, meu mestre impregnou cada pequena pincelada com um ardor desatado, uma luxúria insaciável e um desejo desenfreado. Mas, enquanto executava sua obra, ele teve de aceitar que seus sentimentos eram uma miragem, uma quimera em sua mente. Esta é a grande tragédia do amor – mesmo que você tenha a sorte de se deparar com ele, é sempre efêmero. Todo jovem acredita que seu caso será diferente: tolos, extraordinariamente tolos.

Alors. Meu mestre nunca alcançou a fama ou a aclamação que merecia em vida. Talvez se ele tivesse vivido mais, se houvesse se interessado – ainda que remotamente – pela vida da corte, e se tivesse um marchand mais astuto, as coisas poderiam ter sido diferentes. No entanto, ele tinha aquilo que a maioria das pessoas poderosas deseja: talento criativo. Percebi que no momento em que as pessoas enriquecem e satisfazem seus desejos terrenos, entram em um vácuo espiritual doloroso. Poucas pessoas abastadas se voltam para a religião. De que adianta, quando é mais fácil um camelo passar pelo buraco de uma agulha do que um rico entrar no reino dos céus? Em vez disso, buscam o poder reconfortante da beleza. A arte faz os mortais se sentirem mais próximos do céu. Veja a quantidade de papas que encheram o Vaticano de Michelangelos ou Berninis. Ou os nobres e a realeza: os Sforzas e Leonardo Da Vinci; o Médicis, que adoravam Rafael; Charles v, que adorava Tiziano; Filipe da Espanha, que adorava Velázquez, e assim por diante. Uma vez conheci uma pintura cínica, de Courbet, que dizia que os ricos adquiriam arte porque não tinham mais em que gastar seu dinheiro. Um quadro de Corot afirmava que era uma síndrome de "Maria vai com as outras" – só faziam o que todo mundo faz. Nada deixa os homens mais enlouquecidos do que querer e não poder possuir algo.

Também observei que os colecionadores compram por razões ligeiramente diversas: em parte pelo investimento, em parte para se exibir diante dos amigos, em parte para decorar, mas principalmente na esperança de que o manto da criatividade possa se estender sobre seus ombros. A beleza tem um valor intrínseco.

Das primeiras dinastias chinesas, dos faraós, passando pelos gregos e ao longo da história, os homens têm acreditado que a beleza é transformadora, que os torna melhores, que os eleva do pântano de seus negócios sórdidos para um plano superior.

Minha pequena teoria é que, no âmago de toda ansiedade humana, está o medo da solidão. Começa com a saída do homem do útero e termina com uma cova no chão. E o espaço de tempo entre os dois é apenas uma luta desesperada para evitar a ansiedade da separação usando qualquer tipo de recompensa – amor, sexo, compras, bebidas, essas coisas. Minha composição trata do alívio passageiro e transformador da solidão que o amor oferece, apesar da fria certeza de que isso é apenas transitório.

Você verá todos esses impulsos se repetirem com cada um dos meus proprietários.

Paris era um lugar pequeno no início do século XVIII e, quando se espalhou a notícia de que havia um pintor que se recusava a vender uma pintura, isso aguçou os paladares de todos. Não há nada que se deseje mais do que o inalcançável. Embora poucos tivessem me visto, os ricos e poderosos enviaram anúncios, mensageiros, embaixadores e criados com ouro e joias para convencer meu mestre a me vender. Tornou-se uma questão de honra, um jogo extraordinário com o objetivo de me conquistar. "*Non*", Antoine sempre dizia. Minha venda poderia tê-lo salvado, teria sido o suficiente para pagar por um lugar decente para morar, os melhores médicos e comida de qualidade. Pense também na quantidade de obras que ele poderia ter produzido se tivesse um estúdio (ele vivia como um parasita na casa de outras pessoas) ou tintas decentes (ele nunca podia comprar pincéis de zibelina ou pigmentos de melhor qualidade). Eu era um tipo de talismã para ele. "Pelo menos você representa minha melhor recordação", diria ele antes de chorar. Nunca abriria mão de mim.

Lembro-me de uma tarde em 1709: Madame de Maintenon, que soubera de mim através de seu amigo, o conde de Caylus, um dos mecenas do meu mestre, chegou à casa de Monsieur Crozat exigindo ver o pintor patife que havia se recusado a vender a seu criado uma certa pintura. Crozat, como qualquer mero mortal, ficou absolutamente apavorado. Madame de Maintenon era a amante do rei, potencialmente a rainha, e uma ordem real é uma ordem real. Crozat prometeu fazer tudo ao seu alcance para persuadir meu mestre a me vender, mas ele não quis saber. (Confesso que fiquei um pouco decepcionada. Queria conhecer Versalhes e testemunhar a vida da corte em primeira mão.) Sua recusa em realizar a venda teve consequências diretas: meu mestre não recebeu o Prix de Rome e foi rejeitado pela Academia. E, segundo um decreto não oficial, ninguém devia comprar suas obras.

Depois que meu pobre mestre morreu na mais abjeta penúria em 1721 (tão jovem, que *tristesse*, que desperdício), houve um ligeiro desentendimento entre seus amigos com relação a quem deveria herdar *moi*. Por fim, Jean de Julienne pôde ficar comigo com a condição de que nunca me vendesse durante sua vida. Ele de fato pretendera cumprir o prometido, mas, até mesmo as melhores intenções naufragam em um mar de necessidade. Veja bem, *monsieur* Julienne tinha um problema que aumentava mês a mês; entre 1726 e 1735, ele supervisionou e financiou a publicação de 495 impressões em quatro volumes do *catalogue raisonnée* do trabalho do meu mestre, os mesmos que Annie examinou no British Museum. Tratava-se de um comprometimento sem precedentes com um artista contemporâneo. Julienne, no entanto, não era um homem rico. Ele enfrentou dificuldades financeiras e decidiu sacrificar a joia de sua coleção, *moi*, por uma causa maior. Recebeu variadas ofertas, mas Julienne sabia que eu deveria ficar em mãos adequadas. Emissários de George I, dos tutores do jovem Luís XV, de dois papas e uma série de nobres apareceram para fazer ofertas substanciais, as quais ele recusou. Até que, em uma longa tarde escura de 1729, bateram em sua porta. O homem diante dele estava prostrado de tristeza e excitação, e logo começou a despejar sua história de amor e infortúnio. Naquela tarde, conhecera o amor de sua vida e de alguma forma tinha de convencer a dama de sua paixão.

Ela era a *marquise du* Châtelet, Gabrielle Émilie le Tonnelier de Breteuil; e ele, François-Marie Arouet, mais conhecido como Voltaire, o grande escritor, historiador, filósofo e defensor das liberdades civis. Mas, por um desafortunado contratempo, a marquesa Émilie não só era casada, como também estava grávida. Ela havia rejeitado os avanços de Voltaire por considerá-los impróprios e inadequados. A boa dama era matemática e física, e não se mostrava aberta, como é de se imaginar, a esse tipo de declarações impetuosas. Voltaire a amou desde o instante em que a viu e disse-lhe que esperaria seu confinamento terminar. Ela revirou os olhos e não pareceu nem um pouco convencida.

— Entende, Monsieur Julienne? — gritou o grande homem. — Preciso de uma mensagem de amor, algo que fique ao lado da cama dela e a lembre eterna e romanticamente de mim.

Então deixei Paris no final de 1729 em uma diligência, com um portador. Não era a primeira vez que saía da metrópole – já havia estado em Londres (eu detestei), Valenciennes, de onde era meu mestre, e feito uma ou outra viagem ao campo. Descobri que o casamento de Émilie com o marquês Florent-Claude du Chastellet-Lomont fora arranjado quatro anos antes, quando a marquesa tinha apenas 18 anos e ele, 30. Tiveram, então, dois filhos em rápida sucessão e, embora ela houvesse tentado evitar, pouco antes de conhecer Voltaire engravidara novamente (violada, caso queira saber). Isso explica o porquê de Émilie partir às pressas para a propriedade do marido no nordeste da França, deixando-o livre para desfrutar de suas amantes e prostitutas em Paris.

Eu a admirava, mas nunca me afeiçoei muito a Émilie. Ela era muito séria. Seu pai, um nobre de menor importância e *salonnier* da corte de Luís XIV, percebeu cedo o intelecto da filha e treinou-a como se faria com um macaco, ainda que os truques dela fossem intelectuais e não físicos. Aos 12 anos, ela era fluente em latim, grego, italiano e alemão. Sua ideia de diversão era traduzir línguas estrangeiras para o francês. Naturalmente, sua mãe ficava horrorizada com aquelas atividades tão impróprias a uma dama e ameaçava mandar Émilie para um convento. Como todos sabemos, uma mente feminina afiada é uma assassina de paixões: os homens preferem os seios ao cérebro. O pretendente que restou a Émilie fora o lamentável e velho marquês. Mesmo Voltaire, escrevendo para seu amigo Frederico II, disse que ela era "um grande homem cuja única falha era ser uma mulher". Talvez ele tenha sido um pouco exigente demais. Ela sabia dançar, tocar cravo e tinha uma afinação boa para cantar, mas esses eram pré-requisitos para toda dama.

Émilie me manteve junto à sua cama. Gosto de pensar que eu era a primeira e última coisa em que ela pensava a cada dia. Minha magia funcionou. Quatro anos depois, Voltaire tornou-se seu amante, instalado no *château* da família. O velho marquês não se importou muito; tinha arrumado uma moça de seios fartos e nada na cabeça. Não posso dizer que foi o lugar mais excitante em que já estive. Voltaire e sua amante tinham uma relação mais cerebral do que carnal. Quando ele irrompia nos aposentos dela, os olhos em brasas, a roupa de dormir meio torta, geralmente era para discutir alguma teoria libertária ou ler um de seus folhetos. Enquanto estive lá pendurada, ele completou 438 livros, peças, cartas, poemas e panfletos, além de obras científicas e históricas. Émilie era quase tão prolífica com seus tratados sobre energia cinética, a ciência do fogo, leis, álgebra e cálculo. Ouvi falar que sua tradução comentada de *Principia Mathematica*, de Isaac Newton, ainda é editada.

Não estou dizendo que Voltaire fosse tedioso! Na verdade, provavelmente foi meu dono mais divertido, culto e inspirador.

Émilie, no entanto, apesar de sua proeza intelectual, queria experimentar o erotismo. Talvez para ela fosse mais um ramo do conhecimento ou uma necessidade humana, mas ansiava por paixão, por ser abraçada, possuída, levada ao êxtase. Então começou a arrumar amantes, mas nenhum foi satisfatório (tenho certeza, testemunhei tudo). Voltaire não se importava; para bem da verdade, acredito que nem sequer percebia.

Foi numa tarde ensolarada de 1745 que ela *o* viu, o poeta Jean François de Saint-Lambert; finalmente Émilie encontrara seu grande projeto. Foi um "*coup de foudre*", amor à primeira vista. Uma luxúria instantânea, desenfreada e, infelizmente, não correspondida. Émilie não estava acostumada a ser contrariada. Como uma mulher rica, poderosa e inteligente, eram poucas as situações que não conseguia resolver. Era a primeira vez em sua curta existência que suas equações, hipóteses e teoremas provavam-se inúteis. Em questões de amor, o coração é ilógico e a mente, irracional. O problema de Émilie chamava-se Madame de Boufflers, mais conhecida como "A Dama da Volúpia", por quem Jean François estava profunda, intensa e perdidamente apaixonado.

A pobre Émilie tentou de tudo. Deixar cair um lenço, um cavalo descontrolado, doces, festas, sonetos... mas nada funcionava. Então, um dia, através de um véu de lágrimas, ela me viu como se pela primeira vez. Duas horas depois, na tarde de 22 de janeiro de 1745, fui despachada para a casa do poeta. Ele compreendeu meu poder, mas, em vez de ficar comigo, me presenteou imediatamente à Dama da Volúpia. Devo dizer que a vida nos aposentos dela era bastante movimentada. Um rei, um poeta, um advogado e até mesmo um abade passaram pelo seu *boudoir* na mesma semana.

Na noite de 28 de fevereiro de 1745, nunca me esquecerei dessa data, uma certa Jeanne Antoinette Poisson apareceu nos aposentos de minha nova proprietária. Tinha ido pedir um conselho: o que deveria fazer para conquistar um rei. Apresentada a Luís xv no Baile de Máscaras Real em 26 de fevereiro, havia despertado o interesse do monarca. A terceira amante oficial do rei havia falecido recentemente, deixando uma vaga. Aquela era a maior oportunidade de trabalho para qualquer mulher a oeste de Constantinopla. No entanto, ela não era a única candidata.

A Dama da Volúpia lhe deu alguns conselhos inestimáveis: deixar de lado o coquetismo, e ser direta e impetuosa, ainda que sempre correta. Os homens precisam se sentir seguros, precisam saber que você os ama. Então deu uma olhada em volta e, sem nenhuma comoção, me entregou a Jeanne Antoinette. Mais uma vez, meus poderes afrodisíacos foram reconhecidos. Dez dias depois, fui levada ao rei da França. Fiquei satisfeita de finalmente chegar a Versalhes. *Naturellement*, com meus poderes de inspiração, só levaram três semanas para que *mademoiselle* Poisson fosse proclamada a amante oficial (e, em seguida, recebesse um título, propriedades e aposentos logo abaixo dos de Sua Majestade). A transformação de uma srta. Peixe em Madame de Pompadour, tudo graças a *moi*.

O problema era que se podia tirar uma garota de sua criação burguesa, vesti-la, dar-lhe um título, cobrir-lhe de amor, arte e joias, mas, no fim, ela continuava não sendo considerada uma de nós – e não apenas na corte. Os franceses são uma raça terrivelmente esnobe. Estava tudo bem para o rei ter companheiras poderosas, desde que também fossem distintas. Madame de Pompadour era – e continua sendo – muito caluniada em razão de sua origem humilde, mas tinha muitas qualidades que a redimiam: adorava as artes e, apesar de algumas declarações polêmicas, tinha verdadeira afeição pelas massas. Na verdade, *la* Pompadour era uma perfeita mãe provinciana. E isso, no fim, foi sua perdição: os homens não querem fazer amor com a mamãe (a menos que sejam ingleses). Depois de 1750, o rei não tocou mais na dama. Instalou uma série de amantes em uma pequena mansão no Parc-aux-Cerfs. Madame de P.

não deu grande importância à maioria, até a chegada de Louise O'Murphy. Aos 13 anos, ela já havia despertado a atenção de Casanova, que a chamou de "uma criaturinha bonita, suja e desmazelada". (Embora eu odeie reconhecer o mérito dos outros, a pintura mais sensual da história provavelmente é o retrato que Boucher fez de Louise).

A predileção do monarca subiu à cabeça da srta. Louise, que acabou sendo dispensada dois anos depois. Quando a pequena atrevida foi embora, me levou junto, acreditando, assim como muitos na corte, que eu era o elemento mágico que unia Luís à sua amante.

Minha próxima grande viagem foi para a Rússia, para o quarto de Catarina, a Grande. Basta dizer que tudo o que se ouve a respeito dela (fora a história do cavalo) é verdade. Em toda minha existência, nunca conheci um indivíduo com tanto apetite. Nem Monsieur Casanova chegava perto. Fui comprada em 1755 pelo nobre polonês Stanisław Poniatowski, que me deu de presente a Catarina. Stanisław era o mecenas mais importante do Iluminismo polonês, financiando o teatro, a pintura, a literatura e a arquitetura – então não é de se admirar que eu tenha chamado sua atenção. É claro que o romance deles estava condenado ao fracasso, embora ela tenha lhe dado uma filha e o trono da Polônia. Cansou-se dele em 1759 e o trocou pelo conde Orlov. Stanisław nunca se casou e faleceu de desilusão amorosa. Eu adoraria ter ficado em São Petersburgo, a capital do mundo desenvolvido. Se assim fosse, agora estaria com alguns de meus velhos amigos criados por Leonardo, Michelangelo, Tiziano e outros. Mas o maléfico conde Orlov tinha outros planos. Ele não suportava olhar para *moi*, não aguentava lembrar que a imperatriz tivera outros amores no passado.

Mais uma vez peguei a estrada. O imperador romano Francisco I me comprou como artifício para seduzir a condessa Guilhermina von Neipperg. Depois de ter dezesseis filhos com sua esposa, Maria Teresa, ele deveria ter dado um descanso à sua ferramenta. Mas sua jovem amante era brutal e ambiciosa. Quando ele anunciou sua intenção de deixá-la, ela implorou por um último encontro, uma ida à ópera. Francisco sentiu-se mal durante o segundo ato e, quando a carruagem chegou em casa, o imperador já havia morrido em razão de um veneno de cobra que a amante lhe administrara através da picada de seu broche de diamante.

A assassina de pés delicados vendeu-me imediatamente e, por uma série de circunstâncias fortuitas, acabei nas mãos do conde Gregory Velovitch. Seu nome foi apagado brutalmente da história, é uma vergonha que nem meu mestre nem nenhum outro grande artista tenha feito um retrato dele. O conde era um homem bonito, com membros longos e delicados, cabelos loiros encaracolados e olhos tão negros quanto o alcaçuz. Ele também era um homossexual extremamente ambicioso que estava interessado em Frederico, o Grande, rei da Prússia.

Muitos presumiam, erroneamente, que Frederico gostava de homens. Houvera um jovem, muitos anos antes, Hans von Katte, mas fora um amor cerebral, que nunca chegou a ser consumado. Depois disso, Frederico só teve um amor: Watteau. Por que mais Frederico teria construído seu palácio particular requintado em Sanssouci no estilo criado por Watteau? De que outra forma se poderia explicar que mantivesse pinturas monumentais em outros lugares, em galerias distintas, mas em sua própria pequena casa, tivesse escolhido apenas obras de meu mestre e seus amigos? Frederico aceitou o presente do conde Velovitch com grande prazer, mas mandou cortar a cabeça do homem quando este lhe sugeriu um ato obsceno e impróprio.

Ah, e Frederico tinha galgos espanhois de estimação... mas essa já é outra história, para mais tarde.

CAPÍTULO 20

Muito tempo depois de seus funcionários terem ido embora, quando a escuridão cobria as ruas de Londres como um manto de veludo e as luzes da rua projetavam círculos dourados nas calçadas úmidas, Rebecca trancou a porta do escritório e espalhou os enormes livros contábeis da empresa no chão. Colocou os registros mais antigos mais perto da lareira e arrumou cada um dos enormes volumes em ordem cronológica. Quando os analisou da última vez, alguns dias antes, não sabia o que procurar. Agora esperava encontrar evidências que desmentissem suas teorias, em vez de confirmá-las. Rebecca queria ter certeza de que seu pai era mesmo Memling Winkleman, sobrevivente do Holocausto, judeu honesto, legítimo marchand, pai e avô amoroso.

Durante as primeiras duas horas, entre oito e dez da noite, todas as procedências pareciam legítimas. Rebecca começou pelo ano de 1940, checando antigas aquisições com as faturas, e já começava a se sentir aliviada quando se deparou com o registro de *Filles avec parapluies et chien*, de Renoir, comprado por mil marcos da família Gandelstein. À primeira vista, a nota de venda parecia legítima, mas então Rebecca viu o endereço – Schwedenstrasse, 14 – e a data, 14 de fevereiro de 1944. Frau Danica Goldberg disse a Rebecca que nenhuma família do número 14 da Schwedenstrasse havia retornado, todos foram enviados em trens para a morte, incluindo a família Winkleman.

Rebecca tentou compor outra história. Talvez seu pai tivesse agido como um receptador, um intermediário, vendendo as pinturas de seus amigos judeus aos nazistas, para lhes dar a chance de escapar. Rebecca gostava dessa versão e, por alguns segundos ficou aliviada de acreditar nela, mas, no fundo, sabia que essa explicação era improvável.

Afastou, então, a cadeira e foi até o armário de bebidas. Memling tinha ganhado aquele elegante armário *art déco* de mogno, com detalhes dourados, em seu aniversário de 70 anos, de um cliente que frequentava a mesma sinagoga que a família. Esse homem gastava mais de dez milhões de libras por ano na Winkleman Fine Art, de modo que o armário, mesmo sendo horrível, ficara. Já fazia dez anos que o cliente havia falecido, mas, àquela altura, o armário já se tornara parte da sala. O presente incluía um fornecimento ilimitado do melhor champanhe Cristal e, de maneira comovente, o cliente pedira em seu testamento que os Winklemans continuassem a receber champanhe enquanto houvesse qualquer descendente de Memling na empresa. Rebecca olhou para as fileiras arrumadas de garrafas de champanhe. Pensou em abrir uma, mas imediatamente descartou a ideia – não havia nada para comemorar. De qualquer forma, ela precisava de álcool; devia haver alguma outra coisa. No fundo, encontrou um malte escocês de 1962 empoeirado e já pela metade. Ela nunca bebia uísque e esperava que não fosse do tipo de bebida que estraga com os anos. Serviu uma grande dose, que tomou em três goles. O álcool queimando em seu estômago vazio a fez engasgar.

Encorajada, voltou ao trabalho. Às três da manhã, já havia conectado 22 pinturas à Schwedenstrasse, 14. Ela cruzou as referências de suas descobertas com o caderno de Marty. Ele usou, assim como Memling, as mesmas classificações VZW e NZW, mas havia outras iniciais que Rebecca não entendia: ERR ou KH e uma terceira, NC. Ela contou setenta referências com uma ou outra dessas siglas. Algumas entradas tinham todas as três, outras apenas uma ou duas. As iniciais KH eram as que apareciam mais. Outro aspecto que a intrigava era o paradeiro de certas pinturas que Memling aparentemente possuía, mas não tinha vendido. De acordo com os cadernos de Marty, havia pelo menos cem; o pai devia ter um depósito secreto.

Então, alternando entre os livros contábeis e o caderno de Marty, Rebecca tentava associar as pinturas adquiridas entre janeiro de 1940 e fevereiro de 1947 a procedências legítimas. A maioria tinha descrições mínimas – "Pastor com rebanho" ou "Alegoria"–, ao lado da data da compra. A maior parte dos vendedores era identificada como Herr Schmidt ou Herr Brandt e, junto aos nomes, vinham descrições de cargos como "nobre" ou "fazendeiro". Rebecca continuava tentando argumentar com as evidências. Naquela época, um negociante inteligente, mesmo com um pequeno capital, poderia conseguir pinturas excelentes. Mas onde um jovem sobrevivente de Auschwitz teria conseguido esse capital?

Rebecca olhou para o relógio. Eram quatro da manhã. Logo um sol pálido se infiltraria pelas bordas das cortinas fechadas. Rebecca sentiu-se um pouco zonza e, de repente, muito cansada. A cozinha ficava no andar de baixo e, para chegar lá, teria de passar por três câmeras de segurança e desativar um alarme. A última coisa que queria era seu pai ou os funcionários fazendo perguntas sobre sua incomum atividade noturna. Em sua mesa, havia uma caixa de flores de marzipã, presente de um cliente. Rebecca detestava amêndoas, mas se forçou a comer. Sentou-se à sua mesa e mordeu uma pétala, que engoliu depressa junto com um gole de água, esperando o açúcar aumentar sua energia.

Para se distrair, Rebecca digitou as iniciais ERR em um site de busca no computador. Para seu alívio, toda a primeira página era dedicada à definição da palavra em inglês "*err*", que significava estar incorreto ou cometer um erro. Talvez Marty estivesse mandando aquele sinal pelo Google para reconfortá-la, para lhe dizer que Memling tinha feito tudo sem querer. Mordeu, então, a segunda flor de marzipã e passou para a próxima página. Seus olhos correram pela tela e pararam nas palavras *Einsatzstab Reichsleiter Rosenberg*. Rebecca apoiou o doce pela metade na mesa e começou a ler: ERR foi a abreviatura da força tarefa liderada pelo ideólogo do Partido Nazista Alfred Rosenberg, o homem encarregado de confiscar todos os bens culturais dos judeus. Nauseada, Rebecca levou a mão à boca e vomitou uma combinação de uísque, bile e marzipã através dos dedos. A tela do computador ficou turva e seu coração batia em disparada.

— Não, não, não — murmurou Rebecca suavemente, limpando a boca com a parte de trás da mão.

Então clicou no link e leu uma breve descrição: "*Einsatzstab Reichsleiter Rosenberg* (ERR) foi a 'Força-Tarefa Especial' encarregada de pilhar bens culturais nos países ocupados pelos nazistas durante a Segunda Guerra Mundial e, até outubro de 1944, 1.418.000 vagões ferroviários contendo livros e obras de arte (assim como 427.000 toneladas transportadas por navio) chegaram à Alemanha. Muitos destinavam-se à coleção pessoal de Hitler, em Linz".

Sem parar para se limpar direito, Rebecca digitou KH na ferramenta de busca, mas não obteve nenhum retorno relevante. Em seguida, procurou NC. Novamente, nada. Acalme-se e pense, repreendeu-se. Especifique mais a pesquisa. Então, abriu um site dedicado a informações sobre arte saqueada pelos nazistas, e deu uma olhada nos textos, à procura de alguém ou algum lugar com essas iniciais. Dentro de alguns minutos, ela chegou a duas possibilidades. KH podia ser Karl Haberstock, marchand pessoal de Hitler, que aconselhava o Führer nas negociações e ajudava o Partido Nazista a se desfazer da arte considerada degenerada pelo regime. Ao continuar lendo, Rebecca descobriu que Haberstock foi intermediário de mais de cem vendas para Hitler, incluindo *La Danse*, de Watteau, comprada do príncipe herdeiro de Hohenzollern por novecentos mil reichsmarks. Rebecca seguiu examinando a lista das vendas de Haberstock e viu que Hitler tinha adquirido outro Watteau, sem título, por um milhão de reichsmarks em 1943 – identificado apenas como o quadro do "Amor". Rebecca estremeceu. Seria a pintura perdida de Memling?

Rebecca descobriu que, embora Haberstock tivesse sido preso e interrogado depois da guerra, logo foi solto e continuou a trabalhar como marchand até o final da década de 1950. Em seu caderninho, Marty registrou que, no período entre 1945 e 1956, a Winkleman havia comprado e vendido quarenta obras de arte de uma pequena galeria de Augsburgo identificada como KH, incluindo pinturas de Rubens, Hals, Wouwerman, van Goyen e Tiepolo. Ao longo do mesmo artigo, havia referências ao castelo de Neuschwanstein. Seria este o NC de Marty? Rebecca olhou as imagens do fantástico castelo de conto de fadas no alto de uma colina bávara, construído para o recluso rei Ludwig na década de 1880. Alfred Rosenberg escolheu o lugar como esconderijo para a arte saqueada. Mas que ligações havia entre seu pai, Rosenberg, Haberstock e o castelo?

Rebecca não sabia por quanto tempo tinha ficado sentada no chão de seu escritório, balançando-se para frente e para trás, os pensamentos correndo de Marty para o pai, enquanto tentava separar fatos dos seus sentimentos. Diversos bens roubados com faturas falsas não provavam necessariamente que Memling era membro do Partido Nazista ou ladrão. Talvez seu pai tivesse ajudado esses judeus encontrando um marchand disposto a comprar seus bens enquanto muitos os teriam roubado? Talvez Memling tivesse sido enganado e trabalhado para Karl Haberstock sem nunca se dar conta do papel que a arte desempenhava nas aspirações culturais de Hitler. Além disso, Haberstock tinha sido absolvido de seus crimes e reabilitado, tornando-se uma figura de destaque em Augsburgo. Não só tinha se beneficiado financeiramente da arte, como ela parece ter limpado sua moral: um legado com seu nome ainda figura no museu da cidade. Futuras gerações de visitantes certamente louvarão a família por sua generosidade em vez de perguntar como essas obras chegaram às mãos de Haberstocks.

Rebecca imaginou Marty sentado como ela estava agora, após descobrir que o negócio deles havia sido construído com base em extorsão. Então sentiu um nó na garganta: no braço direito de Memling havia o número 887974, tatuado em sua pele logo após a chegada a Auschwitz em 1943. Embora Memling raramente falasse sobre isso, a impressionante tatuagem era um lembrete a todos no mundo da arte de que aquele homem havia sofrido, o que o fez ganhar pontos com muitos judeus ricos. Rebecca sabia que o pai era implacável e determinado, mas ele seria capaz de ir tão longe para alcançar suas ambições? Rebecca, então, pensou novamente na morte súbita do irmão. Teria sido um acidente ou um assassinato? Não... no que estava pensando? Memling amava demais o filho, nunca poderia fazer algo assim, não é mesmo? Mas Rebecca sentia a dúvida e o medo se insinuarem do seu estômago para o peito, apertando seu coração. Novamente foi até a gaveta de sua mesa e verificou se a arma ainda estava lá e carregada.

Ao checar o relógio, Rebecca viu que já eram 5 da manhã. Às vezes, Memling chegava cedo, então ela tinha de encobrir seu rastro rapidamente. Levantou-se de um pulo e começou a guardar os livros contábeis no cofre, certificando-se de que cada um estava em seu devido lugar. Em seguida, pegou um pano e limpou suas impressões digitais das prateleiras e das lombadas. Depois fechou a porta do cofre e reiniciou o sistema, assegurando-se de que suas duas entradas anteriores fossem apagadas dos registros. Dez minutos depois, Rebecca saiu pela entrada dos fundos da Winkleman. Ficou agachada no degrau até a câmera de segurança se afastar da porta e então seguiu rapidamente pela Curzon Street em direção à Berkeley Square; nunca teve tanto medo em toda sua vida.

As ruas estavam iluminadas pela luz azulada do amanhecer. Fora um ou outro táxi, Rebecca tinha Londres só para si. Caminhava sem nenhum destino, esperando que o exercício pudesse lhe trazer calma e clareza. Seu pânico a fez perder o senso de orientação e, mais tarde, ela não conseguia se lembrar aonde seus pés a haviam levado. Perguntava-se se mais alguém havia desconfiado de seu pai. As evidências estavam lá para quem quisesse ver, mas a maioria fazia vista grossa. A maior parte do negócio dos Winkleman era legal: obras compradas e vendidas no mercado aberto. Era uma empresa extremamente bem-sucedida, que valia mais de um bilhão e movimentava várias centenas de milhões de libras por ano.

Com certeza, pensou ela, *alguém – um funcionário, um jornalista ou um concorrente – deve ter suspeitado.* Como uma família de origens tão humildes podia ter reunido, de forma honesta, uma coleção daquelas durante e logo depois de uma guerra? Essa podia ser a explicação de por que Memling mantinha tantas pessoas em sua folha de pagamento, uma forma de espalhar sua culpa como uma névoa ácida sobre o mundo internacional da arte. Havia pagamentos mensais a diversos "consultores" que alertavam os Winklemans para potenciais vendas ou outras questões relevantes: um membro da aristocracia que estava pensando em vender, a nova política de aquisição de um museu ou colecionador, mudanças na legislação governamental. Os Winkemans haviam criado uma ampla e sólida esfera de proteção e influência. A riqueza também vinha com a legitimidade e, para reafirmar sua reputação, a família fazia doações generosas a instituições de caridade e museus. Ainda na semana anterior, Rebecca tinha assinado cheques para um Museu do Holocausto em Moscou e pagado uma nova moldura para duas obras de grandes mestres da Coleção Frick, em Nova York.

As consequências de expor seu pai iriam reverberar por toda a indústria e no mundo inteiro. Rebecca tinha de admitir que ela também não era completamente inocente. Usava a empresa cinematográfica do marido como fachada para exportar obras para toda Europa. Colocava todas as suas despesas domésticas na conta da empresa. Declarava um valor bem menor das pinturas vendidas para evitar impostos. Denunciar Memling resultaria em falência e vergonha para toda a família, funcionários e associados. Esse foi o dilema moral que seu irmão tinha enfrentado e, em seu caso, o resultado foi fatal. Rebecca sabia que Marty nunca conseguiria viver ou trabalhar carregando essas mentiras.

Agachada na entrada de um edifício, longe da vista das pessoas, Rebecca começou a chorar. Estava presa, sem ter para onde ir. Talvez ela devesse optar por deixar esta vida, assim como o irmão. Ela pensou em fugir – deixar Grace e Carlo e esconder-se em uma ilha distante. Ainda era possível fugir hoje em dia? Havia algum lugar fora do alcance? Achava que não. Memling ainda tinha controle absoluto sobre as finanças de Rebecca; era o proprietário de sua casa, pagava seu salário e a universidade de Grace. Os títulos de propriedade das pinturas que ela ganhou de presente estavam guardados em escritórios de empresas *offshore*. Memling tinha acostumado os filhos a um mundo de luxo e riqueza e sempre evitou que desenvolvessem qualquer autonomia – era sua forma de mantê-los em rédea curta. Ela costumava pensar que o pai era super-protetor; agora se perguntava se o punho de ferro de Memling era uma apólice de seguro: ele sabia que os filhos não sobreviveriam muito tempo fora do ninho. Rebecca não tinha formação para trabalhar em nenhuma outra área e, se Memling fosse exposto, ela nunca mais pisaria no mundo da arte. Carlo com certeza a deixaria. Pensar em viver sem o marido a fez chorar mais ainda.

Enxugou, então, os olhos e ajeitou o sobretudo amassado, aprumando-se. Adiaria qualquer decisão até descobrir a extensão da farsa de seu pai. Encorajada por um senso de propósito e determinação, Rebecca olhou para a esquerda e para a direita, tentando se localizar. A placa da rua dizia EC1 – estava a vários quilômetros de casa. Um táxi veio em sua direção com a luz alaranjada brilhando e Rebecca estendeu a mão. Aparentemente, a ruína de sua família era inevitável – então começou a pensar o que poderia fazer para reduzir os danos.

CAPÍTULO 21

A entrada da reunião era através de uma porta lateral do dilapidado centro de saúde e bem-estar. Construído na década de 1970, a fachada de concreto coberta de seixos estava desgastada e a pintura apresentava um tom cinzento manchado de chuva. Colada à porta havia uma folha de papel em que se lia "Reunião do AA" escrito à mão e uma seta para cima, apontando aparentemente para o céu. Evie ajeitou o casaco e passou a mão suavemente pelo cabelo, checando como estava no reflexo da janela suja. Era importante manter a boa aparência. Não queria que ninguém pensasse que era uma alcoólatra. Era apenas alguém que precisava de um pouco de apoio às vezes.

— Veio para a reunião? — perguntou uma jovem usando calça rosa, um suéter preto justo e piercing no nariz, enquanto passava por Evie e abria a porta para o centro. Esperou, então, que Evie a seguisse. — É no final deste corredor. Meu nome é Lottie.

Evie ficou pensando como ela tinha adivinhado.

— Sua primeira vez? — perguntou Lottie. — Não fique assustada. Todos já passamos por isso. — Ela seguiu rapidamente pelo corredor com piso de linóleo e, virando à esquerda no final, abriu outra porta para uma ampla sala.

— Oi, Lottie — cumprimentou uma mulher corpulenta de meia-idade, vestindo um cardigã e uma calça larga.

— Oi, Danni — respondeu Lottie, dando-lhe um grande abraço. — O que o médico disse semana passada?

— Ele mudou meus remédios... Agora estou tomando outro.

— E como estão as coisas?

— Me sinto um pouco estranha, na verdade — disse Danni. Então virou para Evie. — Bem-vinda. É sua primeira reunião?

Evie assentiu, forçando um sorriso. Queria dar meia-volta e ir para casa. Ela sabia que aquele lugar não tinha nada a ver com ela. Só estava lá porque tinha prometido a Annie que iria a uma reunião dos Alcoólicos Anônimos.

— Uma xícara de chá? — perguntou Danni.

Evie assentiu.

Evie pegou seu chá e escolheu uma cadeira mais para o fundo da sala. Na meia hora seguinte, cerca de quinze pessoas chegaram, e todas já se conheciam. A mistura de idade e classe social surpreendeu Evie: havia um negro elegante na casa dos 70 anos, com um terno bem cortado e uma bengala; uma idosa esbelta, Patricia, vestida imaculadamente com um conjunto de suéter e um cardigã da mesma cor, e um colar de pérolas. Depois chegaram um adolescente desleixado com um senhor de 60 anos usando roupa de ginástica, e um homem cheio de tatuagens com um vira-lata de nariz arrebitado. Bella, que se apresentou a Evie quando chegou, parecia ter sido modelo – havia vestígios de uma grande beleza em seu rosto envelhecido.

— Preste atenção às semelhanças e não às diferenças — aconselhou Bella.

— Não deixe de voltar, dá certo se você se empenhar — acrescentou Danni.

Patricia levantou-se e foi sentar-se na frente da sala, atrás de uma mesa de fórmica.

— Meu nome é Patricia e sou alcoólatra — disse ela a todos na sala.

Evie precisava admitir que aquela história era extraordinária, mas não tinha nada a ver com seus próprios problemas. Depois que Patricia terminou, outros se revezaram para contar suas histórias. Alguns se identificavam com Patricia, outros falavam sobre lutas em suas vidas diárias. E diziam um monte de frases feitas, como: "um dia de cada vez" ou "dá certo se você se empenhar". *Psicologia barata*, pensou Evie, mal-humorada. No final, reservava-se cinco minutos para os recém-chegados se apresentarem. Todos se voltaram ansiosos para Evie, que olhava para os próprios pés. Por fim, incapaz de suportar o total silêncio, Evie falou:

— Meu nome é Evie e não sou como nenhum de vocês.

Esperava uma rejeição em massa, mas ficou surpresa ao ver todo o grupo sorrir de forma bondosa e encorajadora para ela, falando em uníssono:

— Seja bem-vinda, não deixe de voltar. Dá certo se você se empenhar. — Evie abriu um sorriso sem graça. *Um bando de malucos*, pensou.

Ainda assim, ficou para outra xícara de chá depois. Todos foram muito gentis e lhe deram folhetos e biscoitos rosa-choque. Evie levou o kit de boas-vindas dos recém-chegados para o apartamento e deixou-o na mesa para que Annie visse. No fundo, sabia que o AA não era para ela; precisava mesmo era do amor de um bom homem e algum dinheiro. Evie só bebia porque era pobre e solitária.

Nos bons e velhos tempos, pensou Melanie Appledore quando entregou o bilhete ao porteiro, *o presidente do conselho e o diretor da Royal Opera House teriam ido recebê-la na entrada*. Ela ainda doava cem mil dólares por ano para a instituição, mas aquele valor já não garantia respeito. Agora só significava ter prioridade em determinado número de reservas e uma pequena janela de tempo exclusiva para comprar ingressos para os espetáculos mais populares. Em outros tempos, ela entrava no saguão e todos se viravam para olhar para ela e para o marido. As pessoas sabiam exatamente quem ela era e a importância de seu diamante (o Shimla, trinta quilates), o designer de seu vestido e o valor de seu casaco de pele. Sussurrariam seu nome e especulariam sobre o patrimônio líquido do seu marido. A sra. Appledore sabia que as pessoas se perguntavam sobre suas origens humildes e seu passado. Muitos acreditavam que era uma refugiada judia, enviada para a América no *Kindertransport* antes da guerra.

— Você sabe que é muito doloroso para ela falar sobre isso — diziam seus amigos da sociedade.

Melanie não confirmava, nem negava; ela não se importava em ser judia para os judeus ou uma gói para os outros. Sabia que era objeto de fascínio e às vezes de sátira, mas era melhor que estivessem falando dela do que não ser mencionada. Aquela noite era como nos velhos tempos; a plateia olhava e sussurrava, mas a sra. Appledore sabia que ninguém a reconhecia nem se importava com ela. As atenções se voltavam para Barty, que estava vestido como Rodolfo, o herói da ópera, um escritor do século XVIII que passa por grandes dificuldades financeiras.

Barty usava uma calça antiga rasgada com uma sobrecasaca velha por cima. Seu lenço era feito das páginas de uma peça inédita (escrita na melhor caligrafia de internato por Emeline naquela tarde), usava sapatos que não combinavam e, na cabeça, um chapéu de seda rosa com pala, em homenagem a Mimi, a heroína da ópera. *Por sorte estavam em um camarote*, pensou a sra. Appledore, *ou as pessoas poderiam se queixar que o chapéu encobriria a vista*. Como não era noite de estreia, não havia fotógrafos para capturar sua triunfal homenagem a *La Bohème*, mas Barty nunca baixava seus padrões de vestimenta. Em outra noite, saindo do balé, tinha conhecido sua mais recente paixão, um jovem estudante de moda. Juan de Carlos foi pedir seu autógrafo e logo virou fundo de tela do celular de Barty.

Mesmo que ninguém mais soubesse quem era a sra. Appledore, Barty a enchia de atenção. Tendo acompanhado senhoras ao balé e à ópera por meio século, ele conhecia todas as entradas reservadas pelos fundos, todos os banheiros e a maioria dos funcionários. A sra. Appledore chegaria ao camarote sem ser empurrada, conseguiriam a melhor mesa no bar e lhes serviriam uma garrafa de champanhe gelada ao final de cada ato. À espera deles no camarote, estavam os outros convidados da sra. Appledore, o duque e a duquesa de Swindon. Windy Swindon (o apelido vinha da posição do lar da família no topo de Marlborough Downs) e sua esposa Stinky (seu verdadeiro nome era Glendora, e ela nunca cheirava mal) eram, na opinião de Barty, os membros mais enfadonhos da aristocracia, e olha que a concorrência era grande.

— Que roupa é essa, Barty? — perguntou Stinky.

— As referências não são tão difíceis — disse Barty, apontando para o chapéu de pala e o manuscrito. — Sou Rodolfo chorando a perda de Mimi.

— Mas quem diabos são eles? — perguntou Windy.

— Vocês já vão descobrir — disse Barty.

— Eles vão se juntar a nós? — Stinky olhou em volta.

— Rodolfo e Mimi são o herói e a heroína de *La Bohème* — disse a sra. Appledore, lançando a Barty um olhar de advertência.

— É a ópera que vamos assistir — disse Barty, incrédulo. Ele frequentemente se perguntava como a aristocracia conseguira sobreviver mais que os próprios neurônios.

O sinal tocou e os quatro ocuparam seus lugares no camarote 60. Barty escolheu o banco alto de trás, uma posição que ele gostava. Embora dali não desse para ver perfeitamente o palco, o lugar oferecia a melhor visão da plateia. Barty tirou os binóculos de ópera do bolso e examinou os camarotes do lado oposto e outros lugares à procura de rostos conhecidos. Era uma noite fraca. Lorde Beachendon estava lá com sua esposa de aparência cansada e vestido velho. *Ela parecia alguém saído de um documentário da BBC dos anos 1970 sobre a nobreza rural*, pensou Barty, *uma daquelas esposas (apenas 50 anos, mas com cara de 70) que se retiravam para o campo com um vestido Laura Ashley e dois labradores*. Seu cabelo, grisalho com mechas, estava preso em uma faixa de veludo e, ao redor do pescoço, usava a última relíquia da família, um colar de três voltas de pérolas. *O conde Beachendon estava com uma aparência abatida*, pensou Barty. O velho paletó pendia dos ombros estreitos e recurvados. O pouco cabelo que lhe restava precisava de um corte. Tanto o conde quanto a condessa lembravam Barty de balões de festa que vão desinflando lentamente.

Em um contraste completo, o camarote ao lado estava cheio de tipos ligados a fundos de investimento que provavelmente tinham comprado os ingressos em um leilão, pensando que *Bohème* tivesse algo a ver com a Beyoncé. Fiona Goldfarb estava no Camarote Real, (lugar que, como rainha dos judeus e principal mecenas da ópera, ela merecia) e Tayassa, a filha mais velha do emir e da sheika de Alwabbi, estava lá (provavelmente pensando se deveria mandar construir uma ópera para acompanhar seu novo museu), *mas, fora esses, eram todos bastante déclassés*, pensou Barty tristemente. Antigamente as pessoas iam à ópera para serem vistas; agora iam para escapar.

O maestro assumiu a posição e a plateia começou a aplaudir.

— Sinceramente — murmurou Barty para a sra. Appledore —, não é como se ele tivesse pousado um avião de férias na Costa del Sol... deixem o homem primeiro mostrar a que veio.

O maestro virou para a plateia e se curvou.

— Ah, vamos logo com isso — disse Barty um pouco alto demais.

Então, a enorme cortina de veludo vermelho se abriu e o público foi transportado numa onda de violinos, flautins e violoncelos para o sótão de Rodolfo, onde o escritor, sentado ao lado de um fogão apagado com seu amigo, o pintor Marcello, queixava-se de frio e, é claro, do amor.

No camarote 60, quatro pares de olhos estavam fixos no palco, embora as quatro mentes estivessem em outro lugar. Barty lamentava a queda dos padrões, achava triste que poucos se preocupassem em se vestir adequadamente para a ópera. A sra. Appledore pensava em gastar o dinheiro que restava da fundação do marido em uma grande doação, algo monumental. Windy Swindon perguntava-se se deveria vender sua charneca de tetrazes na Escócia. Não valia muita coisa – já não havia mais tetrazes ali –, mas o dinheiro seria o suficiente para comprar um novo telhado para a ala oeste de Swindon Hall. Stinky preocupava-se com a praga da sebe de buxo. O que podia fazer para preservar seu lindo jardim dessa ameaça? Alguém tinha sugerido teixo, mas era um arbusto que levava anos para crescer. Não ficava tão preocupada assim desde que Windy arrumara uma amante (e ainda estava com ela, o que acabou sendo bastante conveniente para Stinky, que ficou livre das obrigações conjugais – um abençoado alívio).

Quando Mimi e Rodolfo declararam seu amor, a música atingiu um momento de intensa dramaticidade e ver o pequeno tenor tentando envolver a rotunda cintura da soprano foi algo tão impressionante que todos no camarote 60 voltaram sua atenção para o palco. A sra. Appledore começou a chorar, lembrando-se das outras *Bohèmes* que já havia assistido como marido, no Met, no La Scala, no Teatro La Fenice. Recordou-se dos tempos felizes que tinham vivido antes de ele morrer há aproximadamente 24 anos, restando a ela uma existência solitária, movimentada e privilegiada entre suas casas em Londres, Nova York, Aspen, Paris, St. Barts, Buenos Aires, Cap Ferrat, St. Moritz e, é claro, seu iate. O sempre atento Barty notou as três pequenas lágrimas que correram pelo rosto macio da sra. Appledore e estendeu-lhe um lenço perfumado. Barty sabia o que era a solidão, e segurou a pequena mão enrugada dela pelo resto do Segundo Ato, tão delicadamente quanto se fosse um filhote de andorinha.

No palco, os jovens faziam o que os jovens fazem: beijavam e bebiam, apaixonavam-se e brigavam. A plateia, a maioria já de idade, tinha de revirar fundo a memória para relembrar como era tudo aquilo.

Do outro lado do auditório, o conde Beachendon não estava pensando em amor ou sexo; estava preocupado com dinheiro e pensando na visita que fizera aquela tarde para o artista contemporâneo que mais vendia no mundo, um homem que se chamava Gary Mitchell, mais conhecido como "Bolha". Como ele tinha mais de 1,80 m de altura e era magro como um pepino descascado, ninguém entendia por que havia escolhido aquele apelido. Gary não explicava nem falava muito a respeito; como Lorde Beachendon havia descoberto naquela manhã, Gary, ou Bolha, era um homem de poucas palavras. Durante duas horas em sua companhia, Bolha não disse nada além de "sim", "não" e "talvez" – principalmente "talvez". Talvez concordasse com uma venda/exposição na casa de leilões. Talvez pudesse acontecer naquele ano. Talvez dividisse os lucros numa proporção de 60/40 com a casa de leilões. Talvez trocasse de marchands.

Lorde Beachendon tinha entrado na casa de Bolha cheio de esperança e saiu confuso. Ele morava em uma requintada mansão huguenote com porta central na fachada, em Spitalfields (comprada por oito milhões de libras naquele ano). O conde foi recebido por uma assistente surpreendentemente bonita (e graduada no MIT) e levado até uma sala de espera decorada com um Rembrandt (dezoito milhões de libras, vendido pelo conde há dois anos). O interior era muito bem decorado (um investimento de pelo menos 250 mil por cômodo) e o tapete era um Aubusson (em perfeito estado, dois milhões). Minutos depois, a lindíssima secretária pessoal de Bolha, usando uma roupa de lycra preta muito justa (primeira da turma em seu bacharelado em Cambridge), cumprimentou-o com frieza, mas educadamente, e pediu desculpas pelo ligeiro atraso do chefe. Poderia oferecer-lhe enquanto isso uma taça de Cristal (290 libras a garrafa) ou um Lafite Rothschild 1961 (450 libras). O que mais deprimia Beachendon não era o dinheiro que Bolha ganhava com sua arte, mas o fato de o artista e tudo à sua volta despertarem os instintos mais primitivos e a inveja mais profunda de Beachendon. O conde percebeu que estava se tornando o tipo de pessoa que mais desprezava – daquelas que sabiam o preço de tudo, mas desconheciam o valor. Não parou para admirar o Rembrandt ou o tapete, não conseguiria apreciar o vinho ou admirar a inteligência da mulher – só conseguia pensar em quanto haviam custado.

Essas misteriosas forças do mercado haviam definido que Bolha "era o que havia": o novo *wunderkind*, e suas obras alcançavam preços elevadíssimos. Suas pinturas, visões fantasmagóricas e altamente detalhadas do céu e do inferno, eram vendidas por milhões de libras, com listas de espera de várias centenas de colecionadores. Foi o primeiro pintor desde Hieronymus Bosch a capturar a essência da depravação e da virtuosidade humanas. Os críticos, em um caso raro de unanimidade, concordavam que o trabalho de Bolha refletia tudo o que havia de bom e ruim na sociedade contemporânea, e além disso ele era, ao contrário de tantos de seus pares, um grande desenhista e um pintor incrivelmente talentoso. O que Lorde Beachendon sabia era que Bolha tinha milhares de inestimáveis desenhos e esboços de quadros a óleo. Se o artista topasse levá-los a leilão, todos os problemas do conde Beachendon estariam resolvidos. A venda das obras de Bolha causaria uma sensação, no plano financeiro e em meio à crítica. Bastava o artista dizer "sim"; mas Bolha só dizia "talvez".

* * *

No momento exato em que Mimi dava seu último suspiro em Covent Garden, Agatha enviou a Annie uma mensagem com novidades sobre a pintura.

"Annie. Verniz incolor diluído: transformação extraordinária. A nuvem branca é realmente um pierrô! Tudo muito Watteau, mas precisamos investigar e pesquisar mais. Septimus W-T quer que a pintura saia da galeria. Por favor, busque-a o mais rápido possível. Um abraço, Agatha."

Quando viu a mensagem, Annie ainda estava no trabalho esperando um *oeuf en gelée* – uma gelatina salgada com ovo e especiarias – ficar firme. Ela tinha colocado o ovo em um molde com a gelatina, pétalas de nastúrcio, raminhos de endro e sementes de mostarda, mas, mesmo depois de seis tentativas, o resultado não era nada satisfatório. Olhou rapidamente para a mensagem de Agatha, sua atenção ainda na entrada que insistia em dar errado: poderia fazer uma omelete, enrolá-la com caviar de salmão e espinafres cozidos picados para criar três camadas de cor e envolver isso tudo em uma gelatina? Olhando para o relógio, viu que eram 22h30 – levaria uma hora para chegar em casa de ônibus ou 45 minutos pedalando contra o vento.

A pintura, pensou ela, *já estava dando trabalho demais*. Decidiu buscá-la, pendurá-la em seu apartamento e dar um fim àquela investigação inútil. Coisas milagrosas como descobrir obras-primas perdidas não aconteciam a pessoas como ela. Então respondeu a mensagem de Agatha:

"Muito obrigada. Irei assim que possível. Um abraço, Annie."

CAPÍTULO 22

Às cinco horas da manhã seguinte, o despertador tocou. Annie ficou deitada, em silêncio, planejando as duas horas seguintes em sua cabeça. Os Winklemans iriam receber clientes para o almoço e tinham pedido robalo seguido de maçã cozida. Rebecca tinha deixado claro que não era mais para Annie dar asas à imaginação na cozinha, deveria seguir apenas os menus fixos. Annie até esperava conseguir o peixe, mas duvidava que encontraria maçãs decentes em março. O próximo problema da lista era sua calça jeans preta que, com toda certeza, ainda estava molhada após uma noite inteira na máquina de lavar. Saiu, então, às pressas do quarto, repreendendo-se:

— Vamos, liga o forno, toma um banho rápido enquanto aquece, não dá tempo de raspar as axilas, mas também quem vai notar? Calça preta quase seca, deita no chão, veste. Se não estiver seca, coloca a calça no forno para secar mais rápido. Tempera o frango, passa manteiga na pele, coloca o peito para baixo. Tira a calça do forno e torce para não estar com cheiro de carne velha e queijo. Ajusta o temporizador para 65 minutos. Liga para o peixeiro.

— Sabe qual é o primeiro sinal de loucura? — perguntou Evie, erguendo a cabeça do sofá.

— Falar sozinha — disse Annie, abrindo a geladeira. — Esqueci que você estava aqui, desculpe.

— Sabe qual é o segundo sinal de loucura? — perguntou Evie, passando as mãos pelos cabelos.

— Procurar pelos nas palmas das mãos — disse Annie, lembrando-se de uma brincadeira antiga que as duas faziam.

— Era engraçado como as pessoas costumavam cair nessa, não era? — Evie dobrou o edredom da cama improvisada e cruzou a sala.

— O que você vai fazer com esta ave? — perguntou Evie enquanto Annie tirava o frango cozido sem pele da geladeira e colocava-o na mesa da cozinha.

Annie não estava a fim de conversar, tinha muita coisa para fazer.

— Vou preparar um prato digno de um rei — disse ela. — Ou pelo menos, da rainha Delores.

— Está esperando um convidado? Alguém especial?

— Estou praticando para o jantar, falta menos de uma semana. Você pode sair da frente? — Evie estava no espaço estreito entre a geladeira e o fogão.

— O que é tudo isso? — perguntou Evie, sentando-se na única cadeira que não tinha pernas bambas e apontando para as tigelas e pratos arrumados cuidadosamente sobre a mesa.

— Mãe, você pode levar a cadeira para o outro lado? E por favor, não fale mais nada, preciso me concentrar.

Evie arrastou a cadeira para longe e observou Annie arrumar meticulosamente seus utensílios de cozinha em um pano de prato limpo. As facas foram dispostas por ordem de tamanho, começando por sua posse mais preciosa, uma lâmina japonesa Honyaki, tão afiada que podia cortar um pedaço de massa seca ao meio. Ao lado, Annie colocou colheres de madeira, um copo de medida, duas tigelas e um par de pinças.

— Me desculpe... é a primeira vez que preparo isso e estou nervosa — disse Annie, indo até a boca do fogão onde uma pequena frigideira chiava ansiosa.

Annie colocou uma berinjela na panela com água fervendo e ajustou o temporizador para dez minutos. Em seguida pegou uma panela de molho da prateleira e misturou creme de leite, uma folha de louro e alguns grãos de pimenta, mexendo tudo por cinco minutos. Então coou e reservou a mistura.

— Posso fazer uma pergunta? — disse Evie.

— Fala — disse Annie enquanto colocava nacos de manteiga em uma panela e esperava que derretessem. Então acrescentou duas colheres de sopa de farinha para criar uma pasta homogênea. Em uma tigela à parte, dissolveu gelatina em água fervente e depois juntou ao molho.

— Quantos pratos você espera fazer neste jantar?

— Luís XIV tinha pelo menos quatro serviços com até sete pratos diferentes em cada.

— Quantos cozinheiros ele tinha?

Annie provou o molho.

— Cerca de dois mil funcionários permanentes em suas cozinhas e cada jantar exigia 498 pessoas, incluindo uma procissão de quinze funcionários da casa. Os pratos mais fabulosos tinham guardas próprios e cortesãos especialmente designados para se curvarem diante da comida.

— Mas é só você — disse Evie, incrédula.

— Vou contratar pelo menos dez ajudantes e alguns dos figurantes de Carlo para dar um pouco de pompa e circunstância à ocasião. O cara que interpretou o bobo da corte em seu último filme será o copeiro principal. Se alguém quiser mais vinho, ele vai gritar: "Uma bebida para o rei ou para a rainha."

Annie acrescentou mais meio sachê de gelatina e bateu um pouco mais seu molho, alternando movimentos rápidos e lentos.

— A recepcionista, Marsha, você se lembra dela, vai fazer o papel de Provadora Oficial... seu trabalho será provar a comida antes dos convidados, assim, se eu tiver envenenado alguma coisa, ela morre primeiro.

— Que horripilante — disse Evie.

— Adoro que os riscos sejam altos. Hoje em dia, a comida não é tão valorizada. Tudo vem em embalagens, praticamente pronto para comer... Poucos saberiam identificar uma batata ou um alho-poró numa horta, muito menos como fazer uma sopa ou um guisado. Devíamos aprender a respeitar e saber mais sobre os alimentos.

Evie olhou para os olhos radiantes da filha.

— Não vejo você tão animada assim há anos.

Annie virou-se e encarou a mãe:

— Finalmente descobri o que realmente quero fazer da minha vida, mãe. E levei 31 anos para isso.

— Pois eu a invejo — disse Evie.

— Se esse jantar for um sucesso, talvez eu seja contratada para outros. Podem ser os primeiros passos para virar uma chef profissional.

Então mexeu mais uma vez o molho béchamel na panela antes de despejá-lo sobre o frango. O líquido caramelo claro derramou-se uniformemente sobre a ave, deixando sua superfície enrugada lustrosa e dourada. Em seguida, Annie removeu cuidadosamente o excesso de líquido e colocou a ave de volta na geladeira.

— E se alguma receita der errado? — perguntou Evie.

— Terei que cair sobre minha espada, como o chef Vatel, que não conseguiu preparar aves assadas e peixe fresco suficientes.

— Como eu posso ajudar?

Annie hesitou.

— Não é uma boa ideia.

— Fui a uma reunião do AA ontem. Vou mudar. Eu juro.

Annie não respondeu. Já tinha presenciado muitos recomeços, promessas e esperanças que não tinham dado em nada, e aquele trabalho era muito importante.

— Já a decepcionei antes, mas desta vez será diferente — disse Evie.

Annie não respondeu.

A maioria das lembranças de infância de Annie girava em torno dos recomeços de Evie e seus excêntricos esquemas para "entrar nos eixos". Evie nunca sabia onde esses eixos estavam, ou onde a levariam, mas encarava cada iniciativa – frequentemente uma nova carreira ou empreendimento lucrativo – com convicção e entusiasmo. Uma vez, decidiu se tornar jardineira paisagista e passou horas estudando a coleção de livros "Como cultivar", da Reader's Digest. Embora só tivessem um floreira na janela para praticar, Evie criou parques, cercas-vivas e paisagens inteiras em sua mente. Durante semanas, ela descrevia e Annie passava a visão da mãe para grandes folhas de papel-rascunho, que depois eram coloridos com aquarelas e presos às paredes do conjunto habitacional em que moravam. Após colocar anúncios no jornal local, nos centros de jardinagem próximos e no quadro de avisos da escola, Evie chegou a conseguir um trabalho, depois de convencer o vigário de que ela poderia transformar seu pequeno quintal em um jardim noturno romântico e perfumado, um lugar de paz e contemplação. Infelizmente, a esposa do vigário, que entendia um pouco de horticultura, interrompeu o projeto quando Evie lhe disse que ia cobrir as paredes com uma clamídia perfumada e trepadeira.

Outro esquema envolveu a criação de yorkshires miniatura, que venderia por cinquenta libras cada. Os pais, Bullseye e Bullet, eram irmãos (*Ninguém precisa saber*, pensava Evie), custaram 25 libras cada e só conseguiram produzir dois filhotes em um ano. Um dia ao voltar da escola, Annie recebeu a notícia de que os dois, num trágico acidente/suicídio duplo, fugiram para a estrada e foram atropelados. Perturbada e nem um pouco convencida, Annie ficou sem falar com a mãe por três semanas. Depois, Evie tentou ganhar a vida como curandeira, massagista e, finalmente, instrutora de aeróbica, mas elas nunca ficaram em um lugar por tempo suficiente para criar clientela.

Não levavam muita coisa. Evie tinha duas malas e uma nécessaire, com alguns objetos importantes, itens de seu passado. Havia um prendendor de cabelo de casco de tartaruga com pedras incrustadas que fora da sua tia-avó Edna, uma fotografia de seus avós maternos e a única coisa que tinha guardado do pai dela, uma cópia da *Larousse Gastronomique*, o livro de culinária que ele herdou de uma tia e cujas receitas Annie já sabia de cabeça aos 13 anos. Havia também os restos do buquê que Evie carregou no dia do seu casamento e a fotografia que Annie mais cobiçava, uma foto de seu pai adormecido na praia, o chapéu de aba curta na barriga, os braços estendidos acima da cabeça como uma criança.

Essas lembranças eram as únicas conexões de Annie com essa outra vida e com a família extendida. Ansiava por conhecer parentes e descobrir se os olhos dela vinham de seu pai ou de um primo, descobrir quem mais tinha cabelo castanho-avermelhado. Com a ausência de pessoas reais, ela inventava histórias: vovó Josephine com sua artrite, o temperamento irritável e a paixão pelas polonesas de Chopin; vovô Mortimer, que trabalhava como fazendeiro criando porcos, mas sonhava em ser perfumista; tia Alice, que, cheia da vida na fazenda, fugiu para se juntar ao circo local e ainda monta elefantes em Wigan. Esses parentes aleatórios foram os primeiros a provar os grandes banquetes de Annie. Ela imaginava todos eles aparecendo para visitá-la e a comida seria tão deliciosa que deixariam o passado para trás, enterrando pequenas mágoas e desavenças. Annie tinha conversas longas e imaginárias com cada um, contando-lhes tudo sobre sua vida.

Seus convidados saíam de suas vidas reais para outra, tornando-se, ainda que por algumas horas, viajantes transportados através do tempo graças aos sabores e trajes. Annie combinava alimentos e ingredientes com a época e interesses específicos dos personagens que admirava na história. Para Boudicca, ela recheou uma perna de javali com nozes e tâmaras e serviu-a sobre feno ensopado de mel. Imaginou-se preparando a primeira batata de Elizabeth I – um purê servido com guisado de lebre e tubérculos refogados em hidromel. Para manter a força de Alexandre, o Grande, em suas longas campanhas, ela defumou o peixe e refogou ligeiramente os legumes em um caldo com infusão de ervas. Após visitas às bibliotecas locais, acabou criando um índice pessoal de comidas e cenários fantásticos, sempre baseados no passado, já que o presente de Annie costumava ser amargo.

O temporizador no fogão começou a tocar insistentemente. Annie tirou a berinjela e colocou-a, fumegante, em um prato para esfriar.

— Uma xícara de chá? — ofereceu Annie em um tom conciliador.

Evie assentiu.

— Me conte sobre a reunião do AA.

— Foi interessante.

— Interessante?

Evie confirmou.

— Não quero me precipitar e criar expectativas, mas não senti vontade de beber nada desde que fui lá.

— Você foi lá ontem!

— Geralmente penso em bebida a cada minuto do dia — disse Evie em voz baixa. — Do momento em que acordo até quando finalmente vou dormir.

— O que há para pensar? — disse Annie sem entender.

— Onde eu posso conseguir uma, como pagar por ela, como não beber demais, como beber o suficiente. Parece loucura... você não entenderia como é se sentir presa a uma obsessão.

Annie não replicou... mas entendia. Durante meses, não tinha pensado em nada além de Desmond, do instante em que acordava até seus últimos pensamentos antes de cair no sono.

O temporizador disparou novamente, Annie tirou o frango da geladeira e, levando-o à mesa, aplicou outra camada do molho cor de caramelo.

— O que você está fazendo? — perguntou Evie.

— Deve parecer que tem uma camada plástica de béchamel por cima e que foi selado numa camada sólida de caramelo dourado.

— Um longo processo — comentou Evie.

— Semana que vem, terei de fazer oito. Tudo nesta cozinha.

Ela colocou o frango de volta na geladeira para esfriar. Annie pegou, então, a berinjela e começou a retirar suavemente o miolo até restar apenas a pele vinho. Pegando a faca mais afiada, ela começou a cortar a pele em formas de losango. Então, usando uma pinça, levantou cada pedaço e arrumou-os em outro prato. Na segunda tigela, misturou outras três colheres de sopa de gelatina em água e mergulhou um a um, cuidadosamente, os losangos na solução.

— Você vai à reunião do AA esta noite? — perguntou Annie.

Evie assentiu.

— Quero que isso dê certo.

Você não é a única, pensou Annie, abrindo a porta da geladeira.

Tirou o frango de lá e tocou suavemente a coxa. Estava no ponto. Com as pinças, começou a arrumar cuidadosamente os losangos de pele de berinjela em fileira de um lado ao outro e, juntando as pontas, fez outra fileira e depois outra até o frango estar todo coberto por uma matriz de losangos vermelho-rubi em um fundo dourado.

— *Voilà* — disse Annie com grande satisfação.

— Está realmente lindo.

— Era um dos pratos preferidos de Luís XV, *poulet au jacquard*. Precisa parecer um bolo glorioso.

— Onde você encontrou a receita?

— Em um livro velho e mofado na Biblioteca de Londres. Será que vão gostar?

— Eu comeria.

Annie sorriu, agradecida.

Evie disse:

— Você está iluminada, tem alguma coisa diferente.

Annie deu um abraço espontâneo na mãe.

— Se não me apressar vou ser demitida. Até mais.

Rebecca chegou ao Wiltons exatamente à uma da tarde. Tiziano estava sentado do lado de fora, mas se levantou quando a viu. Ela acariciou a cabeça do cachorro e entrou.

— Seu pai já chegou, srta. Winkleman — disse o maître, sr. Tonks, enquanto pegava o casaco de Rebecca e a levava até a mesa ao longo do corredor cheio de caricaturas nas paredes, passando pelas banquetas de veludo vermelho.

Memling estava sentado no canto mais distante, de costas para a parede, lendo um novo catálogo de vendas da Monachorum.

— Você está pálida — disse ele sem erguer os olhos.

— Estou bem — disse Rebecca, pegando o menu. Ela conhecia todos os pratos, mas esperava que se concentrar nas opções acalmaria seu coração acelerado. Era a primeira vez que via o pai desde a viagem a Berlim.

— Já fiz o pedido — disse Memling, acenando a cabeça para o menu. — O que você acha deste Boudin que será vendido semana que vem?

Rebecca fechou o menu. Houve um tempo em que achara tocante a insistência do pai em pedir para ela; agora, achava irritante. Podia senti-lo contando as calorias e o colesterol. Ele realmente achava que podia controlar até seu corpo?

— Nunca me interessei muito por Boudin — replicou ela.

— Como sabe, minha querida, um marchand deve deixar os sentimentos pessoais fora das transações. — Memling usou o tom condescendente que fazia Rebecca voltar à infância. A mulher de 50 anos sentada na banqueta acolchoada de veludo transformava-se na criança trancada por oito horas no quarto por não conseguir identificar uma pintura de Fragonard. Rebecca ergueu a mão para chamar a garçonete. A mulher, de meia-idade, vestindo um uniforme branco, foi depressa atendê-la.

— Posso mudar meu prato principal para rosbife com batata assada? — perguntou Rebecca, sabendo que Memling teria pedido para ela um simples peixe grelhado.

— Certamente, madame — respondeu a garçonete.

Rebecca agradeceu e se virou para o pai.

— Os últimos três Boudins que chegaram ao mercado foram vendidos por menos do que o esperado. O melhor foi passado para um pequeno museu em Arles. O que será vendido semana que vem tem uma procedência duvidosa e, na minha opinião, não vale nem uma fração do preço estimado. Temos dois clientes que podem estar interessados em comprar um Boudin, mas um já tem uma pintura muito superior que vendemos para ele há três anos e o outro acabou de perder 45% de sua fortuna em um negócio ruim no Azerbaijão. Então lhe aconselho a evitar a pintura.

Memling a encarou, pensativo. Não podia criticar sua opinião, mas algo na forma como ela tinha falado o deixou desconfortável. Havia uma fragilidade incomum em sua voz, um tom incisivo que não estava acostumado a ouvir.

— Algum problema? — perguntou.

Rebecca hesitou. Queria se levantar, gritar e fazer uma centena de perguntas. (Como conseguia viver consigo mesmo? Que tipo de pessoa podia levar uma vida dupla assim?)

— Por quanto acha que o Munch será arrematado na Monachorum? — indagou ela, mudando o assunto.

— Perguntei se há algum problema. — Memling inclinou-se em direção a Rebecca e quase colocou a mão sobre a dela, mas se deteve.

Já fazia anos que não tocava outra pessoa e provavelmente quatro décadas desde a última vez que havia demonstrado qualquer afeição física à filha.

— Não há nenhum problema — disse Rebecca rispidamente.

— Alguma novidade sobre o pequeno Watteau? — perguntou Memling.

Rebecca ansiava por contar ao pai sobre Berlim, Annie e a caderneta de Marty. Queria fazer perguntas e ouvir respostas plausíveis, mas, por ora, os segredos eram suas únicas armas. Tinha de descobrir mais antes de revelar qualquer coisa.

— Nada — respondeu ela.

— Precisamos começar a alertar nossos contatos — disse Memling.

— Pensei que você quisesse cuidar disso discretamente.

— A discrição não está nos levando a lugar algum, você não conseguiu descobrir nenhuma informação útil.

— Então seu erro é culpa minha? — retrucou Rebecca.

A garçonete trouxe a comida. Rebecca olhou para o prato de carne ensaguentada e sentiu-se um pouco enjoada. Ela nunca comia carne vermelha, mas naquele dia teria que fazer um esforço.

— Talvez seja melhor me contar por que essa pintura é particularmente importante — disse Rebecca, tentando evitar o tremor em sua voz.

(*Que mentiras você vai inventar agora?*, pensou ela.)

— Pertencia à minha família... é a única ligação que tenho com eles.

(*Pertencia a uma família de quem você roubou, violou as memórias e abusou da confiança.*)

— Então por que você não a manteve protegida? — perguntou ela.

Memling ficou imóvel e olhou para a filha.

— Há algo que nunca lhe contei — começou ele.

Rebecca afastou o prato. De repente, não conseguia mais encarar a carne. Nem tinha certeza se queria ouvir a confissão do pai. Se ele confessasse tudo, ela teria de tomar uma atitude? Se confirmasse sua terrível descoberta, isso a obrigaria a compartilhar aquilo com o mundo?

— Isso vai perturbá-la — disse Memling.

— Então não me conte — pediu Rebecca.

Memling continuou.

— Houve uma mulher — disse ele.

— Uma mulher? — Rebecca estava confusa.

(*O que isso tem a ver com a história?*, pensou ela.)

— O nome dela era Marianna e ela era casada com meu amigo Lionel.

— Marianna Larikson?

Rebecca se lembrava claramente da amiga dos pais. Ela e o marido costumavam passar as férias com eles e participavam dos eventos familiares mais importantes. Rebecca tentou relembrar sua aparência – alta, com longos cabelos loiro-platinados e olhos castanhos, sempre impecavelmente vestida, os sapatos combinando com a bolsa, o cachecol combinando com o lenço de mão. Então, ao pensar em Marianna, lembrava-se de sua mãe dizendo, irritada: "Aí vem Sua Majestade, a Rainha das Combinações". Agora que tinha parado para analisar, sua mãe não era de fazer comentários maldosos sobre ninguém, mas aquela observação era um caso excepcional.

Rebecca virou para o pai e, para seu espanto, viu que os olhos dele estavam cheios de lágrimas. Ela nunca o tinha visto chorar, nem mesmo depois da morte de Marty.

— Eu a amava — disse ele.

— Ela está morta há anos... do que você está falando?

— Nós fomos amantes... nós nos amávamos, mas não queríamos magoar sua mãe, nem Lionel ou nossos filhos, então mantivemos segredo. Dei-lhe o Watteau como um sinal de meu amor... Quando ela morreu, seus filhos venderam a pintura. Preciso dela de volta. Preciso. — Memling bateu com tanta força na mesa que os outros clientes se viraram para olhar para ele com uma mistura de preocupação e incômodo.

Rebecca, atordoada, olhou para o pai e tentou acrescentar essa nova informação ao turbilhão de emoções e dúvidas:

(*O que você está tentando me dizer? Se isso fosse verdade, por que você daria a alguém que amava algo tão manchado de sangue? É uma cortina de fumaça, uma maneira de tentar esconder a verdade?*)

— Você provavelmente está pensando: por que essa pintura? Por que não outra de nossa coleção? Por que não rubis, diamantes ou pérolas? Por que não casas, dinheiro ou ilhas? Todas essas coisas que eu poderia ter comprado para ela. Mas quando vir esta pintura, Rebecca, você vai entender. Mais do que qualquer outro trabalho que já tenha visto, esta pintura capta o significado de amar. Não sei se você já sentiu isso... se sabe o que significa ter seu coração virado do avesso por pura paixão desenfreada... mas foi isso o que senti por Marianna. Ela era minha razão de viver. Com ela, eu era outra pessoa, alguém melhor, não a criatura repreensível que eu acreditava ser.

Tentando controlar suas emoções, Rebecca viu o pai partir o pão no prato em pequenos pedaços, e as lágrimas correrem por seu rosto.

(*Isso é uma admissão de culpa? Está prestes a me contar toda a terrível história? Minha mãe sabia?*)

Sem expressar seus sentimentos, continuou observando-o em silêncio.

— Está tudo bem? — perguntou a garçonete, vendo que ainda não tinham comido.

Rebecca assentiu.

— Devo retirar os pratos?

Rebecca assentiu de novo.

Pai e filha continuaram sentados em silêncio, olhando para o centro da mesa. Memling, então, tirou um lenço branco do bolso e enxugou o rosto.

— Encontre aquela pintura, Rebecca — disse Memling finalmente. — Faça isso por mim.

— Ah, eu vou encontrar — replicou ela. — Nem que seja a última coisa que eu faça. — Ela se levantou, dobrou cuidadosamente o guardanapo e deixou-o sobre a mesa. — Adeus, pai.

Memling não olhou para cima.

Rebecca saiu do restaurante. Para um observador casual, ela era uma mulher de meia-idade esguia, elegante e segura de si, com um corte de cabelo bem feito e roupas caras, de cortes simples. E, mantendo a postura e com os olhos fixos na porta, Rebecca procurava manter essa impressão. Já do lado de fora, correu para entrar no carro e, escondida de todos atrás do vidro escuro das janelas, agarrou o volante com as duas mãos e gritou para seu reflexo no espelho retrovisor.

CAPÍTULO 23

O conde Beachendon havia aguardado onze anos para conhecer o estúdio de Ergon Janáček, o recluso pintor checo cujo trabalho foi o primeiro a romper a barreira de um milhão de libras na década de 1970 e bater o recorde de dez milhões de libras na década seguinte. Janáček morava e trabalhava em Crouch End, em uma antiga cavalariça georgiana, e pintava os mesmos sete modelos exatamente à mesma hora no mesmo dia da semana. O modelo mais antigo já posava ali há quase cinquenta anos e a mais nova há mais de dezessete anos. Esperava-se que posassem por cerca de quatro horas por sessão, sentados em uma cadeira de madeira sob a grande claraboia voltada para o norte. Janáček nunca falava com eles; ficava muito imerso na pintura. Quando atacava a tela com as mãos, com grandes pincéis de pelo de texugo, atirando e salpicando a tinta, manchando a superfície, Janáček grunhia e berrava, frustrado, enquanto lutava com seus demônios criativos. Cada retrato levava pelo menos sete anos para ser concluído, um havia levado dezessete. Ao final de cada sessão, quando a tela estava coberta por um grosso *impasto* de tinta a óleo grudenta, Janáček raspava toda a massa para o chão. E restavam apenas alguns poucos vestígios do trabalho do dia. Então virava a tela para a parede, abria a porta do estúdio e esperava silenciosamente que o modelo saísse.

Esse processo se repetia semana após semana, ano após ano, até Janáček considerar que a obra estava completa. Apenas os mais entendidos conseguiam distinguir uma pessoa em meio ao pesado *impasto*, à massa retorcida de tinta e cor. Quando perguntados sobre a razão de assumirem um compromisso tão longo e cansativo, os modelos pareciam confusos, como se o motivo fosse irrelevante. A maioria já posava muito antes de Janáček se tornar uma figura de renome mundial; tinham começado quando a cadeira de madeira era um velho caixote de laranja e não havia dinheiro nem para um pequeno aquecedor. Esses pequenos luxos chegaram mais tarde. Os modelos nunca eram pagos, embora a todos cairia bem algum dinheiro extra. Às vezes, recebiam presentes ou pinturas. Com um pouco de insistência, um ou dois admitiam que lhes dava prazer participar do processo criativo, ainda que de forma indireta. Um ou dois diziam que as horas que passavam posando representavam um glorioso intervalo meditativo em suas vidas, geralmente monótonas e aborrecidas. Relatos de seu mundo isolado e íntimo, de seu dedicado grupo de modelos, impressionavam críticos e colecionadores.

Espremida numa rua secundária em uma região insalubre da cidade – delimitada por uma via férrea, uma rua movimentada e uma antiga fábrica de tijolos –, ficava a pequena e antiga cavalariça de Janáček. Fora uma ou outra erva daninha, a calçada de concreto estava limpa, sem sacos de lixo e outras sujeiras. O barulho de um casal gritando, do escapamento de um carro e de música *dub* tocando alto indicava como eram as coisas naquele bairro. Beachendon inspirou fundo enquanto caminhava pelo beco que levava ao estúdio de Janáček. Quanto mais perto chegava, mais conseguia sentir o cheiro de tinta a óleo.

Quando chegou à porta, o cheiro de terebintina e tinta era tão forte que o conde queria cobrir o nariz com um lenço de seda. Bateu com força na porta e, instantes depois, Janáček a abriu. Estava com uma bermuda rasgada, sem camisa e, agitando a mão manchada de tinta em um gesto teatral, deu espaço para que Beachendon pudesse entrar. Beachendon inspirou mais uma vez o ar londrino e entrou no estúdio. Seu último par de belos sapatos Lobb de couro grudaram um pouco no chão e, ao olhar para baixo, Beachendon viu que toda a superfície estava coberta de camadas de tinta velha – na verdade, era difícil encontrar *qualquer* parte da sala que não estivesse salpicada ou manchada de alguma cor. O estúdio media cerca de seis por sete metros, e havia telas com o verso exposto encostadas em todas as paredes. Beachendon contou pelo menos trinta e sua cabeça ficou zonza ao calcular o valor total. Todos os seus problemas se resolveriam com apenas dez daquelas obras. Já podia imaginar o evento: "O Grande Leilão de Janáček".

— Gostaria de um chá? — perguntou Janáček. Sua voz era grave e, apesar de morar na Inglaterra há quase sessenta anos, mantinha um forte sotaque do centro europeu.

— Adoraria — disse Beachendon, perguntando-se se a pequena mancha amarela na ponta do sapato direito sairia com um pouco de terebintina.

Janáček foi até uma pequena cozinha e encheu a chaleira na torneira.

— Sei que tem uma xícara aqui em algum lugar — disse ele, olhando distraidamente ao redor da sala.

Beachendon sentia-se bastante zonzo – possivelmente em razão do cheiro da tinta, ou, mais provavelmente, pela perspectiva de finalmente resolver seus problemas financeiros e salvar a casa de leilões da falência.

— Onde você mora? — perguntou a Janáček.

— Aqui, claro! Não gosto de perder tempo com transporte.

Beachendon procurou em volta por uma porta.

— Você tem um apartamento ou uma casa aqui ao lado?

— Isto é tudo que eu preciso. Meu reino! — Janáček acenou os braços em volta.

— Sua cama? — A cabeça de Beachendon rodopiava.

— No canto.

Beachendon olhou ao redor e viu um monte de trapos cobrindo uma cama de armar.

Janáček entregou-lhe uma xícara. Beachendon pegou-a cautelosamente e sorriu.

— Então, o que posso fazer por você? — perguntou Janáček agradavelmente.

— Eu esperava poder fazer algo por você — replicou Beachendon. — Como você provavelmente sabe, trabalho na Monachorum, a casa de leilões.

Janáček sorriu vagamente.

— Nós nos orgulhamos de trabalhar em estreita colaboração com os artistas, restaurando sua autonomia financeira, libertando-os dos grilhões impostos por marchands inescrupulosos, ajudando-os a alcançar sua total independência. — Beachendon gostou tanto do discurso que formou que desejou ter um caderninho para registrar aquela combinação de palavras. — Você, sem dúvida, se lembra da venda do Hirst?

Janáček fez que não.

— Damien Hirst?

Janáček balançou a cabeça novamente.

— Me desculpe, mas não saio muito.

— O artista Damien Hirst? — Beachendon se perguntou se Janáček estava brincando. O mundo inteiro já tinha ouvido falar em Damien Hirst, era o David Beckham da arte.

— Receio que não conheça. Meu gosto pela arte chega no máximo até Rembrandt e meu verdadeiro amor se reserva a Tiziano. Eles tinham todas as referências de que eu precisava, então não me dei ao trabalho de procurar mais.

— E quanto a Cézanne ou Corot, Corbet e Manet? — perguntou Beachendon.

— Nós os estudamos na escola de belas-artes e eles são bons... sim, são muito bons. Mas meu interesse artístico esmorece a partir de 1669.

— Van Gogh?

— Não, como eu disse, só vai até Rembrandt.

— Já vendi alguns Rembrandts ao longo da minha carreira — disse Beachendon desanimadamente.

Janáček olhou para o relógio na parede.

— Senhor, não quero parecer grosso, mas receberei um modelo em meia hora e preciso me preparar. Poderia me dizer, por favor, a razão de ter vindo aqui?

— Adoraria organizar um leilão espetacular com algumas de suas pinturas — disse Beachendon, olhando para as telas apoiadas contra as paredes. — Talvez pudéssemos selecionar dez delas juntos?

— E por que eu iria querer fazer isso? — perguntou Janáček parecendo confuso.

— Para ganhar dinheiro! Não precisaria pagar comissão ao seu marchand e receberia 60% de todo o valor de venda. Isso significaria milhões a mais do que tem agora por cada tela.

Janáček olhou gentilmente para o leiloeiro.

— E o que eu faria com esse dinheiro extra?

Beachendon observou o caos ao redor da sala: a torneira pingando, as manchas de umidade, as camadas de tinta, o fogão dos anos 1950, a cama de armar, a chaleira velha, a cadeira de madeira torta e as roupas rasgadas penduradas em pregos.

— Veja, sr. Beachendon, realmente tenho tudo o que preciso aqui. Estou muito feliz aqui no meu canto com as minhas coisas. Ter posses é uma distração. Agora, se você pudesse me oferecer milhões de horas extras no meu dia, eu concordaria com o leilão na hora. Se uma das minhas pinturas pudesse me comprar um ano extra de trabalho, eu aceitaria sua proposta neste segundo.

— Você se importaria de me dizer o que faz com o dinheiro que ganha agora?

— Separo o que preciso por um ano e o restante vai para uma conta. Quando eu morrer, esse dinheiro será destinado a ajudar a National Gallery a se manter aberta sem cobrar entrada. Se eu tivesse tido de pagar para ver meus amados Tizianos, nunca teria me tornado pintor.

— Mas quanto mais dinheiro você fizer em vida, mais terá para deixar. — Era a última tentativa de Beachendon, a cartada final.

— Esse é um argumento enganoso, baseado em muitas probabilidades. Poderia ganhar dinheiro com seu leilão, mas também inflamaria a curiosidade. Já tenho pessoas demais querendo me visitar aqui, desperdiçando meu tempo com cartas e pedidos. Dois estudantes de arte japoneses bateram à minha porta semana passada... não sei nem como me encontraram. Seu leilão viria acompanhado de uma grande publicidade, artigos de jornal, discussões e debates. Janáček, ele vale a pena? Janáček, quem ele é? Por que Janáček? Mesmo que eu nunca ouça ou leia essas coisas, esse interesse descontrolado vai permear e invadir minha vida, de uma maneira desagradável e imprevisível. O homem da banca de jornal somará dois e dois. A senhora do mercadinho pode perceber que o Janáček dos jornais e o Janáček em sua loja é um só e o mesmo. Meus modelos, que normalmente conseguem separar o ato de posar do processo de venda, podem começar a pensar no processo em termos monetários. Então, entenda, senhor, esse leilão não é para mim.

— E se houvesse um incêndio e tudo isso fosse destruído? — Beachendon olhou para as telas em volta.

— Para mim, a arte tem a ver com o processo e a produção. Se tudo isso acabar em chamas, só posso rezar para que me leve junto. — Janáček bateu as mãos e caminhou decididamente para a porta. Então girou a maçaneta e a abriu.

— Adeus, sr. Beachendon. Espero que encontre um artista para promover. Não tenho nada contra aqueles que querem ganhar dinheiro.

Os sapatos de Beachendon guincharam pelo piso. Seu último par decente agora estava coberto por uma infinidade de cores diferentes e ele podia ver um pequeno risco vermelho na perna esquerda de sua calça.

Ao sair, deteve-se por um instante.

— Por que concordou em me ver, sr. Janáček?

— Eu estava muito intrigado com a maneira como você escreve a letra S. Já tive um amigo que inclinava os S para trás e queria ver se havia alguma semelhança entre você e ele.

— E havia? — perguntou Beachendon, saindo para o beco estreito.

— Não, nenhuma — disse Janáček e fechou firmemente a porta na cara do leiloeiro.

Dois estudantes caminharam em sua direção. *Nos velhos tempos*, pensou, *eles teriam se afastado para deixá-lo passar, mas agora seguiram em frente e Beachendon que teve de desviar para a direita*. Se bloqueasse o caminho dos dois poderia ser ridicularizado ou mesmo levar uma facada nas costas. Beachendon pensou em Janáček e seu modo de vida ascético. Talvez ele e a condessa pudessem se adaptar a uma vida mais simples, abrir mão do açougue gourmet, do esqui nas férias, das *villas* na Toscana. Talvez pudessem arrumar um apartamento de um quarto e colocar as crianças em escolas públicas. O problema era que Beachendon, ao contrário de Janáček, não tinha nenhum tipo de paixão, nenhum desejo além de chegar ao próximo dia. A única coisa de que realmente gostava era cair em um sono profundo. Era tudo o que queria. Acordar, tomar café da manhã, fazer um negócio, almoçar, até mesmo encontrar com os amigos envolvia esforço.

Chegando ao carro, Beachendon viu que alguém tinha riscado com uma chave a lateral esquerda, deixando uma forte marca branca na imaculada pintura azul. Olhou de volta para os dois meninos. Um deles virou e lhe mostrou o dedo. Por um instante, Beachendon quis correr atrás deles e bater a cabeça dos dois na calçada até seus miolos se espalharem pelo chão como salsichas ensaguentadas. Em vez disso, abriu o carro, sentou no banco do motorista e voltou para o escritório.

CAPÍTULO 24

Estou de volta à sacola plástica – desta vez é de uma loja chamada Peter Jones e, por sorte, Peter (seja lá quem for) cheira principalmente a lã e papel, diferente de seu amigo Waitrose, que fedia a carne e batatas. Minha proprietária me buscou na galeria há três dias. Fiquei extremamente abalada em dizer *au revoir* aos meus velhos amigos. As outras pinturas, em uma expressão coletiva de sua tristeza e reconhecimento da minha importância, vibraram suas superfícies quando deixei o prédio. Pude ouvir a vibração apesar do barulho na Trafalgar Square, o guincho dos freios, o ruído dos escapamentos, os passos na calçada, as asas dos pombos batendo, a água correndo nas fontes. Uma coleção é tão grande quanto a soma de suas partes: minha partida abalou a magnificência do acervo nacional.

Por sorte, a restauradora me embalara cuidadosamente em variadas camadas de papel e material esponjoso. Pude vê-la erguer um ou dois centímetros as sobrancelhas quando Annie me colocou na sacola plástica. Ela teria desmaiado se tivesse me visto na cesta da bicicleta. Felizmente, não estava chovendo. Fui levada aos solavancos pelas ruas a uma velocidade inaceitável, tirada da cesta, carregada até seu trabalho e largada dentro da sacola em sua mesa na cozinha. Se eu tivesse o poder da autoimolação, teria explodido ali na hora. Ah, a raiva! Você não pode imaginar a raiva.

No final da segunda noite do meu encarceramento plástico, algo um tanto intrigante aconteceu. Muito tempo depois de Annie ter saído, uma mulher desceu as escadas e começou a revirar as gavetas e o computador da minha proprietária. Seu celular tocou e ela começou a falar sobre uma pintura. Descenessário dizer que descobri se tratar de *moi*. E pensar que eu estava a poucos metros de distância. A ligação começou descontraída com uma conversa que, embora trivial, não parecia fluir naturalmente, já que ela fazia perguntas sem a menor intenção de ouvir a resposta. Como está, como vai a família, como estão os negócios e, então, finalmente chegando ao que importa: "Estou tentando localizar uma pequena pintura francesa do século XVIII, que mede cerca de 45 por 70 centímetros. A composição mostra uma mulher observada por um homem e um palhaço em uma clareira. É muito importante que eu a encontre. Por quê? É para um cliente que está disposto a pagar muito. Não me pergunte por que é tão importante para ele... mas você sabe como são esses colecionadores. Quanto ele vai pagar? Uma quantia astronômica. Ah, sim, e sei que seus honorários com a Winkleman estão para ser reavaliados. Espero que possamos renová-los".

Eu queria gritar, berrar e revelar o meu paradeiro. Ali finalmente estava alguém que compreendia meu verdadeiro valor. Sei o que é ser desejada, procurada e adorada, mas havia uma fragilidade na voz dela que começou a me preocupar. Ocorreu-me que sua ânsia pelo meu retorno talvez não batesse com as minhas expectativas.

Mais tarde, naquela noite, a ficha caiu. De alguma forma, essa mulher estava envolvida com aquela época. As horas mais sombrias de minha longa vida.

Então me permita explicar como tudo aconteceu.

* * *

Depois de Frederico, o Grande, fui vendida ao filho do Papa Pio VI. De todos os meus proprietários, o Papa e sua família estão entre os mais avaros e mercenários – eu os odiava. O filho era um libertino e o pai, uma criatura fraca e egocêntrica que, como muitos outros, tentava usar as artes para encobrir sua vida fútil e imoral, como se a beleza oferecesse algum tipo de absolvição. Ele foi o primeiro a instalar um museu no Vaticano e, ironicamente, foi essa iniciativa que inspirou meu próximo dono.

A arte segue o poder. Assim como os soldados penduram medalhas em seus uniformes, os ricos expõem pinturas em suas paredes. Napoleão Bonaparte foi o maior saqueador da história. Ele não foi o primeiro, nem o último, mas, sem dúvida, foi o mais sistemático e determinado. Hitler sonhava apenas com um museu em Linz; Napoleão tinha planos para 22. Hitler tinha Göring como seu conselheiro; Napoleão tinha um homem chamado Dominique Vivant Denon, e juntos organizaram roubos a todos os palácios da Europa para garantir que o deles reunisse o maior tesouro do mundo. Por isso, no outono de 1796, me vi presa ao lombo de uma mula, cruzando os Alpes junto com a *Transfiguração*, de Raphael. Na época, questionava seriamente minhas chances de sobrevivência. Fomos parte do grande êxodo artístico, após Napoleão ter saqueado todas as grandes obras de Ferrara, Ravenna, Rimini, Pesaro, Ancona, Loreto e Perugia. Eu parti de Bolonha num comboio de 86 carroças. Foi muito divertido, na verdade, estar com tantas pinturas fantásticas, trocando histórias sobre o que testemunhamos. Foi a primeira vez em que estive com *Retábulo de Ghent*, de Jan van Eyck, com o *Apollo Belvedere*, assim como os cavalos de bronze de San Marco (que, por sua vez, eram espólios de uma guerra anterior).

Lembro-me de chegar a Paris como parte de uma enorme procissão, em uma carruagem aberta puxada por seis cavalos.

Para tornar o espetáculo mais grandioso, havia também camelos e uma jaula de leões. Cada caixote tinha uma lista com o seu conteúdo; eu estava com dois Correggios, nove pinturas de Raphael, os Ursos de Berna, uma coleção de minerais e várias relíquias religiosas. Veja, a beleza sempre inspirou a brutalidade e a ganância, saquear sempre foi uma faceta da guerra – a arte e o poder são companheiros constantes. Antes de Göring, Hitler, Napoleão e Denon, os romanos tinham Tito Lívio registrando seus saques. As sepulturas dos faraós foram saqueadas muito antes da invasão de Alexandre, o Grande, em 332 a.C. O Velho Testamento tem muitas referências ao saque e à pilhagem. O segundo livro das Crônicas conta como o rei Sisaque, do Egito, atacou Jerusalém, levando os tesouros do templo do Senhor e dos palácios reais e tudo mais, incluindo os escudos de ouro que Salomão havia feito.

Não pretendo lhe dar uma lição de história, querido leitor, só quero que você entenda o poder da arte, as profundidades e alturas que inspira.

Agora seguirei com a minha história. Napoleão poderia ter escolhido qualquer coisa dentro de uma série de opções maravilhosas para dar à sua imperatriz Josefina. Havia tapeçarias, joias, estátuas, pinturas e todas aquelas outras coisas que já mencionei, mas ele escolheu a *moi*. Com apenas 45 centímetros por 70, porém mais poderosa do que as grandes telas do Renascimento, mais valiosa para meu dono do que braçadas de pedras preciosas. (Se eu tiver tempo mais tarde, vou lhe contar os segredos de seu leito conjugal. Por ora direi apenas que havia um animal voraz naquela relação e não era o pequeno comandante.)

Josefina era uma amante infatigável; podia fazer amor dia e noite e obter performances heroicas de seus amantes. Napoleão era um poderoso líder no campo de batalha, mas ela o fez se sentir melhor do que um conquistador. Mas, como todos sabemos, ele não conseguiu fecundá-la, então se separou de Josefina para se casar com um útero. Os prantos de minha senhora ecoaram por meses, levados pelo vento de seu *château* em Malmaison até o quarto de Napoleão, em Paris. Eu, que um dia fora a personificação em pintura de um grande caso de amor, tornei-me a encarnação de um coração partido. Na tarde de 11 de janeiro de 1810, ela me atirou no fogo. Por sorte, sua criada conseguiu me resgatar e, me escondendo sob suas amplas anáguas, me tirou do *château* e me levou até os salões de um conhecido marchand.

Meu proprietário seguinte foi um rei britânico. George IV, um absoluto patife. O bufão mais mal-humorado, glutão e arrogante. Durante vinte anos, testemunhei uma incessante orgia intercalada por dias de lamentação prostrada enquanto tentava se recuperar dos excessos infligidos. O homem acabava com caixas de vinho, porto, uísque e champanhe, e só fazia uma pausa para encher a cara gorda de carne e batatas. Pesando mais de 125 quilos, sofria de gota, arteriosclerose, hidropisia e doenças venéreas. Eu o vi sofrer uma morte horrível e convulsiva e deixei escapar um pequeno suspiro de alívio quando respirou pela última vez logo após as três da manhã de 26 de junho de 1830.

Fui vendida (outras quatro aventuras por toda a Europa), mas finalmente fui dada por Albert à sua amada princesa Victoria, que em pouco tempo viria a ser a rainha da Inglaterra. Infeliz e ignominiosamente, fui relegada a um pequeno aposento secundário no Palácio de Buckingham. Odiava Londres (como você já sabe), a fumaça e a neblina, o barulho, a monotonia. Sem dúvida, eu ainda estaria naquele cômodo abafado se não tivesse chamado a atenção de um jovem soldado que queria dar a seu verdadeiro amor antes de partir para o front em 1914. Seu nome era Thomas; o dela, Ethel. Ele trabalhava no Palácio, e ela, no Ritz. Talvez o soldado soubesse que seus dias estavam contados e ele jamais seria julgado por um roubo tão audacioso, então, na tarde antes de partir para a França, ele me tirou da parede, me escondeu debaixo do casaco e atravessou o parque até Piccadilly. Duas semanas depois, em 24 de setembro de 1914, ele já estava morto, apenas mais um corpo na lama. Ethel chorou por três semanas, mas logo encontrou conforto nos braços de um porteiro. Depois da guerra, fui vendida por duas libras e seis pence. Ninguém estava muito interessado em beleza naquela época.

Vou avançar para a venda de 1929, em Berlim. Outro momento infeliz: fui arrematada por um advogado judeu sem dinheiro como um presente de noivado para sua amada. Foram meus primeiros proprietários semitas e talvez meus maiores fãs. Eu destoava bastante pendurada sobre a lareira de seu pequeno apartamento desprovido de atrativos em Berlim, mas, como dizia Esther Winkleman: "Esta pintura é uma janela para um mundo melhor e mais puro".

Porém esse mundo melhor e mais puro nunca se concretizou. Dez anos depois, irrompeu uma nova guerra e as coisas ficaram cada vez mais difíceis para os Winklemans, que perderam seus empregos e foram forçados a usar estrelas amarelas costuradas às suas roupas. Embora o apartamento fosse minúsculo, a mãe dele e o pai dela foram morar com eles. Como não tinham dinheiro, a mobília foi queimada, peça a peça, para manter a família aquecida durante o inverno rigoroso de 1940 e 1941.

Lembro-me claramente do rapaz; ele tinha olhos azuis bem claros e uma cabeleira loira. Não era filho de Esther e Ezra, mas passava muito tempo no apartamento deles. Depois que a guerra começou, ele usava um uniforme preto. Às vezes os visitava, levando comida e até um pouco de conhaque.

No início de 1942, o homem de olhos claros chamou Ezra em um canto e fez uma oferta por mim.

— Posso conseguir-lhe um milhão de marcos por essa pintura — disse ele. — E bilhetes para toda sua família deixar o país.

— Por que eu iria querer fazer isso? — perguntou Ezra, genuinamente desconcertado. — Esta é a minha casa e tenho que esperar aqui caso os membros da minha família precisem de algum lugar para ficar. — O rapaz de camisa preta implorou e tentou convencê-lo, mas Ezra e Esther não cederam.

A noite de 27 de fevereiro de 1943 é uma que jamais esquecerei; uma equipe de camisas negras foi buscar os Winklemans.

— Deixem-nos pegar algumas coisas, por favor — disse Esther, lançando um olhar para mim. Ela foi arrastada pelos cabelos para fora da sala e pelas escadas. Mas não gritou, não queria assustar seus filhos.

O homem de olhos claros voltou alguns dias depois. Irrompeu afobado o apartamento e, ao vê-lo vazio, sentou-se no chão e chorou; sabia o que tinha acontecido. Então se levantou, tirou-me do alto da lareira e me escondeu debaixo de seu pesado casaco preto. Fui vendida por um milhão de marcos ao seu líder. Herr Hitler só me viu uma vez; ele me segurou nas mãos e me contemplou atentamente por quase uma hora. Então, chamando o jovem soldado, Herr Hitler disse-lhe para me esconder em um lugar secreto, longe dos olhos cobiçosos de Göring, até que a guerra tivesse sido vencida.

— Guarde isso com a sua vida — instruiu.

CAPÍTULO 25

Annie planejou aquele jantar como um agradecimento a Agatha, e também para praticar para a festa de aniversário de Delores. Também chamou Jesse, esperando que ele encarasse o convite apenas como um gesto de amizade. Dali a três dias, na véspera da verdadeira festa, ela iria ao mercado de carne Smithfield e depois ao mercado de New Covent Garden. Compraria dezoito galinhas, dez faisões, frangos, fígados de galinha, dez quilos de cebolas, e a mesma quantidade de cenouras e batatas, além de ervas aromáticas e alface. Na manhã do jantar, no dia 1º de abril, ela estaria no Billingsgate Fish Market às duas da manhã, comprando ostras, solha, lagostim e lagosta. E já havia encomendado caviar e *foie gras* de outro fornecedor.

Para o jantar de ensaio, Annie só podia bancar o preparo de alguns pratos e *prosecco* em vez de champanhe. No jantar de Delores, os convidados iriam saborear vinte pratos, começando por um omelete de aspargo e terminando com uma torta. Naquela noite seriam apenas cinco. Para o jantar de Delores, Annie contrataria uma pequena van para dirigir entre os diferentes destinos; para o ensaio, ela pegou um ônibus e um trem para Vauxhall e atravessou avenidas movimentadas e ruas secundárias até chegar ao mercado de New Covent Garden.

Ao percorrer as fileiras de aspargos, berinjelas, repolhos, passando por verdes profundos e vermelhos-rubi, legumes de consistência mais dura e outros mais carnudos, variedades estrangeiras que não sabia identificar, assim como verduras bem familiares, Annie sentiu-se invadida pela alegria. Cada variedade de hortaliça sugeria uma história, uma deliciosa possibilidade e uma receita esperando para ser descoberta. Ao se deparar com uma bandeja de marmelos, Annie os viu assados, cozidos ou gratinados, imaginando-os acompanhados de peras, cordeiro ou queijo. Ao olhar para a direita, viu uma pirâmide de funcho – talvez pudesse acrescentar alguns bulbos à sopa de cebola ou criar um acompanhamento com um molho de anchovas, ou só refogá-lo para perfumar um prato de frango assado.

Seus pensamentos voltaram-se para sua pintura e ela se perguntou se o artista olhava para os pigmentos e bases da mesma maneira que ela encarava a comida: imaginando a colisão de diferentes cores, a mistura de pigmentos e o efeito final. O objetivo que guia o chef e o pintor são parecidos: criar gostos ou cenas a partir de uma variedade de ingredientes básicos. Ela usava sal, pimenta, hortaliças, óleos, temperos, ervas e carne; ele usava lápis, branco de chumbo, carmim, terra verde, índigo, ocre, azinhavre e esmalte.

Em uma grande banca, havia uma vasta abóbada de berinjelas, todas de forma circular e com fortes veios vermelho-vivo e branco-cremoso.

— Não são lindas? Parecem joias — disse Annie a uma mulher que também olhava para elas.

— Pena que na panela vai se transformar em uma papa cinzenta — replicou a mulher.

Annie olhou para ela com espanto. Como alguém podia falar uma coisa daquelas sobre uma berinjela?

* * *

Naquela noite, Jesse foi o primeiro a chegar, trazendo um buquê de narcisos e tentando não parecer feliz demais em vê-la. Ele e Annie conversaram, um pouco envergonhados, sobre o que vinham fazendo e as notícias dos jornais, e ficaram aliviados quando Agatha chegou e Evie voltou da reunião do AA. Annie preparou Bellinis para Jesse e Agatha e serviu um ponche de fruta sem álcool para a mãe, então ofereceu a todos ovos de codornas sobre pequenos quadrados de salmão defumado e pão caseiro, tudo coberto por um raminho de endro. No começo, todos estavam tímidos, reunidos em torno de um pufe marroquino no meio da sala, jogando conversa fora sobre a pintura que estava apoiada sobre a lareira.

— Precisa de uma moldura melhor — disse Annie.

— É lindo mesmo assim — disse Evie. — Soube à primeira vista que era algo especial.

— E o que fará agora? — perguntou Agatha.

— Não tenho certeza. — Annie deu de ombros e foi até a pintura. — Acho que vou me contentar em viver com ele e admirá-lo.

— Eu disse a ela para levá-lo à Christie's ou a um desses lugares... Eles têm dias reservados à avaliação — disse Evie, antes de virar para Agatha. — Você trabalha na National Gallery, não é? Talvez pudesse dar uma olhada?

Agatha e Jesse se entreolharam, percebendo que Annie não tinha contado à mãe sobre as suspeitas deles.

— Preciso fazer o molho *velouté* — disse Annie, seguindo em direção à cozinha.

Jesse a seguiu.

— Deixa-me ajudar.

Annie hesitou e, sorrindo agradecida, entregou-lhe uma tigela e um batedor.

— Você pode bater esses ovos com um pouco de sal e pimenta enquanto eu escaldo os aspargos?

Jesse quebrou habilmente os ovos na tigela, acrescentou um pouco de pimenta e uma generosa pitada de sal e bateu tudo vigorosamente. Assim que obteve uma nuvem dourada e espumosa, perguntou o que fazer em seguida.

— Você pode colocar aquele queijo *gruyère* e as torradas por cima das tigelas de sopa de cebola? — perguntou Annie, certificando-se de que sua manteiga clarificada espumasse sem queimar.

— Tem salsa aí para eu cortar?

— Na geladeira, no canto superior esquerdo, em uma pequena sacola plástica.

Enquanto Annie peneirava a farinha delicadamente, adicionando-a de pouco a pouco à manteiga, Jesse cortou a salsa em uma fina névoa verde pronta para ser polvilhada sobre a sopa.

— Você cozinha, heim? — Annie parecia surpresa.

— Minha mãe sempre precisava de um *sous chef.*

— Ela era cozinheira?

— A melhor que já conheci... Consegue pegar os ingredientes mais simples e sem graça e transformá-los em algo delicioso.

— Esses são os melhores — concordouAnnie, acrescentando o restante da farinha à manteiga.

— Isso é para engrossar o molho? — perguntou Jesse.

— Sim, você pode aquecer essa pequena panela de caldo?

Jesse ligou o fogo e, curvando-se sobre a panela, sentiu o cheiro.

— Legumes com cogumelo?

Annie sorriu.

— Muito bem... é para a solha. Luís XV gostava de seu peixe praticamente nadando em creme de cogumelos, mas achei que essa era uma opção um pouco mais saudável.

Annie pegou uma frigideira de omelete da prateleira e untou com um fio de azeite. Depois colocou-a sobre uma boca acesa do fogão e esperou a panela fumegar.

— Continuo com o molho branco enquanto você faz as omeletes?

Annie sorriu, agradecida.

— Imagino que não esteja livre no dia 1º de abril? Vou fazer um grandioso jantar para cinquenta pessoas no aniversário de Delores. Contratei garçons e pessoas para lavar a louça, mas adoraria ter alguém de confiança na cozinha. E vou pagar... cerca de cem libras pela noite.

Jesse inclinou-se sobre o molho, empenhado em misturá-lo... não queria que Annie visse seu rosto vermelho de alegria e o sorriso que abriu.

Annie interpretou erradamente seu silêncio.

— Desculpa, exagerei em pedir isso.

Jesse virou-se para ela, sorrindo.

— Só estava tentando lembrar o que tenho para fazer na quinta-feira. Na verdade, acho que estou livre, sim, e adoraria ajudar. A gente devia se encontrar antes para repassar os menus e o planejamento, o que acha? Quem sabe amanhã?

— Isso seria fantástico. — Annie sorriu, satisfeita.

Observou, então, Jesse de costas, enquanto mexia o molho, como se fosse a primeira vez que o via. Gostava da maneira como ele se movia pela cozinha apertada com os passos leves de um dançarino, deslocando-se graciosamente no pequeno espaço entre o fogão e a geladeira. Gostava do seu ritmo batendo e misturando os ingredientes, o jeito como os músculos do pulso e do braço direito se flexionavam. Então se perguntou distraidamente como ele se movimentaria na cama e, corando um pouco, voltou para a omelete.

— Você pode passar os aspargos? — perguntou Annie.

Jesse entregou-lhe com cuidado os aspargos crus. Ao colocá-los na mesa, sua mão acidentalmente encostou na dela e os dois perceberam a corrente que passou entre eles. Annie olhou para os longos dedos dele, as sardas claras nas costas das mãos e tentou imaginar seu carinho, se seria gentil e afetuoso.

Jesse olhou para Annie, para a penugem clara que começava logo abaixo da orelha direita e corria até a nuca. Através da camisa dela, ele podia ver sua escápula e seus elegantes braços. Sua pele seria macia por baixo daquela camisa? Qual seria sua reação se ele corresse a mão por suas costas? Será que ela gostava de beijos na nuca?

Annie salpicou sal na água fervente e colocou os aspargos. Podia ouvir a respiração de Jesse, superficial e ligeiramente ofegante. Levantando os olhos, viu a boca e os lábios dele, rosa claros e delicados, ligeiramente entreabertos, revelando dentes brancos e perfeitos. *Qual seria a sensação daquela boca na minha, no meu pescoço?*, perguntou-se ela, enquanto os aspargos reviravam na água borbulhante.

No mesmo instante, Jesse se perdeu em sua própria fantasia e, ao provar o molho para ver como estava o tempero, imaginou-se correndo sua língua por entre os seios de Annie, em direção às pernas dela.

Jesse continuou misturando o molho, sem nunca tirar os olhos da nuca de Annie. Ao notar sua respiração curta e irregular, inspirou fundo duas vezes.

— Acho que já deve estar bom — disse Annie, sem virar para encará-lo.

— Acabei me distraindo... será que já? — Jesse estendeu a panela.

Annie olhou para o molho claro batido, e então, mergulhando o dedo no creme, lambeu-o lentamente e olhou para ele.

Jesse engoliu em seco, tentando se controlar, mas sua vontade era de agarrá-la e beijá-la.

— Está bom — disse Annie.

Em seguida virou de volta para os aspargos e, espetando um com uma faca afiada, concluiu que estavam perfeitos, *al dente*. Pegou a panela, foi até a pia e escorreu os aspargos. O vapor subiu, cobrindo seu rosto com uma névoa suave. O que ela tinha na cabeça de ficar flertando com Jesse? Sabia que ele tinha sentimentos por ela... ela só estava sendo cruel ou alguma coisa tinha mudado?

Procurou, então, concentrar-se na tarefa que tinha em mãos. Colocou uma pequena frigideira no fogão, acrescentou cebolinha, tomilho e salsa recém-cortados e um pouco de creme de leite aos ovos, e bateu um pouco mais a mistura. Então Annie cobriu a grande tigela de sopa de cebola com finas fatias de pão – cobertas de *gruyère*, mozzarella e parmesão – e levou ao grill por alguns minutos.

— O jantar sai em exatamente cinco minutos — gritou ela.

Jesse tirou quatro pratos do forno e colocou-os sobre a mesa.

Annie colocou os ovos batidos na frigideira fumegante e esperou até se formarem minúsculas bolhas douradas antes de dispor cuidadosamente os aspargos na massa, formando Vs em um forte tom de verde, que se destacava na base amarela. A receita sugeria fechar a omelete, mas Annie decidiu deixá-la aberta e, no último instante, cortou rapidamente uma pimenta vermelho-rubi e espalhou pequenos losangos picantes sobre a superfície.

Durante o jantar, ela ficou feliz por Jesse não ter se sentado muito perto dela, assim não trocariam muitos olhares e não se tocariam. Annie cortou a omelete em quatro partes e serviu um fatia em cada prato. Fez-se silêncio enquanto todos provavam o primeiro pedaço. O ovo cremoso, a pimenta picante e os aspargos *al dente* estavam em perfeita harmonia. Annie achou que o prato seguinte não ficou tão bom – as cebolas na sopa estavam um pouco doces demais –, mas para Jesse elas eram um ótimo complemento ao queijo derretido. O frango *jacquard* e sua cobertura de losangos vermelhos e brancos foi recebido com aplausos. Apesar de Evie ter jurado que não conseguia comer mais nenhuma garfada, terminou sua solha à Colbert em silêncio, aproveitando cada uma das camadas macias de peixe cercadas por uma crosta feita de pão e perfumada pelo molho. Agatha gemeu baixinho ao morder a casquinha crocante do peixe e sentir a manteiga quente derretendo em sua boca.

— Isso é melhor do que... — Então ficou muito vermelha e todos riram com ela.

Mais tarde, após devorarem a torta feita com frutas escalfadas, passas, pinhões e limões cristalizados cobertos com chantilly, todos se sentaram ao redor da mesa, desfrutando de uma das delícias preferidas do rei, um chocolate quente tão grosso que Evie comeu o dela de colher.

— As pessoas que cozinham bem desse jeito deviam ser amarradas a um fogão — brincou Agatha.

— Seria o meu sonho — admitiu Annie.

Mais tarde, Annie ofereceu sua cama a Evie, dizendo que não se importava de dormir no sofá. Mas, no fundo, só queria a mãe atrás do biombo para que ela e Jesse pudessem ficar sozinhos. Agatha tinha saído correndo para pegar o último trem e Jesse ficou para ajudar a limpar. Quando acabaram de lavar o último prato, ele pegou gentilmente o rosto de Annie entre suas grandes mãos e beijou sua boca.

— Vou embora — disse ele. — Mas não por muito tempo.

Pegando sua jaqueta e o cachecol, ele deixou o apartamento e Annie o ouviu descer a escada aos saltos.

Incapaz de dormir, Annie sentou-se à mesa da cozinha e, deitando o rosto de lado na superfície desgastada, fechou os olhos e concentrou-se na sensação da madeira contra sua bochecha esquerda.

CAPÍTULO 26

Trichcombe Abufel olhou pela janela da cozinha em direção aos jardins do bairro. Havia comprado aquele pequeno apartamento no sótão trinta anos atrás e acompanhado a vizinhança mudar de uma área multicultural diversificada para uma associação de banqueiros, todos brancos e ricos, com suas famílias. Ao olhar para o jardim lá embaixo, podia ver cinco mulheres loiras quase idênticas de bermuda preta, morrendo de fome para manter o peso de uma menina de 12 anos e tão cheias de botox que seus rostos pareciam estátuas lisas de mármore – estavam fazendo ginástica com um professor negro forte e musculoso. *Era bom ver um pouco de cor por ali*, pensou Trichcombe olhando para o homem. Trichcombe não queria se mudar de sua casa, mas, a menos que algo mudasse em sua vida profissional, logo teria de sair daquele apartamento e se mudar para o subúrbio. Talvez tivesse de voltar para Gales – estremecia só de pensar.

Afastando-se da cena lá embaixo, Trichcombe voltou para sua mesa e para "o problema". Desde que conheceu a jovem no British Museum e vislumbrou aquele esboço, Trichcombe tinha a sensação de que "ela" havia sido encontrada. Tinha dedicado muitos anos de trabalho meticuloso para traçar toda a trajetória da grande obra perdida de Watteau, *A Improbabilidade do Amor*. Usando uma combinação de material impresso, registros inéditos, seu arquivo pessoal e dados armazenados em museus nacionais e internacionais, Trichcombe conseguiu estabelecer uma linha de propriedade quase ininterrupta. Ele sabia que a pintura tinha sido criada em 1703, em Paris, e que a motivação provavelmente tinha sido uma bela atriz, Charlotte Desmares, que adotava o nome artístico de Colette. A paixão desenfreada de Watteau por essa mulher aparecia em vários relatos contemporâneos e, por um período de sete meses, o rosto dela apareceu em quase todos os esboços e em muitas outras pinturas a óleo.

Após a morte trágica e prematura de Watteau, em decorrência de uma tuberculose, em 1721, a pintura foi deixada para seu amigo Jean de Julienne e, a partir de então, teve um dos históricos de proprietários mais fascinantes que Trichcombe já tinha visto. Não sabia de nenhuma outra pintura que tivesse pertencido a uma série de figuras tão ilustres e interessantes. No entanto, Trichcombe não estava particularmente interessado na história inicial da pintura ou mesmo na obra em si. Era o período entre 1929 e os dias atuais que mais chamava sua atenção. Ele descobriu que a pintura havia desaparecido da Royal Collection durante a Primeira Guerra Mundial (possivelmente roubada), mas que reapareceu em uma sala de leilões em Berlim, em 1929, quando um homem chamado Ezra Winkleman a comprou por cinquenta marcos. Trichcombe não teve de procurar no Google: sabia que Ezra era o pai de Memling Winkleman.

Nos últimos dias, corria pelo mundo da arte o rumor de que os Winklemans haviam "perdido" um pequeno Watteau; haviam entrado em contato com todos que estavam em sua folha de pagamento para obter informações e, embora Trichcombe fosse um dos únicos especialistas que já não prestava serviços à família, ele também havia recebido várias ligações.

Trichcombe lembrou-se da mulher de cabelos castanho-avermelhados no British Museum e seu esboço. Seu sexto sentido aguçado por anos de procura e proximidade com obras de arte sugeria que a pintura devia estar com ela. Tinha quase certeza, pela reação da jovem, que ela não era uma especialista e provavelmente nem sabia o quanto a obra era valiosa e importante. Ele esperava revelar isso a ela antes de qualquer outro.

Sentado à sua mesa, Trichcombe olhou novamente a fotocópia da gravura de *A Improbabilidade do Amor*. A imagem era importante por vários motivos: o tema, a justaposição de esperança e desespero, a forma como encapsulava os sentimentos do amor mútuo e do não correspondido. A leveza dos traços, a velocidade, a destreza e a aparente simplicidade de sua concepção apontavam para um novo estilo de pintura, encorajavam as gerações posteriores a se soltarem e se expressarem. E, é claro, essa obra também foi pai, mãe e amante do movimento rococó. Mas, acima de tudo, também era capaz de inspirar o amor.

Trichcombe levantou-se e voltou para a cozinha. Lá embaixo, as senhoras se alongavam, seu professor parando rapidamente junto a cada uma para puxar e empurrar seus membros em posições cada vez mais estranhas. Trichcombe olhava para elas sem prestar muita atenção; estava tentando reunir tudo o que sabia e o que não conseguia explicar sobre o negócio dos Winklemans. Ele esperava que desta vez pudesse encontrar os meios para se vingar.

A erudição tinha ensinado a Trichcombe muitas lições, mas talvez a mais importante fosse a paciência. Aprendeu a esperar que as informações se desenrolassem e a deixar que as pistas surgissem naturalmente. Aprender e descobrir não eram processos lineares, mas redes de matrizes insanas, camadas de fatos dispersos e desconectados que se acumulavam ao longo dos anos e, de repente, se uniam. Suas grandes descobertas – encontrar o retábulo de Cimabue em uma sala de leilões em Pewsey e a *Madona das Camélias*, de Rafael, numa passagem nos fundos de uma escola para garotos – eram parte uma feliz coincidência (estar lá) e parte conhecimento: os anos que havia passado observando outras obras, estudando as pequenas pinceladas de cada artista e, acima de tudo, saber que obras estavam perdidas e onde tinham sido vistas pela última vez. *Um erudito*, pensava frequentemente Trichcombe, *no fundo era apenas um detetive: e ele era um dos melhores.*

Memling tinha sido o primeiro a detectar esse seu talento particular, e costumava pagar a Trichcombe um salário principesco. Era raro encontrar alguém que combinasse conhecimento com uma paixão única pela pintura. Durante os sete primeiros anos, a aparente falta de vida pessoal de Trichcombe, sua disposição para trabalhar a qualquer hora e para viajar sem aviso prévio foram uma enorme vantagem. O jovem viajou pelo mundo inteiro para avaliar novas compras e sondar pequenas salas de vendas. Juntos, eles se tornaram os Duveen e Berenson de sua época.

Mas a obsessão de Trichcombe tinha certas desvantagens: a maioria dos funcionários da Winkleman trabalhava e ficava felizes em ir para casa à noite com o salário garantido, fechando os olhos para qualquer inconsistência. Afinal, seus empregos eram apenas seus meios de subsistência. Para Trichcombe, um homem sem família ou hobbies, seu trabalho era sua vida, e, enquanto os outros se orgulhavam de seus parceiros ou filhos, ele se dedicava à pintura – ao seu estudo, à sua história e sua procedência.

A situação cada vez mais tensa entre empregador e empregado ficou ainda mais insustentável quando Memling descobriu subitamente uma obra perdida de Boucher, mas se recusava a dizer como a havia encontrado. Para ele, era mais uma transação simples e altamente lucrativa. Para Trichcombe, era essencial estabelecer a história daquela pintura. Após passar sete noites seguidas acordado, Trichcombe conseguiu estabelecer uma história de propriedade que terminava abruptamente em 1943, em Berlim, com um membro de uma família mais tarde aniquilada em Auschwitz. Dois meses depois, aconteceu um caso semelhante quando Memling voltou de uma viagem à Baviera com um Canaletto, um Barocci e um Klimt. Mais uma vez, Memling ignorou a solicitação de documentos feita por seu empregado. Naquela época, poucos estavam interessados na ética por trás da restituição de obras roubadas durante a guerra. Vendedores e compradores se contentavam com vagos históricos de propriedade. Memling gostava de afirmar que suas pinturas tinham vindo de "um nobre" ou "uma senhora com um título" e ninguém se importava em questionar.

Com o passar do tempo, o desconforto de Trichcombe cresceu. Como Memling encontrava regularmente grandes obras-primas desaparecidas? A maioria tinha históricos coerentes e títulos de propriedade garantidos, mas algumas surgiam literalmente do nada. Ele estava ciente da grande fluidez no mercado de arte pós-guerra; os preços baixíssimos a que chegaram as obras quando a arte parecia insignificante diante da necessidade de reconstruir a vida do zero. Mas, à medida que a riqueza e a estabilidade aumentaram durante a década de 1960, as barganhas e raridades eram mais difíceis de encontrar. Como, então, Winkleman não parava de conseguir obras-primas?

Os interrogatórios de Trichcombe passaram a irritar Memling cada vez mais. A situação chegou ao limite em 1972, quando Trichcombe viu, na mesa de Memling, uma pequena pintura de Watteau, que media 45 por 70 centímetros, e mostrava um casal observado por um palhaço. Até mesmo Trichcombe, que não sentia o toque de outro ser humano há 37 anos, foi afetado pela força bruta daquela pintura. Havia algo tão emocionante e sincero no olhar do rapaz apaixonado deitado na grama admirando a garota, algo profundamente triste na atitude do palhaço e em seu rosto comprido e lânguido, e algo tão determinado e alegre na maneira como a garota desfrutava do poder absoluto sobre as emoções de seus pretendentes.

A pintura despertou uma imensa curiosidade em Trichcombe, que, de repente, queria saber tudo sobre ela. Mas Memling disse que era um quadro pessoal, que não estava à venda, então não dizia respeito a seu empregado. Trichcombe persistiu e continuou investigando arquivos e títulos de propriedade. Na manhã seguinte, chegando ao escritório, encontrou todos os seus pertences em uma caixa no degrau da frente e a recepcionista entregou-lhe um envelope contendo mil libras em dinheiro. Não tinha sido uma simples demissão: daquele dia em diante, Memling passou a usar seu considerável poder para desacreditar Trichcombe em todos os lugares que frequentava, e o erudito nunca conseguiu ocupar uma posição sênior em um museu ou uma galeria ou mesmo um cargo de curador particular. Vivia dos parcos rendimentos obtidos com seus livros e artigos acadêmicos. De vez em quando, descobria um desenho ou um esboço a óleo em algum pequeno leilão provincial e o vendia, mas nunca ganhava dinheiro suficiente para comprar algo significativo. Quando jovem, sua grande motivação tinha sido o amor pela arte; nos últimos 42 anos, a missão que movia Trichcombe era desmascarar Memling Winkleman. Desde que viu Memling com o Watteau em 1972, Trichcombe sabia que seu valor para Memling ia muito além do dinheiro e da emoção. Por razões que ainda teria de provar, aquela pintura era a chave de seu futuro e da queda de Memling.

Trichcombe tinha passado anos juntando as peças da história daquele Watteau, tudo de que precisava agora era encontrar o quadro em si. Já estava quase perdendo as esperanças, quando viu imagens da obra no British Museum. Havia apenas uma última peça do quebra-cabeça para encaixar: o destino dos últimos proprietários, os pais de Memling. Os antigos registros de vendas de Berlim, de 1929, indicavam o endereço da família:

Trichcombe decidiu ir ao número 14 da Schwedenstrasse, em Friedrichstadt, para ver o que restava.

Em seu novo escritório em Holborn, Vlad assistia ao dinheiro entrar em sua conta em tempo real. Houve um pico nas negociações de estanho e, naquela manhã, antes mesmo de ter saído da cama, Vlad já havia ganhado 67 milhões de libras, chegando assim a um total semanal de 127 milhões. De acordo com os termos de seu exílio, o Escritório de Controle Central deveria receber pelo menos 30% de qualquer lucro obtido por Vlad. Mas apesar de seus esforços, o preço do estanho continuava aumentando, e Vlad tinha de acrescentar constantemente lenha às exigências do Controle Central. Nos últimos nove dias, Vlad teve de transferir 24 milhões de libras anonimamente para uma das muitas contas do Líder. Se, por qualquer motivo, ele não quisesse fazer uma transferência bancária (e às vezes o próprio Líder não gostava desse método) ou se Vlad decidisse que um objeto era um substituto mais apropriado, tinha de depositar o item em uma casa de Surrey, que servia como armazém.

Na semana anterior, incapaz de conter sua curiosidade, Vlad havia entregado pessoalmente um diamante do tamanho de um globo ocular em Crawley Place, Godalming, Surrey. Ao chegar à entrada da propriedade, Vlad foi recebido por três russos vestidos de preto, que o pediram para ele sair do veículo, revistaram-no meticulosamente e examinaram seu carro. Então, com uma senha gerada na hora e impressa em um pedaço de papel, foi autorizado a prosseguir para o segundo portão. Ao chegar lá, depois de caminhar centenas de metros de distância, passou por uma nova revista e recebeu outra senha. Esse procedimento elaborado se repetiu quatro vezes antes de ele chegar a uma casa comum de tijolos vermelhos, com gramados muito bem cuidados e um caminho de cascalho. Os pneus largos do Maybach azul-escuro de Vlad deixaram grossas marcas nos bonitos padrões.

Ouviu uma voz feminina saída do nada que instruiu Vlad a ir até a porta da frente. Quando Vlad se aproximou, a porta se abriu e ele entrou, nervoso. A porta parecia normal, mas, quando entrou, Vlad percebeu que agora estava em uma caixa metálica perfeitamente hermética. *Eu poderia ser esmagado como uma lata e ninguém ficaria sabendo*, pensou ele. A mesma voz disse-lhe para ficar completamente imóvel. Uma formação de raios infravermelhos dançou em torno de seu corpo.

— Você está sendo escaneado — disse-lhe a voz, anunciando o óbvio. Outra porta se abriu. — Coloque sua mão no sensor e olhe para cima — continuou a voz.

Após ter feito isso, um painel de metal deslizou para trás e Vlad entrou em outra caixa. Esta era consideravelmente maior, quase do tamanho de todo o piso inferior da casa.

— Os tijolos e as janelas são uma disfarce para fazer este lugar se parecer com uma casa — disse a voz, aparentemente lendo a mente de Vlad. — A inteligência britânica sabe exatamente o que é, mas ainda não sabe como entrar. Ninguém sabe.

— Quem é você? — perguntou Vlad

— Quanto menos nos conhecermos, melhor — disse a voz.

O piso sob os pés dele tremeu. Vlad recuou rapidamente quando uma parte deslizou para trás, revelando escadas para um porão.

— Desça.

Não é de admirar que tenham me dito para vir sozinho, pensou Vlad. *Não era para protegê-los, era para garantir que, mesmo que meu desaparecimento fosse registrado, meu corpo nunca seria rastreado*. Sabendo que não tinha escolha, ele desceu as escadas até um grande cofre.

— Esta é a sua caixa de pagamentos — disse a voz. — Somente você e eu sabemos o seu código, que mudará a cada visita. Pense em uma série de cinco números, que não pode se relacionar a nada pessoal, como sua data de nascimento, data de nascimento da sua mãe etc.

Vlad pensou por um instante antes de digitar o dia do aniversário do irmão, "61270".

— Esse número corresponde à data de nascimento do seu falecido irmão. Você consegue pensar em outro? — disse a voz.

Vlad estremeceu ligeiramente e colocou um código aleatório.

Um recipiente do tamanho de uma caixa de chá se abriu na parede.

Vlad pegou, então, um saquinho no bolso, tirou o diamante de dentro e colocou-o no meio da caixa.

— Digite novamente seu código agora — disse a voz.

Vlad digitou os dígitos e a parede se fechou.

— Assim que for verificado, você receberá uma notificação por e-mail. Saia pela passagem à sua esquerda e encontre seu carro.

— E se eu comprar uma pintura grande semana que vem? Como vai caber ali?

— Você receberá instruções diferentes. Se comprar de uma casa de leilão, por exemplo, lidaremos diretamente com os encarregados. As vendas privadas são geridas de diversas maneiras.

— E se eu comprar uma casa ou uma ilha?

— Ainda não houve um bem que não tenhamos conseguido processar. Essa não deve ser sua preocupação.

Sair do prédio foi tão complicado quanto entrar. Uma vez de volta ao carro, Vlad percebeu que o cascalho já havia sido rearrumado desde sua chegada e mais uma vez teve a breve satisfação de estragar os padrões perfeitos.

Vlad dirigiu por alguns quilômetros para longe do complexo antes de parar no acostamento – então apoiou a cabeça no volante e sucumbiu ao mais puro desespero. Como poderia, semana após semana, encontrar objetos que satisfizessem o Escritório de Controle Central? O que aconteceria se não gostassem do diamante? Ele já havia contratado seis pessoas para ajudá-lo a localizar obras de arte, objetos preciosos, propriedades e ações. O problema era adivinhar o que o Líder queria. Na semana anterior, havia rejeitado um chalé em Gstaad alegando que já possuía 40% de um resort na região. Antes disso, tinha devolvido uma fabulosa esmeralda por estar acima do valor devido. Se o Líder rejeitasse o diamante, ficaria três semanas atrasado em seus pagamentos e cheio de bens que não queria. Vlad não tinha intenção de ir a Gstaad (tinha ouvido que Courchevel era o único lugar que valia a pena visitar), não tinha nenhuma garota a quem dar a esmeralda (embora tivesse esperança de conquistar Lyudmila). Duas semanas atrás, havia adquirido participações importantes em uma empresa que, no fim das contas, descobriu já pertencer ao Escritório de Controle Central. Naquele ritmo, acabaria falido e endividado, e, se não conseguisse honrar com o pagamento por mais de cinco semanas, com certeza morto.

Vlad agarrou o volante com força, tentando pensar direito. Precisava de um plano, um bom plano para efetuar seus pagamentos. Tinha de monopolizar algum tipo de mercado, alguma área que já não estivesse sob o poder do Escritório de Controle Central e cujo valor fosse irrefutável. Também devia tentar realizar pagamentos antecipados – se comprasse algo realmente valioso, Vlad ganharia tempo: semanas, talvez meses de sono ininterrupto. Quanto mais aprendia sobre o mundo da arte, mais confiante Vlad ficava de que havia encontrado o canal ideal. O problema com a arte contemporânea era que havia uma oferta quase ilimitada e dependia muito da moda. Hirst poderia fazer centenas de obras, afogar o mercado em círculos de cores vivas. Nos poucos dias entre comprar uma *Enfermeira*, de Richard Prince, e entregá-la a seus credores sem rosto, a cotação do artista diminuíra. Era mais seguro apostar nos grandes mestres. Afinal, os pintores estavam mortos, não tinham como aumentar a oferta para atender a demanda, então seus preços eram mais estáveis. Vlad teve mais uma ideia: Eu poderia manipular o mercado comprando algumas obras de um artista, depois levar uma delas a leilão para elevar muito seu preço. Isso iria atribuir a ela um novo valor de referência e fazer todas as outras valerem muito mais. Como ninguém mais tinha pensado nisso? Então caiu a ficha que já tinham, sim, pensado e feito isso – inclusive essa devia ser a explicação para os preços recordes em leilão.

Então pegou o telefone e digitou o número de Barty.

— Quarenta minutos... Chester Square — disse ele.

Quando Vlad ligou, Barty estava deitado em uma mesa de massagem, fazendo um tratamento para evitar celulites – mesmo sabendo que seria difícil um homem magro, de 79 anos, ter celulite. Barty tinha pavor absoluto a imperfeições, então preferia prevenir do que ser pego de surpresa. Ele saiu da mesa, deixou a sala de tratamento e caminhou pelo corredor até o vestiário do clube. Era sócio vitalício e tinha direito a tratamentos no valor de cinco mil libras por ano, como pagamento por ter indicado o lugar a alguns de seus melhores clientes.

Sob a ducha quente, Barty pensou em Vlad e em como o relacionamento dos dois estava evoluindo. Já havia lidado com emigrantes russos suficientes para entender do que precisavam. Lembrava-se dos velhos Russos Brancos, sumariamente expulsos após a revolução de 1917, que haviam escapado para Londres para viver seus dias em um estado de pobreza refinada, sem nunca deixar de lamentar a pátria perdida. A nova geração era igualmente melancólica, mas extremamente rica – e precisavam se esforçar para permanecer vivos. Deixando a água quente correr sobre a cabeça e enxaguando o óleo de massagem, Barty pensou com compaixão sobre a situação de Vlad. O grandalhão tinha mais dinheiro do que a maioria poderia sonhar, mas era uma pessoa assombrada e perseguida. Estar a milhares de quilômetros de distância do Controle Central não lhe garantia nenhuma segurança. Onde quer que estivesse, Vlad tinha uma dívida: emocional, financeira e física. Sua prisão era luxuosa e, aparentemente, sem paredes ou limites

– mas não era livre. Barty desconfiava que o Controle Central conseguia rastrear um funcionário até mesmo na mais longínqua ilha taitiana e sumir com ele do mapa em questão de segundos. Seus agentes sem dúvida tinham colocado um microchip sob a pele de Vlad enquanto dormia, dispositivos rastreadores inseridos por prostitutas treinadas em artes obscuras.

Barty nunca trocaria de lugar com aquele russo bilionário, mas estava feliz em pensar maneiras interessantes de Vlad gastar seu dinheiro.

Recentemente, havia orientado outro russo sobre como gerenciar seus bilhões. Boris Slatonov havia comprado um clube de futebol que passava por uma fase ruim e lhe deu novo fôlego, gastando milhões em novos jogadores, técnicos e instalações. Por sorte, a equipe começou a ganhar e Boris descobriu que, mais que tudo, o Líder gostava do sucesso internacional. O próximo passo de Boris, novamente com a ajuda de Barty, tinha sido fundar um museu em Moscou e preenchê-lo com pinturas modernas. Em pouco tempo, o Líder usava Boris como um dos seus banqueiros pessoais, direcionando dinheiro com ele através dos campos de esportes e do mundo da arte.

Barty olhou-se no espelho e passou um pente no cabelo. Espessas e sedosas, suas madeixas continuavam sendo um dos seus melhores atributos e agora estavam pintadas de ruivo. Seu novo cabeleireiro era, provavelmente, o melhor que já tivera. Um homem que resistia às súplicas ocasionais de Barty para cortar, fazer um topete, um moicano ou raspar. "Se quer mudar de estilo, use uma peruca, querido." Barty passou rapidamente um secador pelo cabelo – não havia tempo para muito mais que isso. Então passou um pouco de base, corretivo e um toque de blush nas bochechas antes de vestir novamente o terno de três peças (hoje ele era Steed, da série *Os Vingadores*).

Quinze minutos depois, Barty estava em um táxi indo encontrar Vlad. No bolso esquerdo, levava uma lista de todos os clubes de futebol atualmente no mercado. No direito, uma litania de leilões futuros. Barty também achava que Vlad não devia procurar obras de arte contemporâneas; embora os grandes mestres fossem mais raros, mais complexos e menos sexy, Vlad deveria concentrar seus esforços nos mais procurados – Barty tinha decidido finalmente recompensar sua amiga Delores e direcionar Vlad para o século XVIII francês. Juntos, os três encontrariam uma pequena e charmosa *maison* em São Petersburgo (muito mais agradável do que Moscou, que era horrível e masculina demais), criariam um Musée des Beaux Arts de l'École du Dix-Huitième. Barty já podia vê-lo: uma mistura de brocado, damasco, ouropel, ouro e todo tipo de maravilhas. Ao contrário dos grandes bastiões de concreto monumental e brancura resplandecente dos museus modernos, seu pequeno palácio seria um lugar onde a visão nunca poderia descansar, nem mesmo por uma fração de segundo. Seria uma cacofonia de cor e textura, seria contracontemporâneo, um insulto à moda; o museu de Barty e Vlad devolveria a controvérsia à cultura.

Barty chegou alguns segundos antes de o carro de Vlad aparecer. O enorme russo parecia ainda mais desconsolado e deprimido naquele dia. Barty sentou-se ao seu lado, sentindo o couro macio sob os dedos e admirando o próprio reflexo no painel de nogueira polido por um segundo antes de virar para Vlad.

— Anime-se, meu botãozinho dourado. Eu tenho um plano. Um plano simplesmente maravilhoso.

CAPÍTULO 27

Com o auxílio dos cenógrafos, pintores e figurinistas que tinha conhecido trabalhando com Carlo, Annie transformou o Amadeus Centre, em Maida Vale, em uma clareira do século XVIII. Grandes cortinas pintadas com folhagem mosqueada pendiam da varanda em torno do espaço e grandes ramos de salgueiro, comprados naquela manhã no mercado de New Covent Garden, foram colocados em enormes vasos de argila. A peça central, uma grande fonte coberta de pequenos querubins sorridentes – idêntica à de sua pintura –, fora esculpida em isopor e pintada de creme. Um balanço pendia do teto, e o chão estava coberto de relva artificial e pétalas naturais.

Annie montou uma mesa central em forma de ferradura e cobriu-a com um tecido adamascado branco. Conseguiu com uma empresa de cenografia um jogo completo de jantar, estilo Luís XV, junto com vinte candelabros e trinta bandejas. Primrose, a governanta dos Winkleman, e sua filha, Lucinda, tinham passado a noite costurando botões de rosas a raminhos de gipsita para criar longos cordões de flores que ficariam nas laterais e no tampo da mesa. O arranjo central da mesa era feito de frutas cristalizadas e ratinhos comestíveis de açúcar perseguidos por gatos cor de chocolate. Cada convidado tinha oito facas e garfos, três colheres e sete taças de vinho, além de um cálice dourado para água. Guardanapos engomados de linho, de mais de um metro quadrado, tinham sido dobrados em forma de cisnes e dispostos sobre pratos dourados. Diante de cada lugar, havia um cartão gravado à mão com o nome do convidado e um menu com os detalhes da comida e do vinho.

Em um canto da sala, havia um pequeno palco de onde uma banda de músicos vestidos com trajes de época tocaria madrigais. Quando o frango *jacquard* fosse servido, acrobatas vestidos de arlequins entrariam na clareira por outra porta, apresentando uma performance para os convidados. Durante uma das oito sobremesas, um bufão choroso, reproduzindo o palhaço da pintura de Annie, apareceria com um alaúde e cantaria para todos ali reunidos.

Ao fundo do salão, escondida da vista de todos, Annie havia criado uma cozinha improvisada. Não tinha tempo a perder e, para alcançar a perfeição, não poderiam se passar mais do que alguns segundos entre os pratos.

Enquanto os cenógrafos davam os retoques finais à clareira, Jesse, o exército de garçons e o segundo *sous chef* chegaram. Annie ficou feliz em ver que Jesse se comportava como qualquer outro empregado. Boa parte dos preparativos já estava pronta há um ou dois dias, agora o importante era servir todos os vinte pratos na hora certa, à temperatura adequada e acompanhados do vinho correto. Se fracassasse, Annie não seria sentenciada à morte como em Versalhes, mas significaria o fim de seu maior sonho. Para Delores, a noite tinha de ser um ponto alto no calendário social do mundo da arte.

Após dividir sua equipe em quatro grupos, cada um com uma missão e área específicas, Annie distribuiu folhas impressas detalhando como seria aquela noite e o que deveriam fazer.

Não tinha deixado nenhuma ponta solta; até mesmo as pausas para o banheiro estavam programadas.

— Esta noite deve correr como uma campanha militar — explicou Annie. — Por favor, leiam atentamente esta lista: é preciso que saibam o que esperar e o que se espera de vocês. Jesse é o segundo no comando, então, se eu estiver ocupada, por favor falem com ele. Raoul é responsável pelos garçons, Amy cuidará dos vestiários, Ted é nosso *sommelier* e Riccardo está encarregado de gerenciar a retirada dos pratos e a limpeza.

Annie olhou para os 22 rostos à sua frente. Após semanas de planejamento meticuloso, estava calma e confiante. Contratou apenas profissionais experientes, que sabiam lidar com situações estressantes. Não lucraria quase nada naquela noite, mas o que estava em jogo ali era seu futuro, não seu saldo bancário.

A primeira a chegar foi Delores, vestida como Maria Antonieta. Envolta em camadas de renda creme e tafetá roxo, lembrava a Annie uma enorme anêmona deslizando pelo piso.

— Ah, meu Deus — disse Delores chegando ao caramanchão. — Eu vou chorar. Não posso chorar. Eu vou chorar... O que você fez, sua criatura maravilhosa e genial?

Annie sorriu e ficou vermelha.

Em seguida, Delores dirigiu-se ao balanço e parecia disposta a acomodar seu traseiro no assento, mas, para alívio de todos, distraiu-se com a fonte coberta de querubins. Pouco depois, foi para os bastidores inspecionar a comida. Examinou atentamente cada prato e Annie insistiu em apresentar cada membro de sua equipe.

Exatamente às oito da noite, começaram a tocar os madrigais e, minutos depois, um clarim anunciou a chegada do primeiro convidado: a sra. Appledore, vestida como Madame de Pompadour, com um traje idêntico ao do retrato de Boucher. Tinha até comprado um cachorrinho de colo por 2.500 libras na Pet Kingdom, da Harrods, para acompanhá-la – mas a criaturinha não parava de latir e havia vomitado no carro, então a sra. Appledore preferiu abandoná-la na rua. Segundos depois, Barty chegou vestido como uma cortesã do século XVIII, com um vestido de baile com um metro e meio de saia, bordado a ouro e pequenas pérolas (subornou seu amigo no Victoria & Albert Museum para emprestá-lo por uma noite). O vestido tinha sido tão complicado de colocar que todos os seus empregados tiraram a tarde para ajudar Barty a vestir as roupas íntimas, o espartilho e os aros de madeira. Desta vez, tinha escolhido uma peruca de cachos loiros. Suando um pouco sob o peso da peruca e da pesada capa com debrum de arminho, Barty foi imediatamente ao banheiro retocar a maquiagem. Vlad chegou depois, usando calça e gibão de couro preto, com uma coroa na cabeça e uma insígnia dizendo "Pedro, o Grande". Assim que Vlad concordou com o plano de construir um mini-Versailles em São Petersburgo, Barty designou Delores como sua principal consultora de arte. E, para seu mais absoluto alívio, ela já tinha intermediado três aquisições significativas: pinturas assinadas por Pater, Lancret e Boucher. Graças à comissão sobre as vendas, Delores alterou o champanhe daquela noite: do Pol Roger regular para o Vintage, e o vinho para um Premier Cru.

Às oito da noite, chegou à cozinha a notícia de que Rebecca não poderia comparecer – negócios urgentes de última hora em Berlim. Em seu lugar, Memling Winkleman levaria a neta, Grace.

— Que alívio — comentou Delores. — Rebecca não saberia aproveitar uma noite dessas nem que a obrigassem.

Às oito e meia, a maioria dos cinquenta convidados já havia chegado. Espiando da cozinha, Annie reconheceu Septimus Ward-Thomas, um membro da baixa nobreza, o velho astro do pop Johnny Duffy, conhecido como Johnny Lips, e vários *habitués* da revista *Hello!*. O conde e a condesa Beachendon chegaram vestidos de cortesãos. O emir e a sheika de Alwabbi foram os únicos a não se vestir de acordo com o tema "rococó". Mas a maior surpresa foi a filha de Carlo e Rebecca – Annie esperava uma jovem discreta de 21 anos, mas Grace era uma gótica punk com piercings no nariz e nas orelhas, e uma tatuagem de dragão, que ia da nuca até o alto das nádegas, claramente visível graças ao vestido de costas nuas. Delores a colocou junto a Vlad.

— Você é consultora de arte? — perguntou Vlad.

— Sou o que você quiser que eu seja — respondeu Grace.

Memling entrou, olhou em volta e sentiu-se incomodado, embora, naquele momento, não conseguisse dizer o porquê.

As quatro horas seguintes passaram voando para Annie enquanto mandava servir um prato após o outro – ostras, caviar, sopas, codornas, *foie gras*, frango *jacquard*, sopa de cebola com champanhe, solha recheada com caranguejo, um pilha de legumes, batatas do tamanho de bulbos de açafrão servidas com ovos de codornas, pombos adornados como pavões bebês, penas feitas de ervas, em gaiolas de açúcar cristalizado. A *pièce de résistance* era o peru desossado, recheado com um ganso desossado, recheado com uma galinha desossada, uma perdiz desossada, uma codorna e, por fim, um filhote de narceja. Quando Jesse e outros dois levaram a ave para a mesa e a cortaram com uma serra em miniatura, a mesa irrompeu em aplausos.

— Chef! Chef! — clamou todo o salão.

Jesse correu para a cozinha improvisada.

— Estão chamando você, vai lá cumprimentá-los.

— Não posso... olhe para mim — disse Annie, sabendo que seu cabelo escapava do chapéu de chef e o rosto devia estar coberto de suor e farinha.

Mas as palmas aumentavam cada vez mais. Annie, então, limpou as mãos no avental, ajeitou o cabelo e, saindo de trás da fonte, dirigiu-se nervosamente para o centro da mesa em forma de ferradura.

— *Brava!* — Delores esforçou-se para ficar de pé. — *Brava!*

Os convidados aplaudiram com entusiasmo.

Annie, o rosto muito vermelho, curvou-se.

— Muito obrigada... Agora, se me dão licença, ainda há mais oito pratos.

Ouviu-se um gemido coletivo.

— Não aguentamos mais comer — gritou alguém.

— Só mais algumas garfadas! — Annie riu, voltando para a cozinha.

Ninguém entendeu por que Memling Winkleman partiu logo depois que o Pierrô apareceu, mas todos se divertiam tanto que quase não notaram.

Annie teve de receber os cumprimentos mais três vezes entre os pratos seguintes, além de uma salva de aplausos de pé no final. A sra. Appledore, o conde Beachendon e Johnny Lips pediram-na novamente que organizasse um evento para eles, e a sheika de Alwabbi tentou contratá-la para os seis meses seguintes.

Quando os convidados partiram, os pisos foram limpos, as mesas esvaziadas, todos os pratos, copos e equipamentos embalados em caixas e carregados na van, prontos para serem devolvidos na manhã seguinte – só então, Jesse e Annie finalmente ficaram a sós. Sentaram-se lado a lado, com as pernas cruzadas no meio do salão, que tinha voltado ao seu estado original: grande, ligeiramente desgastado e estranhamente sem graça.

— Que bom que Delores contratou um fotógrafo — disse Annie, olhando ao redor. — Agora parece que tudo foi só um sonho.

Jesse segurou a mão de Annie, beijando-a suavemente na palma.

— Foi extraordinário... foi uma honra ter feito parte disso.

— Você foi incrível. Na hora que aquele frango escorregou da bandeja...

— E saiu rolando pelo chão...

— E parecia que ia derrubar a fonte.

— E você o pegou como Jonny Wilkinson agarra a bola no rugby...

Os dois riram juntos.

— E quando o peito de Delores saltou do espartilho enquanto ela repetia o merengue — disse Jesse, rindo.

— Perdi isso. Estava ocupada construindo uma torre de profiteroles!

— Você devia ter visto o rosto da sra. Appledore! — disse Jesse, imitando sua expressão horrorizada.

— O que mais, o que mais? — suplicou Annie. — Não vi quase nada lá presa na cozinha — disse ela.

— Vlad e a srta. Winkleman foram embora juntos... Não se desgrudaram a noite toda.

— Rebecca vai ficar furiosa... Ela acha que a filha é uma Virgem Vestal — disse Annie, deitando no chão.

O coração de Jesse quase parou ao ver o cabelo dela espalhado em volta de seu rosto lindo e pálido como um halo de cobre. Em sua cozinha improvisada, Annie estava poderosa; agora tinha um jeito tão vulnerável que queria tomá-la nos braços e beijar suas olheiras fundas de cansaço até fazê-las desaparecer.

— Me conte mais — implorou Annie.

Jesse procurou, então, lembrar-se do jantar e disse:

— O conde Beachendon parecia completamente deprimido. Parece que vindo para cá ele e a esposa se perderam em um conjunto habitacional de Maida Vale e alguém roubou o telefone dele e a bolsa dela. Mas se animou um pouco quando ficou sabendo que Vlad abriria um novo museu.

— Qual delas era sua esposa?

— A que parecia um jardim ambulante.

— Ah, meu Deus, a que usava um par de cortinas?

— Essa — disse Jesse e deitou de lado para poder ver Annie melhor.

Annie sentiu os olhos de Jesse nela, mas continuou encarando o teto.

— Por algum motivo, Delores colocou a condessa ao lado do astro do rock. Qual o nome dele mesmo?

— Johnny Lips.

— Não conseguia entender o que os dois poderiam ter em comum. Achei que tinha sido uma má ideia — disse Jesse, e aproximou-se de Annie.

— E? — Annie queria que Jesse parasse de olhar para ela.

— Foi uma combinação perfeita. Os dois criam cavalos árabes e aurículas. Quem ia imaginar?

— O que é um arci-u-la? — Intrigada, Annie virou para ele.

O hálito doce de Jesse roçou seu rosto. Para sua surpresa, ela não se sentiu claustrofóbica e gostou de olhar para ele. Annie notou, pela primeira vez, que seus olhos azuis tinham pequenos pontos dourados e pretos.

— Aurícula... é uma espécie de flor que os rendeiros e tecelãos de seda do século XVIII amavam. Mais tarde, alguém enviou uma muda para os Estados Unidos e Thomas Jefferson também se apaixonou por ela.

— Como você sabe disso?

— Ouvindo a conversa deles.

— Conte-me sobre o velho Winkleman.

— Quando o palhaço saiu de trás da fonte, ele começou a hiperventilar. Pensei que ia precisar chamar uma ambulância, mas ele saiu, entrou no carro e foi embora.

— Eu vi o lugar vazio, mas não parei para pensar de quem era. E o Barty? Ele ganhou o prêmio de melhor traje da noite.

— Ele foi uma sensação. Fez um longo discurso para Vlad e a sheika sobre coisas que são comuns — disse Jesse, notando que havia um raminho de tomilho preso no cabelo dela, um pequeno ponto verde entre os cachos vermelhos e dourados.

Ele estendeu a mão, tirou-o delicadamente e depois entregou a ela. Os dedos deles se tocaram, ela pegou o tomilho, sentiu seu cheiro e depois esmagou-o. Annie sentiu uma respiração em seu rosto e, ao abrir os olhos, viu Jesse inclinando-se sobre ela.

— Você está tão linda — disse ele. — Posso beijá-la?

Annie se afastou e sentou-se.

— Quero me lembrar desta noite por outras razões — disse ela.

— É claro. — Jesse se levantou. — Desculpa, estou sendo egoísta.

Annie também se levantou e tirou o pó das calças.

— Preciso te contar algumas coisas — disse ela. — Mas não esta noite. — Olhando para o relógio, ela sorriu para Jesse. — Vou levar aquela van para casa e tentar dormir um pouco.

Jesse sorriu.

— Pode me deixar em um ponto de ônibus?

— Obrigada por me ajudar esta noite. Eu não ia conseguir ter feito tudo isso sem você — disse ela, estendendo a mão, que Jesse aceitou.

— Teria sim e ainda vai fazer. Esta noite foi o só início de sua nova vida... isso ficou claro. Você parecia tão à vontade, tão confiante, tão feliz e tranquila.

— Você acha mesmo?

Jesse olhou para aquela ambígua criatura, feroz e frágil ao mesmo tempo, e desejou tê-la em seus braços.

— Eu tinha esquecido como era se sentir alegre desse jeito — disse Annie, tentando encontrar a chave no fundo da bolsa. — Estou começando a perceber que a alegria nunca foi muito presente na minha antiga vida. Pode parecer estúpido, mas quando consigo misturar três ingredientes aleatórios e criar algo delicioso, parece que sou invadida por uma grande onda de felicidade.

— É a mesma sensação que tenho quando minha pintura ganha vida, adquirindo uma força independente e inexplicável... um toque de verde, amarelo e um pouco de escarlate se misturam para criar uma folha perfeita.

— Você acha mesmo que posso fazer sucesso como chef de cozinha?

— Eu não acho... eu tenho certeza — disse Jesse com convicção.

Annie virou-se para ele, o rosto iluminado.

— Obrigada, isso me deixa muito feliz.

CAPÍTULO 28

Jesse precisa acordar: tomar uma atitude! O amor não se trata apenas de sentimentos, mas também de dar provas desses sentimentos. Ele precisa encontrar uma maneira de mostrar à sua enamorada que a vida dela seria imensamente melhor ao lado dele. Precisa se mostrar presente, sem ser controlador; e ser inspirador, sem ser convencido.

Annie já havia sofrido tanto que seu bondoso e alegre coraçãozinho estava murcho – uma barreira a mais para Jesse.

Aconteceu o mesmo com meu mestre – ele nunca se recuperou da rejeição de Charlotte. Aos poucos, foi se afastando do mundo, esgotado por um coração implodido e um corpo em colapso. Mudou-se constantemente, do campo, para diferentes apartamentos em Paris, e viveu até em Londres por um tempo. Este estilo de vida peripatético era uma maneira eficaz de evitar lembranças das pequenas intimidades que eram fruto das experiências compartilhadas com Charlotte: a taberna onde se conheceram, o sabor de um tipo de pão de que ela gostava, as notas de uma canção que ela cantava, uma nuca que lembrava a dela. Gradualmente, seu distanciamento do mundo se tornou completo: ele morava sozinho com sua obsessão e seus sonhos. Seu desprezo pelas questões materiais foi aumentando. Quando seu amigo Caylus implorou-lhe que buscasse tratamento para a tuberculose em um hospital, Antoine bufou: "Por acaso o hospital não é o pior que pode me acontecer? Ninguém é recusado lá". Ele não tinha interesse em fazer parte de um grupo que não ia rejeitá-lo. Meu mestre morreu aos 36 anos. Sozinho.

Não desejo esse fim patético a ninguém, muito menos à adorável Annie. Não encaro o amor como uma panaceia ou um caminho verdejante que liga as trevas à luz. Desejo que ela prove o meu valor, que me venda, que ao menos se liberte financeiramente. Quero que ela possa desfrutar de alguns confortos, que tenha o espaço e os meios de realizar seus sonhos. Nem sempre trouxe sorte aos meus proprietários: desta vez haverá de ser diferente.

CAPÍTULO 29

Após apenas algumas horas de sono, Annie acordou cheia de energia e determinação. Afastou os lençóis, foi ao banheiro e ficou diante do espelho. A pessoa que olhava de volta para ela tinha as mesmas olheiras, olhos ligeiramente lacrimejantes e pele pálida, mas, naquela manhã, Annie olhou para seu reflexo com tolerância e até um pouco de compaixão. Aquelas imperfeições tinham vindo com seu amadurecimento. Mal podia acreditar que sua vida de fantasia, seu sonho de se tornar chef, estava caminhando e a distância entre o faz-de-conta e a realidade estava diminuindo.

Molhou um pano com água quente e pressionou-o no rosto.

— Como foi? — Evie interrompeu o devaneio de Annie.

— Incrível... foi incrível!

— Me conta tudo — disse Evie.

— Tenho que devolver agora mesmo todo o material ou vão me cobrar a mais — disse Annie, enxugando o rosto.

— Vou junto. — Evie virou em direção ao quarto para pegar suas roupas. — Para fazer companhia.

— Mãe, quero ficar sozinha. Além disso, olha seu estado.

Evie parou e se olhou no espelho. Seu cabelo louro platinado todo em pé, manchas de maquiagem ao redor dos olhos.

— Você às vezes sabe ser cruel — disse Evie, voltando ao quarto de Annie e fechando a porta.

Annie sentiu uma pontada de culpa. Mas a verdade era que não queria Evie no carro, fazendo perguntas e voltando o assunto para si mesma, como um disco arranhado: "Eu, eu, eu".

Annie pegou sua bolsa, saiu do apartamento e, descendo as escadas de dois em dois degraus, foi em direção à van alugada. Para seu alívio, não havia nenhum arranhão, mesmo ela tendo esquecido o celular no banco da frente. Naquele meio tempo entre três e quase nove da manhã já havia nove ligações perdidas. Quatro de Delores, uma de Agatha, uma de Jesse e três de um número desconhecido. Ouviu a primeira mensagem.

"Oi, Annie, sou eu, Jesse... ontem à noite foi incrível... simplesmente incrível. Vamos nos ver? Que tal beber alguma coisa esta noite?"

A voz de Jesse fez Annie sentir arrepios de ansiedade pela espinha. Nas últimas semanas, Annie finalmente sentia que tinha se livrado do amor ou pelo menos daqueles sentimentos tão associados ao passado. Havia outra sensação excitante: ser livre e independente; não estar presa ou ter de se preocupar com os sentimentos de outra pessoa. O desejo de Jesse pesava sobre ela e Annie sentia-se culpada ao rejeitá-lo. Ser solteira significava justamente não ter que dar satisfação a ninguém. Annie gostava de Jesse, mas não o suficiente para correr o risco de abrir seu coração ou contaminar seu novo estado de espírito.

A mensagem seguinte era de Delores: "Querida. Que jantar esplêndido. Obrigada. Um absoluto triunfo. Está de parabéns. Agora, sei que vai parecer estranho, mas você ainda tem aquela pintura que me mostrou faz algumas semanas? Me ligue, querida."

Annie pulou para as próximas mensagens.

"Srta. Annie McDee. Meu nome é Trichcombe Abufel. Você pode não se lembrar de mim, mas conversamos brevemente na sala de desenhos do British Museum. Preciso falar urgentemente com a senhorita sobre aquele esboço."

"Srta. McDee. Aqui é Trichcombe Abufel novamente. Preciso que me ligue com urgência."

"Querida, aqui quem fala é Delores. Me ligue. São oito da manhã."

"Srta. McDee, por favor ligue para Trichcombe Abufel o mais rápido possível."

"Oi, Annie, aqui é Agatha, do Departamento de Conservação da National Gallery. Desculpe por ligar assim tão cedo, mas algo muito estranho está acontecendo. Você poderia me telefonar assim que possível?"

Annie não tinha pensado muito em sua pintura nos últimos dias. Querendo saborear um pouco mais o triunfo da noite anterior, ignorou o resto das mensagens e deu partida na van.

Cruzou Shepherd's Bush, passando por vários pequenos restaurantes familiares, um açougue e uma loja de chocolate. Já tinha ganhado a vida com comida antes, podia fazer isso de novo. Annie sabia que levava jeito para cozinhar e que tinha uma visão original. Imaginava-se rodeada de chefs, todos vestidos de branco com o logotipo de sua empresa, "Deliciarte", impresso em seus chapéus e aventais, em uma grande cozinha sem divisórias, com janelas do chão ao teto voltadas para uma horta e com uma parede de vidro separando a cozinha da área de planejamento. Em outra sala, via uma pequena equipe de design estudando desenhos e painéis de referências visuais, enquanto nos fundos haveria depósitos para guardar todos os copos, louças e adereços necessários para seus jantares temáticos.

Ao passar pela Embaixada da Rússia em direção a Kensington Gardens, Annie pensou em diferentes eventos que poderia oferecer – jantares inspirados em *2001: uma odisseia no espaço*, *As mil e uma noites*, *art déco*, modernismo, era vitoriana.

Annie ficava animada só de pensar em como seriam e quais menus poderia criar. Queria desesperadamente essa nova vida: só não sabia como conseguir isso. Precisaria de um lugar para cozinhar, além de equipamentos, um serviço de marketing e relações públicas, alguma ajuda temporária e dinheiro adiantado para comprar os ingredientes. O trânsito parou. A fumaça dos escapamentos criava uma aura ao redor dos carros e Annie fechou a janela para evitar o ar poluído. *Talvez, até o negócio dar certo*, pensou ela, *eu possa continuar trabalhando para os Winklemans*. O trabalho era chato, mas era fácil, e lhe dava tempo de resolver outras coisas.

Seu celular tocou novamente e ela o desligou, aumentando o volume do rádio. Estava tocando uma música do Bob Dylan que ela adorava. Começou a cantar "Blowin' in the Wind" – Annie sempre participava do coral na época da escola –, mas sua voz saiu como um grasnido. Ela tentou de novo, mas não conseguiu manter o tom. Limpou a garganta com força, mas sua voz ainda se enroscava pelos acordes. Espantada, percebeu que não cantava fazia meses... nem mesmo no banho. Em sua antiga vida, cantava o tempo todo, em qualquer lugar e para qualquer um – para os pássaros, a televisão, o rio e seus amigos. Suas cordas vocais estavam calcificadas por falta de uso. Lembrou de um professor que costumava dizer que "o canto vem do coração". *Perdi meu coração e minha voz*, pensou Annie, *mas agora vou recuperá-los*.

Trichcombe não era um homem religioso, mas enquanto o avião se preparava para decolar da pista de Tegel, em Berlim, rezava para que Deus o deixasse viver por tempo suficiente para escrever suas recentes descobertas. Na excitação de voltar para Londres, para sua mesa, suas anotações e sua máquina de escrever, havia esquecido de escolher a opção de "embarque rápido". Agora estava em um dos assentos do meio, na parte de trás do avião. À sua esquerda, havia uma jovem mascando chiclete de forma particularmente revoltante e que volta e meia soprava bolhas cor-de-rosa, que estouravam em seus lábios pintados fazendo barulho. Do outro lado, um jovem skinhead de aspecto irritado e cheio de piercings se remexia e se esticava freneticamente no banco. Trichcombe queria desesperadamente evitar tocar a mulher do chiclete, mas também estava com medo de irritar o sr. Revolução. Então, encolhendo os ombros, juntou os braços e os joelhos e respirava o mais discretamente possível.

O vôo para o aeroporto de Gatwick, em Londres, levou pouco menos de duas horas. Trichcombe não quis comer nem beber nada, e tocava repetidamente o bolso da jaqueta para verificar se sua pequena câmera digital ainda estava lá. Nela, havia a foto de uma família em frente a uma lareira. Acima da lareira, uma pequena pintura de Watteau, e, junto à família, um pequeno garoto loiro de olhos azuis.

Em seu outro bolso, havia um pedaço de papel. Só foi preciso um telefonema e uma boa desculpa para convencer a bibliotecária do British Museum a lhe dar o nome e o telefone da jovem com o esboço. Trichcombe explicou que tinha acabado de perceber que pegou por engano um livro valioso que pertencia a ela, que já tinham se passado semanas e ela devia estar muito preocupada. Ah, ele se sentia horrível. A culpa! O remorso! Poderia aquela pessoa gentil e prestativa ajudá-lo? É claro que ia contra as normas. *Mea culpa*. Muito obrigado. Agradeço-lhe muito. Ainda de Berlim tentou ligar três vezes para a mulher, uma certa srta. Annie McDee. Ligaria novamente assim que chegasse.

Enquando o avião passava por Paris, Trichcombe pensava em que publicação traria à luz a infâmia de Memling Winkleman e sua família. A *Burlington Magazine* ou talvez a *Apollo*? Lembrou-se então de que provavelmente essas publicações especializadas em artes perteciam em parte aos Winklemans, cujos tentáculos de influência alcançavam até os espaços mais improváveis. *Talvez fosse melhor um jornal diário*, pensou Trichcombe... Mas iria meditar seu texto e insistir em todo tipo de checagem de fatos. Enquanto o avião passava pelo Canal da Mancha, a mulher do chiclete adormeceu e caiu para cima dele. Pela primeira vez em sua vida, Trichcombe sentiu a cabeça de uma mulher em seu ombro, o hálito dela em sua orelha, ao mesmo tempo doce e amargo. *Mas que experiência absolutamente repulsiva*, pensou ele, cutucando as costelas dela com o cotovelo. Ela acordou, bufando alto. Talvez eu possa ganhar algum dinheiro com tudo isso, pensou Trichcombe. Mas afastou logo essa ideia da cabeça. A vingança era a única coisa que importava: quanto mais humilhante, abrangente e definitiva, melhor.

O escritório de Delores parecia um necrotério antes do funeral de uma diva famosa: com extravagantes arranjos de flores por todos os lados.

— Mais vinte minutos aqui e morreremos por falta de oxigênio — disse Barty, irritado. — Todo mundo sabe que as plantas sugam tudo de bom da atmosfera.

— Você está enganado — disse Delores, cheirando uma grande hortênsia. — Durante o dia, elas produzem oxigênio e à noite, dióxido de carbono.

— Como sabe disso?

Delores não respondeu.

— Quanto você acha que custaram todas elas?

— Mais do que o jantar, provavelmente.

— Acha que eu consigo enviá-las de volta aos floristas e receber o reembolso?

— Você devia tentar descobrir.

— Quem será que gastou mais?

— Quem se importa, querida? Vamos continuar planejando nosso museu.

Barty fazia o esboço do grande salão em aquarela. As paredes eram revestidas de damasco de seda e os pisos, feitos de madeira incrustada.

— Direi ao decorador para dourar tudo. Tetos, sanefas, cornijas, ombreiras, tudo.

— Não quero que sua decoração chame mais atenção do que minhas pinturas.

— Você ainda não tem pintura nenhuma. Por enquanto, só temos você para pendurar.

— Não é tão fácil assim encontrar obras-primas. Quase tudo foi monopolizado pelos museus.

— Não podemos balançar os cheques de Vlad diante de um ou outro curador? Sabemos que a maioria dos museus tem milhares de obras que ficam só pegando poeira em depósitos... Com certeza não sentiriam falta de algumas telas.

— As coisas não funcionam assim... não neste país, pelo menos.

— Então, vamos fazer compras no restante da Europa... Os pobrezinhos estão tão quebrados que venderiam suas avós.

— Fico pensando se é por isso que Rebecca está tão ansiosa para recuperar aquele Watteau.

— Que Watteau? — perguntou Barty.

— Uma relíquia de família que desapareceu, ela o quer de volta a qualquer preço.

— Qualquer preço? Gosto do som dessas palavras.

Delores assentiu. Quando Rebecca ligou às sete da manhã, Delores presumiu que a marchand queria se desculpar por não ter ido à sua festa e não um monólogo incoerente sobre uma pintura desaparecida. Rebecca explicou que o Watteau tinha sido roubado de Memling, mas que não podiam ir à polícia ou divulgar o roubo por medo de que os ladrões se assustassem e destruíssem a obra. A pintura era o último elo de ligação de Memling com a família e tinha um valor sentimental imensurável.

Rebecca descreveu o quadro em grandes detalhes. Media cerca de 45 por 70 centímetros – uma pintura a óleo que mostrava uma jovem em uma clareira, com um homem apaixonado aos seus pés, os dois observados por um palhaço. O título da obra era *A Improbabilidade do Amor* e tratava-se de um trabalho inicial, talvez a primeira grande pintura de Watteau, e certamente aquela que lançou sua carreira e o movimento rococó.

Enquanto Rebecca descrevia a pintura, a respiração de Delores começou a ficar ofegante e o suor brotava na nuca e nas axilas. Poderia ser a mesma obra que ela tinha avaliado como falsa?

— Está me ouvindo? — perguntou Rebecca, irritada.

— Sim, sim, estou pensando — disse Delores, desabando pesadamente em uma cadeira.

— Já ouviu falar sobre essa pintura? Alguém já falou dela para você? — indagou Rebecca, tentando manter o tom casual.

— Não! Não sei de nada! — disse Delores um pouco rápido demais. Ninguém devia saber ou desconfiar que ela, uma das maiores especialistas vivas em arte francesa do século XVIII, já tinha visto a pintura. — Pode deixar que, se eu ficar sabendo de alguma coisa, falo com você imediatamente.

Delores repetiu o que Rebecca havia dito sobre a pintura desaparecida, omitindo qualquer referência à visita de Annie.

— Você está pensando o que eu estou pensando? — perguntou Barty enquanto ouvia a amiga.

— Sim, claro — disse Delores, batendo as mãos.

— Encontramos a peça central do nosso museu; podíamos chamá-lo de "Museu do Amor".

— Seria demasiadamente sentimental.

— E se os Winklemans não quiserem vender?

— Tudo tem um preço.

— E se esta obra for a exceção?

— Eles são marchands... negociar é sua *raison d'être*.

— Acha que pode fechar esse negócio? — Barty deu um pulo e bateu as mãos.

— Primeiro tenho que encontrá-la — disse Delores.

Barty sentou-se pesadamente.

— Se eles não conseguem, por que você acha que vai conseguir encontrar? Eles têm informantes pelo mundo todo.

— Tenho uma pista — disse Delores, misteriosamente. Nunca iria admitir que já esteve com a pintura nas mãos.

Sentada na beirada da cama do hotel, Rebecca pressionou as mãos no colchão e os pés com força no chão para tentar acalmar os membros trêmulos. Tarde demais, tarde demais, já é tarde, as vozes em sua cabeça a provocavam. Tarde demais, tarde demais, tarde demais. Por que não tinha pego aquela fotografia de Danica quando esteve lá há três semanas? Teria sido tão simples. Mas, desta vez, não hesitou; no instante em que a senhora virou de costas, Rebecca tirou uma lâmina do bolso, cortou as bordas da foto para soltá-la do álbum e a guardou no bolso. Em seguida, fechou o álbum, o devolveu à prateleira e, alguns minutos depois, inventou uma desculpa para ir embora do apartamento. Do lado de fora, na avenida movimentada, rasgou a foto em pedacinhos, que foram espalhados pelo vento no ar carregado de fumaça de carros e ônibus.

Mas tinha chegado atrasada. A velha não conseguia lembrar o nome do visitante, mas o descreveu perfeitamente: alto, pele pálida, vestido de forma elegante com um terno de *tweed* de três peças e um extravagante lenço de seda com um prendedor de ouro em forma de corneta. Tinha cabelos grisalhos na altura dos ombros, bem penteados; unhas bem cuidadas, reluzindo em razão da base; os óculos protegidos por um estojo de couro de crocodilo guardado em um bolso interno.

— É tão estranho eu não ter visitas há anos, desde o seu irmão, e, em algumas horas, receber você pela segunda vez e esse homem — disse Danica a Rebecca —, e que todos vocês estejam tão interessados nas minhas fotografias. São apenas instantâneos antigos. — Ela percebeu que Rebecca estava terrivelmente pálida. Aceitaria uma xícara de chá? Tinha sido tão gentil de trazer flores e chocolates.

Rebecca achava estúpida a decisão de seu pai de destruir a carreira de Trichcombe e atrapalhar as tentativas do *connoisseur* de ser aceito no mundo acadêmico. Como dizia o velho ditado: "Mantenha os amigos por perto, mas os inimigos mais perto ainda". O pai deveria ter mantido Trichcombe na folha de pagamentos e garantido a ele algumas comissões ocasionais. Ela nunca soube com detalhes qual crime Trichcombe supostamente havia cometido; agora não tinha dúvida: tinha descoberto por acaso algo sobre o passado de Memling.

Rebecca saiu da cama, foi até a janela e olhou a rua lá embaixo. Seu hotel ficava na interseção das antigas Berlim Ocidental e Oriental, com vista para o Memorial do Holocausto: uma série de lápides cinzentas irregulares e monumentais, que formavam um labirinto de passagens estreitas, em uma subida. Há apenas algumas semanas, sentia orgulho de ser judia, de pertencer a uma das poucas famílias que tinham conseguido sobreviver a tudo aquilo. Agora, quem ela era? Olhando para o monumento lá embaixo, imaginou-se se perdendo nas longas ruas do memorial e as lápides se fechando e esmagando-a até a morte.

Ela puxou a cortina e se atirou de bruços na cama, esperando ser dominada por um ataque de pânico. Mas enquanto estava ali deitada sobre o edredom de veludo, algo estranho aconteceu. Em vez de seu coração bater mais rápido, pareceu se acalmar, e, em vez de um turbilhão confuso, seu mente se tranquilizou e lhe restou um único pensamento. Por que estava desistindo assim tão fácil? Onde estava sua coragem, sua determinação? Por que se entregar e deixar sua vida nas mãos de outras pessoas e do acaso?

Rebecca levantou-se, caminhou até a janela, abriu a cortina e olhou para as pessoas andando na praça lá embaixo. Imaginou o pai quase setenta anos antes. Ele podia ter levantado os braços e se entregado aos Aliados. Como um jovem oficial da ss que havia roubado e confiscado obras de arte dos judeus, ele era certamente culpado, em muitos aspectos. Em vez disso, ele decidiu abraçar a vida, criar um futuro – mesmo que desonesto –, em vez de enfrentar um julgamento e a desgraça. Será que ela, aos 20 anos, teria tido essa coragem e hipocrisia? O que poderia fazer agora para salvar sua família? Havia algum jeito?

Rebecca ficou um tempo em silêncio pensando em Memling. O que quer que o pai tivesse feito, ela o amava e não suportaria ver sua humilhação pública. Pensar no rosto dele em todos os jornais, algemas em suas mãos já manchadas pela idade, a cabeça grisalha curvada no banco dos réus – era muito pior do que a perspectiva de manter seu terrível segredo. Ele era um monstro, mas era *seu* monstro, uma parte essencial de seu passado, presente e futuro. Podia até denunciá-lo, mas isso não apagaria o pai de sua vida nem tudo que fez por ela. Ele fazia parte de seu DNA, de sua consciência, e, por mais que não gostasse de admitir, havia se beneficiado dos frutos de sua farsa.

Os pensamentos de Rebecca se voltaram para Marty e ela teve certeza de que, diante daquela descoberta, ele havia concluído que o suicídio era mais fácil do que enfrentar o naufrágio. Pela primeira vez, estava brava com o irmão: por que ele não destruiu o caderno? Será que queria que ela o encontrasse, que enfrentasse aquilo tudo sozinha?

Então parou de tremer e de repente sentiu-se forte e determinada. Os únicos obstáculos para evitar o desastre eram um historiador e uma pequena pintura. Se desaparecesse com os dois, seu *status quo* permaneceria intacto. Mas o que ela queria dizer com "desaparecer"? Até onde iria para proteger sua família? Seria capaz de matar? Para a surpresa de Rebecca, o pensamento não a incomodava. Não teria de sujar as próprias mãos – havia pessoas para fazer isso por ela. Rebecca olhou para o relógio. Eram 10h15 e, se ela se apressasse, conseguiria pegar o avião de meio-dia de volta a Londres. Guardou as últimas coisas na bolsa, saiu do quarto e desceu depressa até o lobby. Entrou em um táxi parado na entrada, passando à frente de dois hóspedes com uma careta de desculpas.

— Aeroporto de Tegel, *bitte* — disse ao motorista.

Nos meses seguintes, Rebecca se lembraria daquele momento, quando cruzou uma linha invisível e tomou a decisão de ajudar Memling a apagar seu passado, juntamente com seus anos de tramoias e negociações desonestas. Não sentia culpa nem remorso, apenas clareza e determinação.

Ligou para o pai. Dispensando as saudações usuais, disse a Memling para encontrá-la às quatro da tarde junto às fontes do Hyde Park. Recostando-se no banco do táxi, Rebecca sorriu diante da surpresa do pai; não estava acostumado a receber ordens da filha. Dali em diante, percebeu Rebecca, ela estava no controle.

CAPÍTULO 30

Rebecca chegou aos jardins italianos vinte minutos mais cedo e, caminhando a esmo pelas fontes, lembrou-se das vezes que ia lá quando criança. Sua mãe, uma judia de Verona, adorava aquela área inusitada do Hyde Park; que a fazia lembrar de casa, Roma e Villa d'Este, lugares de seu passado. Pearl Winkleman gostava de se sentar na casa de bombas e ver os filhos pescando peixes imaginários com varas feitas de fios presos em gravetos. Quando se cansavam disso, ela os fazia procurar diferentes animais esculpidos em mármore e pedra nas fontes e urnas. Toda vez as crianças fingiam descobrir de novo as cabeças de carneiro, golfinhos e cisnes: era raro ser elogiado na família Winkleman. Rebecca se perguntava o quanto a mãe sabia sobre as origens do marido, do quanto tinha desconfiado.

O relacionamento de Rebecca com o pai mudou com apenas um telefonema; agora via o pai sob uma luz diferente, com os olhos abertos. Alguns dias antes, ela teria visto um homem alto, idoso, mas elegante, com um sobretudo de caxemira azul-marinho, cachecol de seda branca e sapatos bem engraxados, com uma begala de castão de prata. Teria automaticamente verificado sua maquiagem em um espelho compacto e ajeitado o cabelo, preocupada de que qualquer pequeno sinal de imperfeição pudesse incomodar o pai exigente e motivar críticas indesejadas. Alguns dias antes, ela nunca teria ousado marcar um encontro com Memling, muito menos em um lugar que sua mãe amava tanto.

O homem que caminhava em sua direção continuava impecavelmente vestido, determinado, e era facilmente reconhecível com sua cabeleira branca e o grande husky ao seu lado. Mas agora, pela primeira vez, ele precisava dela mais do que ela dele. A balança do poder havia mudado, ela detinha as chaves do futuro da família e do destino dele. Sem sua cumplicidade, o trabalho de toda a vida dele, os anos de manobras e mentiras teriam sido em vão. Durante setenta de seus noventa anos, Memling havia trabalhado para tirar a família da dificuldade e torná-los protagonistas em um palco internacional; ele jamais aceitaria que essa reputação e seus negócios naufragassem em uma maré de vergonha e escândalo.

Memling estava agora a apenas trinta de metros de distância. *Ainda posso mudar de ideia*, pensou Rebecca, *deixar tudo voltar ao normal, e toda a responsabilidade e a decisão final nas mãos dele*. Esse pensamento lhe trouxe uma breve sensação de alívio, mas era tarde demais: o castelo de cartas em que jazia a autoridade de Memling já tinha desmoronado.

— Minha filha — disse Memling, estendendo as mãos e sorrindo. — Sua ligação me deixou preocupado... aconteceu alguma coisa?

Rebecca sorriu automaticamente, incapaz de conter o reflexo depois de todos aqueles anos em que lhe ensinaram a ser educada e cortês.

— Devemos nos sentar? — Ela se curvou para acariciar a cabeça do cachorro. Tiziano respondeu satisfeito piscando lentamente os olhos.

— Por que aqui? — Memling olhou em volta, surpreso. — Há tantos lugares mais agradáveis.

Sem responder, Rebecca virou-se, subiu os degraus e entrou na casa de bombas. Fedia a urina e cerveja velha, mas uma brisa soprou o cheiro para longe. Em uma das pontas, havia um mendigo envolto em um sobretudo, parcialmente coberto por uma caixa de papelão. Rebecca sentou-se na outra ponta do banco, onde ninguém podia ouvi-los. Memling limpou cuidadosamente uma área ao lado dela antes de fechar bem o casaco em volta do corpo e sentar-se.

— Eu sei de tudo — disse Rebecca. — Você é Heinrich Fuchs e não tem uma gota de sangue judeu. Não passa de um ladrão mesquinho.

Rebecca falava em voz baixa, mas bem clara. Para sua surpresa, não sentiu vontade de chorar ou gritar. Foi tomada por uma sensação de calma e determinação.

Memling não respondeu imediatamente, mas, quando o fez, sua voz soou igualmente comedida e clara.

— Palavras muito duras da minha princesa. Duras, amargas e ingênuas. É isso que um pai dedicado merece?

— Estive no número 14 da Schwedenstrasse, em Berlim, e conheci sua vizinha e amiga de infância Danica Goldberg. Ela tem fotos de você quando menino, uma linda criança loira e ariana no meio de uma família chamada Winkleman. Em que ponto você decidiu que roubaria a identidade, o passado, as posses e a vida deles? Você os matou ou deixou isso para os comandantes do campo? — As palavras de Rebecca saíam descontroladamente e ela tinha a estranha sensação de ver cada sílaba flutuar pelo ar até os ouvidos de seu pai.

Memling ficou em silêncio, os olhos fixos em um ponto distante.

— Examinei os livros contábeis. Você foi minucioso... minucioso demais, talvez — continuou Rebecca. — Deve ser seu treinamento nazista... fazer anotações claras, concisas e exaustivas sobre tudo. — Rebecca olhou brevemente para o pai e, embora seu rosto fosse uma máscara impenetrável, ela percebeu que os nós dos dedos da mão direita dele estavam cerrados e brancos. — Cada pintura que passou pela empresa foi registrada. Aquelas primeiras obras apareceram como mágica, não é? Surgiram em suas mãos após a guerra. Mas você não era mágico, certo? Nem tão bom em fazer negócios ou encontrar obras-primas. Você era só um receptor, lidando com propriedade roubada e passando-a adiante. Para quem você estava trabalhando? Seu antigo colega nazista, Karl Haberstock? Ou para os que foram presos, mas precisavam de alguém que desse continuidade às suas boas obras? Ou para aqueles que escaparam e se esconderam na Baviera ou na América do Sul e precisavam de um intermediário? — A voz de Rebecca estava ligeiramente mais alta e aguda. Ela se forçou a baixá-la novamente para um sussurro. — Ou você foi mais inteligente do que isso? Roubou de seus mestres durante a guerra, surrupiou um ou outro Tiziano, Watteau e Guardi, sabendo que um dia a guerra acabaria e que os mortos não poderiam, não teriam como voltar e reclamar o que era deles por direito?

Por um longo minuto, Memling não disse nada. Então, limpando a garganta, falou num tom baixo e calculado.

— Eu queria contar a alguém sobre tudo isso. À sua mãe, ao seu irmão ou a você. Mas só construí esse negócio pela nossa família e não queria que carregassem o peso de saber como tudo havia começado.

— Isso começou muito antes de nascermos, antes de você conhecer a mamãe, então não venha com essa — sussurou Rebecca para o pai.

— Há tanta coisa que você não sabe — disse Memling, irritado.

— Tenho o dia todo. — Rebecca cruzou os braços.

— Gostaria de ter essa conversa em outro lugar. Gostaria que tivesse a delicadeza de permitir que um velho organize seus pensamentos.

— Os dias em que você ditava as regras acabaram. Não tem um lugar ou uma hora melhor do que aqui e agora.

Memling se moveu ligeiramente como se fosse se levantar, mas pensou melhor. Tiziano, sentindo o desconforto do dono, colocou a cabeça no joelho de Memling e foi recompensado com um carinho.

— Meu pai, meu avô e muitas gerações antes deles eram soldados, sempre do lado vencedor. Servíamos aos reis da Prússia desde 1701, o que significa que fazíamos parte da maior força de batalha que a história já viu. Meus antepassados nunca tiveram um lar ou bens... eles e suas famílias viviam de campanha em campanha, de um alojamento a outro. O pagamento não era espetacular, mas o orgulho... ah, o orgulho por suas conquistas compensava tudo. Ser um capitão prussiano, como meu pai, o pai dele e os que vieram antes significava ter respeito e prestígio. Na sociedade em que viviam, eles eram mais importantes do que qualquer comerciante ou empresário, sentavam-se com príncipes e aristocratas.

— Não estou aqui para uma lição de história — interrompeu Rebecca.

— Nos próximos anos, você desejará ter feito essas perguntas. A ignorância é uma maldição à espreita da nova geração, daqueles que se esqueceram de perguntar.

Rebecca olhou para as fontes, onde uma criança brincava com um cãozinho.

— Você contou essa história ao Marty?

Memling estremeceu.

— Chegarei ao Marty... deixe-me pelo menos contar a história de uma maneira que faça sentido para mim. Permita-me isso, está bem? — Mais uma vez, Tiziano, sentindo a angústia de seu dono, colocou a cabeça no joelho do velho e olhou de Rebecca para Memling.

Rebecca assentiu.

— Quando declararam a Primeira Guerra Mundial, minha família comemorou. Haviam se passado anos desde a última guerra e meu pai estava entediado com a vida civil. Ele conheceu minha mãe e se casou em 1913, e estavam tentando ter um filho, mas ela me contou que, assim que a guerra foi declarada, tudo o que meu pai fazia era polir suas esporas, seu capacete e sua espada. Parecia que era um estranho em sua casa e ela não tinha certeza de que gostava daquela versão do seu marido. É claro que essa guerra foi uma catástrofe para os orgulhosos soldados alemães, e o Tratado de Versalhes cimentou sua humilhação. Depois de ter o pé arrancado por uma mina terrestre, meu pai foi dispensado. Aqueles que um dia aclamaram sua bravura e suas proezas agora o responsabilizavam pela queda da velha ordem. Sua espada e seu capacete, seu uniforme e suas medalhas tornaram-se símbolos de vergonha.

Memling falava com os olhos fixos no focinho do cachorro, acariciando lenta e gentilmente o animal sob o queixo. Rebecca costumava pensar que seu cão, o grande husky branco, representava poder; agora percebia que o animal era seu alento, como o cobertorzinho de uma criança.

— O país passava de uma crise a outra, negócios fechando, a hiperinflação, o desemprego, tudo o que os meus pais possuíam, até mesmo a pequena pensão do exército, reduziu-se a nada — disse Memling, puxando Tiziano para perto e acariciando seu flanco branco. — Meus pais, como muitos outros alemães, estavam quebrados e na miséria. O único trabalho que meu pai conseguiu arrumar foi como zelador de um bloco de apartamentos habitado por judeus. Você precisa entender, Rebecca, que este era o fim mais deplorável e humilhante para um orgulhoso soldado.

— O que isso tem a ver com você e conosco?

— Ouça e quem sabe você possa aprender alguma coisa — disse Memling.

Por um instante, Rebecca voltou ao seu eu mais jovem, a criança retraída intimidada pelo pai.

— Não preciso ouvir você, pai. Não preciso escutar suas histórias. Você pode saber sobre o passado da sua família, mas o futuro dela está em minhas mãos. Seja gentil ou eu vou embora. Responda minhas perguntas ou não ouvirei mais nada.

Memling assentiu. Parecia menor, de repente, e Rebecca notou que seus olhos azul-claros estavam úmidos... Eram lágrimas ou só a idade?

— Me desculpe, filha. Eu queria explicar o que aconteceu. Não para que me perdoe, mas talvez para que compreenda um pouco melhor. Posso continuar?

Rebecca deu de ombros, um assentimento tácito.

— Quando nasci, em 1924, virei o bode expiatório de todos os desapontamentos e sonhos frustrados do meu pai. Assim que aprendi a andar, ele me fazia marchar para cima e para baixo em nosso pequeno apartamento. Quando comecei a reconhecer formas e cores, estudávamos planos de batalha de guerras passadas. Minha paixão pela precisão e pelo detalhe vem dessa Alemanha mais antiga que ele mostrava. Noite após noite, ele e seus amigos se encontravam para falar sobre as esperanças que tinham de ver restaurada a antiga glória da Alemanha. Se Hitler não tivesse surgido, é possível que os alemães como meu pai não tivessem aguentado o peso da perda de seu orgulho. Herr Hitler se aproveitou dessa frustração com maestria, como um jóquei monta um puro-sangue campeão. Ele lhes deu esperança e propósito.

— Não consigo ouvir alguém defendendo Hitler — disse Rebecca em voz baixa.

Memling a ignorou.

— Minha infância foi sombria e rigorosa. Se minha cama não estivesse arrumada adequadamente, havia consequências; se eu me atrasasse, era trancado para fora de casa, independente do clima que fizesse; qualquer comportamento considerado rude era corrigido com uma boa surra. Às vezes, castigar-me deixando-me sem comida era a maneira que meu pai encontrava de esconder que não tinha dinheiro suficiente para colocar comida na mesa.

— O que sua mãe dizia?

— Minha mãe tinha tanto pavor dele que aceitava qualquer coisa que ele sugerisse, mesmo que isso significasse me segurar enquanto ele me batia. Minha mãe podia ter trabalhado limpando apartamentos de judeus, mas meu pai não queria nem ouvir falar disso. O antissemitismo é tão antigo quanto os judeus, não foi Hitler que inventou.

Memling olhou para a filha.

— Podemos andar um pouco? Minhas pernas estão ficando duras e não aguento mais o cheiro desse lugar. Também seria bom para o cachorro.

Rebecca levantou-se e estendeu um braço para o pai. Memling apoiou-se em sua bengala, pegou o braço dela e levantou-se com dificuldade. Embora ele pudesse correr em uma quadra de tênis, ficar sentado por muito tempo enrijecia as articulações de seus joelhos e a parte inferior das costas. Os dois desceram lentamente os degraus e seguiram em direção ao lago Serpentine. Tiziano caminhava junto ao seu dono, olhando frequentemente para o velho e depois ao redor, atento a qualquer perigo inesperado.

Um vento forte soprara através das cerejeiras já em flor, e as pétalas cobriam o chão como neve. Os pássaros, comemorando a chegada da primavera, cantavam e corriam pelos arbustos. Crócus precoces apareciam aqui e ali ao longo do caminho e em torno das árvores, pequenas manchas amarelas sobre o verde intenso. Um esquilo passou por eles, fugindo de um terrier bravo, o dono gritava, em vão, para o cachorro voltar. Tiziano olhou para a cena, mas não reagiu. Rebecca caminhava sem prestar muita atenção à paisagem. Ao olhar para baixo, viu suas três sombras caminhando à frente deles: um homem, uma mulher e um cachorro, caricaturas feitas por um sol que já sumia no horizonte. Ficou satisfeita em notar que a sua parecia forte e decidida, enquanto a do pai era encurvada e frágil.

— Esther Winkleman era tão amável quanto bonita — recordou Memling. — Tinha longos cabelos escuros, olhos quase negros e um sorriso permanente. O apartamento deles era cheio de música e risadas. Quando eu era deixado do lado de fora à noite, ela ia me buscar, me levava às escondidas para sua casa e me dava comida. Eles eram seis em um pequeno apartamento de três cômodos, então mal havia espaço para outra pessoa. Também não eram ricos, mas sempre faziam me sentir bem-vindo e compartilhavam sua comida. Ela era professora de arte na escola local, me mostrava livros de pintura e me falava sobre os artistas com sua voz gentil e murmurante. Não é de admirar que tenha me apaixonado pela arte. Eu não gostava muito do filho que tinha minha idade, Memling, mas fiz amizade com ele para poder continuar perto dela. Havia uma pequena biblioteca no caminho da escola para casa... Podíamos pegar um livro por mês. Uma vez meu pai encontrou um livro sobre Dürer embaixo da minha cama... Dürer, um bom alemão, mas você não imagina a surra que levei.

Rebecca chutou uma pedra – queria que Memling explicasse como tudo aconteceu mais para frente. Percebendo sua irritação, Memling seguiu com a história.

— No início, meu pai considerava Hitler um encrenqueiro, mas, à medida que o poder dele foi aumentando e passou a jogar com as esperanças e os medos de seus compatriotas, as opiniões mudaram. Fui alistado no movimento da Juventude Hitlerista e, quando a guerra foi declarada, meu pai falsificou minha certidão de nascimento para que eu pudesse me alistar mais cedo. Eu era alto para minha idade e, graças à comida dos Winklemans, também era forte. Tinha apenas 15 anos quando fui recrutado. Mais uma vez, Esther Winkleman salvou minha vida: um dos sonhos do Führer era construir um proeminente museu em Linz e preenchê-lo com as maiores obras de arte do mundo. A maioria de seus soldados não sabia distinguir um Vermeer de um Van Gogh. Na época, correu a notícia de que o Führer procurava especialistas. Eu sabia pouco, mas muito mais do que a maioria. Então fui selecionado para a prestigiosa unidade especializada em obras de arte, a ERR. Tínhamos poderes incríveis... Podíamos parar batalhões, ordenar que generais deixassem certos locais, fechar pontes.

Rebecca e seu pai chegaram a uma pequena área de lazer perto do lago. No meio, havia uma estátua dedicada a Peter Pan, uma árvore de metal com pequenas figuras subindo por ela. Rebecca olhou para Peter Pan chamando os meninos perdidos para o seguirem enquanto Wendy olhava com ar reprovador. Rebecca lamentava a perda da própria inocência alguns dias antes, em Berlim. *Por quanto tempo poderei proteger Grace?*, pensou ela.

— O que aconteceu com os Winklemans? — perguntou Rebecca.

— Durante os primeiros anos, consegui levar comida e outros produtos de primeira necessidade para eles. Estava desesperado para ajudá-los a escapar, acredite em mim. O Watteau era o único bem que possuíam e, quando mostrei a Hitler uma imagem da pintura, ele ofereceu um milhão de marcos. Implorei a eles que vendessem o quadro e comprassem passagens para sair em segurança de Berlim, que buscassem uma nova vida na Inglaterra ou nos Estados Unidos. Mas eles se recusaram. Em 1943, ouvi minha mãe dizer que o apartamento estava fechado e a família tinha saído de férias para visitar alguns amigos. Fiquei magoado por não terem deixado um endereço de contato. Só descobri a verdade no ano seguinte: tinham sido levados para Auschwitz-Birkenau.

— Em que momento você decidiu saquear o apartamento deles? — perguntou Rebecca, tentando manter a voz sob controle.

— Minha primeira intenção foi manter as coisas deles em segurança... não só dos Winklemans, mas de todas as famílias do nosso bloco. Esperava que pudessem voltar para casa e encontrar tudo como haviam deixado. Trabalhava nisso a noite toda em meus dias de folga. Entrava nos apartamentos, tirava os quadros, embrulhava-os e escondia-os em um sótão.

— Ninguém notava?

— Havia muita coisa acontecendo naquela época.

— E o Watteau?

— Havia uma pressão cada vez maior na unidade de arte para encontrarmos obras bonitas.

— Então você o vendeu?

— O quadro deixou minhas mãos por um curto período de tempo. Desde que viu a imagem, o Führer insistia que eu a levasse para ele. Dei a pintura a ele em 1944. Ele a examinou e me disse para escondê-la em um lugar seguro. Planejava dar a Eva Braun como presente de casamento quando a guerra terminasse. Retirei-a da moldura, enrolei-a e guardei-a em meu bornal pelo resto da guerra.

— Acho estranho você ter dado o mesmo presente à sua própria amante... Sua lembrança não estava manchada pela associação com Hitler?

— Essa pintura tem algo de transformador... Captura seu espírito e seu coração de um jeito... Você vai entender quando a vir, quando a recuperarmos.

— Nunca o imaginei como um tolo sentimental — disse Rebecca.

— Existe uma enorme diferença entre sentimentalismo e romantismo.

Rebecca se perguntou por que aquilo doía tanto – seria por que o pai amava uma mulher que não era sua mãe? Ou por que a pessoa que parecia tão no controle, seu patriarca todo-poderoso, tinha se revelado ser apenas mais um mortal? Ela começou a se afastar do pai, lutando para conter as lágrimas. Percebeu como conhecia pouco o homem que a criou e com quem trabalhava todos os dias. Então ouviu o barulho da bengala atrás dela e os passos pesados de Memling tentando alcançá-la.

— Eu tinha 15 anos quando a guerra começou, 21 quando terminou. Passei cinco anos extraordinários viajando por toda a Europa, vendo lindos objetos... Esses anos foram meu ensino médio e minha faculdade, tudo junto. Pela primeira vez em minha curta vida, eu tinha mais do que o suficiente para comer. Nunca tive de matar um homem, vivia isolado da maior parte da dor e das dificuldades. Fomos a todas as grandiosas casas daqui à Normandia, vivendo como reis. Bebi vinho das adegas de Château Lafite e dormi na cama do rei em Vaux-le-Vicomte. Jantei sob o retrato de Cosimo de Medici e dormi com a tatataraneta de um príncipe Bórgia. Minha única tarefa era encontrar objetos bonitos. Trabalhávamos com marchands e leiloeiros, *connoisseurs* e acadêmicos. Por todo lado que fôssemos, éramos bombardeados de sugestões. Todos queriam ganhar algum dinheiro com a guerra. Nos setenta e tantos anos em que trabalho com arte, nunca vi um mercado como aquele. Mais de um milhão de obras foram leiloadas na Le Drouot, em Paris, entre 1939 e 1945 — disse ele. — Não sou particularmente talentoso; ao contrário de você, não consigo reconhecer um Tiziano a trezentos metros de distância. Não tenho seus poderes de detecção, mas tenho um talento para os detalhes... Foi por isso que você me descobriu.

— O Watteau foi sua ruína... Se não fosse por esta pintura, eu nunca teria começado a investigar.

Memling parou – não podia deixar de notar a ironia. Esther estaria se vingando dele do mundo dos mortos? Procurou afastar esses pensamentos e continuou com sua história.

— A guerra terminou. Meus chefes foram executados ou presos. Meu pai matou minha mãe e se suicidou, selando as janelas e as portas do nosso apartamento e ligando o gás. Eu nem sequer tinha passaporte, apenas documentos do exército. Não tinha nada, não era ninguém e estava envergonhado. — Então virou para encarar Rebecca. — Se expor a verdade sobre mim, essa vergonha vai recair sobre você e sua família. Você realmente quer, aos 50 anos, se ver na mesma situação em que eu estava aos 22?

— Talvez eu prefira viver com a consciência tranquila — disse Rebecca.

— Também pensei isso em 1945. Estava em uma pequena fazenda na Baviera, construída ao lado de uma mina desativada. Em suas profundas cavernas, havia centenas de pinturas, joias e objetos valiosos que minha unidade havia escondido durante a guerra, destinados à coleção pessoal de Hitler. Durante os últimos quatro anos, havíamos cuidadosamente desviado algumas das melhores coisas que confiscamos, sob orientação do Führer, principalmente para mantê-las fora do alcance de Göring. Quatro outras pessoas conheciam o esconderijo; três se mataram para não enfrentar os julgamentos de Nuremberg, uma morreu de tifo.

— Então você decidiu ficar com tudo?

— Àquela altura meu único plano era permanecer vivo. Fui para a fazenda porque era o único lugar que me vinha à cabeça. Quando a guerra terminou, foi um salve-se quem puder, cada um dos países vencedores tentava se apossar do que restava. Os russos eram como gafanhotos: pegaram tudo o que podiam e levaram para Moscou. Os americanos enviaram um grupo de especialistas, os Monument Men, para tentar conter a onda de saques e pilhagens... mas o que cerca de cem homens podiam fazer quando havia coisas dando sopa pela Europa inteira para quem pegasse primeiro? Nós tínhamos roubado milhares e milhares de obras, mais de 20% de toda a arte ocidental. Embora as pinturas não valessem muito, a arte ainda era uma moeda internacionalmente aceita. Talvez só se conseguisse uns cem dólares por um Klimt, mas pelo menos eram cem dólares.

— Quando você teve a ideia de se passar por Memling Winkleman? — perguntou Rebecca.

Memling subiu lentamente pelo caminho que ia em direção à Serpentine Gallery. No alto, um pouco ofegante, ele respondeu à pergunta.

— Aconteceu por acidente. Três dias depois que a guerra acabou, voltei para o apartamento da minha família e encontrei os corpos de meus pais. Então subi correndo esperando encontrar pelo menos um membro da família Winkleman, mas todos tinham desaparecido. Ao sair, por um impulso, peguei alguns livros e o cartão da biblioteca de Memling. Tirei várias outras pinturas das molduras do bloco, enrolei-as e voltei a pé, durante a noite, para a fazenda. Passei um ano lá vivendo de nozes e frutinhas silvestres, além de pequenos animais e pássaros que caçava. Emagreci terrivelmente, meu cabelo cresceu e ficou todo embolado. Minhas roupas ficaram esfarrapadas. No outono de 1946, o carro de uma patrulha americana que passava viu a fumaça subindo pela chaminé e decidiu verificar se havia soldados fugitivos. Eles me pegaram rapidamente, mas eu não lhes disse meu nome, não podia dizer. Reviraram o lugar procurando pistas sobre minha identidade ou armas, quem sabe. Um oficial encontrou o cartão da biblioteca... então somaram dois e dois: eu era um judeu que tinha escapado dos trens da morte e me escondido. Só Deus sabe como chegaram a essa história... Os americanos adoram uma boa história. Eles me levaram de volta a Berlim, prepararam meus documentos, me deram um passaporte e me ofereceram uma nova vida nos Estados Unidos. Sete semanas depois, cheguei a Nova York. Na minha bolsa havia algumas joias, o Watteau, um pequeno Rembrandt e quinhentos dólares, cortesia do Tio Sam.

— Suponho que também tenham tatuado você — disse Rebecca, a voz repleta de sarcasmo.

— Isso eu fiz em um salão coreano no Lower East Side. Na época, já havia descoberto o que tinha acontecido com os Winklemans... todos mortos. Esse é o número da Esther. Talvez ache difícil de acreditar, filha, mas fiz a tatuagem como sinal de respeito, não como uma marca descarada de cinismo.

Rebecca andava à frente do pai, tentando decidir em quais partes da história dele acreditava. Olhando em volta, viu a ponte sobre o Serpentine, um lago artificial construído no século XVIII. Ela se perguntou quantos sabiam que Harriet Westbrook, a esposa grávida de Percy Bysshe Shelley, tinha se afogado ali ao descobrir as infidelidades do marido. Ou que os hanoverianos celebraram ali o aniversário da vitória britânica em Trafalgar, outra guerra em que milhares perderam a vida. E se perguntou quanto tempo levaria para que as atrocidades da última guerra se tornassem apenas outra fraca lembrança ou um verbete da Wikipédia.

— Você faz sua história parecer tão plausível, mas toda sua vida tem sido uma vergonhosa mentira. Você roubou a identidade de seu amigo e os bens de pessoas mortas... roubou até a religião deles e baseou a criação de seus filhos em uma cultura que não era a sua. Você não é um homem... é um parasita! — gritou Rebecca, virando para o pai.

Uma mulher que caminhava por perto olhou, nervosa, para os dois e se apressou. Memling parou e segurou as grades pretas de ferro com as duas mãos.

— Eu queria viver — disse ele com voz fraca.

— Você conseguiu esquecer de onde tudo aquilo veio? — sussurou Rebecca.

— Nunca, mas pelo menos lhes dei uma alternativa.

— E quanto a Marty?

Memling baixou a cabeça, curvando os ombros.

— Ele me enviou uma carta dizendo que tinha descoberto tudo. Respondi imediatamente falando que eu poderia me entregar ou tomar um comprimido de cianeto que mantenho comigo o tempo todo. — Então enfiou a mão no bolso da jaqueta e tirou uma pequena caixa prateada. Dentro, podia-se ver um comprimido azul em uma almofadinha de veludo.

— Guarde isso, pai. Não é hora de fazer drama — disse Rebecca friamente.

Memling virou-se para encarar a filha.

— Seu irmão era meu orgulho, minha alegria e o nosso futuro.

Rebecca não contradisse o pai; ela sabia que ele falava a verdade. Também sabia com certa tristeza que, apesar de seu pai gostar dela, era a Marty que amava.

Lágrimas brotaram dos olhos de Rebecca.

— Pobre Marty... não teve forças para assumir o papel de juiz e ter de escolher entre o certo e o errado, entregar você e nos humilhar.

— Acredite em mim... eu teria desistido de tudo, ido para a prisão, me entregado às autoridades, Simon Wiesenthal... o que fosse necessário para mantê-lo aqui — disse Memling.

— E mamãe... ela sabia? — perguntou Rebecca.

— Não, nem nunca suspeitou.

— Pelo menos, graças a ela, sou judia... não passei a vida toda frequentando sinagogas sendo nazista. Qual era a sensação, papai? De ter de rezar no Dia do Holocausto?

— Eu rezava, Rebecca, só não pelas mesmas coisas — disse Memling, curvando-se e afundando as mãos no pelo de seu cachorro.

Tiziano virou-se e roçou o focinho no rosto do dono. Memling não afastou o animal e deixou que lambesse sua pele enrugada.

— Muitas vezes me perguntei se você amava seus cães mais do que qualquer membro da sua família — disse Rebecca.

— Ficaria chocada se eu dissesse que considero o amor uma emoção superestimada? — indagou Memling. — Gosto muito de cães, assim como dos meus filhos. Sinto-me particularmente grato pelo carinho incondicional e descomplicado dos cães. Você se lembra de ir à National Gallery nos fins de semana, quando era criança? — perguntou Memling.

— Todo final de semana.

— Muitas daquelas grandes obras pertenceram a colecionadores sem escrúpulos e mentirosos... traficantes de escravos, vigaristas e assassinos. Mas quando hoje admiramos as posses desses homens, suas obras de Rubens, Hogarth, Rafael, Tiziano e Velázquez, vemos apenas a beleza.

— E o que isso tem a ver? — perguntou Rebecca, incrédula.

— Eu estava tentando lhes ensinar a ver as coisas em perspectiva, sobre a passagem do tempo, sobre ver além das histórias individuais — disse Memling.

— A arte não tem o poder de absolver pecados — disse Rebecca. — Você teve que criar essas histórias bizarras e distorcidas para contar a si mesmo, para justificar suas ações e desonestidade.

— Nunca tentei justificar nada, mas existem coisas maiores, mais duradouras e importantes que eu ou a minha família.

Rebecca foi em direção a um banco junto a algumas árvores. No alto, um bando de periquitos de cores vivas, possivelmente fugitivos de uma coleção particular, mergulhavam e guinchavam, voando entre as árvores e deixando rastros coloridos: amarelos, verdes, vermelhos e azuis sobre o fundo azul e verde do parque. Memling deixou-se sentar pesadamente e, pegando um lenço branco engomado, enxugou o rosto.

— O que você vai fazer? — perguntou ele. — Prometa-me que não vai se machucar. Eu faria qualquer coisa para impedir isso. Posso me entregar na delegacia mais próxima. Me diga seus termos. — A voz de Memling falhava de emoção.

Rebecca olhou para baixo e percebeu que o sol estava se pondo e suas sombras haviam desaparecido. Olhou para os anéis de diamante em seus dedos, um dado por Carlo em seu noivado, o outro, um presente do pai quando Grace nasceu. Suas mãos já estavam ligeiramente enrugadas e uma mancha de idade começava a se formar no pulso esquerdo. Ela tentou imaginar uma vida sem seu pai, sua filha ou o marido, além da excomunhão do mundo da arte, seu meio. Em seguida, virou as mãos e olhou para as palmas, a pele quase branca e a fina artéria azul no pulso. Seus pensamentos se voltaram para Marty e sua decisão. Lentamente, virou as mãos de volta e olhou para os anéis, símbolos de amor e responsabilidade.

Ela se virou para o pai, observando sua expressão cautelosa e cheia de ansiedade.

— Temos muito trabalho a fazer — disse ela.

Os ombros de Memling afundaram e ele esvaziou os pulmões lentamente.

— O que importa é que Grace herde um nome e uma fortuna respeitáveis e que a vergonha e a culpa não se estendam além de você. É o seu segredo sujo, não o nosso — disse Rebecca.

Memling tentou evitar o sorriso de alívio.

— Você vai escrever uma confissão completa para que, caso algo venha a público, fique bem claro que eu nunca soube de nada disso — disse Rebecca.

Memling assentiu.

— Trichcombe Abufel tem uma cópia da foto que Danica Goldberg tinha do Watteau — disse ela.

— Trichcombe? — Memling parecia espantado.

— Ele está tentando desmascará-lo há anos — disse Rebecca.

— Mas sempre foi tão ineficiente — disse Memling, balançando a cabeça.

— Você precisa destruir todas as suas anotações, qualquer coisa que possa levá-lo até nós. E, se o pior acontecer, terá de se livrar dele.

— Me livrar? — Memling parecia horrorizado.

— Deixa de cena, pai... sei que você incinerou aquele pobre homem no brechó tentando encontrar o Watteau. Não finja que não.

— Aquilo foi um erro. Pedi a Ellis para dar um susto nele.

— Meu motorista é seu capanga? — Rebecca estava espantada.

— Ele é um ex-policial.

— Dois incompetentes — retrucou Rebecca.

Memling olhou para as mãos dele.

— Parece que subestimei você.

— Você subestima a todos — respondeu Rebecca.

Memling olhou para ela com tristeza... via agora que tinha negligenciado a filha, que a desdenhava por ser mulher, sem nunca reconhecer sua importância.

— Você precisa encontrar aquela pintura e se livrar dela. Não escondê-la... destruí-la — disse Rebecca.

Memling estremeceu, mas assentiu.

— Fui vítima do meu próprio sentimentalismo.

— Sentimentalismo! — zombou Rebecca. — Autoestima egocêntrica, flagrante estupidez, ganância e fraqueza, é assim que eu descreveria.

— Sou um tolo — disse Memling com voz fraca.

Por alguns minutos, ficaram sentados em silêncio.

— Não há um museu ou curador, marchand ou especialista que não nos deva algo. Já liguei para várias pessoas, mas agora é a sua vez. Procure-os. Diga que, se não se mexerem, o dinheiro vai secar. Descubra todos os segredos sujos sobre cada um... casos, dívidas de jogo, pequenos detalhes obscuros... pode precisar deles — instruiu Rebecca.

Memling assentiu.

— Temos uma pista... torço para que seja uma terrível coincidência, mas nossa chef temporária, Annie McDee, foi fotografada saindo do mesmo brechó com um pacote do tamanho da pintura na cesta da sua bicicleta.

— Ela ainda está trabalhando para nós? — perguntou Memling.

— É melhor a mantermos por perto para observá-la atentamente. Se ela estiver trabalhando para mais alguém, pode ser uma refém, uma moeda de troca.

Memling olhava para longe, pensativo.

— Ela tem acesso aos computadores e arquivos?

— Ela não tem acesso aos nossos arquivos. Verifiquei todas as suas buscas e e-mails... não há nada.

— Deve haver algo, não?

— A mulher só pensa em comida e receitas. Até tentei decodificar algumas procurando mensagens ocultas ou cifras.

— Vou mandar algumas pessoas ao apartamento dela.

— Já fiz isso. Talvez seja hora de provocar alguns danos.

Pai e filha ficaram sentados lado a lado por mais alguns minutos, ambos perdidos em pensamentos. Ao ver o relógio, Rebecca levantou-se.

— O que você vai fazer? — perguntou Memling.

— Cuidar dos negócios como sempre e manter as aparências — disse Rebecca.

— Quando a verei novamente? — perguntou Memling.

— Nós nos encontraremos nos jardins italianos às nove da manhã, daqui a quatro dias. Vou reservar-lhe um voo para Munique amanhã de manhã. Haverá um carro em nome de Brueghel no balcão da Hertz. Você irá até a fazenda colocar fogo em seu depósito.

— Quer que eu queime as pinturas? Há Fragonards, um Leonardo, cinco Tizianos, três Monets e cerca de setenta outros. A Sala Âmbar de Catarina, a Grande... o maior tesouro já conhecido.

— Que valor eles têm para nós? Pense, papai. Pense. São cordas ao redor de nosso pescoço.

— Não podemos simplesmente deixá-las lá e esperar que alguém as encontre um dia?

— E esperar que somem dois e dois? O jovem encontrado no mesmo local em 1946? As vezes que o levaram de carro até lá?

Memling assentiu com tristeza.

— E se eu falhar em alguma das tarefas?

— A próxima vez que nos encontrarmos será junto ao seu túmulo — respondeu Rebecca. Então se afastou, as costas eretas como uma estaca.

CAPÍTULO 31

Evie sentou-se na beira da cama e chorou. Haviam se passado dois dias desde o jantar triunfante de Annie, mas desde então a filha a ignorava. Ela queria compartilhar do triunfo de Annie – não para levar nenhum crédito por seu sucesso –, só para inserir uma pequena lembrança positiva no banco de experiências compartilhadas entre mãe e filha. As últimas semanas frequentando as reuniões do AA ajudaram Evie a entender como Annie, na infância, tinha sido forçada a viver no vórtice de seu mundo compulsivo, uma vítima indefesa das variações de seu estado de espírito: quimicamente estimulado ou deprimido. Quando voltava da escola, Annie nunca sabia qual Evie estaria à sua espera. Seria a mãe feliz porque havia tomado só um copo ou a pessoa nervosa, inquieta, que tentava evitar a bebida? A irritada e introvertida Evie ou a mãe que apagara de tanto beber? Às vezes Evie não estava lá... e levava dias, ou até semanas para voltar, sem dar nenhuma explicação. Não era de admirar que Annie tenha aprendido a cozinhar; teve de aprender.

Naquela manhã, o peso da culpa era quase insuportável. Evie não sabia como se perdoar. De que adiantava viver sem o amor da filha? Evie recapitulou sua vida, o naufrágio de seus sonhos, tantas coisas que aconteceram e não deram em quase nada. Carreiras que não seguiram em frente, relacionamentos confusos e um mar de álcool. Talvez um pouco de bebida pudesse aliviar a dor daquele momento? Afinal, a bebida era sua amiga, sua fiel companheira. Elas tinham se divertido juntas, não é mesmo? Ela e Billy Garrafa – pelo menos tinha vivido, tinha se divertido um pouco. Onde estava a diversão na vida estéril e solitária de Annie? Trabalho, trabalho, trabalho. Levantar-se ao raiar do dia, trabalhar como escrava para benefício de outra pessoa, voltar para casa e dormir. E cozinhar, quer dizer, era mais uma prova, não era? Fazer algo que as pessoas comem e depois defecam. Quem podia achar que aquela existência era melhor do que a sua? Quem tinha moral para julgá-la agora?

Evie sentiu o ânimo voltar. Levantou-se e riu ao ver seu reflexo no espelho; estava com uma aparência horrível. Jogou um pouco de água fria no rosto. Certamente uma bebida não faria mal, não era? Uma é demais, e mil nunca são o suficiente, zombou o espelho. Evie esfregou as manchas de rímel sob seus olhos, tirou a roupa e passou uma toalha úmida sob as axilas e entre as pernas. Nunca se sabe, disse a si mesma, o cara perfeito pode aparecer a qualquer momento. Olhou para seu corpo nu no espelho do banheiro. Nada mal, na verdade. Bem diferente daquelas vadias presunçosas com suas casas semigeminadas e seus carros esportivos de segunda mão. Elas podiam ter uma conta bancária, mas não conseguiam nem excitar seus maridos. Evie, sim, podia exibir orgulhosamente os seios, e, com uma boa luz, não dava nem para ver a pele enrugada. Tinha apenas 47 anos, a barriga chapada e as pernas firmes. A maioria dos homens dizia que ela aparentava 35, mas, enfim, os homens diziam qualquer coisa quando lhes interessava.

Evie arrumou o cabelo com cuidado, penteando no sentido contrário para formar uma espécie de capacete fofo, e escondendo as raízes por baixo de um grampo dourado. Pegou os brincos de Annie que imitavam brilhantes – nada como um pouco de brilho para iluminar o rosto. Maquiou os olhos minuciosamente, passando corretivo para cobrir as olheiras e um pouco de pó iluminador. Então pegou o "melhor" vestido de Annie e seu sapato de salto alto preto. Após dar uma olhada no espelho, Evie concluiu que estava pronta para sair.

Então parou. Tinha se esquecido de algo importante – talvez o mais importante. Não tinha dinheiro. Nem mesmo uma libra. Sentiu o pânico tomar conta dela. Agora que a decisão de beber já tinha sido tomada, nada poderia atrapalhar. Ela precisava de dinheiro. Abriu as gavetas e armários na esperança de encontrar algumas notas. Só pegaria dez libras, talvez vinte, não precisava de muito. Mas Evie não encontrou nada – nem mesmo um punhado de moedas. Sentiu, então, o suor em seu rosto e sob as axilas.

Sentada à mesa da cozinha, tentou respirar devagar e até pensou em ligar para seu padrinho no AA. Talvez um poder superior estivesse cuidando dela. Então viu a pintura – aquilo valia alguma coisa, não era? Annie nem gostava tanto assim do quadro; já tinha falado algumas vezes que se arrependia de tê-lo comprado. Estaria fazendo um favor à filha levando ele embora, não era? Mas onde o venderia? Na casa de penhores? Para que iriam querer um quadro velho? Evie lembrou-se de um pub no East End, um lugar onde jovens artistas iam beber – talvez pudesse levá-lo até lá e deixá-lo com o barman como garantia. *Que ideia brilhante*, pensou ela, *não ia vender o quadro da filha, só faria com que servisse para alguma coisa*. Evie envolveu a pintura em um suéter antigo, colocou-a em uma sacola de supermercado e, pegando o casaco, saiu depressa do apartamento. Eram onze da manhã: a hora em que os bares abriam.

* * *

Estou muito velho para mexer com galões de combustível e tochas, pensou Memling enquanto encharcava os cantos da fazenda com diesel. Um dia já conseguiu carregar latas de vinte litros sozinho, mas agora um litro já era esforço demais. Sem querer levantar suspeitas, dirigiu por trinta quilômetros a mais para comprar as latas em postos diferentes. Nunca havia ateado fogo a um edifício antes, não sabia bem como garantir que realmente queimasse. Mais tarde, atravessaria o pequeno pomar até a colina, onde ficava o alçapão para a mina desativada. Estava quase velho demais para descer os degraus íngremes até o bunker. Perdeu a conta de quantas vezes havia retornado à fazenda depois da guerra – trinta, talvez quarenta. Era estranho ver como pinturas quase sem valor na década de 1950 tinham voltado à moda. Uma vez quase se livrou de dois Renoirs por não acreditar que alguém iria querer aquelas enjoativas banhistas gorduchas. *Nos dias atuais, os dois alcançariam preços insanos*, pensou Memling, lembrando-se da venda de *Au Moulin de la Galette*, de Renoir, em 1990, por 78,1 milhões de dólares, para o presidente de uma fábrica de papel japonesa. O novo proprietário pretendia ser cremado com a pintura. Felizmente sua empresa enfrentou sérias dificuldades financeiras e o Renoir foi vendido a um colecionador com ideias menos grandiosas sobre piras funerárias.

Memling tinha se apegado às pinturas do depósito. Permitiu-se uma última incursão às entranhas da pequena colina, uma última conferida no material guardado ali. Recordava-se da procedência da maioria. O Léger era de uma coleção judaica em Paris; o Tiziano de uma pequena igreja perto de Veneza; o van Loo de um sótão em Amsterdã, onde alguns judeus tentaram sem sucesso escondê-lo por cima de um armário; uma taça dourada, provavelmente de Cellini, tinha sido encontrada em um *château* francês, onde era usada para guardar as abotoaduras de um barão. Memling duvidava que algum dos proprietários originais tivesse amado aquelas peças tanto quanto ele. Para ele, aquelas obras representavam beleza e também uma fuga – a ponte mágica que conectava uma infância pobre e infeliz em Berlim ao poder e ao luxo da posição que ocupava como um dos mais proeminentes marchands do mundo. Não fossem aquelas obras, o nome de Memling provavelmente só apareceria no registro escolar; agora estava gravado nas paredes e arquitraves dos grandes museus da Europa, em salas e extensões financiadas por Memling. No Museu do Holocausto, em Bremen, acima do hall de entrada havia uma inscrição, cada letra com trinta centímetros de altura, que dizia: *Opera Memlingi Winklemani in perpetuum admiranda sunt.* Os atos de Memling Winkleman devem ser admirados para sempre.

Memling teve de rastejar pelos arbustos emaranhados para chegar à entrada do depósito. Naquela idade, até mesmo ficar de joelhos era um esforço terrível. *Pode ser que eu nunca mais consiga me levantar*, pensou ele amargamente enquanto se arrastava lentamente através do densos e espinhosos arbustos. Três metros para frente, viu o familiar montinho coberto de sarça e hera. Por sorte, lembrou-se de levar suas grossas luvas de borracha e um pequeno pé-de-cabra. Limpando o topo do alçapão, forçou a porta a abrir, centímetro a centímetro, até poder levantá-la e firmá-la de pé. Então virou, ainda de quatro e voltou de costas até o buraco para descer a escada se apoiando. Até alguns anos atrás, Memling podia caminhar até a porta do alçapão, levantá-la com as duas mãos e descer os degraus olhando para frente. Agora não confiava nem nas pernas nem em seu equilíbrio. Ocorreu-lhe que poderia simplesmente atear fogo ao próprio corpo dentro do depósito, seria mais prático e eliminaria, ao mesmo tempo, as provas e o criminoso. Mas Memling sonhava com um funeral grandioso. Já havia reservado a sinagoga liberal judaica, mas andava pensando nas Barry Rooms da National Gallery ou talvez no Guildhall. Desconfiava que o primeiro-ministro iria querer dizer algumas palavras. Sem dúvida, o Rabino Chefe ministraria a cerimônia.

Memling dava cada passo com cuidado – sabia que eram trinta antes de chegar ao fundo. Depois de descer, tateou no escuro as saliências de tijolo, à procura das lanternas que deixava preparadas. Já tinha pensado em passar um cabo de energia da casa até o depósito, mas ficaria muito evidente. Acendeu, então, a lanterna, e direcionou o poderoso feixe para um estreito corredor. Ele e seus colegas acertaram ao escolher aquele lugar, não havia nenhum sinal de umidade mesmo com as recentes chuvas fortes. Vinte passos depois, chegou à primeira sala. Medindo seis por seis metros, estava lotada de pinturas do chão ao teto, cada uma em sua própria caixa marcada com o nome do artista – ele deu uma olhada em uma das fileiras: Donatello, David, Degas, Daumier, Delacroix, Denis, Domenichino, van Dyck e Dürer. E pensar que havia muitas que ele nunca tinha aberto. Estimava-se que mais de quarenta mil obras de arte ainda estavam desaparecidas após os saques nazistas – Memling desconfiava que ainda devia haver 84 ou 85 ali no depósito. Ao longo dos anos, ele vendeu outras 65. Caminhou até a próxima sala – era ainda maior: Maretti, Matisse, Martini, Matsys, Michelangelo, Nattier, Oudry e Parmigianino. Depois dela, havia um tesouro extraordinário: a Sala Âmbar – 45 metros quadrados de maravilhosos painéis pesando mais de seis toneladas. Conhecida como a Oitava Maravilha do Mundo, foi feita para um rei prussiano na virada do século XVIII. Memling foi um dos encarregados de seu transporte vindo de São Petersburgo – ele e seus colegas trabalharam em silêncio, completamente deslumbrados. A obra tinha sido presenteada a Pedro, o Grande, quando os dois países eram aliados, mas era uma obra-prima alemã e devia voltar à sua pátria.

Memling acariciou os painéis delicados com as pontas dos dedos. Quando iluminou a sala com sua lanterna, o tom âmbar brilhou como uma fornalha, a luz dançando pelos painéis e refletindo nas delicadas gravuras douradas. Resgatar a Sala Âmbar do castelo de Königsberg tinha sido a maior realização de sua vida. Sabendo que o local estava prestes a ser atacado, levou um grupo de homens para tirar os caixotes dos painéis de lá. Trabalharam arduamente a noite toda com apenas algumas mulas e uma frágil carroça, então requisitaram um trem para cruzar a Alemanha com as peças até a Baviera. Quando souberam que o castelo de Königsberg tinha sido bombardeado e reduzido a pó, Memling e sua equipe decidiram não falar nada sobre sua missão bem-sucedida – quanto menos pessoas soubessem, melhor. *Agora minha própria filha quer que eu destrua as coisas que arrisquei a vida para salvar*, pensou Memling, enquanto iluminava o depósito. Saber que ajudou a preservar aqueles grandes tesouros para as gerações futuras fazia Memling sentir que sua vida teve algum valor, que serviu de alguma coisa.

Memling pensou na bondade de Esther Winkleman, que tinha pena da criança maltratada, mesmo ele sendo filho de um homem que odiava sua raça e sua família. Ela compartilhou sua pouca comida, o educou, e, sem querer, lhe proporcionou as habilidades que o ajudaram a sobreviver e prosperar. É claro que aquela mulher nunca poderia saber que salvaria o filho de outro homem e não o seu. Iluminando o retrato de uma jovem pintado por Leonardo – mais uma amante de seu mecenas, o Duque de Milão –, ele pensou no Watteau, a personificação pictórica de diversas mulheres como aquela.

Seus gostos haviam evoluído ao longo dos anos. Ele gostava de rearrumar as obras na mina como um minimuseu pessoal, trazendo pinturas específicas para a frente das pilhas, de acordo com seu humor ou da ocasião. Para Memling, os grandes artistas tinham o poder da adivinhação e podiam prever e traduzir até mesmo as menores penúrias humanas. No vasto museu que era a vida, havia pinturas para todas as situações. Nenhuma emoção, por mais trivial ou delicada que fosse, era considerada pequena ou grande demais. A genialidade dos artistas ia além da compaixão ou da empatia; as obras-primas podiam inspirar e transmitir diferentes emoções. Quando jovem, Memling não suportava nada que fosse sentimental e valorizava cenas sanguinolentas mais que a beleza. Adorava *Judite e Holofernes*, de Caravaggio – recentemente vendido à sra. Appledore –, que sugeria que a violência, se motivada por questões pragmáticas, era aceitável. Pensou em uma paisagem de Claude, cuja cena bucólica podia acalmar qualquer mente perturbada, ou no estadista de Bronzino, cujo aspecto imponente inspirava liderança e valentia.

Após o falecimento de Marty, Memling se trancou no depósito por cinco dias e cinco noites. Levou água, mas não comida, e pretendia morrer lá, mas seu espírito desesperado foi resgatado por uma Madona de Duccio, cuja demonstração de doçura em meio a seu próprio sofrimento o encorajou a voltar à vida. Quando estava apaixonado por Marianna, Memling deixava os Renoirs e Del Sartos na frente; a ternura que emanava daquelas mulheres combinava com seu estado de espírito. Mas nenhuma obra se comparava a seu pequeno Watteau – aquele extraordinário trabalho sintetizava a agonia e o êxtase do amor.

Aquelas obras imortais, aquelas sensíveis representações da condição humana universal, foram as maiores fontes de alegria e conforto de sua vida. Se cumprisse o pedido da filha de as destruir estaria privando as gerações futuras do consolo que ele não apenas desfrutou, mas do qual também dependia para viver.

Memling olhou ao redor do depósito e não conseguiu reunir a coragem de cometer a atrocidade à qual se resumia o pedido de Rebeca. Pegando sua lanterna, deu um último adeus à sua coleção particular. Subiu com dificuldade os degraus estreitos e saiu ao sol, fechando a porta do alçapão e cobrindo-a com terra e galhos, então agachando-se dolorosamente, arrastou-se de volta pelos arbustos e desceu a colina.

Ao chegar à fazenda, Memling pegou um fósforo e ateou fogo a um monte de trapos e gravetos que empilhou no meio da sala. Observou por um tempo as pequenas chamas lamberem o material, bruxuleando. Então foi até a sala ao lado e derramou mais combustível na velha mesa da cozinha, nas cadeiras e pelas cortinas esfarrapadas de antes da guerra. Ele sabia que não fazia sentido atear fogo a uma fazenda abandonada, mas pelo menos poderia fingir para Rebecca que parte de suas instruções haviam sido cumpridas. Sem dúvida, a polícia local iria investigar e concluiria que um grupo de vândalos tinha sido responsável pelo incêndio. Ao conferir os registros, verificariam que a casa e os hectares em volta pertenciam a uma empresa registrada em Buenos Aires e passariam muitas horas frustrantes tentando rastrear o proprietário. Memling tinha criado uma série de empresas-fantasmas, um rastro que levava de Buenos Aires às Ilhas Cayman, então a Guernsey e às Bermudas e de volta à América do Sul. Um dia, muito depois da morte de Memling, as autoridades locais iriam desistir de procurar, requisitar o terreno e vendê-lo. Ele esperava que os novos donos ficassem encantados ao descobrir um depósito de grandes obras-primas sob sua propriedade. O único pesar de Memling era não estar presente para ouvir as especulações sobre como aquelas obras tinham ido parar em uma mina subterrânea desativada há tanto tempo e se alguém sabia que estavam ali. Como ele sempre usava luvas para examinar as obras, nem mesmo o cientista forense mais inteligente seria capaz de encontrar amostras de DNA.

Memling saiu com o carro, olhando de vez em quando pelo espelho retrovisor para a fumaça negra subindo à distância. Na estrada principal, verificou se não havia outros carros por perto, e, quando teve certeza de que que ninguém tinha visto seu Fiat Panda sair da trilha de terra, entrou na estrada e voltou para o aeroporto. Em menos de quatro horas estaria em casa. Quando voltasse, esperava ouvir que seus problemas com a pintura desaparecida e o maldito do Trichcombe Abufel já tinham sido devidamente solucionados. Então tomaria uma grande dose de uísque e iria cedo para cama.

Embora Trichcombe não visse o sobrinho há quase vinte anos, às vezes mandava cópias de seus manuscritos para Maurice em sua casa geminada em Mold, no País de Gales. O historiador da arte se sentia melhor sabendo que havia uma cópia impressa de seu trabalho guardada em segurança em um pequeno sótão de sua terra natal. Duvidava que Maurice se desse ao trabalho de abrir os envelopes, mas pelo menos seu sobrinho fazia a gentileza de acusar o recebimento com um cartão postal. Alguns dos alunos de Trichcombe riam desses impulsos luddistas, incentivando-o a usar o armazenamento em nuvem ou um HD externo. Trichcombe sorria e ignorava suas sugestões.

Naquele dia enviou uma cópia do documento para Maurice por carta registada. E até telefonou para pedir-lhe que ficasse atento à chegada do correio. A esposa de Maurice, Della (ou seria Delia? Trichcombe nunca lembrava) ficou irritada.

— Terei de ir ao correio receber isso? — perguntou ela.

Trichcombe podia ouvir sua voz ofegante; já era gorda no dia do casamento e, àquela altura, provavelmente devia ser obesa. Imaginou-a caminhando com dificuldade pela rua, parando para recuperar o fôlego nos cruzamentos, até chegar ao correio local, as coxas roçando uma na outra, gotas de suor se acumulando entre as dobras de gordura, o joanete doendo.

— Normalmente não pediria um favor tão imensurável, querida Della — disse ele suavemente.

— Delia — corrigiu ela.

— Delia. Este é o documento mais importante que já escrevi. Se algo acontecer comigo, certifique-se de que isso chegue à polícia, minha querida.

Delia quase riu; o que a força policial local faria com as reflexões de um velho historiador acerca de um artista morto há muito tempo? Com certeza não tiraria a paciência deles com nada escrito por Trichcombe. O tio de seu marido era uma anomalia na família – um acadêmico. Pensar nessas cinco sílabas fez Delia pegar um cigarro... que tipo de vida era aquela? Sempre enterrado entre livros e no passado. A vida era para ser vivida e só se vivia uma vez, como Maurice costumava dizer.

— Dahlia, querida... você ainda está aí? — perguntou Trichcombe, incomodado.

— É Delia. Não se preocupe... vou pegar seu pacote — respondeu ela, tragando profundamente o cigarro.

Trichcombe esperou até a van dos correios chegar e viu sua cópia desaparecer em um grande saco cinzento. Esperou até a van dobrar a esquina antes de voltar ao seu apartamento. Havia esperado 42 anos para se vingar de Memling Winkleman... 42 longos anos. E agora, finalmente, depois de toda aquela detalhada e exaustiva pesquisa, ele ia conseguir. O peixe tinha mesmo mordido a isca. Mais tarde naquele dia, Trichcombe se encontraria com o editor da *Apollo* – a revista não tinha uma grande tiragem, mas alcançaria todas as pessoas importantes no mundo da arte e, depois disso, a notícia chegaria a toda a imprensa. Mais uma vez, Trichcombe decidiu não enviar sua preciosa pesquisa pela internet – era mais seguro entregá-la pessoalmente.

Provavelmente vou aparecer até no noticiário, pensou Trichcombe. Era quase certo. E inventariam um apelido batido como "caçador de nazistas" em vez de referirem-se a ele como "historiador de arte". Ele se perguntou se Delia veria a matéria – se continuaria com aquele tom arrogante tipo "vai logo, velho" quando ele ligasse da próxima vez. Talvez fizessem um filme, seria sua chance de escrever um livro que vendesse mais do que algumas centenas de cópias. O desempenho do seu último trabalho, *Les Trois Crayons de Antoine Watteau*, tinha sido decepcionante, vendendo apenas 124 exemplares. Trichcombe se perguntou como este livro se chamaria – *A Im-*

probabilidade do Amor, talvez, como o título da pintura. Ou *Uma Questão de Atribuição*? Ou *Proveniência*, ou que tal *A Beleza e o Nazismo*? Trichcombe estava tão perdido em seus pensamentos que não percebeu os dois homens à espreita na entrada de seu prédio. Virou a chave na fechadura, empurrou a porta e, para sua surpresa, sentiu uma picada no pescoço. Ao virar viu um homem, baixo, corpulento e moreno, a maior parte do rosto coberta pelo chapéu e uma grande seringa na mão. Trichcombe tentou gritar, mas de repente apareceu outra mão com um pano grosso e ele se sentiu estranhamente zonzo, suas pernas cederam e se viu de encontro às escadas. Seu último pensamento foi acerca de um retábulo de Piero Della Francesca, *A Flagelação de Cristo*, visto pela última vez em Urbino quando ele tinha 21 anos.

CAPÍTULO 32

O conde Beachendon estava sentado sozinho na pequena cozinha do porão de sua casa em Balham, olhando para uma grande mancha de umidade na parede. Ele tinha certeza de que ela havia aumentado consideravelmente desde a noite anterior. No início do ano, parecia pequena e inofensiva, do tamanho de uma moeda de cinquenta centavos, mas foi aumentando ao longo dos últimos meses e agora parecia um leitão sem cabeça saltando sobre um pedaço de pão meio comido. *Em breve*, pensou de maneira melancólica, *vai parecer um cavalo passando por cima de um bote salva-vidas.* O conde não podia pagar alguém para investigar o aumento da umidade, muito menos um pedreiro para fazer o conserto. *Pergunto-me quem vai durar mais, a mancha de umidade ou eu*, pensou ele.

Alguns meses atrás, o conde ainda recebia o *The Times*, mas isso já não fazia mais parte da sua realidade – assim como os ovos orgânicos, vinhos caros e lavagem a seco –, numa tentativa interminável e aparentemente inútil de reduzir o orçamento familiar. As ladies Halfpennies podiam muito bem abrir mão de novos pares de meias-calças que custavam o equivalente à mesada de uma semana inteira – de que adiantava comprar mais se desfiavam logo? Quanto ao seu herdeiro, Lorde Draycott – o conde estava perdendo as esperanças de que o jovem cheio de espinhas algum dia vencesse na vida –, ele devia ter nascido no final do século XVIII, quando os Beachendons tinham dinheiro para jogar pela janela, propriedades a perder.

O conde abriu a geladeira em busca de um lanche antes do jantar – ainda faltavam pelo menos quatro horas até a próxima refeição. Quatro potes de creme facial, um pouco de queijo *cottage* e três iogurtes com baixo teor de gordura o encaravam daquele abismo branco e gelado. *Sua salvação eram os jantares de negócios*, pensou Beachendon melancolicamente. No dia anterior, tinha sido pego surrupiando alguns pãezinhos – não se importava que os colegas pensassem que era guloso, desde que não soubessem que os quinze pães enfiados em sua pasta eram para saciar seis bocas famintas em casa. "O homem que não conseguia alimentar sua família" – Beachendon não conseguia imaginar um epíteto mais vergonhoso em sua lápide. Havia falhado em cada uma de suas tentativas de atrair um grande colecionador ou coleção para a casa de leilões. Sem um bônus por desempenho, seu miserável salário mal cobria as despesas básicas, muito menos as meias de nylon.

Beachendon pegou um pãozinho velho do buffet do dia anterior. Não tinha manteiga, mas ele encontrou uma velha compota de ameixa no fundo do armário. Tinha uma grossa camada de mofo por cima, o suficiente afastar as mulheres da casa. Abrindo um jornal gratuito, foi logo para as páginas de obituário, para ver se havia algo de interessante deixado pelos falecidos: alguma propriedade, talvez uma relíquia de Gainsborough ou, se tivesse muita sorte, uma incrível coleção de arte apaixonadamente reunida durante a vida de um homem e da qual os herdeiros queriam se desfazer rapidamente. Era tão chato que as pessoas estivessem vivendo mais – *maldita medici-*

na moderna, pensou Beachendon. No passado, um duque batia as botas a cada sessenta anos; agora os nobres viviam em média oitenta anos. Beachendon tinha um caderninho em que anotava os que estavam prestes a morrer. Quando a morte era anunciada, ele escrevia uma carta longa, floreada e absolutamente insincera aos parentes, infiltrava-se no funeral e esperava que lhe confiassem a avaliação de bens assim que o corpo estivesse suficientemente frio. Infelizmente, nos últimos tempos, muitos abutres do mundo da arte sobrevoavam os túmulos. Na semana anterior mesmo, esteve no funeral da viúva de um artista expressionista abstrato não muito importante. Para seu espanto, viu os diretores dos principais museus nacionais britânicos e americanos, três colegas de casas de leilões, não menos do que sete marchands e, sentado junto à família no banco da frente, um certo advogado da Narrahs, Shattlecock & Beavoir. *Lembrete mental*, pensou Beachendon, *levar o advogado para almoçar, tomar chá e jantar.*

A única morte notável naquele dia era a do velho historiador de arte Trichcombe Abufel. Os olhos de Beachendon correram até o final do obituário para encontrar a causa da morte. Um ataque cardíaco. *Que sem graça*, pensou. "Trichcombe Llewellyn Abufel, de Mold, Gales, foi um distinto historiador de arte do século XVIII, que escrevia sobre o rococó com o mesmo estilo com que exibia um lenço de seda no pescoço", leu Beachendon. Mas que frase estúpida... o que o escritor estava tentando fazer? Desacreditar completamente o homem? "O sr. Abufel escreveu vários livros interessantes sobre grandes assuntos, como *Watteau; Amor cortesão na época de Luís XIV; A interação entre gravuras, desenhos e pinturas* e *Les Trois Crayons de Antoine Watteau.*" E quanto à sua obra-prima, sua monografia sobre Antoine Watteau, que continuava sendo o principal texto de referência sobre o artista... não merecia uma nota, uma pequena menção? "Trichcombe Abufel permaneceu resolutamente independente durante sua longa carreira, sem nunca assumir um cargo importante em um museu ou uma cátedra em qualquer universidade, preferindo trabalhar sozinho." *Mas que besteira*, pensou Beachendon, *ele trabalhou lado a lado com Memling Winkleman durante dez anos, levando imenso renome intelectual à galeria. Muito estranho isso não ter sido mencionado.* "A contribuição de Abufel para a discussão acadêmica sempre foi cuidadosa, ponderada e seus argumentos expostos com apaixonada eloquência." Beachendon se perguntou o que seu próprio obituário diria: "Leiloeiro que levou a família e a empresa à falência".

Terminada a leitura da parte séria do jornal, Beachendon passou para as novidades e fofocas. Embora nunca tivesse ouvido falar da maioria daquelas pessoas, não resistiu a examinar algumas fotos de uma estrela pouco conhecida chamada Kelly, que posava de biquíni para mostrar que tinha voltado ao corpo de antes da gravidez. A princesa Fulana de Tal parecia estar fazendo sexo oral em um sorvete. Uma nobre de menor importância flagrada agarrando o namorado de sua melhor amiga, em frente a uma boate em Havana. Um jogador de futebol que foi visto bebendo na véspera de um jogo importante da liga. *Ah, que vidas mais interessantes*, pensou Beachendon.

Já ia subir as escadas para tomar seu banho noturno quando uma pequena manchete chamou sua atenção: "A pintura, a bêbada e o dono do bar". Beachendon olhou para a foto de um bar em Spitalfields, The Queen's Head, e para o proprietário rotundo com uma pequena pintura na mão. Ao lado, havia uma fotografia borrada de uma mulher de meia-idade toda descabelada sendo colocada na parte de trás de um furgão da polícia. Beachendon olhou mais atentamente a pintura. Era difícil dizer, já que a imagem estava pixelada – provavelmente era uma cópia barata, o tipo de coisa que se compra em suplementos de um jornal. Ele leu o artigo. Uma senhora aparece sem dinheiro em um bar e tenta convencer o barman a aceitar uma pintura como garantia enquanto espera um amigo chegar. O barman, Percy

Trenaman, que entende um pouco de arte, acha que "é uma bela obra do período barroco" e aceita a proposta da mulher. Cinco horas depois: nenhum sinal do amigo e agora a conta dela já está enorme. O patrão de Percy Trenaman, Phil, volta, demite o barman na hora e chama a polícia. Agora, a pintura e a tal bêbada estão sendo mantidas como cortesia de Sua Majestade na cela de uma delegacia em Paddington. "Não me interessa se é a droga de um Da Vinci", diz Phil ao repórter, "as pessoas devem pagar por suas bebidas no meu estabelecimento". *Se a vida fosse tão simples assim*, pensou o conde Beachendon, *eu poderia levar algumas telas antigas para a John Lewis ou o Waitrose ou a Berry Brothers. Não é uma má ideia, na verdade.* Então, deixando o jornal na mesa, levantou-se dolorosamente da cadeira e subiu para o banheiro.

Quatro noites após o jantar, a vida de Annie voltou a uma rotina previsível. Os Winklemans quase não apareciam e, quando era o caso, pediam que deixasse seu peixe cozido no vapor no armário aquecido. Sem coragem de enfrentar os dramas da mãe e com medo de que ela tivesse deixado de ir ao AA, Annie dormiu na cozinha da galeria por três noites seguidas. Finalmente, percebendo que não podia evitá-la para sempre, voltou para casa. No final da rua, decidiu adiar o confronto com Evie um pouco mais e parou em um bar onde pediu um Campari com soda. Era uma bebida que a fazia lembrar do verão, de férias e de ser jovem, de estar sentada em uma *piazza* na Itália ou em uma praia na Espanha, não era o tipo de bebida para se beber numa pocilga em Hammersmith em uma tarde chuvosa de abril. Mas como aquela semana marcava o início de sua nova vida, Annie decidiu tomar um coquetel diferente em um horário inusitado para comemorar. Em uma sacola plástica ao seu lado havia um vestido novo – o primeiro que comprava em mais de seis meses –, e um rádio – parte de sua missão para recuperar a voz.

Com o olhar fixo na profundidade cor-de-rosa da bebida, Annie lembrou do bar que frequentava antigamente, o Fox and Hounds, em Devon, e de seus clientes de costume: Ted, o empreiteiro; Joe, o pastor; Ruby, da loja da esquina e Melanie, a esposa do dono do bar. A conversa com eles era sempre reconfortante e circular, sem necessidade de um começo, meio ou fim, já que com certeza os encontraria quase todas as noites daquela semana – daquele ano, provavelmente. Hesitantemente, deixou seus pensamentos se desviarem para Desmond, e visualizou-o no Hounds, tomando a bebida de sempre, uma caneca de cerveja 6x com um pacote de batatas sabor queijo e cebola. Ele daria a volta pelo salão cumprimentando a todos da mesma maneira: "Tudo bem, Joe? Tudo bem, Ruby?" até terminar e, depois, se sentaria em seu banco perto do bar com a sua cerveja. Desmond levava a sério seus rituais cotidianos. Para sua surpresa, Annie conseguiu pensar nele com distanciamento, e havia algo mais, um sentimento novo – uma sinceridade, um realismo sobre o relacionamento dos dois. Via agora que, durante a maior parte de sua vida adulta, esteve presa ao planeta Desmond, em um mundo governado pelas regras, costumes e sensibilidades dele. Para a Annie mais jovem e frágil, isso era reconfortante e até necessário. Mas, à medida que foi ficando mais velha, começou a se sentir sufocada. Com o fim do relacionamento, Annie tinha ficado livre para levar um tipo diferente de vida, uma vida sua e não dele. De repente percebeu, espantada: no fundo, devia agradecer a Desmond por ter terminado com ela.

Então Annie pegou um caderninho e uma caneta e finalmente começou a dar atenção às mensagens e ligações em seu celular. Havia quinze agora, mais duas de Delores sobre a pintura. Havia três de Jesse, em que pedia, de maneiras diferentes, para voltar a vê-la. A mensagem mais surpreendente era a de Agatha dizendo que a Winkleman Fine Art estava oferecendo uma recompensa por um Watteau desaparecido. Annie supôs que Agatha devia ter se enganado.

As mensagens mais empolgantes eram de um jornalista do *Evening Standard*, que queria fazer uma matéria sobre o jantar de Annie, e uma da sra. Appledore, querendo saber se Annie poderia recriar o jantar no Museu de Artes Decorativas Francesas, em Nova York, no mês seguinte. Annie tomou todo o resto de seu Campari com soda de uma vez. Estava acontecendo, Annie mal podia acreditar em sua sorte.

O telefone de Annie tocou novamente – um número bloqueado. Já estava na hora de voltar ao mundo real. Ela atendeu, hesitante.

— Alô.

— Srta. Annie McDee? — perguntou uma voz.

— Sim.

— Aqui é da delegacia de polícia de Paddington Green. Estamos com sua mãe aqui. De novo. — Era o mesmo policial da última vez.

— De novo? — Annie não conseguiu disfarçar o cansaço.

— Você pode vir buscá-la, por favor? — O policial parecia igualmente cansado. — Vai precisar trazer seu talão de cheques... o dono do bar está pedindo para ficar com a pintura como garantia pelos estragos causados.

— Que pintura? Que estragos? — perguntou Annie, embora pudesse imaginar do que ele estava falando.

— Ela trocou uma pintura por algumas bebidas, jurando que um amigo viria mais tarde. O amigo nunca apareceu, ela perdeu o controle, quebrou um espelho e alguns copos.

Annie voltou a se sentar. Tinha desfrutado menos de uma semana de sucesso, e agora aquilo.

— Você deve vir logo? — perguntou o policial.

— Não... não vou. Diga à minha mãe que não deve entrar em contato comigo. Cansei de suas mentiras e suas bebedeiras.

— E a pintura, os estragos? — perguntou o policial.

— Isso é entre o dono do bar e ela. No que me diz respeito, nunca mais quero ver nenhuma das duas novamente. Obrigada. — Annie desligou.

Esperava sentir-se livre – finalmente havia deixado de amparar a mãe –, mas não foi tomada pelo triunfo nem pelo alívio esperados. Sentia-se apenas terrivelmente triste. Annie já tinha passado tempo demais se preocupando com Evie, vendo a mãe desperdiçar a própria vida.

Annie pegou suas sacolas e levou o copo vazio até o balcão. Sabia que, independente do tempo e distância que colocasse entre si e Evie, nunca escaparia das lembranças, nunca seria capaz de atender o telefone sem temer pelo pior. Mas tinha uma oferta de trabalho em Nova York. Quem sabe uma coisa levasse à outra, e ela pudesse começar uma nova vida nos EUA? De repente se sentiu animada com a ideia. Não tinha nada que a prendesse a Londres – além de um emprego que não gostava e um apartamento que para ela era indiferente. Caminhando pela Uxbridge Road, Annie decidiu o que fazer: entregaria sua carta de demissão e aceitaria a oferta de trabalho em Nova York.

O processo de destruir as partes incriminatórias dos arquivos da galeria Winkleman estava demorando mais do que Rebecca esperava. Ela havia comprado duas picotadoras de papel de tamanho industrial e trabalhava discretamente durante a noite, após o horário comercial. Nesse ritmo – e considerando que eram mais de vinte grandes livros contábeis com encadernação de couro e 69 baús de arquivos – por enquanto ela só havia destruído as provas de um ano: 1946. Como Memling tinha ido diversas vezes à mina na Baviera, Rebecca precisaria verificar e cruzar as informações com três fontes diferentes para saber com certeza que obras tinham vindo do estoque de guerra e quais tinham sido obtidas legalmente. A maioria das pinturas era inteiramente legítima, com registros claros de onde tinham sido compradas, das mãos de quem, com que finalidade, e com registros igualmente detalhados de suas vendas. Memling era muito meticuloso, registrava todos os detalhes: as pequenas salas de leilão, os nomes dos licitadores que não conseguiram comprar a obra, o leiloeiro, as contas bancárias utilizadas, as molduras e os montantes gastos com restauração e transporte.

Em um arquivo no cofre, ela encontrou registros de todas as viagens de Memling. Rebecca viu que, em 1946, seu pai fez várias viagens à Baviera, três para Munique, uma para Viena e quatro para Buenos Aires. Alguém havia testemunhado essas viagens ou sabia de seu propósito? Ela olhou para seu presente de aniversário de 21 anos, o pequeno quadro a óleo de Rafael, e depois para o presente que o pai tinha lhe dado quando Grace nasceu, uma magnífica pintura de Klimt que agora valia mais de doze milhões de libras. Será que ele tinha comprado essas duas ou também haviam sido roubadas?

Rebecca pensou nas famílias que tentavam desesperadamente recuperar obras de arte. Quase todos os dias uma história comovente saía nos jornais. Uma família, os Silvermans, que no passado tinham sido ricos e poderosos burgueses da Alemanha, acabaram seus dias vivendo de benefícios da assistência social em Grimsby. Manny Silverman ainda era vivo, tinha 98 anos e os movimentos prejudicados pela artrite, mas ainda esperava recuperar pelo menos uma das pinturas desaparecidas de sua família. O mais modesto Modigliani, pintura menos valiosa de Manny Silverman, garantiria a seus netos uma pequena anuidade, uma vida com menos privações. Manny tinha encontrado alguns de seus bens – dois em galerias alemãs, quatro em museus russos –, mas nenhum dos dois países estava disposto a devolver sua herança. A guerra terminou, mas as batalhas continuavam, percebia Rebecca. Para seu alívio, ninguém havia reivindicado a restituição das pinturas vendidas pelo pai. *Talvez ela pudesse usar os milhões de sua família para ajudar os necessitados*, pensou Rebecca, *para aliviar sua consciência.*

Enquanto tentava estabelecer a procedência de outra obra, um Tiziano, Rebecca teve uma ideia. Registrado na galeria em

1962, estava descrito como *Homem com Peles*. Não tinha nenhuma procedência registrada e as reveladoras iniciais KH estavam marcadas ao lado. No entanto, em um livro contábil posterior, Rebecca encontrou outro Tiziano intitulado *Homem com Arminho*: medidas idênticas, composição semelhante e procedência bem clara. Seria a mesma pintura sob um nome diferente? Seu pai teria falsificado o título e a origem das obras?

Rebecca riu... Como podia ser tão lenta, tão ingênua? Falsificar documentos era um absurdo para uma historiadora de arte experiente como ela, mas se ia entrar naquele esquema ardiloso para encobrir uma das maiores fraudes na história do mundo das artes, estava na hora de parar de pensar como acadêmica e começar a agir como uma criminosa. Muitos marchands, proprietários e até mesmo museus modificavam regularmente históricos de propriedade – ela podia fazer o mesmo com o Watteau e criar uma trajetória inteiramente fictícia que levasse para outra direção, para longe da galeria. Seria fácil fabricar uma procedência para tirar a pintura do cenário da Segunda Guerra Mundial, falsificando documentos e registros para parecer que a pintura tinha sido encontrada em um castelo escocês ou na casa de um inescrupuloso magnata americano. Agora que Trichcombe não era mais um problema, e seu telefone, computador e outros registros tinham sido destruídos, quem poderia ligar a pintura ao jovem oficial da SS através do prédio em Berlim? Mesmo que alguém localizasse Frau Goldberg, ela já não tinha mais a fotografia incriminatória. Então Rebecca teve outra ideia. A empresa possuía vários Watteaus, todos comprados de forma legítima: ela só precisava substituir os registros de um quadro que tivesse tamanho e tema parecido pelos da pintura do "Amor".

Desta vez, Rebecca foi ao armário de bebidas e abriu uma garrafa do Cristal Vintage – finalmente tinha algo para celebrar. Levou a taça de volta para o cofre e pegou os registros relativos aos outros Watteaus da família. Havia dezessete desenhos e, embora nenhum deles fosse adequado, ela fez uma cópia rápida da procedência de todos em seu smartphone. Havia um grande quadro a óleo comprado no início daquele ano, na Sotheby's, mas ela o descartou, já que seu tema – uma festa musical –, estava muito bem documentado. Memling havia adquirido outra pintura na década de 1970, *Soldados em Valenciennes*, uma obra pintada pelo jovem Watteau, mas o tamanho e o tema também não batiam. Outra possibilidade era *A Rejeição*, comprado em 1951 e ainda no depósito da empresa.

Rebecca conferiu o histórico do *A Rejeição*. O marquês de Jumblie comprou-o em Paris em 1869 de uma venda realizada da coleção do duque de Pennant. Pennant, por sua vez, comprara-o de Lorde Cuddington, que o adquirira diretamente do legado de Madame de Pompadour, em Versalhes. Rebecca fechou o arquivo e, erguendo a taça, brindou à memória da amante de Luís. Tudo o que precisava fazer agora era destruir *A Rejeição* e trocar as duas procedências. Parecia bárbaro queimar uma pintura que valia de cinco a oito milhões de libras, mas era um pequeno preço a se pagar para preservar a reputação da família.

Os pensamentos de Rebecca voltaram-se para Annie. Ela sabia de alguma coisa ou tudo não passara de uma bizarra coincidência? Havia alguma chance de Carlo ter descoberto o passado de Memling e encarregado a chef de encontrar evidências incriminatórias? Rebecca descartou rapidamente esta teoria. Seu marido estava fortemente implicado em atividades fraudulentas. A outra possibilidade era que Annie tivesse descoberto tudo sozinha. Rebecca pegou, então, um fichário e examinou rapidamente o dossiê da cozinheira. De acordo com um relatório encomendado às pressas, mas aparentemente bem detalhado, Annie era exatamente o que afirmava ser: a filha de uma alcoólatra, que tinha sido dispensada sem cerimônias pelo namorado de longa data e se mudado para Londres em busca de uma nova vida. O investigador particular havia analisado todos os extratos bancários e registros telefônicos de Annie nos últimos cinco anos e não encontrou nenhum pagamento estranho, nenhum número suspeito. *Mas que vida patética*, pensou Rebecca. Bancar a escrava de um homem, ser dispensada, perder o próprio negócio e ser obrigada a tentar a sorte como chef, condenada a preparar peixe no vapor todos os dias.

Ao ver as imagens da câmera de segurança que mostravam Annie deixando o brechó, um novo pensamento cruzou a mente de Rebecca. Entrou na base de dados das câmeras de sua própria empresa e escolheu um dia aleatório em que Annie tinha trabalhado. Rebecca viu as filmagens de Annie ao fogão, cortando e preparando os alimentos. Em seguida, avançou o vídeo para ver mais rápido diversos dias de Annie. A mulher sem dúvida tinha ética de trabalho – só deixava a cozinha para ir ao banheiro, nunca perdia horas nas redes sociais ou em sites de namoro. Rebecca continuou acelerando as imagens, mesmo sem saber direito o que estava procurando.

Então, por acaso, Rebecca viu Annie levando algo diferente para o trabalho; um pacote que parecia ter o mesmo tamanho da pintura desaparecida, dentro de uma sacola plástica. Annie colocou a sacola em uma das pontas do balcão da cozinha. Naquele mesmo dia, mais tarde, Rebecca se viu entrar na cozinha e revirar as gavetas de Annie. *E pensar que a pintura estava bem ali*, pensou. Avançou, então, as imagens dos dias seguintes – a sacola continuava no mesmo lugar. Rebecca não acreditava na ironia daquilo.

Na quinta-feira, Annie deixou o trabalho com a sacola plástica. Isso provava que ela não tinha ideia da importância da pintura que estava carregando. Se Annie tivesse a menor noção, não teria sido tão pouco cuidadosa. E se fosse uma investigadora profissional, jamais teria levado o quadro para a cova dos leões. Rebecca suspirou, aliviada. Tinha sido mesmo uma terrível coincidência.

Rebecca percebeu que bastava unir as imagens da câmera de segurança de uma maneira diferente para fazer parecer que

Annie havia roubado a pintura do depósito da Winkleman. Sem as provas de Trichcombe e a fotografia da velha senhora, sem os registros no arquivo da família, aquela obra pertencia legalmente à família Winkleman e havia sido roubada de seus cofres. Seria a palavra de Annie contra a de Memling – uma cozinheira temporária contra o sobrevivente do Holocausto que havia doado tantos milhões de libras para museus europeus nas últimas décadas.

O que o tribunal deduziria? Essa era fácil. Annie alegaria ter comprado a pintura por impulso em um brechó. Pode explicar onde ficava esse brechó? Pegou fogo depois disso, Meritíssimo. Sério? Que coincidência, não é mesmo? Sei que sim, Meritíssimo. Onde está o recibo da pintura? Não pedi – o proprietário estava com pressa para ir apostar em um cavalo. Você tem o hábito de comprar presentes sem pedir recibo? Você não é chef em tempo integral e costumava ter seu próprio negócio, certamente sabe a importância dos recibos para fazer sua declaração de impostos? Sim, Meritíssimo. A pessoa que lhe vendeu a pintura pereceu no incêndio, não é? Foi o que o policial me disse quando voltei à loja no dia seguinte. Então você estava na cena do crime no dia anterior *e* no dia do incêndio? Não é bem assim. Então como é? Foi uma coincidência, Meritíssimo, uma terrível coincidência. Também é uma terrível coincidência que haja imagens de uma câmera de segurança em que você aparece colocando um pacote que corresponde exatamente às proporções da pintura desaparecida, enfiada em uma sacola plástica, no balcão da cozinha? Meritíssimo, a mesma câmera mostrará que eu trouxe o pacote para o trabalho naquela manhã... eu tinha acabado de buscá-la na National Gallery com uma restauradora. Srta. McDee, a câmera de segurança não a mostra entrando no prédio com o pacote. Mas tem que mostrar, Meritísismo. Não, não mostra... todas as filmagens da câmera de segurança entre as sete da manhã e uma da tarde foram misteriosamente apagadas: a acusação alega que você pegou a pintura do cofre da Winkleman durante o intervalo do almoço e apagou os registros antes que alguém voltasse. Mas, Meritíssimo, não tenho ideia de onde fica o centro de controle das câmeras de segurança. O acesso ao cofre é limitado apenas ao sr. Memling e à sra. Rebecca... ninguém mais tem os códigos de acesso ou as chaves.

Na versão fantasiosa de Rebecca, o juiz dirigia-se ao policial de guarda e dizia: "Pode levá-la... quinze anos de prisão". Os jornais teriam um dia cheio – muitas matérias criticando o alcoolismo, muitas retratando-as como vigaristas, as novas Thelma e Louise. Quanto mais histórias, menos provável que a verdade aparecesse. Os fatos reais ficariam escondidos por uma cortina de fumaça de artigos sensacionalistas. Rebecca não sentia nenhuma culpa em mandar uma mulher inocente para a prisão. Era uma questão de sobrevivência dos mais fortes, de assegurar o futuro de Grace e a linhagem dos Winklemans. Rebecca compreendia o jovem Memling Winkleman melhor do que ele poderia ter imaginado. Outro pensamento cruzou a mente de Rebecca: ela devia leiloar a pintura e doar o dinheiro para alguma causa judaica – dependendo do valor alcançado, talvez pudesse criar um museu com o nome de sua mãe... Ela, sim, foi judia e perdeu muitos parentes no Holocausto. Não seria um movimento completamente cínico: o Centro Winkleman para os Sobreviventes.

Ao olhar para o relógio na mesa, Rebecca viu que eram três da manhã. Precisava de uma boa noite de sono para se manter alerta. Antes de deitar, decidiu caminhar pelo quarteirão para clarear a mente. Saindo na cavaliça atrás da galeria, Rebecca sentiu pequenas pontadas de excitação – as coisas seriam diferentes, muito diferentes. Pela primeira vez na vida, não estava assustada... Em vez disso, uma sensação de força e determinação tomava conta dela. Ao caminhar pela Curzon Street, olhou para um avião, sabendo que ele não iria cair do céu e esmagá-la. Um táxi veio em sua direção, mas desta vez não pensou que o motorista fosse perder o controle e atropelá-la. Começou a pensar em Grace – há alguns dias, Rebecca tinha passado uma noite inteira preocupada com o caso de sua filha com o russo, mas agora encarava a vida amorosa de Grace com distanciamento e até achava um pouco de graça.

Enquanto caminhava, Rebecca sentiu que brilhava, de tanta determinação. Até agora, não tinha definido um foco concreto para suas ações – ela queria criar a filha e escrever artigos acadêmicos respeitados, e não ser descoberta. De agora em diante, dedicaria a vida a garantir que a Winkleman Fine Art continuasse sendo uma das galerias mais proeminentes, especializada em pinturas dos grandes mestres.

Enquanto Rebecca seguia pela New Bond Street, vislumbrou seu reflexo numa vitrine: estava na hora de mudar o visual. Suas roupas e penteado eram da década passada e ela precisava ser notada como uma mulher de personalidade, ousadia e estilo. Viu em uma loja um suntuoso casaco de veludo vermelho e brocado de ouro e decidiu comprá-lo. Mudaria também a cor do batom do rosa claro para o vermelho e pediria a Grace para ajudá-la a escolher um novo penteado.

Na esquina, viu um cartaz anunciando o jornal da noite voando com a brisa fresca. A manchete chamou a atenção de Rebecca: "A pintura, a bêbada e o dono do bar". Então parou para olhar. Havia uma foto da pintura desaparecida. Rebecca sentiu o estômago embrulhar de medo – seria tarde demais? Pegou o celular, digitou o nome do pub e leu as manchetes rapidamente. Então virou para voltar depressa ao escritório. Aquela notícia podia ajudar a reforçar sua história contra Annie, mas havia trabalho a ser feito: ainda tinha de manipular as filmagens e eliminar alguns arquivos da família. Ela não dormiria até que todas as provas tivessem desaparecido e a pintura tivesse uma procedência completamente nova e plausível.

CAPÍTULO 33

Fui redescoberta! Estou incrivelmente satisfeita: depois de tantos anos como errante, é delicioso me banhar nos murmúrios dos elogios, da aprovação e no brilho da apreciação. Fizeram-me uma pequena limpeza e logo me deram uma moldura do período adequado. O leiloeiro, o conde Sei Lá das Quantas, está usando todos os truques do seu livro, todas as estratagemas de venda possíveis para promover meu leilão, que está marcado para acontecer em julho, daqui a dois meses. Equipes de garotas com terninhos justos acompanham os colecionadores e diretores de museus do mundo para ver *moi*. Há restauradores examinando cada fibra de minha tela. E também seguradores e banqueiros a postos, esperando para dar assistência a desesperados cheios de dinheiro ansiosos por possuir *moi*.

Tout le monde da arte estará lá e a maioria está prevendo um preço recorde. Todos sabem sobre *ma histoire*... minha ilustre sucessão de proprietários, *Les Amants du Monde*. De repente, graças a *moi*, a história está na moda. *Apparemment*, até os mais humildes estão falando sobre criatividade enquanto passeiam em centros comerciais e personalidades como Voltaire, Luís e Frederick são mencionados com a mesma frequência das estrelas de novelas. É de praxe o nome de Madame de Pompadour surgir no meio de uma conversa casual.

Septimus Ward-Thomas resolveu o enigma quando percebeu que alguém havia pintado sobre o rosto de Charlotte. Você nem pode imaginar a comoção e a agitação para decidirem se deviam ou não me restaurar. Até trouxeram psiquiatras e filósofos para debaterem qual seria o efeito daquilo na mente de Watteau. Eu queria gritar: o pintor está morto há quase trezentos anos!

Rebecca decidiu publicar os detalhes de minha fantástica história. Memling, em sua versão, era um pobre menino judeu que, ao contrário de toda a família, havia escapado por pouco da morte em um campo de concentração. Levando consigo a posse mais preciosa de sua mãe, um Watteau, ele havia se escondido em uma fazenda remota durante a guerra até seu resgate pelos Aliados em 1946, quando foi encontrado agarrado a *moi* como se fosse o cobertor de uma criança. Todos concordavam que era uma história boa demais para ter sido inventada. Só que, é claro, era exatamente esse o caso.

Há uma disputa pelos direitos cinematográficos.

Um homem peludo está fazendo um documentário para a BBC.

O conde encomendou minha biografia – já não era sem tempo – a um escritor elogiado, um artesão que é bom com palavras e melodrama. Ficará repleta de erros, é claro, mas será gratificante de qualquer forma. No momento estou pendurada com grande pompa na Houghton Street. Recebo mais visitantes do que um monarca morto. Formam-se filas. *Franchement.*

Dizem que no mês seguinte, sairei em turnê, como um general em campanha ou uma estrela do rock. Terei meu próprio avião, encarregados e guardas. Visitarei os Estados Unidos (a costa leste e oeste), percorrerei continentes, irei a Moscou, São Petersburgo, Tóquio e Pequim. Ninguém mais se importa com a Europa – está acabada. Nunca pensei que o Japão e a China compreenderiam a arte ocidental, mas não estou sempre certa. Um dia já achei que os russos fossem bárbaros. Agora que parei para pensar, ainda acho.

O catálogo para a venda será tão grande quanto a garupa de um cavalo – cheio de artigos eruditos, detalhes e fotografias. Haverá uma edição para colecionadores de cem exemplares em capa dura.

O Tate, a National Gallery, o Teatro Nacional e outros, em uma rara tentativa de harmonia cultural, se reuniram em uma curadoria em *hommage* à *moi* – vinte artistas contemporâneos, dramaturgos, cantores e sei lá mais o quê de reputação internacional estão criando peças inspiradas por *moi*. Essas obras serão leiloadas na noite da minha grande venda e os lucros também serão revertidos para o Centro Winkleman para os Sobreviventes. Desnecessário dizer que a sra. Winkleman receberá uma comissão sobre isso tudo. Ela vai receber 60% para cobrir perdas e danos (o que quer que isso signifique).

Mas há uma mácula terrível em minha paisagem: minha pobre Annie, que enfrenta a possibilidade de passar o resto da vida na prisão, acusada de roubo, incêndio criminoso e do assassinato do comerciante Ralph Bernoff. As "provas", gentilmente fornecidas pela sra. Winkleman, são aparentemente incontestáveis e incluem imagens de Annie perto da loja, imagens dela com a pintura, declarações de testemunhas, depoimentos juramentados – enfim, diversos elementos. Supostamente, ela se infiltrou na vida dos Winklemans, conseguiu chaves e senhas e roubou a pintura de seus cofres. Se eu não conhecesse a história, estaria completamente convencida. A mãe, que nunca perdia a oportunidade de fazer um drama, tentou se esfaquear diante de mim como uma forma de protesto. Fingindo ser uma visitante qualquer, pegou uma faca de pão e começou a se ferir, gritando: "Ela é inocente! Ela é inocente!". É claro que o conde adorou isso – mais publicidade, mais notoriedade. Pude ouvi-lo dizer a um assistente que o incidente fez meu preço subir mais oitocentos mil libras.

O que é mais triste é que ninguém tentou defender Annie. Um ex-amante cretino vendeu uma história para o jornal sobre os anos de terror que passara ao lado de Annie – aparentemente ela tentara roubar seu negócio e ele tivera de lutar para preservá-lo. A imprensa encontrou antigos colegas de escola de Annie que admitiram que havia algo de "estranho" com relação à menina e sua mãe: ela sempre estava sozinha, a mãe nunca aparecia na escola. A imprensa também descobriu que Annie e Evie mudavam de cidade com alguns meses de intervalo... o que levou a outra enxurrada de comentários sobre os problemas de ser mãe solteira. A srta. McDee se tornou de repente um exemplo perfeito para qualquer mal moderno ou questão social. A garota não tem a menor chance. O rapaz, a mãe e eu somos os únicos que seguimos convencidos de sua inocência – mas poderão uma obra inanimada e pessoas sem contatos importantes triunfarem contra adversários tão poderosos?

Quando se está neste mundo há tanto tempo quanto eu, você se familiariza com a desequilibrada balança da justiça. Penso especificamente na vida curta e trágica de meu mestre; a presença perpétua da saúde debilitada, o espectro da morte que pairava sobre ele e o arrancou do mundo mortal com apenas 36 anos.

Desde a morte patética e dolorosa do meu mestre, não me permitia desenvolver nem uma pequena dose de sentimentalismo por nenhum de meus proprietários. No entanto, há uma coisa com relação a essa jovem, Annie, sua vulnerabilidade, paixão, a essência de seu caráter, ao mesmo tempo frágil e forte, que se insinuou em minha trama.

Pelo menos, ela se tornou, ainda que por um curto período de tempo, parte de uma longa sucessão de extraordinários mecenas e colecionadores, parte de um ilustre grupo de grandes líderes, formadores de opiniões e intelectuais. Ela me teve nas mãos. Olhou em meu íntimo. E isso conta.

CAPÍTULO 34

Jesse juntou-se à longa fila de amigos e familiares em frente à prisão de Holloway. Era a terceira semana que ele ia até lá para visitar Annie e, desta vez, esperava poder vê-la. Até agora, ela havia recusado qualquer visita e estava sob vigilância 24 horas para evitar que se suicidasse.

Enquanto o mundo inteiro estava convencido da culpa de Annie, Jesse sabia que ela era inocente – mesmo o mentiroso mais experiente não conseguiria ter mantido aquela farsa. Além de Evie, ninguém mais partilhava de sua convicção. Ele tinha ido à polícia, solicitado depoimentos e declarações de Agatha, da National Gallery, e até mesmo dos comerciantes de quem Annie comprava regularmente – mas as provas contra Annie eram esmagadoras.

O sofrimento e os protestos de Evie acrescentaram mais teatralidade do que conteúdo. Jesse tentou explicar que Annie precisava criar um retrato de um histórico familiar problemático, e não de uma histeria exagerada. Evie tentando se suicidar em frente à pintura, atirando-se diante de um cavalo de corrida em Windsor ou se amarrando a uma grade perto da Downing Street só tinha atraído publicidade negativa. Por um tempo, a imprensa deu à mãe espaço nas publicações impressas e tempo na TV, ela era uma fonte inesgotável de novidades. Quando Evie mostrou aos repórteres o apartamento destruído de Annie, a maioria imaginou que ela o destruíra durante uma bebedeira. Mas logo a imprensa se cansou das alegações de Evie e, com o tempo, as loucuras que ela fazia não recebiam comentários nem no Twitter.

Após uma hora de espera, havia apenas duas famílias na frente de Jesse – uma mulher e os três filhos pequenos e um casal idoso, elegantemente vestido.

— Por que temos que voltar aqui? — queixou-se uma garotinha.

A mulher olhou para Jesse com tristeza.

— Posso dar um doce a eles? — perguntou a mulher mais velha, abrindo a bolsa e pegando um pacote de balas de menta.

A mãe deu de ombros como se tivesse deixado de se importar há muito tempo.

— De onde a senhora é? — perguntou o menino, abrindo o doce e deixando o papel cair no chão.

— Da Jamaica.

— Meu pai... meu pai verdadeiro... é jamaicano — disse o menino com orgulho.

— Você o vê?

— Não... ele deixou minha mãe. — O menino acenou a cabeça em direção à mãe. — Mas eu entendo por quê.

— Visitante, McDee. — O guarda abriu a porta de metal e olhou para Annie, que estava deitada de lado. — O mesmo homem, Jesse, ele veio ver você todos os dias nessas últimas três semanas.

Annie não se moveu.

— Dê uma chance para o cara — disse o guarda com mais gentileza. — Você precisa levantar de vez em quando.

Annie levantou-se. Seus membros tinham se enrijecido pela falta de uso. Seu cabelo estava gorduroso e preso atrás das orelhas. *Se Jesse me vir assim*, pensou, *isso vai afastá-lo de uma vez por todas.*

Ela não tinha dormido direito desde que chegou à prisão de Holloway. Não era só o constante bater de portas, os gritos e o falatório constante de suas colegas de cela, era também o pesadelo que se repetia todas as noites. Começa com Annie em casa, profundamente adormecida, então alguém começa a bater em sua porta, gritando:

— Abra! Polícia! Abra! — Ao abrir a porta, vê um homem e uma mulher com uniformes azuis.

— Srta. Anne Tabitha McDee? — pergunta o homem.

Annie faz que sim. Ela está confusa, sonolenta.

— Você está presa pelos crimes de roubo, incêndio criminoso e assassinato em primeiro grau. Tudo o que você fizer ou disser pode ser usado contra você.

Em seu sonho, Annie ri. Há algum engano, ela protesta, devem ter se confundido de pessoa. Os policiais balançam a cabeça.

— Você vem conosco agora.

A policial vigia Annie enquanto ela faz xixi e se veste.

Annie é levada de uma cela apertada para uma área de espera sem janelas na prisão de Holloway. Enquanto espera, visões de sua vida, boas e más, flutuam diante dela como padrões em um caleidoscópio, mas, quando tenta lembrar detalhes de qualquer situação específica, a imagem se evapora instantaneamente. Em seguida, o rosto de Rebecca ou de Memling aparece em seus sonhos, rindo alto e tão perto que tudo o que ela pode ver é o fundo escuro de suas gargantas.

Um guarda a deixa no banco de trás de um furgão com minúsculas janelas escuras e altas demais para que consiga ver alguma coisa. O carro sai em alta velocidade, serpenteando aos solavancos pelo trânsito. Annie se segura ao banco para não cair. Ela olha para o chão e vê que está coberto de vômito... dela. Em meio àquela gosma amarelada, vê os restos do banquete de Delores. Pequenas codornas, pedaços de patê, ovos e doze galinhas depenadas vestidas com trajes de arlequim flutuam no chão a seus pés. Ela tenta voar pela janela em direção ao céu azul de verão, mas as folhas das árvores são feitas de facas e forçam-na de volta. Barulhos ocasionais parecem ensurdecedores: um bebê gritando, a implacável batida de uma música em um carro próximo, buzinas e o guincho dos freios.

Por fim, o furgão desce por uma rampa. Annie é jogada para fora e treme enquanto caminha pela longa rampa e entra em outra sala abafada. Há outros homens usando macacões laranja e caras de poucos amigos.

— Você é aquela mulher... a assassina amante de arte — cantam em coro como numa ópera de Gilbert e Sullivan.

— Sou inocente, inocente — replica ela, cantando.

— Diga isso ao juiz e ao júri. Diga isso ao juiz e ao júri.

— Não sou culpada, não sou culpada.

Os homens entoam.

— Um crime é um crime é um crime. Você não é melhor do que nenhum de nós.

— Não pertenço a este lugar — canta Annie em meio à escuridão.

Ela é levada ao tribunal e é recebida por vários rostos familiares com expressões fechadas. Os professores da escola primária, garotas más que via nos recreios, Robert, o alemão "casual", os Winklemans e sua mãe.

Juntos eles entoam:

— Culpada, culpada, culpada.

Para seu horror, a acusação é liderada por Desmond, que segura um bebê na curva do braço.

— O que alega? — pergunta o juiz.

— Culpada, culpada, culpada — entoa mais alto o coro.

Annie olha para o juiz, esperando que ele demonstre alguma misericórdia, e descobre que está olhando para os olhos do palhaço triste de sua pintura.

— Levem-na — ordena o juiz.

O final é sempre o mesmo.

Jesse levou alguns segundos para perceber que a pessoa que arrastava os pés em sua direção era Annie. Seu olhar estava opaco; os membros, arqueados; o cabelo, oleoso... ar totalmente apático. Tinha perdido peso, e, pior ainda, parecia que haviam sugado toda sua força vital.

— Veio para rir da minha cara?

Jesse recuou.

— Não, claro que não.

— Ultimamente só os jornalistas pedem para me ver.

— Você sabe que não sou jornalista.

Annie sentou-se na mesa de fórmica, de frente para Jesse. À volta deles havia outras famílias e casais, mas Jesse só via Annie. Prendendo o cabelo escorrido atrás das orelhas, ela falou tão baixo que Jesse precisou se inclinar para ouvir o que dizia.

— Não consigo entender nada disso, Jesse. Nem mesmo meu advogado se interessa em ouvir minha explicação. Ele só fala em negociar uma confissão e atenuar a pena, sobre acordos e tempo por bom comportamento. Ele queria que eu colocasse a culpa em Evie, dizendo que eu era uma espécie de cúmplice e que ela estava usando o alcoolismo como disfarce. — Enquanto falava, Annie puxava pelezinhas em torno de suas unhas roídas.

— Sei que você não é culpada — disse Jesse com firmeza.

Annie olhou para ele.

— Nem eu tenho certeza mais. Passaram aquelas imagens das câmeras de segurança no noticiário... eu realmente pareço estranha e suspeita.

— Você não é culpada, Annie... Não pode esquecer disso.

— Seria preciso um milagre para convencer alguém.

Jesse estendeu o braço sobre a mesa para tentar segurar a mão de Annie, mas ela a afastou.

— A única maneira de aguentar tudo isso é me fechando... não pensar em nada de bom ou ruim, não ter lembranças ou sonhos. A gente fica presa 23 horas por dia. Tenho sorte de ter três colegas de cela que são realmente perturbadas... estar com elas faz minha situação parecer menos crítica.

Jesse assentiu – teve de se forçar para não dar a volta na mesa e tomá-la nos braços. Ele a amava ainda mais agora.

— Você tem de me ajudar a ajudar você, Annie — disse ele. — Por favor, vamos repassar tudo para ver se há algum pequeno detalhe que possa ajudar seu caso. Comece do dia em que comprou a pintura: você tirou dinheiro especificamente para isso? Contou a alguém que a comprou? Mostrou a alguém? Em primeiro lugar, precisamos provar que você a comprou no brechó.

— Coloquei o quadro numa sacola plástica no cesto da frente da minha bicicleta e fui ao mercado... ficou lá até eu chegar em casa.

— Você contou a alguém do mercado sobre ela?

— Eu estava pensando no jantar que ia fazer.

— Quando chegou em casa, encontrou alguém na escada do apartamento?

— Não... levei um bolo. Na manhã seguinte, minha mãe veio para ficar. Depois dela, as primeiras pessoas que viram o quadro foram você, na Wallace, e Agatha, na National Gallery.

— Você não mostrou a pintura a Delores?

— Isso está sendo usado contra mim... dizem que eu estava tentando vendê-la pelas costas dos Winklemans.

— E aquele homem, Trichcombe Abufel?

— Ele viu seu esboço, nunca a pintura.

— Você me disse que ele lhe enviou uma mensagem.

— No dia seguinte ao jantar de Delores, pediu para me ver com urgência; algo sobre Berlim e uma atribuição.

— E você ligou para ele?

Annie balançou a cabeça e respondeu:

— Você soube que ele morreu?

Jesse assentiu.

— Larissa, uma colega e amiga minha, me disse que, em seu testamento, ele deixou todo o seu trabalho de pesquisa para o Courtauld Institute, mas quando foram buscar os arquivos, não havia mais nada. O disco rígido do computador dele foi apagado.

Pela primeira vez, Annie ergueu os olhos.

— O que você quer dizer?

— Pedi para ver seu atestado de óbito... A polícia teve dificuldade em encontrá-lo.

— Isso não prova muita coisa — disse Annie.

— Quando finalmente consegui uma cópia, a data era da semana passada... Ele morreu há um mês.

— E como isso é relevante?

— Não tenho certeza, Annie. Os museus, a polícia, a imprensa, as autoridades, parece que todos se uniram. Alguém inventou uma história e todos simplesmente a compraram. Ninguém nem pensou em questioná-la... e caso encerrado.

— Então estou perdida? — Annie afundou a cabeça no peito.

Jesse inclinou-se sobre a mesa e pegou as mãos dela. Ela tentou soltá-las, mas Jesse as segurou firme.

— Enquanto eu respirar, você tem esperança. Não vou deixar que continue presa, Annie, eu juro.

Muitas horas depois, Annie estava deitada em seu beliche, pensando em Jesse. Ela o tinha subestimado, achava que era apenas um homem charmoso, atraente até, mas de alguma forma inacabado, ainda em formação. Se irritava com sua falta de confiança, achava que era um sinal de fraqueza inata. Se ao menos ela tivesse percebido que era apenas uma máscara e visto quem ele realmente era meses antes, poderia ter tido alguma chance no amor. Instantes depois, descartou essas reflexões: o encarceramento estava afetando seu julgamento e o cansaço atrapalhava sua capacidade de avaliar as situações. Algumas semanas antes, lembrou a si mesma, seu plano era trabalhar nos Estados Unidos. Agora, com uma ficha criminal, nunca conseguiria um visto nem mesmo de turista e, quando saísse da prisão, Jesse já estaria com outra pessoa, se é que algum dia sairia de lá.

Sentindo o desespero tomar conta, Annie recorreu à sua rota de fuga infalível e planejou um banquete para comemorar sua libertação. Mas naquele momento não conseguia reunir os ingredientes, muito menos pensar em combinações interessantes de comidas ou pessoas. Então, em vez disso, optou por pensar em seus adorados passeios por Dartmoor durante a primavera. As colinas continuavam castigadas pelos ventos do inverno sem sol e apenas algumas samambaias começavam a sair hesitantemente da terra, esperando para se desdobrarem. As bordas dos caminhos estavam cobertas de prímulas, dentes de leão e canabrás precoces. Havia pequenas violetas espalhadas por toda a charneca, como sardas roxas na terra marrom. Atravessando as sebes, via apiáceas, miosótis e assobios no chão e os últimos vestígios de abrunheiros em flor. Deitada em seu beliche, traçando seus passos imaginários, Annie percebeu que, pela primeira vez, lembrava-se de Devon sem a usual pontada de dor. Em vez disso, sentia-se feliz simplesmente por ter conhecido e amado tanto aquele lugar.

Relembrou seu ato aleatório de generosidade: comprar um presente para um amante que ainda sofria pela falta da esposa. Durante toda a vida, ela tentou ser sempre boa e justa. Resgatou a mãe de diversas situações – algumas perigosas, outras apenas humilhantes. Amou um homem que tinha se cansado dela. Abandonou a ideia de ter filhos só para agradá-lo, e depois foi obrigada a vê-lo ter um filho com outra pessoa. Trabalhou com empenho e capricho em todos seus empregos e nunca roubou sequer um clipe de papel. E, apesar disso, caiu em uma armadilha e tinha poucas chances de sair dela.

Annie começou a soluçar.

— Cala a merda dessa boca — resmungou uma de suas colegas de cela.

— Me desculpe — murmurou Annie, enfiando o rosto no travesseiro duro.

Mesmo através da fronha limpa, ela podia sentir o cheiro do hálito, do muco e do cabelo sujo das outras pessoas, os efluentes da prisão.

Apenas Jesse acreditava nela – como alguém podia vencer a maré da opinião pública? Uma visita à amiga de Trichcombe, Larissa, não deu em nada. O editor da *Apollo* nunca chegou a almoçar com o historiador – estava marcado para o dia seguinte ao ataque cardíaco. Os Winklemans apresentaram um catálogo de exposições e uma fatura de 1929, provando que a pintura era deles. Nenhum dos comerciantes do mercado lembrava-se de ter visto Annie na manhã da compra, mas a policial se lembrava claramente de Annie na cena do incêndio, perguntando sobre o homem da loja e a extensão dos danos. A inocência aparentemente não valia nada.

Annie pensou em como havia sonhado com aquele verão, os dias mais longos, caminhadas ao longo do rio, piqueniques no parque. Mas, acima de tudo, pensava naquela nova vida que nem chegou a conhecer e já tinha desaparecido. Mesmo que conseguisse sair dali, ela sabia que sua confiança não sairia junto. Ela tinha falhado em sua tentativa de começar uma vida nova. Ao olhar para cima, viu um avião passar voando pela pequena janela gradeada. Coisas comuns de repente pareciam tão incríveis. De que outros prazeres triviais sentiria falta?

Dentro de dois dias, sua pequena pintura seria vendida em leilão. Não lhe trazia conforto pensar que, embora centenas de pares de olhos tivessem visto a tela, somente ela reconhecera sua qualidade. Ficou impressionada ao ler sobre a procedência do quadro e, em outras circunstâncias, teria gostado de vê-lo nas fotos cercado por guardas armados e elogiado por pessoas importantes. Agora, no entanto, era um talismã funesto, que não trazia nada além de azar. Não se importava que seu valor fosse estimado em dezenas, talvez até centenas de milhões, ou que, através dela, tenha se conectado automaticamente a alguns dos personagens mais notórios da história. Annie tinha assinado uma declaração dizendo que não tinha nenhum direito de propriedade sobre aquela obra – não queria ter nada a ver com a pintura ou com sua maculada história – quanto mais longe ficasse dela, melhor.

À medida que se cobria com aquele manto de lamentação, o estado de espírito de Annie ficava cada vez mais abatido. Talvez devesse seguir o conselho de seu advogado, declarar-se culpada e pintar o autorretrato de uma mulher desesperada e iludida. Mas então, do nada, ouviu a voz de Evie. "Te desafio a encontrar uma saída dessa situação. Quero ver!" Annie se sentou e procurou pela mãe dentro da cela. Ela não estava lá, mas suas palavras ecoavam das paredes. Evie estava certa, Annie não podia desistir tão facilmente. Tinha de encontrar uma saída em meio àquele pântano de mentiras, pensar em todas as mínimas possibilidades, qualquer irregularidade. Precisava começar do fim. *Por quê*, perguntou-se, *Rebecca estava tão determinada a incriminá-la? Não podia ser por dinheiro – os Winklemans tinham muito –, não precisavam se arriscar a ser acusados de fraude ou trapaça*. Annie sabia que aquele rancor não era pessoal – para Rebecca, ela não era ninguém, era apenas um meio para atingir um fim.

Então qual era a questão com a pequena tela? Por que Rebecca não podia simplesmente reivindicá-la como sendo dela ou do pai por direito? Por que aquilo tudo? Por que acusar uma garota que sabia ser inocente? Rebecca era uma grande estrategista – devia ter bons motivos para criar aquela cadeia de acontecimentos. A resposta tinha de estar na pintura.

Annie sentou-se na cama e começou a lembrar tudo o que tinha aprendido nos últimos meses. Ela agora sabia que cada pintura tinha uma impressão digital única, que começava com o artista e suas intenções, habilidades, escolhas de vida e sorte. A diferença entre uma boa e uma grande obra de arte se reduzia a uma série quase indistinguível de fatores majoritariamente subjetivos: o ímpeto de uma pincelada, a justaposição de cores, os conflitos em uma composição e um ou outro traço acidental. Como uma pedra que rola acumula musgo, uma pintura acumula história, comentários e apreciadores – e tudo isso fazia aumentar seu valor. Em sua vida relativamente curta, a pequena pintura de Annie, com seus 45 por 70 centímetros, tinha acumulado tanta admiração e história que foi cercada por uma aura de desejo acumulado, elevando seu valor a alturas vertiginosas. Em algum lugar desta história, havia pistas do porquê de Annie estar presa. E só conseguiria recuperar sua liberdade quando resolvesse esse enigma.

Algo tinha apavorado Rebecca – a ponto de inventar uma sequência de eventos consistente e brutal. Era alguma questão que Rebecca precisava encerrar a qualquer custo; e podia deixar brechas ou ambiguidades, mesmo que precisasse sacrificar uma pessoa completamente inocente no processo. O ato ingênuo de comprar a pintura tinha lançado Annie no meio do terrível segredo que Rebecca e seu pai tinham de esconder.

Jesse estava certo: Annie tinha de reproduzir cada mínima conversa, examinar todas as pistas, relembrar cada situação para tentar descobrir alguma coisa. Pensou novamente na mensagem de Trichcombe – ele tinha falado algo sobre procedência e Berlim. O que isso tinha a ver?

Annie sentia a frustração se acumulando dentro dela. Como poderia provar sua inocência enfiada na prisão? Não tinha acesso a livros ou à internet, nem a oportunidade de reconstruir seus passos. Isso fazia parte do plano de Rebecca? Annie sentiu um arrepio de medo. Rebecca não podia descobrir que Annie tinha um cúmplice do lado de fora, precisava enviar rapidamente uma mensagem para alertar Jesse.

* * *

Jesse não se considerava particularmente valente ou cheio de princípios. Tinha vivido a vida do seu jeito, evitando responsabilidades e convenções sociais para se dedicar à sua paixão pela pintura. Em alguns aspectos, no alto dos seus 32 anos, não tinha conquistado muita coisa – nenhum relacionamento significativo, nenhum filho e nenhuma exposição importante de seu trabalho. Jesse sabia que sua falta de ambição e seu desapego em relação a bens materiais frustrava sua família e a maioria de seus amigos; sua ideia de sucesso não batia com a deles. Ele não queria estar preso a uma hipoteca ou a um emprego, não tinha interesse em ter posses e nunca havia entendido a necessidade implacável dos irmãos de sempre desejar mais do que tinham – uma televisão melhor, uma namorada melhor, um carro melhor. O trabalho de Jesse na Wallace, combinado à venda de uma ou outra de suas pinturas, cobria suas despesas básicas. Seus bens cabiam em duas malas e se restringiam a: dois ternos, dez camisas, quatro calças, uma chaleira, duas panelas, um rádio, pincéis, tintas e um cavalete. Ele não precisava de mais nada. Esta vida simples e despojada servia-lhe perfeitamente – até conhecer Annie McDee.

Seus pensamentos se voltaram para o suposto suicídio do pai e ele se perguntou se estava misturando a situação de Annie com aquela dor mal resolvida. Talvez seu passado contribuísse para aumentar seu senso de injustiça, sua insatisfação com a forma como certos aspectos do mundo da arte funcionavam. Ele sabia que seus sentimentos por Annie eram reais. Queria protegê-la e amá-la. Pela primeira vez em sua vida, via sentido no dinheiro. A riqueza não garantia felicidade, mas podia proporcionar mais segurança e oportunidade, percebia ele. Antes de Annie ser presa, Jesse sonhava em vê-la trabalhando em uma cozinha profissional; desde sua prisão, tudo o que queria era poder contratar um excelente advogado para defendê-la. A única coisa que Jesse podia oferecer a Annie agora era cada segundo de seu tempo e a convicção absoluta de que ela era inocente.

Convencido de que Trichcombe Abufel tinha descoberto alguma informação relacionada à pintura, e incapaz de pensar em qualquer outra pista, Jesse encontrou o endereço do falecido historiador de arte na lista telefônica e convenceu o zelador de que trabalhava com Trichcombe e precisava buscar um livro em seu apartamento. Chegando às oito da manhã, Jesse acordou o homem de nariz arrebitado, rosto vermelho e pijama listrado. O zelador foi surpreendentemente simpático para alguém que tinha sido acordado por uma insistente campainha – ainda não tinha tido a oportunidade de falar sobre a morte do historiador. Sim, era triste o velho ter morrido após uma vida infeliz sem amigos, familiares e festas – tudo o que fazia era trabalhar, trabalhar e trabalhar. Seus parentes de algum lugar do País de Gales nunca o visitaram e, na noite anterior, seu sobrinho ligou, dizendo ao zelador que colocasse tudo para vender, sem exceções. Não queriam guardar nada de lembrança, nem mesmo suas roupas ou um dos seus elegantes lenços.

Jesse ouviu a história pacientemente, na esperança de que o zelador o deixasse sozinho para investigar, afinal, o apartamento ficava no último andar e o zelador tinha mais de 60 anos e a respiração ofegante. Jesse cruzou os dedos no bolso, meia hora depois, estava no apartamento do morto. Parecia que alguém tinha acabado de sair: havia uma xícara de chá pela metade na mesa, um livro aberto junto à cadeira, a cama estava desfeita e, ao lado, um par de chinelos esperava ansioso por seu dono. Jesse pegou o livro – era uma monografia escrita por Trichcombe sobre Watteau, aberta em uma seção que falava sobre procedências. Jesse levantou-o, esperando encontrar um pedaço de papel ou alguma nota explicativa. Foi então até a cabeceira, onde havia um livro de ensaios de Montaigne e uma biografia de Catarina, a Grande. Mais uma vez, Jesse folheou ambos, para o caso de Trichcombe ter deixado sinais que pudessem apontar para a verdade.

Em seguida, Jesse foi até a parede oposta e viu oito prateleiras cheias de livros e monografias sobre artistas, principalmente dos períodos rococó e barroco. Era tão abrangente quanto a biblioteca da Wallace, uma curadoria impecável. Jesse se perguntou se deveria contar a um de seus colegas que tudo aquilo seria vendido por uma quantia irrisória no dia seguinte na Lots Road Auction House. Lembrou-se, então, do aviso frenético de Annie naquela manhã – ninguém devia fazer a ligação entre Jesse e Annie, muito menos entre Jesse e a pintura. A preocupação de Annie com ele o deixava feliz.

Jesse pegou todos os livros sobre Watteau, esperando novamente encontrar pistas sobre a pintura de Annie. Mas Trichcombe era um acadêmico cuidadoso e, portanto, não marcaria seus livros. Às vezes, havia um papel branco com um número e uma letra escritos a lápis, mas, se fossem referências, onde estavam os documentos correspondentes? Jesse foi até um grande arquivo no canto – na frente havia três etiquetas. Na gaveta de cima, lia-se "Pessoal", na seguinte, "Livros concluídos", e a última, "Livros pendentes" – cada uma das três estava vazia. Não fazia sentido para Jesse que um homem eliminasse todas as suas anotações, profissionais e pessoais, apagasse o drive de seu computador e depois sucumbisse a um ataque cardíaco fatal deitado na cama, completamente vestido.

Jesse foi até a janela e olhou para o jardim. Lá embaixo, algumas senhoras faziam aula de ginástica com um instrutor musculoso de camiseta arrastão. No canto mais distante, duas babás conversavam enquanto as crianças brincavam na caixa de areia. À direita da pia havia um pequeno quadro de avisos, em que Trichcombe tinha feito algumas anotações – a primeira dizia "Manuscrito para Mold"; a segunda, "Almoço *Apollo*; sabão Fairy; nota de agradecimento para Larissa". Jesse tirou uma foto do quadro de avisos com o telefone. Então pegou o livro aberto sobre Watteau, saiu do apartamento e desceu as escadas.

O zelador esperava por ele lá embaixo.

— Achei! — Jesse levantou o livro.

— Que bom — disse o zelador, olhando para Jesse. — Uma senhora esteve aqui e me pediu para ligar para ela se alguém aparecesse. Ela foi muito insistente.

Jesse não hesitou.

— Alta, magra, cabelo loiro e curto, quarenta e tantos anos? — perguntou, fornecendo uma descrição de Rebecca Winkleman.

— É ela.

— É a minha chefe... ela vai ficar tão feliz que achei o livro.

— Então não preciso ligar para ela? — perguntou o zelador.

— Ah, não... vou para o escritório agora mesmo.

Jesse tentou soar tranquilo e despreocupado. Então acenou para o zelador, deixou o prédio e, ao dobrar a esquina, correu o mais rápido possível.

Rebecca e Memling caminharam em volta da fonte em estilo italiano de Kensington Gardens.

— Está contente com a forma como as coisas se resolveram? — perguntou Memling, a voz tensa e cansada.

— Eu não tinha previsto a extensão do circo midiático — admitiu Rebecca.

Não precisava dizer ao pai que aquele contínuo interesse da imprensa a deixava nervosa. Tinha previsto uma pequena coletiva de imprensa com alguns jornalistas conhecidos do mundo das artes, que ouviriam respeitosamente a história de Memling. Rebecca pensava que, no dia seguinte, poderia haver um parágrafo ou dois nos jornais, e, na pior das hipóteses, uma pequena menção num horário de pouca audiência no programa *Today*.

Em vez disso, a família vinha sendo perseguida do nascer ao pôr-do-sol por um grupo aparentemente insaciável de fotógrafos e repórteres. A história esteve nas manchetes durante três semanas – as palavras "arte" e "pintura" apareciam a torto e a direito nos tabloides sensacionalistas.

— Só estou preocupado de que todo esse plano tenha saído de controle — disse Memling.

— Foi você que ateou fogo na loja e em seu infeliz proprietário. Você e seus capangas deviam estar me agradecendo, e não reclamando.

Memling olhou em volta para ter certeza de que ninguém ouviria.

— É melhor lidar com essas coisas discretamente, não com toda essa publicidade.

— Devo lembrar, pai, que tudo isso é obra sua... estou apenas tentando proteger nossa herança.

Pai e filha caminharam em silêncio. Rebecca notou que o pai mancava mais que o habitual; nunca lembrava que ele já tinha 91 anos.

— Só faltam o documentário e a venda, então tudo vai acabar.

— Nada de documentário. — Memling tinha horror a fotografias e filmagens, havia recusado todos os pedidos de fazerem seu retrato.

— Preciso que faça esse.

— Por quê?

— A aprovação na TV selará nossa inocência — disse Rebecca.

— Você é como Ícaro voando perto demais do sol, Rebecca — disse Memling, erguendo a voz. Um transeunte olhou para ele com curiosidade. — Precisamos manter a cabeça baixa, sermos discretos. Logo verá que essa simpatia acaba se transformando em antipatia. É muito melhor fingir que não se tem nada, que não se é nada.

— Pai... você nos colocou nessa e vai nos tirar.

Em vez de ficar com raiva, Memling parecia admirado com a transformação de Rebecca e sua determinação de aço. Nas mãos dela, o império Winkleman continuaria firme e isso era o que ele mais queria: posteridade. Ao caminhar, Memling percebia como suas articulações estavam se enrijecendo. Naquela manhã havia cancelado sua aula de tênis e, pela primeira vez na vida, sentia-se profundamente cansado. *Talvez*, pensou ele, *essa fosse a maneira que a natureza tinha de preparar o corpo para a morte, algo que Memling queria que chegasse logo para ele.* Imaginava que seria como entrar em uma névoa profunda de vazio eterno induzida pela anestesia. Já desfrutara o suficiente dos prazeres terrenos, muito mais do que a maioria das pessoas.

— Você sente remorso pela garota? Ela corre o risco de passar a vida inteira atrás das grades. — Memling não se importava com o destino de Annie, mas espantava-se com a súbita brutalidade da filha.

— Ela é um espécime miserável. Pobre, solteira, na casa dos 30 anos... sua vida já é um tipo de prisão. De qualquer forma, assim que ela for condenada, poderei respirar aliviada — disse Rebecca.

— Não, filha... você está prestes a descobrir que nunca mais vai dormir tranquilamente. Sentirá sempre uma pontada de medo de que possa ser descoberta e de que o castelo de cartas venha abaixo.

— Você não parece devastado pela culpa — disse Rebecca ao pai.

— Já tive mais de sessenta anos para aprender a lidar com isso. Você tem um longo caminho pela frente.

Era um dia quente, mas Rebecca estremeceu e fechou mais o casaco de caxemira.

— Você escreveu a carta?

— Sabe que sim... Você, seu marido e sua filha foram completamente poupados... Nenhum de vocês sabia nada sobre meu passado ou as pinturas.

— Onde está?

— Em um cofre de banco na Suíça... Eu mesmo coloquei lá há dois dias. Os detalhes estão no meu testamento... São 29 cofres em quatro bancos diferentes. O código de acesso deste é Ratoeira. A senha é Amor, seguida da data de nascimento de Marty de trás para frente. — Memling se virou para a filha. — Eu lhe imploro uma última vez: não devemos nos pronunciar mais sobre o caso publicamente. É melhor deixar a poeira baixar; manter um silêncio digno. Não cabe a nós falar em compaixão ou perdão... Não somos Deus, nem juízes. Somos nada mais, nada menos que dois marchands trapaceiros e desonestos.

— Dê a entrevista... isso não está aberto a negociação. O carro vai buscá-lo às quatro da tarde para levá-lo aos estúdios de televisão. — Então Rebecca se virou e foi embora.

Mais uma vez, a casa do conde estava cheia de guloseimas orgânicas e Berry Brothers fazia entregas regulares de vinhos. Ele até mesmo deu um pequeno jantar na noite anterior à venda. Não pediu que seus clientes importantes fossem a Balham (o lugar provavelmente nem aparecia no GPS de seus motoristas), a *soirée* foi realizada na galeria onde estava o Watteau, em sua caixa de vidro à prova de balas especialmente construída. Era surpreendente a quantidade de pessoas que aceitavam o convite quando a pintura era mencionada: o Príncipe de Gales, os embaixadores de todos os países importantes, alguns oligarcas, mais alguns bilionários, isso sem falar no vice-primeiro-ministro e sua esposa.

O conde relembrou aquela fria noite de abril, há três semanas. Ele tinha comido um pão velho coberto de geleia ligeiramente mofada, vestido um paletó e saído para o jantar em Little Venice. A Northern Line surpreendentemente estava funcionando, assim como a boa e velha Victoria, mas a Bakerloo Line parou na Edgware Road, deixando Beachendon em um dos piores cruzamentos do noroeste de Londres. Tinha entrado na delegacia de Paddington Green só para pedir informações sobre o caminho e, para seu espanto, viu a pintura apoiada atrás do oficial. Se não fosse pelo pequeno quadrado de tela restaurada no canto superior esquerdo, Beachendon nunca teria olhado duas vezes para a obra. Não era do tipo que acreditava em coincidências ou no destino, mas não conseguiu pensar em mais nada durante o tedioso jantar. Beachendon lembrou-se do artigo do jornal e do telefonema que havia recebido de Rebecca Winkleman naquela manhã sobre uma pintura desaparecida cuja descrição parecia com aquela. No caminho para casa, parou novamente na delegacia e, usando as últimas centenas de libras da sua conta, o conde pagou a fiança de Evie e a convenceu a deixá-lo levar a pintura para casa.

Chegando em casa naquele dia, Beachendon olhou o quadro com atenção pela primeira vez. A pintura estava suja, mas absolutamente perfeita. Um pouco embriagado após algumas garrafas de vinho, o conde insistiu para que a condessa acordasse para ver o quadro. A condessa concordou que era maravilhoso e sugeriu que conversassem melhor pela manhã, mas às 10h15 do dia seguinte, o conde já tinha saído com a pintura. Ao voltar para a casa à noite, a pintura já havia sido declarada pela Monachorum uma obra original perdida de Jean-Antoine Watteau. A casa de leilões manteria a custódia temporária até que o legítimo proprietário se apresentasse. A imprensa já tinha a centelha de uma história; não demorou muito para seu interesse se atiçar ainda mais. O conde adorava os holofotes e permitiu que a *Revista Tatler* fizesse uma fotografia de família com o visconde Draycott e as filhas nos degraus de sua casa ancestral.

O conde nunca conseguiu entender por que os Winklemans tinham levado uma semana inteira para se apresentarem reivindicando a pintura. Só podia imaginar que fosse em razão da discrição do velho em falar de seu terrível passado ou que Rebecca tivesse preferido esperar até que a publicidade em torno da obra perdesse a força. Ao final da semana, era difícil encontrar uma pessoa na Inglaterra que não tivesse ouvido falar do pintor Antoine Watteau e não tivesse opinião sobre o caso.

Os Winklemans tomaram a difícil decisão de vender a pintura em leilão para arrecadar dinheiro para boas causas e pediram ao conde que representasse seus interesses. Bem quando a publicidade começava a diminuir, a cozinheira deles, Annie McDee, foi presa, acusada de roubo e assassinato. E para o conde tinha sido ótimo que a ladra fosse uma mulher bonita, e sua cúmplice, a mãe dela, uma alcoólatra inveterada. A imprensa pintou a dupla como uma versão moderna de Thelma e Louise. Grandes damas de Hollywood e atrizes iniciantes faziam fila para conseguir os papéis. Beachendon não se lembrava que a mesma garota tinha cozinhado para ele, duas vezes.

Beachendon recebeu uma promoção e um aumento salarial. Parte das suas condições para ficar foi a demissão imediata do advogado da empresa, Roger Linterman, que se empenhara tanto em provocar sua ruína.

Toda vez que o interesse parecia diminuir, surgia uma nova e inesperada informação. Os jornalistas tornaram-se historiadores de arte. A sala de impressões e desenhos do British Museum foi tomada por um grande afluxo de novos visitantes e tiveram de restringir o acesso pela primeira vez em sua história. O número de visitantes da Wallace Collection também disparou. Aos poucos, a fascinante história da pintura começava a se espalhar. Como publicou o *Mail*, nem mesmo Hollywood poderia ter sonhado com um cenário desses. Primeiro descobriram o tuberculoso, pobre e desolado Antoine, que havia se apaixonado pela meretriz Charlotte, que usava seu admirador como um cãozinho de estimação, ocasionalmente atirando-lhe migalhas de carinho, mas em geral ignorando suas súplicas, seus olhares apaixonados, os ombros melancolicamente caídos. Trezentos anos após sua morte, Charlotte finalmente recebia a atenção do público que tanto desejara em vida.

Os descendentes do dr. Mead, o médico britânico que não tinha conseguido curar Watteau de sua tuberculose, foram localizados em Guernsey, de onde emitiram um pedido público de desculpas.

Um especialista brilhante traçou o histórico da pintura até Voltaire e sua amante, e de lá para Madame de Pompadour. O *Daily Gossip* publicou a seguinte manchete: "O que eu vi – O rei, a prostituta e o faz-tudo" – e seguiam-se páginas de especulações sobre os atos picantes que a pintura tinha testemunhado. Os jornais tentavam ser mais sérios que a imprensa sensacionalista, publicando linhas do tempo mostrando importantes tratados e projetos de leis que a pintura podia ter presenciado nos últimos trezentos anos. Mas quando descobriu-se que a pintura havia passado pelas mãos de Frederico e Catarina, a Grande, todas as sutilezas foram dispensadas. Lebréus, cavalos, catamitos, sodomitas, eunucos, virgens e anões – todos os fetiches sexuais conhecidos foram mencionados.

O número de visitas de adultos aos museus aumentou em 34%, mas as escolas cancelaram suas excursões, temendo críticas de ativistas antipornografia e defensores dos direitos da criança. Septimus Ward-Thomas, diretor da National Gallery, emitiu uma declaração: "Embora seja verdade que a galeria contém pinturas de mães solteiras (a Virgem Maria), bem como outras que retratam violência, estupro, assassinato, agressões e outras atividades humanas bastante alarmantes, esses atos foram abordados através da lente de um artista. Não acreditamos que uma visita à National Gallery seja inadequada para qualquer idade".

Quando revelou-se que a pintura havia sido roubada do palácio de Buckingham por um lacaio, houve uma nova série de polêmicas. Como a realeza podia não ter dado pela falta de algo tão valioso? Por acaso eram bárbaros? Os Winklemans iriam se curvar diante da realeza e devolver a pintura? Seguiu-se um silêncio de cinco dias até que Sua Majestade declarou: "Estamos satisfeitos por nossa pintura ter sido redescoberta após uma ausência tão prolongada. E ficamos imensamente felizes que vá a leilão para arrecadar dinheiro por uma causa tão admirável". Todos os jornais dos dois lados do Atlântico e de Durban a Dar es Salaam, de Cabo Wrath ao Cabo da Boa

Esperança estampavam a declaração com uma foto da rainha fazendo uma careta. (Na verdade, a fotografia havia sido tirada no momento em que o cavalo dela perdeu uma corrida em Epsom, e não quando fez o anúncio.)

A atenção da mídia atiçava a cobiça; todos queriam possuir *A Improbabilidade do Amor*. A Monachorum recebia milhares de ligações. Velhos pensionistas ofereciam as economias de sua vida; crianças, sua mesada "para sempre"; museus, colecionadores particulares, reis, rainhas, russos, árabes, estrelas de rap e até mesmo governos faziam questão de registrar seu interesse.

O conde nunca tinha se sentido tão popular – se ao menos pudesse adiar a venda uns dois anos para continuar desfrutando dos engradados de vinho, jantares gratuitos e outros presentes extravagantes. Também sabia que teria de ser hábil nas negociações para manter todos felizes. Só haveria um vencedor e, de alguma forma, o conde precisaria manter os concorrentes calmos. A Monachorum poderia acabar perdendo mais do que ganharia se os figurões ficassem ofendidos.

Depois de descartar aqueles que só o faziam perder tempo e aqueles que claramente não tinham os meios de alcançar suas ambições, Beachendon identificou alguns prováveis candidatos. A sra. Appledore, uma velha amiga daquela casa de leilão, queria usar os milhões da fundação de caridade do marido antes de morrer – o conde achava que ela poderia chegar até 250 milhões de libras.

As ladies Halfpennies ficaram "para lá de animadas" à menção do cantor de rap M. Power Dub-Box. Nos últimos meses, ele havia pego o mundo da arte de surpresa, comprando obras muito caras e de importância seminal.

O emir e a sheika de Alwabbi tinham construído recentemente um museu em sua empoeirada capital do Oriente Médio. O prédio era do mesmo tamanho do Terminal 5 de Heathrow, 1.227 hectares de mármore polido. Como recém-integrantes do mundo dos museus, tinham conseguido poucas obras de real importância. Se os Alwabbis comprassem o Watteau, isso imediatamente colocaria seu pequeno reino nos roteiros obrigatórios dos turistas interessados em arte. Como os maiores produtores de gás líquido do mundo, o conde calculava que podiam oferecer até um bilhão de libras. A dúvida era só se o emir permitiria que sua obstinada esposa chegasse tão longe.

Havia ainda os oligarcas rivais cujas batalhas já haviam elevado os preços de propriedades e objetos preciosos a níveis inimagináveis. O conde tinha conhecido o mais novo oligarca de Londres, Vladimir Antipovsky, através de Barty, e sabia que o homem controlava 43% da produção mundial de estanho e não deixaria nada atrapalhar seus planos de superar seu rival, Dmitri Voldakov, que controlava 68% de toda a potassa da Terra. Os dois tinham vendido recentemente participações minoritárias de suas empresas por oito e nove bilhões de dólares, respectivamente. O conde nem ousava especular o quanto poderiam gastar para frustrar os planos um do outro.

Ficou surpreso ao ver que representantes dos governos francês e britânico também se manifestaram. A França acreditava ter direito, já que Watteau era um deles. (O conde não contou ao embaixador francês que Watteau havia nascido em Valenciennes e, portanto, tecnicamente era flamengo.) Embora o primeiro-ministro britânico dissesse que a pintura devia permanecer em solo britânico, todos sabiam que o país não poderia pagar o valor devido.

Como receberia 0,2% do lance vencedor, o conde esperava fazer um bom pé-de-meia para ele e sua família.

— Escapamos por pouco das garras da pobreza — disse ele à condessa. — No último segundo.

A condessa sorria e concordava que era realmente maravilhoso.

Ao ver Jesse imerso na tristeza na sala dos funcionários da Wallace, Larissa insistiu para que jantasse com ela naquela noite. Quando ele chegou, ela lhe ofereceu um banquinho junto à bancada da cozinha enquanto cortava e preparava o jantar.

— É claro que sei sobre o Watteau... só morando na Nova Escócia com a cabeça enfiada no traseiro de um urso polar para não saber sobre essa história — disse ela, mergulhando uma lagosta viva em água fervente. Um gemido terrível escapou da panela; Jesse estremeceu.

— Não se preocupe, é só o ar saindo da carapaça — disse ela alegremente. — Você pode descascar esses dentes de alho, querido? — Ela parou. — Ou vai se encontrar com uma namorada mais tarde?

Jesse balançou a cabeça.

— Santo Deus... a garota de quem você gostava não era essa Annie, a ladra?

Jesse estremeceu novamente, mas assentiu.

— Que sorte você ter saído ileso dessa, heim.

— Na verdade, nunca chegou a acontecer nada entre nós dois. — Jesse concluiu que Larissa não precisava saber de tudo, para o bem dos dois.

— Pique o alho em pedacinhos, por favor — instruiu Larissa.

Jesse sentiu uma pontada de tristeza – lembrando da última vez que tinha cozinhado, na noite do jantar triunfante de Annie. Ela estava tão feliz e à vontade em sua cozinha improvisada, enviando os pratos para a mesa como esquadrões perfeitamente ordenados, um após o outro.

— Trichcombe era seu amigo? — perguntou Jesse, tentando manter a voz casual.

— Eu o conhecia há vinte anos, mas nunca passou disso, um conhecido. Você sabe fazer maionese?

Jesse assentiu. Então pegou um ovo e o quebrou na borda de uma tigela de porcelana, separou as gemas das claras. Em seguida, juntou os pedacinhos de alho na mistura.

— Você gosta com mostarda? — perguntou ele.

Larissa confirmou e Jesse acrescentou meia colher de chá de mostarda, uma colher de sopa de vinagre e um pouco de sal e pimenta na mistura. Então bateu tudo com força antes de colocar azeite na tigela.

— Ele veio jantar aqui algumas noites antes de morrer. Nunca o tinha visto tão alegre.

— Em que ele estava trabalhando? — perguntou Jesse.

— Ele não disse exatamente, mas era algo que causaria um verdadeiro escândalo. Toda hora ele dizia "é algo grande, muito grande". Mas por que a pergunta?

— Ele me ligou e falou algo sobre *Apollo*... Não consegui entender o que ele queria dizer — mentiu Jesse.

— Ouvi falar que ele estava escrevendo sobre Watteau. — Larissa pescou a lagosta da panela e colocou-a em uma travessa. — Ia publicar uma nova pesquisa... Não conseguia se decidir entre publicar no *Mail* ou na *Apollo*, o que é engraçado, porque para mim são bem diferentes.

— Ele lhe disse sobre o que se tratava? — Jesse bateu o óleo na maionese. Sentiu o rosto ficar um pouco vermelho, nunca mentiu muito bem.

— Alguma questão de procedência, uma pintura perdida. Com certeza seria uma leitura incrivelmente árida. O pobre e velho Trichcombe, sempre se enganava. Nunca se recuperou depois de ter sido demitido por Memling Winkleman.

Jesse parou de bater a mistura.

— Ele foi demitido por Winkleman? Por quê?

— Continue batendo, querido, ou vai talhar — repreendeu Larissa. — Nunca entendi bem o motivo. Como incluía um acordo de confidencialidade, ele não podia falar a respeito. Mas lembro que, sem querer, deixou escapar que descobriu alguma fraude nos arquivos. Essas conspirações típicas do mundo das artes. Delores dizia que ele provavelmente tinha bebido demais, e Memling surtou.

— E ele não chegou a mostrar para você uma cópia do manuscrito? Talvez para guardar em segurança — perguntou Jesse.

— Santo Deus, não. Ele não compartilharia algo assim com ninguém. Provavelmente mandou para uma caixa postal em Timbuktu ou para algum parente em Mold.

— Mold?

— Sim, sua família é de lá.

Jesse lembrou-se do quadro de avisos no apartamento de Abufel: "Manuscrito para Mold".

— Sente-se, esse cavalheiro rosado está *à point*. — Larissa mergulhou a lagosta em água gelada e colocou uma salada na mesa. Então provou a maionese de Jesse com um dedo. — Nada mal, nada mal mesmo.

Jesse olhou para o crustáceo e seus pensamentos se voltaram para Annie. Algum dia ela voltaria a comer ou cozinhar uma lagosta? Fazer ou saborear maionese fresca? Ele se perguntou como seria se lhe dissessem que nunca mais pintaria novamente, que nunca mais poderia se entregar a uma composição ou expressar suas ideias com imagens.

Larissa olhou atentamente para Jesse.

— Qual é o problema, Jesse? Em que você se meteu?

Jesse balançou a cabeça e engoliu em seco.

— Só estava pensando como o jantar parece delicioso.

Abaixando os talheres, Larissa pegou a mão dele.

— Aceite um conselho meu. O mundo da arte não é um pequeno e acolhedor laguinho, e sim um mar cheio de tubarões. A beleza e o desejo de possuí-la têm enlouquecido os homens há séculos. Adicione 120 bilhões de dólares anuais a essa equação e você terá sérios problemas. Pense nisso, Jesse... hoje em dia mesmo uma obra considerada menor de um artista pouco importante vale mais do que a maioria de nós vai ganhar trabalhando durante uma vida inteira.

Jesse assentiu com ar triste.

— Para complicar ainda mais as coisas — continuou Larissa —, é um mundo construído com base na reputação e os figurões são capazes de tudo para preservar sua posição... tudo. Não sei o que aconteceu entre Trichcombe e os Winklemans há tantos anos... francamente, prefiro nem saber. Quando Trich entrou aqui há algumas semanas, dizendo que tinha finalmente apanhado "o cretino", pedi que não falasse nada. Gostaria de não ter lhe contado que o vi. A influência dos Winklemans vai além das salas de leilão, dos museus, das galerias e instituições; eles têm informantes, subornam a polícia, a imprensa. O velho provavelmente é dono da *Apollo* e da *Burlington*. É responsável pelas maiores doações, não só para o mundo da arte, mas também para partidos políticos. Trich achou que poderia enfrentá-lo, agora está morto... imagine só. Mesmo que eu soubesse de alguma coisa, Jesse, não lhe diria.

Curvando-se sobre a mesa, Larissa olhou com seriedade para Jesse.

— Sinto muito que você tenha se apaixonado por aquela garota. Sinto muito mesmo. Mas você tem de aceitar que, mesmo que seja inocente, ela nunca vai sair da prisão.

— Ela é inocente! — Jesse levantou-se de repente, o rosto vermelho.

— Uma mulher e seu namorado apaixonado contra o mundo? A coisa não funciona assim. Jesse, o melhor que pode fazer é esquecer essa garota.

— Não posso.

— Você não tem escolha. Se ela tiver sorte, vai ficar atrás das grades. Agora coma a sua lagosta e me conte o que mais está acontecendo na sua vida.

Jesse estava sem apetite e teve de comer forçado. Ele sabia que Larissa falava a verdade e, embora não o assustasse pessoalmente, estava apavorado por Annie. Talvez estar na prisão fosse o lugar mais seguro para ela; pelo menos lá, não poderiam matá-la.

CAPÍTULO 35

Era a primeira vez que o Honorável Barnaby Damson era convocado ao gabinete do primeiro-ministro no Parlamento. Damson esperou do lado de fora, enquanto eficientes funcionários passavam, nenhum lhe dando a mínima atenção. Todos sabiam que a pasta de Damson era um remanso político; na melhor das hipóteses, um trampolim para cargos maiores, na pior, um lugar sem importância nenhuma. No passado, os membros sem esperança ou com esperança demais eram enviados para a Irlanda do Norte; agora, iam para o Departamento de Cultura.

Depois de uma espera de quarenta minutos, Damson foi levado a uma sala do tamanho de uma quadra de tênis. O primeiro-ministro estava sentado ao fundo e os sapatos de Damson guinchavam alto enquanto caminhava pelo piso de madeira em direção à imponente mesa.

— É um pouco como ser chamado na sala do diretor da escola — observou Damson.

— Pelo amor de Deus, nem me fale em escola — murmurou o primeiro-ministro. — Lembro de Eton, que deveria nos preparar para a vida, mas na prática só penduram uma corda de culpa ao redor de nossos pescoços. Bem, por que está aqui? — perguntou, irritado.

— Você pediu para me ver.

— Para quê?

As esperanças de Damson se acenderam e se apagaram ao mesmo tempo; não estava sendo promovido, nem rebaixado.

— Para falar sobre a pintura, *A Improbabilidade do Amor*? — sugeriu Damson.

— É claro. Agora comece desde o início. Como se pronuncia o nome do camarada? — perguntou o primeiro-ministro.

— Watteau... rima com a palavra francesa para barco — respondeu Damson.

— Barco, arco, parco, marco? — replicou o primeiro-ministro, perplexo.

— A palavra francesa para o barco é *bateau* — explicou Damson, pronunciando a palavra com um perfeito sotaque francês: "V-A-T-T-E-A-U".

— Vat... o quê?

— Pense em "Alô" — sugeriu Damson.

— Alô! Ele devia ser um tipo de pintor cheio de contatos — disse o primeiro-ministro.

— Essa foi ótima. Uma excelente piada, senhor — disse Damson, pensando em sua promoção.

— E o que tem nesse quadro?

— Dois amantes em uma clareira no bosque.

— É pornográfico? — perguntou o primeiro-ministro, nervoso.

— De modo algum. Tenho uma reprodução aqui no meu bolso. — Damson pegou uma folha dobrada de papel A4.

— A arte é um campo minado, não é? — disse o primeiro-ministro.

Damson assentiu e colocou a imagem na mesa.

— Você vê, não é indecente... só um homem olhando para uma mulher bonita.

O primeiro-ministro examinou atentamente a imagem.

— Nada de tão empolgante, não é mesmo? O tipo de coisa de que minha tia-avó Maude teria gostado.

— Tem integridade e beleza — disse Damson.

— Nunca gostei muito de arte — disse o primeiro-ministro.

— Mesmo?

O primeiro-ministro levantou-se e andou pelo gabinete. Ao olhar pela janela, viu quatro grupos distintos de manifestantes gritando sobre o preço do pão, o fracasso do sistema educacional, a política externa no Oriente Médio e o colapso do Serviço Nacional de Saúde. Pareciam insignificantes no retângulo da grama, pequenos pontos em comparação aos edifícios do governo dos dois lados – a Suprema Corte em frente e a Abadia de Westminster atrás –, mas o primeiro-ministro sabia que juntos representavam o estado de espírito do país: faltavam menos de doze meses até as próximas eleições e seu índice de aprovação havia despencado.

— Preciso de uma história patriótica. Essa pintura não poderia passar uma mensagem positiva? — disse ele, andando em torno do gabinete. — Do tipo: *A valente Grã-Bretanha arrebata a obra debaixo do nariz dos estrangeiros*. Ou: *O governo salva uma excelente obra-prima para a nação*. — O primeiro-ministro tinha ficado com a papada rosada. — O que você acha?

— É uma ideia brilhante.

— Obrigado, Dawson.

— É Damson, na verdade — disse em voz baixa.

— E quanto essa coisa vale? — perguntou o primeiro-ministro.

— Vale o que alguém estiver disposto a pagar. Existe um consenso de mercado que nos dá uma ideia aproximada. — Damson achou que estava na hora de ensinar algumas coisas ao primeiro-ministro.

— Pelo amor de Deus, deixe de rodeios — disse o primeiro-ministro. — Quanto?

— Estimando-se por baixo, 180 milhões.

O primeiro-ministro levou a mão ao peito.

— 180 milhões de libras? É pintada a ouro?

— Não, é apenas uma simples tela velha — disse Damson.

— Eu poderia comprar uma ogiva nuclear por esse preço. Pelo menos, uma parte de uma ogiva.

— Realmente é muito dinheiro — concordou Damson. — Os franceses estão determinados a comprá-la. Ouvi dizer que estão dispostos a gastar até trezentos milhões de libras.

— Trezentos milhões! — O primeiro-ministro parecia chocado. — Essa é exatamente a quantia que eles receberam para resgatar outro banco da falência. Só sobre o meu cadáver aqueles comedores de baguete ficam com a minha pintura.

— É uma pintura francesa — ressaltou Damson.

— Mas está em nosso território agora, o que a torna uma pintura britânica.

— Nós temos o dinheiro? — perguntou Damson.

— Não exatamente. Bem... não, na verdade. O que mais podemos fazer?

— Podemos nos recusar a dar uma licença de exportação e esperamos encontrar um cavaleiro branco disposto a comprá-la e doá-la para o país.

— Mas quem diabos faria isso? — perguntou o primeiro-ministro.

— Alguém que pudesse querer alguma honraria.

— Uma nomeação da Ordem do Império Britânico resolveria?

— Acho que não.

— Um título de cavaleiro?

— Pouco provável.

— Não posso atribuir títulos de nobreza hoje em dia sem que todo maldito comitê e jornal venham para cima de mim.

— O problema, senhor, como você sabe — disse Damson — é que a arte, assim como o ouro, tornou-se um tipo de moeda. Com o euro desvalorizado e o iene em queda livre, muitos veem a arte como um investimento seguro.

O primeiro-ministro andava de um lado para o outro no gabinete. Ele tinha o hábito de estalar os nós dos dedos e, de vez em quando, um ruído incomodamente alto quebrava o silêncio.

Damson olhou pela janela para os manifestantes que, ao perceberem uma figura na janela, acenaram seus cartazes com entusiasmo.

— Tomei uma decisão — disse o primeiro-ministro resolutamente. — Vou procurar o MI6... e dizer para resolverem isso.

— Eles não podem exatamente irromper em uma sala de leilão assim, não estamos no Congo — disse Damson nervosamente.

— É muito improvável que o Congo tenha uma sala de leilões. Mas nosso Ministério das Relações Exteriores tem um serviço secreto.

— James Bond ao resgate! — disse Damson, fazendo sua ótima imitação de Sean Connery.

O primeiro-ministro parecia furioso.

— Foi uma brincadeira — disse Damson rapidamente. — Nenhum idiota pensaria em enviar James Bond.

O primeiro-ministro ergueu as sobrancelhas.

— Não? — disse ele friamente. — Na verdade, era exatamente o que eu estava pensando. Só que, nos dias de hoje, James Bond é um filho de imigrantes chineses chamado Darren Lu, e é implacável, pelo que me contaram. — O primeiro-ministro olhou para o relógio e suspirou.

— Até mais tarde, Dawson — disse o primeiro-ministro, dispensando o ministro e virando as costas.

Desta vez, Damson não o corrigiu. Podia ser uma bênção ser lembrado pelo nome errado.

* * *

Por trás dos muros fortemente guardados e dos portões monumentais feitos de quatro colunas jônicas flanqueadas por paredes sem janelas do palácio oficial do presidente francês, o Elysée, o Conselho de Ministros havia sido convocado para uma reunião de emergência. Os membros do governo atravessaram rapidamente o majestoso pátio cerimonial. Embora todos já tivessem estado lá antes, a maioria ainda se intimidava com a grandiosidade do estilo clássico francês, as belas tapeçarias, as pinturas e ornamentos cuidadosamente escolhidos.

Diferente do habitual, o presidente não deixou o conselho esperando. Entrou decididamente na sala, acompanhado por dois assistentes.

— Dentro de dois dias, uma pintura será leiloada em Londres.

O Ministro da Cultura sorriu – foi ele quem informou o presidente sobre o leilão.

— Essa pintura é uma obra do mestre francês Antoine Watteau, fundador do movimento rococó e um de nossos maiores expoentes — disse o presidente aos colegas. — Para aqueles que têm um conhecimento superficial de história da arte, Watteau morreu em 1721, um ano antes da conclusão deste palácio. Repatriar esta imagem para seu país de origem e pendurá-la neste palácio enviaria a mensagem clara e incontestável de que a França é um país de importância e riqueza cultural proeminentes. Num momento em que sofremos a maior crise econômica da nossa história, em que nossos bancos estão entrando em colapso, as linhas de crédito mostram sinais de morosidade e nossos títulos não conseguem atrair o interesse dos mercados, comprar essa pintura provará que a França ainda deve ser levada em conta. Não estamos acabados. Ainda nem começamos. Compraremos essa pintura amanhã. Custe o que custar. *Vive la France!* — Com isso, o presidente virou-se e saiu da sala.

Os ministros do Conselho se entreolharam. Estavam ainda mais enrascados do que imaginavam.

Desde que se conheceram no jantar de Delores, Vlad e Grace Spinetti-Winkleman tinham passado todas as noites e a maior parte dos dias juntos. Era a primeira vez em uma década que Vlad não pagava para ter relações sexuais.

Durante um dos raros momentos em que o casal não estava junto, Vlad perguntou a Barty:

— Como provo amor?

— Antigamente, desafiava-se alguém a um duelo — respondeu Barty.

— Um duelo? Com quem eu luta? — perguntou Vlad, bastante confuso.

— Eu não falei sério, meu querido. Nunca fui muito bom com essas coisas de amor... sou um caso perdido, na verdade. Você devia perguntar a alguém melhor qualificado.

De repente, Vlad ficou furioso e segurou Barty pelas lapelas de seu terno de veludo (inspirado em Adam Ant e os neorromânticos) e disse:

— Isso não é uma estúpida piada. Isso é pergunta. Pergunta importante. Como provo amor? Responde pergunta.

— É uma pergunta que há séculos ocupa a mente de grandes homens e mulheres. Não sou um semiótico nem um filósofo — disse Barty, tentando se soltar dos punhos de ferro de Vlad.

— Ela não quer dinheiro. Ou carros, ou pedras ou casas. Ela diz "apenas prove seu amor" — queixou-se Vlad, deixando escapar o forte hálito de alho no rosto de Barty e largando-o de novo na cadeira.

Barty afrouxou o colarinho e limpou a testa com um lenço perfumado.

— E você precisa provar? Não podem simplesmente ficar juntos?

— Quero que ela vá para a Rússia comigo. Para morar.

— Essa é uma ideia terrível. Você vai perder tudo! — Barty estava desolado; no dia em que Vlad colocasse um pé de volta em solo russo, perderia todos os seus bens. — E nosso museu? — perguntou Barty, queixosamente.

Recentemente só conseguia pensar no prédio de Vlad em São Petersburgo. Sua motivação não era mercenária; adorava a ideia de criar uma perfeita joia que qualquer um poderia visitar. A maioria das casas que ele decorava não podiam nem ser fotografadas – eram tesouros secretos para seus donos ricos. A Casa Branca de Barty, aberta ao público sete dias por semana, dava-lhe enorme prazer. Ele estava ansioso por criar outro edifício de que todos pudessem desfrutar.

— Amor mais importante que museu — disse Vlad com firmeza.

— Mas por que você quer voltar para lá e ser pobre? — perguntou Barty. — Especialmente quando pode morar aqui com seu dinheiro e amor.

— Quero que meus filhos sejam russos.

— Ela está grávida? — perguntou Barty.

— *Niet.*

Barty passou as mãos pelo cabelo, desesperado. O amor heterossexual era tão desconcertante às vezes. Negociações intermináveis seguidas de mal-entendidos, renegociações, mais mal-entendidos e, finalmente, infelicidade. Era muito melhor viver a vida como um homossexual não praticante: isso sim era claro e direto.

— O que Grace pensa de viver como uma siberiana sem dinheiro nenhum?

— Ela diz muito legal.

— Sei.

— Ela diz que já cansada do maldito capitalismo... quer valores reais.

— Diga a ela que a maldita pobreza é muito, muito pior do que o maldito capitalismo — replicou Barty, irritado. — Sinceramente, que mente pequena, nunca ouvi nada tão tolo.

Os dois homens ficaram em silêncio. Ambos estavam à beira de perder o que mais queriam. De repente, Barty levantou-se de um pulo.

— Já sei! — disse ele, batendo as mãos.

Vlad ergueu ligeiramentea cabeça.

— Você devia comprar a pintura que pertenceu à bisavó dela: *A Improbabilidade* ou *A Impossibilidade*, ou seja como for, *do Amor*. — E a pendurar no nosso, quer dizer, no seu museu em São Petersburgo.

— Bisa o quê? — Vlad não conseguiu acompanhar.

— Não importa. O que importa é que você deve comprar a pintura. É a prova de amor que você procurava. Não vê?

Vlad levantou a cabeça. Barty podia ver lágrimas brilhando em seus olhos e começando a rolar pelo seu rosto.

— Meu amigo — disse Vlad, então segurou-o novamente, desta vez para dar beijos úmidos com cheiro de alho nos dois lado do seu rosto. — Meu amigo. Meu amigo!

— Calma, calma — disse Barty. — É muita demonstração de afeto para um homem só.

— Vá agora. Compra a pintura. Agora mesmo. Levamos para Grace hoje à noite.

— Não é assim que funciona, Vlad. É um leilão e você tem de fazer uma oferta.

— Ofereça mais.

— Você não pode oferecer mais até saber o valor inicial.

— Tudo tem preço — disse Vlad, ficando agitado.

— Você vai conseguir a pintura. Mas terá de comprá-la no leilão. Só precisa esperar mais alguns dias. Pense em quanto vai significar para Grace quando você comprar o quadro em um lugar público, diante da mídia mundial.

Vlad assentiu. Gostava daquele plano.

— Logo após a compra, faremos uma declaração. Contaremos a todos sobre o museu.

Vlad pegou a mão de Barty e começou a agitá-la vigorosamente.

— Calma, meu velho... só tenho duas dessas — disse Barty.

— Prova de amor, prova de amor. Muito bom. Excelente.

Sentado em seu banco particular, em uma casa geminada na St. James's Square, Dmitri Voldakov decidiu que compraria *A Improbabilidade do Amor*, mesmo que isso o levasse à falência e provocasse o descontentamento permanente do Líder. Sua motivação era simples: humilhar Vlad. Desde que tinha chegado à Grã-Bretanha, Vlad não fizera nada senão causar problemas: investindo na mesma área que ele, elevando os preços do mercado da arte até valores sem precedentes. Para piorar, Dmitri tinha certeza de que Vlad estava interessado em sua noiva Lyudmila. Para Dmitri, era uma questão de orgulho conseguir a pintura e já havia liquidado uma quantia significativa de sua fortuna pensando em seu triunfo no leilão. Em todo caso, também colocou um plano B em ação. Voldakov não era um homem que prezava muito pela vida humana, pela liberdade ou pelos valores morais; ele gostava de ganhar... a qualquer preço.

De seu escritório no 87º andar das Brent Towers, no cruzamento da Park Avenue com arua 73, Stevie Brent, fundador e diretor-executivo da SB Capital Partners Inc., olhava para o Central Park e avaliava suas opções. Dentro de dez dias, o Titã de Wall Street ficaria diante de um promotor dos Estados Unidos, acusado de uso de informação privilegiada. Investidores nervosos já haviam retirado quinze bilhões de dólares de capital de seu principal fundo de cobertura, deixando as reservas financeiras de Brent baixíssimas. O comerciante pretendia enviar um sinal aos mercados mundiais para mostrar que, longe de estar liquidado, continuava rico e confiante o suficiente para comprar a pintura mais cara já vendida em leilão. *A Improbabilidade do Amor* ficaria pendurada no saguão de seu escritório de Manhattan e apareceria na capa de seu relatório anual.

Brent costumava realizar apostas arriscadas, sem garantias ou seguranças. Quando o risco era alto, Brent se destacava; ele mantinha o sangue-frio enquanto os outros desmoronavam. No momento, precisava de um golpe forte. Aquela não seria a primeira vez que Brent usaria a arte para reafirmar sua reputação: toda vez que sua empresa passava por uma situação difícil ou sofria alguma ameaça do FBI, o Rei de Wall Street comprava uma fabulosa pintura. Assim como os Medicis, os traficantes de escravos, os governantes saqueadores e outros antes dele, Brent entendia que a arte tinha o poder de melhorar sua reputação. O Watteau era a maneira perfeita de restaurar a confiança dos investidores. No dia seguinte, eles abririam o jornal ou os sites de notícias e ficariam sabendo que Brent tinha triunfado novamente. Ninguém prestes a ser preso ou a falir arriscaria uma jogada tão audaciosa como aquela.

Em sua suíte do hotel Claridge, a sra. Appledore assinou os últimos documentos autorizando a liquidação da Fundação de Caridade Melanie e Horace Appledore.

Na National Gallery, em Londres, Septimus Ward-Thomas presidiu uma reunião de emergência do conselho de administração, em que concordaram unanimemente em usar todos os fundos de reserva da galeria para garantir a aquisição da pintura, um total de dois milhões de libras.

Darren Lu deu uma volta pela casa de leilão, observando as portas e as janelas. As instruções eram claras, mas ele ainda não sabia exatamente como atingir seu objetivo. Mas pensaria em alguma coisa. Darren Lu nunca tinha deixado a desejar.

Sua Excelência o Presidente da França usaria as reservas de seu país para garantir a pintura. Insistindo para que a Força Aérea Francesa organizasse um voo especial, o Presidente convocou a imprensa do país a encontrá-lo na pista do aeroporto na noite seguinte para testemunhar o retorno da maior obra-prima de seu país.

Em seu estúdio em Hoxton, o sr. M. Power Dub-Box gravava a última faixa de seu novo álbum. Havia reservado a noite de quinta-feira para comparecer ao leilão. Chegaria em um comboio de Range Rovers brancos ao som de seu novo single, "Witches' Brew", e algumas garotas cercando-o de atenção. Ele sabia que a pintura seria vendida para alguém disposto a pagar mais dinheiro do que ele tinha. Não podia levar este mundo da arte a sério. Preços estúpidos. Pessoas estúpidas.

O escritório de Barty estava repleto de possíveis trajes. Não conseguia se decidir se ia como Catarina, a Grande (com um cavalo enfiado debaixo do braço), Pedro, o Grande (levando um galgo de verdade), um conde dissoluto (arrastando garrafas de vinho vazias); Luís XIV (com uma enorme peruca) ou como Madame de Pompadour, com um vestido de baile de tafetá e renda rosa-choque e uma peruca de cachos brancos em cascata.

— Você foi com algo parecido no meu jantar — disse Delores.

— Com todo respeito, Delores, seu jantar foi para apenas cinquenta pessoas em uma região desolada de Londres. Mais de dois bilhões de pessoas vão assistir aos acontecimentos desta noite — disse Barty, irritado. — Bennie, Emeline, onde estão todos?

— Estamos aqui — disse seu assistente Frances, cansado.

Barty olhou em volta e viu que todos os quinze funcionários estavam pacientemente alinhados, à espera de instruções.

— Se usar outra peruca extravagante, ninguém saberá quem você é. Por que não esquece a peruca? — disse Delores. — Mais Sofia Coppola, menos Danny La Rue.

— Quando ele ou ela comprar a pintura, tiro a peruca e todos saberão — disse Barty, imaginando a cobertura no noticiário noturno.

— Vai parecer uma drag queen velha e ensopada... Imagine o que quatro horas sob o calor das luzes farão com seu cabelo e sua maquiagem — disse Delores, caminhando em direção à porta.

— Você não pode ir ainda — lamentou Barty. — Por que tenho que fazer tudo sozinho?

Duas noites antes da venda, a BBC transmitiu um documentário especial dedicado à história de *A Improbabilidade do Amor*. Enquanto assistia, Larissa pensou em como era incomum a BBC dedicar um espaço do horário nobre a uma obra de arte. Antes considerada uma paixão refinada e contemplativa, a arte agora era vista como popular, de massa. Quando Larissa estudou para ser historiadora há mais de quarenta anos, tinha mergulhado em um mundo de arquivos empoeirados, igrejas mofadas e contruções em ruínas. A geração mais jovem não conseguia nem imaginar como era aquilo – agora só conheciam arquivos digitais e extensões de museus novinhas em folha.

O programa foi produzido de maneira bastante imaginativa – usando efeitos digitais avançados, os cineastas recriaram fielmente os cômodos onde a pintura teria sido pendurada. Em um minuto, a pintura estava no sótão de um artista, no seguinte, nos aposentos particulares de um czar imperial. Cada um dos proprietários havia comprado a pintura como símbolo do amor verdadeiro. Larissa, junto a outros doze milhões de espectadores, acompanhou admirada o caminho percorrido pela pequena obra de arte ao longo da história, passando de um casal ilustre para outro.

Finalmente, em 1929, o quadro foi comprado por um jovem advogado judeu, Ezra Winkleman, como presente de casamento para a noiva Esther, a quem amava desde a infância.

Após o casamento, a pintura ficou pendurada em seu pequeno apartamento em Berlim. O casal teve quatro filhos, incluindo Memling, e levava uma vida simples, mas feliz. Então teve início a guerra e os judeus de Berlim foram perseguidos. Os Winklemans e seus filhos foram enviados a campos de concentração – a maioria acreditava que todos tinham morrido. Mas seu filho mais novo, Memling, conseguiu escapar do trem da morte e sobreviveu à guerra em uma fazenda remota, alimentando-se apenas de ervas e pequenos frutos. Quando os Aliados o descobriram em 1946, tudo o que possuía era seu documento de identidade, uma fotografia de sua mãe e a pintura. Larissa sentiu um estranho nó no fundo da garganta.

Após algumas imagens, Memling aparecia: bonito, o rosto quadrado, maçãs do rosto largas e aqueles estranhos olhos azuis. Larissa nunca tinha notado seus olhos antes, nunca o vira tão de perto. Como o restante do país, ela ficou hipnotizada por sua voz baixa, autoritária e murmurante. Sua história era terrível e emocionante, mas ainda assim Larissa não estava convencida. *Como era estranho um judeu Asquenaze ter aqueles olhos azul-claros*, pensou, e notou que, toda vez que falava sobre os pais, ele baixava os olhos em direção às mãos.

Larissa lembrou-se de seu último jantar com Trichcombe, quando ele disse que finalmente tinha encontrado "provas". Algo sobre uma fotografia em Berlim e uma certidão de nascimento. Larissa não tinha dado muita atenção àquela última denúncia: Trichcombe nutriu aquele rancor por mais de quarenta anos. No entanto, havia algo no documentário, algo com relação a Memling, que perturbava Larissa profundamente. Embora fossem quase onze da noite, ela ligou para Jesse e pediu que fosse ao seu apartamento imediatamente.

CAPÍTULO 36

A véspera do leilão

A *Inglaterra nunca esteve tão encantadora*, pensou Jesse tristemente, enquanto olhava pela janela do trem para os campos aveludados cheios de cordeiros e as sebes que tinham adquirido tons de branco e rosa com os espinheiros em flor. As árvores decíduas já tinham folhas verde-vivas e seus troncos escuros se destacavam contra o suave céu azul. Fora uma ou outra planta amarela, o trem passava por campos compostos de centenas de tons de verde. Em passeios de trem semelhantes, Jesse teria imaginado como captar aquela paisagem majestosa que se estendia infinitamente, mas não conseguia pintar desde que Annie fora presa. Olhando para fora do trem, perguntava-se o que Annie via pela janela, se é que tinha uma. Preocupava-se que ela não conseguisse suportar ficar presa por muito mais tempo. A cada visita, ela parecia se fechar ainda mais; seus olhos brilhantes tinham-se tornado turvos e enevoados e as roupas da prisão ficavam folgadas em seu corpo cada vez mais magro.

Naquela manhã, seguindo a sugestão de Larissa, Jesse tinha pego o trem para Wrexham, onde trocou para um menor.

Eram quatro da tarde e todos os lugares estavam ocupados por crianças voltando da escola. Jesse encontrou um lugar no canto, no final do trem, e sentia-se como se estivesse preso em uma caixa de fogos de artifício humanos, vendo as crianças pularem e gritarem à sua volta. Ele era o único adulto presente e, ainda assim parecia invisível para seus colegas passageiros. Havia onze paradas entre Wrexham e Buckley e, em três delas, Jesse pensou em sair e esperar uma hora pelo próximo trem. Quando cruzaram o rio Cegidog, um grupo de jovens selvagens deixou de lado uma brincadeira, que consistia em saltar pelos corredores, para começar outra: atirar crianças menores sobre os assentos. Às vezes, os pequenos eram pegos, outras, caíam com um baque dolorido no chão. No início, Jesse ficou preocupado com possíveis ossos quebrados e narizes ensanguentados. Depois, começou a se preocupar que quisessem incluí-lo na brincadeira, que talvez fosse arrastado pelos dedos dos pés e atirado pela janela ou usado como trampolim humano. De repente, em Penyffordd, houve um êxodo em massa, e Jesse ficou sozinho com uma garotinha e seu irmão que haviam procurado refúgio num espaço para bagagens no alto e agora desciam cuidadosamente e se sentavam de frente para Jesse.

— É assim todos os dias? — perguntou Jesse.

A menina deu de ombros. Seu irmão olhou pela janela.

Jesse tentou imaginar um jovem Trichcombe Abufel em circunstâncias semelhantes. Como aquela figura ascética tinha sobrevivido a uma infância com aquela? Teria encontrado refúgio em obras de arte? As obras serviram como um abrigo de calma e tranquilidade?

Em Buckley, Jesse pegou um ônibus local para Mold, esperando ver magníficas paisagens campestres ao longo do caminho, mas o ônibus mal havia deixado os subúrbios de Buckley quando apareceram os primeiros edifícios de Mold. Jesse conferiu o endereço novamente: Fford Pentre, 21 – ele esperava que fosse mais fácil encontrar do que pronunciar.

Depois de muito planejar com Larissa, os dois concluíram que seria melhor fazer uma visita em vez de telefonar ou escrever para Maurice, o sobrinho de Trichcombe, principalmente considerando que a venda seria realizada na noite seguinte. Depois que a comoção em torno da venda passasse, e a imprensa e o público parassem de falar o tempo todo sobre a pintura, Jesse tinha medo de que a polícia também perdesse o interesse em rever o caso de Annie. Não queria que ela passasse nem um minuto a mais na prisão.

— E se estiverem de férias? — perguntou ele a Larissa, andando de um lado para o outro do pequeno apartamento dela.

— Eles voltarão — respondeu Larissa de maneira sensata.

— E se tiverem jogado as coisas dele fora?

— Se for o caso, não restará esperança — respondeu Larissa. — Jesse, você precisa ter cuidado... não tem ideia de como os Winklemans são poderosos.

— É o que você sempre me diz— replicou Jesse, irritado.

Ele queria ir de carro para Mold ainda naquela noite. Só faltava ter um carro, e uma carteira de motorista. Se tivesse dinheiro, teria chamado um táxi para levá-lo até lá.

— Veja o catálogo da pintura — disse Larissa, estendendo o grande volume dedicado exclusivamente à pintura.

Na frente, via-se o título em letras douradas, *A Improbabilidade do Amor*, gravada na capa dura – por baixo dela havia onze ensaios exaltando a importância e a relevância cultural da imagem. Havia textos de Septimus Ward-Thomas sobre o valor daquela obra para o campo da arte, de Simon Schama, sobre sua proeminência artística e histórica, bem como comentários de Jasper Johns, Peter Doig, Dexter Dalwood, Catherine Goodman, Gerhard Richter e Tarka Kings, e poemas de Carol Ann Duffy e Alice Oswald, que tinham sido inspirados por ela.

— Ninguém, além de nós, quer que essa venda fracasse — disse Larissa.

— Annie é inocente! — disse Jesse enfaticamente. Tinha parado de andar e estava de frente para Larissa, os olhos ardendo.

— Não estou dizendo que ela é culpada, só que as provas contra ela são muitas — disse Larissa. — Não há nenhuma imagem dela no brechó no dia da suposta compra, mas uma policial se lembra de um depoimento que ela deu no dia seguinte ao incêndio, particularmente interessada na morte do vendedor. Há até imagens em que dá para ver ela tirando o quadro da Winkleman, assim como provas que mostram que ela reunia informações sobre a história da obra, incluindo visitas à National Gallery e ao British Museum. Os Winklemans têm até registros de livros que ela retirou de bibliotecas sobre Watteau e indícios que mostram que ela tentou autenticar a pintura em todos os estabelecimentos além do óbvio... o de seus empregadores. Por que ela não mostrou a pintura para Rebecca?

— Ela não queria que pensassem que estava desperdiçando tempo de trabalho — respondeu Jesse. — Além disso, você sabe como Rebecca e Memling são intimidantes e inacessíveis.

— Você tem que admitir, Jesse, que a coisa não é nada boa. Nenhum júri hesitará muito em condená-la — disse Larissa.

— Armaram para ela.

— Você é um homem apaixonado — disse Larissa gentilmente. — Precisa agir com muito cuidado e sangue-frio se quiser ajudar Annie.

Jesse caminhou pelo centro de Mold. Com fome e com sede, olhou pela janela do Dolphin Inn, perguntando-se se teria tempo para um almoço tardio e uma caneca de coragem holandesa. Seus pensamentos imediatamente se voltaram para Annie e ele sentiu uma pontada de vergonha – o futuro dela estava em suas mãos e ele pensando em comida. Ele encontrou Ffordd Pentre facilmente – era um conjunto habitacional construído na década de 1980 perto da estrada principal, Chester Road. As casas eram de tijolos vermelhos e muito parecidas umas com as outras: algumas tinham janelas salientes, outras, acabamento em madeira branca, todas tinham garagens grandes demais e pátios de pedras. O número 21 era cercado por um muro baixo e uma cerca-viva de alfena. Diferente dos vizinhos, tinha um gramado pequeno e cuidadosamente aparado e jardineiras penduradas. Um gato malhado estava sentado na janela e havia um pequeno carro estacionado em frente.

Jesse estava bem vestido. Usava uma camisa azul clara, uma gravata e seu melhor terno de veludo, na esperança de parecer respeitável, mas não formal demais. Ajeitando o cabelo com a mão direita, caminhou até a porta e bateu com firmeza.

Lá dentro, Delia Abufel tinha acabado de preparar uma xícara de chá, pegar três biscoitos recheados da lata, anotar que precisava comprar mais no mercado no dia seguinte, e se instalar para assistir a um programa diário chamado *Pointless*. Começava às cinco da tarde e, exatamente às 16h50, com tudo "no jeito", Delia ligou a televisão para ver o rosto radiante de Alexander Armstrong anunciar o primeiro convidado. *Hoje*, pensou Delia, *eu vou ganhar*. No dia anterior, tinha perdido novamente, outra derrota em uma longa série de decepções. A campainha tocou. Um toque curto, mas insistente. Delia olhou para o gato, mas ele estava imperturbável e continuava a lamber a pata. Ela aumentou o volume da televisão. Deviam ser as crianças do início da rua – era melhor ignorar.

Lá fora, Jesse deslocava o peso de um pé para o outro. Sabia que havia alguém lá dentro, podia ver os reflexos fantasmagóricos da tela da televisão cintilando atrás das cortinas de rede. Quanto tempo devia esperar antes de tocar de novo? Não queria irritar os Abufels.

Lá dentro, Delia avaliava os diferentes concorrentes para ver qual seria seu principal rival. A maioria eram pessoas comuns de meia idade, da regão central da Inglaterra, mas havia uma dupla que Delia odiou à primeira vista: Milly e Daisy, de

Blackpool. Para começar, eram bonitas – bonitas demais para terem cérebro, além de usarem roupas elegantes. Delia poderia ter sido Daisy ou Milly, deveria ter sido aquele tipo de garota. Mas algo deu errado, a sorte não tinha sorrido para ela. Deveria ter se casado com Tod Florence e se mudado para a Nova Zelândia, ou ter aceitado namorar com Ronnie Carbutt, que agora era gerente de todos os supermercados Tesco do País de Gales, mas Delia tinha escolhido o gentil rapaz da região. Sinceramente, Maurice não valia de nada – um encanador sem nenhuma esperança de melhorar de vida. Um homem pelo qual se podia acertar o relógio, não um homem com quem viver.

A cada filho que nasceu, ela ganhara seis quilos. Agora todos os quatro tinham saído de casa, deixando a mãe com um vazio na vida e uma barriga que pendia sobre a calça. Ao olhar para a prateleira ao lado da televisão, Delia viu as duas fileiras organizadas de livros: as prateleiras de cima eram dedicadas à gastronomia, volumes de Nigella Lawson, Delia Smith e outros; na de baixo, estava sua coleção de dietas fracassadas – todas as modas, de South Beach a Atkins –, três metros de sonhos despedaçados.

A campainha tocou novamente. Desta vez mais longa e insistentemente.

— Em que filme Sigourney Weaver estrelou? — perguntou Alexander Armstrong. — Se conseguir adivinhar a menos provável e obtiver a menor pontuação, terá a chance de passar ao cara a cara.

Delia tentou freneticamente pensar em um filme de Sigourney Weaver. Seria *Alien*? *Tempestade de gelo*? *Os caça-fantasmas?*

A campainha tocou de novo. Delia pensou em pegar um jarro de água fervente e atirar na cara da criança malcriada.

Então lhe ocorreu algo. Talvez fosse a polícia militar ali para lhe dizer que seu filho mais velho, Mark, tinha sido ferido no Afeganistão. Eles iam até a sua porta comunicar essas coisas, não telefonavam. Onde estava Maurice quando precisava dele? Delia sentiu vontade de chorar. Levantou-se da cadeira de repente e quase correu até a porta da frente para abri-la.

— Pode me contar tudo — disse ela, esforçando-se para conter as lágrimas.

O homem diante dela não parecia um soldado ou um policial ou representante de qualquer autoridade. Usava um terno que já tinha visto dias melhores. Sua gravata estava direita, mas o cabelo, castanho-escuro e espesso, espetava-se em mechas irregulares. Ao olhar para baixo, Delia notou que os sapatos dele estavam cobertos de tinta.

— Mas quem diabos é você? — perguntou ela.

Jesse olhou de volta para a mulher baixa e rechonchuda, de roupão e pantufas felpudas rosa. Se ele tivesse de associar Trichcombe Abufel, com seus membros estreitos, seus lenços perfeitamente amarrados e sapatos polidos à pessoa mais improvável do mundo, nunca seria capaz de imaginar Delia. Trichcombe raramente demonstrava alguma emoção; a mulher diante dele abriu a porta tomada pela tristeza e agora estava cheia de raiva.

— Mas quem diabos você é? — perguntou novamente.

— Sou amigo de Trichcombe Abufel — começou Jesse.

— Você é o agasalha-croquete dele? — perguntou Delia, hesitante.

— Perdão?

— Sua biba ?

— Sou apenas um amigo — disse Jesse com firmeza.

— Qual você acha que é o filme menos conhecido da Sigourney Weaver? — perguntou Delia, olhando para a televisão.

— *Nas montanhas dos gorilas*? — arriscou Jesse.

— Puta ideia boa — disse Delia, antes de fechar a porta na cara dele e voltar para a televisão.

Jesse ficou ali, de frente para a porta fechada. Lá dentro, Milly e Daisy venceram essa rodada com um filme obscuro chamado *Heróis fora de órbita*.

— Eis aqui os nomes de oito jogadores de futebol... Façam a correspondência entre seu clube britânico e a seleção nacional que representam — pediu Alexander Armstrong, radiante, na tela.

Delia desabou na cadeira... Não sabia nada sobre futebol. Mas aparentemente Milly e Daisy sabiam – dispararam na liderança com uma pontuação muito baixa.

A campainha tocou de novo.

Delia levantou-se da cadeira e foi atender.

— O que foi agora?

— Lamento incomodá-la. É realmente urgente.

— Não posso deixá-lo entrar... você terá que esperar Maurice chegar em casa.

— E quando ele chega? — perguntou Jesse educadamente.

— Às seis horas da tarde, em ponto. Nunca um minuto mais cedo ou mais tarde. Agora em que time Robin van Persie joga e de onde o desgraçado é?

— Manchester United, e ele é holandês.

Mais uma vez, a porta fechou em sua cara.

Jesse sentou-se no muro em frente à casa. Um vento forte açoitava Fford Pentre. Jesse viu outras pessoas voltando da escola ou do trabalho, estacionando seus carros quadrados de cores vivas diante das varandas de tijolos vermelhos e entrando depressa. Embora fosse julho, já estava escurecendo na cidade. Observou as luzes começando a se acender, iluminando as pedras das calçadas. As casas, tão comuns e pouco atraentes durante o dia, tornavam-se tão acolhedoras ao anoitecer, as janelas brilhando como olhos gentis em um rosto sem graça. Exatamente às dezoito horas, o carro de Maurice Abufel, um Honda Civic, parou na garagem.

— Oi, você deve ser Maurice Abufel — disse Jesse, afastando-se do muro.

Se Maurice ficou surpreso ao ver um estranho à sua espera no pátio, não demonstrou. Maurice parecia um pouco com o tio – alto e magro, com feições exageradas e uma expressão melancólica. Ao contrário de Trichcombe, que se vestia de forma impecável, aquele Abufel usava um macacão azul e sapatos de sola de borracha.

— Quem é você? — perguntou ele.

— Sou amigo de seu tio Trichcombe. *Era* amigo. Meus sentimentos — acrescentou rapidamente.

— O que você está fazendo aqui? — perguntou Maurice, tirando a chave do bolso. — Por que não tocou a campainha? Entre.

Maurice abriu a porta e fez um gesto para que Jesse o seguisse. Lá dentro, Maurice tirou o chapéu e colocou-o em cima da mesa, pendurou a chave de casa num gancho que dizia "chave" e a chave do carro em outro gancho que dizia "carro do M". Então abriu um armário no corredor e pendurou o casaco com cuidado em um cabide de plástico azul.

— Nós temos visita. Desligue a TV — disse Maurice.

— Quem?

— Uma amigo do tio T... ele estava esperando lá fora.

Maurice e Jesse ainda estavam lado a lado no pequeno hall. Pela porta aberta, puderam ver Delia se levantar da cadeira e vir até eles.

— Eu o fiz esperar lá fora — disse Delia, sem olhar para Jesse.

— Por quê? Está muito frio lá fora.

— Ele podia ser um estuprador — disse Delia.

Maurice olhou a esposa de cima a baixo.

— Em seus sonhos, mulher, em seus sonhos.

— Cale a boca, Maurice, e vem tomar chá — disse Delia.

— O que tem para comer?

— Palitinhos de peixe empanado e feijão.

— Ah, sim, hoje é quarta.

— Não há comida suficiente para três pessoas — disse Delia, olhando para Jesse.

— Você cozinha o suficiente para dez... e come por nove. Não vai morrer se comer um pouco menos hoje. — Maurice virou para Jesse. — Entre e conte-nos por que está aqui. — Maurice mostrou o caminho para a cozinha.

Jesse não comia desde aquela manhã, mas aproveitou que estavam prestando atenção para contar-lhes sobre Annie, que ela tinha comprado o quadro em um brechó e que ele tinha a encorajado a autenticá-lo. Em seguida, explicou que Trichcombe havia descoberto algum segredo obscuro do passado dos Winklemans e tinha sido literalmente expulso do cenário artístico de Londres na década de 1970, além de desacreditado. Havia algo com relação àquela pintura, disse Jesse a eles, que confirmava a desconfiança de Trichcombe. Ele esperou por mais de quarenta anos para desmascarar os Winklemans e, quando conheceu Annie e viu o quadro, finalmente tinha provas. Trichcombe escreveu sua tese e planejava publicá-la em uma revista chamada *Apollo*. Na véspera do dia em que entregaria a história ao editor, ele morreu de repente.

— O legista disse que foi um ataque cardíaco — interveio Maurice.

— Que tipo de pessoa apaga todos os arquivos em seu telefone, seu computador, some com todos seus arquivos físicos e depois tem um ataque cardíaco? — perguntou Jesse.

— Talvez estivesse sob muito estresse?

— O zelador do prédio o viu sair naquela manhã. Ele carregava um pacote e lhe disse que ia aos correios. Perguntei se ele parecia pálido ou doente. O zelador falou que ele estava muito animado e até mesmo disse "Bom dia", o que era surpreendente para um velho rabugento. Com todo o respeito — acrescentou Jesse rapidamente.

— Ele era mesmo um velho ranzinza — concordou Delia.

— Duas noites antes, ele jantou com uma amiga minha e disse a ela que tinha descoberto um crime que deixaria todo mundo boquiaberto. Disse que isso provava que ele estava certo e tinha sido difamado — continuou Jesse, inclinando-se na direção deles. — Não acredito que a morte de Trichcombe tenha sido acidental.

Maurice e Delia se entreolharam.

— Eu estava cuidando da roupa para lavar hoje e ainda pensei que nunca acontecia nada em Mold — disse Delia.

— Nada acontece em Mold. Isso foi em Londres — disse Maurice.

— Minha amiga disse que Trichcombe poderia ter lhe enviado algo... uma cópia de seu relatório. — Jesse prendeu a respiração. Era a última esperança de Annie.

Maurice balançou a cabeça.

— Receio que não.

Delia ficou quieta e, de repente, disse:

— O pacote... pensei que fosse uma roupa que eu tinha encomendado da ASOS... Caminhei até a cidade, tive de esperar 45 minutos na fila e era apenas um dos seus manuscritos. Ele tinha ligado para me avisar alguns dias antes.

— E o que você fez com ele? — Jesse curvou-se sobre a mesa.

— Estou tentando lembrar. — Delia recostou-se na cadeira.

— Sem pressa — disse Maurice com ironia. — É só o assassinato do meu tio em jogo.

— Depois dos correios, fui ao açougue e comprei duas costeletas de cordeiro. Encontrei Lily no caminho e ela me chamou para ir à casa da Ivy tomar um café. Então fomos até lá... ela havia feito um bolo maravilhoso. Um pão-de-ló com geleia, creme e morangos de verdade vindos da Espanha.

Jesse fazia de tudo para não chorar de frustração.

— Então vim para casa.

— Isso foi tudo o que aconteceu naquele dia? — perguntou Maurice, incrédulo. — Provavelmente dirigi de Chester para Birmingham, consertei quatro caldeiras, desentupi alguns canos e preenchi as fichas de chamados dos clientes. E você ficou sentada comendo bolo, como Maria Antonieta?

Delia franziu os lábios, mas não respondeu.

— Você trouxe o pacote para casa? — perguntou Jesse.

— Estou tentando lembrar com que bolsa saí.

— Você poderia tê-lo deixado na casa da Ivy? — perguntou Jesse, tentando não deixar o pânico transparecer em sua voz.

— Levei a bolsa de compras ou aquela sacola de carregar nas costas?

— E o que isso tem a ver? — perguntou Maurice.

— Uma delas tem um bolso.

— Talvez você pudesse verificar o bolso? — perguntou Jesse, já de pé.

Delia foi até o armário e o abriu. A bolsa de compras estava no fundo, atrás da tábua de passar. Delia apalpou o grande bolso dianteiro.

— Não está aqui. — Em seguida arfou, olhando para o relógio. — O *Mac Show* começa em dez minutos... Rob Brydon vai esta noite. Vamos assistir?

— Por favor, sra. Abufel, sei que é pedir muito, mas precisamos encontrar este pacote — disse Jesse, tentando manter calma a voz trêmula.

— Não se preocupe... assim que o programa terminar, procuro mais.

Desta vez, foi o marido dela que se levantou. Maurice, com sua velha pantufa xadrez, o cabelo penteado para o lado para esconder a careca, o casaco marrom remendado sobre a roupa de trabalho e seus óculos de grau dos anos 1960, de repente passou de encanador para um gigante furioso.

— Saia já dessa cadeira e vá até o sótão — gritou para a esposa. — Pelo menos uma vez na vida, deixe a TV em segundo lugar e dê prioridade à vida de outra pessoa. Estamos falando do meu tio Trich. Ele era da família. A família vem primeiro. Se não viesse, eu já teria saído por aquela porta há muitos anos. Agora vá até lá e traga todo papel que meu tio lhe enviou o mais rápido que suas pernas curtas consigam.

Delia olhou para o marido, espantada. Abriu e fechou a boca e então saiu da sala. Jesse e Maurice ficaram em silêncio, ouvindo seus passos pesados na escada e no patamar e depois um baque, quando a escada do sótão foi abaixada. Em seguida, ouviram um rangido enquanto Delia subia até o sótão.

— Talvez eu devesse ir até lá ajudá-la? — indagou Jesse.

— Pode ficar aí — replicou Maurice, olhando para frente.

Poucos minutos depois, Delia voltou com três sacolas. Dentro delas, havia envelopes de papel pardo fechados com o nome de Maurice escrito na frente. Na parte de trás, também escritos à mão, estavam o nome e o endereço de Trichcombe. Jesse examinou-os rapidamente. Nenhum fora enviado recentemente.

— São todos livros dele? — perguntou Maurice, virando os envelopes.

— Ele escreveu pelo menos doze — respondeu Jesse, examinando cada carimbo do correio com muito cuidado. — Não está aqui.

— Ligue para a Ivy. Veja se você deixou lá — instruiu Maurice à esposa.

— Ela deve estar assistindo *The One Show* — resmungou Delia, indo até o corredor para usar o telefone.

Descobriram, então, que Ivy não estava com o manuscrito, nem Lily.

Jesse sentia o futuro dele e o de Annie escapar pelos dedos. Não restava esperança, ela seria condenada e passaria o resto da vida na prisão por um crime que não havia cometido. A vida dela seria sacrificada para manter um segredo a salvo. Jesse sabia que nunca mais amaria de novo – haveria outras mulheres, criaria boas lembranças, voltaria a pintar –, mas seria tudo uma sombra da vida que ele gostaria passar com Annie. Percebia agora que, até se conhecerem, sua ideia de sucesso se confundia com sua liberdade pessoal – estar livre de compromissos, preocupações, pobreza, riqueza, ansiedade e posses – uma existência bastante sem graça e fechada emocionalmente.

Ele gostava de pintar e amava sua família, mas pouco mais além disso. Só uma ou duas vezes achou que tinha valido a pena cruzar a cidade por uma mulher. Mas quando se afastavam, ela reclamando de sua falta de empenho e comprometimento, Jesse só dava de ombros, desculpando-se.

Tudo havia mudado desde que conheceu Annie. Sua vida, que até então tinha sido uma série simples de notas monótonas e agradáveis, explodiu em uma cacofonia de acordes desenfreados e imprevisíveis. O sol inundou os cantos escuros e desconhecidos de seu ser. E de repente se viu completamente tolo, a cabeça nas nuvens e o coração aberto. Sorria para estranhos, cantava nos elevadores, dançava pelos corredores. Ouvia melodias como se pela primeira vez, via as cores com novos olhos. Nenhuma tarefa parecia exigir esforço – ele corria pelas ruas e subia as escadas saltando. Alguma película inexplicável fora removida de seus olhos, permitindo que Jesse visse o mundo de um ponto de vista familiar, mas totalmente surpreendente. Tudo tinha se intensificado, parecia mais vívido, mais tocante. Sua pintura se transformou por completo: os tons apagados e a composição cuidadosa deram lugar a explosões extravagantes de cor e fantasias impulsivas, os pincéis voando com energia e ímpeto sobre as telas. Às vezes, ficava tão sem ar que tinha de se agarrar a algo sólido para o chão não ceder sob seus pés. Ele sabia, com absoluta e inegável certeza, que ele e Annie tinham sido feitos para ficar juntos.

Mas aquela nova descoberta veio acompanhada também do oposto – o medo de perdê-la. Só entendeu o que era sentir pavor quando viu Annie pela primeira vez. Sua atitude tranquila e despreocupada com relação à vida se evaporou, e cada movimento, cada pequeno acontecimento era realçado por uma sensação de pânico e inquietude. Agora, sentado na cozinha do número 21 de Fford Pentre, Jesse percebeu que havia perdido, que eles nunca ficariam juntos e que a pessoa que mais amava no mundo tinha um futuro desolador pela frente. Então apoiou a cabeça nas mãos e começou a chorar.

— Tem um desconhecido chorando na minha cozinha — disse Delia.

Maurice tirou o lenço do bolso e deu a Jesse. Depois, virando-se para Delia, disse:

— Pegue a bolsa de compras e a sacola de carregar nas costas. Dê uma olhada na pilha de coisas para reciclagem. Tem que estar aqui em algum lugar.

Delia olhou para o relógio. Não lembrava direito que programa viria em seguida. Em que dia estavam?

Maurice levantou-se e foi até o armário. Tirou de lá a vassoura e as panelas para alcançar a bolsa de compras e outras bolsas.

— Você está fazendo uma bagunça — disse Delia, queixosamente.

— Pegue a caixa de coisas para reciclagem, agora — repetiu Maurice.

Delia levantou-se e saiu pela porta dos fundos até o velho galpão de carvão onde guardava papéis e plástico. Desde que a Câmara fizera alguns cortes, só passavam de quinze em quinze dias e havia uma boa pilha.

Maurice virou a bolsa de compras de cabeça para baixo, deixando cair uma cenoura solitária. Então virou as outras bolsas do avesso. Nada.

No galpão, Delia acendeu a luz e começou a examinar as pilhas de papel. Sentia-se irritada e humilhada. Como Maurice se atrevia a falar assim com ela na frente de um estranho? Como aquele triste desconhecido se atrevia a atrapalhar seus programas de TV? Ela chutou a pilha de papéis, que se espalharam pelo chão. É claro que não havia nada lá. O que Maurice estava pensando? Que ela não se lembraria de colocar as coisas de seu tio morto na pilha? Delia parou de repente. Viu a ponta de um envelope escuro e familiar. Puxou-o para ela e identificou a conhecida caligrafia toda desenhada. Delia foi tomada pelo pânico, encontrar o envelope ali de repente representava uma desmoralização ainda maior e a fazia parecer mais estúpida. Provavelmente era melhor escondê-lo e, quando Maurice saísse para trabalhar de manhã, rasgá-lo ou levá-lo até a coleta seletiva do supermercado para ser reciclado. O mais importante era se livrar do homem chorando em sua cozinha e voltar para a TV. Delia só conseguia lidar com as coisas quando seu mundo estava em ordem, senão sentia tremores e o pânico tomava conta dela. Tinha a sensação de que, o que quer que houvesse dentro daquele envelope, mudaria sua vida, e não necessariamente para melhor.

— O que você está fazendo aí? — Maurice apareceu atrás dela, projetando uma terrível sombra sobre o galpão.

— Você me assustou — disse Delia, recuando e tentando esconder o envelope, movendo alguns papéis com o pé.

Maurice notou o olhar nervoso dela para o lado.

— O que você está escondendo? — perguntou ele.

— Nada... o que eu esconderia? — replicou ela. — Vamos entrar e reconfortar aquele jovem. Pobre homem. Você poderia levá-lo até a estação. — Delia sabia que ninguém deveria encontrar aquele envelope.

Maurice a afastou e, ajoelhando-se, começou a revirar a pilha.

— Está sujo aí, levante-se — exortou Delia.

Maurice levou menos de vinte segundos para encontrar o envelope de Trichcombe. Então, agarrando-o triunfalmente, levantou-se e deixou o galpão de carvão sem olhar para a esposa.

Voltou para a cozinha e deixou cair o envelope na frente de Jesse.

— Encontrei. Quem vai abrir? Você ou eu?

Jesse levantou a cabeça da mesa e olhou de Maurice para o envelope, enxugando o rosto.

— Isso é maravilhoso. Maravilhoso. Vocês encontraram! — Ele se levantou, abraçou Maurice e em seguida foi abraçar Delia.

— Não se atreva a chegar perto de mim — resmungou Delia, aprumando-se até alcançar sua altura máxima de 1,57 m.

Com muito cuidado, Maurice abriu a borda do envelope e, deslizando a mão para dentro, tirou um cartão de memória, algumas fotografias, um manuscrito cuidadosamente datilografado de cerca de 40 páginas e uma carta.

Querido Maurice,
Espero que você nunca precise ler esta carta ou tomar providências em relação ao seu conteúdo. Se esse dia chegou, provavelmente estou morto. Como você é meu parente vivo mais próximo e um membro aparentemente confiável e respeitável de sua comunidade, sempre confiei no seu bom caráter para guardar cópias do meu trabalho. Desconfio que você não tenha tido tempo ou predisposição para digerir meus livros. Nunca conheci uma pessoa criada em Mold que compartilhasse minha paixão pela arte. Não tenho certeza de onde ela veio. A casa dos seus avós não tinha sequer uma reprodução, muito menos uma obra original. Minha paixão se inflamou quando a diretora da escola, a srta. Quilter, esqueceu-se de agendar uma excursão para a fábrica de Bournville e, em vez disso, tivemos de passar o tempo no Museu e Galeria de Arte de Birmingham. Você pode não se lembrar, mas o levei lá quando era criança. Achava que todos mereciam uma experiência transformadora, mesmo que não a aproveitassem. Para mim, a arte foi meu salva-vidas; estudá-la, admirá-la, amá-la, era a única maneira de eu me sentir um pouco menos estranho e solitário. Alguns amam mulheres ou homens, apostas ou bebidas; eu amo as pinturas e devotei toda a minha vida ao estudo delas e a tentar explicar sua beleza e mística aos outros.

Maurice reajustou seus óculos e continuou lendo a carta.

Um homem me ajudou a consolidar uma carreira e esse mesmo homem a destruiu. O nome dele é Memling Winkleman.

Maurice parou e olhou para Jesse.

— É ele?

Jesse assentiu. Suas lágrimas haviam secado e seu coração bateu acelerado em seu peito.

— Continue lendo — pediu.

Espero que, quando ler esta carta, o nome dele seja internacionalmente reconhecido e que ele tenha sido desmascarado pelo que ele é: um criminoso mentiroso e desonesto, um nazista, que nunca deixou que nada interferisse em seus planos de estabelecer o maior império do mundo da arte.

— Um nazista. Veja só isso — disse Delia.

Maurice lançou à esposa um olhar para silenciá-la e continuou a ler.

Como talvez saiba, eu era seu autenticador, um especialista que define se algo é verdadeiro ou falso. Tenho um conhecimento prodigioso (se posso me atribuir algum crédito) sobre pinturas e uma ótima memória fotográfica. Depois que vejo uma pintura e a estudo por algum tempo, nunca esqueço um único detalhe. Mostre-me um canto de um Rembrandt e lhe digo tudo sobre essa obra. Então tenho um bom olho para identificar as preciosidades – Memling e eu visitávamos várias salas. Eu identificava e certificava uma obra-prima, e Memling a comprava. Curiosamente, nunca me interessei muito pelo dinheiro, queria estar associado a coisas grandiosas e ter a chance de publicar meus pensamentos e ideias. Então, Memling e eu tínhamos uma grande parceria: ele ficou rico, eu obtive consagração.

— O que significa consagração? — perguntou Delia.

Maurice e Jesse a ignoraram.

Havia uma coisa que nunca conseguiria entender, uma coisa que ele nunca pôde me explicar. Mesmo quando o mercado se contraía, quando havia menos obras boas disponíveis, Memling descobria grandes pinturas, como se surgissem do nada. Ele entrava em um avião e voltava com uma ou duas telas. Eu lhe perguntava como e onde? Ele nunca respondia. Uma vez, ele apareceu com um magnífico Tiziano, o retrato de uma jovem, um quadro pequeno, mas perfeito. Algo com relação àquela pintura despertou minha curiosidade. Eu conhecia a composição em razão de uma gravura que vira na Gemäldegalerie, em Berlim. Logo averiguei que essa pintura pertencera a uma família judia antes da guerra, mas depois desaparecera. Comecei a verificar outras pinturas que passaram pela galeria – de maneira sub-reptícia, é claro – e descobri que, durante os dez anos em que eu trabalhara para o Winkleman, cerca de trinta pinturas que negociamos tinham pertencido a judeus exterminados durante o Holocausto. Acho que soube logo o que aquela descoberta poderia me custar.

Um dia, entrei no escritório de Memling sem bater, e lá em sua mesa havia uma pintura do mestre francês Watteau, chamada A Improbabilidade do Amor *– eu a conhecia de gravuras, é claro. É uma obra de arte verdadeiramente maravilhosa. Dizem que sua beleza tem o poder de inspirar o amor em meros mortais; bem, certamente me inspirou alguma loucura. Sem pensar, peguei-a da mesa e devorei-a com os olhos. Eu deveria ter fingido não tê-la visto. Memling agarrou a pintura de volta e gritou para que eu saísse do escritório e do prédio. Fiquei tão chocado que simplesmente fiz o que me pediu. Ao voltar na manhã seguinte, encontrei meus bens e livros em uma caixa na calçada. Fui impedido de entrar no prédio. Os rumores começaram imediatamente. O mundo da arte é um lugar pequeno administrado por uma poderosa elite. Eu passei a ser recebido por olhares indiferentes ou claramente hostis quando entrava em exposições ou galerias. Meus manuscritos eram rejeitados e eu não conseguia que publicassem meus textos, muito menos arrumar um emprego. Tentei colocar a boca no trombone a respeito de Memling, contar aos outros minhas descobertas, mas ninguém me dava ouvidos. Sabiam quem detinha o poder. No baile do poder, todos somos cúmplices.*

Eu conseguia ganhar o suficiente para sobreviver. Somente. Tinha um apartamento e um pequeno estipêndio pago pela Wallace. Continuei a escrever livros – a maioria sem ter sido publicado.

Você tem uma cópia de todos eles. Aceitei que o mundo era assim. Que os Memlings deste mundo prosperariam e os pequenos homens de Mold definhariam.

Um dia, a esperança voltou. Vi um desenho da pintura – o Watteau, A Improbabilidade do Amor *– e uma jovem me disse que tinha o quadro. Talvez fossem os anos de raiva latente ou algum resquício do espírito lutador de Gales, mas percebi que tinha a chance de expor o monstro. Aquela pequena e bela obra de arte me deu a força e o propósito para fazer o que eu deveria ter feito há muitos anos.*

Este longo ensaio, que espero tenha sido publicado e divulgado em toda a imprensa mundial, irá lhe mostar como fiz isso e em que minha evidência se baseia. Emboras vidas tenham sido perdidas, a justiça agora será feita.

Se, por algum motivo, minha vida for encurtada (e não seria excessivamente dramático imaginar que possa acontecer), eu lhe peço, querido sobrinho, para garantir que esta informação veja a luz do dia. Faça isso de forma anônima e com muito cuidado, mas sei que você é o tipo de homem que gosta de corrigir injustiças.

Com todo respeito,

Seu tio,

Trichcombe

Delia levou a mão ao coração.

— Eu sabia que devíamos ter deixado esse pacote no galpão, Maurice. Isso é problema.

— Coloque a chaleira no fogo — replicou Maurice.

Durante as duas horas seguintes, até as 22 horas, ele e Jesse leram e releram o ensaio de Trichcombe e examinaram suas detalhadas notas de rodapé. O historiador de arte havia abandonado a convenção e escrevera sua história em primeira pessoa, detalhando sua relação com Memling e os negócios que fizeram juntos. Falava sobre as suspeitas que antes havia descartado e sobre o retrato de Tiziano seguido de outras aparições "milagrosas". Trichcombe falava abertamente sobre ter subjugado suas suspeitas para levar adiante a própria carreira até o dia em que viu o Watteau. Cada pintura que ele mencionava vinha com uma procedência detalhada, mostrando que um dia haviam pertencido a judeus que perderam a vida durante a guerra. A evidência mais devastadora eram as fotografias do jovem "Memling" com a família Winkleman diante do *A Improbabilidade do Amor*, no apartamento deles em Berlim. Trichcombe fora direto do apartamento de Danica Goldberg no número 14 da Schwedenstrasse para o arquivo público. Ele tinha uma cópia da certidão de nascimento de Memling Winkleman e também a de um rapaz chamado Heinrich Fuchs. Mas Trichcombe não tinha parado por aí. As fotos seguintes que havia descoberto eram da Juventude Hitlerista, mostrando um jovem recruta chamado Heinrich Fuchs, uma versão mais jovem do homem que todos agora conheciam como Memling Winkleman. Trichcombe retraçou a carreira do homem até a unidade de arte nazista, em que Fuchs trabalhava diretamente sob as ordens de um oficial chamado Karl Haberstock. Talvez a fotografia mais surpreendente encontrada fosse a que mostrava um oficial subalterno atrás de Hitler, segurando uma pintura. Embora a foto estivesse manchada e ligeiramente fora de foco, o jovem com a boina puxada sobre o rosto, as costas bem aprumadas, era certamente Heinrich Fuchs.

— Que diabos nós fazemos agora? — perguntou Maurice, empurrando a cadeira para trás.

— Você finge nunca ter visto nada disso — disse Delia. Durante as duas últimas horas, ela pairava nervosamente, deslocando-se da televisão para a cozinha.

— O gênio está fora da lâmpada agora. Temos de fazer o que é certo pelo tio T — disse Maurice com firmeza. — Não acho que os policiais daqui vão levar isso a sério.

Jesse estava tirando fotografias de cada imagem e cada página do manuscrito com seu celular e salvando em um servidor remoto.

— Talvez eu possa mandar isso por e-mail para alguém? — disse ele.

— Vamos levar essas provas para Londres — disse Maurice com firmeza.

— Você nunca foi a Londres. Não vai encontrar — interveio Delia.

— Algumas coisas são grandes demais para não vermos — disse ele, olhando-a de cima e a baixo.

— Você não pode me deixar aqui — disse Delia.

— Eu deveria tê-la deixado aqui há muito tempo.

Maurice saiu da sala e subiu as escadas. Jesse e Delia ficaram em silêncio na mesa da cozinha. O rosto dele exibia um largo sorriso; o dela parecia um monte de cera depois de uma noite passada junto a um radiador, as bochechas e os olhos caídos.

Poucos minutos depois, Maurice apareceu com uma mala pequena em uma mão e seu sobretudo na outra.

— Vamos, Jesse. Vamos.

CAPÍTULO 37

Do *Daily Shout*
Arte e Detenções: A Improbabilidade de Tudo
Por nosso Correspondente Principal de Artes
Arthur Christopher

Medindo apenas 45 por 70 centímetros, óleo sobre tela, a pequena pintura *A Improbabilidade do Amor* tem uma história extraordinária, que acabou de ficar ainda mais fantástica. Programada para ser vendida na casa de leilões Monachorum às oito da noite de ontem, a pintura de Antoine Watteau, grande mestre do século XVIII, deveria quebrar todos os recordes. Embora não tivesse a excelência ou a importância histórica de um grande Tiziano ou Leonardo, nem estivesse tão em voga ou fosse tão revolucionária quanto um Richter ou um Warhol, a procedência desta pintura cativou a imaginação de pessoas por todo o mundo. Muitos colecionadores esperavam acrescentar seus nomes à ilustre linhagem dos mais notórios reis, rainhas, grandes pensadores e amantes que possuíram essa pintura.

Momentos antes do leilão começar, uma falta de energia mergulhou o salão na escuridão e a casa de leilão se transformou num caos. Portões de segurança automáticos desceram, trancando cerca de 250 convidados importantes no salão. O pandemônio se instalou, piorado pela chegada de vinte policiais armados, que entraram em confronto com as equipes de segurança particulares que protegiam alguns dos indivíduos mais ricos do mundo, como o presidente da França e o Ministro da Cultura britânico. Vários tiros foram disparados: o sr. Barthomley Chesterfield Fitzroy St. George foi baleado no braço, mas a única fatalidade foi a sra. Melanie Appledore, de 79 anos, filantropa residente em Nova York, que morreu de um repentino ataque cardíaco.

A multidão reunida do lado de fora para assistir à transmissão ao vivo do leilão não facilitou as coisas. Quando a falha de energia desligou as telas de TV, os espectadores descontentes tentaram entrar à força na casa.

Em meio ao caos, ninguém percebeu que o quadro que seria leiloado havia desaparecido sob o nariz da mídia mundial, da polícia e das equipes de segurança. Seguiu-se uma confusão gigantesca. Um funcionário teria levado a pintura para um cofre? Um dos importantes convidados a havia furtado?

Nas primeiras horas desta manhã, um jornalista desta publicação, colocado a postos diante da casa de Memling Winkleman, informou que policiais uniformizados chegaram à residência às oito horas e saíram acompanhados pelo proeminente marchand. Mais tarde, a delegacia de Paddington Green confirmou que um homem de 91 anos e sua filha de 50, Rebecca Spinetti-Winkleman, estavam colaborando com as investigações. Nenhuma acusação tinha sido feita ainda.

Hoje ao meio-dia, a srta. Annie McDee foi libertada da prisão de Holloway e todas as acusações contra ela foram retiradas. Os leitores vão lembrar que a sra. McDee estava sendo mantida sob custódia, acusada de roubo, extorsão, conspiração fraudulenta e pelo assassinato de Ralph Bernoff, filho do proprietário do Antiquário Bernoff, em Goldhawk Road, em Londres.

Às dez da manhã, o Centro Simon Wiesenthal publicou um tweet afirmando que um dos últimos líderes de divisão nazista, Heinrich Fuchs, havia sido desmascarado. Fuchs, um dos principais integrantes da notória "unidade de arte" de Hitler, ou *Einsatzstab Reichsleiter Rosenberg* (ERR), estava foragido desde 1945. Rumores ainda não confirmados sugerem que Fuchs roubou a identidade e o legado de um falecido judeu de Berlim, Memling Winkleman, que morreu em 1943, em Auschwitz.

Às onze da manhã, o presidente da França emitiu a seguinte declaração: "Na noite passada, cheguei à Grã-Bretanha para concluir a compra de uma importante obra de arte francesa, *A Improbabilidade do Amor*, de Watteau, que deveria estar exposta no Elysée Palace, em Paris. É de extrema importância para o meu país que a pintura seja devolvida o mais rápido possível".

Ao meio-dia, o número 10 da Downing Street emitiu a seguinte declaração: "Temos o prazer de anunciar que um dos nossos agentes conseguiu resgatar a pintura *A Improbabilidade do Amor*, de Watteau, da sala de leilão ontem à noite. A pintura está sendo guardada em endereço seguro que não será divulgado até segundo aviso."

CAPÍTULO 38

Como você provavelmente já adivinhou, foi tudo um trabalho bem-sucedido do jovem agente do governo, o sr. Darren Lu, que se fez passar por porteiro. No caos após o corte de energia, ele abriu um buraco em meu vidro supostamente impenetrável, colocou-me em uma mochila, desceu as escadas e saiu pelos fundos.

Senti pela morte da pobre sra. Melanie Appledore – uma dama que sobrevivera a uma guerra mundial, às águas brutais da Park Avenue e como uma viúva solitária por quase um quarto de século – e acabou falecendo na sala de leilão. Ao menos, ela morreu *hors de combat*, acreditando que venceria o leilão.

Fiquei um pouco desapontada por não ter estabelecido um novo recorde mundial em um leilão. O esperto conde esperava conseguir mais de quinhentos milhões de dólares. Perfeitamente alcançável, uma vez que os jogadores de cartas de Cézanne, uma das *cinco* versões, obtiveram 261 milhões de dólares e minha procedência é muito mais grandiosa do que a do *Retrato de Adele Bloch-Bauer*, de Klimt, que alcançou 150 milhões.

Não se assombre com essa aparente autorreverência; minha tela está coberta pelas pinceladas de um gênio e séculos de desejo, amor e cobiça. Cada um dos meus proprietários acrescentou um estrato intangível, porém indelével: a primeira foi formada pela efusividade de meu mestre, a segunda pelo afeto fraterno de seu amigo Julienne e a essas duas se seguiram a admiração dos grandiosos e dos abomináveis. Até a jovem Annie acrescentou um pouco de magia. Essas camadas de apreciação, embora invisíveis ao olho humano, são detectáveis por aqueles com poderes especiais de intuição e sensibilidade.

E isso, ouço você perguntar, explica os preços insanos das obras de arte e por que eu e meus iguais somos mais valorizados do que ouro ou diamantes? Por que nós, obras-primas, somos um investimento mais confiável do que casas ou terras, quando não passamos de um pedaço de tecido esticado sobre quatro traves finas de madeira? A resposta é bastante simples: olhe em volta, veja este mundo louco, ímpio e cínico, e pergunte-se em que ou onde a humanidade pode depositar sua confiança? Eu sei, você acha que eu, Pedro Pontífice, pareço um velho pregador tagarelando assim, mas em uma era decadente, degenerada e obcecada por dinheiro – onde até mesmo Mamon ficaria impressionado –, a arte tornou-se uma espécie de religião e a beleza, uma forma rara de transcendência.

Como outras religiões bem-sucedidas, a arte evoluiu e exibe templos gloriosos e altos sacerdotes eruditos, assim como pactos e credos. As novas igrejas são conhecidas como museus, em que a contemplação da arte tornou-se uma espécie de oração e atividade comunal. Os muito ricos podem criar capelas particulares cheias de raridades inimagináveis e garantir um lugar na frente. Sempre foi assim.

Voltando a *moi*: tem havido disputas espantosas com relação a quem é meu proprietário. Annie, fiel à sua palavra, renunciou a todas as reivindicações, então todos estão procurando pelo mundo inteiro, tentando encontrar um parentesco distante com os verdadeiros Winklemans. Dez mil pretendentes se pronunciaram até o momento; a maioria pode ser descartada, mas há uma mulher, em Israel, com uma história que parece plausível.

Tudo o que quero é resolução, não restituição. Necessito desesperadamente de um período de paz e consolidação, para me recuperar de toda essa agitação. Minha benção é inspirar emoção em excesso, minha maldição é não ter nenhum controle sobre o meu destino.

Por enquanto, estou exposta na sala de jantar do primeiro-ministro por "questões de segurança"; o principal objetivo dele é irritar os franceses. Após trezentos anos, nada mudou: França e Inglaterra ainda brigam por muito pouco. Aquele Rochedo de Gibraltar, cedido aos britânicos em 1713, ainda é um motivo de disputa com os espanhóis, e os britânicos e os russos continuam se enamorando e se desentendendo: sempre foi assim. Ninguém fala muito sobre a Suécia hoje em dia ou o Império Austro-Húngaro, mas há dois novos atores, Estados Unidos e China; as superpotências vão e vêm, como as marés.

Le scandale da vez foi que o velho nazista tomou uma pílula de cianeto em sua cela e morreu espumando na prisão de Wandsworth. Apareceu, então, uma carta alegando que a filha não sabia nada dos delitos de seu pai. Está bem, conte-me outra. A mesma carta também revelava o paradeiro de um esconderijo cheio de pinturas – frutos de saques nazistas – em uma mina de sal abandonada na Baviera. Foram encontradas lá 84 obras-primas e a Sala Âmbar. Agora, Rússia, França e Alemanha disputam para determinar quem é dono de quê. Desde Helena de Troia, a beleza inspira a guerra.

Annie foi libertada, sem mais nenhuma acusação. Ela veio almoçar com o primeiro-ministro e trouxe Jesse, e um homem do País de Gales. Por acaso, houve um problema com um banheiro entupido – o homem de Gales arregaçou as mangas e desapareceu com um funcionário. Trinta minutos depois, reapareceu, problema resolvido. O primeiro-ministro ficou entusiasmado e ficou falando toda vida sobre a figura do bom cidadão e de uma "grande sociedade". Devo dizer que o primeiro-ministro é um pouco enfadonho, mas provavelmente é preciso ser um pouco enfadonho para querer entrar para a política e ainda mais para permanecer lá.

O galês teve outra ideia: o que achavam de transformar *moi* na "Pintura do Povo"? Ele propôs uma campanha em que cada cidadão doaria três libras para a grande causa de me manter no país. O primeiro-ministro adorou isso, sabendo que seria o primeiro político na história a apresentar um imposto de que todos gostariam.

Pouco antes de partir para os Estados Unidos, Annie veio me ver. Olhando em volta para garantir que ninguém pudesse ouvir, ela sussurrou para minha tela:

— Obrigada — disse ela — por despertar novamente minha fé neste mundo e, acima de tudo, por tornar o amor possível outra vez. Tenho uma enorme dívida com você.

Momentos depois, Jesse apareceu atrás dela, passou um braço à sua volta e beijou suavemente sua cabeça.

— Em que você está pensando? — perguntou ele.

— Na *Improbabilidade do Amor* — respondeu ela, ainda olhando para mim. Então entrelaçou os dedos aos de Jesse e apoiou a cabeça no ombro dele.

Tenho que admitir que fiquei bastante emocionada.

Tomi Horshaft foi confirmada como neta de Ezra e Esther Winkleman. Nascida em Auschwitz-Birkenau em 1943, ficou órfã pouco depois e foi adotada por um casal americano que se mudou para um kibutz no norte de Israel. Às margens do Mar da Galileia, a sra. Horshaft disse:

— Embora esta descoberta nunca traga meus pais, avós ou primos de volta, usarei o dinheiro arrecadado com a venda desta pintura para construir uma escola em sua homenagem.

* * *

O povo da Grã-Bretanha uniu-se para comprar *moi* por 240 milhões (uma fração de meu valor estimado). Foi terrivelmente entediante. A cada trimestre, eu tinha de me mudar para um museu regional diferente. Formavam-se filas diante de cada um, com centenas de milhares de pessoas que iam admirar a *moi*. Os museus cobravam taxas consideráveis para casais que queriam se casar sob meu olhar. Desde minha aquisição, venho sendo eleita todos os anos como o melhor Tesouro Nacional Britânico, com seis vezes mais votos que Stonehenge, o Palácio de Blenheim, a Calçada dos Gigantes ou a Torre de Blackpool, seja lá o que forem e onde quer que estejam essas coisas.

Ainda assim, o povo foi me mantendo a par das fofocas: ouvi falar que Annie e Jesse se mudaram para uma fazenda no norte do estado de Nova York, um lugar que satisfez o amor que têm pelo campo, sem ficar muito longe da cidade. A empresa de Annie, chamada de Deliciarte, tornou-se sinônimo de catering especializado e chique. Apesar das ofertas para tornar a Deliciarte uma marca global, Annie resistiu. "Para mim", disse a um jornalista, "a comida é amor, a comida é lembrança, a comida é sofrimento e esperança, a comida é o passado e o futuro, a comida é quem somos e quem queremos ser. Então, cozinhar está ligado à originalidade e intimidade, e não se pode conseguir isso em grande escala". Quando o jornalista perguntou se ela era a mesma Annie McDee que havia comprado a pintura mais famosa do mundo de um brechó, ido parar na prisão e recusado um milhão de libras de compensação da Fundação Winkleman, Annie replicou: "Era uma pessoa completamente diferente".

Jesse, agora seu marido, ainda pinta paisagens de memória em um grande celeiro convertido em estúdio de artes. Disseram-me que são coloridas, abstratas e altamente procuradas.

* * *

Acusada de falsificar documentos e ocultar provas, Rebecca Winkleman foi sentenciada a cinco anos, mas continua administrando os negócios a partir de um regime de prisão semiaberto. Após dois anos e meio, ela foi libertada. A maioria acreditou que ela só agira ilegalmente para proteger o amado pai, e foi bem recebida de volta ao mundo da arte. Com seu olhar extraordinário e nervos de aço, o negócio floresceu. Em 2025, Rebecca recebeu o título de Dama do Império Britânico, em reconhecimento ao seus serviços pelas artes.

Após o desmascaramento de Memling, Carlo Spinetti tornou-se um cineasta independente e ganhou um Oscar por um filme de terror de baixíssimo orçamento, *Meu sogro*, sobre um ex-nazista implacável que tomava sangue no café da manhã. Carlo morreu em flagrante delito com duas jovens no Chateau Marmont, em Los Angeles.

Vlad e Grace Spinetti se casaram. Ele renunciou à sua fortuna e eles voltaram para a cidade natal dele, Smlinsk, onde tiveram sete filhos e abriram um estúdio de tatuagem. Grace pensou em voltar à Inglaterra para se juntar a sua mãe no negócio da família, mas preferiu a liberdade pessoal às recompensas profissionais.

O Honorável Barnaby Damson perdeu seu posto nas eleições de 2020. E se tornou consultor de mídia na Albânia.

O braço esquerdo de Barty foi ferido durante o tiroteio, mas a casa de leilões recompensou-o significativamente. Ele viveu até os 102 anos, sempre se vestindo especialmente para cada ocasião, e comandou seu próprio programa de televisão chamado *Terrivelmente Comum*, uma visão idiossincrática do sistema de classes britânico.

* * *

Delores Ryan se casou com um taxista marroquino e mudou-se para Taroudant, em Sous Valley. Depois de seu fracasso em identificar o Watteau, desistiu do mundo da arte e dedicou-se a fabricar produtos feitos de óleo de argan.

O conde Beachendon deixou a casa de leilões para dirigir o museu do emir e da sheika de Alwabbi. Com um orçamento anual de um bilhão de dólares para gastar em pinturas, o conde tornou-se uma das pessoas mais poderosas do mundo da arte.

Depois de sua ideia engenhosa de arrecadar dinheiro para a aquisição da Pintura do Povo, Maurice Abufel foi recompensado com a embaixada da República do Daguestão. "É mais ou menos do mesmo tamanho de Gales, mas bem longe de Mold", dizia a todos. Sua ex-esposa, Delia Abufel, ganhou o prêmio de "Emagrecimento do Ano", voltou a se casar e se instalou em Pontefract.

Evie concluiu com sucesso sua reabilitação, terminou o ensino médio e ganhou uma bolsa de estudos para a Universidade de Oxford. Dois anos depois, ela se casou com Bruce Goldenheart (sóbrio há 35 anos) e, juntos, dirigem um serviço de aconselhamento para recuperação de alcoólicos na Ilha de Wight.

Depois de quatro anos de casamento, a esposa de Desmond o deixou, alegando "comportamento irracionalmente controlador".

E quanto a *moi*? Você ainda vê um pedaço velho de tela, de 45 por 70 centímetros, incrustado de pigmentos, óleos, um respingo de canja de galinha e uma mosca morta? Acho que não.

Meu tempo está chegando ao fim. Francamente, estou exausta. É um trabalho difícil manter acesa a chama da beleza e da excelência. Séculos sendo arrancada de molduras, amarrada ao lombo de mulas, transportada em navios, enfiada em sacolas plásticas, pendurada por cima de lareiras e submetida a hálitos quentes... têm seu preço. Minha trama está se desintegrando; a umidade já deixou o óleo. Logo não passarei de uma pequena pilha de poeira. Por sorte, muitos seguidores e imitadores prosperam e sobrevivem, alguns são excelentes. O que importa é que os artistas continuem a lembrar aos mortais sobre o que realmente interessa: o encantamento, a glória, a loucura, a importância e a improbabilidade do amor.

AGRADECIMENTOS

As personagens deste livro inspiram-se em muitas que conheci, sobre as quais li, ou que simplesmente espero que existam. Quaisquer semelhanças são inteiramente acidentais ou intencionalmente elogiosas. Várias personalidades e instituições públicas figuram nestas páginas, já que seria difícil imaginar um mundo da arte, real ou fictício, sem elas.

Tive a sorte de aprender com distintos acadêmicos e também com os diretores, conservadores, curadores e administradores da National Gallery, da Tate, da Coleção Wallace e de Waddesdon Manor. Estas instituições e as suas luminárias têm me proporcionado fontes duradouras de consolo e inspiração.

Agradeço também a Catherine Goodman, pela sala de escrita e pelos seus comentários sobre pintores e pinturas.

A Sarah Chalfant, fantástica agente, que viu o potencial deste livro e o encaminhou para as distintas casas da incomparável Alexandra Pringle e da impagável Shelley Wanger. Agradeço a todos os que fazem parte da Wylie Agency, da Bloomsbury e da Knopf, e a Sonny Mehta, Nigel Newton, Alba Ziegler-Bailey, Charles Buchan, Alexa von Hirschberg e Anna Simpson.

Tenho uma especial dívida de gratidão para com a minha família, os meus amigos e os meus colegas, pelo apoio, humor e paciência; para os atentos leitores, Jacob e Serena Rothschild, Fiona Golfar, Justine Picardie, Philip Astor, Stephen Frears, Rosie Boycott e os SP. Por último, mas não por ordem de importância, obrigada, Emmy.

ESTA OBRA FOI COMPOSTA EM CASLON PRO E
IMPRESSA EM PAPEL PÓLEN SOFT 70g COM CAPA
EM NINGBO FOLD 250g PELA RR DONNELLEY PARA
EDITORA MORRO BRANCO EM MARÇO DE 2018